Juliana Weinberg

DIE KINDER DER LUFT-BRÜCKE

Roman

Ullstein

Besuchen Sie uns im Internet:
www.ullstein.de

Wir verpflichten uns zu Nachhaltigkeit
- Klimaneutrales Produkt
- Papiere aus nachhaltiger Waldwirtschaft und anderen kontrollierten Quellen
- ullstein.de/nachhaltigkeit

Originalausgabe im Ullstein Taschenbuch
1. Auflage Mai 2023
© Ullstein Buchverlage GmbH, Berlin 2023
Umschlaggestaltung: bürosüd° GmbH, München
Titelabbildung: © Jelena Simic Petrovic / Arcangel;
www.buerosued.de
Karte: © Peter Palm, Berlin
Gesetzt aus der Albertina powered by *pepyrus*
Druck und Bindearbeiten: CPI Books GmbH, Leck
ISBN 978-3-548-06672-1

»Ihr Völker der Welt, ihr Völker in Amerika, in England, in Frankreich, in Italien! Schaut auf diese Stadt und erkennt, dass ihr diese Stadt und dieses Volk nicht preisgeben dürft und nicht preisgeben könnt! (…) Völker der Welt! Tut (…) eure Pflicht und helft uns in der Zeit, die vor uns steht, nicht nur mit dem Dröhnen eurer Flugzeuge, nicht nur mit den Transportmöglichkeiten, die ihr hierherschafft, sondern mit dem standhaften und unzerstörbaren Einstehen für die gemeinsamen Ideale, die allein unsere Zukunft und die auch allein eure Zukunft sichern können. Völker der Welt, schaut auf Berlin!«

Ernst Reuter, 9. September 1948, Rede vor dem Reichstag

Kapitel 1

Juni 1948

Die Schlange der Wartenden vor dem Gemischtwarengeschäft in der Dudenstraße rückte nur langsam voran. Nora Thalfang schaute ungeduldig an den vielen Köpfen und Hüten vorbei, um einen Blick in den Laden zu erhaschen, doch sie konnte nichts erkennen. An ihrem Arm baumelte der noch leere Stoffbeutel, ihr Portemonnaie mit den Lebensmittelmarken und den spärlichen Geldscheinen, über die sie verfügte, drückte sie fest an sich. Jörg, ihr Fünfjähriger, der mit ihrer Mutter zu Hause war, hatte einige Wünsche geäußert, bevor sie aufgebrochen war. Er sehnte sich nach Kuchen und Marmelade. Veronika, die mit ihren acht Jahren bereits recht vernünftig – vielleicht sollte man es auch ernüchtert nennen – war, hatte die Augen verdreht. Sie wusste, wie schwierig es war, genügend Lebensmittel für die ganze Familie zu bekommen. Obwohl der Krieg nun schon drei Jahre zurücklag, war das Leben in Berlin entbehrungsreich und hart.

Die Kunden in der Schlange bewegten sich ein kleines Stück nach vorne. Niemand murrte darüber, dass es so lange dauerte, Schlangestehen, Warten und Hoffen gehörten für die Berliner seit Langem zum Alltag.

Nora schob die Sorge, auch bei diesem Einkauf wieder kaum

etwas ergattern zu können, weit von sich. Aber der Gedanke an ihre Kinder, an ihre ausgemergelten Körper, bei denen die Rippen scharf hervorstachen, ließ sich nicht einfach beiseitekehren. Veronika klagte oft darüber, dass sie sich in der Schule nicht konzentrieren konnte, weil der knurrende Magen sie vom Lernen abhielt.

»Frau Thalfang!«

Die Stimme ihrer Nachbarin, Emmi Brombach, die im Hochparterre des Mietshauses wohnte, in dem Nora sich mit ihrer Mutter und Schwester eine Wohnung teilte, riss sie aus ihren düsteren Gedanken.

»Guten Tag, Frau Brombach! Was meinen Sie, wird noch etwas für uns da sein, wenn wir den Laden erreicht haben?«

Die Antwort der Nachbarin, die Mitte sechzig sein musste, ging in einem röchelnden Husten unter. Besorgt musterte Nora sie. »Das hört sich aber nicht gut an. Waren Sie inzwischen beim Arzt?«

Emmi Brombach winkte unwirsch ab. »Ach was, zu diesem alten Quacksalber gehe ich nicht mehr. Der will mich nur wieder ins Spital schicken.«

Eine Horde kleiner Jungen, die in durchgescheuerten Lederhosen und geflickten Hemden steckten, rannte aus einem Nachbarhaus und begann mit einem wilden Fangenspiel. Lauthals johlten und lachten sie, und Nora wartete, bis sich der Lärm wieder gelegt hatte. Als die Jungen die Dudenstraße hinabgerannt waren, wandte sich Nora wieder an die Nachbarin. »Dann lassen Sie sich wenigstens von Hanna anschauen. Vielleicht kann sie Ihnen einen Rat geben.«

Noch immer laut schnaufend nickte Emmi Brombach. »Das hört sich schon besser an. Ihre Schwester ist wirklich ein Engel. Gut, dass wir eine Krankenschwester im Haus haben.«

Wieder rückten die Wartenden einen Schritt nach vorn. Nora

reckte ungeduldig den Kopf, um zu sehen, welche Waren der Gemischtwarenhändler, Gernot Kluth, bereithielt. Bei ihrem letzten Einkauf hatte er die Wünsche der Kunden, die sich vor ihr in der Schlange befunden hatten, noch halbwegs erfüllen können, als sie an der Reihe war, war dann aber plötzlich Schluss gewesen, und sie hatte den Heimweg mit nur wenigen Gramm Zucker, Mehl und Milchpulver in ihrem Einkaufsbeutel angetreten. Sie spürte, dass Kluth Vorbehalte gegen sie hegte. Wie er stets seinen übellaunigen Blick über ihren blonden Haarschopf und ihre Figur schweifen ließ! Verunsichert überprüfte sie ihr Aussehen im halb zersplitterten Schaufenster des Nebenhauses, in dem sich vor dem Krieg ein Stoffgeschäft befunden hatte. Ihr volles Haar hing ihr, in adrette Wasserwellen gelegt, auf die Schultern – seit Hanna bei ihr eingezogen war, frisierten sie sich gegenseitig, denn ihre Schwester fand, dass man auch in schlechten Zeiten Wert auf sein Äußeres legen sollte. »Was nützt all das Jammern und Klagen und die ganze Trauer? Du musst dich zuerst mal um dich selbst kümmern, außer dir wird es nämlich niemand tun. Und stell dir vor, Joachim kehrt aus der Gefangenschaft zurück und sieht dich strähnig und verwelkt wie eine alte Blume. Das wirst du nicht wollen. Also, her mit den Lockenwicklern!«, hatte Nora die Stimme ihrer Schwester noch im Ohr.

Ach, Joachim, dachte Nora, und der altbekannte Druck meldete sich in ihrer Brust. Es war müßig, darüber nachzudenken, ob er noch lebte. Aber dennoch quälte diese Frage sie Tag und Nacht. Geistesabwesend zupfte sie den Gürtel ihres weißen, mit kleinen roten Blüten bedruckten Sommerkleides zurecht. Es war bereits mehrfach geflickt, doch das fiel kaum auf, denn kein Berliner verfügte im Moment über die Mittel, sich neu einzukleiden. Und selbst wenn sie unerwartet an Geld gekommen wäre, würden die Waren in den Geschäften fehlen.

Endlich war Nora an der Reihe, doch sie ließ Emmi Brombach vor. »Sie zuerst.«

Die Nachbarin legte ihr kurz die Hand auf den Arm. »Danke, mein Kind. Alter vor Schönheit.«

Während sie ihre Wünsche nannte, wanderte Noras Blick über die Auslagen hinter der Theke. Die meisten Waren bewahrte der Händler jedoch vor den Augen der Kunden verborgen unter dem Tresen auf.

»Das war's. Eine alte Frau wie ich braucht ja nicht viel.« Emmi Brombach legte ihre Lebensmittelmarken und zwei Geldscheine neben die Kasse, bevor sie wieder bellend zu husten begann. Gernot Kluth musterte sie so angewidert wie eine störende Mücke, dann wandte er sich mit kaum freundlicherem Gesichtsausdruck Nora zu.

»Ja?« Er starrte sie an, während die Enden seines Schnurrbarts, die er kunstvoll gezwirbelt hatte, als stamme er noch aus Kaisers Zeiten, leise bebten. »Wonach steht der Frau Studienrätin der Sinn?«

Nora nahm ihre Lebensmittelmarken aus dem Geldbeutel. Im Gegensatz zu ihrer Nachbarin, die auf sie wartete, um mit ihr gemeinsam nach Hause zu gehen, verfügte sie über etliche der bunten Karten, hatte sie doch außer den Kindern und sich selbst ihre Mutter und ihre Schwester zu versorgen.

»Mehl, Zucker, Milch, Fleischkonserven, getrocknetes Gemüse und Kartoffeln, bitte.«

Kluths dunkle Augen verengten sich, als er sich bückte, um in den verborgenen Regalen unter der Kasse zu kramen. »Ob wir das noch haben?«, murmelte er, bemüht geschäftig Dosen und Verpackungen herumschiebend.

Noras Herz begann zu klopfen. Sie hoffte inständig, den Laden nicht schon wieder nur mit der Hälfte dessen, was sie brauchten, zu verlassen. Dass Kluth sich so lange Zeit ließ – bei den vorherigen Kunden war es viel schneller gegangen –, verursachte ihr ein Stechen im Magen. Schließlich richtete sich der Lebensmittelhändler mühsam wieder auf und knallte einige kleine Kartoffeln sowie je eine Fleisch- und Gemüsekonserve auf die Theke. »Mehr ist nicht da. Der Nächste bitte.«

Fassungslos betrachtete Nora die magere Ausbeute. »Aber ... wo ist der Rest? Das sind Rationen für eine oder höchstens zwei Personen, ich habe aber Lebensmittelmarken für insgesamt fünf Personen ... Und die Milch! Meine Kinder brauchen Milch.« Die Vorstellung, dass Veronika und Jörg auch heute wieder hungrig zu Bett gehen würden, ließ ihr die Tränen in die Augen schießen.

»Ich kann nur verkaufen, was ich geliefert bekomme. Beschweren Sie sich bei den Amerikanern«, antwortete Kluth mürrisch. »Und nun räumen Sie das Feld, es warten noch andere Kunden.«

»Das ist nicht Ihr Ernst, junger Mann«, mischte sich Emmi Brombach resolut ein und schlug mit der flachen Hand auf den Verkaufstresen. »Was sollen diese Sperenzchen? Geben Sie Frau Thalfang, was sie bestellt hat, sie hat fünf Mäuler zu stopfen!«

»Nicht mein Problem.« Kluth drehte an den Enden seines Schnurrbartes, als seien sie durch Emmi Brombachs Ausbruch in Unordnung geraten. Er versuchte kaum, seine Verachtung zu verbergen.

Mit brennenden Augen packte Nora die Konserven und die wenigen Kartoffeln in ihren Stoffbeutel und verließ an der Seite ihrer Nachbarin das Geschäft. Sie spürte die Blicke der anderen Kundinnen auf sich.

»So ein Mistkäfer!«, schimpfte Emmi Brombach, als sie nebeneinander die Dudenstraße entlanggingen. »Der alte Nazi hat noch nicht kapiert, dass neue Zeiten angebrochen sind. Woanders einkaufen müsste man!«

Nora nickte bedrückt, die Tasche mit den mageren Einkäufen an sich gedrückt. Auch sie vermutete schon lange, dass Kluth noch immer altem Gedankengut nachhing, so verpönt es im Nachkriegsdeutschland auch sein mochte. Hatte er überhaupt nichts verstanden? »Wenn nur das nächste Geschäft nicht so weit entfernt wäre«, sagte Nora bedrückt.

Der Nachhauseweg zeigte wie immer ein deprimierendes Bild. Sie passierten zerlumpte Gestalten, die in den Hauseingängen zerbombter Häuser saßen und ins Leere starrten. In Trümmerlandschaften spielten Kinder Verstecken, als handele es sich um Abenteuerspielplätze. Sie nahm sich vor, Jörg noch einmal zu ermahnen, sich von den Ruinen fernzuhalten, es war zu gefährlich, dort zu spielen. Doch zuerst musste sie den Kindern beibringen, dass es auch heute wieder nur eine sehr spärliche Mahlzeit geben würde ...

»Kopf hoch, Kindchen«, tröstete Emmi Brombach sie. Trotz ihres Kummers brachte Nora diese Anrede zum Schmunzeln, immerhin hatte sie vor nicht allzu langer Zeit ihren dreißigsten Geburtstag gefeiert. »Ich geb Ihnen was ab. Hier, nehmen Sie die Karotten, auch wenn es nur eine Handvoll ist, aber ein paar Vitaminchen wären gut für Ihre Kleinen, nicht wahr? Und die Backhefe gebe ich Ihnen auch.«

Umständlich nahm sie die Waren aus ihrem Beutel heraus und hielt sie Nora hin, die abwehrend die Hände gehoben hatte. »Das kann ich nicht annehmen, Frau Brombach. Sie brauchen das Essen selbst.«

»Unsinn, wie gesagt, ich alte Frau brauche nicht viel. Unkraut vergeht nicht. Ihre Kinder haben es nötiger als ich.« Ungestüm stopfte sie die Waren in Noras Tasche. »Ihre Schwester könnte sich ja vielleicht tatsächlich meinen Husten angucken, eine Hand wäscht die andere.«

Nora seufzte. »Recht ist mir das nicht, aber ... danke schön. Ich weiß es sehr zu schätzen.«

Ein Militärkonvoi, der dröhnend an ihnen vorbeifuhr, ließ sie verstummen. Nora beachtete sie kaum, denn die amerikanischen Besatzer waren seit Langem ein gewohnter Anblick im Stadtteil Tempelhof sowie in ganz Berlin. Dass die Stadt in drei westliche Zonen, die amerikanische, britische und französische, und einen östlichen Sektor, in dem die Russen herrschten, aufgeteilt war, empfand sie inzwischen als normal. Ihre Kinder kannten es gar nicht anders.

Sie bogen in die Burgherrenstraße ein, an deren Ende sich rechter Hand ihr Wohnhaus befand, ein hellgelb gestrichenes, fünfstöckiges Gebäude mit überdachten Balkonen, das hinter zwei Ahornbäumen verborgen lag und ehemals einen freundlichen Eindruck gemacht hatte. Damals – als die Welt noch in Ordnung gewesen war und sie mit Joachim eingezogen war, frisch verheiratet. Nun war das Haus vom Krieg gezeichnet, mehrere Scheiben fehlten, auch in Noras Küche ersetzte ein Stück Pappe das Fensterglas. An eine neue Scheibe war nicht zu denken, das Geld reichte ohnehin kaum aus. Und sie konnten sich glücklich schätzen: Wenigstens stand ihr Haus noch.

...

Jörg rannte Nora entgegen, als sie die Wohnung betrat, seine bereits reichlich abgenutzte Holzlokomotive in der Hand. »Mutti! Was hast du zu essen mitgebracht?«

Nora küsste ihn auf das blonde Haar und sah ihm in die erwartungsvollen Augen, die die Farbe von dunkelgrünen Tannennadeln hatten, so wie ihre eigenen auch. »Es tut mir leid, mein Schatz, leider nicht besonders viel.«

Schon wieder musste sie ihren Sohn enttäuschen. Es war grausam mitanzusehen, wie ihre Kinder unter dem Hunger litten. Auch sie selbst verspürte dieses hohle Gefühl im Magen und den leichten Schwindel, der sie manchmal überkam, so als hätte sie an einem Glas Champagner genippt, nur allzu oft. Wieder schweiften ihre Gedanken zu Joachim ab. Wann hatte sie zuletzt mit ihm Sekt getrunken? War es 1938 bei ihrer Hochzeit gewesen oder als er die begehrte Stelle als Sprachenlehrer an der Jungenschule in Dahlem ergattert hatte? Egal, es nützte nichts, ständig in der Vergangenheit zu schwelgen. »Ich habe ein paar Kartoffeln und Karotten. Daraus können wir einen Eintopf kochen.« Dass die Portionen alles andere als üppig ausfallen würden, verschwieg sie.

»Ist gut.« Sehr angetan wirkte Jörg nicht, hatte er doch auf Kuchen gehofft, doch er ließ sich auf die Knie hinab, um geräuschvoll seine Lokomotive in die Küche zu schieben, wo seine Großmutter, Noras Mutter Else, und seine Schwester Veronika am Tisch saßen.

»Können wir gleich essen?«, fragte Veronika, die ihre Zelluloidpuppe Christel auf dem Schoß hielt und Else beim Stricken zusah. Aus der Wolle eines aufgetrennten Pullovers, der Jörg zu klein geworden war, fertigte die Großmutter ein neues Puppenkleid an. Auch Veronikas Gedanken drehten sich hauptsächlich um Essen, wer konnte es den beiden verdenken?

Nora nickte und küsste auch ihre Tochter auf den blonden Scheitel. Ihr Kopf schien viel zu groß für den mageren Körper, um den das zerschlissene Baumwollkleid, das so kurz war, dass es kaum die Knie bedeckte, schlackerte. »Gleich, Püppchen.«

Während sie die spärliche Ausbeute auspackte und auf die Arbeitsfläche legte, trat ihre Mutter neben sie. Else Vogt war mit ihren zweiundfünfzig Jahren eine Schönheit, doch auch ihr sah man deutlich den Kummer der letzten Jahre an. Neben dem Schwiegersohn hatte der Krieg ihr ihren Mann Johannes und ihren kleinen

Bruder Werner genommen. Aufgrund der Mangelernährung war ihr blondes Haar glanzlos und ausgedünnt, doch ihre Haltung war noch immer aufrecht und stolz. »Hat Kluth dich wieder leer ausgehen lassen? Für unsere Marken hätten wir doch viel mehr bekommen müssen! Und wo ist die Milch für die Kinder?«

Nora, die gerade einen Topf aus dem Schrank geholt hatte, hielt in der Bewegung inne und strich sich in einer hilflosen Geste die Haare aus dem Gesicht. In der Küche war es genauso warm wie draußen, zudem verdüsterte die Pappe, die die fehlende Fensterscheibe ersetzte, die Küche, sodass sie sich wie in einer stickigen Dunkelkammer fühlte. »Es gab angeblich keine mehr.«

»Unsinn!«, schnaubte Else und begann, die Karotten zu putzen. »Kluth, dieses alte Braunhemd, hat dir die Milch sicher wieder absichtlich vorenthalten, aus Rache wegen dieser unleidlichen Angelegenheit damals.«

»Das denke ich auch.« Niedergeschlagen nahm sich Nora ein zweites Messer und bearbeitete die Kartoffeln. Natürlich war Else im Bilde, was die Bekanntschaft zwischen Kluth und Joachim betraf. Sie waren Nachbarjungen gewesen, doch sie hatten sich entzweit, als Kluth in die NSDAP eingetreten war und Joachim mitziehen wollte. Dieser lehnte das rundheraus ab, als weltoffener und vernunftbegabter Mensch, der seinen Schülern Englisch und Latein beibrachte und zudem gerne fremde Länder bereiste, lag ihm nichts ferner als die starren und menschenfeindlichen Denkstrukturen der neuen Machthaber. Kluth hatte seine Absage, ihn zu den Parteiversammlungen zu begleiten, nicht gut aufgefasst, schien er doch zu vermuten, dass sich Joachims politische Ansichten sehr konträr zu seinen eigenen verhielten. Natürlich ging Joachim mit seiner Meinung nicht hausieren, als Lehrer versuchte er, den Schein des ideologiegetreuen Bürgers zu wahren, um keinen

Repressalien ausgesetzt zu werden, womöglich gar seine Stelle zu verlieren oder seine Familie in Gefahr zu bringen.

»Das nächste Mal gehe ich zum Laden«, brummte Else und gab die wenigen Karottenscheiben in den Topf. »Er soll jemand anderen zum Narren halten.«

»Mutter«, seufzte Nora. »Er kennt unsere Familie, mit Sicherheit weiß er, dass Joachim dein Schwiegersohn ist. Ich glaube kaum, dass er sich bei dir anders verhält.«

»Hm. Das werden wir ja sehen.« Else schaltete den Gasherd an. Nora rieb sich die Stirn. Ihre Mutter hatte schon immer wie eine Löwin für die Familie gekämpft, aber auch sie würde Kluth nicht zwingen können, die Waren herauszugeben, wenn er es nicht wollte.

Doch bevor Nora ihre Mutter noch einmal darauf hinweisen konnte, öffnete sich die Haustür, und Hanna kam herein. In ihrer Schwesterntracht mit der gestärkten weißen Schürze und dem Häubchen, das auf ihren blonden, zu einer kecken Außenwelle gedrehten Haaren saß, sah sie sehr jung und frisch aus. Kein Wunder, mit ihren zweiundzwanzig Jahren war sie acht Jahre jünger als Nora, außerdem war sie seit einigen Monaten verliebt, was ihr rosige Wangen und ein Dauerlächeln bescherte.

»Eintopf, mal ganz was Neues«, bemerkte sie ironisch, zog sich die Nadeln aus den Haaren, um die Schwesternhaube abzunehmen, und hantierte gleichzeitig mit dem Wasserkessel, um sich eine Tasse ihres Muckefucks aufzubrühen, den sie nach ihrer Schicht zu trinken pflegte.

»Schweinelende mit Pilzen und Leberpasteten waren aus«, konnte Nora sich nicht verkneifen zu sagen, woraufhin Hanna ihr lachend einen Klaps auf den Arm gab. »Was du nicht sagst. Übrigens kommt Friedrich nachher noch vorbei, ich habe ihm aber gesagt, er soll erst nach dem Essen aufschlagen, denn es wird wahrscheinlich nicht für ihn reichen. Wir können ihn nicht auch noch durchfüttern.«

»Gut, dass du kein Blatt vor den Mund nimmst«, erwiderte Else trocken. Sie gab ein paar Kräuter zu den Karotten und Kartoffeln, die sie in einem Blumentopf auf dem Fensterbrett zogen. »Aber das wird er von dir gewohnt sein.«

»Ganz recht. Kinder …«, Hanna wandte sich an Veronika und Jörg. »Schaut mal, was ich euch mitgebracht habe.« Sie zog zwei in goldenes Stanniolpapier gewickelte Bonbons aus der Tasche ihrer Tracht, die sie ihrer Nichte und ihrem Neffen auf der offenen Handfläche hinhielt.

»Karamellbonbons!« Die Kinder hüpften vor Begeisterung auf und ab. »Woher hast du die, Tante Hanna?«

Nora beobachtete wehmütig, wie ihre Kinder die Bonbons auspackten; wann hatte sie ihnen zuletzt mit einer Leckerei eine Freude machen können? Jörg warf sein Bonbon sogleich in den Mund, während Veronika zuerst andächtig das knisternde Papier glatt strich und an dem Bonbon roch, als wolle sie sich den süßen, zuckrigen Duft für spätere Zeiten einprägen.

»Vor dem Sankt-Joseph-Krankenhaus standen ein paar amerikanische GIs herum. Der eine pfiff mir nach und schenkte mir die Bonbons«, erzählte Hanna freimütig. »Ich habe mir natürlich sofort gedacht, das wäre was für euch Zwerge.«

Es erstaunte Nora natürlich nicht, dass ihre bildhübsche Schwester den amerikanischen Soldaten ins Auge gefallen war.

»Hoffentlich stehen die Männer öfter vor deinem Krankenhaus herum«, sagte Veronika, genussvoll ihr Bonbon lutschend.

»Am besten fragst du sie das nächste Mal gleich nach Süßigkeiten. Du musst nicht warten, bis sie dir nachpfeifen«, warf Jörg eifrig ein.

Hanna lachte. »Wird erledigt. Ich weiß aber nicht, ob Friedrich so begeistert sein wird, wenn ich mit anderen Männern schäkere.«

...

Nach der Mahlzeit, die nur allzu bald aufgegessen war, zog sich Nora mit ihren Kindern in ihr Schlafzimmer zurück, den einzigen Raum, in dem sie als kleine Familie ungestört waren. Seit Noras Elternhaus, in dem Else mit Hanna gewohnt hatte, 1943 den Bomben der Alliierten zum Opfer gefallen war, zwängten sie sich zu fünft in der Wohnung der Thalfangs in der Burgherrenstraße zusammen. Nora teilte sich mit ihren Kindern ihr einstiges Schlafzimmer, Hanna schlief im Wohnzimmer, Else im ehemaligen Kinderzimmer. Die Küche galt als Gemeinschaftsraum, in dem sie aßen und zusammensaßen.

»Kommt her, meine Süßen.« Nora schob die Bettdecke von sich und breitete die Arme aus, um Veronika und Jörg an je eine Seite zu nehmen. »Lasst uns *Das fliegende Klassenzimmer* weiterlesen.«

Veronika drehte das Bild ihres Vaters auf dem Nachttisch so, dass es ihnen zugewandt war. »So kann Vati mithören«, verkündete sie wie jedes Mal, was Nora einen Stich versetzte.

Jörg stieß seine Schwester in die Rippen. »Wie soll er denn mithören, er ist doch gar nicht da.«

»Er ... er spürt es bestimmt, dass wir gerade an ihn denken.« Veronika funkelte ihren Bruder böse an, doch der schnitt nur eine Grimasse. »Du sagst doch immer, dass Vati in unseren Herzen ist, nicht wahr, Mutti? Also ist er irgendwie dabei, auch jetzt beim Vorlesen.«

»Das stimmt.« Nora räusperte sich und schlug mit zitternden Fingern das Buch auf. Es war schwierig, den Kindern zu vermitteln, dass ihr Vater höchstwahrscheinlich gefallen war. Auf der anderen Seite – solange sie keine offizielle Todesnachricht erhielt, konnte sie sie kaum davon überzeugen, keine Hoffnung mehr zu haben. In ihr sah es anders aus, aber Veronika und Jörg waren zu klein, als dass sie mit ihnen über ihre Gefühle hätte sprechen können.

Die Kinder schmiegten die Köpfe an ihre Schultern und lauschten aufmerksam. Nora liebte diese tägliche Ruhestunde, wenn sie ihre Kinder ganz für sich hatte und sie der Gegenwart durch Geschichten ein wenig entfliehen konnten.

»War es falsch von Hanna, die Bonbons anzunehmen?«, unterbrach Veronika sie mitten im dritten Kapitel und sah Nora mit ihren großen braunen Augen an, die sie von Joachim geerbt hatte.

»Wieso sollte das falsch sein, die haben doch lecker geschmeckt«, krähte Jörg dazwischen und knuffte seine Mutter ungeduldig in die Seite, damit sie weiterlas.

Veronika streckte ihm die Zunge heraus. »Oma mag die Amerikaner nicht. Sie haben Bomben auf ihr Haus fallen lassen, und ihr Bruder wurde dabei getötet.«

Nora steckte das Lesezeichen, eine kleine Zeichnung ihrer Tochter, bedächtig zwischen die Seiten des Buches. »Die Deutschen haben im Krieg unglaublich Schlimmes angerichtet, und nun sind die Amerikaner in der Stadt, um uns beim Aufbau zu helfen. Sie habe Pläne, wie es mit uns wieder bergauf gehen soll, wie wir wieder Arbeit und mehr Essen bekommen. Sie sind nicht böse. Oma sagt das, weil sie noch immer traurig ist, dass ihr Bruder bei dem Bombenangriff getötet wurde.«

Es war schwer, mit den Kindern über den Krieg zu sprechen und ihnen die Ungeheuerlichkeit dessen, was vorgefallen war, verständlich zu machen. Sie hoffte, ihre kurze Erklärung würde vorerst genügen, und nahm sich vor, bald in Ruhe zu überlegen, was sie den beiden über die Zeit zwischen 1939 und 1945 erzählen würde. Veronika hatte damals einiges mitbekommen – das Geheul der Bomben, die Nächte in den Luftschutzbunkern des nahe gelegenen Flughafens Tempelhof, die Nachricht, dass ihr Vater in Russland vermisst sei. Jörg hingegen war noch ein Kleinkind gewesen, als der Krieg endete.

Sie las das Kapitel zu Ende, doch gerade als sie das nächste beginnen wollte, läutete es an der Haustür.

»Das ist Friedrich!« Jörg rollte sich vom Bett und rannte zur Tür. Veronika verzog das Gesicht. Sie hätte die Geschichte gerne noch zu Ende gehört. Nora lächelte. Sie wusste, wie sehr ihr Sohn Hannas Freund verehrte, war er doch die einzige männliche Bezugsperson, die er hatte.

In der Küche saß ihre Schwester bereits mit Friedrich zusammen, ihre Mutter werkelte im Hintergrund. Hannas Freund trug noch seine Arbeitshose, da er direkt aus der Schreinerei gekommen war, in der er angestellt war. Seine helle Haut unter den flammend roten Haaren war von den sommerlichen Temperaturen gerötet, und er kippte durstig das Glas Wasser hinunter, das Hanna ihm servierte.

»Wieso bist du heute so früh dran?« Hanna füllte sein Glas auf. »Du kommst doch normalerweise erst um achtzehn Uhr.«

»Wir haben kein Holz geliefert bekommen«, berichtete Friedrich düster. »Wir beziehen unsere Holzlieferungen aus dem Ostsektor, doch manchmal funktioniert das nicht.«

»Daran sind die Russen schuld.« Mit grimmiger Miene goss Else Wasser in die Kräutertöpfchen auf der Fensterbank.

Jörg schaute verständnislos von Friedrich zu seiner Großmutter. »Du sagst doch immer, die Amerikaner sind die Blöden. Sind es jetzt die Russen?«

Else ließ sich schwer auf einen Küchenstuhl fallen. »Was weiß ich, alle zusammen wahrscheinlich.«

Nora tauschte mit Hanna einen Blick aus; zu gerne erging sich ihre Mutter in Pauschalisierungen, die sie kaum zu begründen vermochte.

»Wie auch immer. In diesem Fall haben die Russen den Lastwagen mit unserer geplanten Lieferung nicht passieren lassen, angeblich wegen fehlender Papiere. Unsere Unterlagen waren einwandfrei, sagt der Chef. Das letzte Mal bekamen wir keine Materialien, weil die Russen in ihrer Zone den Schienenverkehr nach Westberlin gesperrt haben. Es seien dringende Reparaturmaßnahmen am Schienennetz nötig, hieß es. Wie soll eine Schreinerei ohne Holz arbeiten?« Friedrich hob hilflos die Schultern.

»Das sind nichts als Schikanen«, moserte Else.

»Ich frage mich, worauf die russischen Besatzer hinauswollen.« Hanna strich gedankenverloren über Friedrichs Hand. »Warum tun sie das alles? Die Amerikaner, Briten und Franzosen schaffen es doch auch, ein gemeinsames Ziel zu verfolgen.«

»Keine Ahnung, vielleicht strebt Stalin einen neuen Krieg an«, presste Friedrich hervor.

Nora wurde es eiskalt, fest drückte sie Veronika, die sich auf ihren Schoß gesetzt hatte, an sich, um ihr Zittern zu verbergen. Die Vorstellung eines neuen Krieges ängstigte sie, ja, der Gedanke, das Grauen der vergangenen Jahre noch einmal zu durchleiden, war so unerträglich, dass sie ihr Hirn fieberhaft nach unverfänglicheren Themen durchforstete.

»Na, hoffentlich wird der Verkehr morgen nicht behindert. Ich muss mit der Straßenbahn nach Mitte, ich habe ein Vorstellungsgespräch im Roten Rathaus.« Ihre Stimme klang selbst in ihren eigenen Ohren belegt.

Friedrich schaute sie zweifelnd an. »Na, ich würde mich nicht darauf verlassen, rechtzeitig dort anzukommen.«

Kapitel 2

Juni 1948

»Wieso machst du dich so schön, Mutti?« Jörg schob seine Holzeisenbahn um ihre Füße herum, die in schwarzen Pumps steckten. Die Schuhe waren zwar abgetragen, erfüllten aber mangels Alternativen ihren Zweck.

Nora zog die Kappe vom Lippenstift und trug äußerst sparsam etwas himbeerrote Farbe auf, die gut zu ihren blonden Haaren und dem butterblumengelben Kleid passte, das sie sorgfältig gebügelt hatte. Den Lippenstift besaß sie bereits seit Jahren, hatte ihn bisher aber nur selten verwendet, um ihn für besondere Gelegenheiten wie die heutige aufzuheben. »Ich habe heute ein Vorstellungsgespräch«, erklärt sie ihrem Sohn.

»Was ist das?« Die Lokomotive kollidierte mit ihrem Absatz, als sie ein kleines Stück zur Seite trat. Da Veronika in der Schule war, langweilte sich Jörg und löcherte sie seit dem Aufstehen mit Fragen zu Gott und der Welt.

»Ich brauche dringend Arbeit, mein Schatz. Sei bitte etwas vorsichtig mit deinem Zug, nicht, dass du mir noch meine einzigen halbwegs guten Schuhe zerkratzt.« Nora steckte sorgfältig den Deckel auf die Lippenstifthülse und strich sich ein verirrtes Haar aus der Stirn. Außer ihrem Ehering trug sie ein Paar Perlenohrstecker, die Else ihr überlassen hatte, und sie hoffte, seriös genug zu wirken, um als Sekretärin für die Verwaltung des Roten Rathauses in Betracht gezogen zu werden. »Tante Hanna ist im Moment die Einzige, die eine Stelle hat, doch wir brauchen dringend mehr Geld. Im Roten Rathaus suchen sie neue Mitarbeiterinnen.«

»Kannst du mir dann eine Tafel Schokolade kaufen, wenn du Geld verdienst?«, fragte Jörg hoffnungsvoll und setzte Veronikas Puppe als Passagier auf die Eisenbahn.

»Vielleicht.« Zumindest auf dem Schwarzmarkt, dachte Nora, während sie hektisch überprüfte, ob sie alle erforderlichen Unterlagen in ihre Handtasche gesteckt hatte. Sie *musste* den Sekretärinnenposten einfach bekommen, ansonsten wusste sie nicht, wie sie ihre Kinder über den Winter bringen sollte. Erinnerungen an alte Zeiten huschten wie Gespenster durch ihre Gedanken, Bilder von sommerlichen Picknicks mit Joachim im Grunewald, von prall gepackten Körben voller Früchte und Backwaren, Geburtstagsfeiern mit selbst gebackenen Kuchen, auf denen Kerzen brannten.

Else kam aus der Küche hinzu und zupfte an Noras Kragen herum, obwohl er perfekt saß. Normalerweise hätte Nora über diese Geste mütterlicher Zuwendung geschmunzelt, doch heute war sie zu aufgeregt.

»Viel Glück. Wird schon schiefgehen.« Else sah offensichtlich ein, dass es nichts mehr am Erscheinungsbild ihrer Tochter zu verbessern gab, und nahm Jörg an die Hand. »Erzähl denen im Roten Rathaus, was du alles kannst, stell dein Licht auf keinen Fall unter den Scheffel, hörst du, Nora?«

Nora seufzte ergeben, zu oft schon hatte sie sich die Ermahnungen ihrer Mutter angehört, zu einer Arbeit verholfen hatten sie ihr bisher allerdings nicht.

»Sag ihnen, dass du Sprachen studiert und eine Ausbildung zur

Übersetzerin und Dolmetscherin gemacht hast! Das muss sie einfach beeindrucken!«

Nora biss sich auf die Lippen. »Ich habe aber nie in meinem Beruf gearbeitet, Mutter. Nach meiner Ausbildung habe ich doch sofort Joachim geheiratet und Veronika bekommen.«

Else ließ diesen Einwand nicht gelten. »Was spielt das für eine Rolle? Ein verheerender Krieg liegt hinter uns, die anderen Bewerberinnen werden sicherlich auch keine lückenlosen Lebensläufe haben. Die meisten werden wie du in einer Munitionsfabrik oder sonst wo zwangsverpflichtet worden sein.«

»Ich muss los.« Bevor Else zu sehr ausschweifte und sie an ihre Zeit als Hilfsarbeiterin im Flughafen Tempelhof, den man im Krieg zur Munitionsfabrik umgerüstet hatte, erinnern konnte, verabschiedete Nora sich lieber. Die Arbeit in der riesigen Halle, das Dröhnen und Hämmern der Maschinen, mit denen Kriegsgeräte hergestellt wurden, verfolgte Nora noch heute regelmäßig in ihren Träumen. Es war ihr zuwider gewesen, daran beteiligt zu sein, todbringende Waffen herzustellen. »Bis heute Mittag«, sagte sie und küsste Jörg zum Abschied.

In der U-Bahn-Station traf sie auf Emmi Brombach, die sich ebenfalls ausgefein gemacht hatte und ihr erzählte, dass sie ihre alte Freundin Alma in Mitte besuchen wollte. »Eigentlich war der Besuch schon für Montag geplant, aber der gesamte Verkehr zwischen dem Ost- und dem Westsektor stand wieder einmal still. Die Russen, Sie wissen ja.« Bedeutungsschwer nickte sie Nora zu.

Diese konnte sich ein Schmunzeln gerade noch verkneifen, erheiterten sie doch die Parallelen zwischen ihrer Mutter und der Nachbarin, die beide die Schuld an allem, was schieflief, bei den Russen sahen. Allerdings hörte man immer häufiger, dass die russischen Verwaltungsbeamten im Osten der Stadt tatsächlich des Öfteren die Straßen und Schienen blockierten, aus Gründen, die niemand nachvollziehen konnte. Ein Blick auf die Uhr setzte Noras kurzem Anflug von Erheiterung ein Ende. Die U-Bahn hätte längst eintreffen sollen, wo blieb sie nur?

»Ich hoffe, die Bahn kommt bald, es wäre eine Katastrophe, wenn sie ausgerechnet heute Vormittag ausfallen würde«, murmelte sie und starrte in den dunklen U-Bahn-Schacht, aus dem keinerlei Geräusche zu hören waren. »Ich habe ein Vorstellungsgespräch im Roten Rathaus.«

»Ach du meine Güte.« Emmi Brombach sah sie mitleidig an, dann setzte jäh ihr Husten ein, und sie war eine Weile damit beschäftigt, wieder zu Atem zu kommen.

»Ich schicke Hanna heute Abend bei Ihnen vorbei, damit sie mal nach Ihnen schaut.« Nervös blickte Nora sich auf dem Bahnsteig um, der sich immer mehr mit Wartenden füllte. Hier und da wurde Unmut laut, denn sie war nicht die Einzige, die einen dringenden Termin hatte. Viele Berliner aus den Westzonen pendelten täglich nach Ostberlin, um dort zu arbeiten.

»Eine Schweinerei ist das!«, regte sich ein älterer Herr mit Aktentasche auf, der trotz der stickigen Wärme unter der Erde einen Trenchcoat trug. »Ständig komme ich zu spät oder am Ende überhaupt nicht zur Arbeit! Lange geht das nicht mehr, dann werde ich vor die Tür gesetzt.«

Emmi Brombach schnäuzte sich keuchend in ein großes Taschentuch, während Nora unruhig von einem Fuß auf den anderen trat, immer die Uhr im Auge behaltend. Natürlich war sie mit einem ordentlichen Puffer von zu Hause aufgebrochen, aber seit sie sich in der U-Bahn-Station befand, hätten mindestens vier Bahnen fahren müssen. Keine einzige war gekommen, die Menschenmenge wuchs, immer mehr wütende Stimmen waren zu vernehmen.

»Ich will aber zu Oma«, heulte ein kleines Mädchen, woraufhin die Mutter es ungeduldig zurechtwies. »Wenn die Russen die Bahnstrecke wieder gesperrt haben, klappt es halt nicht, daran kann ich nichts ändern!«

Nora wurde von einem Gefühl der Dankbarkeit durchströmt. Sie war froh, dass sie mit all ihren Lieben zusammenwohnte und nicht wie so manch anderer befürchten musste, von den Familienmitgliedern in anderen Sektoren abgeschnitten zu werden. Doch dann übermannte sie wieder die Sorge, es nicht zu ihrem Vorstellungsgespräch zu schaffen. Der Gedanke an den kommenden Winter und das Heizmaterial, das sie irgendwie würde bezahlen müssen, lähmte sie.

»Wird wohl nix mit Ihrem Vorstellungsgespräch, Kindchen«, bemerkte Emmi Brombach mitfühlend. Inzwischen warteten sie seit fast einer Stunde. Wenn nicht in spätestens zehn Minuten eine U-Bahn käme, würde sie ihren Termin versäumen, mochte sie auch noch so zeitig an der Haltestelle gewesen sein.

»Sieht so aus«, gab Nora gepresst zurück. Von allen Seiten wurde sie angerempelt, viele der Wartenden nahmen vor lauter Ärger nun keine Rücksicht mehr. Sie hatte so sehr gehofft, heute mit einer guten Nachricht nach Hause zurückzukehren, in ihren Tagträumen hatte sie sich bereits ausgemalt, von ihrem ersten Lohn eine kleine Überraschung für Veronika und Jörg zu kaufen, ein Spielzeug vielleicht oder tatsächlich einen Kuchen, mit Streuseln oder Marzipan.

»Ich gebe es auf.« Emmi Brombach seufzte vernehmlich. »Ich versuche in ein paar Tagen noch mal, mich zu meiner Freundin durchzuschlagen. Viel Glück bei der Arbeitssuche, Kindchen, vielleicht kommt ja demnächst eine U-Bahn.«

Nora wartete noch eine halbe Stunde, doch der letzte Rest Hoffnung verflüchtigte sich mehr und mehr. Scharenweise verließen auch die anderen Leute den U-Bahnhof, die Gesichter frustriert und ärgerlich. Schließlich beschloss auch sie, nach Hause zu gehen. Es hatte keinen Sinn mehr, noch länger im Untergrund herumzustehen – selbst wenn noch eine Bahn käme, wäre sie hoffnungslos zu spät für ihr Vorstellungsgespräch. Sicherlich hatten bereits Dutzende, wenn nicht Hunderte von Bewerberinnen mit einem unkomplizierten Anfahrtsweg im Roten Rathaus vorgesprochen, wahrscheinlich war die Stelle längst vergeben.

Die Enttäuschung hing über ihr wie ein schwerer Mantel, als sie in der milden Juniwärme nach Hause ging. Niedergeschlagen erzählte sie von ihrem Misserfolg.

Als Hanna am Abend von ihrer Schicht im Sankt-Joseph-Krankenhaus heimkehrte, aßen sie schweigend ein paar gekochte und zerdrückte Kartoffeln. Else hatte am Vormittag mit Jörg im Gemischtwarenladen von Gernot Kluth eingekauft, war jedoch kaum erfolgreicher gewesen als Nora am Vortag. Veronika saß blass zwischen ihrer Mutter und ihrer Großmutter, sie hatte berichtet, dass es ihr in der Schule erst flau im Magen, dann übel geworden war.

Nora gab ihr etwas von ihrer Portion ab, obwohl auch ihr Magen knurrte, und strich ihrer Tochter über die geflochtenen Zöpfe, doch ihr fiel nichts ein, womit sie die Kleine hätte trösten können.

»Du solltest dich bei der Air Force am Flughafen bewerben«, sagte Hanna. Sie nahm die Pappe aus dem scheibenlosen Fensterrahmen, um Licht und frische Luft hereinzulassen. Auf dem Hinterhof spielten einige Kinder mit einer Blechdose Fußball, ein lautes, metallenes Scheppern durchbrach die Ruhe der Straße. »Über eine Patientin habe ich gehört, dass dort Übersetzer oder Dolmetscher gesucht werden. Du kannst doch hervorragend Englisch, du wärst prädestiniert für solch eine Arbeit.«

Elses Augenbrauen schossen in die Höhe. »Bei den Amerikanern soll sie sich vorstellen? Warum nicht gleich bei den Russen?«

Nora ignorierte den bissigen Tonfall und wandte sich interessiert an ihre Schwester, klammerte sich wie stets an jeden noch so winzigen Hoffnungsschimmer. »Bist du sicher, Hanni? Finden Vorstellungsgespräche statt? Weißt du, wann und wo?«

»Leider nicht.« Hanna zuckte die Achseln. »Aber ich frage noch mal nach. Frau Bachmann – sie liegt mit Blinddarm auf der Inneren – hat es nämlich sehr eilig, das Spital wieder verlassen zu dürfen, da sie auch vorsprechen möchte.«

»Gut.« Nora nickte heftig. »Bitte frag sie morgen noch mal, ob sie mehr weiß.« Die Notwendigkeit, Arbeit zu finden, war so dringend, dass sie den Umstand beiseiteschob, dass sich die potenzielle Stelle im Flughafen Tempelhof befand, wo sie während des Krieges am Fließband gestanden hatte. Allein der Name des Flughafens verursachte ihr noch heute Gänsehaut und ein mulmiges Gefühl im Bauch, doch auf derlei Befindlichkeiten konnte sie keine Rücksicht nehmen. Ihre Kinder brauchten Lebensmittel und Kohle für den Winter, um nicht frieren zu müssen.

Else erhob sich und sammelte die Teller ein. »Du wirst bestimmt eine andere Arbeit finden, du musst nicht bei den Amerikanern zu Kreuze kriechen, Nora. Erst bombardieren sie unsere Städte, und dann geben sie uns Arbeit – ist das nicht aberwitzig?«

Nora blickte verstohlen zu Hanna, die entnervt mit den Augen rollte. Natürlich wussten sie beide, wie tief der Schmerz bei ihrer Mutter saß – während eines Bombardements durch die Amerikaner im Jahr dreiundvierzig war Elses Bruder Werner in den Trümmern ihres zusammengestürzten Hauses begraben worden. Der Rest der Familie hatte sich in einen der Luftschutzbunker des Flughafens retten können, doch da es Kranken untersagt war, sich dorthin zu begeben und womöglich die zahlreichen anderen Schutzsuchenden anzustecken, musste Werner, der an einer Grippe litt, zu Hause bleiben. Er starb zu Hause, in seinem Bett, aber auf welch einsame, grausame Weise, dachte Nora so manches Mal. Else hatte seinen Tod bis heute nicht verwunden.

»Ja, Mutter«, sagte Nora leise und hob Jörg auf ihren Schoß. »Aber die Zeiten haben sich geändert. Die Amerikaner sind keine Feinde mehr – durch ihre Hilfspläne zeigen sie doch immer wieder, dass sie es gut mit uns meinen.«

»Außerdem, was hätten die Amerikaner im Krieg tun sollen?«, unterbrach Hanna sie ungeduldig. »Zusehen, wie Hitler die Welt mit Zerstörung und Hass überrollt?«

»Dann geh dich eben um Himmels willen bei den Amerikanern vorstellen.« Else war der Diskussion anscheinend müde und griff nach ihren Stricknadeln. »Auf eure alte Mutter hört ihr Mädchen sowieso nicht.«

Nora unterdrückte ein Lächeln und küsste ihre Mutter flüchtig auf die Wange. »Du hast es nicht leicht mit uns, ich weiß.«

»Ich fände es gar nicht schlecht, wenn du bei den Amerikanern arbeitest, Mutti«, warf Jörg schelmisch ein. »Dann bekommst du vielleicht ganz viele Bonbons und Kaugummi geschenkt. Erich bekam letztens sogar ein Stück Schokolade von einem Soldaten, der in einem Konvoi vorbeigefahren ist.«

»Vielleicht solltest du die ganze Sache ebenso pragmatisch sehen wie Jörg«, schlug Hanna ihrer Mutter vor, woraufhin sie alle lachten.

...

Nora war lediglich eine von vielen jungen Frauen, die wenige Tage später – Hanna hatte glücklicherweise den genauen Tag und die Uhrzeit herausfinden können – dem Flughafengebäude Tempelhof entgegenströmten. Ein Gutes hätte es, würde sie eine Stelle in den Büros der Air Force bekommen: Der Weg von der Burgherrenstraße bis zum Flughafen dauerte kaum fünf Minuten, das derzeitige Schienenchaos würde ihr nichts anhaben.

Sie drückte ihre Handtasche mit den Zeugnissen an sich, als sie sich dem Hauptgebäude näherte. Durch seine riesigen Ausmaße imposant, von der Architektur her nüchtern und zweckdienlich, schüchterte es sie wie eh und je ein wenig ein. Mit seinen Flügeln und Nebengebäuden und den schier endlosen Wiesen und Flugfeldern dahinter wirkte es wie eine eigene kleine Stadt, die man mitten in einem Wohngebiet aufgestellt hatte.

Ein Wegweiser führte sie und die anderen Bewerberinnen zu einer unauffälligen Tür am linken Flügel, wo ein amerikanischer Verwaltungsbeamter im Schatten des überdachten Steingangs an einem Tisch saß und die Namen der Bewerber notierte.

»Nora Thalfang«, sagte Nora und buchstabierte ihren Nachnamen, mit dem der Soldat seine Probleme hatte. Ein Blick über seine Schulter hinweg ließ ihr Herz sinken, denn im Korridor hinter ihm saßen dicht gedrängt mindestens hundert Frauen, die eine der wenigen ausgeschriebenen Stellen ergattern wollten. Alle waren genauso zurechtgemacht wie sie, hatten ihre besten Kleider gebügelt und geflickt, um zu verbergen, wie zerschlissen sie waren.

Als der GI sie durchwinkte, nahm sie auf einem der letzten freien Stühle Platz, atmete tief durch und ließ dann ihren Blick umherschweifen. Am Ende des langen Korridors befand sich eine Metalltür, hinter der wohl die Vorstellungsgespräche abgehalten wurden; von Zeit zu Zeit öffnete sich diese, spuckte eine junge Frau aus, deren Miene mal hoffnungsfroh, mal niedergeschlagen war, und schloss sich nur Sekunden später hinter einer weiteren Bewerberin. Noras Herz trommelte im Stakkato, doch wenigstens war es unter der hohen Decke angenehm kühl.

»Wenn es in diesem Tempo weitergeht, sitzen wir heute Abend noch hier«, wandte ihre Sitznachbarin sich in scherzhaftem Ton an sie, nachdem sie seit mindestens einer Stunde auf den unbequemen Stühlen ausgeharrt hatten. Vom leisen Gemurmel der anderen Wartenden summte es in dem engen Gang wie in einem Bienenstock. »Nicht, dass ich noch etwas anderes vorhätte.«

Nora lachte. »Na ja, ein Bad im Wannsee oder der Besuch einer Eisdiele wäre angenehmer.«

»Stimmt auch wieder. Ich bin Ella Roth.« Die junge Frau streckte ihr die Hand hin, die Nora sogleich erfreut ergriff.

»Ich bin Nora Thalfang.«

Ella schien noch recht jung zu sein, vielleicht Mitte zwanzig. Sie trug ein adrettes hellblaues Kleid mit weit schwingendem Rock, das von vor dem Krieg zu stammen schien, jedoch noch in tadellosem Zustand war. Ihre dunklen Haare, die der Nachkriegsmode entsprechend kinnlang waren, hatte sie wie die meisten anderen Anwesenden in große Wellen gelegt. Mit dem dunklen Lippenstift – ob sie ihren auch hütete wie einen Schatz? – und der hellen Haut ähnelte sie einem Hollywoodstar. Nicht, dass Nora sich damit auskannte, aber so einige Male hatte sie in der Warteschlange vor Kluths Laden das Titelbild einer Zeitschrift mit dem Porträt einer Schauspielerin darauf gesehen. Sie fand Ella gleich sympathisch.

»Ich habe gehört, nur eine Handvoll Bewerberinnen wird eingestellt«, vertraute Ella ihr an.

»Oje.« Nora seufzte. »So wenige? Bei den vielen Leuten, die hier herumsitzen, ist unsere Chance, genommen zu werden, dann wohl nicht besonders groß.«

»Abwarten.« Ella hob die Schultern. »Vielleicht sind wir beiden besser als die anderen und werden deshalb ausgewählt.«

Tatsächlich schienen sich manche der Bewerberinnen trotz unzulänglicher Englischkenntnisse eingefunden zu haben, denn als Nora bereits zwei Stunden mit Ella im Wartebereich geplaudert hatte, trat ein seriös und gewichtig wirkender Offizier aus der Metalltür zu ihnen in den Korridor und räusperte sich. Sofort verstummten alle und sahen teils beklommen, teils erwartungsvoll zu ihm auf. Der Gedanke, der Offizier möge sie alle vorzeitig nach Hause schicken, weil er seine offenen Stellen bereits vergeben hatte, schoss Nora unheilvoll durch den Kopf. Bitte nicht, dachte sie nun kläglich. Sie brauchte so dringend eine Arbeit, nicht schon wieder wollte sie unverrichteter Dinge nach Hause ziehen. Mittlerweile war es ihr gleich, ob sie mit dem Flughafengebäude unschöne Erinnerungen verband, die Vorzüge eines möglichen Arbeitsplatzes, der so nahe an ihrem Zuhause lag, erschienen ihr unschlagbar.

»Ladys«, sprach der Offizier nach einem kurzen Seitenblick auf zwei junge Frauen, die steif wie Stöcke in der Nähe der Tür saßen. »Bevor ich mit den Gesprächen fortfahre, eine Sache …« Sein amerikanischer Akzent war unverkennbar, auch wenn er völlig korrektes Deutsch sprach. Er war ein Hüne, was durch die graue, mit Orden geschmückte Uniform noch verstärkt wurde. »Ich weiß, die Not ist groß, aber bitte … bitte betreten Sie das Besprechungszimmer nur, wenn Sie wirklich gutes Englisch sprechen.«

Sein düsterer Blick glitt über die Köpfe der Versammelten hinweg, und manch eine der Angesprochenen senkte den Kopf.

»Sie verschwenden meine und auch Ihre Zeit, wenn Sie sich für einen Posten als Übersetzerin oder Dolmetscherin bewerben, ohne die Sprache zu beherrschen.«

Mit einem nachdrücklichen Nicken zog er die Tür hinter sich zu. Keine der Bewerberinnen rührte sich von der Stelle.

»Hoffentlich haben wir eine Chance«, flüsterte Ella. »Aber eigentlich muss ich mir keine Sorgen machen. Meine Großmutter war Engländerin, mit ihr habe ich immer nur Englisch gesprochen. Woher kannst du Englisch, Nora? Ich darf doch Du zu dir sagen?«

Nora erzählte von ihrer Ausbildung, dann warteten sie erneut. Die Zeit verging nur allzu langsam, vor dem kleinen Fenster am Ende des Korridors wich das gleißende Sonnenlicht bereits den milderen Orangetönen des späten Nachmittags.

Nora spürte ihren Körper kaum noch vom langen Sitzen, als Ella endlich aufgerufen wurde. Kaum fünf Minuten später kam sie wieder aus dem Zimmer heraus, vor Freude strahlend.

»Ich wurde genommen!«, raunte sie Nora zu, woraufhin sie von allen Seiten mit neidischen Blicken bedacht wurde. »Ich kann es kaum glauben! Hoffentlich hast auch du Glück! Ich warte draußen auf dich, einverstanden? Es wäre zu schön, wenn wir Kolleginnen werden würden.«

»Das finde ich auch«, bekundete Nora lächelnd. Doch im nächsten Augenblick wurde vorne an der Metalltür bereits ihr Name genannt, und sie schnellte auf, ihr Körper stand plötzlich unter Hochspannung, ein unangenehmes Ziehen meldete sich in ihrem Magen. Ihre Tasche an sich gedrückt, folgte sie dem jungen GI, der sie ins Besprechungszimmer führte, wo der Offizier hinter einem Berg von Unterlagen saß und sich müde die Stirn rieb. Jetzt, wo sie ihn von Nahem sah, konnte sie die Aufschrift auf seinem Namensschild entziffern, das an seiner Uniform befestigt war. *Major James Bloom* hieß er. Seine Augen waren grau wie Gewitterwolken, und er mochte wohl einige Jahre älter sein als sie.

»Miss Thalfang«, begann er, doch sie unterbrach ihn leise.

»Mrs.«

»Okay. Ist Ihr Mann einverstanden, dass Sie sich bei uns bewerben? Hat er selbst eine Arbeit?« Bloom schien ein wenig geistesabwesend, während er sprach, kritzelte er hastig eine Notiz in ein abgegriffenes Büchlein.

»Mein Mann wird seit fünf Jahren vermisst«, antwortete Nora leise.

»Das tut mir leid. Russland?« Offenbar war Bloom es gewohnt, knappe, präzise Fragen zu stellen, sein Tonfall war jedoch jetzt sanfter als vorhin, als er im Korridor gesprochen hatte.

Sie nickte nur und hoffte, er würde rasch das Thema wechseln.

»Wie ist es um Ihre Englischkenntnisse bestellt? Wo haben Sie Englisch gelernt?«, hakte der Offizier nach.

»Ich habe Englisch studiert und ein Diplom zur Übersetzerin und Dolmetscherin erworben. Außerdem bin ich mit meinem Mann vor dem Krieg nach England gereist. Er war Sprachenlehrer, und wir hatten einige englische Bücher im Original zu Hause.« Die bereits vor langer Zeit als Brennmaterial zerstört worden waren, fügte sie im Geiste bitter hinzu.

»Das klingt nicht schlecht, zumindest nicht schlechter als das, was manche Ihrer Mitbewerberinnen heute bereits von sich gegeben haben.« Er seufzte und trank einen Schluck eines dunklen Gebräus. Nora fragte sich, ob es sich um echten Kaffee handelte. Die Amerikaner verfügten über viele Leckereien – sie ließen die Verpflegung für sich und ihre Angehörigen aus den USA einfliegen –, wahrscheinlich herrschte auch an Bohnenkaffee kein Mangel. »Nun gut, dann zeigen Sie mal, was Sie können. Aber bitte nicht diese abgedroschenen Phrasen, die ich heute bereits hundertfach gehört habe. *My name is Lieselotte, I live in Berlin, I am twenty-three years old*, bla, bla, bla. Überlegen Sie sich was Neues.« Erschöpft fuhr sich Bloom mit der Hand über die Stirn und spähte einen Moment lang aus dem Fenster in die hellgrünen Baumkronen, die vom Licht der Nachmittagssonne angestrahlt wurden.

Eine Schocksekunde lang zermarterte Nora sich das Gehirn. Um Himmels willen, was wollte der Major nur hören? Wie ein Zug im Schnelltempo ratterten Fragmente von Büchern oder Gedichten, die sie vor Jahren gelesen hatte, durch ihren Kopf, doch bei keinem erinnerte sie sich an den genauen Wortlaut. Doch!, schoss es ihr durch den Kopf. *No man is an island* von John Donne, ihr Lieblingsgedicht seit Schulzeiten, kannte sie auch nach all den Jahren noch auswendig.

»Ich hätte ein Gedicht, das ich aufsagen und übersetzen könnte«, begann sie stockend.

Major Bloom gab ihr mit einer vagen Handbewegung zu verstehen fortzufahren.

Erst leise, doch dann immer sicherer, gab sie das Gedicht zum Besten. »*No man is an island, entire of itself. Every man is a piece of the continent, a part of the maine …*«

Nachdenklich trank der Major einen weiteren Schluck Kaffee. Er ließ sie das gesamte Gedicht rezitieren und unterbrach sie nicht, im Gegenteil, er schien ihren Vortrag ganz erbaulich zu finden, denn er gab seine steife Körperhaltung auf und lehnte sich entspannt zurück.

»*Any man's death diminishes me, because I am involved in mankind. And therefore, never send to know for whom the bell tolls, it tolls for thee*«, schloss Nora errötend. War es albern, während eines Vorstellungsgesprächs bei der US Air Force ein Gedicht vorzutragen? Vielleicht hätte sie doch besser etwas rein Sachliches erzählt? *Nowadays, about three million people live all over Berlin …*

»Sehr schön.« Nora erkannte die Andeutung eines Lächelns auf den Lippen des Majors. »Und wenn Sie das Ganze jetzt noch auf Deutsch übersetzen könnten?«

Nora hatte das Gedicht noch nie in einer Übersetzung gelesen, aber es gelang ihr, jede Zeile auseinanderzupflücken und ins Deutsche zu übertragen.

Bloom kritzelte erneut etwas in sein Büchlein. Nervös verfolgte sie seine Handbewegungen, konnte aber nichts entziffern. Einen Moment herrschte Stille, nur das Summen einer Fliege war zu hören. Nora knetete ihre feuchten Hände und bemühte sich, ruhig zu atmen.

Endlich erlöste Bloom sie von der bangen Warterei. Er schlug sein Büchlein zu und sah sie mit seinen gewittergrauen Augen intensiv an. »Beherrschen Sie auch Maschinenschreiben und Steno? Denn um ehrlich zu sein, müssten Sie nicht nur übersetzen oder das ein oder andere Gespräch dolmetschen, sondern manchmal auch als Sekretärin fungieren.«

»Das ist kein Problem für mich.« An der Sprachenschule hatte sie nebenher einen freiwilligen Sekretärinnenkurs absolviert.

»Sie haben den Job. Wann können Sie anfangen? Bei uns in der Air Force ist nämlich Not am Mann, aber das ist eigentlich immer der Fall. Gewöhnen Sie sich schon mal dran, dass alles schnell gehen muss.«

Nora fühlte sich, als wiche ihr mit einem Mal die angehaltene Luft aus den Lungen und sie fiele in sich zusammen vor Erleichterung. Sie versuchte, sich klarzumachen, dass sie recht gehört hatte, keiner Sinnestäuschung erlag: Sie hatte eine Arbeit, würde Geld verdienen, ihre Familie besser versorgen können.

»Ich könnte morgen anfangen.« Ihre Stimme bebte leise, ihre Worte klangen eher nach einer Frage statt einer Feststellung, so überwältigt war sie.

»Okay.« Bloom erhob sich zu seiner beeindruckenden Größe und reichte ihr die Hand. »Dann bis morgen. Melden Sie sich am Haupteingang, dann werden Sie zu Ihrem Büro gebracht.«

»Vielen Dank, Herr Major«, brachte sie noch heraus, bevor sie nach draußen taumelte, an den restlichen Wartenden vorbei. Im Freien saß Ella auf einem kleinen Mäuerchen und wartete wie versprochen auf sie.

»Und?«, fragte sie erwartungsvoll, die blauen Augen auf Nora gerichtet.

»Ich habe den Job«, flüsterte Nora. Noch vermochte sie es kaum zu fassen, dass sich ihre Lebensumstände nun tatsächlich bessern würden, noch stand sie so stark unter dem Eindruck der vergangenen Jahre, dass sie sich kaum vorstellen konnte, je wieder unbeschwert oder sorglos zu sein.

»Wunderbar!«, rief Ella erfreut. »Dann auf gute Zusammenarbeit, Nora! Ich denke, wir werden uns prächtig verstehen.«

Kapitel 3

Juni 1948

Am nächsten Morgen zog Nora wieder ihr butterblumengelbes Kleid an, in der Hoffnung, an ihrem ersten Arbeitstag im Flughafen Tempelhof einen adretten Eindruck zu hinterlassen. Die Kinder, die die Bedeutung der neuen Situation spürten – ihre Mutter würde nun ihre Tage in den Büros der amerikanischen Air Force verbringen, um Geld zu verdienen –, drängten sich um sie, als stünde ein Abschied für lange Zeit bevor.

»Ich komme doch heute Abend wieder«, tröstete Nora Jörg, während sie sich einen Hauch ihres himbeerroten Lippenstiftes auf den Mund tupfte. »Es ist ja nicht so, als würde ich nach Amerika reisen.«

»Das würde gerade noch fehlen«, brummte Else im Hintergrund. Sie hielt Veronika den Tornister hin, denn auch ihre Enkelin musste zur Schule aufbrechen. »Schlimm genug, dass du nun bei den GIs arbeitest. Pass bloß auf dich auf!«

»Mutti!« Nora verzog unwillig das Gesicht, die Unkerei ihrer Mutter bezüglich der Amerikaner wurde ihr allmählich zu viel. »Was hast du nur für Vorstellungen! Was soll mir im Flughafen schon passieren? Ich arbeite mit mehreren anderen Übersetzerinnen zusammen in einem Büro, weiter nichts.«

Veronika schmiegte traurig ihren Kopf an sie. »Schade, dass du nicht da bist, wenn ich von der Schule nach Hause komme. Wer hilft mir bei den Hausaufgaben?«

»Dafür ist Oma nun zuständig.« Nora griff nach der Bürste, die ihre Tochter ihr hinhielt, und kämmte ihr die weichen blonden Haare, um sie danach zu zwei straffen Zöpfen zu flechten. »Außerdem beginnen ja demnächst die Ferien, dann hast du den ganzen Tag frei. Und am Wochenende unternehmen wir etwas Schönes zusammen, das verspreche ich euch. Wir könnten mal wieder in den Zoo gehen.«

»Oh ja, zu den Affen!« Jörg begann, breitbeinig wie ein Affe durch die Wohnung zu hüpfen, und sprang mit einem Satz auf das Sofa, das Hanna als Schlafstätte diente, woraufhin das ohnehin bereits abgenutzte Möbelstück beängstigend quietschte. Als Jörg noch dazu schrille Urwaldlaute ausstieß, schob Else Nora sanft in Richtung Haustür. »Ab mit dir, bevor du glaubst, bereits jetzt im Zoo zu sein.«

Vor der Haustür atmete Nora tief durch; sie verspürte Lampenfieber vor ihrem ersten Tag, und der Kinderlärm, der noch immer aus der Wohnung schallte, trug nicht gerade dazu bei, ihre Nerven zu beruhigen. Auch wenn sie wusste, ihre Mutter würde sich gut um die Kleinen kümmern – während ihrer unfreiwilligen Zeit in der Munitionsfabrik hatte sie Veronika und Jörg, der damals noch ein Säugling war, auch liebevoll umsorgt –, schnitt es ihr doch ins Herz, dass sie die beiden von nun an nur mehr abends sehen würde. Die Kinder hatten bereits ihren Vater verloren, nun mussten sie noch von morgens bis abends auf die Mutter verzichten! Doch die Zeiten waren hart, und sie war Major Bloom unendlich dankbar, dass er ihr eine Chance gegeben hatte.

Wie Bloom ihr am Vortag geraten hatte, meldete sie sich am Haupteingang an und folgte dann einem jungen GI, der sie zwei

Stockwerke nach oben führte. Dort erstreckte sich ein großer Raum vor ihr, in dem die Luft vor Geschäftigkeit nur so zu vibrieren schien. Eine Handvoll weiterer Übersetzerinnen, einige Gesichter waren ihr vom Vorstellungsgespräch am Vortag im Gedächtnis geblieben, richtete sich bereits an nagelneu wirkenden Schreibtischen ein, während andere Plätze noch frei waren.

»Hier, Nora!« Sie vernahm zunächst nur verwirrt ihren Namen, doch dann erkannte sie ihre gestrige Bekanntschaft, Ella Roth, die von einem der weiter hinten platzierten Schreibtische winkte. Lächelnd eilte sie ihr entgegen.

»Ich habe dir einen Schreibtisch freigehalten«, verkündete Ella, offenbar genauso froh, sie wiederzusehen.

»Danke, wie lieb von dir.« Nora legte ihre Tasche auf den angrenzenden Tisch und zog die Haube von der Schreibmaschine, einer Remington, deren Gehäuse so stark glänzte, als käme es frisch aus einer Fabrik in den USA. Was wahrscheinlich tatsächlich so war, dachte Nora beeindruckt. Es mutete seltsam an, mitten im noch immer von den Kriegsfolgen gebeutelten Berlin auf einer Art Insel gelandet zu sein, in der es alles im Überfluss zu geben schien.

Nach und nach füllte sich der Raum mit den weiteren neuen Kolleginnen, und Major Bloom erschien im Türrahmen. Alle Köpfe wandten sich ihm erwartungsvoll zu. Zufrieden – er schien heute weitaus entspannter zu sein als am Vortag – blickte er jeder neuen Mitarbeiterin kurz in die Augen und nickte ihr zur Begrüßung zu. »Ladys«, sagte er mit seiner sonoren Stimme, woraufhin eine junge Frau, die schräg vor Nora und Ella saß, sich umdrehte und verstohlen wisperte: »Klingt er nicht wie ein Filmstar? Und sieht er nicht aus wie der Zwillingsbruder von Cary Grant?« Sie selbst schien sich eher für einen Kino- oder Theaterbesuch aufgedonnert zu haben als für die Arbeit in einem Büro. Ihr üppiges blondes Haar trug sie zu einem Bienenstock auftoupiert, und ihr Kleid schimmerte bei jeder Bewegung silbrig.

Nora und Ella warfen sich einen belustigten Blick zu.

Falls Major Bloom registrierte, dass hinten in der Ecke getuschelt wurde, ließ er sich nichts anmerken. Gelassen fuhr er auf Englisch fort: »Ich begrüße Sie alle an Ihrem neuen Arbeitsplatz, und ich heiße Sie auf dem Gebiet der Vereinigten Staaten von Amerika willkommen.«

Nora spürte, wie sich auf ihren Armen trotz der warmen Luft, die durch die offenen Fenster strömte, eine Gänsehaut bildete. Die Vorstellung, sich auf fremdem Territorium zu befinden, war allzu aufregend und neu.

»Ich verteile gleich die ersten Berichte zum Übersetzen, denn Sie sind ja zum Arbeiten gekommen, nicht, um sich meine Vorträge anzuhören.«

Die blonde Frau mit der Bienenstockfrisur schüttelte sich aus vor Lachen, so als habe der Major einen überaus geistreichen Scherz geäußert.

»Bitte denken Sie immer daran – alles, was Sie innerhalb dieser Mauern hören, lesen oder schreiben, unterliegt größter Geheimhaltung. Manche Übersetzungen, die auf Ihren Schreibtischen landen, werden überaus langweilig sein, andere könnten durchaus Informationen enthalten, die Sie draußen nicht herausposaunen sollten.«

Die Blondine vor Nora nickte so heftig wie ein Schulkind, das dem Lehrer durch besonderen Fleiß eine Freude machen wollte.

»Ladys, an die Arbeit.« Der Major ging durch die Reihen und verteilte Texte, und bald klapperten die Schreibmaschinen im Stakkato, wurden nur manchmal von den Kampfmaschinen übertönt, die über Tempelhof ihre Bahnen zogen. So verging der erste Arbeitsvormittag recht schnell, und kaum hatte Nora das Protokoll eines Gesprächs zwischen dem Bürgermeister Ernst Reuter und einem amerikanischen Gouverneur namens Clay fertig übersetzt, war es auch schon Zeit für die Mittagspause.

Nora betrat in Begleitung von Ella die Kantine und blieb erst einmal stehen. Das amerikanische Stimmengemurmel vermischte sich in ihren Ohren zu einer lebhaften Hintergrundmusik. Verlegen hielt sie ihre Hand über eine fadenscheinige Stelle in ihrem Kleid, bald würde der Stoff reißen und ein Loch hinterlassen. Hoffentlich sah niemand allzu genau hin. Stumm schlenderten sie dann in einigem Abstand an der Essensausgabe vorbei, vor der zahlreiche Piloten in Fliegeruniform, Offiziere und Beamten ihre Mahlzeiten bestellten, und bestaunten fast ehrfürchtig die üppigen Speisen, die angeboten wurden. Allein die Kuchentheke hätte Noras Kinder in Entzücken versetzt – so viel köstlich aussehendes Backwerk mit Sahne, bunten Streuseln und rosa Zuckerguss hatte sie noch nie auf einem Fleck gesehen. Sie war noch ganz in den Anblick ringförmiger Kuchen mit dickem Schokoladenüberzug vertieft, als Ella sie inmitten des Lärms leicht anstieß, um ihre Aufmerksamkeit auf sich zu ziehen.

»Wollen wir uns dahinten hinsetzen? Dort ist noch ein Tisch frei.«

Nora nickte nur, überwältigt von der fremden Welt, in der sie gelandet war. Schweigend wickelten sie kurz darauf ihre kargen Brote aus, die sie von zu Hause mitgebracht hatten.

»Was meinst du«, fragte Ella zaghaft, die sich nach allen Seiten hin umsah, »ob wir uns irgendwann auch mal in die Schlange an der Essensausgabe einreihen können? Unseren Lohn bekommen wir in Dollar, also müsste es möglich sein.«

»Hm, ich weiß nicht.« Nora konnte sich nicht vorstellen, ihr hart verdientes Geld in Leckereien umzusetzen – jeder Cent, den sie hier verdiente, sollte nach dem Umtausch in Reichsmark ihrer

Familie zugutekommen, die es bitter nötig hatte. »Ich muss meine beiden Kinder ernähren und meine Mutter, die bei uns wohnt.«

Ella ließ ihr Brot sinken, streifte mit einem verstohlenen Blick Noras Ehering und sah sie forschend an. »Was ... was ist mit deinem Mann?«, fragte sie schließlich leise. »Ist er im Krieg gefallen?«

»Er gilt seit dreiundvierzig als vermisst.« Den Rest ihres Brotes legte sie in ihre Blechdose zurück, denn ein salziger Geschmack breitete sich in ihrer Kehle aus.

»Das tut mir leid.« Ella blinzelte, dann wandte sie den Blick ab und schaute aus den hohen Fenstern auf die immensen freien Flächen hinter dem Flughafen, wo gerade ein Kampfflugzeug gewartet wurde, die Tragflächen in der Mittagssonne blitzend. »Es muss schwer sein, alleine Kinder großzuziehen ... Und die Kleinen werden ihren Vater sicherlich auch schmerzlich vermissen.«

»Veronika schon.« Nora beobachtete, wie eine Gangway an das Flugzeug geschoben wurde und ein paar Mechaniker, ausgerüstet mit Werkzeugkästen, das Innere betraten. »Obwohl sie kaum Erinnerungen an Joachim hat, sie war noch zu klein, als er das letzte Mal auf Heimaturlaub war. Jörg kennt seinen Vater praktisch überhaupt nicht, er wurde in dem Jahr, in dem Joachim verschwunden ist, erst geboren. Trotzdem fehlt er beiden Kindern – vielleicht nicht so sehr Joachim als Person, vielmehr eine Vaterfigur, eine Wunschgestalt, die sie sich in ihren Köpfen geschaffen haben.«

Ella nickte bedrückt, als wüsste sie genau, wovon Nora sprach. Ob ihre neue Gefährtin vielleicht ebenfalls einen Ehemann oder Verlobten im Krieg verloren hatte? Einen Ring trug sie nicht, doch Nora kannte kaum eine Frau, die nach dem Krieg keine Verluste zu beklagen hatte. Ella schien für einen Moment recht in sich gekehrt, aber Nora kannte sie noch zu wenig, um ihr persönliche Fragen zu ihrem eigenen Schicksal zu stellen. Vielleicht würde Ella mit der Zeit ihre Geschichte erzählen.

»Sollen wir wieder an die Arbeit gehen?«

Ella nickte, und sie erhoben sich und gingen an den voll besetzten Tischen vorbei. So manch verstohlener Blick vonseiten der Offiziere und Piloten wurde ihnen zuteil, was nicht weiter verwunderlich war, befanden sich doch außer ihnen kaum Frauen in der Kantine.

Ein gut aussehender, breitschultriger Amerikaner in Uniform mit braun gebranntem Gesicht und strahlend blauen Augen stieß mit seinem Essenstablett, auf dem ein Teller mit einem saftigen Steak und Kartoffeln stand, gegen Ella. Etwas Coca-Cola schwappte aus seinem Glas. Sofort entschuldigte er sich wortreich auf Englisch, wobei sein Blick zwischen Ella und Nora hin- und herwanderte. Sein Lächeln – so leuchtend, dass es Nora an die aufgehende Sonne erinnerte – zeigte, wie sehr ihm gefiel, was er sah.

»Darf ich den Ladys als Entschuldigung einen Kaffee spendieren?«

»Es ist doch gar nichts passiert.« Ella strich ihr Kleid glatt, es hatte jedoch nichts abbekommen. »Alles halb so wild.«

»Trotzdem«, beharrte der Soldat charmant. »Ich würde Sie gerne einladen, auf den Schreck.«

Nora konnte sich ein Schmunzeln nicht verbeißen, und Ella fragte geradeheraus: »Welcher Schreck denn? Wir sind ja nicht aus Zucker, ein kleiner Stoß bringt uns nicht um. Da haben wir schon ganz andere Sachen erlebt.«

»Danke schön, aber wir müssen wieder an die Arbeit«, warf Nora ein. Ob es von nun an immer so sein würde, dass sie als Frauen inmitten dieser Männerdomäne auf dem Flughafen Tempelhof herausstechen würden? Die jungen Burschen, die in der Air Force tätig waren, befanden sich mutterseelenallein, ohne Familie oder Freundin, in Deutschland, sicherlich vermissten sie den

Umgang mit weiblichen Wesen oder waren zumindest einem Flirt nicht abgeneigt.

Bevor der Soldat antworten konnte, schob sich eine junge Frau mit kunstvoller Hochsteckfrisur und aufdringlichem Parfüm zwischen sie. Es handelte sich um niemand anderes als die Kollegin, die im Büro schräg vor Nora und Ella saß und deren Name, wie sie inzwischen herausgefunden hatten, Inga Valentin lautete.

»Mich dürfen Sie gerne zu einem Kaffee einladen!« Das Lächeln, mit dem sie den Amerikaner bedachte, wirkte süß und unschuldig, so als habe sie es vor dem heimischen Spiegel bereits unzählige Male für eine Szene wie diese geübt, doch etwas Angespanntes, Verbissenes lag darunter verborgen. »Ich bin nicht so verkniffen wie meine Kolleginnen.«

Der Soldat lachte, offensichtlich nun etwas überfordert von der Situation, gleich drei hübsche Frauen vor sich zu haben, von denen ihm die eine so nahe kam, dass ihre Brust beinahe die Medaille an seiner Uniform berührte. »Klar, gerne, warum nicht?«

Inga schob ihm die Hand unter den Arm, und die beiden zogen los, um einen Kaffee zu besorgen.

Nora und Ella sahen ihrer Kollegin kopfschüttelnd hinterher.

»Na, die lässt ja nichts anbrennen«, bemerkte Ella. »Gleich am allerersten Arbeitstag greift sie in die Vollen.«

...

Noras Hoffnung, zeitig zu Hause zu sein, um noch etwas Zeit mit ihren Kindern verbringen zu können, wurde zerschlagen, da Major Bloom ihr sowie einigen anderen Übersetzerinnen kurz vor Feierabend noch einige eilige Papiere auf den Tisch legte. Aufgrund seiner verschlossenen Miene gewann sie den Eindruck, dass in Berlin Dinge vor sich gingen, von denen sie zuvor nichts geahnt hatte; als sie den Text überflog, den sie ins Deutsche übertragen sollte, verfestigte sich diese Ansicht. Der Flughafen Tempelhof war ein geschützter Ort, an dem eigene Gesetze galten, mit einer anderen Währung gezahlt wurde, doch draußen, im restlichen Berlin, schien es zwischen den West-Alliierten und den russischen Besatzern in der Ostzone zu brodeln.

»In Amerika werden neue Geldscheine für Deutschland gedruckt«, flüsterte sie Ella zu, die eifrig tippte. »Was hat das zu bedeuten?«

Ella sah für einen Moment auf, sie wirkte kaum überrascht. »Die Amerikaner bereiten wohl eine Währungsreform für Deutschland vor«, raunte sie Nora zu. »Mein Gesprächsprotokoll gibt einige Details preis.« Mehr sprachen sie nicht darüber, es war ihnen schließlich nicht gestattet, sich über die Inhalte ihrer Übersetzungen auszutauschen, geschweige denn eine Meinung zu äußern, doch Nora hatte das Gefühl, sich durch ihre neue Stelle direkt am Puls der Zeit zu befinden, im Zentrum eines Ortes, der womöglich von historischer Bedeutung war.

...

»Die Kinder schlafen schon länger«, begrüßte Else sie, als sie es endlich nach Hause geschafft hatte. Enttäuschung überzog Nora wie ein kalter Guss. Sie hoffte inständig, Überstunden würden nicht zur Regel werden, denn der Gedanke, ihre Kinder nur noch an den Wochenenden zu sehen und kaum noch an ihrem Alltag teilzuhaben, war unerträglich.

»Ich schaue trotzdem nach ihnen.« Nora zog ihre Schuhe aus und lief barfuß in ihr Schlafzimmer, wo Veronika und Jörg im Bett lagen, die Decke bis zum Kinn hochgezogen. Sie blickte hinaus in die Dämmerung, durchbrochen vom milchigen Licht des Mondes, das auf die friedlichen Kindergesichter fiel. Jörgs Wimpern warfen einen Schatten auf seine zarte Haut, er regte sich nicht und atmete ruhig, doch Veronika schlug die Augen auf, als habe sie auf die Rückkehr ihrer Mutter gewartet.

»Mutti!« Die Achtjährige setzte sich im Bett auf und streckte schlaftrunken die Arme aus. Nora setzte sich auf die Bettkante und drückte ihre Tochter zärtlich an sich.

»Wieso kommst du so spät?«

»Ich habe noch einen wichtigen Bericht bekommen, der dringend übersetzt werden musste.« Sachte strich sie Veronika über das blonde Haar, das ihr nun, da die Zöpfe gelöst waren, in gleichmäßigen Wellen über den Rücken fiel.

»Wird das jetzt immer so sein?«, sprach Veronika Noras schlimmste Befürchtung aus.

Energisch schüttelte sie den Kopf, wie um nicht nur ihre Tochter, sondern auch sich selbst zu überzeugen. »Nein, bestimmt nicht. Es war mein allererster Tag, Püppchen, wir müssen schauen, wie sich die Dinge entwickeln. Aber am Wochenende habe ich viel Zeit für euch, versprochen, dann gehen wir in den Zoo.«

»Ist gut. Ich freue mich drauf.« Besänftigt legte sich Veronika wieder nieder und zog die Bettdecke hoch.

»Schlaf gut, meine Süße.« Nora küsste sie auf die Stirn, dann verließ sie lautlos den Raum.

In der Küche saßen Else, Hanna und Friedrich zusammen. Durch die kaputte Fensterscheibe – Else hatte die Pappe herausgenommen – strömte nun allmählich mildere Luft, und aus den Nachbarwohnungen sowie dem Hinterhof erklangen leise, abendliche Geräusche, gedämpfte Unterhaltungen, blechern klingende Musik aus einem Radio, das Plätschern von Wasser.

»Und, wie war es bei den Amerikanern, Schwesterherz?« Hanna trug statt ihrer Schwesterntracht ein dünnes, hellgrün bedrucktes Sommerkleid, das an den Ärmeln bereits recht fadenscheinig wirkte, und schmiegte sich gähnend an Friedrich. Offenbar hatte auch sie einen langen Tag gehabt.

Nora goss sich ein Glas Wasser ein und zog sich einen Stuhl heran, obwohl ihr der Rücken vom langen Sitzen an der Schreibmaschine schmerzte. »Anstrengend, aber auch sehr interessant. Die Kantine ist das reinste Schlaraffenland, ihr könnt euch nicht vorstellen, was man dort alles bestellen kann. Tellergroße Fleischstücke, Kartoffeln mit Speck und die buntesten Kuchen, die ich je gesehen habe. Limonade und Coca-Cola in riesigen Gläsern.«

Hanna stöhnte auf, als seien die Köstlichkeiten direkt vor ihrer Nase aufgereiht, doch ihre Arme zu kurz, um danach zu greifen. »Mach uns den Mund nicht wässrig, Nora, das ist fies. Hast du etwas davon abbekommen?«

»Nein, ich habe brav meine trockene Stulle gegessen.« Nora lächelte schief. »Und was gibt es bei euch Neues?«

»Das Gemüse, das Kluth gegen unsere Lebensmittelmarken herausrückte, war schon sehr welk«, berichtete Else grimmig, woraufhin Nora aufseufzte.

»In ganz Berlin munkelt man über eine bevorstehende Währungsreform.« Friedrich starrte nachdenklich aus dem Fenster in die tintenblaue Dämmerung. »Ich würde zu gern wissen, ob etwas dran ist. Aber wie sollte das funktionieren? Es ist kaum anzunehmen, dass die Russen sich mit den West-Alliierten diesbezüglich einigen – erst gestern haben die russischen Delegierten auf einer Sitzung der vier Mächte die gemeinsame Verwaltung Berlins für beendet erklärt, weil die Amerikaner, Briten und Franzosen sich nicht auf ihre Forderungen einlassen.«

Nora sah in ihr Wasserglas und schwieg, Major Blooms Anweisung, nichts von dem, was sie innerhalb der Mauern des Flughafens Tempelhof aufschnappte, nach außen dringen zu lassen, würde sie keinesfalls missachten.

»Eine Währungsreform wäre nicht das Schlechteste, was uns passieren könnte.« Hanna gähnte erneut und streckte sich. »Stellt euch nur vor, was wir uns von neuem Geld kaufen könnten – schöne Kleider, Schuhe, Wimperntusche …«

Nora lächelte über die Begeisterungsfähigkeit ihrer Schwester, Else jedoch schnaubte verdrossen. »Wimperntusche …! Als ob es nichts Wichtigeres gäbe. Aber ich würde mich nicht allzu sehr darauf verlassen, dass es tatsächlich zu einer Währungsreform kommt, die Russen werden das niemals erlauben! Eher lassen sie es auf einen neuen Krieg ankommen.«

Die ruhige Abendstimmung schien mit einem Mal zu zersplittern wie Glas. So pessimistisch Else zuweilen war, so realistisch waren doch ihre Befürchtungen. Noras Kehle schnürte sich zu. Sollte ihr Leben, das sich durch ihre Arbeit bei den Amerikanern nun endlich zum Guten wendete, so bald wieder von Angst und Schrecken bestimmt werden? Bedrückt wünschte sie Else, Hanna und Friedrich eine gute Nacht und zog sich zu Veronika und Jörg ins Schlafzimmer zurück, um den düsteren Gedanken wenigstens im Schlaf zu entfliehen.

Kapitel 4

Juni 1948

Als Nora gemeinsam mit Hanna das Haus verließ, war der Himmel bedeckt und grau wie Taubenfedern. Nora zog ihre Strickjacke enger und schloss die Knöpfe; der unterste war vor Langem abgesprungen, zum Glück fiel es nicht auf.

Gemeinsam gingen sie die Burgherrenstraße entlang zur Dudenstraße, wo sie sich voneinander zu verabschieden pflegten. Hanna trug ihre frisch gebügelte Schwesterntracht, das Häubchen akkurat auf den blonden Locken, Nora hatte sich für ein lavendelblaues Kleid entschieden, das sie im Wechsel mit ihrem gelben trug. Sie hoffte, mit ihrem ersten Gehalt Stoff kaufen zu können, um sich und den Kindern neue Kleidung zu nähen.

»Was ist da vorne los?« Hanna, die reichlich unausgeschlafen wirkte – Friedrich war am Vorabend lange geblieben, aus der Küche war bis nach Mitternacht verliebtes Geflüster gedrungen –, sah angestrengt zur Straßenkreuzung, wo sich viele Menschen auf dem Bürgersteig aufreihten. Eine laute Stimme hallte durch die Straße, und Nora erkannte ein Auto des Radiosenders Rias, das sich im Schritttempo vorwärtsbewegte.

»Beeil dich, es scheint wichtige Neuigkeiten zu geben«, rief Hanna aufgeregt und begann zu rennen. Nora eilte ihr hinterher, bis sie die Menschenansammlung erreichten, die gebannt dem Ausrufer im Auto lauschte. Seit einiger Zeit war es gang und gäbe, dass die Radiostation dringliche Nachrichten per Megafon in den Straßen Berlins ausrufen ließ, eine schnelle und effiziente Art, die Bevölkerung zu informieren, wie Nora fand, vor allem in bewegten Zeiten wie diesen.

»Am Sonntag führen die alliierten Kräfte in Westdeutschland eine Währungsreform durch«, schallte es metallisch aus den Lautsprechern. »Eine neue Währung wird eingeführt, die Reichsmark verliert zu diesem Zeitpunkt jegliche Gültigkeit.«

Das Auto bewegte sich langsam vorwärts, weiter hinten in der Straße bildeten sich neue Menschentrauben, um gierig die neuesten Informationen aufzusaugen.

»Also stimmen die Gerüchte, die Friedrich aufgeschnappt hat, doch«, murmelte Hanna inmitten der nun heftig debattierenden Menge.

Nora nickte nachdenklich. »Ich frage mich, was das im Detail heißt, Hanni. Es war von Westdeutschland die Rede – aber was geschieht mit Berlin? Ob die sowjetischen Besatzer einverstanden sind, dass in unserer Stadt eine westliche Währung eingeführt wird?« Aus den Berichten, die sie nun tagtäglich übersetzte, wusste sie nur allzu gut, wie angespannt sich das Verhältnis der West-Alliierten, vor allem der Amerikaner, zu den Russen gestaltete.

»Vielleicht haben die Amerikaner die Russen gar nicht erst um ihre Meinung gefragt«, meinte Hanna.

Nora schüttelte den Kopf. »Das glaube ich kaum.« Es hatte Sitzungen zwischen den vier Besatzungsmächten gegeben, die bis spät in die Nacht hinein gedauert hatten, wie sie wusste; doch durfte sie natürlich nichts darüber verraten. »Aber vielleicht erfahren wir bald mehr. Radio Rias wird weiterhin berichten, und die Zeitungen auch.«

Sie verabschiedeten sich, Hanna schlug den Weg zum Sankt-Joseph-Krankenhaus ein, Nora eilte zum Flughafen. In der Büroetage lag eine fast mit den Händen greifbare Anspannung in der Luft. Zwar saßen die Übersetzerinnen alle an ihren Texten, die sie übertragen und abtippen sollten, doch lauschte eine jede von ihnen mit halbem Ohr den Berichten, die aus dem Radiogerät drangen. Normalerweise war es ausgeschaltet, aber heute schien Major Bloom, der im Minutentakt hereinstürmte, um ihnen neues Arbeitsmaterial auf die Schreibtische zu häufen, es zu dulden.

Ella stöhnte, als er einen Stapel Papiere neben ihre Schreibmaschine fallen ließ. »Wie sollen wir das alles bis zur Mittagspause schaffen?«, flüsterte sie, nachdem der Major wieder außer Hörweite war.

Nora inspizierte ihren eigenen Berg von Unterlagen. »Notfalls müssen die Stullen während des Übersetzens gegessen werden.« Sie versuchte sich an einem schiefen Lächeln. »Steak und Ofenkartoffeln in der Kantine müssen warten.«

Ihre Kollegin verdrehte amüsiert die Augen.

»Ruhe, Mädels.« Heide Volkmann, die einzige Übersetzerin, die älter als Nora war – sie zählte weit über sechzig Jahre, hatte im Krieg ihren Mann und ihren Sohn verloren, strahlte aber nichtsdestotrotz eine unermüdliche Energie aus –, drehte das Radio lauter. »Anscheinend gibt es wieder Neuigkeiten.«

Die Schreibmaschinen verstummten, und alle Frauen wandten sich dem Gerät zu.

» ... die Währungsreform wird uns dabei helfen, durch harte Arbeit wieder zu Wohlstand zu gelangen«, sprach ein Herr namens Max Brauer, den der Sprecher als Ersten Bürgermeister von Hamburg ankündigte. Danach gab Jack Bennett, der Finanzberater des Militärgouverneurs Lucius D. Clay, eine Stellungnahme ab, in der er wiederholte, was sie nun seit Stunden in Endlosschleife immer wieder vernahmen. »Am Sonntag erhält jeder Bürger der westlichen Besatzungszonen Deutschlands vierzig D-Mark, das sogenannte Kopfgeld. Das Geld kann an den bekannten Lebensmittelausgabestellen beziehungsweise in den Rathäusern abgeholt werden. Ab Montag verliert die Reichsmark jegliche Gültigkeit, bestehende Konten können jedoch auf Antrag hin umgestellt werden ...«

Nora verspürte eine wachsende Ungeduld. Die Berichte schienen in einer Endlosschleife zu laufen, informierten ständig über die Vorgehensweise in Westdeutschland, über Berlin als zwischen den Sowjets und den West-Alliierten geteilte Stadt verlor jedoch keiner der Befragten auch nur ein einziges Wort.

»Und was ist mit uns?«, raunte sie Ella zu.

Diese hob die Schultern. »Keine Ahnung. Aber laut dem, was ich hier gerade übersetze ...«, sie wies mit dem Zeigefinger auf ihren Stapel Papiere, »sind die Russen strikt gegen eine von den Amerikanern eingeführte Währung. Sokolowski tobt.«

»Das ist wohl wahr.« Nora seufzte tief auf, bemühte sich dann aber, die Musik, die der Sender inzwischen spielte, auszublenden und sich wieder auf ihre Arbeit zu konzentrieren. Der sowjetische Militärgouverneur war für seine Wutausbrüche bekannt, es würde einem Wunder gleichkommen, sollte er die Einführung der D-Mark im westlichen Teil Berlins gutheißen. Irgendwo in den unzähligen Gesprächsprotokollen, die seit Tagen auf ihren Schreibtisch flatterten, hatte sie gelesen, dass die neuen D-Mark-Scheine in den USA gedruckt und in unauffälligen Kisten, die keine Rückschlüsse auf den brisanten Inhalt zuließen, von der Air Force nach Deutschland transportiert worden waren. Ein leichter Kopfschmerz begann, hinter ihrer Stirn zu pochen. Eine neue Währung wäre so wichtig, gerade für Westberlin – im übrigen Deutschland versprachen die Besatzungsmächte den Bürgern bereits volle

Schaufenster, Waren in Hülle und Fülle, eine erstarkte Kaufkraft, sichere Löhne, alles, wonach sich auch die Westberliner sehnten.

Nora goss sich ein Glas Wasser ein und stürzte es in einem Zug hinunter. Wie lange würde es noch dauern, bis auch sie wieder uneingeschränkten Zugang zu Lebensmitteln, frischem Obst und Gemüse haben würden, wann würde sie endlich ihre beiden Kinder, die mager wie zwei Vögelchen waren, aufpäppeln können? Es hing so viel von dieser Währungsreform ab, die Alliierten mussten sie einfach auch im Westen Berlins durchboxen!

Auch nach der kurzen Mittagspause, während derer sie ihre Stullen tatsächlich hastig an ihrem Platz verzehrten, wurden im Radio weitere Berichte über die geplante Währungsreform gesendet. Die Schreibmaschinen schwiegen erneut, die Übersetzerinnen tauschten sich nun offen darüber aus, wie es für sie als Berlinerinnen weitergehen sollte.

»Das können die Westmächte einfach nicht tun«, stieß Lotte Schwarz, die Jüngste von ihnen, ein blondes, ätherisches Geschöpf von kaum zwanzig Jahren, aufgewühlt hervor. »Sie können Westdeutschland nicht zu Wohlstand verhelfen und uns hier darben lassen!«

»Sie werden den Russen wohl wenig entgegensetzen können«, prophezeite Erni Krämer düster. Wie Nora bereits mehrmals aufgefallen war, hatte sie die junge Lotte unter ihre Fittiche genommen und bemutterte sie geradezu, obwohl sie kaum fünf Jahre älter sein mochte als die zarte Kollegin. »Setz deine Hoffnungen nicht zu hoch, Lotte.«

Major Bloom, der noch immer fast minütlich durch das Büro wirbelte wie ein Sommersturm, drehte demonstrativ das Radio ab, um dem Getuschel ein Ende zu bereiten.

»Ich glaube, Sie haben bereits alles erfahren, was es zu wissen gibt«, sagte er mit einem kleinen Lächeln.

»Eben nicht.« Heide Volkmann erhob sich zu voller Größe und funkelte Bloom an. »Können Sie uns nicht etwas Genaueres sagen, Major? Als ranghoher Beamter müssten Sie doch Bescheid wissen, was für Berlin geplant ist.«

»Bekommen wir auch die D-Mark?«, warf Lotte Schwarz ein, die Wangen vor Verlegenheit rosig überzogen. Wie Heide wechselte sie mühelos ins Englische.

Major Blooms Miene blieb ungerührt, kein Muskel zuckte in seinem braun gebrannten Gesicht. Nora wandte sich resigniert ihren Unterlagen zu. Sie wollte heute unbedingt vermeiden, Überstunden machen zu müssen, Veronika und Jörg hatten ihr das Versprechen abgerungen, zum Abendessen zu Hause zu sein.

»Herr Major?« Die einschmeichelnde Stimme von Inga Valentin ließ Nora wieder aufhorchen. In den wenigen Tagen, die Nora nun in Tempelhof arbeitete, war ihr die junge Frau bereits mehrfach aufgefallen. Nicht nur durch ihr Äußeres – auch heute trug die Kollegin ihre volle Mähne wieder zu einem Turm aufgeschichtet, das vanillegelbe Kleid betonte ihre grazile Figur –, sondern vor allem durch ihre Gabe, jeden Mann auf dem Flughafengelände in Beschlag zu nehmen. »Sie sitzen doch an der Quelle, können Sie uns nicht aufklären, ob auch wir Berliner die D-Mark bekommen? Ach, und hier ist eine Tasse Kaffee für Sie, Herr Major, mit Milch und viel Zucker, wie Sie es gerne mögen.«

Die gesamte Belegschaft beobachtete, wie Inga die Hand ausstreckte, Bloom den Kaffee reichte und ihn mit ihren Rehaugen musterte.

»Danke, aber ich hatte bereits fünf.« Stirnrunzelnd nahm Bloom die Tasse entgegen, verbrannte sich anscheinend am heißen Porzellan und stellte sie rasch auf einem Tisch ab. »Tut mir leid, die Damen, ich kann Ihnen auch nicht weiterhelfen. Wie wir alle wissen, auch wenn wir schweigen müssen wie Gräber, war die Air

Force lediglich daran beteiligt, die Kisten mit den neuen Scheinen aus den USA einzufliegen. Weiter reichen meine Kenntnisse leider nicht.« Bloom machte eine Geste, als verschließe er seinen Mund wie einen Reißverschluss, und ließ Inga samt Kaffee stehen. Mit hängenden Schultern starrte sie ihm hinterher.

Nora tauschte einen wissenden Blick mit Ella aus. Inga legte es ständig darauf an, sich bei ihrem Vorgesetzten in ein gutes Licht zu rücken, hatte aber bei einigen Gelegenheiten bereits gezeigt, dass sie nicht davor zurückschreckte, ihre Kolleginnen auszubooten.

Am frühen Abend stand Major Bloom plötzlich vor Noras Schreibtisch, ein einziges Blatt Papier in der Hand. »Übersetzen Sie das bitte noch, dann können Sie nach Hause gehen.«

Mit seinen sturmgrauen Augen sah er Nora eindringlich an. Sie griff nach dem Blatt und überflog die Überschrift. *Gesprächsprotokoll zwischen Sokolowski und Jack Bennett*, las sie, und unten, am Ende der Seite, stand handschriftlich hingekritzelt: *Empfehlung, amerikanische Bomber unverzüglich in Westberlin zu stationieren.*

Ihr war, als schwappe plötzlich Eiswasser durch ihren Magen, und ihre Nackenhaare stellten sich auf. Die Amerikaner schafften schwere Kriegsgeräte heran, die Situation war offenbar mehr als brenzlig. Trotz ihrer bisherigen Hoffnung, eine neue Währung würde zu einem besseren Leben beitragen, wünschte sie sich plötzlich, alles möge beim Alten bleiben, sie müsse weiterhin mit ihren Lebensmittelmarken und den abgegriffenen Reichsmarkscheinen im Laden von Gernot Kluth Schlange stehen, um mit verschrumpeltem Gemüse nach Hause zu gehen. Das war allemal besser als das Schreckensszenario, das nun bedrohlich in ihrem Kopf Form annahm.

Bloom fixierte sie noch immer, auf eine Reaktion ihrerseits wartend. Sie nickte, ohne eine Miene zu verziehen. »In Ordnung, ich erledige das sofort.«

»Major Bloom? Mir können Sie auch gerne noch etwas zum Übersetzen geben.« Inga Valentin tauchte hinter dem Major auf und lächelte mit ihren kirschrot geschminkten Lippen zu ihm auf.

»Nicht nötig, Mrs Thalfang kümmert sich um alles Wichtige.« Damit kehrte er Inga den Rücken und eilte im Sturmschritt davon. Der Blick, den Inga Nora zuschoss, war scharf wie eine Pfeilspitze.

»Anscheinend ist das Dokument hoch geheim, was?«, flüsterte Ella Nora verschmitzt zu. »Beim Chef scheinst du ziemlich hoch im Kurs zu stehen.«

Nora unterbrach für einen Moment das Tippen und lächelte zerknirscht. »Bei den Kolleginnen daher umso weniger.«

»Bei mir schon, mach dir keine Sorgen. Ich glaube, dass Inga ohnehin eine jener Frauen ist, die sich grundsätzlich besser mit Männern verstehen und mit ihrem eigenen Geschlecht nichts anfangen können.«

Inga hatte wieder an ihrem Schreibtisch Platz genommen, schaute aber noch einmal mit zusammengezogenen Augenbrauen und böser Miene nach hinten zu Nora und Ella.

»Siehst du?« Ellas Wispern war nahezu unhörbar. »Sie ist sicherlich neidisch, weil Bloom dich eben bevorzugt hat. Was bin ich froh, dass wir beide uns gefunden haben und uns so gut verstehen, Nora! Ohne dich wäre dieser Konkurrenzkampf hier nicht auszuhalten.«

Nora lächelte zustimmend und versuchte, Ingas missgünstigen Blick zu ignorieren. Das Leben war schwer genug, sie wollte sich von allem, das sie zusätzlich belasten konnte, fernhalten.

...

Die Übersetzung war rasch beendet, und Nora konnte tatsächlich bald nach Hause gehen. Noch immer war der Himmel über Berlin wolkenverhangen, und der Geruch von Regen lag in der Luft. Die Wagen des Radiosenders Rias waren nicht mehr in Sicht, aber Nora kam an zahlreichen Fußgängern vorbei, die zu zweit oder zu dritt zusammenstanden und lebhaft über die Währungsreform diskutierten. Nora schnappte Wortfetzen auf wie *die Russen, die Amerikaner* und *Krieg* und dachte verstört an das Protokoll mit den Bombern zurück, die schnellstens in Westberlin stationiert werden sollten.

An der Kreuzung Dudenstraße – Burgherrenstraße stieß sie zufällig auf ihre Schwester, die auch auf dem Heimweg war.

»Ich hoffe so sehr, dass wir am Sonntag auch unsere vierzig Mark Kopfgeld abholen können«, begann Hanna ohne jegliche Begrüßung. »Stell dir nur vor – wenn wir eine echte, stabile Währung hätten, könnten Friedrich und ich sparen! Wir könnten endlich einen Hochzeitstermin festsetzen! Jahrelang nur verlobt zu sein, ohne die Aussicht, tatsächlich eine Familie gründen zu können, weil es an allen Ecken und Enden fehlt, ist unerträglich …!« Tränen stiegen in Hannas dunkelgrünen Augen auf. Sie tupfte sie rasch weg. Nora legte im Gehen den Arm um die Schultern ihrer Schwester. Nur allzu gut konnte sie nachempfinden, wie es sein musste, jung und verliebt zu sein, auch wenn diese Zeiten eine Ewigkeit her zu sein schienen, gerade, als hätte sie jene Gefühle in einem anderen Leben empfunden, das mit der Person, die sie heute war, nichts gemein hatte.

»Ich weiß, wie schwer das für dich ist.« Dass sie selbst nicht an die Einführung der Westmark in Berlin glaubte, da die Amerikaner, Briten und Franzosen die Sowjets wohl kaum derart brüskieren würden, verschwieg sie, um Hanna nicht jegliche Hoffnung zu nehmen.

Auf den letzten Metern bis zu ihrer Wohnung setzte ein feiner

Nieselregen ein, die Wolken hingen nun schwer und bleigrau über der Stadt.

»Was, glaubst du, wird geschehen? Du arbeitest doch für die Alliierten.« Hannas Schwesternhäubchen sog sich mit Feuchtigkeit voll, und sie schaute Nora so flehend an wie früher, wenn sie von anderen Kindern auf dem Hinterhof geärgert wurde und ihre große Schwester um Hilfe bat.

Für die Dauer eines Wimpernschlags war Hanna wieder vier und Nora zwölf, und wie damals wallte das überwältigende Bedürfnis in ihr auf, die Kleine mit den dünnen Rattenschwänzen zu beschützen und ihr zu sagen, dass alles gut werden würde.

Doch diese Zeiten waren vorbei, und vielleicht würde nichts mehr gut werden. Wie ein Schreckgespenst spukte wieder die Erwähnung der Bombenflugzeuge durch ihren Kopf, fraß sich darin fest wie ein Parasit, den man nie wieder loswurde.

»Ich weiß es nicht, ich denke, noch ist nichts beschlossen. Warten wir es ab«, murmelte sie. »Komm, beeilen wir uns, damit wir nicht allzu nass werden.«

...

Am Sonntag saßen sie in der Abenddämmerung auf dem Balkon. Motten taumelten über ihren Köpfen, und der süße Duft der Blumen, die ringsum in den Kästen blühten, lag wie ein Schleier in der Luft. Die Kinder spielten unten im Hof mit einem Ball, zwar war es längst Schlafenszeit, doch Nora wollte ihnen noch ein wenig unbeschwerte Spielzeit gönnen. Es war ein außergewöhnlich schöner Abend, was auch auf die Himbeeren zurückzuführen war, die Friedrich und Hanna auf einem Spaziergang gefunden und mitgebracht hatten. Die Kinder hatten die süßen Früchte genussvoll auf der Zunge zergehen lassen, und auch die Erwachsenen bekamen etwas davon ab.

»Mach das Radio aus, Friedrich«, sagte Hanna, »bei Frau Brombach sind gerade die Lichter ausgegangen, außerdem kann ich es nicht mehr hören, wie hervorragend die Ausgabe der D-Mark in Westdeutschland geklappt hat.«

Verdrossen schaute sie in den bleichen Mond, der wie eine schmale Zitronenscheibe am sich verdunkelnden Himmel hing. Tatsächlich hatte Radio Rias heute von nichts anderem berichtet als von den Menschenschlangen im Westen, die sich vor den Ausgabestellen des neuen Geldes eingefunden hatten. Die Reporter hatten zahlreiche Personen interviewt, die mit gefüllten Geldbörsen begeistert nach Hause gingen.

»Und von Berlin noch immer kein Wort«, seufzte Nora, während sie über die Balkonbrüstung nach unten in den Hof spähte, wo Veronika und Jörg sich gerade um den Ball stritten.

»Sie wirft ihn immer so hoch, dass ich ihn nicht kriegen kann«, beschwerte sich Jörg mit hochrotem Gesicht. Seine Stimme hallte durch den gesamten Hinterhof.

»Was kann ich dafür, dass er so ein kleiner Knirps ist, der den Ball nicht fangen kann«, gab Veronika zurück.

»Kommt hoch, ihr beiden, es ist Schlafenszeit.« Nora erhob sich müde. Außer dem Besuch im Tiergarten hatten sie heute nichts unternommen, trotzdem fühlte sie sich energielos und erschöpft; vielleicht war dies auf die nervliche Anspannung zurückzuführen, die sie ständig begleitete wie ein lästiger Schnupfen. »Heute Mittag kam ein Bericht darüber, dass die ersten Geschäfte in Westdeutschland ihre Schaufenster bereits reichlich bestücken – mit Waren, von denen wir nur träumen können, Stoffe, Haushaltsgeräte, Spielzeug ... Die D-Mark scheint die Wirtschaft drüben anzukurbeln, bevor sie überhaupt im Umlauf ist.«

»Und uns in Berlin lassen sie weiterhin in unserem Sumpf schmoren«, entrüstete sich Else.

Veronika und Jörg betraten, noch immer lautstark streitend, die Wohnung, sodass Nora ihrer Familie und Friedrich rasch eine gute Nacht wünschte, um sich mit den Kindern zurückzuziehen.

Noch lange lag sie wach. Auch heute hatte sie ihre Kinder kaum satt bekommen. Nora befürchtete ständig, die Mangelernährung würde die beiden auf Dauer krank machen.

»Mutti?«

Nora hob den Kopf und sah im schwachen Mondlicht, das durch die Vorhänge hindurchblinzelte, wie Veronika sich aufsetzte und aus dem schmalen Bett, das sie sich mit ihrem Bruder teilte, kroch.

»Was ist, Püppchen?« Nora hob ihre Bettdecke an, damit ihre Tochter darunterschlüpfen konnte.

»Ich habe solche Angst!«, brach es aus Veronika hervor. Nora spürte, wie ihr Nachthemd von Veronikas heißen Tränen feucht wurde, und schlang den Arm um sie.

»Aber wovor denn?«

»Vor ein paar Tagen haben ein paar Jungen in der Schule erzählt, dass es vielleicht einen neuen Krieg gibt! Sie sagen, die Russen werden einmarschieren, weil sie nicht damit einverstanden sind, dass es überall neues Geld gibt!«

Nora wurde das Herz schwer. Wie gern hätte sie die Ängste und Unsicherheiten, die unter den Berlinern herrschten, von ihren Kindern ferngehalten, sie in einer geschützten Blase aufwachsen lassen. Doch das war nicht möglich. Es tat ihr weh, dass Veronika trotz ihres zarten Alters bereits nachts keinen Schlaf mehr fand, weil sie sich zu viele Sorgen machte, wie es weitergehen sollte. Reichte es nicht, wenn sie als Mutter die niederdrückende Angst vor einem weiteren Krieg spürte?

»Ich glaube, das würden die Amerikaner nicht zulassen. Ich bin sicher, es wird eine friedliche Lösung gefunden«, sagte sie und küsste Veronika auf das zerzauste Haar. Sie wünschte, sie könnte ihren Worten selbst Glauben schenken.

»Wann kommt Vater endlich heim?«, flüsterte Veronika, schon wieder in den Schlaf hinübergleitend.

Nora fühlte einen Stich, der sich wie eine Nadel in ihr Herz bohrte. Da sie in all den Jahren keine Nachricht von Joachims Tod erhalten hatten, glaubten die Kinder noch immer fest daran, dass er lebte. Sie selbst horchte oft in Nächten wie diesen in sich hinein, als könne sie die Gewissheit, dass Joachim tot war, in ihrem Innern spüren. Doch da war nichts als Stille.

Kapitel 5

Juni 1948

Veronikas Ängste kehrten auch in den darauffolgenden Nächten zurück, und sie kam jede Nacht in Noras Bett. Diese lag meist stundenlang wach, der warme Kinderkörper, der sich gegen sie drückte, und die Sorge darüber, inwieweit die Machtspiele der Alliierten ihr Leben und das der Kinder beeinflussen würden, ließen sie nicht zur Ruhe kommen. Nach einigem Hin und Her hatten die amerikanischen, britischen und französischen Besatzer verkündet, ab dem morgigen Tag auch in Westberlin frisch gedruckte D-Mark-Scheine an die Bevölkerung zu verteilen. Ob dies friedlich vonstattengehen würde? Nora starrte in die Dunkelheit und versuchte krampfhaft, das Bild von russischen Panzern, die durch die westlichen Stadtteile walzten, zu verdrängen. Dazu würde es nicht kommen, oder? Doch die Textpassagen, die sie im Flughafen übersetzte, ließen so manches Mal darauf schließen, dass die Amerikaner mit allem rechneten – auch mit Überraschungsangriffen.

»Mutti, ich muss mal.«

Nora schreckte hoch und tastete nach dem Lichtschalter. »Einen Moment, Schatz.«

»Es ist dringend«, heulte Jörg. Im Finstern klang er zum Greifen nah, wahrscheinlich stand er direkt vor ihrem Bett.

»Ja, sofort …« Nora betätigte den Lichtschalter an der Wand mehrere Male, doch es blieb stockdunkel im Raum.

»Warum machst du kein Licht an?« Jörg begann, auf der Stelle zu hüpfen.

»Ich glaube, es gab einen Stromausfall«, murmelte Nora, »ich bringe dich ins Bad.«

Sie schälte sich aus den Decken und griff dahin, wo sie ihren Sohn vermutete.

»Ich hab Angst.« Jörg riss sich von ihr los und verharrte vor dem Bett, ohne sich zu rühren.

Seufzend zog Nora ihre Nachttischschublade auf, wo sie stets ein paar Kerzen und Streichhölzer aufbewahrte. Aufgrund der vergangenen Kriegsjahre war sie auf jede Eventualität vorbereitet, neben der Tür stand stets eine gepackte Tasche mit ihren wichtigsten Habseligkeiten, falls sie von einer Sekunde zur anderen aus der Wohnung flüchten mussten. So gut sie konnte, schob sie die Erinnerung an die durchdringenden Alarmsirenen und die schier endlosen Nächte in den Luftschutzbunkern Tempelhofs von sich, zwang sich, ruhig zu atmen. Es herrschte lediglich Stromausfall, betete sie sich wie ein Mantra vor, wahrscheinlich hatte sich im Großkraftwerk Zschornewitz eine Panne ereignet. Endlich gelang es ihr, mit zitternden Fingern ein Streichholz anzureißen und eine Kerze anzuzünden. Die kleine Flamme flackerte unruhig.

»Nun aber schnell, junger Mann, bevor ein Unglück passiert.«

Jörg rannte in Richtung Bad, sie eilte hinterher, die Kerzenflamme mit der Hand schützend. Aus dem Wohn- und dem ehemaligen Kinderzimmer drangen die regelmäßigen Atemzüge ihrer Mutter und Schwester.

»Mutti …« Jörg saß gemütlich auf dem Abort und schaute gedankenverloren aus dem Fenster, während Nora mit der Kerze in der Tür stand und heftig gähnte. Die schlaflosen Nächte machten sich bemerkbar, und sie hoffte, Jörg käme nicht in Plauderlaune, sie wollte so schnell wie möglich wieder ins Bett kriechen.

»Das ist komisch. Die Straßenleuchten brennen noch.«

Nora warf einen flüchtigen Blick aus dem schmalen Badfenster. »Das ist ganz normal. Die Gaslaternen benötigen keinen Strom.«

Jörg legte nachdenklich einen Zeigefinger an die Lippen. »Wie lange werden wir keinen Strom haben?«

»Bis wir morgen früh aufwachen, ist der ganze Spuk sicherlich vorbei. Und nun beeil dich, damit wir wieder ins Bett kommen.«

...

Doch der Spuk hielt auch am nächsten Morgen an. Bei Familie Thalfang herrschte die übliche morgendliche Hektik – Veronika packte ein paar vergessene Hefte in ihren Tornister, Nora bereitete ein karges Frühstück für sie und ihren Bruder vor, Hanna stand im Unterrock in der Küche und hantierte mit dem Bügeleisen, während Else allen zwischen den Füßen herumlief.

»Mutter, setz dich bitte hin!« Hanna zog den Stecker des Bügeleisens aus der Steckdose und schob ihn sogleich wieder ein. »Mist, warum funktioniert das blöde Bügeleisen nicht? Ausgerechnet heute, wo ich eh schon spät dran bin.«

»Das liegt am Stromausfall«, krähte Jörg, auf einer harten Brotrinde herumkauend, die Nora ihm reichte. »Seit heute Nacht ist die Stromfabrik kaputt.«

»Was?« Nervös strich Hanna mit den Händen über ihre Schwesterntracht, in der vergeblichen Hoffnung, sie notdürftig zu glätten.

»In der Nacht war auch schon kein Strom da«, berichtete Nora. Während Veronika frühstückte und ihre halbe Tasse Milch trank, bürstete sie ihrer Tochter die Haare und flocht sie zu Zöpfen, die sie anschließend zu zwei Schnecken drehte und aufsteckte.

»Das waren die Russen«, platzte es aus Else heraus. »Die haben uns den Strom abgedreht.«

»Ach, Mutti, spar dir doch deine ständigen Seitenhiebe auf die Russen«, nuschelte Nora, eine Haarnadel zwischen den Zähnen. »Vor allem vor den Kindern.« Kein Wunder, dass Veronikas Angst vor einem Krieg ständig wuchs, hielt sich ihre Großmutter doch nicht mit ihren Schwarzmalereien zurück.

»Wieso?« Else nippte an ihrem dünnen Muckefuck, das einzige Frühstück, das die Erwachsenen zu sich nahmen, um den Kindern die spärlichen Brotkanten zu überlassen. »Der Strom für Westberlin wird im Osten erzeugt, das ist doch allgemein bekannt. Ob Absicht oder Panne – die Russen haben es zu verantworten.«

»Ich glaube, ein bisschen Musik würde uns guttun.« Hanna warf Nora einen entnervten Blick zu und stellte das Radio an, das glücklicherweise mit Batterien betrieben wurde. Doch statt flotter Melodien verlas ein Sprecher mit ernster Stimme die Nachrichten.

»In der Nacht haben die sowjetischen Besatzer die Stromversorgung Westberlins unterbrochen. Keiner der von den westlichen Alliierten verwalteten Stadtteile wird noch mit Elektrizität versorgt. Die Sowjets ließen bisher nichts darüber verlauten, wie lange dieser Zustand anhalten soll ...«

Nora ließ die Haarbürste sinken, sie hatte das Gefühl, man habe ihr in den Magen geschlagen. Die Stromversorgung war keinem technischen Problem zum Opfer gefallen, nein, die Sowjets hatten sie mit voller Absicht gekappt. Sollten sie ihre Vorgehensweise nicht bald revidieren, würde Westberlin von nun an abends und nachts im Dunkeln verharren, sämtliche elektrischen Geräte, sofern sie nicht wie der Radioapparat mit Batterien betrieben wurden, waren ab sofort unbrauchbar. Kaum ein Handgriff im Haushalt war nun noch möglich, ganz zu schweigen von den Arbeitsprozessen in den Berliner Unternehmen, die nun zum Erliegen kämen. Übelkeit stieg in Nora hoch, und sie sank rasch auf den Stuhl neben Veronika. Diese, die das Ausmaß dessen, was sie eben im Radio gehört hatten, nicht begreifen konnte, nahm Nora augenrollend die letzten Haarnadeln aus der Hand und schob sie sich selbst ins Haar.

»Das ist ja entsetzlich!« Hanna schlug sich die Hand vor den Mund. »Wie sollen wir im Krankenhaus ohne Strom arbeiten? Und Friedrich in der Schreinerei – auch er braucht Strom für seine Geräte …!«

»Pscht!« Else drehte am Lautstärkeregler des Radios.

»*Die West-Alliierten verstehen diese Maßnahme von sowjetischer Seite als direkte Retourkutsche für die Einführung der D-Mark in Westdeutschland und auch in Westberlin. Militärgouverneur Lucius D. Clay sprach von einem Affront gegen sämtliche Bemühungen, Deutschland nach dem Krieg Stück für Stück der Normalität entgegenzuführen …*«

»Himmel, die D-Mark!« Nora schnellte von ihrem Stuhl hoch. Wie hatte sie das über der ganzen Aufregung nur vergessen können! Heute wurde auch den Westberlinern die neue Währung ausgegeben, sie musste sich beeilen, um zum Rathaus zu gelangen, auf keinen Fall wollte sie bis zum Abend in der Warteschlange stehen. »Wir müssen los. Kommst du, Hanna?«

»Ja, bin schon unterwegs«, knurrte Hanna und schlüpfte grimmig in ihre zerknitterte Tracht. »Ich sehe aus, als ob ich in meinem Kleid und der Schürze geschlafen hätte.«

»Mach dir nichts draus«, beruhigte Else sie trocken. »Meinst du, die anderen Schwestern sehen besser aus? Keine kann heute Morgen bügeln. Und wer hatte recht? Ich. Die Russen waren es.«

...

Obwohl sie trotz allem recht früh dran waren, herrschte vor dem Rathaus Schöneberg bereits ein heilloses Durcheinander. Vor dem vierstöckigen Sandsteinbau mit der einfach verputzten Fassade und dem im Krieg von Bomben zerstörten Turm standen die Einwohner kreuz und quer an, weshalb sie nur langsam vorrücken konnten. Sie trafen Friedrich, kurze Zeit darauf gesellte sich Ella zu ihnen, die ihr Geld bereits erhalten hatte und glücklich an sich drückte.

»Es sieht so neu aus«, staunte Hanna.

Ella hielt neugierig einen Schein gegen das helle Sonnenlicht. »Seht mal, überall ist ein B aufgedruckt. Das Geld für uns Berliner wurde extra gekennzeichnet.«

»Vielleicht steht das B auch für *besonders*«, spaßte Friedrich.

Hanna versetzte ihm einen liebevollen Rippenstoß. »Quatschkopf.«

»Hast du heute vor, zur Arbeit zu gehen, oder setzt du dein neues Geld gleich in Wimperntusche, Lippenstift und Parfüm um?« Nora konnte es sich nicht verkneifen, die jüngere Schwester aufzuziehen, auch wenn ihr aufgrund der Geschehnisse nicht gerade zum Lachen zumute war.

»Für wie oberflächlich hältst du mich?« Hanna gab sich entrüstet. »Aber ein leckeres Stück Obsttorte mit Streuseln in der Mittagspause wäre doch was Feines.«

Zum Glück kamen Nora, Hanna und Friedrich bald an die Reihe. Nora, die Bezugsscheine für ihre Mutter, ihre Kinder und sich selbst erhalten hatte, betrachtete unsicher das Geld – einhundertsechzig D-Mark, ein wahres Vermögen. Es blieb keine Zeit mehr, ihren neu erworbenen Reichtum nach Hause zu bringen, um ihn dort sicher zu lagern, denn es war bereits nach zehn Uhr, und sie musste zur Arbeit. Hoffentlich wurde ihr das viele Geld nicht gestohlen. Vor dem Rathaus wimmelte es von obskuren Gestalten, oder bildete sie sich das nur ein?

Sie verabschiedete sich rasch von ihrer Schwester und Friedrich, um mit Ella die nächste U-Bahn zum Flughafen zu erwischen.

Major Bloom hatte allen Mitarbeiterinnen den Vormittag freigegeben, um sich ihr Kopfgeld auszahlen zu lassen, dementsprechend leer war es im Büro. Lediglich Inga war zugegen, die mit einem Tauchsieder Wasser in einem kleinen Topf zum Kochen brachte.

»Haben wir wieder Strom?« Verwirrt legte Nora ihre Handtasche auf ihrem Schreibtisch ab. »Das ging ja schnell.«

»Nein, es herrscht noch immer Stromausfall.« Unbemerkt war Major Bloom hereingekommen; er hatte die Angewohnheit, wie ein Phantom vor einem aufzutauchen, wodurch er schon einige Kolleginnen bei einem vermeintlich ungestörten Schwätzchen gestört und ihnen die Schamesröte ins Gesicht getrieben hatte. »Wir Amerikaner sind unabhängig von der städtischen Stromversorgung. Der Flughafen Tempelhof besitzt ein eigenes kleines Kraftwerk.«

»Oh, dann könnte der Flughafen vielleicht die Versorgung der Bevölkerung übernehmen?«, überlegte Ella laut.

»Wohl kaum.« Bloom lächelte, und für einen Moment glätteten sich seine angespannten Züge. »Dafür ist unser hauseigenes Kraftwerk wiederum zu klein. Aber nun an die Arbeit. Wie Sie sich vorstellen können, laufen die Telefone heute heiß, und die Berichte stapeln sich auf meinem Tisch.« Er verteilte Unterlagen an Nora, Ella und Inga.

»Wo die anderen nur bleiben?«, seufzte Inga und strich sich über ihr blondes Haar, das sie heute zu einem eleganten Knoten geschlungen hatte. »Es ist wirklich unhöflich von ihnen, der Arbeit so lange fernzubleiben.«

Nora unterdrückte ein Stöhnen. Inga ließ keine Gelegenheit aus, die Kolleginnen schlechtzumachen. Was war nur mit ihr los? Konnte sie nicht einfach froh sein, eine der heiß begehrten Stellen bei der Air Force ergattert zu haben, und sich wie die anderen Übersetzerinnen um ein harmonisches Miteinander bemühen?

Ella schien die gleichen Gedankengänge zu haben, denn sie räusperte sich vernehmlich.

»Was?« Irritiert drehte sich Bloom, der mit langen Schritten der Tür entgegenstrebte, noch einmal um. »An den Geldausgabestellen herrscht reger Andrang, würde ich meinen. Wie soll man es da schaffen, pünktlich zur Arbeit zu erscheinen, außer, man kampiert bereits in der Nacht vor dem Rathaus?«

Inga presste die Lippen zusammen, zog den Stecker des Tauchsieders und gab einen Teebeutel in das kochende Wasser.

»Ich möchte zu gerne wissen, was ihr Problem ist«, flüsterte Ella Nora zu, als sie an ihren benachbarten Schreibtischen Platz nahmen. »Sie scheint nicht zu kapieren, dass ihre aufdringliche Art bei dem guten Major überhaupt nicht ankommt.«

»Ja, seltsam«, murmelte Nora, mit den Gedanken allerdings bereits weit weg. Auf dem Heimweg musste sie unbedingt in Kluths Laden, um einzukaufen. Ob es sich in Westberlin wohl genauso verhielt wie in Westdeutschland und sich die Läden über Nacht wie durch Zauberhand mit allerlei Waren gefüllt hatten? Gestern hatten sie auf einem abendlichen Spaziergang Brennnesseln gesammelt und zu Hause eine Suppe daraus gekocht, dazu gab es für die Kinder ein Brötchen, das Friedrich von einem Kunden, einem Bäcker, dem er die Ladentheke repariert hatte, geschenkt bekommen hatte. Heute herrschte wieder gähnende Leere im Vorratsschrank. Es konnte doch nicht ewig so weitergehen – es musste doch möglich sein, an Lebensmittel zu kommen, ohne darauf zu vertrauen, am Wegesrand ein paar Beeren zu finden, die vorher noch niemandem aufgefallen waren, oder etwas geschenkt zu bekommen!

Anscheinend hatte sie vernehmlich geseufzt, denn Ella hörte auf zu tippen und schaute besorgt zu ihr herüber. »Kommst du nicht weiter mit deiner Übersetzung?«

Nora schüttelte den Kopf. »Nein, das ist es nicht. Ich kann nur nicht aufhören, darüber nachzudenken, wie ich die nächste Mahlzeit für die Kinder organisieren soll. Wie machst du das, Ella, wie bekommst du genug zu essen für dich und deine Mutter?«

Inzwischen wusste sie, dass Ella mit ihrer verwitweten Mutter in einer winzigen Wohnung zusammenlebte, mehr mochte die Freundin nicht erzählen, so als gäbe es etwas, das sie unter Verschluss halten wollte. »Wir haben Verwandte am Rande von Köpenick, die etwas Landwirtschaft besitzen. Na ja, falls man ein paar Hühner, Obstbäume und einen Gemüsegarten so nennen kann. Mutter besucht sie zweimal im Monat und kommt jedes Mal mit ein paar Eiern, Kartoffeln oder Äpfeln zurück. Das hilft uns, über die Runden zu kommen. Gestern ist sie wieder nach Köpenick gefahren, sie müsste heute zurückkommen, hoffentlich mit prall gefüllten Taschen.«

»Das freut mich für euch. Ohne Beziehungen geht es nicht, was?« Nora zog ein neues Blatt in die Schreibmaschine, doch ihre Finger schwebten über den Tasten, ohne zu schreiben.

Ella lächelte schief. »War das nicht immer so?«

Nach und nach trudelten auch die anderen Übersetzerinnen ein, jede ihre Handtasche, in der das Geldbündel stecken musste, an sich drückend wie einen Schatz. Im Büro herrschte hektische Stimmung, Major Bloom und andere Beamte durchquerten mehrmals im Laufschritt die Räume und Gänge, ständig gingen Funkmeldungen ein.

»Irgendetwas liegt in der Luft«, bemerkte Heide Volkmann trocken und schaltete das Radio ein. »Lasst uns mal hören, was es Neues gibt.«

Der amerikanische Sender AFN, der von Dahlem aus sendete, war angestellt. Unwillkürlich verstummte das Rattern der Schreibmaschinen, eine jede lauschte der Stimme, die aus dem knackenden Gerät drang. »*Die Sowjets blockieren mittlerweile sämtliche Landwege von Ost- nach Westberlin und zurück, den Schienenverkehr, Autobahnen, Transitstrecken. Westberlin ist somit von allen Versorgungsstrecken zu Lande abgeschnitten. Tausende Bewohner der westlichen Stadtteile, die sich aus beruflichen oder privaten Gründen im Ostteil der Stadt befinden, sitzen fest und können nicht nach Hause ...*«

»Nein!« Ella entfuhr ein spitzer, erschrockener Schrei. Mit einem Mal war ihr Gesicht weiß wie der Stapel Papier, der vor ihr lag. »Meine Mutter ... Sie wollte doch heute von Köpenick nach Hause kommen ... Sie ist nun eingesperrt im Osten ...!«

Das Entsetzen weitete ihre Pupillen und ließ sie verzweifelt nach Luft schnappen. Nora stand auf und legte ihre Hand auf Ellas Arm.

»Mach dir keine Sorgen, Ella, die Sowjets werden die Menschen schon ausreisen lassen. Sie können sie doch nicht für längere Zeit bei sich behalten, wo sollen die Leute denn hin?«

»Vermutlich versuchen die Russen nur, ein bisschen Macht zu demonstrieren«, tröstete auch Heide die verstörte Ella. »Was hätten sie davon, noch ein paar Tausend Menschen mehr durchfüttern zu müssen? Sie kriegen doch kaum die Ostberliner satt!«

Ein erneuter Schreck durchzuckte Nora. Wie sollten sie im westlichen Teil der Stadt nun noch mit Lebensmitteln versorgt werden, eine Blockade aller Verkehrswege machte es doch schier unmöglich, die Läden zu beliefern! Jedes Kind wusste, dass täglich unzählige Lastwagen und Züge aus Westdeutschland Essen und andere Notwendigkeiten des täglichen Lebens in die Geschäfte transportierten. Es gab nun kein Durchkommen durch die russisch besetzten Gebiete mehr.

Die Panik schnürte jetzt auch ihr die Luft ab und ließ ihr Herz trommeln. Was waren das für Zeiten? Legten es die Sowjets darauf an, die Westberliner verhungern zu lassen? Beim Gedanken an Veronika und Jörg schossen ihr Tränen in die Augen, doch sie blinzelte sie rasch weg. Eins nach dem anderen. Zur Not suchten sie am Abend noch einmal nach Himbeeren, oder vielleicht konnte Friedrich seinen Kunden etwas abschwatzen.

...

Auf dem Heimweg machte sie bei Gernot Kluth halt, doch trotz der knisternden neuen Geldscheine in ihrer Handtasche und der Lebensmittelmarken, die sie bei sich trug, hob er mit einer bedauernden Geste die Hände.

»Tut mir leid, Frau Studienrätin, ich bekam heute keine einzige Lieferung. Die Sowjets – bestimmt haben Sie von der Blockade gehört?« Sein verschlagenes Lächeln weckte in Nora die Vermutung, dass er selbst nicht unter dem Versorgungsengpass leiden würde. Sicherlich hatte er über die letzten Wochen und Monate so einiges aus seinen Warenlieferungen abgezwackt, sein Bauch, über dem der weiße Verkäuferkittel spannte, sprach eindeutig dafür.

»Haben Sie wirklich gar nichts mehr?« Verzweifelt ließ Nora die Augen über die Regale gleiten, doch sie waren tatsächlich leer. Nirgends lagen auch nur ein paar alte Kartoffeln oder eine Packung Mehl.

»Sieht es so aus, als würde ich in meinem Laden Lebensmittel horten?«, fragte Kluth scharf, wobei sein gezwirbelter Schnurrbart bebte.

»Schon gut.« Der provokante Tonfall verärgerte sie, doch bevor ihr eine entsprechende Erwiderung herausrutschte, drehte sie sich rasch auf dem Absatz herum und verließ den Laden.

»Ich bin wieder da«, rief sie zu Hause, hängte ihre Tasche an der Garderobe auf und nahm die sorgfältig gebündelten Geldscheine heraus, um sie endlich sicher in ihrer Nachttischschublade zu verstauen. Erleichterung durchflutete sie. »Kinder, lasst uns noch einen Spaziergang machen und nach ein paar Brennnesseln oder Beeren Ausschau halten.«

»Nicht nötig.« Hanna erschien mit froher Miene in der Küchentür. »Für das Abendessen ist bereits gesorgt, du musst nicht noch einmal auf die Jagd gehen.«

Verdattert folgte Nora ihrer Schwester in der Küche, wo Else mit den Kindern bereits am gedeckten Tisch saß. Ein verführerischer Duft strömte ihr entgegen.

»Schau, was es gibt, Mama!« Jörg hielt ihr stolz einen Teller mit Kartoffelpüree, einem hartgekochten Ei und einem Zipfel Wurst hin. »Das hat Hanna aus dem Krankenhaus mitgebracht.«

Nora zog sich einen Stuhl heran, ihre Beine fühlten sich so weich an, dass sie befürchtete, sie würden sie nicht länger tragen. Sie spürte deutlich, dass sie außer einer Tasse Muckefuck am Morgen noch nichts zu sich genommen hatte. Mit einem Mal wurde ihr so schwindlig, dass sie sich fühlte wie auf einem herumwirbelnden Karussell. »Aber ... wieso ...«

Hanna schob ihr resolut einen gefüllten Teller zu. »Ich habe heute zwei Patientinnen versorgt, die nach ihren Operationen noch keinen rechten Appetit verspürten. Ich hätte mich natürlich niemals getraut, ihr Essen einfach mitzunehmen, doch sie drängten es mir nahezu auf.«

»Wahrscheinlich hast du ihnen zuvor in den höchsten Tönen von deiner Nichte und deinem Neffen vorgeschwärmt und erzählt, welchen Hunger die beiden erleiden müssen«, warf Else erheitert ein, während sie geradezu liebevoll etwas Kartoffelpüree auf ihren Löffel gab.

»Man wird sich ja wohl noch mit den Patientinnen unterhalten dürfen«, sagte Hanna augenzwinkernd. »Ein bisschen persönliche Ansprache trägt zur Genesung bei.«

Nora lächelte und begann zu essen. Der heutige Tag war wieder einmal überstanden, doch wie würde es morgen aussehen? Sie war froh, ihre Kinder die Eier und die Wurst verschlingen zu sehen – auch wenn die Mahlzeiten, die für zwei Personen gedacht waren, für fünf reichen mussten –, und bange, wie sich der Kampf um genügend Nahrung morgen gestalten würde.

Kapitel 6

Juni 1948

Den ganzen Morgen war es windig gewesen, und gegen Mittag kam ein Sturm auf, der dunkle Wolken über den Himmel trieb. Eine wichtige Besprechung stand an, zu der Militärgouverneur Clay, der sich für ein paar Tage auf verschiedenen Stützpunkten in ganz Westdeutschland aufgehalten hatte, eigens per Helikopter von Wiesbaden nach Berlin zurückgeflogen wurde.

Nora stemmte mit aller Kraft die Flügeltüren auf, die zum Flugfeld des Flughafens hinausgingen, denn Major Bloom hatte sie beauftragt, Clay direkt am Hubschrauber abzuholen und in den Besprechungsraum zu führen. Der Westberliner Bürgermeister Ernst Reuter und sein Assistent Willy Brandt waren bereits eingetroffen, britische und französische Offiziere wurden noch erwartet.

Der Wind peitschte ihr die Haare ins Gesicht und wirbelte ihren Rock hoch, als sie dem Hubschrauber entgegeneilte, der mit drehenden Rotoren auf dem Rollfeld landete. Der Lärm war ohrenbetäubend, noch dazu pfiffen die Sturmböen über das freie Feld. Endlich öffnete sich die Tür des Helikopters, ein junger Pilot in amerikanischer Fliegeruniform sprang heraus und streckte einem Mann mittleren Alters die Hand hin, um ihm herauszuhelfen.

Dieser drückte sich seinen Hut auf den Kopf, als er mit Leidensmiene auf dem Boden landete.

»Generalgouverneur Clay?« Nora trat näher, um den Amerikaner willkommen zu heißen, doch der heftige Wind verschluckte ihre Worte.

»Verfluchtes Wetter.« Clay, der ein klassisch geschnittenes Gesicht mit schmaler Nase und hoher Stirn, dunkle Haare und braune Augen hatte, schritt im Eiltempo über den Asphalt. »Mir ist noch ganz übel von diesen Turbulenzen. Es war ein verdammtes Risiko, bei diesen Wetterverhältnissen überhaupt in die Luft zu steigen, aber die Alleingänge der Sowjets ließen mir keine andere Wahl, als auf der Stelle nach Berlin zurückzukehren.«

»Lassen Sie mich Ihre Tasche tragen.« Der Pilot, der wohl Ende zwanzig sein mochte und ein melodisches Englisch sprach, griff nach Clays schwerer Aktentasche und lächelte Nora hinter dem Rücken des Militärgouverneurs zu. Das Lächeln kam so unerwartet – Nora war, als ob der Sturm mit einem Mal abgeflaut wäre und sich ein winziger Sonnenstrahl durch die graue Wolkendecke stahl. Sie starrte den Piloten zunächst an, erwiderte jedoch schließlich zaghaft sein Lächeln.

»Danke, das schaffe ich gerade noch selbst«, raunzte Clay den jungen Mann in kaum verhohlenem Südstaatenakzent an, der Nora daraufhin einen gespielt verzweifelten Blick zuwarf. Sie schmunzelte in sich hinein.

Schweigend kämpften sie sich durch den Sturm, bis sie das Gebäude erreichten. Der Pilot zog ihnen zuvorkommend die Flügeltüren auf und ließ zuerst Clay passieren, der mit grimmiger Miene hindurchstapfte. Nora eilte hinterher, sie hatte Mühe, mit dem Militärgouverneur Schritt zu halten.

»*Thank you*«, sagte sie zu dem jungen Mann, und in der kurzen Sekunde, die sie ihm in die offenen blauen Augen sah, schien auch in ihrem Magen ein kleiner Tumult zu herrschen. Sein Blick ruhte auf ihr, als gäbe es außer ihr nichts anderes auf der Welt, weder den tobenden Sturm noch die überaus dringliche Besprechung im oberen Stockwerk, die über das weitere Schicksal der abgeriegelten Stadt entscheiden sollte. Verwirrt riss sie sich los und rannte hinter Clay die Treppe hoch. Was war nur los mit ihr? Sich in den Augen eines jungen amerikanischen Piloten zu verlieren passte viel eher zu Inga, die keine Gelegenheit zu einem Flirt ausließ, als zu ihr, einer verheirateten Frau mit zwei Kindern, die wahrhaftig andere Sorgen hatte. Doch die Art und Weise, wie er sie angeschaut hatte, so aufmerksam und liebenswürdig, hatte sie für einen Moment berührt.

»Hoffentlich bis bald einmal«, rief ihr der junge Mann hinterher. Sein Deutsch war unüberhörbar amerikanisch eingefärbt. Sie spähte keuchend über das Treppengeländer und sah ihn unten vor der Flügeltür stehen und den Hals recken wie ein verlorener Vogel, der aus dem Nest gefallen war. Zögernd winkte sie ihm zu. Noch einmal verknüpften sich ihre Blicke, dann stellte sie fest, dass Clay inzwischen außer Sichtweite war, und hetzte weiter. Die Wahrscheinlichkeit, den Piloten wiederzusehen, war gering. Sie pflegte ihre gesamte Zeit im Flughafen im Büro zu verbringen, ihre Wege würden sich mit Sicherheit kein zweites Mal kreuzen.

Major Bloom hatte sie und Ella gebeten, bei der folgenden Besprechung dabei zu sein, weshalb sie rasch in den Konferenzraum huschte, bevor Clay ihr die Tür vor der Nase zuschlagen konnte.

Im Vorfeld hatte es erneut Ärger mit Inga gegeben, Nora hatte mitbekommen, wie diese ihrer Kollegin Lotte zuraunte, dass sie und Ella wohl nur deshalb von Bloom bevorzugt wurden, weil sie sich bei ihm einschmeichelten. Wahrscheinlich sprach der pure Neid aus Inga, dachte Nora verdrossen, als sie neben Ella an einem kleinen Tisch Platz nahm, den man neben die lange Konferenztafel gestellt hatte. Es musste frustrierend für Inga sein, dass keine ihrer Bemühungen, Bloom schöne Augen zu machen, fruchtete.

»Wer hat dich denn so erröten lassen?«, zog Ella sie auf, die mit Notizblock und Stift bereitsaß. »Hat Clay dir Komplimente gemacht?«

»Unsinn.« Nora lächelte versonnen, während sie ihren Bleistift spitzte. Jean Ganeval, der französische Kommandant, den sie bereits einige Male durch die Gänge hatte eilen sehen, legte eine Tüte mit Karamellbonbons auf den Konferenztisch und forderte die anderen Männer in gebrochenem Englisch auf, sich zu bedienen. Nora bemühte sich, die Bonbons zu ignorieren, doch in ihr pulsierte die Hoffnung, auch welche angeboten zu bekommen, um sie ihren Kindern mitzubringen. Doch nichts dergleichen geschah. Als Übersetzerinnen waren sie und Ella wahrscheinlich nahezu unsichtbar, gehörten zum Inventar, so wie der Wasserkrug auf dem Tisch oder die ordentlich aufgereihten Bleistifte.

»Hast du etwas von deiner Mutter gehört?«, flüsterte sie Ella zu, während die Herren sich erst mal mit höflicher Konversation aufhielten.

Ella seufzte. »Sie hat es gestern Abend zum Glück nach Hause geschafft. Die Sowjets ließen zumindest den Personenverkehr wieder durch, auch wenn sie den Gütertransport noch immer blockieren.«

»Hatte sie wenigstens genügend Vorräte von euren Verwandten im Gepäck, um euch erst mal über Wasser zu halten?«

»Schön wär's.« Missmutig klopfte Ella mit ihrem Stift gegen ihre Zähne. »Sie musste die schönen Eier, das Gemüse und das Hühnchenfleisch zurücklassen, die russischen Soldaten verlangten eine Genehmigung zur Warenausfuhr, die sie natürlich nicht vorweisen konnte.«

»Seit wann benötigt man eine Genehmigung, um Geschenke

von der eigenen Familie mit nach Hause zu nehmen?« Ungläubig sah Nora ihre Kollegin an, doch die schüttelte nur ratlos den Kopf.

»Das sind nichts als Schikanen, glaub mir.«

Die Einzelgespräche am Konferenztisch, die sich erst um das Wetter, dann um das Befinden der Angehörigen gedreht hatten, waren rasch abgehandelt; Nora spürte, dass es Militärgouverneur Clay unter den Nägeln brannte, mit dem eigentlichen Thema der Sitzung zu beginnen. Mit seinen dunklen, unergründlichen Augen fixierte er der Reihe nach seine Kollegen. Seine Miene war besorgt, die Stirn gefurcht, und Nora schoss der Gedanke durch den Kopf, dass er als oberster Militär Berlins das Schicksal der gesamten Bewohner in seinen Händen hielt.

»Danke, dass Sie praktisch alles stehen und liegen gelassen haben, um sofort nach Tempelhof zu eilen«, setzte er an. Seine Stimme klang sonor und getragen, und mit seiner charismatischen Erscheinung, seiner Präsenz, nahm er den gesamten Raum für sich ein. Keiner der anderen Anwesenden gab einen Laut von sich, niemand spielte mit seinem Stift oder bewegte sich auf seinem Stuhl. Nora befürchtete fast, durch das Kritzeln ihres Bleistiftes auf dem Block unangenehm aufzufallen.

»Die Sowjets haben uns und vor allem die Bevölkerung in eine katastrophale Lage gebracht«, fuhr er fort. »Bloom, wie lange können wir die Situation aufrechterhalten, ohne dass die Bürger ernsthaften Schaden nehmen?«

Nora schluckte, zwang sich aber, unermüdlich zu protokollieren, auch wenn ihre Hand bebte. Die geliebten Gesichter von Veronika und Jörg tauchten vor ihr auf; was Clay unter ernsthaften Schäden verstand, war klar. Es ging um nichts anderes als um den Hungertod von Millionen Berlinern. Jedes Kind wusste seit Jahren, was es bedeutete zu darben, aber wenigstens konnte bisher eine minimale Versorgung gewährleistet werden. Eine dauerhafte

Blockade aller Verkehrs- und Transportwege durch die Sowjets schloss dies nun endgültig aus, keinerlei Lebensmittel würden die neu errichteten Barrikaden noch passieren können. Ihr wurde flau im Magen, und sie stand kurz davor, sich unaufgefordert eines der Karamellbonbons zu greifen, um die Übelkeit zu betäuben.

Bloom räusperte sich. Auch er wirkte ernster als sonst, die Lippen fest zusammengepresst, das braune Haar ungekämmt, als habe ihm in der Hektik des Tages die Zeit gefehlt, die nötigsten Handgriffe zu verrichten. »Nun, die Lebensmittelvorräte für Westberlin reichen für sechsunddreißig Tage, Benzin für vier bis fünf Monate, Steinkohle zum Heizen für fünfunddreißig Tage. Allerdings ist das alles sehr knapp berechnet.«

»Die Sowjets beabsichtigen, die Westberliner auszuhungern«, warf Rex Waite, der Chef der britischen Luftwaffe in Berlin, finster ein. Er wirkte äußerst angespannt, mit geballten Fäusten saß er kerzengerade am Tisch.

Nora fühlte sich, als falle sie metertief in einen dunklen Schacht hinab. Heimliche Ängste auszustehen war eine Sache, sie aber als Tatsache aus dem Mund eines Sachverständigen zu hören, eine andere. Das Wort *Aushungern* rauschte wie ein bedrohlicher Tornado in ihren Ohren.

»Gegen Machtdemonstrationen dieses Ausmaßes sind wir hilflos.« Jean Ganeval wickelte ein Bonbon aus und steckte es sich in den Mund. »Wir können den Sowjets wenig entgegensetzen. Zumindest nichts, was die Situation nicht noch weiter verschärfen würde.«

»Was schlagen Sie vor?« Clay musterte den Franzosen scharf.

»Ich finde, es ist an der Zeit, uns aus Berlin zurückzuziehen, wir können den Bewohnern nicht mehr helfen.« Ganeval verschränkte die Arme und betrachtete Clay abwartend.

Nora stockte der Atem. Sie spürte, wie Ella zu ihrer Linken

ebenfalls starr vor Schreck die Luft anhielt. Auch Ernst Reuter, der Bürgermeister, und sein Assistent Willy Brandt waren bleich wie saure Milch.

»Das können Sie nicht tun!«, widersprach Reuter heftig. Nora kannte sein Bild aus den Zeitungen, er mochte wohl um die sechzig sein und hatte, wie sie wusste, bereits einiges erlebt. Aber der Vorschlag, seine Stadt ihrem Schicksal zu überlassen, schockierte ihn offensichtlich genauso wie seinen jungen Assistenten, der sich unablässig nervös über sein volles Haar strich. »Sie haben Verantwortung für uns, Sie müssen uns zur Seite stehen! Wenn der Westen uns aufgibt, kassieren uns die Russen ein.«

Clay nickte bedächtig. »Eine solche Verschiebung der Machtverhältnisse können wir uns nicht erlauben. Wir könnten stattdessen den militärischen Weg einschlagen, mit unseren Panzern die Landwege freikämpfen und die Stützpunkte der Sowjets bombardieren.«

Nora schloss für einen Moment die Augen, das Szenario, das der Militärgouverneur heraufbeschwor, jagte ihr kalte Schauer über den Rücken. Ella war offenbar zu fassungslos, um weiter mitzuschreiben, ihr Stift schwebte über dem Papier wie ein Vogel vor dem Absturz.

Ernst Reuter schnellte auf und klopfte mit der flachen Hand auf den Tisch. »Niemals! Das können Sie nicht ernsthaft in Betracht ziehen! Sie wissen, was eine militärische Lösung nach sich ziehen würde.«

»Den Dritten Weltkrieg«, brach es gedämpft aus Willy Brandt heraus.

Nora glaubte sich mittlerweile in einem Albtraum gefangen. In den letzten drei Jahren waren die Schrecken des Krieges in den Köpfen langsam verblasst, auch wenn ein jeder Narben beibehielt, persönliche Tragödien, Schmerz und Verlust waren für immer in die Seele eingestanzt. Doch nun schien es, als stünde eine Wiederholung dieser grausamen Zeiten bevor.

Clay ignorierte Brandt und stützte nachdenklich das Kinn auf die Hand. »Wir halten sechstausend Soldaten in Reserve. Sie wären sofort einsatzbereit.«

»Nur über meine Leiche!«, entfuhr es Reuter, der noch immer steif gegen den Tisch gelehnt stand.

»Es gäbe natürlich noch eine andere Möglichkeit«, sagte Rex Waite gedehnt und starrte nachdenklich ins Leere.

»Und die wäre?«, fragte Clay kurz angebunden. Er kritzelte hektisch auf einem Zettel herum, vielleicht skizzierte er bereits mögliche Truppenaufstellungen. Nora hatte Mühe, die Gesprächsbeiträge der Militärs kurz und sachlich zusammenzufassen, ohne von ihren Emotionen niedergedrückt zu werden. Angst tobte in ihrem Inneren, sauste wie ein entgleister Zug durch ihren Kopf.

»Wir könnten Westberlin über den Luftweg versorgen.« Abwartend sah Waite in teils skeptische, teils hoffnungsvolle Gesichter. »Damit haben wir doch bereits Erfahrungen gesammelt.«

Nora wusste, dass der britische Luftwaffenchef auf Ereignisse aus dem Frühjahr anspielte. Schon damals hatten die Sowjets die Transportwege durch ihre Zone behindert und ein Durchkommen von Lastwagen oder Güterzügen unmöglich gemacht. Kurzerhand hatte General Clay damals angeordnet, die in den westlichen Zonen stationierten Truppen über den Luftweg zu versorgen. Das Vorhaben wurde erfolgreich umgesetzt, doch kritisierten die amerikanische sowie die britische Presse Clay und Waite als wahnsinnig, da das Projekt Unsummen verschlungen hatte.

»Ja, haben wir«, brummte Clay. »Allerdings halte ich eine solche Luftbrücke in diesem Fall nicht für praktikabel. So wie ich die Russen einschätze, zielen sie darauf ab, ihre Blockade endlos aufrechtzuerhalten. Was tun wir, wenn sie den Güterverkehr für viele Wochen, ja Monate sperren? Wir können doch eine Großstadt wie Berlin nicht monatelang über die Luft versorgen.«

»Ich bitte Sie inständig, Herr General.« Ernst Reuters Stimme klang leise und demütig, zitterte vor Aufregung. »Retten Sie meine Stadt. Lassen Sie die Leute nicht vor die Hunde gehen. Lassen Sie Lebensmittel, Kohle und Medikamente mit Flugzeugen einfliegen.«

Clay schnaufte vernehmlich und starrte Reuter an, als könne er ihn allein mit einem Blick in die Knie zwingen. Brandt, Waite, Bloom und Ganeval saßen bewegungslos auf ihren Stühlen, man sah, dass es auch in ihren Köpfen heftig arbeitete.

Nora betete, Clay würde auf den Regierenden Bürgermeister hören, er musste einfach! Undenkbar, eine Großstadt wie Berlin Hunger, Durst und Siechtum auszusetzen.

Der Generalgouverneur zerknüllte sein Blatt Papier, auf das er hastige Zeichnungen geworfen hatte. »Nehmen wir an, wir würden uns darauf einlassen, Berlin per Luftbrücke zu versorgen – ich sage nicht, dass wir dies tun werden, nur mal hypothetisch –, wären die Berliner robust genug, mit minimalen Essensrationen auszukommen? Denn Ihnen muss klar sein, Reuter, dass wir selbst mit größtem Aufwand nur eine rudimentäre Versorgung gewährleisten können. Rechnen Sie nur mal aus, wie viele Flugzeuge Tonnen an Gütern täglich einfliegen müssten, um die Bevölkerung nur knapp über Wasser zu halten.«

Reuter nahm endlich wieder Platz; seine Augenlider zuckten, die Hände verkrampften sich ineinander, trotzdem sprach er mit klarer Stimme: »Berlin wird alle notwendigen Opfer bringen, General.«

»Keine Meutereien unter der Bevölkerung, wenn noch weniger auf den Tisch kommt?« Clay beäugte den Bürgermeister misstrauisch, Nora konnte sich des Eindrucks nicht erwehren, er traue ihm nicht über den Weg.

»Kümmern Sie sich um die Organisation der Luftbrücke, ich kümmere mich um die Berliner«, sagte Reuter mit fester Stimme. Dankbarkeit und Respekt für den Politiker brandeten in Nora auf. Es war knapp gewesen, um ein Haar hätten sich die Alliierten entschieden, es auf einen neuen Krieg ankommen zu lassen, Clay schien einen solchen regelrecht zu favorisieren. Sie tauschte einen Blick mit Ella, die sie die ganze Zeit vor lauter Anspannung kaum wahrgenommen hatte. Auch ihre Freundin wirkte mitgenommen, die Notizen, die sie sich auf ihren Block geschrieben hatte, waren kaum zu entziffern.

»In Ordnung.« Clays Gesichtszüge entspannten sich etwas, anscheinend betrachtete er Reuter nach dessen Bekundungen, sich der Moral der Berliner anzunehmen, mit weniger Argwohn. »Ich telefoniere heute noch mit Präsident Truman, im Anschluss daran ziehe ich sämtliche Transportflugzeuge, die in Alaska, Texas und Hawaii stationiert sind, ab und lasse sie nach Deutschland fliegen.«

...

Als Nora am Abend nach Hause kam, eine Stunde später als sonst, traf sie Emmi Brombach im Treppenhaus an. Die Nachbarin hustete und röchelte derart, dass sie es kaum schaffte, ihren Haustürschlüssel ins Schloss zu stecken.

»Warten Sie, ich helfe Ihnen.« Nora stellte ihre Tasche ab und schloss Frau Brombach die Tür zu ihrer kleinen Wohnung auf. »Hat meine Schwester inzwischen nach Ihnen gesehen?«

Emmi Brombach nickte und schlurfte schwerfällig durch die Tür. »Ja, hat sie. Sie meint, meine Bronchitis wäre inzwischen chronisch geworden, ich solle dringend zum Arzt gehen. Im gleichen

Atemzug meinte sie, es sind momentan kaum Medikamente verfügbar, die die Ärzte verschreiben können. Da bleibe ich doch lieber gleich zu Hause, nicht wahr, mein Kind?« Um Zustimmung heischend sah sie Nora an, doch diese schüttelte nur energisch den Kopf.

»Unsinn, Frau Brombach. Hören Sie auf meine Schwester und gehen Sie zum Arzt. Wenn die Bronchitis mittlerweile chronisch ist, bessert sich Ihr Zustand von alleine bestimmt nicht.«

Die Nachbarin brummte vor sich hin, dass ein Arztbesuch reine Zeitverschwendung wäre, sodass Nora ihr resigniert einen guten Abend wünschte und in ihre Wohnung hochging.

Dort tobten Veronika und Jörg durch den engen Flur und prallten gegen sie.

»Hoppla!«, sagte sie lachend und begutachtete die beiden. »Was habt ihr denn da Schickes an?«

Die beiden trugen je zwei an den Stielen zusammengewachsene Kirschen über den Ohren.

»Ohrringe natürlich, Mutti!«, rief Veronika übermütig. »Möchtest du auch? Friedrich hat welche mitgebracht, die Kirschen waren unser Abendessen!«

Verwundert folgte Nora den beiden in die Küche, wo Else, Hanna und Friedrich zusammensaßen und genüsslich von den dunkelroten Kirschen naschten, die in einer Schüssel auf dem Tisch standen. Die Abendsonne schien durch das Loch im Fenster und ließ Friedrichs Haar feuerrot aufflammen, das ihrer Schwester hell glänzen wie Goldgespinst.

»Setz dich und iss«, forderte ihre Mutter sie auf. »Du siehst halb verhungert aus.«

»Das bin ich auch.« Durch die Aufregungen des Tages hatte keine Möglichkeit bestanden, etwas zu essen, ohnehin war am Morgen nichts im Vorratsschrank gewesen, das sie auf die Arbeit hätte mitnehmen können. Als sie sich die erste Kirsche in den Mund schob, deren Geschmack sich süß und saftig auf ihrer Zunge entfaltete, spürte sie, dass ihr vor Hunger bereits ganz schwach zumute war. Den ganzen Tag über war ihr leicht schwindlig gewesen, so als stakse sie unsicher wie auf Stelzen umher, doch dies hatte sie auf die Aufregung geschoben, die bei der Air Force geherrscht hatte.

»Veronika sagt, du hast die Kirschen besorgt, Friedrich?« Hungrig griff sie nach einer weiteren Frucht.

»Das hat er«, bestätigte Hanna und ergriff stolz die Hand ihres Verlobten. »Und damit hat er uns über den Tag gerettet. Die Läden waren heute allesamt leer, nirgends gab es auch nur einen Krümel zu kaufen.«

»Ich war nicht nur bei Gernot Kluth, ich habe sämtliche Läden, die ich gerade noch so erreichen konnte, abgeklappert«, berichtete Else. »Überall dasselbe Bild – leere Vitrinen und Regale. Das bisschen an nicht verderblichen Waren wie Mehl, Zucker und Hefe, das von gestern noch übrig war, haben die Leute am Vorabend panisch gehamstert. Wer weiß, wie lange die Russen keine Lieferungen durchlassen.«

Plötzlich schmeckte Noras Kirsche bitter. Die Sitzung der Alliierten-Vertreter stand ihr wieder deutlich vor Augen, und Begriffe wie *monatelange Blockade* bis hin zu *Krieg* drückten ihr den Atem ab. Wie wohltuend es gewesen wäre, ihrer Familie von ihren Erlebnissen zu erzählen und sich dadurch ein bisschen die Seele zu erleichtern.

»Wo hast du die Kirschen her?«, bohrte sie nach und musterte Friedrich angespannt. Er hatte das Obst wohl kaum in einem Laden gekauft, noch dazu in einer solch großen Menge.

»Getauscht, mit meinem Kollegen.« Friedrich mied ihren Blick.

Nora nickte, sie hatte es geahnt. »Was hast du ihm im Gegenzug dafür gegeben?«

Friedrichs helle Haut lief rot an. »Meine Mundharmonika.«

»Wenn die Zeiten wieder besser werden, schenke ich dir eine neue«, beeilte sich Hanna zu versichern. Tröstend legte sie einen Arm um ihren Verlobten. »Weißt du, Nora, die Mundharmonika hat ihm viel bedeutet, da sein Vater sie ihm damals zum zehnten Geburtstag geschenkt hat.«

»Das ist schon eine Weile her«, versuchte Friedrich sich an einem schwachen Lächeln, doch Nora spürte deutlich, wie sehr ihm der Verlust des Instruments zusetzte.

»Das hättest du nicht tun sollen«, protestierte sie zögerlich. »Du hast ein wertvolles Erinnerungsstück einfach so weggegeben … Und du weißt, die Polizei und die Amerikaner sehen den Schwarzhandel nicht gerne, sie führen strenge Kontrollen durch.«

»Aber dann hätten wir nichts zu essen gehabt, Mutti.« Jörg begann, mit einer Handvoll Kirschkerne durch die kaputte Fensterscheibe zu zielen. »Veronika hätte die ganze Nacht geheult.«

»Siehst du?« Else nickte ihr zu.

»Du hättest auch vor Hunger geheult, du Baby!«, giftete Veronika ihren Bruder an. Sie saß im Schneidersitz auf dem Fußboden und kämmte die Haare ihrer Puppe.

»Nicht streiten, Kinder.« Nora war elend zumute. In welch schrecklichen Zeiten lebten sie nur – sie waren praktisch gezwungen, sich ihr Überleben durch nicht ganz legale Maßnahmen zu sichern. Würde die Luftbrücke der West-Alliierten etwas an dieser Lage ändern, dem gnadenlosen Kampf um ein Stückchen Brot oder einen Schluck Milch ein Ende setzen? Nora konnte es kaum glauben.

Kapitel 7

Juni 1948

Als Nora und ihre Schwester am nächsten Morgen die Wohnung verließen, blickte Hanna an ihrer noch immer reichlich zerknitterten Schwesterntracht herab. »Wenn ich nur nicht so liederlich aussehen würde! Ungebügelte Kleidung wirkt nicht sehr professionell.«

»Na ja, nun, wo die Stromzuteilung streng geregelt wird, geht es nicht anders«, beschwichtigte Nora sie. Seit die Sowjets den Strom gekappt hatten, mussten die wenigen Westberliner Kraftwerke für die elektrische Versorgung der gesamten Westzone aufkommen. Ihren Kapazitäten waren Grenzen gesetzt, waren sie doch bereits alt und nicht mehr sehr effizient. Deswegen hatten die Alliierten mithilfe der deutschen Verwaltung beschlossen, den wenigen Strom, der in den westlichen Bezirken erzeugt werden konnte, streng zu rationieren. Jedem Haushalt standen ab sofort täglich zwei Stunden Elektrizität zur Verfügung, in wochenweise wechselnden Schichten. In dieser ersten Blockadewoche gab es im Bezirk Tempelhof am späteren Abend Strom. »Dann werde ich nächste Woche bügeln wie eine Irre«, prophezeite Hanna in grimmiger Entschlossenheit.

»Sieh nur, was ist da los?« Inzwischen waren die Schwestern

auf der Straße angekommen, wo ein paar Männer, die in den Nachbarhäusern wohnten, die Birken auf dem Gehsteig fällten. Erschrocken sah Nora dem Treiben zu, das Schlagen der Äxte dröhnte in ihren Ohren. Einige durch die Luft schwebende Blätter landeten auf ihr, woraufhin sie rasch zur Seite trat.

»Gehen Sie besser aus dem Weg, bevor Sie ein Baum erschlägt«, riet ihnen einer der Männer, der ein zerschlissenes Hemd und eine abgetragene Hose trug.

»Was tun Sie hier? Warum holzen Sie die ganzen Bäume ab?« Bestürzt schaute Nora in das Chaos aus durcheinanderwirbelnden Zweigen, schwer herabkrachenden Ästen und Blättern, die wie Konfetti herabrieselten und die Straße mit einem hellgrünen Teppich bedeckten.

Der Angesprochene hielt einen Moment inne und wischte sich die schweißnasse Stirn ab. »Wir beugen nur vor. Wenn die Sowjets ihre Blockade langfristig durchziehen, bedeutet das, dass wir im Winter im Kalten sitzen. Unsere Kinder werden erfrieren!«

»Vorausgesetzt, wir sind bis dahin nicht verhungert«, warf ein Nachbar von der anderen Straßenseite ein, der gerade einen mehrere Meter langen Ast zu seinem Haus zog.

Nora fehlten die Worte, und auch Hanna sah sich ratlos um. Ein kleiner Zweig segelte auf sie hinab und blieb in ihren blonden, unter dem Häubchen hervorlugenden Haaren hängen. »Haben Sie eine Erlaubnis? Ich meine, dürfen Sie die Bäume fällen? Die Pflanzen sind ja nicht Ihr Privatbesitz.«

Der Mann lachte höhnisch. »Erlaubnis? Wer fragt in solchen Zeiten schon nach einer Erlaubnis? Was sollen wir Ihrer Meinung nach tun? Abwarten, bis es zu spät ist?«

»Die Sowjets haben uns auch nicht um unsere Erlaubnis gebeten, uns sämtliche Lebensgrundlagen entziehen zu dürfen!« Ein schmächtiger, kahlköpfiger Mann schleppte eine Axt herbei und begann, einen Ahornbaum zu bearbeiten.

»Lass uns gehen, Hanni.« Mit einem flauen Gefühl im Magen zog Nora ihre Schwester am Ärmel weiter. »Sonst kommen wir zu spät.«

Schweigend setzten sie ihren gemeinsamen Weg bis zur Dudenstraße fort, nur das laute Aufschlagen eines Baumstammes auf dem Boden schreckte sie noch einmal auf. Nora brütete vor sich hin; ein plötzliches Gefühl der Panik hatte von ihr Besitz ergriffen. Sie verspürte das dringende Bedürfnis, auch vorzusorgen, wie ein Hamster Vorräte zu sammeln, um ihre Kinder durch den kommenden Herbst und Winter zu bringen. Ihre Gedanken überschlugen sich – woher konnten sie Obst, Gemüse und Konservendosen beziehen? Wie ärgerlich, dass es mitten in der Stadt keine Möglichkeiten gab, sein eigenes Gemüse zu ziehen oder ein paar Hühner zu halten!

Hanna schien ähnlichen Überlegungen nachzuhängen. »Friedrich sollte sich spätestens heute Abend nach der Arbeit ebenfalls um Brennholz kümmern. Anscheinend legt jeder Berliner Vorräte an, wir dürfen uns nicht ausnehmen.«

»Heute Abend?« Selbst in Noras eigenen Ohren klang ihre Stimme hohl. »Bis dahin haben die Leute jeden Baum abgeholzt. Es wird nichts mehr übrig sein.«

»Dann ... dann müssen wir in den Wald, in den Grunewald vielleicht ...« Hanna verhaspelte sich vor Aufregung. »Dort muss es einfach noch Holz geben, das wir mitnehmen können, die Leute können doch nicht den gesamten Wald abholzen ...!«

Mittlerweile hatten sie die Dudenstraße erreicht, wo sich ihre Wege wie jeden Tag trennten.

»Bis heute Abend«, verabschiedete sich Hanna niedergeschlagen. »Ich hoffe, dass im Krankenhaus ein bisschen was von den

Mahlzeiten der Patienten übrig bleibt, das ich mit nach Hause nehmen kann. Aber wahrscheinlich ist dort auch Schmalhans Küchenmeister.«

Nora biss sich auf die Lippen. »Ich möchte jedenfalls nicht mehr, dass Friedrich seine Wertgegenstände eintauscht, um uns durchzufüttern. Der Arme hat selbst nicht genug.«

»Wir müssen zusammenhalten«, erwiderte Hanna beinahe trotzig.

Mit gesenkten Köpfen schlugen sie entgegengesetzte Richtungen ein.

...

Im Flughafengebäude gab es wenigstens Strom – das hauseigene Kraftwerk arbeitete auf Hochtouren –, sodass die Schreibtischlampen noch immer funktionierten. Es war einer der wenigen schwülen Tage in diesem Sommer, und Nora glaubte, mit ihrem butterblumengelben Kleid an ihrem Stuhl festzukleben, als sie Stunde um Stunde Protokolle von Gesprächen, die mit der deutschen Verwaltung geführt worden waren, für die Akten ins Englische übersetzte. Am frühen Abend ertönte ein ohrenbetäubendes Brummen am klaren Himmel über Tempelhof, und wie kleine schwarze Vögel kamen in einer langen Reihe Flugzeuge in Sicht, die zum Landeanflug ansetzten.

»Es geht los!«, rief Major Bloom und stellte seinen Kaffee, den Inga ihm fürsorglich gekocht hatte, so heftig ab, dass er überschwappte. »Die ersten Flugzeuge sind da! Die Luftbrücke ist in Gang.«

Nora meinte, in diesem Moment einen Blick auf sein Inneres erhaschen zu können. Offenbar hatte er wie Nora tausend Ängste ausgestanden, ob General Clays waghalsiges Unternehmen wirklich und wahrhaftig zustande kommen würde.

»Sie haben es nicht für möglich gehalten, dass die in Westdeutschland stationierten Amerikaner tatsächlich Lebensmittel nach Berlin transportieren, was?« Heide Volkmann beobachtete durch das Fenster zufrieden, wie das erste Flugzeug auf der Landebahn aufsetzte.

»Nein, wenn ich ehrlich bin.« Mit zitternden Händen wischte Bloom seine Kaffeepfütze auf. Nora und die anderen Übersetzerinnen warfen sich einen schmunzelnden Blick zu. Dass der Major genauso wie sie befürchtet hatte, die Organisation der Luftbrücke würde ein gut gemeintes, aber unrealisierbares Vorhaben bleiben, machte ihn umso sympathischer. Er schien ernsthaft um die Geschicke der Westberliner besorgt.

»Ich muss die Piloten begrüßen«, rief Bloom und stürzte aus dem Büro. Nora trat zu den anderen Übersetzerinnen, die sich inzwischen am Fenster versammelt hatten und auf die Landebahn schauten. Eine Horde Jugendlicher und Frauen drängte sich um das Flugzeug, um die gelieferten Waren auszuladen. Nora hatte mitbekommen, wie Bloom am Vortag in einer Nacht-und-Nebel-Aktion mehrere Dutzend Halbwüchsige auf den Straßen Tempelhofs aufgelesen hatte, die für ein paar Dollar gerne bereit waren, die Kisten mit Lebensmitteln aus den Flugzeugen zu tragen. Bei den Frauen handelte es sich vermutlich um Kriegswitwen, die auf jede zusätzliche Einkunft, sei sie auch noch so klein, angewiesen waren.

»Lasst uns auch rausgehen«, stieß Lotte Schwarz begeistert hervor. »Vielleicht fällt ja ein Apfel oder ein Stück Schokolade für uns ab.«

Erni Krämer, Inga und auch Ella waren sofort Feuer und Flamme. Zu viert verließen sie im Eilschritt das Büro.

»Kommst du, Nora?« Ella drehte sich im Türrahmen noch einmal um und sah Nora erwartungsvoll an.

Diese warf einen unschlüssigen Blick zu ihrem Schreibtisch, auf dem sich die Berichte stapelten; mit einem Mal kam sie sich sehr viel älter vor als ihre Kolleginnen, die keine Scheu verspürten, zu den Flugzeugen zu laufen.

»Schließen wir uns dem jungen Gemüse doch an«, sagte Heide Volkmann und zupfte sie am Ärmel. »Auch wenn nichts für uns abfällt, interessant ist es doch allemal, die ersten Flugzeuge der Luftbrücke zu begrüßen.«

Nora ließ sich rasch überzeugen und malte sich aus, wie sie ihren Kindern am Abend von der Ankunft der Piloten und ihrer mit allem Lebenswichtigen beladenen Kampfflugzeuge erzählen würde. Veronika und Jörg würden an ihren Lippen hängen. Sie spürte, dass etwas Wichtiges passierte. Womöglich würde sie ihren Enkeln noch schildern, wie die West-Alliierten Berlin retteten?

Als sie an den gelandeten Flugzeugen ankamen, waren die Hilfskräfte bereits vollauf damit beschäftigt, Kiste um Kiste auszuladen und auf einen Lastwagen zu hieven, der zum Weitertransport bereitstand. Selbst Major Bloom legte mit Hand an, sichtbar stolz, Teil dieses Unterfangens zu sein.

Der Pilot der Maschine, die als Allererstes gelandet war, lehnte derweil lässig an seinem Flugzeug – laut Aufschrift eine Douglas DC-3 – und rauchte eine Zigarette.

»Vorsichtig«, mahnte er in seiner Muttersprache, als Major Bloom einen prallen Sack Kohle heraushob. »Ich möchte nicht, dass meine schöne Skytrain schmutzig wird. Jungs! Aufpassen mit den Gemüsekisten!«

Zwei der Jugendlichen zuckten die Achseln und zogen die Kisten vorsichtiger hervor, trotzdem kullerten ein paar Röschen Blumenkohl heraus. Nora zuckte es in den Fingern, näher zu treten und sie aufzuheben. Ein Blick zu Ella, die auf ihrer Unterlippe herumkaute, zeigte ihr, dass die Freundin Ähnliches dachte.

Der Pilot grummelte in sich hinein. »Immer sachte! Ihr verdreckt ja alles! Ich war von Anfang an dagegen, Gemüse und Kohle auf meinen Sitzen zu stapeln, die kriege ich nie wieder sauber.«

»Ach, kommen Sie.« Bloom stand inzwischen der Schweiß auf der Stirn, so sehr verausgabte er sich dabei, Kartons und Säcke aus dem Flugzeug zu tragen. »Unsere Aktion dient einem höheren Zweck. Die Sauberkeit Ihrer Sitze kann wohl kaum wichtiger sein als das Überleben einer eingekesselten Stadt.«

Lotte und Erni kicherten leise, woraufhin ein Lächeln um die Lippen des Piloten zuckte. Kurz entschlossen griff er nach ein paar Äpfeln und schenkte sie den beiden.

Mit großen Augen bedankten sie sich.

»Und die anderen Ladys sollen natürlich auch nicht leer ausgehen«, sagte er charmant und reichte auch Nora, Ella, Heide und Inga ein paar der köstlich glänzenden Früchte.

»Danke.« Noras Augen schimmerten. Sie stellte sich vor, wie sehr sich Jörg und Veronika am Abend über das Mitbringsel freuen würden.

Bald hatten die Jugendlichen und Frauen mithilfe von Bloom das erste Flugzeug ausgeladen und liefen zum zweiten Flugzeug, um sich auch dort nützlich zu machen. Noch immer befanden sich weitere Flugzeuge im Landeanflug, der Motorenlärm riss nicht ab. Gebannt starrte Nora hoch, und ein Gefühl tiefster Dankbarkeit verursachte ihr ein Kribbeln im Magen. Die Alliierten machten das Unmögliche möglich.

»Gehen wir wieder ins Büro.« Major Bloom wischte sich mit einem Taschentuch über die Stirn und grinste. »Unsere guten Geister schaffen das auch ohne mich alten Tattergreis.«

Ihre Äpfel an sich gedrückt, begleiteten die Übersetzerinnen ihn in Richtung des Flughafengebäudes, nur Nora blieb einen Moment zurück. Neben dem zweiten Flugzeug stand der junge Pilot, der zwei Tage zuvor Generalgouverneur Clay aus Wiesbaden eingeflogen hatte – oder spielten ihr die Sonnenstrahlen, die sich funkelnd auf den Tragflächen der Skytrains spiegelten, einen Streich? Sie schüttelte den Kopf über sich selbst; selbst wenn es sich um den jungen Mann mit den zartblauen Augen handelte, was ging es sie an? Eilig begann sie zu laufen, um zu den Kolleginnen aufzuschließen.

...

Als sie am Abend nach Hause kam, erwartete sie in der Küche ein unerwartetes Mahl: Auf dem Tisch standen gebratene Kartoffeln – die Pfanne dampfte noch auf dem Gasherd – und Dosenfleisch auf Elses bestem Geschirr, dazu Bohnen, offensichtlich auch aus der Büchse.

»Da staunst du, was?« Ihre Mutter empfing sie strahlend. Der Rest der Familie, auch Friedrich, saß bereits um den Tisch herum, anscheinend hatten sie alle auf sie gewartet.

»Woher habt ihr das?« Überwältigt ließ Nora ihren Blick über die Speisen streifen, den Apfel legte sie dazu. Einen Augenblick lang überfiel sie die Befürchtung, Friedrich könne wieder eine seiner Habseligkeiten eingetauscht haben. Oder war es denkbar, dass die Lieferungen der Alliierten bereits in den Geschäften eingetroffen waren?

»Wir waren mit Oma einkaufen.« Veronika setzte sich ihre Puppe auf den Schoß, sie hatte ihr sogar einen Miniaturteller neben ihren eigenen gestellt, um auch sie zu füttern.

Fragend starrte Nora ihre Mutter an.

Else nickte bestätigend. »Genau. Wir haben Kluths Laden unsicher gemacht. Natürlich waren die Regale nicht zum Bersten voll, aber es war genug da, um alle Kunden zufriedenzustellen. Kluth wollte mir natürlich wieder nichts aushändigen, er sagte, die Lebensmittel seien für Stammkunden reserviert, aber da lernte er mich mal richtig kennen.«

Alle lachten, und Nora spürte, wie die Sorgen, die sie die ganze Zeit über wie einen schweren Koffer mit sich herumgetragen hatte, von ihr abfielen und ein ungeahntes Gefühl der Leichtigkeit sich in ihr ausbreitete.

»Mutti hat gezeigt, dass sie sich nicht zum Narren halten lässt«, zog Hanna Else auf. »Üppig sind die Portionen zwar nicht, aber jeder bekommt was davon ab. Ich hoffe, es stört dich nicht, dass ich Friedrich zum Essen eingeladen habe, Nora.«

Nora, die ihren Kindern die Teller füllte, errötete. Nie hätte sie es fertiggebracht, Friedrich nach Hause zu schicken, hatte er doch bewiesen, dass er zu ihnen hielt. Seine Mundharmonika kam ihr wieder in den Sinn. Hoffentlich musste keiner von ihnen noch einmal aus Not einen geliebten Gegenstand verschachern!

»Du gehörst zur Familie, Friedrich«, sagte sie leise. »Du bist immer herzlich eingeladen.«

Friedrich schluckte und sah sie dankbar an.

»Ich konnte meine Lebensmittelmarken heute leider noch nicht einlösen«, erklärte er. »Ich bin eben erst aus der Schreinerei gekommen. Dort stehen alle kopf, weil es keine Holzlieferungen mehr gibt. Der Chef hat mich und den anderen Gesellen in den Grunewald geschickt, um Holz zu sammeln. Eine reine Verzweiflungstat, wenn ihr mich fragt. Das Holz dort ist wohl kaum für unsere Möbelarbeiten geeignet. Jedenfalls habe ich euch auch einen Korb Holz für den Winter mitgebracht.«

Er deutete mit der Gabel in die Küchenecke, wo besagter Korb, bis oben hin gefüllt mit Zweigen und Aststücken, stand. Hanna lächelte Nora erwartungsvoll an, auf ihre Reaktion gespannt.

Nora spürte, wie ihr Tränen in die Augen schossen. Friedrich kümmerte sich rührend um sie, ein Pilot schenkte ihr einen Apfel, und die Alliierten füllten die Berliner Läden – die Mischung aus Hoffnung, Dankbarkeit und Angst vor dem, was kommen würde, überrollte sie wie eine heftige Welle.

»Danke, Friedrich«, brachte sie nur heiser hervor.

»Weinst du, Mutti?« Veronika, die ihrer Puppe gerade einen Löffel imaginärer Kartoffeln in den Mund schob, betrachtete sie prüfend von der Seite.

Nora schüttelte den Kopf und lächelte beruhigend, sie spürte die besorgten Blicke ihrer Mutter und ihrer Schwester nur allzu deutlich auf sich ruhen. »Nein, keine Sorge. Es ist alles gut.« Sie küsste Veronika auf den Scheitel und nahm den ersten Bissen ihres Essens zu sich.

Es wurde ein langer Abend, denn selbst als das Essen bis auf den letzten Krümel verschlungen war, verspürte niemand das Bedürfnis, sich vom Tisch zu erheben. Sie redeten über Gott und die Welt, und zu vorgerückter Stunde schleppte Jörg das Mensch-ärgere-dich-nicht-Brett herbei, und sie verbrachten die Stunden bis zur Dämmerung mit ausgelassenem Spielen. Während der letzten Runde – Jörg war außer sich vor Freude, war er doch wie immer haushoch am Gewinnen – zündeten sie die Kerzen an, da es zu dunkel wurde. Im Schein der warmen Flammen betrachtete Nora voller Zuneigung die Gesichter ihrer Lieben. Es fühlte sich gut an, satt zu sein, nicht dieses nagende Gefühl im Magen zu verspüren, das sie so oft begleitete. Zwar kauerte in einem Winkel ihres Bewusstseins die Furcht, die Russen könnten die Luftbrücke als Provokation auffassen, doch sie schob diese Gedanken von sich, wenigstens heute. Es war zu schön, in die glücklichen Augen ihrer Kinder zu schauen.

»Gewonnen!«, schrie Jörg und streckte seine Siegerfaust in die Höhe.

»Du hast geschummelt«, maulte Veronika.

Beiden Kindern war die Müdigkeit deutlich anzusehen, deshalb verkündete Nora, dass jetzt Schlafenszeit sei. In diesem Moment sprang das Licht an, die Küchenlampe, die über dem Tisch hing, verbreitete ein fast grelles Licht.

Hanna schnellte auf wie von einer Spinne gebissen. »Das Bügeleisen! Ich muss dringend bügeln! Noch mal gehe ich nicht mit einer zerknitterten Uniform ins Krankenhaus.«

»Wir können jetzt nicht ins Bett, Mutti«, protestierte Jörg, sich die Augen reibend. »Jetzt, wo es wieder Strom gibt!«

Nora lachte. »Und ob ihr das könnt. Ab die Post, zieht die Schlafanzüge an.«

Während die Kinder ihre Zähne putzten und dann unter die Bettdecke krochen, überlegte sie, was sie in den zwei Stunden anstellen sollte, in denen der Bezirk über Elektrizität verfügte. Sie könnte sich die Haare waschen und föhnen, um endlich einmal nicht mit nassen Haaren ins Bett zu gehen, oder bügeln, wie ihre Schwester. Schließlich entschied sie sich für etwas anderes: Sie würde sich den Luxus gönnen, im Schein der Nachttischlampe ein Buch zu lesen, genüsslich zu schmökern, wie sie es in jungen Jahren vor Ausbruch des Krieges gerne getan hatte. Die Kinder schlummerten bereits tief, das Licht würde sie gewiss nicht aufwecken. Nora schlüpfte unter die Decke, knipste die Lampe an, bettete ihren Kopf auf das Kissen und schlug voller Vorfreude die englische Ausgabe von Hemingways *Wem die Stunde schlägt* auf.

Kapitel 8

Juli 1948

Kleine Schönwetterwolken bauschten sich wie Watte am Himmel zusammen. Veronika, die nun Sommerferien hatte, und Jörg begleiteten Nora an diesem Morgen, um rasch ein paar Einkäufe in Kluths Geschäft zu erledigen. Nora versuchte, ihre Mutter, so gut es ging, zu entlasten, denn seit nicht nur Hanna, sondern auch sie selbst wieder arbeitete, lagen sowohl die Tätigkeiten im Haushalt, wie Kochen, Waschen und Putzen, als auch die Kinderbetreuung bei Else. Sie beklagte sich nie, ja, sie genoss die Gesellschaft ihrer Enkel, wie sie nicht müde wurde zu versichern, doch Nora verspürte trotzdem ein schlechtes Gewissen. Schuldgefühle, zu Hause nicht genug mitzuhelfen und zu wenig Zeit mit ihren Kindern zu verbringen, plagten sie so manche stille Minute.

»Mutti, kaufst du mir Schokolade?« Veronika hängte sich an ihren Arm und suchte mit den Augen Kluths Regalbretter ab, die dank der Luftbrücke ausreichend bestückt waren. »Als Belohnung, weil ich seit den Osterferien so gute Noten hatte!«

Nora lächelte, Veronikas bittende Blicke hätten einen Stein erweichen können. »Es gibt keine Schokolade zu kaufen, oder siehst du hier welche?«

»Aber die Amerikaner bringen uns doch ganz viel Essen mit

ihren Flugzeugen«, fiel Jörg ihr ins Wort, der sich die Nase an der Verkaufsvitrine platt drückte.

»Ich hätte gerne Mehl, getrocknetes Gemüse, Getreideflocken, Dosenfisch, Milchpulver und Zucker«, gab Nora ihre Bestellung bei Kluth auf, der sie argwöhnisch musterte. »Die Amerikaner transportieren in ihren Flugzeugen nur Lebensmittel, die unser Überleben sichern«, wandte sie sich wieder an ihre Kinder, als Kluth mit griesgrämiger Miene Zucker in eine Papiertüte füllte und abwog. »Keine Luxusartikel wie Schokolade.«

»Ich finde, Schokolade ist auch überlebenswichtig«, überlegte Veronika laut.

Kluth knallte ihre Bestellungen auf den Tresen und öffnete die Kasse, die mit einem lauten Ping aufsprang.

»Der Dosenfisch fehlt noch«, erinnerte Nora ihn.

»Der ist aus«, gab Kluth mürrisch zurück.

Nora atmete tief durch, um ruhig zu bleiben und die aufkommende Nervosität zu unterdrücken, die sie in Kluths Gemischtwarenladen stets überfiel.

»Stimmt gar nicht, ich sehe Dosenfisch!«, krähte Jörg aufgeregt. Er kniete auf dem Fliesenboden und sah durch eine Ritze auf die Regalbretter, die den Blicken der Käufer verborgen blieben.

»Wie schön!« Nora legte ihre Lebensmittelmarken und ein paar D-Mark-Scheine – ihren Lohn bekam sie zwar in Dollar ausgezahlt, tauschte ihn aber noch in der Wechselstube auf dem Flughafengelände in deutsche Währung – neben die Kasse. Vor Ärger stieg ihr die Röte ins Gesicht. Wenn der Weg zum nächsten Geschäft – das so klein war, dass es durch die Anwohner meistens binnen kürzester Zeit ausverkauft war – nicht eine halbe Stunde entfernt läge und die Kinder nicht gegen den weiten Weg rebellieren würden, würde sie Kluth boykottieren.

»Na, so was!« Mit abgehackten Bewegungen und zusammengepressten Lippen bückte sich Kluth, um auf ihr Geheiß hin drei Dosen hervorzuholen.

Vor dem Laden drückte Nora ihren Kindern den Beutel mit den Lebensmitteln in die Hände und küsste sie zum Abschied. »Nun lauft nach Hause, ihr beiden! Gebt Oma die Einkäufe und seid brav. Ich muss zur Arbeit, wir sehen uns heute Abend wieder.«

»Du bist immer so lange weg«, beschwerte sich Jörg und umklammerte ihre Taille.

»Damit sie für uns Geld verdient, du Blödmann!« Trotz ihres überheblichen Tonfalls umschlang auch Veronika ihre Mutter. Nora ertrug es selbst nur schwer, jeden Tag viele Stunden von ihren Kindern getrennt zu sein. Doch sofort rief sie sich innerlich zur Raison: Sie teilte das Schicksal unzähliger Frauen, deren Männer im Krieg verschollen oder gefallen waren, Frauen, die nun alleine für ihre Kinder sorgen mussten. Es half nichts, mit sich zu hadern oder vergangenen Zeiten nachzutrauern, man musste das Beste aus der Situation machen.

»Nun lauft«, sagte sie leise und strich den Kindern über die blonden Haarschöpfe.

...

Major Bloom stellte das Radio aus – AFN spielte gerade den *Woody Woodpecker Song*, der in den USA die Hitparaden stürmte – und schüttelte den Kopf. »Wie können Sie bei dieser Beschallung nur arbeiten, Ladys?«

»Das lenkt uns von den deprimierenden Inhalten unserer Übersetzungen ab«, gab Heide Volkmann zurück, die als die weitaus Älteste eine Art Sprecherinnenrolle übernommen hatte. Sie trug ein weites Kleid, und neben ihrer Schreibmaschine stand ein großes Glas Eistee, wie ihn die Amerikaner literweise tranken.

Um Blooms Lippen zuckte ein Lächeln, dann ließ er wie stets, wenn er Übersetzerinnen für Extraaufgaben brauchte, seinen Blick durch den Raum schweifen. »Mrs Thalfang, kommen Sie bitte in den Besprechungsraum? Sie müssten protokollieren.«

»Ich stehe auch zur Verfügung!« Inga Valentin, deren hellblonde Hochfrisur wieder makellos saß, meldete sich wie ein Schulkind. »Meine Übersetzung ist so gut wie fertig.«

»Schon gut«, winkte Bloom ab, bereits im Gehen begriffen.

Inga starrte ihm mit zusammengekniffenen Lippen hinterher. Dass sie schon wieder nicht für Sonderaufgaben ausgewählt wurde, machte ihr offenbar zu schaffen. »Wieso immer Nora? Ich bin genauso gut und schnell im Mitschreiben.«

Plötzlich herrschte angespannte Stille, nur die Ventilatoren brummten monoton vor sich hin.

»Vielleicht wählt er Nora aus, weil sie die Gewissenhafteste von uns ist?«, warf Erni Krämer ein und musterte Inga über ihre Schmetterlingsbrille hinweg.

Nora war es peinlich, in den Mittelpunkt gerückt zu werden. Natürlich spürte sie, dass Major Bloom, auch wenn er mit Lob geizte, von ihrer Arbeit angetan war. Sie saß oft schon wieder an ihrem Schreibtisch, wenn die anderen sich in der Kantine noch von dem einen oder anderen gut aussehenden Piloten ein Eis oder eine Coca-Cola spendieren ließen. Würden Lotte und Erni nicht so viel schwatzen, Heide nicht wie eine Matrone das Geschehen im Büro überwachen und Inga nicht einen Großteil ihrer Zeit damit verbringen, jedem Amerikaner schöne Augen zu machen, könnten auch sie effizienter arbeiten. Nora konnte sich Müßiggang oder Ablenkung nicht leisten – sie strebte danach, ihre Arbeit so rasch und gut wie möglich zu erledigen, um abends zeitig nach Hause zu ihren Kindern zu kommen.

»Da könnte was dran sein«, überlegte die junge Lotte neidlos.

Sie war blass, und ihr dünnes Haar stand am Oberkopf wie Federn ab.

»Schön, dass Sie sich einig sind.« Major Bloom lächelte, ob ironisch oder erheitert, vermochte Nora nicht zu sagen. »Mrs Thalfang, wenn Sie bitte ...«

»Natürlich.« Nora strich ihr Kleid glatt und folgte ihm in den Besprechungsraum, wo bereits einige Männer versammelt waren. Sie erkannte General Clay, der den Vorsitz am Tisch innehatte und hektisch in Papieren blätterte, einen weiteren, hochdekorierten General, dessen Namensschild ihn als William H. Tunner auswies, den britischen General Robertson und drei Piloten in Fliegeruniform. Noras Herz setzte einen Schlag aus, als sie den jungen Mann erkannte, der General Clay am ersten Tag der Blockade von Wiesbaden eingeflogen hatte. Auch er schien sich an sie zu erinnern, denn er lächelte ihr offen zu. Sein Blick ruhte einen Moment auf ihr, als könne er seine großen blauen Augen nicht von ihr lösen.

Verwirrt setzte sie sich an den kleinen Tisch in der Ecke, der ihr als Protokollantin vorbehalten war. Der Pilot berührte etwas in ihr. Vielleicht lag es daran, dass er seine gesamte Aufmerksamkeit auf sie zu richten schien, sie als Person wahrnahm? Für die Generäle und Verwaltungsbeamten, die bei den täglichen Besprechungen zugegen waren, war sie unsichtbar. Sie war das Fräulein im Hintergrund, das den Kopf über ihren Block gebeugt hielt und emsig schrieb, sich aber niemals äußerte.

»Wir sind vollzählig.« General Clay überblickte zufrieden die Runde. »Ich bedanke mich bei unseren Air-Force-Piloten, dass Sie heute als Abgesandte Ihrer Berufsgruppe zugegen sind. Es stehen nämlich flugtechnische Erörterungen auf dem Programm, wir können Ihre Einschätzung dazu gut gebrauchen.«

Er nickte den drei Piloten zu. Laut Namensliste, die Nora bekommen hatte, hießen sie Gail Halvorsen, Tyler Sharpe und Matthew Reynolds. Wie wohl der Pilot mit den faszinierenden blauen Augen hieß? Sie ließ den Blick über die Männer schweifen und überlegte, welcher Name wohl am besten zu ihm passen mochte. Dann legte sie die Liste beiseite und schaute verschämt auf ihre Hände. Clay sprach die drei Piloten persönlich an, und Nora verstand, dass es sich bei ihrem Piloten um Matthew Reynolds handelte. Ruhig hörte er Clay zu, er wirkte nun geradezu selbstversunken, vollkommen auf den General konzentriert. Sein braunes Haar war ordentlich gescheitelt, doch war es so dicht, dass es trotzdem ein wenig widerspenstig wirkte. Nora ertappte sich dabei, wie sie ihn heimlich musterte, worüber sie die letzten Sätze, die Clay gesagt hatte, nicht mitbekommen hatte. Sie bemühte sich, den Worten des Generals zu lauschen. Wieso zog der junge Pilot sie nur so an? Er machte einen nachdenklicheren und stilleren Eindruck als seine beiden Kollegen, die raschelnd die Hershey's-Schokoladenriegel auspackten, die in der Mitte des Tisches lagen.

»Ich habe dieses Treffen anberaumt, weil wir über einige technische und organisatorische Probleme der *Operation Vittles* sprechen müssen«, sagte Clay. Nora wusste, dass die Amerikaner jeder militärischen Aktion einen Namen gaben, die Luftbrücke hatten sie *Vittles* getauft.

»Die Luftbrücke funktioniert ausgezeichnet. Wir haben genügend Flugzeuge, die rund um die Uhr in der Luft sind, um Lebensmittel nach Berlin zu fliegen. Die Sowjets springen sicherlich im Dreieck, dass wir ihre Blockade so mühelos umgehen.« Er erlaubte sich ein Schmunzeln, ehe er fortfuhr. »Trotzdem schafft uns die Tatsache, dass ständig eine große Anzahl von Flugzeugen in der Luft beziehungsweise im Landeanflug ist, Probleme.«

»Es herrscht ein riesiges Chaos in der Luft«, bestätigte der Pilot Gail Halvorsen, der trotz seiner jungen Jahre nur noch über spärliches Haupthaar verfügte. »Wir Piloten müssen höllisch aufpassen, dass es nicht zu Kollisionen kommt.«

»Dafür habe ich bereits eine Lösung ausgearbeitet.« General Tunner breitete ein paar Skizzen auf dem Tisch aus, über die sich alle beugten. Nora konnte von ihrem Platz aus nichts erkennen, doch sie sah, wie das Einwickelpapier der Schokoladenriegel im Licht der Hängelampe glänzte, und erinnerte sich wehmütig an Veronikas Wunsch, zur Belohnung für ihre guten schulischen Leistungen vor den Ferien Schokolade zu bekommen. Die Leckereien waren nur einen Handgriff entfernt ... Rasch versuchte sie, sich auf ihre Arbeit zu konzentrieren, und notierte Tunners Vorschläge zur Vermeidung von Zusammenstößen in der Luft.

»Ich schlage vor, dass wir in unseren drei Luftkorridoren – von Hamburg nach Berlin, Hannover nach Berlin und Frankfurt-Wiesbaden nach Berlin – jeweils nur eine Flugrichtung vorsehen. Die Flieger sollen sich sozusagen in Einbahnstraßen bewegen. Die Gefahr von Zusammenstößen wird dadurch praktisch ausgeschlossen.«

»Hervorragender Plan«, lobte Clay. »Halten Sie fest, junge Frau ...«, er wandte sich an Nora, »dass ab sofort die Luftraumkorridore von Hamburg und Wiesbaden aus für die Flüge nach Berlin reserviert sind, die Strecke nach Hannover für Rückflüge.«

Des Weiteren wurde auf Tunners Anregung hin beschlossen, die Frachten der Flugzeuge schneller zu entladen, um noch mehr Landungen und Hilfslieferungen zu ermöglichen. »Ich peile fünfundzwanzig Minuten an«, sagte der General und klopfte zur Bekräftigung seiner Worte mit einem Bleistift auf den Tisch. »Fünfundzwanzig Minuten nach Landung, um ein Flugzeug zu entladen, zu warten und wieder abflugbereit zu machen. Man könnte den Herren Piloten Kaffee und einen Imbiss direkt ans Flugzeug bringen lassen, damit sie sich während der Wartezeit stärken können. Natürlich brauchen sie auch ein-, zweimal eine größere Pause, in der sie sich in die Offiziersheime begeben können. Halten Sie das für praktikabel?«

Die drei Piloten warfen sich stumme Blicke zu, dann nickten sie einvernehmlich.

»Weitere Vorschläge, um die Abläufe der Luftbrücke zu optimieren?«, fragte Clay.

»Wir könnten höhengestaffelt fliegen«, meldete sich Matthew Reynolds zu Wort. »In verschiedenen Stockwerken, um es bildlich auszudrücken. Wir könnten so mehr Lebensmittel einfliegen, die Berliner sind bitterlich darauf angewiesen.« Sein Blick schweifte zu Nora, als könne er nachfühlen, welches Leid sie in den letzten Monaten erlitten hatte. Rasch senkte sie den Blick wieder auf ihren Schreibblock, sie war heute einfach zu abgelenkt, und die bedächtig vorgetragenen Worte Matthew Reynolds' trugen nicht geradezu bei, sich zu fokussieren.

Auch dieser Vorschlag wurde von den Generälen Clay, Tunner und Robertson wohlwollend aufgenommen. Danach sprach Clay noch ein paar knappe, abschließende Worte, offenbar drängte es ihn, seinen nächsten Termin wahrzunehmen. Die Herren verließen den Besprechungsraum, während Nora ihre Papiere stapelte. Auf dem Tisch lagen noch immer einige Hershey's-Schokoladenriegel, deren Verpackungen verführerisch glänzten. Nora stand einen Moment da wie festgefroren, es brannte ihr in den Fingern, einen oder zwei Riegel zu nehmen und in ihre Tasche gleiten zu lassen. Die Generäle und Piloten hatten die Schokolade achtlos liegen gelassen, stellte sie doch nichts Besonderes für sie dar, doch für Veronika und Jörg würden die Süßigkeiten die Welt bedeuten. Welch eine Überraschung sie ihren Kindern bereiten könnte!

Nervös glättete sie ihre Papiere. Sie sollte sich an ihren Schreibtisch begeben und den stenografierten Text abtippen, wollte sie heute pünktlich fertig sein. Doch der Anblick der Schokoriegel übte eine Art Sog auf sie aus. Sollte sie es wagen und die Schokolade kurzerhand einstecken? Mit Sicherheit würde niemand etwas bemerken, Bloom hatte die Riegel vor Beginn der Besprechung wohl kaum abgezählt. Vielleicht sollte sie ihn einfach fragen? Doch sie sträubte sich, Bloom damit zu belästigen, der Mann organisierte eine Luftbrücke kolossalen Ausmaßes, die die Berliner von einem Tag zum nächsten rettete.

Ohne weiter zu überlegen, streckte sie die Hand aus und griff nach den Hershey's-Riegeln.

In diesem Moment ging schwungvoll die Tür auf, und Matthew Reynolds stand plötzlich im Raum. Sie errötete bis unter den Haaransatz und zog die Finger von der Schokolade zurück, als sei sie aus Feuer und verbrenne sie.

»Entschuldigung«, murmelte der Pilot, als sei er bei etwas Zweifelhaftem erwischt worden und nicht sie. »Ich wollte nur … ich habe meine Mütze vergessen.« Während der Besprechung zuvor hatte er wie die anderen Teilnehmer Englisch gesprochen, doch nun, mit ihr allein, sprach er wie am Tag ihrer ersten Begegnung ein zögerliches, doch grammatikalisch korrektes Deutsch.

Nora schnellte hektisch herum – tatsächlich, die Fliegerkappe lag noch auf dem Tisch. Sie reichte sie ihm.

»Danke«, sagte er und sah sie so abwartend an, dass sie zu stammeln begann.

»Die Schokolade … ich habe mich nur gefragt, ob ich sie für meine Kinder mitnehmen könnte. Sie ist ja offensichtlich übrig geblieben.«

»Warum nicht?« Er musterte sie verstohlen, wahrscheinlich verstand er ihr Dilemma nicht im Geringsten. »Ihre Kinder bekommen im Moment bestimmt nicht viel Süßes, denke ich.«

In seinem Ton lagen so viel Verständnis und Mitgefühl, dass

sich ein warmes Gefühl in ihr ausbreitete. »Nein«, bestätigte sie. »Eigentlich nie.«

»Warten Sie.« Er setzte sich die Fliegermütze auf, um die Hände frei zu haben, und kramte in seinen Hosentaschen. Nora beobachtete jede seiner geschmeidigen Bewegungen. Was hatte er vor? Seit er den Raum betreten hatte, schien die Luft wie elektrisch aufgeladen, als würden gleich Funken wie Glühwürmchen um ihre Köpfe sausen.

»Hier.« Matthew förderte eine Handvoll Bonbons und zwei Schokoriegel, auf deren Verpackung der Markenname *Mars* aufgedruckt war, zutage und hielt sie Nora hin. »Nehmen Sie sie für Ihre Kinder mit, ich habe genug davon. Meine Mutter schickt mir immer Pakete mit Leckereien aus den USA, damit ich armer Junge in Europa nicht verhungere, aber so viel kann ich gar nicht essen. Ich würde nicht mehr ins Flugzeug passen.«

Zunächst wollte Nora höflich ablehnen, doch sie schluckte die Worte, die ihr bereits auf der Zunge lagen, herunter. Welch ein Fest es für Veronika und Jörg wäre, Schokolade naschen zu dürfen! Die beiden hatten wahrlich etwas kindliche Freude verdient.

»Danke schön, das ist sehr nett von Ihnen«, sagte sie gerührt. »Meine Kinder werden sich sehr freuen.«

»Ich bin Matthew Reynolds.«

Wieder biss sich Nora auf die Lippen, beinahe wäre ihr herausgerutscht, dass sie seinen Namen bereits kannte.

»Und Sie?«

Ihn umgab eine unaufdringliche Liebenswürdigkeit, jugendlich unbedarft und doch, als trüge er die Weisheit eines älteren Mannes in sich. Sie wurde nicht müde, in diese blauen Augen zu schauen.

»Nora. Nora Thalfang.«

Ein kleines Lächeln breitete sich auf seinem Gesicht aus, so als habe er einen Pokal gewonnen.«»Ich muss los. Bis bald, Nora, bestimmt sehen wir uns wieder. Ich fliege täglich ein paar Mal von Wiesbaden nach Berlin und zurück.«

»Guten Flug«, wünschte sie ihm. Auf ein mögliches Wiedersehen ging sie nicht ein, wie stellte er sich das vor? Aber vielleicht hatte er das nur so dahingesagt, sie bekam ja täglich mit, wie die amerikanischen Militärangehörigen Anschluss, vor allem weiblichen Anschluss, suchten, um sich fernab ihrer Heimat etwas weniger einsam zu fühlen. Wählerisch waren sie dabei sicherlich nicht. Das schien auch auf Matthew Reynolds zuzutreffen, denn wieso sollte er sich sonst für sie interessieren? Er wusste ja jetzt, dass sie eine Mutter zweier Kinder war.

Nachdem der Pilot den Raum verlassen hatte, schneite Inga Valentin herein. »Ich soll den Wasserkrug und die Gläser abräumen«, verkündete sie, als sei es unter ihrer Würde aufzuräumen.

»Ich helfe dir.« Nora legte ihr Gesprächsprotokoll auf dem Tisch ab und griff nach dem leeren Krug und ein paar Gläsern. »Zu zweit haben wir das Geschirr schnell gespült.«

Es drängte sie, ein bisschen Harmonie herzustellen, denn die ständigen Sticheleien der Kollegin belasteten sie.

Inga verdrehte die Augen. »Schön, dass du dich herablässt, niedere Arbeiten zu erledigen.«

Nora ersparte sich eine Antwort, sie wollte keinen Streit riskieren, doch sie fragte sich, wieso Inga unbedingt eine Konkurrentin in ihr sehen wollte. Alles, was sie wollte, war, ihre Arbeit zuverlässig zu erledigen, um ihren Kindern ein besseres Leben zu ermöglichen.

Kapitel 9

Juli 1948

Am Abend schmiegten sich Veronika und Jörg im Bett an Nora, die ihnen im milden Abendlicht ein paar Kapitel aus *Nils Holgersson* vorlas. Die Kinder hatten sich ihre Schokoriegel bis jetzt aufgehoben, um den Moment zu zelebrieren. Andächtig aßen sie, während sie der Geschichte lauschten.

»Willst du auch, Mutti?« Veronika, der Mund schokoladenverschmiert, hielt ihr einen angebissenen Riegel hin.

Nora wollte schon ablehnen, um die Portion ihrer Tochter nicht zu schmälern, doch ein solcher Heißhunger überkam sie, dass sie das Angebot gerne annahm. Durch Matthews Geschenk waren ja auch mehr als genug Naschereien vorhanden. Sie schloss für einen Moment die Augen und spürte dem klebrig süßen Geschmack nach, den sie so lange vermisst hatte.

»Hoffentlich bekommt Vati in Sibirienland, oder wo er gerade ist, auch manchmal was Leckeres.« Veronika betrachtete ihre Schokolade andächtig. »Was glaubst du, Mutti?«

»Ich …« Ihre Stimme glich der eines krächzenden Raben. »Ich weiß nicht, Püppchen.«

Jörg wollte nicht hinter seiner Schwester zurückstehen und

brach ihr ebenfalls ein Stück Schokolade ab. »Hier, Mutti. Du sollst auch mal was Gutes haben.«

Nora lächelte in sich hinein, den Gedanken an Joachim, der ausgemergelt und krank im Schuppen eines russischen Bauern lag, schob sie weit von sich, ließ ihn nicht zu. Sie konnte sich nichts Schöneres vorstellen, als abends mit ihren Kindern im Bett zu liegen, zusammen zu lesen und Schokolade zu essen. In diesem Moment fand sie das Leben ganz annehmbar, alle Sorgen, die sonst im Hintergrund ihres Bewusstseins schwelten, schienen vorübergehend nicht zu existieren. Der ungewisse Verbleib von Joachim, die von den Sowjets abgeriegelte Stadt, all das verblasste, als handelte es sich dabei um einen schlechten Traum, den man einfach abschütteln konnte.

Doch bereits am nächsten Morgen holte die Realität sie unsanft ein. Sie wollte das Gesprächsprotokoll vom Vortag ins Reine tippen – Major Bloom bestand grundsätzlich auf pünktlicher Abgabe –, konnte es aber nirgendwo finden.

»Wo hast du es denn hingelegt?«, fragte Ella, die ihr beim Suchen half.

»Ich weiß es nicht mehr genau.« Sosehr sie sich auch den Kopf zerbrach, sie konnte sich lediglich daran erinnern, ihre Unterlagen im Besprechungszimmer auf den Tisch gelegt zu haben. Die Begegnung mit Matthew Reynolds wirbelte wie ein Bumerang durch ihre Gedanken, schien alles zu löschen, was davor oder danach passiert war. »Ich habe die Papiere im Konferenzraum auf den Tisch gelegt, als ...«

»Als Inga hereinkam«, half Ella geduldig aus. Sie durchwühlte die übrigen Unterlagen, die säuberlich gestapelt auf Noras Schreibtisch lagen. »Ich habe mitbekommen, wie Major Bloom sie zum Aufräumen geschickt hat. Ihre Miene hättest du sehen müssen,

Nora. Als hätte er sie angewiesen, auf Knien den Boden zu schrubben.«

»Ich erinnere mich.« Sie hatte Inga geholfen, die Gläser wegzuräumen und die leeren Schokoladenpapiere der Piloten zu entsorgen, danach hatte sie Feierabend gemacht. »Ich habe das Protokoll auf dem Tisch vergessen.« Innerlich schalt sie sich. Sie, eine gestandene Frau von dreißig Jahren, Mutter zweier Kinder, verantwortlich für einen Haushalt von fünf Personen, hatte das Zusammentreffen mit einem jungen, gut aussehenden Piloten anscheinend derart aus der Bahn geworfen, dass sie darüber ihre alltäglichen Pflichten vernachlässigt hatte. »Ich muss es sofort holen, hoffentlich liegt es noch da. Nicht auszudenken, wenn es abhandengekommen ist.«

Ella begleitete sie ins Besprechungszimmer. Zu ihrem beiderseitigen Entsetzen waren die Papiere nicht mehr da, die Tischplatte blank gewischt.

Nora fühlte sich, als hätte man ihr einen Eimer kaltes Wasser ins Gesicht geschüttet. »Das gibt's doch nicht! Wo sind die Unterlagen nur? Das darf doch nicht wahr sein!« Verzweifelt drehte sie sich um sich selbst und inspizierte den Raum. Das Gespräch, dessen Verlauf sie am Vortag mitgeschrieben hatte, war von allergrößter Bedeutung, hatten die Anwesenden doch wichtige Beschlüsse darüber gefasst, wie die Luftbrücke zu optimieren war.

»Jetzt mal langsam.« Ella redete in beruhigendem Tonfall auf sie ein, so wie man mit einem aufgewühlten Kind sprechen würde, doch prallte dies völlig an Nora ab, die sich hektisch umsah und sich wie ein Kreisel um sich selbst drehte. »Wir durchsuchen das Büro. Vielleicht hat jemand anderes die Unterlagen gefunden und bei uns abgelegt.«

Nora fuhr sich durch die Haare, sodass sich einige der blonden Wellen lösten und ihr in die Stirn fielen. »Wie unprofessionell von mir, so wichtige Papiere zu verlegen! Was wird Major Bloom von mir denken?« Es war ihr wichtig, dass ihr Vorgesetzter eine gute Meinung von ihr hatte; bisher war er immer höchst zufrieden mit ihrer Arbeit gewesen, sodass er sie an manchen Tagen, wenn nicht viel anstand, sogar früher in den Feierabend entlassen hatte. Dieses Privileg wollte sie auf keinen Fall einbüßen.

»Na, jetzt lass mal die Kirche im Dorf.« Ella begleitete sie ins Büro zurück, wo sie mit ihrer Suche fortfuhren. »Jeder darf sich mal einen Fehler erlauben, dafür wird Major Bloom dich nicht gleich schief angucken.«

»Ich sagte doch, das Gespräch war eines der wichtigsten überhaupt, seit die Luftbrücke besteht.« Verzweifelt durchstöberte Nora Regale, Ablageflächen und Fensterbretter.

Heide, Lotte und Erni schlossen sich der Suche an, und gemeinsam durchforsteten sie sämtliche Schreibtische. Nur Inga verließ ihren Platz nicht und tippte weiter emsig auf ihrer Schreibmaschine.

»Zur Not schreibst du das Protokoll noch mal aus dem Gedächtnis zusammen«, schlug Heide vor, während sie Schubladen öffnete und wieder schloss.

»Diese ganzen technischen Details bekomme ich nicht mehr zusammen«, brummte Nora. Wie konnte ihr nur ein solches Missgeschick passieren?

»Warum beteiligst du dich nicht an der Suche, Inga?« Ernis Stimme klang ungehalten, während sie die Kollegin, die kerzengerade auf ihrem Stuhl saß, auf Knien umrundete, um in die unteren Schubladen ihres Schreibpults zu spähen.

»Ich möchte mit meiner Arbeit nicht in Verzug geraten«, antwortete Inga zuckersüß. »Major Bloom braucht meinen Bericht so bald wie möglich. Außerdem ist es nicht meine Schuld, wenn Nora nicht in der Lage ist, auf ihre Sachen aufzupassen. Vielleicht merkt der Major jetzt endlich, dass Nora nicht die Idealbesetzung für wichtige Konferenzen ist.«

»Pass auf, was du sagst.« Heide Volkmann genoss es sichtlich, ihrer selbst gewählten Rolle als Älteste gerecht zu werden, und stützte vorwurfsvoll die Hände in die breiten Hüften. »Wir sitzen alle im selben Boot. Das nächste Mal bist du es vielleicht, Schätzchen, der etwas Wichtiges abhandenkommt, und dann wirst du froh sein, wenn wir dich unterstützen.«

Inga zog mit spitzen, rot lackierten Nägeln ein neues Blatt in die Schreibmaschine ein. »Das glaube ich kaum. Und wenn ich an deiner Stelle wäre, Nora, würde ich diese kindische Sucherei beenden und Major Bloom endlich gestehen, was ich verbockt habe.«

Ingas selbstzufriedener Ton ärgerte Nora, doch sie versuchte, die Kollegin zu ignorieren, so wie sie es mit einem ungezogenen Kind gehalten hätte.

»Heureka!« Erni hielt einen Stapel Papiere in der Hand, den sie über den Rand ihrer geschwungenen Schmetterlingsbrille prüfend beäugte. »Schau mal, Nora, das ist dein Gesprächsprotokoll, oder? Datum und Uhrzeit stimmen, außerdem ist das deine Handschrift, nicht wahr?«

Sofort versammelten sich alle Übersetzerinnen um Erni, lebhaft durcheinanderredend. Inga, die so viel Nähe anscheinend nicht ertragen konnte, rollte mit ihrem Stuhl ein gutes Stück zurück.

»Tausend Dank, Erni, du bist die Beste!« Erleichterung strömte wie süßer Nektar durch Noras Adern, während sie die Blätter an sich drückte. Dem Himmel sei Dank, sie waren vollständig, wenn auch zerknittert, was aber nicht schlimm war, nach dem Abtippen würde sie sie ohnehin entsorgen.

»Wo hast du die Unterlagen gefunden, Erni?«, fragte Heide misstrauisch.

»In Ingas Papierkorb.« Ernis Lippen zuckten vor Empörung. »Wie sind sie da hingekommen? Inga?«

»Das weiß ich nicht«, erwiderte Inga in betont gelassenem Tonfall. »Hier gehen so viele Leute ein und aus.«

»Du hast die Unterlagen an dich genommen und weggeschmissen!«, rief Lotte, deren jugendliches Temperament wieder einmal durchbrach. »Pfui, wie kannst du nur!«

»Na, erlaube mal!« Inga fingerte an der Schleife ihres Kragens herum. »Wieso sollte ich das tun? Jeder hätte die Papiere in meinen Mülleimer stopfen können. Und jetzt lasst mich weiterarbeiten, ihr seid gerade ziemlich aufdringlich.«

Doch die anderen dachten nicht daran, Inga in Ruhe zu lassen.

»Es ist schon auffällig, dass das Protokoll in deinem Mülleimer lag«, meinte auch Ella und warf Nora einen vielsagenden Blick zu.

Nora straffte sich. »Wie auch immer. Lasst es gut sein. Wir haben keinerlei Hinweise darauf, wer die Papiere in den Müll geworfen hat, es ist wohl am besten, die Sache auf sich beruhen zu lassen. Danke für eure Hilfe, das weiß ich sehr zu schätzen!«

»Gerne wieder«, gab Heide zurück, nicht ohne Inga noch mit einem missmutigen Blick zu streifen.

»Und sie war es doch«, flüsterte Ella Nora zu, als sie wieder an ihren Schreibtischen Platz nahmen. »Die Gelegenheit, dir eins auszuwischen, kam ihr gerade recht.«

Nora seufzte. Leichte Schmerzen begannen, hinter ihrer Stirn zu pochen. »Ich hätte einfach besser aufpassen sollen, dann wäre das alles nicht passiert. Letztendlich war es meine eigene Schuld.«

Ella warf ihr einen skeptischen Blick zu, doch sie schwieg, und sie machten sich beide an die Arbeit.

...

Einen Tag später stand Nora in der Kantine in der Warteschlange, um sich einen Kaffee zu bestellen, den einzigen Luxus, den sie sich von ihren im Flughafen verdienten Dollars gönnte. Den Rest hob sie für die Familienmahlzeiten auf, die Else neuerdings in einem weiter entfernten Gemischtwarenladen einkaufte, um Kluths Willkür zu entgehen.

»Nora.«

Der weiche Klang der Stimme, die eine Saite in ihr zum Schwingen brachte, ließ sie herumschnellen. Hinter ihr stand Matthew Reynolds in seiner Fliegeruniform und fixierte sie mit seinen tiefblauen Augen.

»Oh, hallo«, sagte sie überrascht. Er hatte ihr zwar bei der letzten Konferenz angekündigt, mehrmals am Tag in Tempelhof zu landen, doch hatte sie nicht damit gerechnet, ihm tatsächlich über den Weg zu laufen. »Haben Sie gerade Pause?«

Er nickte, wobei er den Blick nicht von ihr nahm und sie ansah, als wolle er sich ihre Gesichtszüge für immer einprägen. »Ja. Zweimal bin ich heute bereits von Wiesbaden hergeflogen, aber selbst bei der Air Force gestehen sie einem eine Mittagspause zu. Manchmal zumindest.«

Er grinste schief, dann war Nora gezwungen, sich wieder abzuwenden, da die Schlange nach vorne rückte.

Matthew tippte ihr mit dem Zeigefinger auf die Schulter, und sie drehte sich erneut um. »Ich habe etwas für Ihre Kinder.« Aus der Tasche seiner Pilotenuniform kramte er eine kleine Tüte mit Rosinen hervor. Dass er an ihre Kinder dachte, obwohl er sie gar nicht kannte und selbst ihr nur zweimal flüchtig begegnet war, rührte Nora so sehr, dass sie kaum antworten konnte.

»Rosinen? Hat die Ihnen Ihre Mutter geschickt?«, fragte sie mit belegter Stimme.

Er nickte. »In rauen Mengen. Seit ich in Deutschland stationiert bin, hat sie mir so viele Pakete davon geschickt, dass ich unzählige Kuchen backen könnte.«

Sie lächelten sich an, und Nora war, als verstumme das Gemurmel und Gelächter in der gesamten Kantine, als ticke die Uhr nicht mehr, sie und Matthew eingefroren in einem kurzen Moment, wie ein Blütenblatt in Glas.

»Danke schön, meine Kinder werden sich wahnsinnig freuen. Woher können Sie so gut Deutsch?«

»Ach.« Er winkte ab, als sei es nichts Besonderes. »Ich bin bereits seit einem Dreivierteljahr in Wiesbaden stationiert, und die Abende im Offiziersheim sind lang. Ein Kamerad hat mir ein Lehrbuch überlassen, und so habe ich mir selbst ein bisschen die Sprache beigebracht.«

Nora schmunzelte. »Ein bisschen? Seien Sie nicht so bescheiden.«

Wieder traten sie ein Stück nach vorne, und wieder spürte sie, wie Matthew ihr von hinten auf den Arm tippte. Erwartungsvoll drehte sie sich um. Das harmlose Geplänkel gefiel ihr, die wenigen Minuten, die sie vor Matthew in der Schlange wartete, verliehen ihr eine ungekannte Ahnung von Sorglosigkeit, ja, Unbeschwertheit.

»Was bestellen Sie?«, fragte er. Sein intensiver Blick fühlte sich wie eine Berührung an.

»Kaffee.«

»Wir ... wir könnten den Kaffee zusammen trinken.« In seinen Worten lag eine ernsthafte Bitte, die fröhliche Unbekümmertheit von vorhin war verschwunden.

»Ich wollte den Kaffee oben im Büro trinken, die Berichte stapeln sich nämlich auf meinem Schreibtisch«, erklärte sie sanft, doch während sie es aussprach, überlegte sie, ob sie die Viertelstunde, die es dauerte, um einen Kaffee zu trinken, nicht doch hätte erübrigen können. Hätte erübrigen wollen. Doch die Gelegenheit war vorbei.

»Vielleicht ein anderes Mal.« Es klang wie eine Frage, und Nora nickte.

»Vielleicht ein anderes Mal.«

Sie bezahlte ihren Kaffee, wünschte Matthew einen guten Rückflug nach Wiesbaden und balancierte ihre heiße Tasse vorsichtig aus der Kantine. Sie spürte seine Blicke in ihrem Rücken und war gleichzeitig verwirrt und aufgekratzt. Es war nett, den jungen Piloten zu treffen, nie zuvor hatte sie sich auf solch eine unverbindliche und doch vergnügte Art mit einem Mann unterhalten. Selbst mit Joachim nicht, aber dieser war ihr ohnehin nie wie ein junger Mann erschienen. Er war fünfzehn Jahre älter gewesen als sie, und bereits als sie sich kennenlernten, wirkte er eher gesetzt. Genau dies hatte sie damals auch angezogen, Joachim hatte es wie niemand sonst vermocht, ihr Sicherheit und Geborgenheit zu vermitteln, was ihr in den schlimmen Zeiten damals am wichtigsten gewesen war.

Nora stieß die Tür zum Büro auf. Seltsam, dass sie ausgerechnet jetzt an Joachim denken musste. Es war richtig gewesen, Matthews Einladung auszuschlagen, sie musste dringend einen Bericht aus dem Rathaus Schöneberg ins Englische übersetzen.

Kaum hatte sie einige Worte getippt, kam Inga herein, einen Teller mit einem Stück Kuchen in der Hand. Da sie das gesamte Geld, das sie bei den Amerikanern verdiente, für sich allein hatte, gönnte sie sich manchmal eine Leckerei aus der Kantine.

Sie schoss Nora einen giftigen Blick zu, bevor sie sich schräg vor sie setzte und die Gabel in den Mund schob. »Zwischen dir und dem Piloten hat's wohl mächtig gefunkt, was?«

»Was?« Nora sah erstaunt auf, auch alle anderen Übersetzerinnen waren plötzlich ganz Ohr.

»Na, in der Kantine. Ich stand ein paar Meter hinter euch, aber ihr wart so miteinander beschäftigt, dass ihr mich nicht bemerkt habt.« Inga klang so bitter, dass Nora Mitleid empfand.

»Unsinn«, sagte sie deshalb mit ruhiger Stimme. »Unsere Wege haben sich letztens zufällig gekreuzt, als ich General Clay von der Landebahn abholen sollte, und wir haben ein paar Worte gewechselt, das ist alles.«

»Nora, du musst dich doch nicht rechtfertigen«, wandte Ella stirnrunzelnd ein. »Du kannst in der Kantine reden, mit wem du willst.«

»So?«, fragte Inga lang gezogen. »Ich finde es nicht sehr anständig von ihr, dass sie sich einen jungen Amerikaner anlacht, wo sie doch einen Mann und Kinder hat.«

»Ihr Mann wird seit Jahren vermisst.« Ella verschränkte grimmig die Arme vor der Brust.

Nora war ihr dankbar, dass sie ihr wie stets zur Seite stand, allerdings verspürte sie wenig Lust, Teil einer von Ingas üblichen Grundsatzdiskussionen mit fragwürdigem Aufhänger zu sein. Sie wollte einfach ungestört weiterarbeiten. »Bitte, können wir das Gespräch nicht vertagen? Wir haben alle zu tun.«

»Ich finde, gewisse Dinge sollten jetzt ausgesprochen werden«, beharrte Inga wie ein trotziges Kind.

»Um was geht es denn, Schätzchen«, seufzte Heide Volkmann. »Spuck es aus, damit es weitergehen kann.«

»Wir alle hier«, Inga sah sich anklagend im Raum um, »haben im Krieg Verluste erlitten, geliebte Menschen verloren. Hast du nicht auch deinen Mann zu betrauern, Heide?«

Die sonst so resolute und wortgewandte Dienstälteste nickte stumm.

»Wir stehen alleine da. Wir haben weder Mann noch Verlobten

mehr, der Krieg hat vielen von uns die Möglichkeit genommen, eine Familie zu gründen. Ist es nicht so?«

Lotte und Erni stimmten leise zu, und auch in Ellas Augen glaubte Nora ein verräterisches Schimmern wahrzunehmen. Die Freundin sprach nie über ihr persönliches Schicksal, allerdings waren sie auch so sehr in die Arbeit eingespannt, dass für ausführliche Gespräche wenig Zeit blieb. Sie musste Ella unbedingt einmal zu sich nach Hause einladen, um sie besser kennenzulernen.

»Wie gesagt, Nora hat bereits eine Familie. Deshalb finde ich es unmöglich von ihr, sich an vielversprechende Männer ranzuschmeißen. Ich würde doch erwarten, dass sie sich zugunsten von uns Alleinstehenden zurückhält.« Wütend stopfte Inga ihren Kuchen in sich hinein.

Heide, Erni und Lotte schwiegen betroffen, nur Ella meldete sich nach einer Schrecksekunde zu Wort. »Das ist ja wohl nicht dein Ernst, Inga!«

Die Angesprochene setzte zu einer heftigen Erwiderung an, doch da betrat Major Bloom das Büro, wie immer einen Haufen Papiere vor sich hertragend. Er schien die gereizte Stimmung wahrzunehmen, denn er blieb abrupt stehen und blickte stirnrunzelnd in die angespannten Gesichter der Frauen. »Gibt es ein Problem?«

Nora spürte Ingas Blicke und zu ihrem Leidwesen auch Lottes und Ernis auf sich, die sich wie Dornen in sie bohrten. Welch abstruse Situation! Aus einem kurzen, harmlosen Gespräch am Kantinentresen drehten ihr die Kolleginnen einen Strick! Als ob sie darauf aus wäre, Männerbekanntschaften zu knüpfen. Ihre Gedanken galten allein ihren Kindern, die zu Hause auf sie warteten.

»Nein, Herr Major«, bemühte sie sich mit fester Stimme zu sagen. »Es ist alles in Ordnung.«

»Gut.« Er legte jeder Übersetzerin einige Unterlagen auf den

Tisch. »Für private Sperenzchen haben wir nämlich keine Zeit, wir haben eine Luftbrücke zu organisieren und das Überleben von zwei Millionen Westberlinern zu sichern.«

Nach Dienstschluss legte Nora gemeinsam mit Ella noch ein Stück des Heimwegs zurück. Der Abend war dunstig und heiß, seit Tagen lag ein Gewitter in der Luft. Nora hoffte, es würde bald donnern, blitzen und ordentlich regnen, damit es ein bisschen abkühlen konnte.

»Lass dich von den Zicken im Büro nicht ärgern«, sagte Ella tröstend, als sie über den großen Platz vor dem Flughafengebäude schlenderten. »Sie lassen ihre persönlichen Probleme an dir aus, vor allem Inga, und du bist der Prellbock.«

Nora fixierte die Linie, an der der dunkelblaue Himmel, an dem schwere Wolken hingen, mit den Dächern Tempelhofs verschwamm. »Ich verstehe ja, wie schwer es ist, wenn einem der Krieg den Liebsten genommen hat. Das ist in meinem Fall genauso. Und ich kann auch nachvollziehen, dass man als junge, ledige Frau, jetzt wo der Krieg vorbei ist, wieder offen für Neues ist und jemand kennenlernen will.«

»Der Tempelhof ist eine wahre Fundgrube für Männer«, bemerkte Ella. »All diese gut aussehenden Amerikaner in ihren schmucken Uniformen! Klar, dass Frauen wie Inga sich Chancen ausrechnen. Wer könnte es ihnen verdenken? Wünscht sich nicht jede von uns, geliebt und darüber hinaus auch abgesichert zu leben? Die Zeiten sind so unsicher.«

»Ich weiß.« Nora bemerkte den sehnsüchtigen Ton in Ellas Stimme. »Aber keine Angst, ich nehme bestimmt keiner Frau den Mann weg, ich weiß ja noch nicht einmal, ob Joachim noch lebt!«

»Es war unmöglich von Inga, dich so ungerechtfertigt anzugreifen«, versicherte Ella. Auch ihr Blick schweifte in die Ferne,

Traurigkeit lag darin und etwas Undefinierbares, das Nora nicht recht deuten konnte.

»Was ist mit dir, Ella?«, fragte Nora leise. »Hast du im Krieg auch jemanden verloren?«

»Ja.« Ella schluckte und presste die Lippen zusammen. »Aber es ist schon lange her.«

Nora sah sie fragend an, hatte sie doch das Gefühl, die Freundin würde sich ihr zum ersten Mal öffnen. »Setzen wir uns einen Moment?« Sie deutete auf eine verwitterte Bank.

Ella öffnete ein paar Mal den Mund, schwieg dann jedoch und schaute in die schweren Wolken. »Meine Geschichte ist nicht anders als die von Millionen Frauen«, gestand sie schließlich kaum hörbar. »Ich war verlobt. Hans und ich kannten uns schon unser Leben lang, unsere Eltern waren befreundet. Als wir klein waren, konnten wir nichts miteinander anfangen, ich fand ihn seltsam, denn er redete nur über Eisenbahnen und Lokomotiven. Er wollte Lokführer werden. Als wir älter wurden, traf ich ihn zufällig in einem Tanzcafé, das ich mit einer Freundin besuchte. Ich erkannte ihn kaum wieder – er war so erwachsen geworden, wirkte so verantwortungsbewusst und reif. Und er hatte sich zu einem überaus gut aussehenden Mann gemausert – ich konnte mich gar nicht sattsehen an ihm. Er forderte mich zum Tanzen auf, und da war es um mich geschehen.« Ella verstummte einen Augenblick, Szenen vergangener Tage schienen sich vor ihrem inneren Auge abzuspielen. »Wir wurden ein Paar und verlobten uns bald. Unsere Eltern waren außer sich vor Freude. Doch dann kam der Krieg, und den Rest kannst du dir denken. 1943 bekam ich die Nachricht, dass er gefallen ist.«

Nora nickte und schlang die Arme um die angezogenen Knie. Sie suchte nach tröstenden Worten, fand aber keine. Es hätte alles schal und falsch geklungen, so begnügte sie sich damit, Ellas Hand zu ergreifen und sie zu drücken.

»Das Leben muss weitergehen«, sagte Ella tapfer. »Wie gesagt, unzählige andere Frauen teilen mein Schicksal. Man darf trotzdem nicht den Kopf in den Sand stecken und verzweifeln.«

Nora hatte nicht den Eindruck, als habe Ella ihren Verlust bereits überwunden.

»Manchmal wünsche ich mir auch, ich würde jemanden kennenlernen. Aber wo sollte das geschehen? Ich sitze ja von morgens bis abends am Schreibtisch, und abends leiste ich meiner Mutter Gesellschaft«, brach es aus Ella heraus.

»Vielleicht solltest du mal mit Erni und Lotte ausgehen … die beiden besuchen doch jedes Wochenende diesen amerikanischen Nachtklub auf dem Flughafengelände«, schlug Nora vor, bereute ihre Worte jedoch sogleich. War es nicht reichlich oberflächlich, Ella zum Besuch einer Bar zu animieren, nachdem diese gerade vom Verlust ihrer großen Liebe gesprochen hatte?

Doch Ellas Miene hellte sich auf. »Warum nicht? Das ist eine famose Idee. Aber ich möchte mit dir hingehen, Nora, bitte sag Ja! Wir sehen uns immer nur bei der Arbeit, ist es nicht höchste Zeit, unsere Freundschaft zu vertiefen?«

Nora lächelte. Nun gut, dann würde sie mit Ella tanzen gehen, statt sie auf einen dünnen Muckefuck zu sich nach Hause einzuladen. Für einen Abend war das bestimmt möglich, Else hätte sicher nichts dagegen, nach den Kindern zu sehen. »Dann lass uns am Wochenende das Tanzbein schwingen.«

Kapitel 10

Juli 1948

Als Nora am Samstag von ihren Einkäufen heimkam, sah sie ihre Schwester in der Wohnungstür von Emmi Brombach stehen. In der Hand hielt Hanna ein kleines Päckchen, das sie der alten Dame überreichte.

»Tausend Dank, Sie sind die Beste, Kindchen.« Die Nachbarin umklammerte Hannas Hand und schüttelte sie so eifrig, als wolle sie sie nie wieder loslassen.

»Hallo, Frau Brombach.« Nora schaute von der Nachbarin zu ihrer Schwester, und der flüchtige Schatten, der sich über ihre Mienen legte, irritierte sie. »Wie geht es Ihnen?«

»Gut, sehr gut. Dank Ihrer Schwester«, versicherte Emmi Brombach frohgemut und warf Hanna einen Blick zu, in dem sich Dankbarkeit mit Anerkennung paarte.

»Bis bald, Frau Brombach, und gute Besserung!« Täuschte Nora sich, oder blinzelte Hanna der Nachbarin bei diesen Worten verschwörerisch zu?

»Was mauschelst du mit Frau Brombach?«, flüsterte Nora, als sich die Wohnungstür geschlossen hatte und sie die Treppe zu ihrer Wohnung hochgingen.

»Mauscheln? Wie kommst du darauf, dass ich etwas mit ihr mauschele?« Hanna sah starr geradeaus.

»Du hast ihr etwas gegeben.«

»Verhörst du mich etwa?«

Nora legte ihre Hand auf Hannas Arm und zwang sie, auf der obersten Treppenstufe stehen zu bleiben. »Ich bin deine große Schwester, schon vergessen? Schon als Kind wusste ich, wenn du etwas ausgefressen hast.« Sie lächelte liebevoll, um ihren Worten die Schärfe zu nehmen.

Hanna stöhnte und ließ sich mit dem Rücken gegen die Wand fallen. »Du hast recht, wie immer. Ob es mir jemals gelingt, etwas vor dir zu verheimlichen?«

»Wahrscheinlich nicht«, gab Nora schmunzelnd zurück. »Also, was ist es?«

»Frau Brombach quält sich doch seit Monaten mit ihrer chronischen Bronchitis herum. Zwar ist sie endlich zum Arzt gegangen, doch sind die Medikamente momentan knapp.«

»Aber die Amerikaner …«, fiel Nora vehement ein.

»Ja, ich weiß, die Alliierten liefern auch Medikamente«, schnitt Hanna ihr ungeduldig das Wort ab. »Aber zuerst werden die Krankenhäuser versorgt, für die praktischen Ärzte bleibt oft nicht viel übrig. Frau Brombach weigert sich mit Händen und Füßen, ins Krankenhaus zu gehen, seit ihr Mann dort gestorben ist.«

»Und jetzt hast du ihr etwas aus dem Krankenhaus mitgebracht?« Nora hielt sich am Treppengeländer fest, das sich plötzlich eiskalt anfühlte. Ihre Schwester würde wohl kaum eine solche Dummheit begangen haben, oder?

»Ja.« Hanna senkte den Kopf, um Nora gleich darauf trotzig anzufunkeln. »Was hätte ich denn tun sollen? Die arme Frau muss doch medizinisch versorgt werden. Der Husten bringt sie noch um!«

»Verstehe ich das richtig ...«, sagte Nora gedehnt. »Du hast die Medizin einfach an dich genommen?«

»Gestohlen, ja.« Hanna verschränkte die Arme vor der Brust und presste die Lippen zusammen.

Nora nahm ihre Hand, die inzwischen ganz feucht geworden war, vom Geländer und machte einen Schritt auf ihre Schwester zu. »Hanni! Ich verstehe dich ja gut, aber du machst dich strafbar, wenn du Medikamente mitgehen lässt! Du könntest deine Arbeit verlieren, denk doch nur, wie hart uns das treffen würde! Es muss doch einen anderen Weg geben, Frau Brombach zu helfen.«

Hanna versteifte sich. »Es wird niemandem auffallen.«

»Glaubst du wirklich?« Nora sah sie ratlos an.

»Ich habe keine Lust mehr, über dieses Thema zu sprechen.« Hanna stieß sich von der Wand ab und stapfte zu ihrer Wohnungstür. Mit heftigen Bewegungen steckte sie den Schlüssel ins Schloss, so als ramme sie ein Messer in einen Holzblock.

Nora folgte ihr seufzend. Bereits in ihrer Kindheit hatte sie sich für ihre kleine Schwester verantwortlich gefühlt – Else hatte ihr die Aufgabe, bei ihren gemeinsamen Streifzügen durch das Viertel ein Auge auf die Kleine zu haben, offiziell übertragen –, und noch heute erfüllte sie der Gedanke, Hanna könne in Schwierigkeiten geraten, mit Schrecken. Natürlich musste Emmi Brombach geholfen werden, wenn sie auch nicht wusste, wie. Doch Hanna würde nie wieder eine Stelle als Krankenschwester finden, wenn das Krankenhaus ihr auf die Schliche käme und sie mit einem schlechten Zeugnis entließe. Wie sollte Nora mit ihrem Gehalt fünf Personen durchfüttern? Es musste einen anderen Weg geben.

...

Auch am Wochenende blieb die Stimmung zwischen ihr und

Hanna frostig, doch da die Schwester Wochenendschicht hatte, entging Nora zumindest stundenweise den gekränkten Blicken, mit denen ihre Schwester sie zu verfolgen schien.

»Ich weiß nicht, was mit euch beiden wieder los ist«, murrte Else, die mit dem Gaskocher aus Kartoffelmehl und Dosenfisch das Abendessen vorbereitete. Strom würde es in dieser Woche erst zu später Stunde geben. »Habt ihr euch gezankt? Euer abweisendes Verhalten erinnert mich an alte Zeiten.«

»Nur eine kleine Meinungsverschiedenheit.« Um nichts in der Welt würde sie ihrer Mutter erzählen, worum es bei der schwesterlichen Diskussion gegangen war, sie wollte nicht, dass Else sich auch noch sorgte. Rasch wechselte sie das Thema. »Danke, dass du heute Abend nach den Kindern siehst, Mutter, wenn ich mit Ella das *Silverwings* besuche.«

»Na ja, wenn du gehst, liegen die beiden ja schon in der Falle, da muss ich wenig tun.« Else schnaubte. »Aber müsst ihr zwei unbedingt in diesen amerikanischen Offiziersklub?«

Nora seufzte. Zwar sah Else inzwischen ein, dass die Alliierten, allen voran die Amerikaner, den Westberlinern durch ihre täglichen Lebensmittellieferungen das Überleben sicherten, dennoch vermochte sie ihre alten Vorbehalte nicht völlig abzuschütteln.

»Ich verstehe ja, dass du gerne etwas unternehmen möchtest, du arbeitest so hart, dass ich es dir von Herzen gönne. Aber warum besuchst du mit deiner Freundin nicht ein deutsches Wirtshaus oder ein Tanzcafé? Musst du dich auch noch privat mit den Amerikanern treffen?«

»Veronika, Jörg, kommt zum Essen! Aber Mutter, es ist doch nichts Unständiges daran, in einen amerikanischen Klub zu gehen. Alle meine Arbeitskolleginnen verbringen ihren Samstagabend dort, Ella und ich werden uns in guter Gesellschaft befinden.« Dass Inga, Lotte und Erni die Tanzbar vor allem deshalb aufsuchten, um neue Bekanntschaften – vorzugsweise mit Männern – anzubahnen, verschwieg sie lieber. Ihre Mutter hätte das nicht gutgeheißen.

Nach dem Essen durchforstete sie ihren Kleiderschrank, doch außer ihren alten Sommerkleidern fand sich nichts, das für einen Tanzabend passend gewesen wäre. Nun gut, dann zog sie das lavendelblaue an, es passte hervorragend zu ihrem blonden Haar, das sie frisch gewaschen und sorgsam auf dicke, kratzige Lockenwickler gedreht hatte, um perfekte Wellen zu erhalten. Ihr Lippenstift ging allmählich zur Neige, doch heute Abend gönnte sie sich einen Hauch Farbe, die sie sorgsam auftupfte.

Veronika und Jörg saßen mit baumelnden Beinen auf der Bettkante und betrachteten sie dabei, wie sie sich zurechtmachte.

»Vielleicht triffst du wieder einen Piloten, der dir etwas Süßes für uns schenkt?«, fragte Jörg hoffnungsvoll.

Nora lachte, während sie sich vorsichtig einen letzten Lockenwickler aus den Haaren zog. »Das glaube ich kaum.« Nach der Begegnung in der Kantine hatte sie Matthew nicht wiedergesehen, auch wenn er seitdem jeden Tag mehrmals in Berlin gelandet sein musste. Die Erinnerung daran, wie sie zusammen in der Warteschlange gestanden hatten und er sie mehrmals mit dem Zeigefinger an der Schulter berührt hatte, verblasste langsam, wie eine alte Fotografie, die man mit sich herumtrug, aber nur selten betrachtete.

»Du siehst wunderschön aus, Mutti«, schwärmte Veronika. Sie drückte ihre Puppe Christel an sich, der sie einen von Noras Lockenwicklern in das borstige Haar gedreht hatte. »Wenn Vati dich nur so sehen könnte! Hoffentlich kommt er bald zurück.«

Ein jäher Schmerz durchzuckte Nora, und sie ließ die Bürste sinken, mit der sie ihre Locken bändigte. Nur einen kurzen Augenblick, dann fuhr sie mit ruhigen Bewegungen fort, sich zu kämmen. Die Sehnsucht der Kinder war mittlerweile vermutlich größer und brennender als ihre eigene, dachte sie wehmütig. Sie hatte sich damit abgefunden, Joachim möglicherweise nie wiederzusehen, doch die kindliche Hoffnung von Veronika und Jörg, ihrem Vater eines Tages wieder in die Arme zu fallen, loderte noch immer in ihnen wie ein Feuer.

Zum Glück zog Jörg in einem seiner übermütigen Versuche, seine Schwester zu ärgern, Christel den Lockenwickler aus den Haaren, was sie einer Antwort enthob.

»Lass das, du Tunichtgut!« Veronika warf sich empört auf ihren Bruder, und eine wilde Keilerei zwischen den Bettdecken begann.

»Hört auf und vertragt euch, ihr Raufbolde«, wies Nora sie zurecht, während ihre Gedanken zu Veronikas Aussage zurückwanderten. Obwohl sie bereits dreißig war, war heute das erste Mal in ihrem Leben, dass sie sich hübsch machte, um auszugehen. Joachim – sie war zum Zeitpunkt ihres Kennenlernens kaum zwanzig, er fünfunddreißig gewesen – hatte nie der Sinn nach abendlichen Vergnügungen gestanden. Sie verbrachten die Abende über Bücher gebeugt oder hörten Übertragungen klassischer Konzerte im Radio. Nora hätte es nie zugegeben, doch insgeheim hatte sie sich manches Mal nach etwas leichterer Unterhaltung gesehnt, hätte gern einen Tanztee besucht oder einen Film in einem Lichtspielhaus angeschaut, sosehr sie die stillen Abende mit Joachim auch genossen hatte.

Rasch wischte sie die Erinnerungen an Joachim beiseite. Es brachte nichts zu grübeln. Auf jeden Fall fühlte sie sich, seit er in den Krieg gezogen war, wie ein anderer Mensch, im Positiven wie im Negativen. Selbstständig und unerschrocken, aber auch einsam, und von Zeit zu Zeit flackerte Wehmut in ihr auf.

Sie begutachtete ihren Lippenstift im Spiegel. Genug, heute

würde sie ausgehen und sich mit Ella vergnügen, das war alles, was zählte.

...

Ella wartete bereits auf sie, als sie das *Silverwings*, das sich auf dem Flughafengelände befand, erreichte. Die Dämmerung hing wie eine schwere Decke über der Stadt.

Nora wischte sich eine Mücke vom Arm. »Na du? Hübsch siehst du aus.«

Auch Ella hatte alles gegeben, was ihre Garderobe hergab, sie trug ein meerblaues Kleid mit schwingendem Rock, ihr dunkles Haar hielt sie mit zwei Kämmen zurück. Sie lächelte und schien voller Erwartung zu sein auf das, was der Abend bringen würde.

»Danke, du auch. Dann lass uns mal das Nachtleben unsicher machen.«

Seite an Seite betraten sie das *Silverwings*, aus dem ihnen laute, fröhliche Musik, Gelächter und Zigarettenrauch entgegendrangen. Es wimmelte nur so von Soldaten und Offizieren, alle gestriegelt und gebürstet in ihren Uniformen, und jungen, deutschen Frauen, die allerdings in der Minderzahl waren. Selbst vom Eingang aus war nicht zu übersehen, wie sich die Amerikaner um die wenigen weiblichen Wesen scharten.

An der Bar entdeckten sie Lotte und Erni, die einen orangefarbenen Cocktail in den Händen hielten und ausgelassen über etwas lachten, was ihnen ein GI, der kaum der Schulzeit entwachsen schien, erzählte.

»Huhu, hierher!« Lotte winkte und rief lautstark nach Ella und Nora. Lächelnd bahnten sie sich einen Weg durch die Menge.

»Welche Überraschung, dass ihr euch auch mal blicken lasst«, rief Erni begeistert. »Wir dachten schon, euer Leben bestünde nur aus Arbeit.«

»Ach woher denn«, gab Ella zurück und sah sich neugierig nach allen Seiten um. Der GI zog sich enttäuscht zurück, offenbar fühlte er sich von dem Frauenquartett eingeschüchtert, doch sofort trat ein anderer junger Mann an seine Stelle.

»Darf ich den Ladys einen Drink ausgeben?«, fragte er charmant.

Lotte musterte ihn, aber seine schiefe Nase und das spärliche Haar schienen ihr zu missfallen, deshalb erlaubte sie ihm lediglich, Getränke auszugeben, nicht aber, mit ihr zu tanzen.

»Du bist ganz schön wählerisch, was?«, stichelte Ella. »Vielleicht war er ja ganz nett, aber du hast ihm gar keine Chance gegeben.«

Lotte verdrehte die Augen, die sie dramatisch geschminkt hatte. »Guckt euch doch nur um, was Männer angeht, haben wir freie Auswahl, nicht wahr?«

»Das haben wir uns auch verdient«, stimmte Erni ein, die gierig an ihrem Strohhalm sog. »Da der Krieg kaum deutsche Männer übrig gelassen hat, müssen wir uns eben anderweitig orientieren.«

»Der nette Blonde dahinten würde mir durchaus gefallen.« Lotte reckte den Hals, um ein paar Neuankömmlinge zu begutachten. »Den gucke ich mir mal aus der Nähe an.«

Erni wurde zum Tanzen aufgefordert, sodass Nora und Ella allein zurückblieben und an ihren Cocktails nippten. Nora mochte die energiegeladene Atmosphäre, die flotte, laute Musik und die fröhliche Geselligkeit, die Deutsche wie Amerikaner zu verbinden schien. Trotzdem fühlte sie sich etwas fehl am Platz, sie konnte sich kaum vorstellen, mit einem der jungen Soldaten oder Offiziere zu tanzen. Sie fühlte sich, als wäre sie Jahre älter als ihre Kolleginnen, hätte zu viel erlebt, um wie sie für ein paar Stunden ihr verantwortungsbewusstes Ich in eine Kiste zu packen und nur sie selbst zu sein. Vielleicht war sie tatsächlich zu alt für derlei Vergnügungen.

Ella rempelte sie sanft an und riss sie aus ihren trüben Überlegungen. »Schau mal, da ist Inga.«

Die Kollegin tanzte eng umschlungen mit einem Offizier mittleren Alters, der sein Kinn auf ihrem Scheitel ruhen ließ, während sie ihre Wange an seine Brust schmiegte.

»Sieht aus, als ob sie ihn schon länger kennt, so innig, wie die beiden tanzen«, murmelte Nora.

»Oder Zurückhaltung ist einfach nicht ihr Ding«, vermutete Ella, und sie lachten beide.

Ein attraktiver, schwarzhaariger GI schlenderte heran und forderte Ella zum Tanzen auf. Diese zierte sich.

»Mach schon«, raunte Nora ihr zu. »Deswegen sind wir doch hergekommen, oder nicht? Wirf dich ins Vergnügen!«

Mehr Überredungskunst bedurfte es nicht, und Ella ließ sich von dem Amerikaner zur gut gefüllten Tanzfläche führen. Nora beobachtete sie beim Tanzen und lächelte in sich hinein. Offenbar hatte die Freundin Spaß.

Auch sie wurde zwei- oder dreimal zum Tanzen aufgefordert, doch sie lehnte jedes Mal ab und hielt sich, mit dem Rücken an die Bar gelehnt, an ihrem Getränk fest, das langsam zur Neige ging. Es erschall gerade das kratzige *Mañana is soon enough for me* – sie schwang kaum wahrnehmbar zu den Rhythmen mit – von der Platte, als sie zur Tür blickte und ihr Herz einen Atemzug lang auszusetzen schien. Matthew Reynolds betrat gerade in Begleitung eines anderen jungen Mannes in Fliegeruniform, den sie von der letzten Besprechung kannte, den Klub. Sie fasste sich rasch wieder und sah Ella zu, die nun mit einem weiteren GI schwungvoll hin und her wirbelte.

Doch als hätten ihn unsichtbare Schnüre geradewegs zu ihr geführt, stand Matthew nur wenige Augenblicke später vor ihr und lächelte sie an, und wie bei ihren letzten Begegnungen mischten sich in dieses Lächeln Unbekümmertheit und Erwartungsfreude.

»Nora.«

Wieder schmolz sie bei der amerikanischen Aussprache ihres Namens dahin, doch sie riss sich rasch zusammen.

»Darf ich Ihnen meinen Freund Tyler Sharpe vorstellen? Wir sind beide in Wiesbaden stationiert.«

Tyler und sie begrüßten sich höflich. Wie Matthew war der Pilot noch recht jung, er mochte zwischen Mitte und Ende zwanzig sein. In seiner Uniform wirkte er breiter und größer als Matthew, der Nora vom Körperbau geschmeidig und biegsam wie ein junger Baum erschien.

»Was tun Sie in Berlin?« Die Musik spielte so laut – inzwischen erklang *Chi-Baba, Chi-Baba* –, dass sie sich ihm entgegenbeugen musste, damit er sie verstand. Seine Haut und seine glänzenden braunen Haare rochen frisch nach Kernseife, so als habe er sich gründlich geschrubbt, bevor er hergekommen war. »Fliegen Sie nicht jeden Tag nach Wiesbaden zurück?«

Matthew nickte, kam ganz nahe an sie heran und rief ihr ins Ohr: »Das stimmt, aber meine Skytrain hat eine Panne und wird im Hangar repariert, sodass ich zwangsläufig eine Nacht in Berlin verbringen muss. Tyler dagegen hat einen freien Tag und möchte das Berliner Nachtleben erkunden, bevor es zurück in die Provinz geht.«

Ella kam mit erhitzten Wangen und gelöster Frisur von der Tanzfläche zurück. Nora stellte sie den beiden Piloten vor und bemerkte innerlich schmunzelnd, dass die Freundin nur Augen für Tyler hatte. Ehe sie sich's versah, waren die beiden verschwunden, um zu tanzen.

Die Stille, die zwischen Nora und Matthew einkehrte, empfand sie seltsamerweise nicht als unangenehm, im Gegenteil, es war entspannend, mit ihm an den Tresen gelehnt zu stehen und das übermütige Treiben im Klub zu beobachten, so als seien sie alte Freunde, die sich zufällig wiedergetroffen hatten. Allerdings währte das Schweigen nicht lange, denn Matthew forderte sie ebenfalls zum Tanzen auf.

»Ich weiß nicht …«, brachte sie zögernd hervor. Die anderen Männer, die sie um einen Tanz gebeten hatten, hatte sie allesamt verschmäht, weil es ihr unpassend erschienen war, als Mutter zweier Kinder so ausgelassen zu sein. Aber vielleicht hatte sie sich selbst etwas vorgemacht, denn bei Matthew verspürte sie unerwarteterweise ein überwältigendes Verlangen zu tanzen, ihm für einige Minuten nahe zu sein. »Gern.« Verwirrt über ihr eigenes Verhalten folgte sie ihm auf die Tanzfläche. Sie erkannte sich kaum wieder – überkam sie vielleicht das Bedürfnis, all die kleinen Freuden der Jugend nachzuholen, die ihr aufgrund von Joachims Behäbigkeit nie vergönnt gewesen waren?

Matthew legte ihr eine Hand auf den Rücken, mit der anderen hielt er ihre Finger in seinen. Er besaß ein gutes Rhythmusgefühl und schaukelte sie sanft zur Musik.

»Kommen Sie öfter ins *Silverwings*?«, fragte er, so nah an ihr, dass sein Mund ihr Haar berührte.

»Nein«, rief sie, um die Musik zu übertönen. »Das ist heute das erste Mal. Meine Kollegin Ella hat vorgeschlagen, heute Abend auszugehen.«

»Wollten Sie Ihren Mann nicht mitbringen?« Ein Schatten der Beunruhigung trübte seine blauen Augen.

»Mein Mann gilt seit fünf Jahren als vermisst.«

»Oh.« Seine Hand griff fester nach ihrer, als wolle er sie stützen.

»Das ist furchtbar. Ihre Kinder leiden sicherlich sehr unter der Situation.«

Sie spürte, dass jetzt nicht der richtige Zeitpunkt war, um über ihr persönliches Schicksal zu sprechen, eigentlich verspürte sie dazu auch keinerlei Lust, genoss sie es doch gerade sehr, losgelöst von sämtlichen Problemen des Alltags zu tanzen, sich zur Musik zu bewegen und, vor allem, Matthews warme Haut zu spüren, in seiner unaufdringlichen und doch so wohltuenden Präsenz zu versinken wie in einem heißen Bad.

»Und Sie? Haben Sie in Wiesbaden eine Freundin, die auf Sie wartet? Oder in Amerika?«, fragte sie.

Matthew lachte, als habe sie etwas völlig Abwegiges von sich gegeben. »Nein, natürlich nicht. Ich verbringe meine gesamte Zeit im Flugzeug, bin nur zum Schlafen in der Offiziersunterkunft. Und in Amerika wartet niemand auf mich.«

»Außer Ihrer Mutter, die Ihnen regelmäßig Pakete schickt, damit es ihrem Jungen in Deutschland an nichts fehlt«, neckte sie ihn.

Er wirbelte sie zu einer gewagten Drehung einmal im Kreis herum und fing sie auf, als sie gegen ihn prallte. Sie lachten beide, und Nora wartete, bis sich der Schwindel in ihrem Kopf lichtete, bevor sie weitertanzten. War es nicht herrlich, sich auf den Rhythmus und die Klänge der Musik zu konzentrieren, zu spüren, wie der eigene Körper darauf reagierte, statt sich den Kopf über die Probleme von morgen zu zerbrechen? Aber vielleicht hätte sie ihren Cocktail langsamer trinken sollen, denn erneut drehte sich alles in ihr. Es war kein unangenehmes Gefühl, eher so, als hielten sie zarte Flügel in der Luft und sie beobachtete alles von oben.

»Darf ich Ihnen ein Getränk zur Abkühlung spendieren?«, fragte Matthew. Noras Gesicht glühte, und verschämt stimmte sie zu.

»Ja, aber nur eine Limonade, ich bin keinen Alkohol mehr gewohnt«, gab sie atemlos zurück und ließ sich von ihm zur Bar führen. Aus dem Augenwinkel bemerkte sie Inga, die sie grimmig musterte.

Kapitel 11

Juli 1948

Nora erwachte, weil Jörg sie an den Haaren zog. Sie schlug die müden Augen auf, die noch immer vom Zigarettenqualm im *Silverwings* brannten, und blickte in sein hellwaches Gesicht.

»Mutti, aufstehen! Oma sagt, wenn du nicht gleich zum Frühstück kommst, ist bald Zeit für das Mittagessen!«

Nora stöhnte auf und schlug sich die Hände vor das Gesicht, das Sonnenlicht, das durch das Schlafzimmerfenster fiel, blendete sie.

»War es schön gestern Abend?« Mit einem Satz ließ sich Veronika, bereits vollständig angezogen, auf ihr Bett plumpsen, was Noras leichte Kopfschmerzen noch zusätzlich anfeuerte. Die zwei Cocktails, die sie getrunken hatte – Matthew und Tyler hatten ihr und Ella nach der Limonade noch einen weiteren spendiert –, waren eindeutig zu viel gewesen. Sie fühlte sich, als wäre sie aus der Tür einer im Anflug befindlichen Skytrain gestürzt.

»Ja, es war schön«, murmelte sie, während sie die Decke wegschob und sich langsam aufsetzte. Dabei fiel ihr Blick auf Joachims Foto auf dem Nachttisch. Kurz prasselten die Erlebnisse des Vorabends auf sie ein, sie spürte noch einmal Matthews warme, sanfte Hände beim Tanzen auf sich ruhen, erinnerte sich, wie sie zusammen gelacht und geplaudert hatten, die Köpfe eng beieinander, um bei der lauten Musik kein Wort des anderen zu verpassen. Was hatte sie da nur getan? Ihr Mann wurde in Russland vermisst, und sie ging unbeschwert tanzen? Zu allem Überfluss strich Veronika gerade zart über Joachims Bild, ihr Morgenritual, das sie seit fünf Jahren praktizierte.

»Guten Morgen, Vati«, wisperte sie.

Das schlechte Gewissen darüber, sich mit einem Piloten amüsiert zu haben, während ihr Ehemann verschollen war, verstärkte die pochenden Schmerzen hinter ihrer Stirn. Sie befahl sich, jegliche Gedanken an den gestrigen Abend in einem hinteren Räumchen ihres Bewusstseins zu verstauen und zur Tagesordnung überzugehen. Ihre Kinder brauchten Frühstück, und ihr war nach einem starken Kaffee, doch da es Sonntag war und sie freihatte, musste sie sich mit einem dünnen Muckefuck begnügen.

Nachdem sie Veronika rasch die Haare entwirrt und geflochten hatte, gingen sie in die Küche, wo bereits das Frühstück bereitstand. Else und Hanna unterhielten sich, verstummten jedoch, als sie eintraten.

Else goss den Kindern Vollmilch ein, woraufhin Veronika angeekelt das Gesicht verzog.

»Immer diese Milch mit der ekligen Haut!«

»Nichts da, die Milch wird getrunken«, ordnete Else energisch an. »Bis auf den letzten Tropfen. Seit die Amerikaner uns versorgen und ihr Kinder wenigstens ein paar Vitamine mehr bekommt, seht ihr zwei viel gesünder aus.«

Nora bereitete für Jörg ein hauchdünn mit Fett bestrichenes Brot zu. Aus dem Augenwinkel beobachtete sie Hanna, die demonstrativ in die andere Richtung sah.

»Hast du heute etwas vor?«, fragte sie die jüngere Schwester, um einen friedlichen Ton bemüht.

»Friedrich kommt nachher«, antwortete Hanna, stand auf und stellte Teller sowie Tasse geräuschvoll in die Spüle. Gleich darauf hörten sie die Wohnzimmertür zufallen.

Else sah Nora missbilligend an. »Meine Güte, ich möchte ja gar nicht wissen, was bei euch Mädchen wieder los ist, aber könnt ihr euch nicht ein wenig zusammenreißen?«

»Ich versuche es ja.« Nora schenkte Jörg den letzten Tropfen Milch ein. »Aber du weißt doch, wie stur Hanna ist. Die Meinungsverschiedenheit, die wir hatten, war nicht so einschneidend, dass man deswegen tagelang beleidigt sein müsste.«

Trotzdem bereitete ihr Hannas Eigeninitiative zur Beschaffung von Medikamenten für Frau Brombach Sorgen. Hoffentlich beließ es Hanna bei diesem einen Mal und bediente sich nicht noch einmal am Medikamentenschrank!

Den Rest des Sonntags gaben sie sich dem Müßiggang hin, was Nora angesichts ihres Kopfwehs gerade recht kam. Die Kinder spielten im Innenhof mit einigen Nachbarskindern, und sie saß mit Hanna und Friedrich auf dem Balkon. Ihre Mutter stattete Emmi Brombach einen Besuch ab, Nora hoffte inständig, die Nachbarin würde Else nicht brühwarm von Hannas Aktion erzählen.

»Wie läuft es in der Schreinerei?«, erkundigte sie sich, den Kopf an die Stuhllehne gelegt, die Lider halb geschlossen. Nach der kurzen Nacht war sie so erschöpft, dass sie am liebsten eine Stunde geschlafen hätte, die sommerliche Wärme, die sich auf dem überdachten Balkon staute, tat ihr Übriges. Das fröhliche Geschrei der Kinder hallte zwischen den Hauswänden wider.

Friedrich drehte bedrückt sein Glas in den Händen. »Nicht gut. Wir haben immer noch kein Holz. Diese hirnrissige Blockade durch die Sowjets! Die Amerikaner verhindern, dass wir verhungern, aber Material für unsere Unternehmen können sie uns natürlich nicht liefern. Es wäre ja auch ein Fass ohne Boden.«

»Das tut mir leid«, sagte Nora betroffen.

Hanna starrte sie mit zusammengekniffenen Augen an, als sei sie persönlich dafür verantwortlich, dass es der Schreinerei schlecht ging.

»Der Chef macht uns nicht viel Hoffnung«, fuhr Friedrich niedergeschlagen fort. »Wenn es so weitergeht, verlieren mein Kollege und ich unsere Arbeit. Was sollen wir auch noch in der Werkstatt? Die meiste Zeit stehen wir herum und drehen Däumchen.«

»Wenn er arbeitslos wird, rücken unsere gemeinsamen Pläne noch weiter in die Zukunft«, warf Hanna ein. Nora bemerkte, dass ihre Augenlider gerötet waren, so als hätte sie geweint, und am liebsten hätte sie die Schwester fest in den Arm genommen, um sie zu trösten. »Heirat, eine eigene Familie … Wie sollen wir uns all das leisten können, wenn Friedrich arbeitslos ist?«

Unten spielten die Kinder gerade Verstecken. »Eins, zwei, drei, vier, Eckstein, alles muss versteckt sein! Hinter mir und vorder mir gilt es nicht, und an beiden Seiten nicht!«, hörte Nora Veronika laut rufen, während die anderen Kinder kreischend auseinanderstoben, um sich die besten Verstecke zu sichern.

»Ach, Hanni«, seufzte Nora hilflos, doch zugleich schlich sich ein weiterer, beängstigender Gedanke bei ihr ein. »Weiß Friedrich Bescheid über …« Mit einer vagen Geste deutete sie nach unten in Richtung Erdgeschoss.

»Ja.« Hanna nickte fast trotzig. »Natürlich, immerhin sind wir verlobt.«

»Dann sage ich es dir noch mal in aller Deutlichkeit: Bitte besorge Frau Brombach nicht wieder Medikamente. Du machst dich strafbar, über kurz oder lang wirst du deine Arbeit verlieren! Und was bleibt euch beiden dann?«

»Das habe ich ihr auch gesagt«, warf Friedrich unglücklich ein. »Wenigstens Hanna hat eine krisensichere Stelle, sie darf sie auf keinen Fall riskieren.«

»Jaja.« Hanna winkte ungeduldig ab. »Ich weiß, ihr habt ja recht. Aber was soll ich machen? Frau Brombach ist eine liebe Frau, und sie steht völlig alleine da, hat weder Mann noch Kinder! Jemand muss sich um sie kümmern. Und ich fühle mich verpflichtet, ihr Medizin zukommen zu lassen. In besonderen Zeiten sind besondere Maßnahmen nötig, auch wenn sie nicht bei jedem auf Gegenliebe stoßen.«

...

Als sie am Montagmorgen ins Büro kam, spürte Nora teils neugierige, teils argwöhnische Blicke auf sich. Verwirrt ließ sie sich auf ihrem Stuhl nieder und wandte sich Ella zu, die bereits hämmernd tippte.

»Was ist denn los?«, flüsterte sie der Freundin zu. »Ich weiß, ich bin zwei Minuten zu spät, aber Jörg hat sich heute Morgen die Milch übergeschüttet, und ich musste ihm erst neue Kleidung heraussuchen und den Boden wischen ...«

Ella vergewisserte sich, dass Inga, die den Schopf über ihre Schreibmaschine beugte, nicht zuhörte. »Es ist nicht, weil du zu spät bist. Ich bitte dich, die zwei Minuten! Nein, Inga hat heute Morgen schon fleißig herumgetratscht, dass wir beiden uns am Samstagabend im Offiziersklub Piloten an den Hals geworfen hätten!« Sie zog eine Grimasse.

»Sie hat doch selbst mit einem Amerikaner getanzt, als gäbe es kein Morgen! Ich brauche erst mal einen Kaffee.« Nora zog die angeschlagene Emailletasse, die sie von zu Hause mitgebracht hatte, aus ihrer Schreibtischschublade und kochte sich an der hochmodernen Maschine einen Kaffee. In letzter Zeit verging kein Tag, an dem Inga nicht für Unfrieden sorgte, und obwohl Nora darüberstehen wollte – Himmel, sie hatte wahrhaftig andere Sorgen –, belastete sie die Situation. Wie viel angenehmer es doch wäre, den gesamten Tag mit den Kolleginnen in einem Büroraum zu verbringen, wenn die Harmonie nicht ständig gestört würde!

Sie goss einen Schuss Milch in ihre Tasse und drehte sich um, um zu ihrem Platz zurückzukehren, schrak aber zusammen, als Inga plötzlich wie ein Geist vor ihr stand.

»Auch einen Kaffee?«, fragte Nora bewusst friedfertig.

»Lass mich bloß in Ruhe«, zischte Inga. »Was war das denn für eine Nummer am Samstagabend? Hast du dir gleich einen Piloten klargemacht?«

Nora nippte an ihrem Kaffee, damit die heiße Flüssigkeit nicht überschwappte. »Ich weiß nicht, worauf du hinauswillst, Inga. Du hast doch selbst mit einem Offizier getanzt, wieso gestehst du mir nicht das gleiche Recht zu?«

»Weil er ihr am Ende des Abends erzählt hat, dass seine Frau und seine Söhne in San Francisco auf ihn warten, nicht wahr, Inga?«, ließ sich Erni aus dem Hintergrund vernehmen.

Inga lief krebsrot an und fummelte nervös an ihrer Hochsteckfrisur herum. »Genau. Ich kriege wie immer die Luschen ab, die Verheirateten oder die, die dreißig Jahre älter sind als ich, während ihr zwei, du und Ella ...«, sie warf einen feindseligen Blick in die hintere Ecke des Büros, wo Ella mit blassem Gesicht zuhörte, » ... euch die vielversprechenden Männer herauspickt.«

»Wir haben uns niemanden herausgepickt, und selbst wenn es so wäre, ginge es dich nichts an«, verteidigte sich Ella. »Und wenn du so dringend auf der Suche nach einem Mann bist: Im *Silverwings* trifft man auf zehnmal mehr Männer als Frauen, da müsste sich doch jemand finden, der weder alt noch vergeben ist.«

»Was heißt, ich bin so dringend auf der Suche? Du etwa nicht?« Inga bebte vor Anspannung, ihre Augen schienen Blitze abzufeuern.

»Das sind wir doch alle«, murmelte Lotte. »Ich möchte jedenfalls nicht den Rest meines Lebens allein bleiben und meinem Freund nachtrauern, der in Frankreich gefallen ist. Na ja, du, Heide, und du, Nora, seid wahrscheinlich nicht auf der Suche wie wir anderen, ihr seid ja schon alt …«

Wäre Nora nicht so verärgert gewesen, hätte sie über diese kindlich naive Aussage der jungen Kollegin geschmunzelt. Zählte sie mit dreißig bereits zum alten Eisen?

»Genau!«, rief Inga schrill. »Und deswegen sollte sie sich zurückhalten, was das Flirten mit vielversprechenden Amerikanern angeht!«

Wie so oft, wenn ein Streit eskalierte, sprach Inga über Nora in der dritten Person, so, als sei sie entweder gar nicht anwesend oder nicht wert, dass man das Wort direkt an sie richtete.

Heide schlug vernehmlich mit der Handfläche auf ihren Schreibtisch. »Jetzt ist aber mal gut, alle miteinander! Wir sind schließlich auf der Arbeit und nicht bei einer Partnervermittlungsbörse!«

In diesem Moment öffnete Major Bloom die Tür. Er seufzte schwer, als trüge er eine unmenschliche Last auf seinen Schultern. »Manchmal komme ich mir vor wie auf dem Hühnerhof. Schluss jetzt, Ladys! Ich brauche zwei von Ihnen, die mich zu den Landebahnen begleiten, heute steht eine stichprobenartige Kontrolle der Lieferungen an.« Er gab sich gar nicht erst Mühe, so zu tun, als überlege er. »Mrs Thalfang, Miss Valentin, kommen Sie. Nehmen Sie sich Schreibzeug mit.« Das flüchtige Lächeln, das seine Lippen umspielte, verriet, dass er sich erhoffte, Nora und Inga würden sich bei der gemeinsamen Aufgabe wieder vertragen.

Inga rollte mit den Augen, warf dem Major dann aber einen charmanten Blick zu. Verdrossen holte Nora ihren Notizblock und folgte den beiden durchs Treppenhaus nach draußen. Das Verhalten ihrer Kollegin stimmte sie traurig, vor allem deswegen, da sie doch alle im selben Boot saßen, oder? Hatte der Krieg sie nicht alle allein und ohne Unterstützung zurückgelassen? Aus der Ferne beobachtete sie die unzähligen Kriegswitwen, die zusätzlich zu den Jugendlichen angeheuert worden waren, um die Flugzeuge zu entladen. Sie alle gingen für ein paar Dollars dieser Arbeit nach, da kein Mann oder Vater mehr vorhanden war, der sie unterhielt. Nora wusste durchaus, hinter die stolze Miene Ingas zu blicken und die Einsamkeit und das Leid dahinter zu entdecken, trotzdem wünschte sie sich, nicht als Projektionsfläche für deren Animositäten herhalten zu müssen.

Wortlos schrieben sie und Inga mit, als Major Bloom ihnen den Inhalt der Kisten, die er überprüfte, diktierte. »Hundert Packungen Mehl, hundert Packungen Kartoffelpulver, ebenso viele Dosen getrocknetes Gemüse, hundert Literflaschen Vollmilch …«

Während die Kisten entladen wurden, führten zwei Mechaniker im Minutentakt geringfügige Wartungsarbeiten durch, nach weniger als einer halben Stunde rollte die zweimotorige Douglas DC-3 wieder zum Abflug davon.

Ein Höllenlärm beherrschte den Himmel, unzählige Flugzeuge befanden sich in der Warteschleife, um gleich zu landen.

»Zweihundert Päckchen Getreideflocken, hundert Dosen Fleisch …«, rief Major Bloom ihr und Inga zu. Sie rückten nah an ihn heran, um ihn über dem Getöse der Flugzeugmotoren zu verstehen. Und wieder begannen sich die Räder der Maschine zu drehen, und der Flieger setzte zum Abflug an.

Aus der nächsten Skytrain sprang Matthew heraus. Nora hielt

einen Moment im Schreiben inne, erfüllt von Freude, die ihr wie ein Springkreisel im Kopf herumwirbelte, und Verlegenheit.

»Na, der hat ja gerade noch gefehlt«, zischte Inga. »Nicht, dass du denkst, du kannst jetzt eine Pause für ein Stelldichein einlegen.«

»Dreihundert Tüten Backhefe«, diktierte Bloom, der sie, seinem entnervten Gesichtsausdruck nach zu urteilen, trotz des Krachs verstanden hatte.

Nora ignorierte die Kollegin und kritzelte eifrig auf ihren Block. Dabei war sie sich nur allzu sehr Matthews körperlicher Präsenz bewusst, der dicht neben ihr stand und schaute, was sie schrieb.

»Es war schön am Samstagabend«, sagte er. »Leider muss ich gleich wieder zurück nach Wiesbaden. Tylers Maschine hat einen Schaden, deshalb muss ich eine doppelte Schicht übernehmen.«

»Das tut mir leid.« Sie versuchte, einen betroffenen Gesichtsausdruck zu machen, freute sich aber einfach nur, ihn zu sehen, und lächelte ihn an. Major Bloom warf ihr einen irritierten Blick zu, woraufhin sie sich wie ein getadelter Backfisch fühlte. Matthews Gegenwart schien sie in ein jüngeres Ich zu verwandeln. Sie musste sich zusammenreißen. Ingas Leichenbittermiene nahm sie nur am Rande wahr, wie ein Stäubchen, das durchs Blickfeld segelte.

»Hundert Packungen Fett, zweihundert Dosen eingelegter Fisch ...«

»Wir sollten unseren Tanzabend wiederholen, finden Sie nicht?« Matthews Augen hingen an ihr, als blendeten sie alles andere aus, Bloom, Inga, die Mechaniker, die Frauen und Jugendlichen, die die Kisten auf Lastwagen luden, den Lärm, der die Luft wie ein stetiges Donnergrollen erfüllte.

»Ich ...« Wie sollte sie ihm klarmachen, dass sie besser Abstand von gemeinsamen Treffen nahm? Das ernsthafte Gesicht Veronikas, als sie am Morgen die Fotografie ihres Vaters gestreichelt hatte, hatte Nora verdeutlicht, dass selbst die unschuldigste Liebelei nichts für sie war. Ihre Priorität lag bei den Kindern, alle ihre Bemühungen sollten sich darum drehen, dass es den beiden gut ging, alles andere war in ihrer Situation unpassend. Ihre jungen Kolleginnen, Ella, Inga, Lotte und Erni, konnten sich gut und gerne mit Amerikanern amüsieren, sie waren ungebunden und frei. Auf sie traf das nicht zu.

»Ich würde Sie gerne in die Eisdiele auf dem Flughafengelände einladen. Haben Sie schon mal amerikanische Eiscreme probiert?«

Sie schaute starr auf ihren Notizblock, dennoch spürte sie seinen Blick, der sie voller Hoffnung umfing, fast wie eine flüchtige Berührung. »Mal sehen, vielleicht ergibt es sich mal.« Sie verabscheute sich selbst für diese unbestimmte Antwort, ihr war, als könne sie Matthews Enttäuschung mit den Händen greifen.

»Ich wäre nicht abgeneigt«, warf Inga ein wenig zu eifrig ein. Matthew lächelte ihr kurz zu, ging aber nicht auf sie ein.

»Tut mir leid, dass ich stören muss«, sagte Bloom sarkastisch. »Die Kisten, die wir kontrolliert haben, waren allesamt korrekt bepackt. Wir gehen ins Büro zurück.«

»Gut.« Nora klappte ihr Notizbuch zu und wartete, bis Bloom und Inga, die sich misstrauisch über die Schulter nach ihr umsah, ein paar Schritte voraus waren. »Es war schön, Sie wiederzusehen, Matthew ...«

»Matt«, berichtigte er, die Stimme dunkel vor Ernüchterung. »So nennen mich meine Freunde.«

»Matt«, wiederholte sie und spürte ihrerseits, wie sich eine dumpfe Pfütze Unzufriedenheit in ihr ausbreitete. »Wir sehen uns bestimmt mal wieder.«

Sie ließ ihn stehen und lief eilig Bloom und Inga hinterher. Matthew abzuweisen schmerzte unerwartet heftig, doch es war besser so. Wie alt mochte er sein? Siebenundzwanzig, achtundzwanzig? Ein junger Pilot, der noch sein ganzes Leben vor sich hatte. Wieso wollte er mit ihr ausgehen, er wusste doch, dass sie Kinder hatte und auf ihren verschollenen Mann wartete? Er sollte sich lieber an unbedarfte Mädchen wie Lotte oder Erni halten.

»Ich komme heute Abend wieder«, rief er ihr hinterher, »und morgen und übermorgen ...«

Sie konnte nicht anders, als sich umzudrehen und ihm zuzulächeln, berührt von seiner Hartnäckigkeit.

Kapitel 12

Juli 1948

»Ich hätte nichts dagegen, Tyler öfter zu sehen«, sagte Ella beschwingt, als sie zu Beginn der Mittagspause mit Nora das Büro verließ, um in der Kantine eine Kleinigkeit zu essen. Ihre Wangen glühten, und ihre Augen bekamen diesen besonderen Schimmer, wenn sie von dem Piloten sprach – was sie derzeit ständig tat. Nora lächelte; Ella schien es heftig erwischt zu haben.

»Wer weiß, vielleicht befindet er sich in einem der Flugzeuge, die gerade landen?«, rätselte Nora. Beide schauten durch das Fenster auf die ferne Landebahn, wo im Neunzig-Sekunden-Takt neue Flieger anrollten, um von den wie Ameisen herumwuselnden Helferinnen und Helfern entladen zu werden.

»Ich hoffe, ihm bald wieder über den Weg zu laufen. Er hat versprochen, nach mir Ausschau zu halten. Nein, schau nur, ich glaube es nicht!«

Ella blieb stehen und legte sich freudig überrascht die Hand auf die Brust, denn am Eingang der Kantine standen sowohl Tyler als auch Matthew. »Wenn man vom Teufel spricht.« Ella ging auf Tyler zu, und die beiden versanken augenblicklich in einem angeregten Gespräch.

»Hallo Matthew.« Nora lächelte den Piloten unsicher an. In der vergangenen Nacht hatte sie von ihm geträumt – verworrenes Zeug von Cocktails in Flugzeugen –, und als sie abrupt erwacht war, weil Veronika zu ihr ins Bett schlüpfte und ihren Arm fest um sie schlang, hatte sie noch den bitteren Geschmack von Wehmut in der Kehle spüren können, den der Traum hinterlassen hatte. Doch jetzt war helllichter Tag, der Lärm der Flugzeuge ließ den Himmel erbeben, und unzählige Bedienstete des Flughafens drängten sich plaudernd an ihnen vorbei, um in der Kantine zu Mittag zu essen. Für Sehnsucht war weder die richtige Zeit noch der richtige Ort, außerdem hatte sie sich ohnehin geschworen, sich solch kindischen Anwandlungen nicht mehr hinzugeben.

»Nora.« Der Ausdruck auf seinem Gesicht glich purer Freude, so als habe er in der Lotterie gewonnen oder zumindest ein unerwartetes, kostbares Geschenk erhalten. »Wie schön, Sie zu sehen, vor allem, wo Sie gerade Mittagspause haben.«

»So ein Zufall«, zog sie ihn leichthin auf.

»Nein, das ist kein Zufall«, antwortete er ernst. »Tyler und ich haben zwei Kollegen bestochen, mit uns zu tauschen. Normalerweise wären wir in zwanzig Minuten wieder in der Luft.«

»Schau nur, was Tyler mir mitgebracht hat.« Ella hielt Nora glücklich ein Päckchen mit einem seidig glänzenden, beigen Gewebe vor die Nase.

»Nylonstrümpfe?«, fragte Nora.

»Ja, genau!« Ella war ganz aus dem Häuschen. »Ich habe ihm letztens erzählt, dass ich keine mehr besitze – die letzten bestehen praktisch nur noch aus Laufmaschen –, und er hat mir in Wiesbaden neue besorgt. Schau nur, die Naht auf der Rückseite ist sehr fein gearbeitet! Todschick!«

Nora bewunderte die Strümpfe gebührend, während ihr wieder in den Sinn kam, um wie viel unbeschwerter und begeisterungsfähiger die jüngeren Kolleginnen im Gegensatz zu ihr doch waren.

»Bald wird es Herbst, und wenn ich dich ins *Silverwings* ausführe, musst du doch warme Beine haben«, bemerkte Tyler grinsend. Offensichtlich genoss er Ellas Freude.

»Pilotenflittchen!«, zischte es kaum hörbar von hinten. Nora schrak zusammen, und als sie sich umwandte, sah sie Inga, die in Begleitung von Erni und Lotte die Treppe herunterkam. Die beiden Letzteren warfen ihr und Ella einen betretenen Blick zu, folgten Inga jedoch in die Kantine.

»Danke noch mal, Tyler«, murmelte Ella, das Päckchen in den Händen knetend. »Das ist unheimlich nett von dir.«

Nora spürte, wie Ellas Vergnügen über das Geschenk sich auflöste wie ein Kondensstreifen am Himmel, und Wut auf Ingas Niedertracht schäumte in ihr auf. Musste die neidische Kollegin ihnen wie ein Stachel im Fleisch sitzen?

Tyler und Matthew hatten die auf Deutsch hingeworfene Beleidigung offenbar nicht verstanden, in ihren Gesichtern standen Fragezeichen. Wie Ella verspürte auch Nora kein Bedürfnis zu übersetzen. Nora flüsterte der Freundin zu: »Hör nicht auf diese Schlange. Du weißt, ihr größtes Problem ist sie selbst.«

Ella nickte mit hängendem Kopf.

»Wollen wir essen gehen? Nur wir beide?« Tyler zwinkerte Matthew bedeutungsvoll zu, woraufhin dieser ein paar Schritte zur Seite trat, um seinem Freund und Ella etwas Privatsphäre zuzugestehen.

»Gerne.« Ella lächelte wieder, auch wenn das Leuchten in ihren Augen verschwunden war.

Nora und Matthew blieben alleine zurück.

»Darf ich Sie jetzt zu einem riesigen amerikanischen Eis einladen?« An seinen blauen Augen erkannte sie, wie wichtig es ihm war, dass sie zustimmte.

Einerseits mochte sie ihren Entschluss, sich nicht auf ein Techtelmechtel mit einem jüngeren Piloten einzulassen – und was konnte er angesichts ihres Altersunterschiedes und ihrer familiären Situation anderes im Sinn haben als ein Techtelmechtel? –, nicht über den Haufen werfen, andererseits brachte sie es nicht fertig, ihn abzuweisen und allein im Korridor stehen zu lassen wie ein Gepäckstück, das niemandem gehörte.

»Na schön.« Sie würden ein Eis essen, danach würde sie an ihren Schreibtisch zurückkehren und er nach Wiesbaden zurückfliegen.

Seite an Seite verließen sie das Gebäude und schlenderten zu der etwas abgelegenen Eisdiele, deren Schaufenster auf amerikanische Art mit bunten Plakaten voller braun gebrannter Schönheiten beklebt waren.

»Setzen Sie sich schon mal, ich kümmere mich um das Eis.« Matthew zog ihr galant einen Stuhl heran, und so saß sie einige Minuten allein an einem kleinen, zierlichen Tisch unter der rosa und hellblau gestreiften Markise und starrte gedankenversunken in den Himmel. Seit Tagen war es drückend und schwül, und ständig hatte man das Gefühl, gleich würde ein Gewitter losbrechen, doch bisher war es über Berlin ruhig geblieben. Das könnte sich heute rasch ändern. Rußschwarze Wolken bauschten sich am Himmel zusammen, und die Luft flirrte wie elektrisch aufgeladen. Hoffentlich befand sich Jörg nicht gerade auf einem seiner Streifzüge durch die Nachbarschaft, wenn das Unwetter losbrach, überlegte sie bange.

»Ma'am.« Matthew stellte eine wuchtige Portion Eiscreme auf dem wackligen Tischchen ab und setzte sich zu ihr.

»Wer soll das alles essen?«, fragte sie angesichts des Bergs pastellfarbener Kugeln entgeistert.

»Ich dachte, Sie haben noch nie amerikanisches Eis probiert, deshalb wollte ich Sie von allen Sorten kosten lassen.« Vergnügt häufte Matthew einen großen Batzen himbeerfarbenes Eis auf seinen Löffel. »Sie müssen mir unbedingt verraten, was Ihnen am besten schmeckt; meine Favoriten sind Schokolade und Pfefferminz.«

Sie probierte einen Löffel Bananeneis und musste sich eingestehen, dass es tatsächlich köstlich schmeckte, süß und fruchtig, und es zerging auf der Zunge wie schmelzender Schnee. Sie setzte gerade zu einer Antwort an, als drinnen eine Jukebox angeworfen wurde und laut *It's Magic* von Doris Day und George Siravo erklang.

Matthew lächelte ihr zu, zufrieden, dass sie das Eis genoss.

»Woher kommen Sie?«, fragte Nora. In der Ferne begann es zu rumoren, und kurz darauf donnerte es auch über Tempelhof, und erste Blitze zuckten über den Dächern.

»Aus New York. Mein Vater war Professor für Sozialwesen am Hunter College, einer Universität nur für Frauen. Er ist vor ein paar Jahren gestorben, aber meine Mutter lebt noch immer in einem kleinen Haus nahe dem College.«

»Haben Sie Geschwister?« Wider Erwarten fand Nora es geradezu entspannend, unter der pastellfarbenen Markise zu sitzen, auf die erste dicke Regentropfen prasselten, und sich mit Matthew zu unterhalten.

Er schüttelte den Kopf. »Nein, leider nicht.«

»Dann muss es für Ihre Mutter doppelt schwer sein, Sie auf einem anderen Kontinent zu wissen.« Sie wollte sich gar nicht vorstellen, wie schmerzlich es sein musste, wenn das einzige Kind durch ein Weltmeer von einem getrennt war.

»Das ist es wohl. Aber wir haben oft Kontakt. Wir schreiben uns, und wie Sie wissen, versorgt sie mich regelmäßig mit Paketen, damit es mir an nichts mangelt.« Er grinste schief, und einen Moment lang begegneten sich ihre Blicke. Inzwischen spielte die Jukebox im Innern der Eisdiele *Haunted Heart* von Perry Como und Russ Case mit Orchester, die Klänge vermischten sich mit dem grollenden Donner. Seit sie im Flughafen arbeitete, wo tagtäglich der amerikanische Sender AFN lief, kannte Nora alle einschlägigen Hits.

»Wieso sind Sie Pilot geworden?«

Matthew leckte nachdenklich seinen Löffel ab. »Weil es mich bereits als Kind fasziniert hat, in die Lüfte zu steigen. Als kleiner Junge baute ich aus allen möglichen Materialien Flugzeuge – aus Papier, alten Schachteln, Holz, aus Stoffresten meiner Mutter bastelte ich sogar Heißluftballone … Tag und Nacht träumte ich davon zu fliegen, malte mir aus, wie es sich anfühlen musste, hoch über der Erde zu schweben, alles aus der Distanz zu sehen, wie ein Vogel Teil der Lüfte zu sein … Pilot zu werden erschien mir richtig, und im Krieg suchte die Air Force Männer wie mich.«

»Vermissen Sie Amerika nicht?«

»Vorsicht, Sie werden nass.« Der Regen hieb mittlerweile kräftig auf den Markisenstoff ein, sodass Rinnsale von den gerüschten Rändern tropften. Matthew rückte den Tisch ein ganzes Stück zur Wand, um Nora zu schützen.

Sie strich sich über ihr feuchtes Haar, das sich widerspenstig über den Ohren kräuselte. »Danke.«

»Ich vermisse Amerika nicht«, kam er auf ihre Frage zurück. »Ich liebe New York – die Sommer im Central Park, Eislaufen im Winter, die Shows am Broadway … Ich bin wohl ein richtiger Großstadtmensch. Aber im Moment möchte ich nirgendwo anders sein als hier.«

Das Knistern, das sie plötzlich zu umgeben schien wie Funkenflug, dieses merkwürdige Gefühl der Intimität, sein Gesichtsausdruck, der so ernsthaft und verletzlich zugleich schien – wie sie wusste auch er, dass ein Wort der Zurückweisung von ihr die ganze Stimmung zerstören würde –, ließen sie trotz der Schwüle frösteln. »Als Großstadtmensch sind Sie in Berlin ja gut aufgehoben«, brachte sie heiser hervor.

»Richtig.«

Er lachte, und sie war froh, die Kurve noch einmal bekommen und das Gespräch in neutralere Gefilde zurückgeführt zu haben.

»Wie alt sind Sie?« Kaum hatte sie die Frage gestellt, hätte sie sie am liebsten zurückgenommen. Sein Alter war für sie wohl kaum von Bedeutung, oder? Doch nun musste er annehmen, sie interessiere sich aus persönlichen Gründen dafür, was nicht der Fall war, wie sie sich versicherte.

»Achtundzwanzig, und Sie?«

»Dreißig.« Es krachte ohrenzerfetzend, das Gewitter befand sich nun direkt über ihnen.

»Sie haben jung geheiratet«, stellte er fest.

»Ach was. Zur Zeit meiner Hochzeit war ich zwanzig, absoluter Durchschnitt für ein deutsches Mädchen.«

»Und Sie müssen schon lange ohne Ihren Mann auskommen«, fügte er hinzu, und in seiner Stimme lag so viel Mitgefühl, dass sich in ihrer Brust ein Druck bildete, den sie länger nicht gespürt hatte.

»Wie kommen Sie zurecht, alleine mit zwei Kindern, die Sie tagsüber allein lassen müssen?«

Nun brannten auch ihre Augen, denn wann hatte sie zuletzt jemand gefragt, wie es ihr ging? Ihr wurde bewusst, dass sie am liebsten noch Stunden mit ihm unter der feuchten Markise sitzen und mit ihm reden würde, sie fühlte sich so gut aufgehoben wie lange nicht mehr. Leider waren die Eisbecher fast geleert, und ihre Mittagspause neigte sich dem Ende zu.

»Ich habe Hilfe«, brachte sie rau hervor. »Meine Mutter passt auf die Kinder auf und ist auch sonst eine große Unterstützung. Aber nun sollten wir allmählich zurückgehen, ich möchte nicht zu spät kommen, das wäre ein gefundenes Fressen für die Lästertanten im Büro.«

Beziehungsweise Lästertante, dachte sie. Ob Erni und Lotte sie auch so sahen, wie Inga sie wahrnahm? Die beiden hatten sie vor der Kantine so argwöhnisch gemustert.

»Bei diesem Unwetter kann ich Sie nicht zurückgehen lassen«, sagte Matthew und schaute forschend in den schwarzen Himmel, der gerade von einem neuen gezackten Blitz gespalten wurde.

»Ich muss aber. Mich wird schon nicht der Blitz treffen, gibt es hier auf dem Flughafengelände nicht eine Menge Blitzableiter?« Sie lächelte über seine Besorgnis.

»Sicher, aber Sie werden klatschnass. Warten Sie hier.« Matthew verschwand im Innern der Eisdiele. Die Jukebox war verstummt, man hätte die Musik gegen den grollenden Donner und die herabstürzenden Regenkaskaden auch kaum hören können. Nora starrte gedankenversunken auf die Straße, die Farben des Asphalts, der Bäume und Hausanstriche verschwammen zu einer einzigen Wasserlandschaft.

Kaum eine Minute später tauchte Matthew wieder auf, einen schwarzen Regenschirm in der Hand.

»Wo haben Sie denn den her?«

»Ausgeliehen.« Zufrieden spannte er den Schirm auf und hielt ihn über Nora und sich. »Ich muss ihn aber heute noch zurückgeben, sagt der Inhaber der Eisdiele. Zum Glück lande ich heute Abend noch mal in Berlin. Kommen Sie, ich bringe Sie zurück.«

Nora lachte, aber es imponierte ihr, dass er sich etwas hatte einfallen lassen, um sie einigermaßen trocken ins Büro zu bringen. Auffordernd hielt er ihr seinen Arm hin, und sie hakte sich bei ihm unter. Im Laufschritt eilten sie über das Flughafengelände, während das Wasser aus den Pfützen an ihnen hochspritzte und sowohl seine Fliegeruniform als auch ihre bloßen Beine unter ihrem Kleid nass wurden. Trotz des Schirms blieben auch ihre Haare nicht von den dicken Tropfen verschont und klebten ihnen feucht an den Köpfen. Nora störte das nicht, im Gegenteil, dieser Slalom an Wasserlachen vorbei erschien ihr wie ein Abenteuer, über das sie später lachen würden. Wann hatte sie sich das letzte Mal so unbeschwert gefühlt? Die Verantwortung für ihre Kinder, ihre Mutter und ihre Schwester war normalerweise allgegenwärtig, doch in diesem Augenblick empfand sie nichts als eine längst vergessene Leichtigkeit.

»Geschafft.« Vor dem Hintereingang des Hauptgebäudes hielten sie inne und schöpften Luft. Sie ließ seinen Arm los, obwohl sie ihn gerne noch länger gehalten hätte. Doch es gab keinen Grund mehr, sich bei ihm unterzuhaken, und ein Blick auf ihre Armbanduhr zeigte ihr, dass sie ohnehin spät dran war. Die anderen Übersetzerinnen saßen mit Sicherheit bereits an ihren Plätzen.

»Wiederholen wir das mal?«, fragte er. Ein paar einzelne Tropfen hingen an seinen Wimpern, sie vermochte kaum, den Blick davon zu lösen. »Ich meine nicht, dass wir noch mal durch einen Regenguss rennen sollen. Vielleicht sehen Sie sich mal mit mir einen Film an? Im Columbia-Kino?«

Nora wusste natürlich, dass es in Tempelhof ein eigenes Kino für die Amerikaner gab, aber der Gedanke, sich dort einen Film anzuschauen, war ihr bisher nicht in den Sinn gekommen. Doch nach diesem Tag schien alles möglich.

Trotzdem schreckte sie vor einer Zusage zurück. Sie hätte ein schlechtes Gewissen dabei, ihre Kinder schon wieder Elses Obhut zu überlassen, nur um sich zu vergnügen. Sie war kein Backfisch mehr, den es am Wochenende in Klubs oder Kinos zog. Aber da sie Matthew nicht vor den Kopf stoßen wollte, nickte sie nur unverbindlich.

Er lächelte und drückte ihre Hand zum Abschied. Aus dem Augenwinkel sah Nora eine Familie im Regen stehen, die offenbar auf Matthew wartete. Alle trugen verschlissene Kleidung, waren mager und blass, vor allem die drei Kinder, die ängstlich einen Teddybär oder eine Puppe an sich drückten. Insbesondere der Vater wirkte richtiggehend krank, seine Gesichtsfarbe war gelblich, und unter seinem Hemd waren die hervorstehenden Rippen zu erahnen. Vor ihnen standen einige Pappkoffer.

»Ich muss los, ich werde gebraucht«, sagte Matthew, schon im Gehen begriffen.

»Wer sind diese Leute?«, flüsterte Nora. Das stumme Elend, das sowohl den Eltern als auch den Kindern anhaftete, machte sie betroffen.

»Eine Westberliner Familie«, gab Matthew leise zurück. »Ich nehme sie in meinem Flugzeug mit und bringe sie zu Verwandten in Hessen. Vor allem dem Vater geht es sehr schlecht, er ist schwerkrank, und die Kinder sind gefährlich unterernährt. Tante und Onkel in Westdeutschland werden sie aufpäppeln.«

»Ich dachte, Sie … also die Alliierten, transportieren nur Güter«, brach es aus Nora heraus.

Er schüttelte den Kopf und sah zu der Familie, die bewegungslos auf ihn wartete. Dass sie bis auf die Haut durchnässt waren, schien ihnen nichts auszumachen; wahrscheinlich war ihre Not so groß, dass es darauf auch nicht mehr ankam, dachte Nora verstört.

»Nein, nicht nur Güter. Oft fliegen wir auch Menschen aus Berlin aus, Kranke und Alte und auch Kinder. Menschen, die dringend Hilfe brauchen.« In seinen Augen las sie, dass ihn das Schicksal der Familie ebenso wenig kaltließ wie sie. Sie hatte in der letzten Stunde einiges über ihn erfahren, doch die Erkenntnis, dass er noch viel mehr tat, als Lebensmittel zu transportieren, öffnete ihr Herz wie eine Blüte, die ihre Blätter ausstreckte. Plötzlich wünschte sie sich, sie hätten mehr Zeit miteinander, alles in ihr sehnte sich danach, ihn besser kennenzulernen, und am meisten sehnte sie sich danach, ihm die Regentropfen von den Wimpern zu tupfen.

Ergriffen begleitete Nora Matt zu der Familie. Das jüngste der Kinder begann angesichts des einschüchternden Flugzeugs zu weinen und wisperte seiner Mutter zu, dass es Angst vor dem Flug hatte. Matthew legte dem kleinen Mädchen beide Hände auf die Schultern, beugte sich zu ihm herab und beruhigte es sanft: »Du musst dich nicht fürchten. Das Flugzeug ist wie ein großer, freundlicher Vogel, der uns sicher zu deinen Verwandten bringt. Ich vertraue dem Flugzeug wie einem guten Freund, die ganzen Geräte und Apparaturen, die du gleich sehen wirst, arbeiten verlässlich, sie haben mich noch nie im Stich gelassen.«

Nora schluckte. Wie liebevoll Matthew mit dem Kind sprach! Er winkte ihr noch einmal zu – mit jener ihm eigenen Mischung aus Unbekümmertheit und tiefer Ernsthaftigkeit –, griff nach so vielen Koffern, wie er tragen konnte, und führte die Familie zu seiner bereitstehenden Skytrain.

Nora wandte sich ab, betrat das Gebäude und lief eilig die Treppen hoch zum Büro. Ihre Welt hatte sich gerade um hundertachtzig Grad gedreht, nichts war mehr wie zuvor.

»Kommst du auch schon, Nora?« Inga, die an ihrem Schreibtisch saß und sich Notizen machte, blickte schadenfroh zu ihr auf. »Mit Pünktlichkeit hast du es nicht so, oder?«

Sie sprach so laut, dass Major Bloom, der am anderen Ende

des Raums an der Kaffeemaschine hantierte, auf sie aufmerksam wurde und sich umwandte.

Vielen Dank, Inga, dachte Nora, war aber noch viel zu aufgewühlt von der Begegnung mit Matthew, um sich wirklich zu ärgern.

»Mrs Thalfang.« Alle Augen richteten sich auf den Major, alle Übersetzerinnen, Nora eingeschlossen, erwarteten eine Strafpredigt, denn der Chef verabscheute Undiszipliniertheit. »Bitte halten Sie die Pausenzeiten ein. Und jetzt kümmern Sie sich um den Bericht aus dem Schöneberger Rathaus, er muss bis heute Abend übersetzt sein. Die Übersetzung von heute Morgen haben Sie rasch, fehlerfrei und effizient erledigt, wie ich es von Ihnen gewohnt bin. Ich wünschte, jede Mitarbeiterin würde so arbeiten.« Bildete Nora es sich nur ein, oder schoss er Inga einen vielsagenden Blick zu? Jedenfalls biss sich diese so heftig auf die Unterlippe, dass sie ganz weiß wurde.

»Danke«, sagte Nora und nahm den Stapel Papiere entgegen, den Bloom ihr reichte. »Bitte entschuldigen Sie meine Verspätung. Ich bin in das Unwetter geraten, es wird nicht wieder vorkommen.«

Der Major nickte ihr wohlwollend zu und verließ mit seinem Kaffee den Raum.

»Du denkst wohl, du kannst dir alles erlauben«, giftete Inga, als Nora auf dem Weg zu ihrem Schreibtisch an ihr vorbeilief.

Sie hob nur die Schultern und ging nicht darauf ein. Ella wandte sich ihr neugierig zu, als sie sich setzte und die Blätter vor sich ausbreitete.

»Soso, ins Unwetter geraten, was?«, fragte sie genüsslich.

»Tatsächlich war es genau so«, gab Nora zurück und konnte nicht verhindern, dass sie strahlte wie ein Flugzeugscheinwerfer bei Nacht. »Aber wie war deine Mittagspause? Ich sage nur: Nylonstrümpfe!«

Ella hob die Strümpfe hoch, die sie verborgen vor den Kolleginnen auf dem Schoß liegen hatte, und präsentierte sie Nora stolz. »Wie aufmerksam von Tyler, mir welche mitzubringen, findest du nicht? Ich mag ihn. Sehr sogar. Ich bin gespannt, ob sich etwas daraus entwickelt. Welch ein Glück, dass wir beiden Trauerklöße uns letztens aufgerafft haben und ins *Silverwings* gegangen sind!«

»Es war ein großes Glück«, bestätigte Nora. Der Gedanke an Matthew, wie er ihren Arm festhielt, um mit ihr über die Pfützen zu springen, wirbelte wie ein Sturm durch ihren Kopf, würde sie so schnell nicht wieder loslassen. Hatte sie noch vor Stunden versucht, sich von ihm zu distanzieren, da er mit ihrer Welt, die aus Familie und Pflicht bestand, kaum vereinbar war, wollte sie nun nur noch eines: ihn wiedersehen.

Kapitel 13

August 1948

Hanna läutete an Emmi Brombachs Wohnungstür. Während sie auf deren schlurfende Schritte wartete, stieß Nora ein lautes, verdrossenes Seufzen aus.

»Hanni! Bitte nicht! Du hast mir versprochen, keine Medikamente mehr zu stehlen!«

Die Schwester verschränkte die Arme vor der Brust und presste die Lippen fest aufeinander. »Gar nichts habe ich versprochen. Gesundheit geht vor. Manchmal muss man mutig sein, wenn man Menschen helfen will.«

»Mutig nennst du das? Man könnte es auch dumm nennen.« Nora sah Hanna flehend an, doch die fixierte die geschlossene Wohnungstür.

»Tut mir leid, dass du dabei bist, wenn ich Frau Brombach die Tabletten gebe, aber gestern Abend, als ich nach Hause gekommen bin, war in ihrer Wohnung schon alles dunkel, da wollte ich nicht mehr stören.«

Die Tür wurde geöffnet, und Frau Brombach schaute die beiden an.

»Die Damen Vogt und Thalfang! Wie schön, Sie zu sehen. Haben Sie etwas für mich, Hanna? Meine Vorräte gehen zur Neige.«

Wie zur Bekräftigung ihrer Worte hustete Emmi Brombach röchelnd. Hanna klopfte ihr behutsam auf den Rücken, während Nora unbehaglich danebenstand und nicht wusste, wie sie reagieren sollte.

Als der Anfall abgeflacht war und die Nachbarin nur mehr heftig schnaufte, überreichte Hanna ihr eine kleine Tablettenschachtel. »Hier, Frau Brombach, Sie wissen ja Bescheid, je morgens, mittags und abends eine. Und viel trinken, bitte!«

Emmi Brombach lächelte, was angesichts ihrer Atemnot eher wie eine Grimasse wirkte. »Haben Sie vielen Dank, mein Kind, Sie sind meine Rettung. Was täte ich ohne Sie?«

»Keine Ursache. Jeder vernünftige Mensch mit dem Herzen am rechten Fleck würde Ihnen helfen.« Hanna warf Nora einen vielsagenden Blick zu.

Sie verabschiedeten sich und verließen das Haus.

»Die Anspielung hättest du dir sparen können«, sagte Nora, als sie in Richtung Dudenstraße gingen. »Jeder vernünftige Mensch würde Frau Brombach ins Krankenhaus schicken, statt Medikamente für sie zu … mitzunehmen.«

Hanna wirbelte zu ihr herum, und sie blieben unter dem Blätterdach einer der wenigen Birken, die noch nicht gefällt worden waren, stehen.

»Sei doch nicht so unsensibel! Frau Brombach möchte nicht ins Krankenhaus, sie trägt ein schlimmes Trauma mit sich herum, seit ihr Mann 1943 mit einem Herzinfarkt eingeliefert wurde, das Krankenhaus jedoch wegen der vielen Bombenopfer hoffnungslos überfüllt war. Sie hat miterleben müssen, wie ihr Mann nach stundenlangem Ausharren im Wartesaal elendig starb, bevor ihn überhaupt ein Arzt gesehen hat! So etwas prägt einen Menschen!«

»Ich bin alles andere als unsensibel, und das weißt du auch, Hanni.« Hilflosigkeit schwoll in Nora an, überlagerte die leise

Wut, die sie bisher empfunden hatte. »Ich verstehe Frau Brombachs Ängste durchaus, aber vor allem mache ich mir Sorgen um dich. Denk an deine Stelle im Krankenhaus. Friedrichs Schreinerei steht kurz davor, geschlossen zu werden, das bedeutet, wenn er seine Arbeit verliert, musst du euch beide mit deinem Gehalt über Wasser halten, verstehst du das nicht?«

»Natürlich weiß ich das«, gab Hanna düster zurück. »Aber was soll ich tun? Ich habe nun mal ein Helfersyndrom.«

»Das kann man wohl sagen.« Mit einem Mal bereute Nora ihre Vorwürfe, doch auf die ein oder andere Weise musste sie ihrer Schwester doch klarmachen, welchen Irrweg sie beschritt, oder etwa nicht? »Ich kann nicht mitanschauen, wie du in dein Unglück rennst, Hanni.«

Sie griff nach Hannas Hand, doch diese schüttelte sie unwirsch ab, als habe sie keine Kraft für schwesterliche Gefühlsbekundungen. »Wir sehen uns heute Abend«, brummte sie nur und lief hastig zur Kreuzung, wo sie abbog. Bedrückt ging auch Nora weiter. Beim Aufstehen war sie guter Dinge gewesen – Ella und sie hatten sich mit Matthew und Tyler verabredet, um eine gestohlene halbe Stunde miteinander zu verbringen –, aber nun dämpften ihre Sorgen um Hanna die Vorfreude auf den Tag.

...

Trotz aller Versuche, mit anderen Piloten zu tauschen, stand Matthew und Tyler nur jene halbe Stunde Pause zur Verfügung, die es benötigte, das Flugzeug auszuladen und notdürftig zu warten.

Zu viert saßen sie im Schatten des Flughafengebäudes auf leeren Holzkisten und verzehrten ihr Mittagessen. Nora und Ella teilten ihre von zu Hause mitgebrachten Butterbrote mit den beiden Piloten, diese steuerten Äpfel und Kirschen bei, die sie aus Wiesbaden mitgebracht hatten. Das improvisierte Picknick hatte etwas von einem Pfadfinderabenteuer, doch nach dem Streit mit Hanna war Nora noch immer trüber Stimmung. Wie so oft, wenn sie nachdenklich war, begann sie, an allem zu zweifeln, was gerade ihren Alltag bestimmte. War es richtig, sich erneut mit Matthew zu verabreden?

Heute Morgen hatte sie wieder beobachtet, wie Veronika Joachims Foto von ihren Plänen für den Tag berichtete. Nora konnte die Schuldgefühle kaum bändigen. Sie traf sich mit einem gut aussehenden, jüngeren Amerikaner zu einem Picknick am Flughafen, gleichzeitig trauerte ihre Tochter ihrem vermissten Vater nach.

»Was ist los mit dir? Du siehst so traurig aus.« Matthew blickte sie an, und seine Miene war so mitfühlend, als verstehe er sie, sehe mitten in ihr Herz, ohne dass sie sich ihm erklärte.

»Ach, es ist nichts«, murmelte sie und versuchte, ins Hier und Jetzt zurückzukehren. Die Augustsonne schien auf sie herab, doch sie saßen gegen die kühle Gebäudemauer gelehnt im Schatten. In der Ferne entluden Frauen und Jugendliche Matthews und Tylers Flugzeuge, was dem emsigen Treiben in einem Bienenstock ähnelte. Der Himmel dröhnte vom Lärm der ankommenden und abfliegenden Flugzeuge. »Familienkram, weißt du?«

»Verstehe«, sagte er. »Aber ich habe etwas dabei, womit ich dich vielleicht ein bisschen aufheitern kann.«

Er zog ein dünnes Taschenbuch aus den Tiefen seiner Uniformtaschen und gab es ihr mit feierlichem Gesichtsausdruck.

»*Cannery Row*«, entzifferte sie. »Von John Steinbeck. Aber …« Ihre Stimme klang brüchig.

Er kam nah an sie heran, um einen Brotkrümel, der auf den Einband des Buches gefallen war, wegzuwischen. Nora hielt unwillkürlich den Atem an, als ihr der herbe Duft seiner Seife in die Nase drang.

»Du hast mir letztens erzählt, dass du früher viele englischsprachige Bücher hattest, dass ihr diese aber im Krieg als Brennmaterial für den Ofen verwenden musstet, und da dachte ich ...«

»Das ist so lieb. Ich danke dir. Ich habe so lange kein englisches Buch mehr gelesen, wahrscheinlich werde ich es heute Abend in einem Rutsch auslesen.« Mühsam schluckte sie den Kloß in ihrer Kehle herunter. Matthew war so aufmerksam. Sie stellte sich vor, wie sie am Abend im Bett liegen und das Buch verschlingen würde, während Matthew ihr bei jedem Satz im Kopf herumspukte.

In einträchtigem Schweigen verzehrten sie ihr Mittagsmahl, bis Ella sie irritiert auf ein landendes Flugzeug hinwies, das mit den Flügeln wackelte.

»Seltsam ... Hat die Maschine einen Schaden?«

»Wohl kaum.« Tyler warf Matthew einen amüsierten Blick zu. »Der Pilot des Flugzeugs ist Gail Halvorsen, ein lustiger Bursche. Ich glaube, er war bei dieser Sitzung dabei, bei der wir mit Generalgouverneur Clay den Ablauf der Luftbrücke geplant haben, erinnert ihr euch?«

Nora und Ella nickten.

»Gail hat neulich in seiner Mittagspause das Flughafengelände erkundet und am Zaun ein paar Kinder kennengelernt. Er hat ihnen Kaugummi geschenkt, und seitdem erwarten sie ihn täglich voller Sehnsucht.« Tyler deutete vage ans Ende des Rollfelds, aufgrund der Entfernung konnte Nora jedoch keine Kinder ausmachen.

»Es werden immer mehr Kinder. Er hat ihnen versprochen, mit den Flügeln zu wackeln, wenn er sich im Landeanflug befindet, damit sie sich bereit machen können.«

»Bereit wofür?«, fragte Ella.

»Für die kleinen Fallschirme, die er abwirft. Er bastelt aus Taschentüchern Fluggeräte, die er mit Kaugummi, Rosinen und

Schokolade bestückt, sehr zur Freude der Kinder, die versuchen, einen Fallschirm zu erhaschen, sobald er in Sicht ist und seine Schätze über Tempelhof abwirft.«

»Was für eine liebenswerte Idee«, bekundete Nora angetan. Auch Veronika und Jörg wären sicherlich begeistert, einen kleinen, mit Leckereien gefüllten Fallschirm zu ergattern, vielleicht sollten sie am Sonntag einen Ausflug zum Flughafen unternehmen? Gail Halvorsen musste ein sehr kinderlieber Mensch sein.

»Wir nennen Gail seitdem nur noch den *Rosinenbomber*«, warf Matthew zur allgemeinen Erheiterung ein.

»Hat er keinen Ärger mit seinen Vorgesetzten bekommen? Bei der Air Force herrscht doch strenge Disziplin, so wie ich es mitbekomme, für Kreativität scheint mir da wenig Raum zu sein.« Ella starrte noch immer in den Himmel, doch Halvorsens Flugzeug war längst gelandet.

»Oh, anfangs hat er reichlich Ärger bekommen«, berichtete Tyler. »Aber schließlich genehmigte General Tunner die Aktion. Sie hat sogar einen eigenen Namen bekommen: *Operation Little Vittles*, in Anlehnung an *Operation Vittles*, die Bezeichnung der Luftbrücke.«

»Ty und ich lassen uns inzwischen auch Taschentücher von zu Hause schicken. Meine Mutter hat bereits zwei Dutzend gesammelt, die sie mir im nächsten Paket schickt, schreibt sie, damit noch viel mehr Kinder eine Überraschung erhalten. Dann dürft ihr uns demnächst auch Rosinenbomber nennen.«

Es beeindruckte Nora, dass Matthew, wie so viele andere in Deutschland stationierte Amerikaner, ein Herz für Kinder hatte und versuchte, ihnen etwas Gutes zu tun. Sie entdeckte ständig neue Seiten an ihm, die sie anzogen wie das Licht die Motte.

»Wir gehen eine Runde spazieren«, kündigte Ella an und zwinkerte Nora zu.

»In Ordnung.«

»Und wir beide?« Matthew schaute sie erwartungsvoll an. »Was stellen wir in den zwölf Minuten, die uns noch bis zu meinem Abflug bleiben, an?«

»Du könntest mir dein Flugzeug zeigen«, schlug Nora lächelnd vor. Ihm war es gelungen, sie aus ihrer Niedergeschlagenheit zu reißen.

Matthew sprang auf, nahm ihre Hand und zog sie ungestüm auf die Füße. »Natürlich! Aber wir sollten uns beeilen, es sind inzwischen nur noch elf Minuten.« Lachend folgte sie ihm auf die Landebahn, spürte, wie ihre Haare flogen, während sie rannte, und fühlte sich plötzlich leicht wie ein Kind. Die Sorgen um Hanna und die Befürchtung, sich als verheiratete Frau und Mutter in etwas Unsinniges zu verrennen, das sie später bereuen würde, blätterten von ihr ab wie alter Lack.

Matthew ließ ihre Hand nicht los und half ihr, über die ausgeklappten Stufen ins Innere der Douglas CD-3 zu gelangen. Das Flugzeug war inzwischen entladen, die Kisten, die sich auf dem glühenden Asphalt stapelten, wurden nun in einen Lastwagen gehoben, sodass es im Innern der Kabine still und dämmrig war.

Nora sah sich staunend um und versuchte, sich Matthew vorzustellen, wie er mit konzentriertem Gesichtsausdruck im Cockpit saß, vor sich die unzähligen Geräte und Lichter, die ihm sowohl bei Tag als auch bei Nacht den Weg wiesen.

»Was haben wir denn da?« Sie bückte sich nach einer Pilzkonserve. »Die muss aus einer Kiste gefallen sein.«

Er stand so dicht hinter ihr, dass sie seinen Atem in ihrem Nacken spürte. Ihre Haut kribbelte plötzlich.

»Die darfst du gerne behalten«, raunte er.

»Dann gibt es heute Abend Pilzpfanne«, versuchte sie zu scherzen und drehte sich sehr langsam zu ihm um. Die Transportgeräusche von draußen drangen nur sehr gedämpft zu ihnen ins Flugzeuginnere, es war, als hätten sie über die schmale Trittleiter eine völlig andere Welt betreten, zu der niemand sonst Zugang hatte.

Der Gedanke, dass sie sich bewegen, etwas sagen sollte, um das entstandene Schweigen zu durchbrechen, schoss ihr wie eine Leuchtrakete durch den Kopf, doch vermochte sie den Zauber, der sie umspann, nicht zu durchbrechen.

»Nora«, flüsterte er, und der Klang seiner Stimme, so bedächtig und zärtlich, entzündete endgültig einen Funken in ihr, der binnen Sekunden in ihr loderte, ihr ganzes Ich mit Wärme füllte. Noch nie hatte jemand derart innig und hingebungsvoll ihren Namen geraunt, weder Joachim noch irgendjemand sonst, der jemals in diesem Leben ihren Weg gekreuzt haben mochte.

Im nächsten Moment – Nora hätte hinterher nicht mehr sagen können, von wem es ausging – küssten sie sich, eng aneinandergeschmiegt. Für Nora fühlte es sich an, als ziehe man ihr den Boden unter den Füßen weg und unter ihr befände sich lediglich Wasser oder Luft. Doch Matthew verlieh ihr Halt, presste sie an seine Brust, dass sie seinen hämmernden Herzschlag spürte, und schenkte ihr eine Geborgenheit, die ihr bisher fremd gewesen war.

»Nu macht ma dalli!«, scheuchte eine Berliner Stimme sie aus ihrer Versunkenheit, und sie schraken auseinander, halb verlegen, halb amüsiert. Ein Techniker mit Werkzeugkasten stand auf der obersten Treppenstufe und blinzelte neugierig zu ihnen herein. »Ick hab hier noch Arbeit!«

Matthew strich Nora ein letztes Mal mit dem Zeigefinger sanft über die Wange, dann stieg er aus dem Flugzeug und half auch ihr heraus. Grummelnd kletterte der Mechaniker für eine letzte Kontrolle vor dem Abflug hinein.

»Bis bald«, flüsterte Matthew, und sie nickte. Den Weg zurück ins Büro legte sie wie in Trance zurück, ging wie auf Wolken, Matthews Taschenbuch in ihrer Handtasche fest an sich gedrückt. Und alles, was sie sah, der karge Asphalt, das nüchterne Gebäude, die mit Kisten beladenen Lastwagen, erschien ihr mit einem Mal schöner als die prächtigste Blütenlandschaft.

...

Gerade noch rechtzeitig schaffte sie es ins Büro zurück. Ella saß als Einzige an ihrem Schreibtisch, Inga, Erni, Lotte und Heide scharten sich um die Kaffeemaschine, die Geräusche von sich gab wie eine alte Dampflokomotive.

Ingas Blick fiel auf die Pilzkonserve, die Nora in der Hand hielt. »Hat dir dein Pilot großzügig eine Büchse Gemüse überlassen?«, stichelte sie.

»Du kannst sie gerne haben, wenn dir der Sinn nach Pilzen steht«, gab Nora trocken zurück, doch die Kollegin verdrehte nur die Augen und nahm ihr Gespräch mit den anderen Übersetzerinnen wieder auf.

Nora setzte sich an ihren Platz, hörte aber mit halbem Ohr mit, wie Inga den anderen in höchsten Tönen von einer Begegnung mit einem Offizier in der Kantine vorschwärmte. »Er hat mir Kaffee und Kuchen spendiert, ihr wisst schon, von diesem mit dem rosa Zuckerguss und dem Hagelzucker, ein Gedicht!«

»Ich hoffe, der gute Mann ist nicht verheiratet, so wie deine letzte Bekanntschaft«, warf Heide misstrauisch ein.

»Nein, noch bevor ich mich zu ihm an den Tisch gesetzt habe, habe ich mich vergewissert, ob er gebunden ist.«

Lotte kicherte. »Da bist du aber ganz schön mit der Tür ins Haus gefallen.«

»Ich möchte keine Zeit mit ungeeigneten Kandidaten verschwenden.«

Ingas Stimme klang mit einem Mal so angespannt, dass Nora aufblickte. So biestig die Kollegin sein konnte, so sehr sehnte sie sich wohl nach Aufmerksamkeit und Liebe.

»War es schön mit Matt?«, fragte Ella zu ihrer Linken leise.

Nora lächelte. »Er hat mir sein Flugzeug gezeigt. Und wie war es bei dir?«

»Wunderbar. Tyler ist so charmant und offen, das mag ich sehr.« Ellas Miene nahm einen verträumten Ausdruck an.

Von der Kaffeeecke tönte Heides Stimme laut durch das gesamte Büro. »Habt ihr jungen Dinger auch noch was anderes im Kopf als Männer? Man könnte meinen, man sei in einem Liebesnest gelandet statt bei der Air Force.«

Inga, Lotte und Erni kicherten albern wie Backfische.

»Passt bloß auf, Mädchen, dass die Männer euch nicht ausnutzen. Sie mögen galant sein und euch Süßigkeiten, Parfümseife und Nylonstrümpfe schenken, aber sobald sie in die USA zurückkehren, seid ihr vergessen. Ich wette, die meisten sehen in euch nur einen Zeitvertreib, während ihr Gänschen die große Liebe wittert.«

Ihre kurze Ansprache schien die Kolleginnen augenblicklich zu ernüchtern. Das Gelächter verstummte, und eine jede kehrte an ihren Schreibtisch zurück.

»Glaubst du das auch?«, wisperte Ella Nora zu. Unter ihren dunklen, in Wellen gelegten Haaren war sie blass geworden. »Ich kann mir nicht vorstellen, dass Tyler nur auf ein schnelles Abenteuer aus ist. Allerdings kenne ich ihn ja erst seit Kurzem.«

»Ich weiß nicht.« Auch Nora war nachdenklich. »Die Zeit mit Matthew ist zauberhaft … Doch vielleicht hat Heide recht. Was sieht er in mir? Ich bin älter als er und habe zwei Kinder. Das ist doch bestimmt keine verlockende Vorstellung für einen jungen Mann wie ihn.«

»Ach, hör auf, stell dein Licht nicht unter den Scheffel. Du bist eine Schönheit und intelligent und gebildet noch dazu. Kein Wunder, dass er dich wahnsinnig attraktiv findet.«

Doch Heides Worte hatten Zweifel in Nora gesät, und während sie im Wörterbuch ein paar militärische Fachbegriffe nachschlug, grübelte sie darüber nach, ob Matthews Interesse an ihr aufrichtig war.

Die Erinnerung an seine Blicke, die voller Zärtlichkeit auf ihr geruht hatten, und seinen Kuss, der so leidenschaftlich gewesen war, dass sie geglaubt hatte, sich in ihm aufzulösen, sagte ihr, dass sie sich in ihm nicht irren konnte. Und auch die liebevolle Art, mit der er sich um das kleine Mädchen und dessen Familie gekümmert hatte, zeugte davon, dass er durchaus wusste, was Verantwortungsgefühl war.

Das Bild Joachims drängte sich ihr wieder auf und nahm einen Raum ein, den sie ihm im Moment nicht zuzugestehen bereit war. Obwohl sie ihren Mann geliebt hatte, war es ihm nie gelungen, Schmetterlinge in ihr zu wecken, sich vollends in ihm zu verlieren. Solche starken Empfindungen hätten Joachim lediglich irritiert.

Sie zwang sich, ihre Gedanken auf ihre Übersetzung zu fokussieren, und blätterte so heftig durch das Wörterbuch, dass eine der dünnen Seiten riss.

Kapitel 14

August 1948

Die Kinder jagten jauchzend Schmetterlinge, die über das hohe Gras taumelten, während Nora und Else es sich auf der Picknickdecke bequem machten, die sie auf der Wiese jenseits des Zauns zwischen Wohngebiet und Landebahnen ausgebreitet hatten. Sie waren nicht die Einzigen, unzählige andere Tempelhofer Familien hatten die Grünfläche als ihr sonntägliches Ausflugsziel erkoren. Seit Gail Halvorsen seine Süßigkeiten-Fallschirme über dem Gelände abwarf, tummelten sich hier ohnehin jeden Tag Scharen von Kindern.

Nora nahm kleine Kuchen aus dem Picknickkorb. Sie und ihre Mutter hatten ihre Rationen Mehl, Zucker und Hefe über zwei Wochen angespart, um den Kindern die Freude einer süßen Leckerei bereiten zu können.

Hanna und Friedrich leisteten ihnen Gesellschaft, saßen jedoch abseits auf einer eigenen Decke. Die jüngere Schwester befand sich nicht in bester Stimmung, der angespannte Zug um ihren Mund legte nahe, dass sie sich zuvor wieder mit Friedrich gestritten hatte. Das Thema war wohl immer dasselbe, wahrscheinlich ging es wieder um Hannas unkonventionelle Methode, Frau Brombach zu helfen, vermutete Nora.

»Kommt und trinkt etwas, Kinder«, rief Nora und goss Veronika und Jörg, die atemlos und erhitzt angerannt kamen, Tee in die Becher; sie hatte ihn in aller Herrgottsfrühe gekocht, als für zwei Stunden Strom verfügbar gewesen war.

»Wann kommt der Rosinenbomber?« Mit hochrotem Gesicht vom Herumtoben ließ Jörg sich auf die Picknickdecke fallen. »Hier sind so viele Kinder – ob er genug für uns alle dabeihat?«

»Du erkennst ihn daran, dass er vor der Landung mit den Flügeln wackelt«, erklärte Nora und strich ihm über die heiße Stirn.

»Eine tolle Idee, den Berliner Kindern eine Überraschung zu bereiten.« Else streckte die Beine aus und schaute zufrieden in den Himmel, wo sich ein Transportflugzeug ans andere reihte. Nora überlegte, ob Matthew darunter war. Sie hatte ihm von ihrem geplanten Ausflug zu der Wiese berichtet, und zu ihrem Erstaunen hatte er vorgeschlagen, in seiner Pause kurz dazuzukommen. *Meine ganze Familie wird dabei sein*, hatte sie ihn vorgewarnt, *meine Mutter und meine Kinder*. Doch er hatte nur gelächelt und gesagt, das schrecke ihn nicht ab.

Die Frage, wie sie Matthew – sollte er tatsächlich zu ihnen stoßen – ihrer Familie vorstellen sollte, lag ihr schwer wie ein Stein im Magen. Sie konnte sich gut vorstellen, dass Veronika eifersüchtig reagieren würde, hegte sie doch offensichtlich große Angst, das Andenken ihres Vaters würde irgendwann verblassen. Vielleicht würde sie ihn einfach als Freund vorstellen, den sie bei der Arbeit kennengelernt hatte. Sie wusste ja selbst nicht, was sie für Matthew empfand. Doch dass er nicht nur ein Freund für sie war, darin war sie sich absolut sicher.

»Die Amerikaner vollbringen so viel Gutes in unserer Stadt. Davon abgesehen, dass sie uns das Leben retten, indem sie uns mit Lebensmitteln versorgen – sie tun noch so viel mehr.« Else wischte Veronika einen Kuchenkrümel vom Kragen.

Nora warf Hanna einen amüsierten Blick zu. »Na, du hast dich in letzter Zeit aber auch um hundertachtzig Grad gedreht, Mutti. Man erkennt dich kaum wieder. Wohin ist die Frau verschwunden, die solche Vorbehalte gegen die Amerikaner hegte?«

»Es ist ja wohl nicht verboten, seine Meinung zu ändern«, erklärte Else würdevoll. »Nur dumme Menschen beharren auf ihrer Meinung, ohne sich auch mal eines Besseren belehren zu lassen.«

»Wie wahr.« Nora blinzelte ihrer Schwester zu, doch diese gab vor, es nicht zu bemerken. So ließ sie sich rücklings auf die Decke fallen, schloss die Augen und sog tief den herben Duft der Wiesenblumen durch die Nase ein. Wie jedes Mal, wenn sie sich für einen Moment in Träumereien zurückzog, tauchte Matthews Gesicht vor ihr auf. Sie konnte es kaum erwarten, ihn wiederzutreffen und sich von ihm in diese innige Nähe einweben zu lassen, auch wenn der Kuss im Cockpit bisher eine einmalige Episode geblieben war. An manchen Tagen verpassten sie sich, vor allem, wenn das Arbeitspensum im Büro hoch war, an anderen schafften sie es, ein paar liebe Worte zu wechseln.

Und doch war Nora glücklich wie selten zuvor. Vielleicht waren es gar nicht so sehr die tatsächlichen Begegnungen mit Matthew, die sie so selig stimmten, sondern vielmehr jene Tagträume, in die sie sich flüchtete, wenn sich die Arbeit auf dem Schreibtisch stapelte, ihre Kinder stritten oder sie eine Meinungsverschiedenheit mit Hanna hatte. Wenn sie ehrlich war, rechnete sie nicht damit, dass dem Kuss ein zweiter folgen würde.

»Ich möchte nicht erst in zwei oder fünf Jahren heiraten«, hörte Nora ihre Schwester von der Decke gegenüber zischen. »Wer weiß, ob die Zeiten dann besser sind oder ob wir dann mehr Geld haben.«

»Wie sollen wir zum jetzigen Zeitpunkt eine Hochzeit bezahlen?«, brummte Friedrich. »Der Chef konnte mir meinen letzten

Lohn nicht auszahlen. Wie stellst du dir das vor? Würdest du nach einer Heirat zu mir in meine Absteige ziehen wollen, die aus einer einzigen, kleinen Kammer besteht? Oder soll ich zu dir ziehen?«

Nora war kurz vorm Einschlummern, als Jörg plötzlich aufgeregt schrie: »Mutti, schau nur, ist das der Rosinenbomber?«

Nora setzte sich abrupt auf, wobei ihr von der schnellen Bewegung ein wenig schwindlig wurde, und legte die Hand wie eine kleine Markise über ihre Augen, um sie vor dem grellen Sonnenlicht zu schützen. Eine Gestalt in Fliegeruniform kam beschwingten Schrittes über die Wiese und sah sich nach allen Seiten um.

»Nein, das ist er nicht«, brach es aus ihr heraus, und das Herz trommelte in ihrer Brust. Es war Matthew. Er hatte sein Versprechen wahr gemacht und war auf die Wiese gekommen. Zaghaft winkte sie ihm zu, woraufhin sich sein Blick erhellte und er in einen Laufschritt verfiel, als könne er es kaum erwarten, sie zu begrüßen.

Nora sprang auf die Knie und erhob sich. »Du bist tatsächlich gekommen«, bemerkte sie.

»Natürlich, das habe ich dir doch versprochen.« Er lächelte sie an, dann erst nahm er ihre Familie in Augenschein.

»Das ist Matthew Reynolds«, stellte Nora ihn aufgeregt vor. »Wir haben uns bei der Arbeit kennengelernt.«

Hanna und Friedrich begrüßten Matthew eher verhalten, nur Else reichte ihm die Hand und schüttelte sie kräftig. »Wie nett, Sie zu treffen. Ich halte große Stücke auf die Amerikaner. Es beeindruckt mich sehr, wie unermüdlich Sie und alle Ihre Kollegen von Westdeutschland nach Berlin fliegen, um uns nicht unserem Schicksal zu überlassen. Beziehungsweise den Sowjets.«

Nora musste angesichts dieser emphatischen Begrüßung schmunzeln und erinnerte sich an die Zeit zurück, in der ihre Mutter kein gutes Haar an den Amerikanern gelassen hatte.

»Was ist mit dem Rosinenbomber?« Jörg hüpfte ungeduldig vor Matthew auf und ab, während Veronika sich deutlich zurückhaltender gab. »Wann kommt er endlich? Wir sind extra hergekommen, um Fallschirme aufzufangen!«

»Da muss ich dich leider enttäuschen.« Matthew fuhr sich durch das dichte, braune Haar. Nachdem er Nora auf Englisch begrüßt hatte, wechselte er nun mühelos ins Deutsche, damit ihn die Kinder und Else verstanden. »Gail hat heute frei.«

»Och menno.« Jörg schob die Unterlippe vor, als beginne er gleich zu weinen, Veronika versteifte sich nur und musterte Matthew so abfällig, als sei er schuld daran, dass sie nun leer ausgingen.

»Aber das ist kein Problem.« Matthew bückte sich und flüsterte den beiden Kindern verschwörerisch zu: »Gail ist nämlich nicht der einzige Rosinenbomber, den es gibt.«

Aus seinen Taschen zog er zwei Fallschirmchen aus Stofftaschentüchern, die prall gefüllt waren. »Zufällig visiere auch ich eine Karriere als Fallschirmmacher an.«

Jörg klappte vor Erstaunen der Mund auf, während er nach einem der beiden Fallschirme griff und den Knoten löste. Zum Vorschein kamen Rosinen, Schokolade und Bonbons. »Das ist ja großartig!«, rief er begeistert.

»Pscht!« Matthew legte sich den Zeigefinger auf die Lippen. »Ich habe leider nur diese zwei Fallschirme dabei, wir wollen nicht, dass die anderen Kinder aufmerksam werden und traurig sind, weil sie heute nichts bekommen.«

Jörg blinzelte Matthew verschwörerisch zu.

»Möchtest du nicht schauen, was sich in deinem Fallschirm versteckt?« Matthew betrachtete Veronika mit einem Lächeln.

Nora beobachtete die Szene, und ihr Herz quoll über vor Zuneigung zu Matthew. Wie aufmerksam von ihm, ihren Kindern eine Freude zu machen!

Doch Veronika verzog nur den Mund und stopfte den Fallschirm in den Picknickkorb, was Nora einen Stich versetzte.

»Sagst du wenigstens Danke?«, forderte Else sie streng auf.

Veronika grummelte ein Dankeswort, ohne den Piloten auch nur anzusehen.

So klein der Vorfall war, so bedeutungsvoll erschien er Nora. All die Fantasien, in denen sie sich zusammen mit Matthew sah, würden nie mehr als eine Illusion sein, Trugbilder fern der Realität. Niemals würde sie ihren Kindern zumuten, Zeugen einer Liebelei mit einem amerikanischen Piloten zu werden, der das Land nach einigen Monaten wieder verlassen würde. Vor allem Veronika hing noch sehr an der Hoffnung, ihr Vater möge zurückkehren; wahrscheinlich lehnte sie Matthew instinktiv ab, da sie in ihm einen Konkurrenten zu Joachim sah. Ihre Tochter verfügte über feine Antennen.

»Was für ein Flugzeug fliegst du? Wie groß ist es? Wie viele Motoren hat es? Bist du schon mal abgestürzt?« Jörg löcherte Matthew unaufhörlich, doch diesen schien die Aufmerksamkeit nicht zu stören. Nora stand lediglich stumm daneben, ein warmes Gefühl im Magen, dass Matthew und ihr Sohn Gefallen aneinander fanden.

»Ich fliege eine Douglas DC-3, man nennt sie auch Skytrain«, erklärte Matthew geduldig. »Das Flugzeug verfügt über zwei Doppelsternmotoren und kann ungefähr dreihundertfünfzig Kilometer in der Stunde fliegen. Hör mal, mein Junge, ich habe eine Idee: Wie wäre es, wenn ich dich und deine Familie zu einem Eistee im Flughafen einlade, dann kann ich dir noch mehr über mein Flugzeug erzählen.«

»Oh ja!« Jörg bekam vor Aufregung kaum noch Luft, während er wie ein Gummiball auf und ab hüpfte.

Noras Gesicht begann zu glühen. Welch wunderbare Vorstellung, mit ihren Liebsten an diesem herrlichen Sonntag zusammenzusitzen und Matthew zu lauschen, wie er ihren Kindern von seiner Skytrain berichtete! In ihren Ohren klangen seine Beschreibungen wie Poesie, gefühlvoll und bedächtig vorgetragen, auch wenn er im Grunde nur technische Details preisgab.

Else lächelte gutmütig. »Ein sehr nettes Angebot, junger Mann, aber ich alte Schachtel bleibe lieber auf meiner Decke und lasse mir die Sonne auf den Kopf scheinen, der Herbst wird nur allzu bald wieder einziehen. Schnappen Sie sich meine Tochter und die Kinder.«

Matthew nickte und sah fragend zu Hanna, doch diese schüttelte nur missmutig den Kopf. »Danke, aber mein Verlobter und ich haben noch etwas zu besprechen.«

Nora war froh, ihren Eistee mit Matthew und den Kindern allein trinken zu können und sich kurz aus der bedrückenden Stimmung zu lösen. Zu gern hätte sie Hanna und Friedrich geholfen, doch eine Hochzeit konnte auch sie nicht finanzieren.

Jörg stürmte begeistert voran, als sie das Flughafengelände betraten. Er breitete die Arme aus und gab Motorengeräusche von sich, als sei er selbst ein Flugzeug. Nora und Matthew gingen dicht nebeneinander, ohne sich zu berühren. Dennoch spürte Nora die elektrisierende Energie, die von Matthew ausging und auf sie übersprang wie ein Funke. Wie immer, wenn er in ihrer Nähe war, fühlte sie sich wie eine jüngere, frischere, lebendigere Version ihrer selbst.

»Ich habe *Cannery Row* gelesen«, vertraute sie ihm leise an. »Das Buch ist wunderschön, so leicht und poetisch geschrieben. Danke noch mal, dass du es mir mitgebracht hast, Matt.«

»Gerne.« Sein Blick streifte sie von der Seite, warm wie eine Liebkosung. »Ich kann dir gerne noch mehr Bücher mitbringen.«

Sie schluckte. »Das wäre großartig. Kommst du, Süße?« Sie drehte sich zu Veronika um, die lustlos hinter ihnen hertrottete.

»Ich mag keinen Eistee«, maulte sie mit hängenden Schultern.

»Woher willst du das wissen? Du bist bisher noch nie in den Luxus gekommen, Eistee zu probieren«, antwortete Nora munter.

In dem amerikanischen Café, das sich am Rand des Geländes befand, herrschte reges Treiben. Viele Militärangehörige saßen mit jungen deutschen Frauen bei einer Erfrischung zusammen, wie man dem deutsch-englischen Sprachenwirrwarr entnehmen konnte. Matthew bestellte Eistee für alle und balancierte die hohen, bis zum Rand gefüllten Gläser vorsichtig auf einem Tablett zu ihrem Tisch im Freien. Ringsherum wuchsen Blumen in Töpfen, als befänden sie sich nicht auf einem Flughafen, sondern in einem Park oder Tiergarten.

»Wie ist das, wenn du landest? Hast du keine Angst, in die Häuser zu stürzen?«, nahm Jörg seine Befragung wieder auf, nachdem er einen großen Schluck des kalten Tees getrunken und bekundet hatte, wie lecker er schmeckte. Nora wusste, dass seine Frage nicht ganz unberechtigt war, befand sich der Flughafen doch mitten im dicht besiedelten Wohngebiet.

»Nein, da müsste schon viel schiefgehen«, beruhigte Matthew ihn. »Aber zugegeben, wir fliegen die letzten Meter sehr tief. Dabei können wir Piloten direkt in die Wohnungen der Menschen sehen. Es ist sehr lustig, ihnen ins Gesicht zu schauen.«

Jörg gluckste vor Vergnügen. »Wirklich? Und was machen die Leute gerade, wenn du zu ihnen hereinguckst?«

»Ganz alltägliche Dinge. Sie essen gerade oder spülen ab oder lesen Zeitung.«

Nora nippte an ihrem zuckrigen Eistee und genoss es, ihrem Sohn und Matthew zu lauschen, beide waren ohne jegliche Vorbehalte aufeinander zugegangen. Sie lehnte sich zurück, spürte, wie die Augustsonne ihre Haut liebkoste, und wünschte sich, dieser Sommer möge nie zu Ende gehen.

»Du bist bestimmt ein sehr guter Pilot«, befand Jörg bewundernd. »Meinst du, du kannst mich eines Tages mal in deinem Flugzeug mitnehmen?«

»Hm.« Matthew rieb sich nachdenklich das Kinn, dann verzogen sich seine Mundwinkel zu einem breiten Lächeln. »Wer weiß? Ich behalte das mal im Kopf.«

»Mutti, Matthew nimmt mich vielleicht mal in seinem Flieger mit!«, verkündete Jörg so laut, dass sich die Gäste an den anderen Tischen amüsiert zu ihnen umdrehten.

Nora schmunzelte. »Ich habe es gehört.«

»Mein Vater ist Lehrer«, stieß Veronika plötzlich düster hervor.

Nora hätte sie am liebsten in den Arm genommen, um ihren Schmerz und die Hilflosigkeit darüber, dass ein unbekannter Mann in ihrem Leben aufgetaucht war, während ihr vermisster Vater keine Erwähnung mehr fand, zu lindern. Doch sie wusste, dass ihre Tochter Zärtlichkeitsbekundungen vor fremden Menschen nicht mochte, fühlte sie sich doch schon zu groß dafür.

»Ich bin sicher, er ist ein hervorragender Lehrer«, sagte Matthew sanft.

Nora spürte, wie ihre Tochter in sich zusammenfiel. Sie nahm die kleine Hand, die trotz der sommerlichen Temperaturen kalt war, und drückte sie liebevoll. Gleichzeitig war sie Matthew unendlich dankbar, dass er Veronika so einfühlsam behandelte. Heide Volkmanns Warnung, die Amerikaner sähen in den deutschen Frauen lediglich einen Zeitvertreib, konnte in seinem Fall unmöglich der Wahrheit entsprechen. Er ging so sensibel mit ihren Kindern um, dass sie sich nicht vorstellen konnte, er wolle lediglich ein bisschen Spaß.

Als sie ihren Tee getrunken hatten, schlug Matthew noch eine kleine Tour durch das Flughafengebäude vor. »Euch werden vor allem die unterirdischen Etagen gefallen«, versprach er den Kindern. »Stellt euch vor, es gibt drei davon! Es ist wie ein riesiges Labyrinth, in dem man sich verirren kann.«

»Aber du kennst dich doch sicher aus«, sagte Jörg und sah Matthew vertrauensselig an.

»Na ja, eigentlich nicht.«

Wieder musste Nora lächeln. Mit Matthew durch den Flughafen zu streifen glich einem großen Abenteuer, selbst Veronika sah sich nun neugierig um.

Im Gebäude passierten sie das flughafeneigene Wasserwerk, in dem es heiß und stickig war, steckten ihre Köpfe in Werkstätten und Lagerräume. Jörg war so beeindruckt von der weiträumigen unterirdischen Welt, dass er sich ganz still verhielt und seine Fragen flüsternd vortrug.

Nora schreckte davor zurück, sich die Luftschutzbunker im dritten Untergeschoss anzusehen, zu viele Erinnerungen an endlose Kriegsnächte flackerten in ihr auf. Es war eine Pein gewesen, dicht an dicht mit unzähligen anderen Menschen auf den engen Holzbänken zu kauern und in völliger Dunkelheit auszuharren, aufgefressen von der Angst, womöglich genau in dieser Minute alles Hab und Gut zu verlieren.

Sie wartete draußen, während Jörg und Veronika sich drinnen umsahen. Ihre Tochter war zum Glück zur Zeit der Bombennächte noch zu klein gewesen, um lebendige Erinnerungen an die Bunker zu haben.

Plötzlich stand Matthew vor ihr und ergriff besorgt ihre Hand. »Ich hätte euch nicht herunterführen sollen.«

Schwach schüttelte sie den Kopf. »Es ist schon in Ordnung. Für die Kinder ist es spannend, alle diese Orte unter der Erde zu sehen.«

»Aber bei dir werden schlimme Erinnerungen wach. Verzeih

mir.« Matthew beugte sich vor und küsste sie leicht auf die Lippen, nicht so leidenschaftlich wie im Flugzeug, sondern so sachte wie ein Windhauch, der über einen Grashalm streicht. Vergessen waren die durchwachten Nächte in den Luftschutzbunkern, zumindest für den Moment, und Zuneigung sowie Verlangen nach mehr brandeten wie eine heftige Welle in ihr auf.

Trotzdem ließen sie nach wenigen Sekunden voneinander ab, die Kinder im Hinterkopf. Matthew rief nach ihnen, und sie setzten ihren Rundgang fort. Die Gewissheit, gerade etwas Wunderschönes erlebt zu haben und fortan in sich zu tragen, begleitete Nora bei jedem Schritt.

Zum Schluss zeigte Matthew den Kindern im Freien noch die Skytrain – sie durften sogar hineinklettern und sich auf den Pilotensitz setzen, während die Mechaniker letzte Wartungsarbeiten ausführten –, dann hieß es Abschied nehmen. Nora reichte Matthew die Hand, und allein diese kurze Berührung ließ ihr Herz schneller schlagen.

»Bis bald«, formten seine Lippen lautlos, als er aus der Flugzeugtür zu ihr herabsah.

»Bis bald«, antwortete sie aus tiefstem Herzen.

Mit einem aufgedrehten Jörg, der von nichts anderem als von Matthew und dem Flugzeug schwärmte, und einer noch immer schweigsamen Veronika kehrte Nora langsam zu ihrer Familie zurück. Am Zaun bemerkte sie Inga, die den Sonntag offensichtlich für ein Stelldichein mit ihrem Offizier nutzte. Sie beugte sich wie eine Weidengerte nach hinten, während er sie umschlang und sie sich derart heftig küssten, dass es wie eine Szene aus einem Hollywoodfilm wirkte.

Nora war es unangenehm, Zeugin einer solchen Intimität zu sein, und sie sah zur Seite. Doch kaum hatten sie das Paar passiert, drehte Inga sich zu ihr um und bemerkte mit spitzer Stimme: »Sapperlot, dein Pilotenjunge hat bereits Familienanschluss, ich habe euch vorhin zusammen gesehen! Du bist wirklich auf Zack.«

Zu überrumpelt, um eine Antwort parat zu haben, zog Nora die Kinder weiter.

»Was meint sie mit Familienanschluss?«, fragte Veronika verstört und reckte den Kopf, um Inga hinterherzustarren. »Und wer ist diese Frau überhaupt?«

»Eine Kollegin, die öfter seltsame Dinge von sich gibt«, murmelte Nora. »Kommt, wir wollen Oma, Hanna und Friedrich nicht länger warten lassen.«

Auf dem Heimweg in der milden Frühabendsonne zeigte Else sich sehr beeindruckt von Matthew. »Ein so netter und aufmerksamer junger Mann, Nora! Dabei hätten die Amerikaner doch allen Grund, uns Deutsche zu verabscheuen, haben wir sie doch in diesen furchtbaren Krieg hineingezogen.«

»Recht jung, der Gute«, bemerkte Hanna missgelaunt. Anders als gewöhnlich fassten sie und Friedrich sich nicht an den Händen, anscheinend hatten sie ihre Meinungsverschiedenheit noch immer nicht beigelegt. »Triffst du dich mit ihm, Nora?«

Nora spürte, wie ihr die Röte ins Gesicht stieg. Musste ihre Schwester dieses Gespräch unbedingt vor den Kindern führen? »Bei der Arbeit treffe ich viele Leute, Hanni.«

»Lass dich doch öfter von ihm zu einem Eistee einladen«, schlug Else augenzwinkernd vor. »Diese kleinen Vergnügungen scheinen dir gutzutun, Kind. Du wirkst in den letzten Wochen viel entspannter.«

Dass ihre Mutter es guthieß, dass sie sich mit Matthew traf, erleichterte Nora. Wenigstens eine, die sie nicht kritisierte und sich freute, wenn sie etwas Schönes erlebte.

»Ich fand den ganzen Ausflug doof«, ließ sich Veronika vernehmen, die auf der Bordsteinkante balancierte. »Wenn Vati hier wäre,

wäre er mit uns in den Zoo gegangen oder Boot gefahren, und wir hätten nicht auf dieser langweiligen Wiese mit den vielen Menschen herumsitzen müssen.«

»Du bist verrückt!« Jörg machte Anstalten, mit den Fäusten auf seine Schwester loszugehen, woraufhin Nora rasch dazwischenging, um ihn wegzuziehen. »Und wenn du den Ausflug wirklich so dumm findest, kannst du mir ja deinen Fallschirm geben, dann esse ich die Süßigkeiten!«

Darauf ließ sich Veronika nicht ein.

»Ist es den Amerikanern nicht verboten, Umgang mit uns Deutschen zu haben?«, fragte Hanna, als sie in die Burgherrenstraße einbogen.

»Doch. *Non-fraternization* heißt die Regel, an die sich die Militärangehörigen halten müssen.« Friedrich griff nach Hannas Hand, doch diese wies ihn unwirsch ab.

Ärgerlich kramte Nora nach dem Haustürschlüssel. Wieso musste ihre Schwester ihr die Bekanntschaft mit Matthew vermiesen, nur um ihrem eigenen Verdruss ein Ventil zu verschaffen?

»Ganz genau, Friedrich.« Mit mahlenden Zähnen schloss sie die Haustür auf, und das kühle Treppenhaus empfing sie. »*Non-fraternization*. Allerdings hält sich kaum einer der Militärs daran.«

Sie wusste nicht, ob es zwischen ihr und Matthew bei sehnsüchtigen Blicken, gestohlenen Minuten in der Mittagspause oder den zwei Küssen bleiben würde. Auf jeden Fall würde es schwierig werden. Ihre Familie, ihr Stand als noch immer verheiratete Frau, die mit Sicherheit zeitliche Begrenzung der Luftbrücke – irgendwann würden die Sowjets die Blockaden ja wieder niederreißen, oder? –; all das zeigte ihr schmerzhaft, dass Matthew absolut nicht in ihr Leben passte.

Kapitel 15

August 1948

Da Hanna Spätdienst hatte, machte Nora sich allein auf den Weg zur Arbeit. Im Treppenhaus stieß sie auf Emmi Brombach, die einen Einkaufskorb bei sich trug. Das Gesicht der Nachbarin hellte sich auf, als sie Nora sah, überhaupt wirkte sie viel gesünder als in den vergangenen Wochen, und auch ihr Husten war dieser Tage kaum noch hinter ihrer Wohnungstür zu vernehmen.

»Frau Thalfang! Auf dem Weg zum Flughafen?«

Nora nickte. »Wie jeden Morgen. Wie geht es Ihnen, Frau Brombach?«

»Ich möchte fast sagen, ich fühle mich wieder wie ein junger Hüpfer.« Die Nachbarin kicherte und tätschelte Nora den Arm. »Meine Bronchitis ist so gut wie verschwunden, dank Ihrer Schwester, diesem Engel.«

»Schön.« Nora gab sich einen Ruck und bemühte sich, begeistert zu erscheinen. Sie freute sich für die ältere Frau, aber noch immer steckte ihr die Angst in den Knochen, Hanna würde im Krankenhaus auffliegen und hinausgeworfen werden. Doch wenn es Emmi Brombach so viel besser ging, benötigte sie die Tabletten nun wohl gar nicht mehr? Vielleicht müsste Hanna sich gar nicht mehr am Medikamentenschrank bedienen. »Hoffen wir, dass Sie dauerhaft genesen sind«, brachte sie hervor.

Gemeinsam gingen sie in gemächlichem Tempo die Burgherrenstraße entlang. Der Himmel war ölgrau, und schwere Regenwolken ballten sich zusammen. Der Wetterbericht auf Radio Rias hatte heftige Unwetter vorausgesagt.

»Meine Bronchitis ist chronisch, Ihre Schwester sagt, durch das nasskalte Wetter im Herbst und Winter kehrt sie wahrscheinlich zurück«, berichtete Emmi Brombach.

Nora sank der Mut. Hanna würde nicht davor zurückschrecken, die Nachbarin auch in der kalten Jahreszeit mit Medikamenten zu versorgen.

An der Kreuzung verabschiedeten sie sich, und Nora eilte zum Flughafen, in der Hoffnung, noch trocken anzukommen. Die ersten dicken Tropfen begannen zu fallen, als sie durch die Eingangstür trat.

Auch im Büro herrschte trübe Stimmung. Nora und Ella vermochten sich kaum auf ihre Übersetzungen zu konzentrieren, da Erni und Lotte sich um Ingas Schreibtisch scharten und ihren jüngsten Erlebnissen lauschten.

»Er kehrt wieder in die USA zurück!«, stieß Inga verzweifelt hervor. Ihr sonst so sorgfältig frisiertes blondes Haar wirkte strähnig, und sie hatte darauf verzichtet, Make-up aufzutragen, wodurch sie nicht wie üblich einer Diva glich, sondern lediglich einem verlorenen jungen Mädchen.

»Inga! Wie furchtbar! Was, denkt er, soll nun aus dir werden? Ihr liebt euch doch!« Lotte war in ihrer jugendlichen Naivität ehrlich entsetzt.

»Sie kennen sich doch erst seit zwei Wochen«, bemerkte Erni augenrollend. »In dem Fall von Liebe zu sprechen ist vielleicht etwas verfrüht.«

»Trotzdem.« Inga putzte sich geräuschvoll die Nase. »Ich hatte große Gefühle für ihn. Dass unsere Beziehung vorbei ist, bevor sie richtig begonnen hat, ist ein schwerer Schlag für mich …«

»Große Gefühle, pah!« Heide Volkmann stellte das Radio auf AFN, wahrscheinlich hoffte sie, durch fröhliche Musik die trübsinnige Atmosphäre aufzulockern. »Habe ich euch Mädchen nicht oft genug versucht klarzumachen, dass ihr euch nicht auf unüberlegte Affären mit Amerikanern einlassen sollt? Du kannst wohl kaum mehr als ein netter Zeitvertreib für ihn gewesen sein, wenn er dir keine Träne nachweint, Schätzchen, so leid es mir auch tut, dir das so offen sagen zu müssen.«

Nora kam nicht umhin zuzuhören. Obwohl ihr Inga durch ihre intrigante Art mehr als unsympathisch war, empfand sie dennoch Mitgefühl für sie. Nicht auszudenken, wenn Matthew plötzlich über alle Berge wäre und diese Beziehung, oder wie man ihre Bekanntschaft auch immer nennen mochte, plötzlich ein abruptes Ende fände.

»Die arme Inga«, flüsterte Ella ihr vom Nebentisch zu. Sie schien ähnlichen Gedanken nachzuhängen wie Nora. »Ich möchte mir nicht vorstellen, wie es wäre, wenn Tyler mir Knall auf Fall mitteilen würde, dass er nach Amerika zurückkehrt. Ich wäre am Boden zerstört.«

»Das wird nicht passieren«, widersprach Nora schwach. »Die Art und Weise, wie er dich ansieht, zeigt, dass er tiefere Gefühle für dich hat.« Doch konnte man sich dessen sicher sein? Nora erinnerte sich an den leidenschaftlichen, filmreifen Kuss, den Inga und ihr Offizier am vergangenen Sonntag zur Schau gestellt hatten.

Sie war mit Matthew für eine seiner halbstündigen Pausen verabredet. Mit einem Mal fieberte sie dieser Begegnung entgegen. Nichts an Matts Verhalten sprach dafür, dass er wie Ingas Offizier kurzerhand aus ihrem Leben verschwinden würde. Aber wie konnte sie sich sicher sein?

»Ich habe ihn gefragt, ob er mich mit in die USA nimmt«, gestand Inga, während sie sich mit ihrem nassen Taschentuch die Lider abtupfte. »Aber er hat Nein gesagt!«

»Mit welcher Begründung?« Lotte schien genauso fassungslos wie Inga selbst, in ihren Augen schimmerten Tränen des Mitleids.

»Keine ...!«

Heide, die am anderen Ende des Büros an ihrem Schreibtisch saß, schnaubte. »Kindchen, nun denk doch mal nach. Was hättest du in den USA auch gewollt, fernab der Heimat und deiner Familie? Das kannst du dir doch nicht wirklich gewünscht haben!«

Inga blitzte die ältere Kollegin wütend an. »Ich habe kaum noch Familie, Heide! Mein Vater, meine Brüder, meine Cousins – sie sind alle im Krieg gefallen. Meine Mutter ist schon vor zehn Jahren gestorben und hat dieses ganze Elend nicht mehr miterlebt.«

Betroffene Stille herrschte im Raum; die munteren Klänge, die aus dem Radio dudelten – gerade wurde *I love you for sentimental reasons* von Nat King Cole gespielt –, klangen deplatziert und blechern, der Text nahezu höhnisch.

In diesem Moment trat Major Bloom ein, die Züge angespannt. Erni und Lotte beeilten sich, an ihre Plätze zu gelangen.

»Miss Valentin.« Bloom warf Inga einen mit Büroklammern zusammengehefteten Bericht auf die Tischplatte und betrachtete die junge Übersetzerin stirnrunzelnd. »Ihre Übersetzung strotzt nur so vor Fehlern. Wie können einem auf zweieinhalb Seiten so viele Patzer unterlaufen? Wo sind Sie nur mit Ihren Gedanken?«

Inga lief blutrot an. Nora umklammerte verkrampft einen Bleistift, die Szene war wohl nicht nur ihr, sondern allen anderen Kolleginnen unangenehm. Wieder empfand sie Mitleid mit ihrer Kollegin.

Inga legte die Hände an die Schläfen. »Tut mir leid, Major Bloom. Ich wusste ein paar Fachbegriffe nicht, da habe ich Nora gefragt. Sie hat sie mir wohl falsch übersetzt.«

Schlagartig war es mit Noras Mitgefühl vorbei, ihr war, als stünde sie unter einer eiskalten Dusche. Das konnte ja wohl nicht wahr sein! War Inga sich nicht zu schade, Lügen über sie zu verbreiten, um ihre Haut zu retten?

»Das kann ich mir kaum vor …«, setzte Ella an, doch Nora unterbrach sie.

»Das stimmt nicht«, wandte sie sich so kühl wie möglich an den Major, während sie das Gefühl hatte, innerlich zu gefrieren vor Wut. »Das ist frei erfunden. Aber ich übernehme gerne die Korrekturen, Inga …« Sie stand auf und nahm die Übersetzung von deren Schreibtisch. »Sie scheint dir ja zu schwierig zu sein.«

Heide schaltete das Radio aus.

Nora sah ein schwaches Lächeln in Ellas Mundwinkeln, als sie sich wieder an ihren Schreibtisch setzte. Major Bloom warf Nora einen ungläubigen Blick zu, beschloss dann aber wohl, dass es den Aufwand nicht lohnte, sich näher mit der Angelegenheit zu befassen.

»Jetzt hast du es mir aber gegeben«, zischte Inga, als der Vorgesetzte sich entfernte. »Du kommst dir wohl richtig toll vor, was? Im Büro machst du einen auf kompetent, und wahrscheinlich lachst du dir heimlich ins Fäustchen über mich blöde Kuh, die auf einen Offizier reingefallen ist, der kein Interesse an ihr hat. Das würde dir nicht passieren, nicht wahr? Du hast dir deinen Piloten gesichert, du hast ihn sogar deiner Familie vorgestellt!«

»Inga, hör sofort auf!«, ging Ella entsetzt dazwischen.

Doch Inga dachte gar nicht daran. »Stell dir vor, dein Mann kehrt unerwartet zurück … Dann sitzt du ganz schön in der Tinte.

Oder würdest du es genießen, zwei Männer zur Auswahl zu haben, während andere Frauen ständig Pech haben in der Liebe?«

Nora starrte die Kollegin sprachlos an. Inga schaffte es immer wieder, sie aufs Neue zu schockieren. Empfindsam, wie sie war, meldete sich die Befürchtung in ihr, dass Ingas Prophezeiung eines Tages wahr werden würde. Worauf hatte sie sich mit Matthew nur eingelassen? Plötzlich schien es ihr, als wäre ihre Welt aus den Angeln gehoben und sie taumele von einem Extrem ins andere: Mal fühlte sie sich heftig von Matthew angezogen, mal befürchtete sie, den größten Fehler ihres Lebens zu begehen.

Heide erhob sich und stemmte die Hände in die breite Taille, wie so oft, wenn sie unter den Kolleginnen für Ordnung sorgen musste. »Inga, Schluss jetzt! Auch wenn ich deine Befürchtungen teile – ich rate euch Mädchen wirklich davon ab, mit Amerikanern anzubandeln, die über kurz oder lang das Weite suchen, ja, Ella und Nora, ihr dürft euch durchaus angesprochen fühlen ... Aber nun möchte ich kein Wort mehr hören, wir sind schließlich zum Arbeiten da!«

...

Inzwischen ging ein Starkregen herunter, und der Himmel über Tempelhof war so schwarz, dass sich Nora der Eindruck aufdrängte, es sei mehr Nacht als Tag. Die Regentropfen trommelten gegen die Fensterscheiben, die Aussicht auf die Landebahnen verschwamm zu einem trüben Einerlei aus schlierigem Grau.

Major Bloom starrte mithilfe eines Fernglases nach draußen. Er wirkte äußerst besorgt. Nora verließ ihren Platz, um ihm Ingas korrigierte Übersetzung zu geben, doch er nahm sie kaum wahr, als sie ihn ansprach. Auch sie sah hinaus, und angesichts der Fluten, die vom Himmel stürzten, breitete sich noch mehr Nervosität in ihr aus. Die landenden Flugzeuge waren nur mehr als verwaschene Punkte zu erahnen. Matthew würde in Kürze eintreffen; sie hoffte, bei der Landung würde alles glattgehen.

Als Bloom sie endlich bemerkte, bedeutete er ihr mit einem zerstreuten Nicken, die Unterlagen abzulegen. »Ich erwarte General Tunner aus Wiesbaden«, sagte er. »Aber irgendwie habe ich das Gefühl, dass es heute Schwierigkeiten geben wird.«

»Was meinen Sie?« Nora beobachtete mit zusammengekniffenen Augen Dutzende von Flugzeugen, die scheinbar sinnlose Warteschleifen über den Landebahnen zogen. Das war nicht üblich, normalerweise war jeder noch so kleine Schritt, was Landungen und Abflüge betraf, vorausgeplant.

»Da draußen herrscht das blanke Chaos.«

Angst legte sich wie eine eiserne Zange um Noras Herz, doch bevor sie nachfragen konnte, rannte ein junger Bediensteter herein und reichte Bloom ein Funkgerät. Krachende Laute drangen an ihr Ohr. Angespannt bellte Bloom Anweisungen hinein, dann eilte er davon, die Treppen hinunter. Nora folgte ihm, die Ahnung, Matthew könne sich in großer Gefahr befinden, quälte sie so, dass sie keinen vernünftigen Gedanken mehr fassen konnte.

»Gehen Sie rein, was wollen Sie hier draußen?«, schrie Bloom ihr entgegen.

»Ich … mein …«, stammelte sie. Ihr lag auf der Zunge zu sagen, dass sich ein Freund, *ihr* Freund, in einem der Flugzeuge befand, die wie verirrte Vögel am Himmel hingen, doch ihre Lippen bebten zu stark, sei es vor Kälte oder Furcht. Ihre nackten Füße in den Sommersandalen wurden von Wasser umspült.

Bloom wartete keine Antwort ab, sondern rannte, das Funkgerät ans Ohr gepresst, weiter in Richtung der Rollbahnen, wo sich bereits eine kleine Ansammlung von Offizieren eingefunden hatte.

»Tunner ist noch in der Luft!«, schrie einer der Männer gegen den Lärm des Regens und der Flugzeugmotoren an.

Nora stellte sich neben die Militärangehörigen, sie war so durchnässt, dass ihr die Haare, dunkel von Feuchtigkeit, im Nacken klebten, ihr dünnes Kleid schmiegte sich unangenehm kalt an ihren Körper, und alles an ihr tropfte, die Nasenspitze, die Wimpern, ihr Kleidersaum. Keiner der Männer hielt sich damit auf, sie ins Haus zu schicken, alle starrten gebannt auf das schreckenerregende Schauspiel am Himmel oder riefen kurze Befehle in ihre knisternden Funkgeräte.

»Der Funkkontakt zu den Lotsen ist abgebrochen!«, gab Bloom nach einer weiteren Funknachricht bekannt. Nora hatte ihn noch nie so panisch erlebt – seine Augen schienen nur aus geweiteten Pupillen zu bestehen. »Es wird zu Kollisionen kommen ... Die Piloten sind vollkommen hilflos!«

Nora rutschte der Magen eine Etage tiefer, ihr war speiübel. Verzweifelt schickte sie Stoßgebete zum Himmel, bot Gott einen Handel an. Sie würde sich von Matthew lösen, ihn nie wieder treffen, jeden Gedanken an ihn verbannen, wenn er nur heil auf der Erde ankam.

Eine C-54 setzte mit auf und ab hüpfenden Reifen auf der Landebahn auf, rutschte mehrere Hundert Meter unkontrolliert über den Asphalt und schlitterte in eine Wiese, bis sie schließlich zum Stehen kam. Sämtliche Brems- und Aufprallgeräusche gingen im rauschenden Starkregen unter.

Nora schlug die Hand vor den Mund, das Bild des schlingernden Flugzeugs, das nach endlos scheinenden Sekunden in der überfluteten Wiese versackte, verankerte sich in ihrem Gedächtnis.

Die Offiziere gaben erstickte Laute des Entsetzens von sich.

»Herrgott, mach dieser Katastrophe ein Ende«, rief Bloom mit brechender Stimme.

Erste Rettungskräfte eilten zu der nun unheimlich geräuschlosen Maschine und schafften es nach einigen Anläufen, den Piloten, der benommen, aber unverletzt schien, aus dem Cockpit zu ziehen.

Hektisch versuchten die Militärs, den Funkkontakt wiederherzustellen, doch außer einem Knacken gaben die Geräte nichts von sich.

Derweil befand sich das zweite Flugzeug in der Warteschlange im Landeanflug. Nora wagte kaum zu atmen, ihr Herz klopfte so heftig, dass es ein paar Schläge lang aus dem Takt geriet. Die Maschine setzte mit heulenden Motoren auf. Der Pilot versuchte offensichtlich, nicht in das auf der Wiese gestrandete Wrack hineinzurutschen, und bremste so ruckartig, dass Funken aus den aufsetzenden Reifen stoben. Ein beißender Geruch erfüllte für kurze Zeit das Flughafengelände, bis der Regen, der noch immer sintflutartig fiel, ihn aus der Luft wusch.

In der Ferne kreischten Sirenen, und weitere Rettungswagen mit amerikanischem Kennzeichen rasten heran.

»Ich habe wieder Funkkontakt!«, schrie Bloom. »Die Piloten offenbar auch. Tunner hat alle, die sich in der Warteschlange befinden, angewiesen, sofort umzukehren und zu ihren Startflughäfen zurückzufliegen. Er fliegt ebenfalls zurück nach Wiesbaden.«

»Aber was ist mit der DC-3?« Nora musste sich zusammenreißen, um Bloom nicht unbeherrscht am Ärmel seiner triefend nassen Uniform zu zupfen. Während die Flugzeuge, die hoch über Tempelhof ihre Kreise gezogen hatten, Richtung Westdeutschland umkehrten – wie bei der Luftbrücke üblich, flogen sie in verschiedenen Flughöhen, um Zusammenstöße zu vermeiden –, war ein Flieger, für ihr mittlerweile geschultes Auge als Douglas DC-3 zu erkennen, dem Boden bereits zu nah, um problemlos wieder aufsteigen zu können.

»Sie wird landen müssen«, verkündete Bloom finster.

Zitternd schlang Nora die Arme um sich. Die Kälte und Nässe ließen sie bis auf die Knochen frösteln. Zu den Sirenen der Rettungswagen gesellten sich nun noch die flackernden Lichter von Löschfahrzeugen, die über den Asphalt preschten und das Wasser meterhoch aufwirbelten. Nora bekam einen Schwall ab und hustete heftig, da ihr feine Tröpfchen in die Atemwege geraten waren, vergaß den Vorfall aber sofort wieder. Sie spürte, dass Matthew sich in diesem letzten Flugzeug befand.

Kapitel 16

August 1948

Der Regen schlug Nora so stark ins Gesicht, dass sie kaum die Augen offen zu halten vermochte. Umso intensiver rauschten die tosenden Wassermassen, umso undurchdringlicher schien die Finsternis um sie herum. Es herrschte Weltuntergangsstimmung, die Offiziere brüllten in ihre Funkgeräte, die Rettungs- und Löschwagen fuhren so nah wie möglich an die Landebahn, bremsten zu rasch und drehten sich teilweise um sich selbst. Der Asphalt stand unter Wasser und war rutschig wie Eis.

Nora wischte sich die Regentropfen von den Wimpern und beobachtete wie in Zeitlupe, das Herz erstarrt vor Angst, wie die Douglas DC-3 halbseitig auf dem Boden aufkam und wie ein Vogel mit verletztem Flügel wieder ein paar Meter nach oben strebte, um gleich wieder herabzutrudeln.

»Das wird ein Ground Loop«, entfuhr es Major Bloom entsetzt.

Nora schaffte es nicht zu fragen, was das hieß, doch sie konnte es sich fast selbst denken. Das Flugzeug überschlug sich krachend, glitt über den schwimmenden Untergrund und blieb plötzlich bewegungslos auf dem Kopf stehen.

Die Rettungssanitäter stürmten aus ihren Fahrzeugen und rannten mit eingezogenen Köpfen auf das Flugzeug zu. Auch Nora setzte sich in Bewegung, aber ihre Kleidung, die schwer vor Nässe an ihr hing, behinderte sie, sodass sie als eine der Letzten am Flugzeug ankam. Das abgehackte Tuten der Funkgeräte und das schrille Quietschen der Flugzeugtür, die gewaltsam geöffnet wurde, schmerzten ihr in den Ohren.

»Gehen Sie endlich rein, das ist nichts, was Sie mitansehen sollten«, befahl Major Bloom ihr rau, doch sie hörte nicht auf ihn und blieb, wo sie war, klamm, durchgefroren und verängstigt. Mit jedem Herzschlag betete sie, Matt möge am Leben sein.

Der Rettungsmannschaft gelang es schließlich, Matthew aus dem Flugzeug zu ziehen, ohne ihm noch weitere Verletzungen zuzufügen. Nora erhaschte einen flüchtigen Blick auf ihn, sein Gesicht war weiß wie Kalk, und Blut rann ihm aus einer Wunde an der Stirn, vermischte sich mit dem Regen, der ihn binnen Sekunden durchnässte.

Einen Moment später verfrachteten ihn die Sanitäter auf eine Liege, die sie in einen der Rettungswagen schoben. Aus einem Lastwagen, der herbeibrauste, sprangen Mechaniker, um sich um das Flugzeugwrack zu kümmern und einen möglichen Brand zu verhindern.

»Warten Sie ...« Nora versuchte verzweifelt, einen Blick ins Innere des Krankenwagens zu erhaschen, um Matthew zuzurufen, dass sie da war. Doch ein junger Amerikaner zog mit zusammengebissenen Lippen die Schiebetüren des Autos zu, und es fuhr mit heulenden Sirenen los. Nora blieb nichts anderes übrig, als auf die sich entfernenden Rücklichter zu starren, die wie Fackeln in der durch das Unwetter geschaffenen Dämmerung flackerten.

Major Bloom fasste sie am Arm und drehte sie zu sich herum. »Gehen Sie endlich rein, Nora, Sie holen sich den Tod!«

Sein Ton war eindringlich wie noch nie, doch sie war so aufgewühlt, dass sie sich nicht einmal wunderte, dass Bloom sie beim Vornamen nannte.

»Wo bringen Sie ihn hin?«, fragte sie aufgelöst.

Bloom wischte sich mit dem Ärmel über das nasse Gesicht. »Nach Lichterfelde, ins US Army Hospital.«

»Kann er dort Besuch empfangen?«

Es war ihr gleichgültig, dass Bloom sie mit einem merkwürdigen Ausdruck ansah – woher sollte er auch wissen, dass sie Matthew näher kannte. »Nein«, sagte er schließlich. »Deutsche Zivilisten dürfen das Hospital nicht betreten. Außerdem wissen wir gar nicht, ob er in der Lage ist, Besuch zu empfangen.«

...

Bloom schickte sie nach Hause, was sie widerspruchslos hinnahm. Auf keinen Fall wäre sie noch fähig gewesen zu arbeiten, außerdem klebten ihr die Kleider klamm am Leib. Daheim wich sie allen besorgten Fragen, die Else, Hanna und die Kinder stellten, aus und zerrte sich im Badezimmer die triefend nasse Kleidung vom Leib. Sie rubbelte ihre Haut mit einem großen Handtuch ab, wusch sich mit warmem Wasser, trocknete sich nochmals ab und schlüpfte in ihr Nachthemd und ihren Morgenmantel, obwohl es erst Nachmittag war. Trotzdem fror sie, als sei sie in einen Schneesturm geraten, und klapperte unaufhörlich mit den Zähnen.

»Hier, trink das.« Else stellte resolut einen Becher heißen Pfefferminztee vor sie, als sie nach einer gefühlten Ewigkeit die Küche betrat. Auch hier schlug der Regen gegen die Fensterscheibe, das Stück Pappe, das die schadhafte Stelle ersetzte, war vollkommen durchweicht. Ein Eimer stand darunter, um das hereintropfende Wasser aufzufangen.

Nora sehnte sich nach nichts anderem, als sich ins Bett zu legen, die Decke über den Kopf zu ziehen und mit sich und ihren Sorgen allein zu sein. Doch ihre Familie wartete gespannt auf ihren Bericht darüber, was geschehen war, und sie wollte sie nicht vor den Kopf stoßen.

Gehorsam nippte Nora an dem heißen Getränk, dann setzte sie die Tasse ab und schlang die Arme um den eigenen Körper.

»Was ist passiert, Mutti?«, rief Veronika und schmiegte ihre zarte Kinderwange an ihre. »Haben sie dich rausgeworfen?«

Nora schüttelte den Kopf. Wenn es nur das wäre! Sie würde es nicht ertragen, wenn Matthew etwas Ernstes zugestoßen wäre – oder er den Absturz nicht überlebt hätte. Sie wagte kaum, daran zu denken.

Jörg kletterte auf den Stuhl neben ihr und schlang seinen Arm um ihren Hals. »Ist ein Flugzeug abgestürzt?«

»So ähnlich.« In ihrer Kehle schien sich ein dicker Kloß zu bilden, doch sie schaffte es, die Ereignisse, so gut es ging, zusammenzufassen. Immer wieder brach ihr die Stimme, und sie suchte nach Worten, als gäbe es keine Begriffe, um das Grauen zu beschreiben, das sie mitangesehen hatte.

Als sie geendet hatte, schwieg ihre Familie entsetzt.

Else war die Erste, die sprach, auch sie schien vor Betroffenheit mit den Tränen zu kämpfen. »Eine Tragödie ... Der arme Junge. Er ist so ein netter junger Mann. Und zu allem Überfluss befindet er sich ganz allein in Deutschland. Seine Mutter in Amerika muss außer sich sein vor Sorge. Man hat sie doch gewiss verständigt?«

»Bestimmt.« Nora umschlang Veronika und Jörg, die sich tröstend an sie drückten. »Ihr könnt euch nicht vorstellen, wie es auf der Landebahn zuging, es war das reinste Inferno ... Das erste Flugzeug kam von der Bahn ab und versank in der Wiese, beim zweiten verbrannten die Reifen ... und Matthews Flugzeug überschlug sich!«

»Hier, Mutti.« Veronika reichte ihr ein Stofftaschentuch, mit dem sie sich die feuchten Augen abwischte.

»Danke, Süße.« Nora küsste sie flüchtig auf die Stirn. »Es war, als wäre die Hölle losgebrochen, es war stockdunkel und schüttete sintflutartig ...«

»Hoffentlich hat der arme Junge keine schweren Verletzungen davongetragen«, seufzte Else. »Vielleicht kannst du ihn besuchen?«

Nora schüttelte den Kopf. Sie fühlte sich leer und ausgelaugt. »Deutsche dürfen nicht ins Militärkrankenhaus.«

»Wenn du mich fragst, Nora ...« Hanna goss sich ebenfalls einen Tee ein und pustete, damit er abkühlte. »Natürlich ist es sehr schlimm, was geschehen ist. Aber vielleicht veranlasst dich das Unglück, deine ...« Mit Blick auf die Kinder, die aufmerksam lauschten, suchte sie nach einem unverfänglichen Wort. » ... deine Bekanntschaft zu Matthew zu überdenken, denn wer sich mit einem Piloten einlässt, lebt in Angst, oder nicht? Du musst ständig befürchten, dass sein Flugzeug abstürzt.«

Nora wich Veronikas fragenden Blicken aus.

»Was heißt *mit einem Piloten einlassen*, Hanni? Ich habe mich mit niemandem eingelassen«, zischte Nora ihrer Schwester zu.

»Nenn es, wie du willst.« Hanna kaute nervös an ihrem Daumennagel. »Auf jeden Fall bringt diese ... Beziehung nichts Gutes mit sich.«

»Ich lege mich ins Bett, ich habe Kopfschmerzen.« Abrupt erhob Nora sich und stellte ihren noch halb vollen Teebecher ab. Sie würde einen Teufel tun und sich mit Hannas augenscheinlich fürsorglichen, doch nichtsdestotrotz verletzenden und im Moment völlig überflüssigen Ratschlägen auseinandersetzen. Wieso schlug die Schwester in dieselbe Kerbe wie Inga?

Nora bemerkte noch, wie Else Hanna einen strafenden Blick zuwarf, dann verließ sie die Küche und kroch in ihrem Schlafzimmer unter die Decke. Sie wünschte sich zu schlafen, um den quälenden Fragen um Matthews Gesundheitszustand zu entrinnen. Doch daraus wurde nichts, denn kaum lag sie zwei Minuten mit angezogenen Knien im Bett, öffnete sich leise die Tür, und ihre Kinder schlichen herein. Jörg schlüpfte links von ihr unter die Decke, Veronika rechts.

»Das war bestimmt schrecklich«, wisperte Jörg. Sie spürte seinen warmen Atem an ihrem Hals. »Hast du Angst gehabt, dass du unter eines der Flugzeuge gerätst?«

Nora schüttelte kaum merklich den Kopf. »Nein, um mich habe ich keine Angst gehabt.«

»Warst du auch so traurig, als Vati vermisst gemeldet wurde?« Veronikas Tonfall, der zwar sanft, aber dennoch fordernd klang, verursachte ihr Magenschmerzen. Was sollte sie ihrer Tochter nur antworten? Es überforderte sie, sich zusätzlich zu ihrem Kummer noch kindgerechte Antworten auf Veronikas Fragen zu überlegen.

»Ich war sehr traurig«, gestand sie dumpf. »Ich habe Vati lange Jahre gekannt, und wir haben viel zusammen erlebt. Ich bin immer noch traurig und denke oft an ihn.« Matthew kannte sie erst seit Kurzem, was dennoch nichts an der Tatsache änderte, dass sich sein Unfall und der Anblick seines weißen, blutverschmierten Gesichts in ihr Herz eingebrannt hatten.

»Mit Matthew hast du überhaupt nichts erlebt. Warum weinst du dann um ihn?« Veronika rückte ein Stück von ihr ab.

Zum Glück klopfte es sachte an die Tür, und Else steckte ihren Kopf herein. »Kommt mit mir in die Küche, Kinder, und lasst Mutti schlafen. Sie muss sich ausruhen. Wir könnten Quartett spielen oder Halma.«

Jörg nahm das Angebot seiner Großmutter begeistert an, und nach einem langen Moment, der sich zog wie Kaugummi, stand auch Veronika auf und ließ Nora allein. Erleichtert atmete sie auf.

Sie fühlte sich so niedergeschlagen, dass es ihre Kräfte überstieg, für ihre Kinder präsent zu sein. Sie lauschte dem Regen, der an die Scheibe prasselte, eine monotone Melodie, die trotz ihrer körperlichen und seelischen Erschöpfung den ersehnten Schlaf unmöglich machte.

...

»Eine Katastrophe war das, eine reine Katastrophe«, wetterte Generalgouverneur Clay am nächsten Morgen, als sich die wichtigsten Offiziere zu einer Krisensitzung zusammenfanden. Das Unglück, das sich am Vortag zugetragen hatte, hing noch wie eine düstere Wolke in der Luft.

»Wir müssen dringend darüber reden, wie wir Ähnliches in Zukunft vermeiden können«, empfahl General Tunner und ließ einen ernsten Blick über die Anwesenden wandern. Nachdem es am späten Nachmittag aufgeklart und der Sturzregen nachgelassen hatte, waren wieder Transportflugzeuge in Tempelhof gelandet. Tunner hatte in der allerersten Maschine gesessen, die in Berlin eintraf.

Mit einem Schreibblock saß Nora wie üblich an dem kleinen Extratisch, um mitzuschreiben. Eigentlich hätte sie sich lieber hinter ihrer Schreibmaschine verschanzt, doch Bloom hatte darauf bestanden, dass sie protokollierte. Seinem wachen Blick, mit dem er sie bei jeder Bewegung verfolgte, nach zu urteilen, hatte er ihr das Protokoll mit der Absicht übertragen, sie auf andere Gedanken zu bringen. Inga, die sich in der Hoffnung, auch einmal glänzen zu können, für die Aufgabe angeboten hatte, hatte er links liegen lassen.

»Nora hat heute bestimmt nicht alle ihre Sinne beisammen«, versuchte sie, dem Vorgesetzten abfällig zu erklären. »Lassen Sie

sie nur auf ihrem Platz, da kann sie nicht allzu großen Schaden anrichten.«

Ella war drauf und dran, Inga scharf zurechtzuweisen, doch Bloom schnitt ihr ungeduldig das Wort ab. »Wer hier wo und wann und wie Schaden anrichtet, das lassen Sie meine Sorge sein, Miss Valentin.«

»Ich schlage vor, dass Flugzeuge, die am Himmel ihre Warteschleifen ziehen, weil sie noch keine Landeerlaubnis erhalten haben, auf direktem Weg zurück zu ihrem Heimatflughafen fliegen. Auch mit voller Fracht.« Tunner zündete sich eine Zigarre an, und bald waberte weißer, in den Augen brennender Rauch über dem Konferenztisch. »Damit schließen wir ein für alle Mal aus, dass noch einmal solch ein Chaos am Himmel herrscht wie gestern.«

Wenn der Befehl zur sofortigen Umkehr bereits gestern gegolten hätte, wäre Matthew unbeschadet nach Wiesbaden zurückgeflogen, dachte Nora, angespannt an ihrem Bleistift kauend. Wieso musste wie so oft im Leben erst etwas Schlimmes passieren, bis sich die Verantwortlichen Gedanken machten, wie man Gefahren minimieren konnte? Doch sie durfte nicht ungerecht sein. Die Luftbrücke war ein kolossales Unterfangen, mit dem keiner der Beteiligten zuvor Erfahrungen hatte sammeln können. Die Angst um Matthew raubte ihr jeden klaren Gedanken. Sie musste unbedingt herausfinden, wie es ihm ging!

»Mrs Thalfang?« Bloom beugte sich nach hinten und betrachtete sie sanft, und erst da bemerkte sie, dass sie seit Minuten weder mitgeschrieben hatte noch dem Gespräch überhaupt gefolgt war. Errötend bis zum Haaransatz versuchte sie, sich zu konzentrieren, doch ihre Gedanken drifteten immer wieder ab.

»Hervorragend«, stimmte Clay Tunner zu. »Piloten, die zurückfliegen, haben sich demnach in ihren Heimatflughäfen wieder neu in die Kette der abfliegenden Flugzeuge einzureihen.«

»Viele Piloten sind gestern erst in diesen Schlamassel geraten, weil sie zunächst nach den *Visual Flight Rules*, also auf Sicht, geflogen sind. Da das Wetter unterwegs derart rasant umschlug, waren sie damit nicht gut beraten. Wir sollten die Jungs künftig grundsätzlich nach den *Instrumental Flight Rules* fliegen lassen, auch bei schönem Wetter. Es ist besser, sich auf die Instrumente zu verlassen, die Sicht kann manchmal trügerisch sein. So gehen wir auf Nummer sicher«, ließ sich Bloom mit seiner bedächtigen Stimme vernehmen. Auch sein Vorschlag wurde einstimmig angenommen.

Nora schaffte es, gedanklich nicht mehr abzuschweifen, auch wenn es sie immense Anstrengungen kostete. Als sich die Besprechung auflöste und die Generäle den Raum verließen, hielt Major Bloom Nora zurück.

Erstaunt blickte sie ihm in die sturmgrauen Augen, die mit offensichtlichem Mitgefühl auf ihr ruhten. »Sie haben sich gestern äußerst besorgt gezeigt wegen des verunglückten Piloten. Daraus schließe ich, dass Sie ihn gut kennen?«

Nora fragte sich, ob Bloom sich an jene Begegnung auf der Landebahn erinnerte, als sie und Inga ihm geholfen hatten, die Fracht zu kontrollieren, und sich Matthew zu ihnen gesellt hatte. Wieder spürte sie, wie ihr das Blut ins Gesicht stieg. Krampfhaft umklammerte sie Block und Stift. »Ja, ich kenne ihn gut. Wir haben uns ... ein wenig angefreundet.«

Major Bloom nickte und zog einen zusammengefalteten Zettel aus seiner Uniformtasche. »Hier, Mrs Thalfang. Nehmen Sie das.«

»Was ist das?« Verständnislos starrte Nora auf das Papier.

»Dieses Formular erteilt Ihnen die Erlaubnis, Matthew Reynolds im US-Militärhospital in Lichterfelde zu besuchen«, sagte Bloom ernst. »Ich denke, das würden Sie gern tun?«

Nora wusste nicht, was sie sagen sollte. Sie griff nach dem Papier und hielt es in den Händen, als handele es sich um einen kostbaren Schatz – was ja auch der Wahrheit entsprach, ebnete ihr der Passierschein doch den Weg zu Matthews Krankenbett. »Tausend Dank, das bedeutet mir sehr viel, Major.«

Um seine Lippen spielte ein kleines Lächeln. »Das dachte ich mir.«

Kapitel 17

August 1948

Nora hatte ihr butterblumengelbes Kleid gebügelt, ihre frisch gewaschenen Haare geföhnt und erhitzte mit dem Tauchsieder Wasser in einem Topf, um sich einen Tee zu machen. Die ganze Familie hatte in den letzten Wochen gelernt, die zwei Stunden, in denen es Strom gab, möglichst effizient zu nutzen.

»Wie gefällt dir mein Bild, Mutti?« Veronika, die mit ihrem Bruder am Küchentisch saß, ein Dutzend Buntstifte vor sich ausgebreitet, hielt ihr auffordernd ihr Kunstwerk hin.

»Hervorragend, Süße.« Nora betrachtete das in kindlicher Unschuld gemalte Bild einer vierköpfigen Familie, das wohl die Thalfangs darstellen sollte. Sie erkannte sich selbst in der blonden, schlanken Frau in dem gelben Kleid, auch die beiden Kinder, ein kleiner Junge und ein Mädchen, wiesen Ähnlichkeit mit Veronika und Jörg auf. Beim Anblick des Mannes spürte sie tausend Stiche im Magen, sah er doch der Person in dem Bilderrahmen auf ihrem Nachttisch ähnlich. Alle Familienmitglieder lachten und hielten sich an den Händen; Vater, Mutter und zwei Kinder, Familienidylle pur.

»Das sind wir drei und Vati«, erklärte Veronika.

»Ich will Vati auch malen!«, rief Jörg ungestüm. »Darf ich die Fotografie aus dem Schlafzimmer holen, Mutti?«

Nora nickte, zog den Stecker des Tauchsieders aus der Steckdose und gab ein Tee-Ei in ihre Tasse, das sie mit dem kochenden Wasser übergoss. Sie wollte noch etwas Zeit mit ihren Kindern verbringen, ehe sie aufbrach.

Jörg kam mit dem gerahmten Foto seines Vaters wieder, und beide Kinder malten andächtig.

»Wann kommt Vati aus dem Krieg zurück?«, fragte Veronika so beiläufig, als erkundige sie sich nach der nächsten Mahlzeit. Doch an ihrer zitternden Stimme erkannte Nora, von welch immenser Bedeutung die Frage für sie war. »Meinst du, er kommt überhaupt wieder nach Hause?«

Else kam mit ihrem Nähzeug hinzu und setzte sich. Während sie einige löchrige Socken stopfte, warf sie Nora einen vielsagenden Blick zu. Diese seufzte. Es kostete sie jedes Mal Überwindung, mit den Kindern über Joachims Verschwinden zu sprechen, doch sie war ihnen eine Antwort schuldig.

»Das wissen wir nicht«, sagte sie leise. Sie griff nach der Teetasse, um sich an etwas festzuhalten, doch das Porzellan war noch zu heiß. »Aber wir haben ja schon öfter darüber gesprochen, dass es unwahrscheinlich ist, dass Vater zurückkommt. Er wird seit fünf Jahren vermisst, das ist eine lange Zeit.«

»Aber Erich Dahlkes Vater ist auch vor Kurzem aus Russland zurückgekehrt«, warf Jörg ein, das Gesicht über seine Zeichnung gebeugt. »Er war dort gefangen und wurde erst jetzt freigelassen. Also kommt Vati bestimmt auch wieder, wir müssen nur warten.«

»Ja, es könnte sein. Aber mit jedem Monat, der verstreicht, wird es unwahrscheinlicher.« Sie sprach mit sanfter Stimme, wollte sie doch ihre Kinder nicht traurig machen, aber auch keine übersteigerten Hoffnungen wecken.

»Aber wenn Vati tot wäre, hätte man uns das schon gemeldet«, warf Veronika düster ein. »Nicht wahr? In meiner Klasse sind viele Kinder, die einen Brief bekommen haben, in dem steht, dass ihr Vater gefallen ist.«

Nora trank einen Schluck heißen Tee, der bitter schmeckte. In den ersten Jahren hatte sie Joachim sehnlichst vermisst, sich jede Nacht die Gräuel ausgemalt, die er wohl erleiden musste. Doch allzu viel Zeit zum Trauern und Grübeln war ihr nicht geblieben, da sie sich um die Kleinen kümmern und für sie stark sein musste. Nach nunmehr fünf Jahren ohne Joachim belastete es sie, nicht abschließen zu können, das Thema auf Wunsch ihrer Kinder immer wieder ausrollen zu müssen. Noch immer huschten Erinnerungen an glückliche Tage mit Joachim durch ihren Kopf, wenn sie nachts wach im Bett lag und den regelmäßigen Atemzügen der Kinder lauschte, doch wünschte sie sich mittlerweile, endgültige Gewissheit zu haben, dass Joachim tot war. Sie hatte keine Hoffnung mehr, dass er noch am Leben war. Alles andere hieße nur, die Ungewissheit und das Leiden zu verlängern, so wie eine Wunde, die nie aufhörte zu bluten, statt allmählich zu heilen.

Doch vor allem in Veronika schwelte die Sehnsucht, ihren Vater lebendig zu halten, sich an ein Wunschbild zu klammern, das ihr Trost verschaffte.

Hilflos blickte sie zu Else, die das stumme Flehen in ihren Augen wahrnahm und ihrer Enkelin antwortete. »Auch wenn man keinen Brief erhält, ist es möglich, dass der Angehörige gestorben ist«, erklärte sie behutsam. »Im Krieg herrschte ein wahnsinniges Durcheinander, es ging drunter und drüber, da konnte man nicht alle Familien benachrichtigen. Manchmal war bei den Toten auch nicht mehr erkennbar, wer sie waren.«

Noras Kehle schnürte sich zu. Sie warf ihrer Mutter einen warnenden Blick zu. Hoffentlich ging sie nicht noch mehr ins Detail, das würde die Kinder zutiefst verstören!

»Darf ich in den Hof, Ball spielen? Erich wollte auch rauskommen.« Jörg schien die Lust am Malen verloren zu haben. Nora hoffte inständig, auch Veronika würde ihre Malaktion beenden und ins Freie aufbrechen. Doch ihre Tochter war hartnäckig. Sie heftete ihre braunen Augen auf Nora und sah sie prüfend an, wobei sie viel älter und weiser als ihre acht Jahre wirkte. »Und was glaubst du, Mutti? Klar, wir können nicht wissen, ob Vati noch lebt, aber was *glaubst* du?«

Nora brachte es nicht über sich, zu gestehen, dass die Zweifel, Joachim je wiederzusehen, ihre Hoffnung mittlerweile überwogen. »Ich weiß es nicht«, murmelte sie deshalb nur heiser.

...

Als sie später in der U-Bahn saß, starrte sie gedankenverloren hinaus in die Schwärze der Schächte und Tunnel. In welchem Zustand sie Matthew wohl vorfinden würde? Ob es ihm gut genug ging, dass man sie überhaupt zu ihm vorließ? Die Sorge um ihn drückte ihr wie ein zu eng gebundener Schal die Luft ab. Unwillkürlich huschten ihr die wenigen Erinnerungen, die sie mit Matthew teilte, durch das Bewusstsein: die allererste Begegnung, als er Generalgouverneur Clay nach Tempelhof gebracht hatte. Schon damals hatte sie die besondere Verbindung gespürt, die sich augenblicklich zwischen ihnen entsponnen hatte. Der Tanzabend im *Silverwings*, seine warme Hand auf ihrem Rücken. Der Kuss in der engen Flugzeugkabine und das Gefühl, sie befinde sich mitten in einem Sommermärchen. Wie lieb und einfühlsam er sich beim Eistee um ihre Kinder gekümmert hatte! Und zu guter Letzt all die Mittagspausen, in denen ihnen eine knappe halbe Stunde vergönnt gewesen war, die sie jedoch so intensiv erlebt hatte, dass es ebenso gut drei Stunden hätten sein können.

Je länger sie in die Dunkelheit des Untergrunds starrte, desto stärker vermischten sich die schönen Bilder von Matthew mit Erinnerungen an Joachim – das Gespräch mit den Kindern nagte an ihr. Sie spürte, dass ihr derart unbeschwerte und fröhliche Andenken, wie sie sie mit Matthew verband, in Bezug auf ihren Ehemann fehlten. Sie waren nie tanzen gegangen, und es hatte auch keine gestohlenen Küsse gegeben. Doch sie durfte nicht vergessen, dass die Zeit zu Beginn des Krieges eine andere gewesen war, geprägt von Sorge und Angst. Und obwohl sie für Joachim nie die Leidenschaft empfunden hatte, die Matthew in ihr weckte, hatte sie Joachim geliebt. Er war ein guter Ehemann gewesen. Doch seit sie Matthew kannte, erschien Joachim ihr eher wie ein väterlicher Freund denn als Geliebter.

Beinahe hätte sie ihre Haltestelle in Lichterfelde verpasst. Im letzten Moment quetschte sie sich durch die Türen der Bahn, die sich bereits quietschend schlossen, und ging mit pochendem Herzen die letzten Meter zum Militärkrankenhaus. Der Ziegelbau mit den Türmen – der Turm über dem Haupteingang ragte spitz in die Höhe – leuchtete im Licht der nachmittäglichen Augustsonne. An der Pforte bemerkte sie, wie stark ihr Herz klopfte. Würde man sie problemlos einlassen? Doch Blooms Passierschein öffnete ihr alle Türen.

Aufgeregt und noch immer bange, in welchem Zustand sie Matthew vorfinden würde, hastete sie die stillen Gänge entlang, in denen es nach Desinfektionsmittel roch. Vereinzelt begegneten ihr Krankenschwestern und Besucher in Uniform.

Endlich erreichte sie das Zimmer mit der Nummer, die ihr am Eingang mitgeteilt worden war, und klopfte. Als Matthews antwortete, sackte ihr vor Erleichterung der Magen in die Kniekehlen.

Dass er in der Lage war zu antworten, war ein gutes Zeichen. Behutsam zog sie die Tür auf und steckte den Kopf in das Krankenzimmer. Fünf Betten standen leer, doch im sechsten, das sich am Fenster befand, saß Matthew. Bei seinem Anblick schossen ihr die Tränen in die Augen, als ob die Gefühle, die sie die ganze Zeit mühsam unter Kontrolle gehalten hatte, sie nun zu überwältigen drohten.

»Nora!« Ein überraschtes, doch glückliches Lächeln breitete sich auf seinem Gesicht aus, und er streckte beide Arme aus, um sie willkommen zu heißen. Sie lief zu ihm und drückte sich an ihn, während er sie fest umschlang. Minuten verharrten sie so, reglos, fast wie unter einem Bann stehend. Er lebte, und offenbar war er nicht allzu schwer verletzt, zumindest war er in der Lage, sich ohne größere Schwierigkeiten zu bewegen.

»Ich freue mich so, dass du gekommen bist«, gestand Matthew, das Kinn auf Noras Haarschopf ruhend. »Ich habe es nicht zu hoffen gewagt. Wie hast du es geschafft, ins Allerheiligste einzudringen? Das Militärhospital ist doch gesichert wie eine Festung.«

Langsam gab er sie frei, und sie setzte sich auf die Bettkante, während sie sich die Augen abtupfte. »Major Bloom hat mir einen Passierschein besorgt. Aber jetzt erzähl: Wie geht es dir?«

»Na ja, ich fühle mich, als hätte ich in einem sich überschlagenden Flugzeug gesessen«, scherzte er. »Mein Kopf tut weh von der Gehirnerschütterung, und ich habe mir einige Rippen gebrochen. Atmen ist gerade gar nicht lustig. Aber das wird wieder.«

Nora berührte ihn mit dem Zeigefinger an der Stirn, wo er eine Platzwunde davongetragen hatte, die mit einigen Stichen genäht worden war. Am liebsten hätte sie die Stelle geküsst, bis sie nicht mehr schmerzte.

»Im Flughafen nennen die Offiziere den Tag, an dem das Unglück geschehen ist, inzwischen *Schwarzer Freitag*«, berichtete sie, während er nun seinerseits ihre Finger in seine nahm und auf jeden einzelnen einen Kuss hauchte.

»Es war ein verdammt schwarzer Freitag«, bestätigte er und ließ sich in sein Kissen zurücksinken. Auf einmal wirkte er müde und ausgelaugt, ganz spurlos schien der Unfall nicht an ihm vorübergegangen zu sein. »Ich erinnere mich ganz deutlich an diesen einen Moment, als ich die Kontrolle über die Skytrain verlor – vor meinen Augen schien alles zu explodieren, es war wie ein gewaltiges Feuerwerk, und dann überschlug ich mich schon. Doch bevor ich bewusstlos wurde, warst du mein letzter Gedanke ... und ich weiß noch, wie ich mich innerlich dagegen aufbäumte zu sterben. Mein größter Wunsch war, dass unsere Geschichte noch nicht vorbei wäre.«

Eine Gänsehaut überzog Noras Arme, Matthews Worte trafen sie tief im Innern. »Ich bin so froh, dass du es geschafft hast und nicht schlimmer verletzt bist, auch wenn deine Genesung sicher kein Spaziergang wird.«

»Wenn du mich auf diesem Spaziergang begleitest, wird er mir ein Vergnügen sein.«

Nora griff gerührt nach seiner Hand.

»Natürlich.« Flüchtig erinnerte sie sich daran, wie sie im Augenblick des Unglücks, als sie nass und verängstigt am Rande der Landebahn stand, Gott versprochen hatte, sich von Matthew zu lösen, wenn er nur überlebte. Wie hatte sie so etwas nur versprechen können? Die Vorstellung, gerade jetzt nicht für Matthew da zu sein, war unerträglich. »Aber wie geht es weiter, wenn du aus dem Krankenhaus entlassen wirst? Darfst du wieder fliegen?«

Sie wusste, wie viel ihm das Fliegen bedeutete. Womöglich würde ihn die Air Force in die USA zurückschicken, wenn er fluguntauglich würde?

»Ja. Natürlich nicht sofort. Ich denke, ich werde eine Weile pausieren müssen.«

Nora fragte sich, ob sie, wenn Matthew wieder fliegen durfte, ständig Angst um ihn haben würde. Konnte nicht jederzeit ein ähnliches oder schlimmeres Unglück geschehen?

Matthew schien ihr ihre Befürchtungen anzusehen, denn er zog sie sachte an sich heran und legte seine Stirn an ihre. »Du musst dich nicht sorgen, Nora«, flüsterte er mit geschlossenen Augen. »Fliegen ist eine sichere Art der Fortbewegung. Denk nur daran, wie viele Flugzeuge täglich im Tempelhof landen, ohne dass etwas passiert!«

Dann nahm er ihr Gesicht in beide Hände und küsste sie zart. Lange Minuten verloren sie sich in dieser Berührung. Solange sie sich küssten, dachte Nora, drohten keine dunklen Wolken am Horizont, Veronika und Hanna, die ihre Bekanntschaft mit Matthew nicht guthießen, die Lästereien im Büro, die ewig quälende Frage nach Joachims Verbleib – alle Probleme stoben wie die Samen einer Pusteblume davon.

Eine eintretende Krankenschwester ließ sie auseinanderschrecken. Geräuschvoll stellte sie eine Flasche Wasser auf Matthews Nachttisch.

»Die Besuchszeit ist für heute zu Ende«, erklärte sie resolut. »Mr Reynolds muss sich ausruhen.«

»Können wir nicht eine Ausnahme machen?«, fragte Matthew charmant. »Besuch ist doch besser als jede Medizin.«

Die Krankenschwester verdrehte die Augen. »Vor allem weiblicher Besuch, was? Ich gebe Ihnen noch drei Minuten.«

Als sie das Krankenzimmer verlassen hatte, küssten sich Matthew und Nora noch einmal, doch dieses Mal war es ein Abschiedskuss, dem Traurigkeit anhaftete. Es schmerzte, sich wieder trennen zu müssen.

»Bis bald«, raunte sie heiser, während sie sich erhob. »Bitte melde dich bei mir, sobald du entlassen wirst.«

Er nickte, dann zog er sie noch ein letztes Mal an sich und klammerte sich an ihr fest wie ein Ertrinkender, der nach dem rettenden Floß greift. »Das tue ich, Nora.«

Sie war schon fast in der Tür, als sie sein leises »Ich liebe dich« hörte. Die drei Worte trafen sie mitten ins Herz. Langsam drehte sie sich noch einmal zu ihm um, während ihr die Tränen in den Augen brannten und ihr Magen Achterbahn fuhr. Sie vermochte ihm nicht zu antworten, der salzige Kloß, der in ihrer Kehle saß, machte das unmöglich. Doch in diesem Moment schälte sich aus dem diffusen Wirrwarr ihrer Gefühle die Erkenntnis, dass auch sie ihn liebte, so tief und innig, wie sie noch nie einen Mann geliebt hatte.

...

»Einen schönen Gruß von Matthew«, richtete Tyler Nora wenige Tage später aus, als Ella und sie sich in der Kantine zu einem raschen Kaffee mit ihm trafen. »Ich habe ihn gestern besucht, und er ist schon wieder fast der Alte.«

»Gott sei Dank.« Nora stieß einen Seufzer aus. »Ich bin froh, dass man sich im Militärkrankenhaus gut um ihn kümmert.«

»Er kann es kaum erwarten, entlassen zu werden«, sagte Tyler schmunzelnd. »Aber ich habe ihm geraten, den Ball flach zu halten, es wird noch eine ganze Weile dauern, bis er wieder voll genesen ist. Vor allem die Rippenbrüche heilen ja nicht über Nacht.«

»Wo wird er sich erholen, wenn er das Hospital verlässt?« Diese Frage brannte Nora schon eine geraume Weile auf der Seele, hatte sie doch Angst, er würde wochenlang in seiner Kaserne in Wiesbaden bleiben müssen, ohne die Chance, zwischendurch nach Berlin zu fliegen. Oder, ihr schlimmster Albtraum von allen: Man schickte ihn in seine Heimat zurück. Zwar war Matthews Flonguntauglichkeit nur temporär, aber sie hatte gehört, dass die Piloten der Luftbrücke ohnehin nur ein paar Monate eingesetzt wurden, bevor man sie ihrer Aufgabe enthob. Die unzähligen Flüge nach Berlin laugten auf Dauer derart aus, dass die Air Force sie keinem Piloten für längere Zeit zumuten konnte. Ob seine Vorgesetzten Matthew bereits jetzt für andere Zwecke eingeplant hatten? Dieser Gedanke beschäftigte Nora pausenlos, ließ sie nachts aus dem Schlaf hochschrecken. Nachdenklich rührte sie in ihrem Kaffee. »Irgendwo muss er ja bleiben.«

Tyler zuckte die Achseln. »Keine Ahnung. Ich glaube, das weiß er selbst noch nicht.«

»Seit dem Unglück ertappe ich mich oft dabei, wie ich denke: Hoffentlich kommt Tyler heil unten an«, warf Ella ein. Sie und Tyler saßen so dicht beieinander, dass sie sich fast berührten. Nora fand, dass sie ein schönes Paar abgaben, mit ihren dunklen Haaren und klassisch geschnittenen Gesichtszügen harmonierten sie prächtig. Auch sonst ergänzten sie sich in jeder Hinsicht, lachten über die Scherze des anderen und vollendeten gegenseitig ihre Sätze. Sie schienen füreinander bestimmt zu sein. Nora freute sich, dass ihre Freundin nach den Verlusten des Krieges ihr Glück gefunden zu haben schien, auch wenn natürlich unklar war, wie sich die Beziehung mit einem Piloten, der in einer anderen Stadt stationiert war und jederzeit abgezogen werden konnte, entwickeln würde.

Trotzdem würde ihnen das Schicksal – oder die Mitmenschen – weniger Steine in den Weg legen als ihr; Ella und Tyler waren beide ungebunden und nur sich selbst Rechenschaft schuldig.

»Du musst keine Bange haben«, beruhigte Tyler sie und berührte mit seiner Nasenspitze zärtlich Ellas. »Erstens bin ich ein

Meisterflieger, zweitens ist es viel gefährlicher, im Auto unterwegs zu sein, als zu fliegen.«

Ella seufzte lächelnd, und die Anspannung schien von ihr abzufallen. »Dein Wort in Gottes Ohr.«

»Darf ich den Damen noch einen Kaffee spendieren?«

Ihre Pause dauerte noch fast eine halbe Stunde, deshalb nickten Nora und Ella einträchtig. Ella sah Tyler voller Zuneigung nach, als er zum Tresen ging, um zu bestellen. Er überragte die meisten Offiziere um mindestens einen halben Kopf und war in seiner schmucken Uniform und mit den schwarzen, zurückgekämmten Haaren eine auffällig attraktive Erscheinung.

»Ihr habt euch gesucht und gefunden, nicht wahr?«, bemerkte Nora liebevoll.

Ella nickte, sie schien überzusprudeln vor Glück. »Ja, ich kann es kaum glauben. Nachdem Hans im Krieg gefallen ist, dachte ich, nie wieder so etwas für einen Mann empfinden zu können. Doch Tyler löst etwas in mir aus, das ich mir nie hätte vorstellen können.«

Auch Nora war nach Joachims Vermisstenmeldung der Ansicht gewesen, nie wieder einen Mann in ihr Leben lassen zu können, doch auch sie war eines Besseren belehrt worden.

»Aber was ist mit dir und Matthew, Nora? Seid ihr offiziell ein Paar? Ich blicke da nicht richtig durch bei euch.«

»Ich auch nicht.« Nora zog eine komische Grimasse. »Weißt du, wenn ich mit ihm zusammen bin, ist es, als wären wir beide verzaubert, so als wäre unser ganzes bisheriges Leben nur das Vorspiel dessen gewesen, was im Moment zwischen uns geschieht. Ich weiß, das klingt absolut kitschig.«

»Das klingt nach schwerer Verliebtheit.«

Nora lächelte. Zwar war ihr im Militärhospital die Intensität ihrer Gefühle für Matthew bewusst geworden, trotzdem wollte sie

sie noch für sich behalten, noch nicht darüber sprechen, sie in einem Schatzkästchen tief in ihrem Innern aufbewahren, als könnte sie ihn verlieren, wenn sie sich ganz auf ihn einließ. »Aber ob wir wirklich zusammen sind? Die Male, die wir uns geküsst haben, kannst du an einer Hand abzählen. Die dreißig Minuten, die uns normalerweise bleiben, während sein Flugzeug entladen und gewartet wird, sind auch nicht wirklich ergiebig. Ehrlich gesagt kann ich dir gar nicht sagen, was zwischen uns passiert. Und wir scheuen uns auch, darüber zu sprechen. Dann sind da noch Jörg und Veronika. Darf ich ihnen zumuten, dass sich ihre Mutter verliebt, während ihr Vater noch immer als vermisst gilt?«

Grübelnd starrte sie aus dem Fenster, wo gerade mehrere mit Lebensmittelkisten bepackte Lastwagen vorbeifuhren. »Aber ich fühle mich so magisch von Matthew angezogen wie noch nie zuvor von einem Mann.«

»Inklusive deines Ehemannes?« Ella zog fragend die Augenbrauen hoch.

»Leider ist es so«, gestand Nora verlegen. »Die körperliche Anziehung zu Joachim war nie besonders ... ausgeprägt, und auch sonst herrschte eine Art Distanz zwischen uns, die ich erst jetzt richtig erkenne. Oft konnte Joachim auch zu Hause den Lehrer nicht ablegen und sprach mit mir wie mit einer Schülerin. Wir hatten eine gute Ehe, das ist unbenommen, außerdem kannte ich es ja gar nicht anders. Aber seit Matthew in mein Leben getreten ist, weiß ich, dass da mehr zwischen Mann und Frau sein kann.«

»Na ja, ein junger, attraktiver Pilot der US Air Force macht wahrscheinlich automatisch mehr her als ein älterer Lehrer, der nach Kreidestaub riecht.«

»Das ist es nicht«, erwiderte Nora lachend. »Ich kann es nicht erklären, Ella, ich weiß nur, dass sich mit Matt eine Ruhe einstellt, die ich noch nie zuvor empfunden habe. Als würde er mich erden.«

Ella schien ihr gar nicht mehr zuzuhören, ihr Blick hatte sich an Tyler festgehakt, der an der Theke stand und von niemand Geringerem als Inga in Beschlag genommen wurde.

»Was will sie von Ty?«, fragte sie beunruhigt.

»Das frage ich mich auch.« Nora beobachtete den Piloten und die Kollegin, die dichter beisammenstanden, als es den gesellschaftlichen Konventionen entsprach. Sie musste Tyler allerdings zugutehalten, dass er durchaus versuchte zurückzuweichen, was ihm angesichts der zahlreichen Offiziere um ihn herum und des mit drei Kaffeetassen beladenen Tabletts schwerfiel. Inga schien das nicht zu stören, sie rückte einfach nach, sobald Tyler ein Stück nach hinten trat, und legte ihm vertraulich die Hand auf den Arm.

»Sie wagt es, ihn zu berühren!« Ella wirkte, als sei sie kurz davor aufzuspringen, um Inga in ihre Schranken zu weisen und Tyler zurückzuordern. »Dabei weiß sie, dass Ty und ich zusammen sind, sie hat uns bereits einige Male gesehen!«

»Vielleicht macht das den Reiz für sie aus«, vermutete Nora. »Aber schau nur, Ella, er hat es geschafft, sich von ihr loszueisen.«

Tatsächlich bahnte sich der Pilot gerade seinen Weg durch die Tischreihen hindurch, und einen Moment später stellte er das Tablett vor Ella und Nora ab.

»Jetzt erklär mir mal bitte, was unsere Kollegin von dir wollte«, forderte Ella verstimmt. »Hat sie sich dir an den Hals geworfen?«

Tyler hob lachend beide Hände hoch, wie um seine Unschuld zu beweisen. »Ja, das hat sie, zumindest hat sie es versucht. Aber wie du siehst, habe ich mich auf nichts eingelassen.«

Nora rührte Zucker in ihren Kaffee. Zu Hause gab es den Luxus, ihren Muckefuck zu süßen, nicht, deshalb genoss sie es, täglich ein oder zwei Tassen in der Kantine der Amerikaner zu trinken und einen gehäuften Teelöffel Zucker dazuzugeben. »Was wollte sie denn von dir?«

Tyler grinste verlegen. »Na ja, sie fragte, ob ich sie mal ins *Silverwings* ausführe. Eigentlich war sie ganz charmant.«

»Wie bitte?« Ella knirschte vor Wut mit den Zähnen. »Wie unverfroren! Du bist vergeben, hast du ihr das nicht gesagt?«

»Natürlich habe ich das.« Tyler griff nach ihrer Hand und drückte zur Beschwichtigung einen Kuss darauf, woraufhin Ellas Zorn zu verpuffen schien.

»Sie scheint es ja sehr nötig zu haben.« Ella starrte Inga hinterher, die nun einen Amerikaner in Zivil in ein Gespräch verwickelte.

»Das wissen wir ja bereits«, gab Nora zurück. Sie wusste nicht, ob sie wie ihre Freundin ärgerlich auf Inga sein oder sie bemitleiden sollte. Auf jeden Fall fand sie es süß, wie Ella einen Moment lang vor Eifersucht regelrecht gelodert hatte. Sie selbst würde es wahrscheinlich auch alles andere als gelassen nehmen, sollte eine andere Frau Interesse an Matthew bekunden.

...

Als sie einige Tage später mit Ella von der Mittagspause zurückkam, stand Matthew vor Blooms Bürotür. Freude und Überraschung überschwemmten sie wie ein unerwarteter, sommerlicher Regenguss.

»Matt! Was tust du hier? Bist du entlassen worden?«

Matthew lächelte sie schief an. Auf seiner Stirn klebte ein großes Pflaster, und seine etwas gebeugte Haltung verriet, dass er noch Schmerzen hatte. Doch sein Gesicht hatte nichts von seiner gesunden Bräune eingebüßt, und seine Augen strahlten, als er sie sah. »Offensichtlich. Heute Morgen. Und jetzt bin ich hier, weil ich einen Termin mit ...«

Er verstummte jäh, denn die Bürotür wurde geöffnet, und der

Major stand auf der Schwelle. Fragend sah er von Matthew zu Nora.

»Wir machen uns wieder an die Arbeit«, beeilte sich Nora zu sagen. Dennoch war es, als seien ihre Füße am Boden festgewachsen, weshalb Ella sie rasch ins Übersetzungsbüro zog.

»Was hat er bloß mit Major Bloom zu besprechen?«, rätselte Nora, als sie wieder an ihren Schreibmaschinen saßen.

»Du wirst es früh genug erfahren«, beruhigte Ella sie und begann, in gleichmäßigem Tempo zu tippen.

Tatsächlich saß Matthew am Abend, als Nora und Ella das Flughafengebäude verließen, vor dem Haupteingang in der milden Sonne. Ella verabschiedete sich lächelnd und ließ die beiden allein.

»Na du?«, fragte Nora und setzte sich zu ihm. Warme Sonnenstrahlen zauberten Lichtreflexe in seine Haare, und für einen Augenblick sahen sie einander nur an, genossen die friedliche Ruhe und Innigkeit des Moments. Außer dem unaufhörlichen Brummen der Flugzeugmotoren war kaum ein Laut zu hören, so als hielte Tempelhof an einem der letzten Sommertage den Atem an, um dem Herbst nicht allzu früh Einlass zu gewähren.

»Ich bleibe hier«, sagte Matthew und sah sie erwartungsvoll an.

Im hellen Licht bemerkte sie zum ersten Mal, dass um seine Pupillen ein grauer Ring lag, der allmählich ins Blau der Iris überging. »Wie, du bleibst hier?«

»In Berlin.« Matthew schien fast zu platzen vor Freude, seine Worte sprudelten nur so aus ihm heraus. »Deswegen war ich heute bei Major Bloom. Normalerweise müsste ich nach Wiesbaden zurück, um mich dort auszukurieren, solange ich Flugverbot habe, und ersatzweise Verwaltungsarbeit leisten. Aber ich habe ihn gefr…«

»Du bleibst hier?« Ungeduldig unterbrach sie ihn. Nora vermochte kaum zu glauben, was sie hörte. Die Aussicht, Matthew eine Weile in Berlin zu haben, in unmittelbarer Nähe, erschien ihr wie ein Traum, der zu wundervoll war, um wirklich wahr zu werden. »Aber wie ...«

Matthew legte ihr einen Arm um die Schulter und zog sie eng an sich heran. Durch ihr Sommerkleid spürte sie die Wärme seiner Haut, und sie wünschte sich, noch lange so verharren zu können, einfach mit ihm auf der niedrigen Treppenstufe zu sitzen und den Alltag an sich vorbeirauschen zu lassen.

»Ich habe Major Bloom bekniet, mich im Flughafen in irgendeinem Büro einzusetzen, und er hat nicht nur zugestimmt, sondern auch gleich meinen Vorgesetzten in Wiesbaden kontaktiert. Auch er hat nichts dagegen, dass ich vorerst in Tempelhof bleibe. Ich darf hier im Gebäude ein Zimmer beziehen, im linken Flügel, wo noch andere Air-Force-Mitglieder untergebracht sind. Was sagst du dazu?«

»Ich ... ich bin völlig überwältigt ...«, brachte Nora hervor. »Ich hätte mir nie träumen lassen, dass wir beide tatsächlich für längere Zeit zusammen sein können ... Dann können wir uns täglich sehen, oder?«

Matthew nickte und zog Noras Kopf an seine Brust. Es tat so gut, sich in seine Umarmung fallen zu lassen und gehalten zu werden. Sonst war immer sie diejenige, die stark sein musste und Liebe schenkte. »Ja, ist es nicht großartig? Vorbei sind die lächerlich kurzen Treffen von höchstens einer halben Stunde. Ich muss auch keine Kollegen mehr beschwatzen, mit mir zu tauschen, damit ich etwas länger in Berlin bleiben kann. Stell dir vor, wir können ausgehen! Wir können jeden Abend schöne Dinge unternehmen, nur wir zwei!«

»Ja.« Nora gestattete sich, in wunderbare Tagträume einzutauchen, in denen sie und Matthew im *Silverwings* die Nächte durchtanzten oder an lauen Abenden durch das Viertel streiften. Natürlich wusste sie, dass Matthews Aufenthalt in Berlin nicht bedeutete, so viel Zeit mit ihm zu verbringen, wie sie wollte. Sie musste Rücksicht auf ihre Familie nehmen, zudem mochte sie ihren Kindern auf keinen Fall zumuten, noch öfter als bisher auf ihre Mutter zu verzichten. Doch sie beschloss, guten Mutes zu sein und abzuwarten, wie sich die Dinge entwickelten.

»Eine herrliche Zeit liegt vor uns«, flüsterte Matthew, hob ihr Kinn mit dem Zeigefinger an und küsste sie, nicht zart wie im Krankenhaus, sondern voller Leidenschaft. Sie schloss die Augen, eingeschlossen in eine Seifenblase des Glücks, von der sie hoffte, dass sie nicht allzu bald zerbersten möge.

Kapitel 18

September 1948

Nachmittags wärmte die Sonne noch ordentlich, aber morgens und abends war es bereits kühl. Nora liebte diese Zeit des Jahres, wenn der Sommer allmählich in den frischeren Herbst hinüberglitt und der Geruch nach feuchter Erde und welkendem Laub in der Luft schwebte wie ein einzelner Faden eines Spinnennetzes. Mit ihrer Schwester saß sie auf einer Bank im Hof, um ein paar letzte Sonnenstrahlen zu erhaschen.

»Und du gehst heute Abend aus, habe ich gehört«, bemerkte Hanna. Sie hatte die Arme vor der Brust verschränkt und beobachtete Veronika, die mit ihrer Freundin Gisela, die in der Parallelstraße wohnte, aus Gras und Steinen eine Mahlzeit für ihre Puppen kochte.

»Ja.« Nora flüsterte ihre Antwort fast. Seit der Angelegenheit mit den gestohlenen Medikamenten für Frau Brombach war die Beziehung zwischen ihr und Hanna angespannt, und ihr schien, als nutze die Schwester jede Gelegenheit zum Sticheln. Ob es an Hannas eigener trostloser Lebenssituation lag? Oder spielte auch die Tatsache, dass sie zu fünft auf engstem Raum zusammenlebten und wenig Freiraum hatten, eine Rolle? »Matthew hat mich ins Columbia-Kino eingeladen.«

»Aha.« Hanna starrte geradeaus, ohne eine Miene zu verziehen; als Jörgs Ball sie am Fuß traf, schoss sie ihn zu ihrem Neffen zurück.

»Danke, Tante Hanna! Du spielst richtig gut!« Strahlend verschwand der Junge mit seinem Freund Erich um die Ecke.

»Ein seltenes Kompliment, darauf kannst du dir etwas einbilden«, versuchte Nora zu scherzen, um die Stimmung aufzulockern.

Doch Hanna ging nicht darauf ein. »Ich würde auch furchtbar gerne mal wieder ausgehen, aber unsereins kann sich so etwas ja nicht leisten.«

Nora registrierte den bitteren Unterton in ihrer Stimme. »Matthew und ich können dich und Friedrich gerne einmal mitnehmen«, schlug sie vor. »Auch Deutsche dürfen die amerikanischen Einrichtungen in Tempelhof besuchen.«

»Nein danke.« Hanna schnaubte. »Selbst in hundert Jahren könnten wir uns den Eintritt nicht leisten, und bevor du vorschlägst, uns einzuladen – das möchte ich nicht.«

Nora kannte ihre Schwester gut genug, um nicht zu insistieren. Sie wusste, Hanna würde stur bleiben. »Nun gut. Aber ich fände es wirklich schön, wenn wir mal was zusammen unternehmen.«

»Du hast doch jetzt deinen amerikanischen Freund.«

Nora fing ein Blatt auf, das von der Birke, unter der sie saßen, herabrieselte wie eine schwerelose Feder. Hannas Bemerkung hatte ihr einen Stich versetzt.

»Wie meinst du das? Du hast doch auch einen Freund, sogar einen Verlobten. Gönnst du mir nicht, dass ich mich auch mit jemandem treffe?«

Hanna zuckte die Schultern. »Was ist Matthew eigentlich für dich? Dein Freund oder ...«

»Das weiß ich selbst nicht«, seufzte Nora und zerbröselte das

Birkenblatt zwischen ihren Fingern. Ständig musste sie zu ihrer Beziehung Rede und Antwort stehen. Ella, ihre Schwester, sogar Heide Volkmann hatte sie letztens neugierig nach Matt befragt, wobei Letztere keinen Hehl aus ihrer Ansicht gemacht hatte, es bringe nur Kummer, sich mit einem Amerikaner einzulassen, der womöglich schon bald in die Heimat zurückbeordert wurde. »Es ist kompliziert, verstehst du?«

»Und ob ich das verstehe.« Hanna schnalzte ungeduldig mit der Zunge. »Du hast selbst nach fünf Jahren keine Gewissheit, was mit Joachim passiert ist, de facto bist du verheiratet.«

»Daran brauchst du mich nicht zu erinnern«, gab Nora verletzt zurück. Sie fand Hannas Verhalten mehr als unangebracht, gerade sie hatte wenig Anlass, als Moralapostel aufzutreten. »Was soll ich deiner Meinung nach tun? Ins Kloster gehen? Glaub mir, ich habe bestimmt nicht geplant, dass Matthew in mein Leben tritt. Es ist einfach geschehen. Eines Tages stand er auf dem Rollfeld vor mir ... Und nein, ich kann nicht sagen, dass wir ein Paar sind. Ich weiß es einfach nicht. Ich erlaube mir nur, mit ihm auszugehen und den heutigen Abend zu genießen.«

Veronika brachte ihr auf einem blechernen Puppenteller eine aus zerrupftem Gras zubereitete Mahlzeit. »Schau, was Gisela und ich für Christel gekocht haben, Mutti.«

»Sieht sehr lecker aus«, antwortete Nora abwesend und strich ihrer Tochter über die aufgesteckten Haarschnecken. Froh über das Lob sprang Veronika zu ihrer Freundin zurück.

»Es ... es ist nur so beängstigend«, stieß Hanna hervor und schlug sich die Hände vor das Gesicht. Nora betrachtete sie prüfend von der Seite, und plötzlich bemerkte sie, dass Hanna Tränen über die Wangen liefen.

»Was denn?«, fragte sie bestürzt.

»Du bist mit einem Amerikaner zusammen«, flüsterte Hanna

und wischte sich über die Augen, »oder wie auch immer du es nennen willst. Er wird nicht ewig hierbleiben. Vielleicht nimmt er dich mit nach Amerika. Was soll ich ohne meine große Schwester machen? Mein ganzes Leben lang warst du für mich da. Ich würde es nicht ertragen, wenn du einfach verschwinden würdest.«

»Oh Hanni.« Nora rückte näher an ihre Schwester heran und legte ihr den Arm um die Schultern. Sie sog tief den blumigen Duft von Hannas Seife ein, der ihrer Haut anhaftete. »Wo denkst du hin? Es kann keine Rede davon sein, dass ich weggehe. Wie könnte ich das auch, mit zwei Kindern? Sie werden immer an allererster Stelle stehen. Außerdem weiß ich wirklich nicht, wie es mit uns weitergehen wird, vielleicht wird er nach seiner Genesung versetzt, und dann war es das mit uns. Ich weiß nur, dass ich ihn sehr mag.«

»Man weiß nie, was noch geschieht«, prophezeite Hanna düster und putzte sich geräuschvoll die Nase. Doch dann hellte sich ihre Miene auf, denn Friedrich kam durch den Torbogen in den Hof. Schon von Weitem sah Nora, dass er nicht allerbester Stimmung schien, er hatte die Hände tief in den Hosentaschen vergraben und ließ den Kopf hängen. Die Abendsonne, die ein letztes Mal mit aller Kraft aufleuchtete, ließ sein Haar glänzen.

»Friedrich!« Hanna lief ihm entgegen und hängte sich nach einem Kuss bei ihm ein. Nora rückte auf der Bank ein Stück zur Seite, um den beiden Platz zu machen.

»Spielst du mit uns Fußball?« Atemlos rannte Jörg, seinen Freund Erich im Schlepptau, heran und kickte Friedrich den Ball zu.

Dieser schüttelte nur niedergeschlagen den Kopf. »Heute nicht.«

»Ach menno.« Enttäuscht zogen die beiden Jungen davon.

»Was ist los?« Hanna griff besorgt nach Friedrichs linker Hand, in der rechten hielt er ein Stück Holz, dessen Form man nur erahnen konnte, da er es umklammerte wie einen Schatz.

»Es ist so weit. Heute ist der Tag, vor dem ich mich so lange gefürchtet habe.«

Hanna schien wieder den Tränen nah. Erstickt fragte sie: »Du bist entlassen worden?«

Friedrich nickte. »Ja. Der Chef hat den Kollegen und mich zum Gespräch gebeten. Aber es war eine reine Formsache, wir wussten ja bereits seit Monaten, dass die Schreinerei ohne Holz nicht überleben kann.«

»Das tut mir so leid, Friedrich«, sagte Nora betroffen. Sie wusste, welch schlimme Folgen Friedrichs Arbeitslosigkeit nach sich ziehen würde – der Traum ihrer Schwester, bald zu heiraten und mit ihrem Bräutigam zusammenzuziehen, rückte in noch weitere Ferne.

»Aber was wird nun aus dir, aus uns?«, fragte Hanna schrill. »Du musst doch irgendwie Geld verdienen …! Ich versorge dich natürlich, so gut ich kann, aber mein Lohn reicht nicht für uns beide!«

»Ich weiß nicht, wie es weitergehen soll«, erwiderte Friedrich dumpf und strich mit seinem rauen Daumen über das kleine Holzstück in seiner Faust. »Ich mache mir keine großen Hoffnungen, bald eine neue Stelle zu finden, Arbeitsplätze sind rar gesät, vor allem in der derzeitigen politischen Situation.«

»Hoffentlich geben die Sowjets ihre Blockade bald auf. Das kann doch nicht ewig so weitergehen!« Wütend riss Hanna an den Zipfeln ihres nass geweinten Taschentuchs.

»Eher gefriert die Hölle, als dass die Russen die Blockade einfach mir nichts, dir nichts beenden«, brach es aus Friedrich heraus.

Im Stillen musste Nora ihm recht geben. Bei ihrer Arbeit im

Flughafen bekam sie tagtäglich genug mit, um zu wissen, dass die Sowjets zu keinerlei Zugeständnissen bereit waren.

Eine Weile schwiegen sie alle drei bedrückt. Die Sonne hatte sich endgültig hinter milchige Wolken verzogen, und es wurde empfindlich kühl. Nora schlüpfte in ihre Strickjacke. Eigentlich musste sie die Kinder zusammenrufen, um ihnen oben in der Wohnung das Abendessen zuzubereiten, doch sie mochte Hanna und Friedrich in ihrer Traurigkeit nicht allein lassen.

»Was ist das für ein Stück Holz, an dem du ständig herumfummelst?«, schniefte Hanna.

»Ach, das …« Verlegen öffnete Friedrich seine Faust und zeigte ihnen ein kleines geschnitztes Holzmännchen. Gesicht, Körper und Gliedmaßen waren einem echten Kind perfekt nachempfunden; am auffälligsten war die lange Nase, die wie ein kleiner Zweig von dem runden Kopf abstand.

»Ein Pinocchio!« Erstaunt und beeindruckt zugleich nahm Hanna ihrem Verlobten die Holzfigur aus den Händen, um sie zu begutachten. »Er ist zauberhaft!«

Nora stimmte zu, das Holzpüppchen war allerliebst. »Hast du den Pinocchio geschnitzt, Friedrich?«

Er fuhr sich mit seinen schwieligen Fingern verlegen durch das rote Haar. »Ganz recht. In den letzten Wochen und Monaten gab es ja wenig zu tun in der Schreinerei, da habe ich den kleinen Mann aus einem Rest Holz geschnitzt. Aus reiner Langeweile heraus. Vielleicht auch aus Verzweiflung. Ich musste etwas mit den Händen machen, um meinen Kopf zu beruhigen.«

...

Nach dem Abendessen kuschelte sich Nora mit den Kindern ins Bett und las ihnen *Biene Maja* vor. Als sie die Kinder zugedeckt hatte, stand sie auf, um sich für ihre Verabredung mit Matthew fertig zu machen.

Über ihr lavendelblaues Kleid zog sie eine Wollstola, in die Glitzerfäden eingewoben waren und die sie nur zu ganz besonderen Anlässen trug, um ihr Alltagskleid etwas aufzuhübschen; außerdem würde sie bestimmt spät heimkehren, und die Septemberabende waren kalt. Mit dem Finger versuchte sie, einen letzten Rest ihres himbeerroten Lippenstifts aus der Hülse zu kratzen und auf die Lippen aufzutragen, aber sie musste sich eingestehen, dass er inzwischen leer war. Schminkartikel wurden natürlich nicht per Luftbrücke nach Westberlin transportiert, doch sie wäre sich oberflächlich vorgekommen, wenn sie Matthew gebeten hätte, ihr einen neuen Lippenstift zu besorgen. Sie sträubte sich dagegen, ihre Bekanntschaft zu ihm für persönliche Vorteile auszunutzen, obwohl er ihr sicherlich gerne ein Geschenk gemacht hätte.

Veronika hatte sich im Schein der Kerze, die auf dem Nachttisch flackerte – die tägliche Stromzeit hatte bereits am Nachmittag stattgefunden –, aufrecht im Bett aufgesetzt, die Arme um die angezogenen Knie geschlungen, das Kinn nachdenklich daraufgelegt. »Ich möchte nicht, dass du ausgehst. Ich will, dass du hierbleibst. Bei Jörg und bei mir.«

»Ach Püppchen.« Nora lockerte sich mit gespreizten Fingern vorsichtig die Locken, die Else ihr zuvor gelegt hatte. »Ich gehe nur einen Film anschauen, mehr nicht. Ich werde nur zwei, drei Stunden weg sein.« Doch Veronikas Schmollen reichte wie immer aus, um sie an ihrem Vorhaben zweifeln zu lassen. Sollte sie nicht lieber doch daheim bei den Kindern bleiben? War da nicht ihr Platz im Leben?

»Junge Dame«, ließ sich Else vernehmen, die ihren Kopf durch die offene Tür steckte. »Was höre ich da? Es ist nicht artig von dir, deiner Mutter ein schlechtes Gewissen zu bereiten!«

Schmollend legte Veronika sich hin und zog sich die Decke bis über die Ohren. Seufzend gab Nora sowohl ihr als auch Jörg, der schon fast eingeschlafen war, einen Gutenachtkuss und löschte das Licht der Kerze. Leise folgte sie ihrer Mutter nach draußen.

»Lass dir von deiner Tochter nichts einreden«, forderte Else energisch, als sie sich in dem unbeleuchteten Flur gegenüberstanden. »Kinder verstehen es oft meisterhaft, ihre Eltern unter Druck zu setzen. Aber du hast jedes Recht auszugehen, Nora. Du arbeitest von früh bis spät, um uns alle zu versorgen, da sei dir auch ein bisschen Freude und Erholung gegönnt.«

»Danke, Mutti.« Nora war froh, dass Else stets zu ihr hielt, trotzdem fragte sie sich, ob es eine gute Idee war, mit Matthew ins Kino zu gehen. Es war schwer, Mutter zu sein, ständig stellte man sämtliche Entscheidungen infrage und überlegte, was das Beste für die Kleinen war.

Als habe Else ihre Gedanken gelesen, sagte sie: »Du musst auch mal an dich denken, Nora. Und glaub mir, deinen Kindern geht es gut, sie werden keinen Schaden davontragen, wenn du dir mal einen Film ansiehst.«

Aus dem Wohnzimmer, das Hanna bewohnte, drang leises Diskutieren. Die Schwester hatte sich bald nach Friedrichs Ankunft mit ihm hierher zurückgezogen, aus der Dringlichkeit ihres Tonfalls schloss Nora, dass sie überlegten, wie es nach Friedrichs Entlassung weitergehen sollte. Plötzlich fühlte sie sich richtiggehend elend. »Ich mache mir einen schönen Abend, während Hanna und Friedrich vor existenziellen Problemen stehen.«

Else schob sie sanft Richtung Haustür. »Davon, dass du heute Abend zu Hause bleibst, lösen sich deren Schwierigkeiten auch nicht, mein Kind.«

»Ich bin schon weg«, seufzte Nora.

»Amüsier dich gut!«, schickte Else ihr munter hinterher.

Nora eilte den kurzen Weg zum Flughafen entlang. Die ersten Sterne funkelten bereits am saphirblauen Himmel, und wie kleine Fallschirme segelten welke Blätter durch die laue Luft. Nach kaum fünf Minuten erreichte sie den imposanten Flughafen, der in seiner Größe einer Festung glich. Auf dem Platz vor dem Gebäude standen, anders als tagsüber, nur wenige Fahrzeuge, doch hinter den Fenstern des linken Flügels, wo Militärs untergebracht waren, brannte elektrisches Licht, während im restlichen Stadtteil nur Kerzen flackerten.

Matthew stand im Schatten eines der überdachten Außengänge und sah ihr erwartungsvoll entgegen. Ihr Herz machte einen Satz; außer im Hospital, wo er einen hellblauen Pyjama getragen hatte, hatte sie ihn noch nie ohne Uniform gesehen, doch heute Abend trug er eine gebügelte Hose, ein weißes Hemd und ein Jackett, die braunen Haare waren ordentlich zurückgekämmt. In ziviler Kleidung wirkte er auf sie noch hundertmal attraktiver als in seiner Fliegerkluft, und plötzlich schienen unzählige Schmetterlinge flügelschlagend in ihrem Magen auf und ab zu hüpfen.

»Hallo, Matt.«

»Nora, wie schön, dass du da bist.« Er legte ihr beide Hände um die Schultern und berührte ihre Lippen für eine Sekunde mit seinen. Er roch betörend nach einem ihr unbekannten Männerduft, und noch einmal erlag sie seiner Anziehungskraft, schmolz wie ein Stückchen Eis in der Nähe eines Feuers.

Vergessen war Veronikas Abneigung dagegen, dass sie ausging. In diesem Augenblick fühlte es sich für Nora vollkommen richtig an, hier zu sein. Sie freute sich darauf, einen ganzen Abend lang jene Leichtigkeit zu spüren, die sie an Matthews Seite stets überkam.

»Auf ins Vergnügen.« Matthew nahm wie selbstverständlich ihre Hand, und sie schlenderten um die riesige Gebäudeanlage herum. Auch andere Militärs waren unterwegs, wenige in Begleitung amerikanischer Ehefrauen, die meisten mit jungen deutschen Frauen. Aus dem *Silverwings* klang flotte Tanzmusik, als sie auf das Columbia-Kino zusteuerten.

»Was wird denn gespielt?«, fragte Nora.

»*The Treasure of the Sierra Madre*. Der Schatz der Sierra Madre«, erklärte Matthew. »Mit Humphrey Bogart, einem bekannten Schauspieler. Kennst du ihn?«

Nora schüttelte den Kopf. »Nein. Ich war überhaupt erst ein einziges Mal im Kino.«

Matthew sah sie von der Seite erstaunt an. »Wirklich? In New York bin ich ständig ins Kino gegangen. Welchen Film hast du gesehen?«

»*Tanz auf dem Vulkan* mit Gustaf Gründgens.« Der Film, der von den Nationalsozialisten wegen des darin gezeigten Umsturzes eines etablierten Systems gerügt worden war, hatte in Nora einen bleibenden Eindruck hinterlassen, weshalb sie sich auch nach zehn Jahren noch an so manche Szene daraus erinnerte. »Er lief 1938 in den Kinos.«

Sie hatte den Film mit Hanna angeschaut, die damals ein Backfisch von zwölf Jahren gewesen war und unbedingt einmal ins Kino gewollt hatte.

»Hm, kenne ich nicht.« Matthew nahm ein paar Scheine aus seiner Hemdtasche und entrichtete an der Kinokasse den Eintritt.

»Ich gebe dir meinen Anteil«, sagte sie rasch und kramte in ihrer Handtasche nach ihrem Geldbeutel.

Matthew wirkte ehrlich schockiert. »Aber nein, Nora, auf keinen Fall, du bist eingeladen! Du bist doch heute Abend mein Date.«

»Na schön, danke.« Sie steckte ihre Dollars wieder weg, und Matthew lächelte sie erleichtert an.

»Popcorn und Coca-Cola?«

»Popcorn? Was ist das?« Nora schämte sich, dass Matthew ihr so viele Dinge zeigte, die sie nicht kannte. Gleichzeitig war es spannend, in die amerikanische Kultur einzutauchen, es gab so viel zu entdecken.

Matthew lachte und strich ihr mit dem Daumen zärtlich über den Handrücken. »Popcorn besteht aus Maiskörnern, die stark erhitzt werden. Durch die Hitze platzen die Maiskörner, und die Stärke wird schaumig. Wenn sie abkühlt, bleibt eine Art weißlichgelbe Flocke zurück. Es schmeckt köstlich! Kino ohne Popcorn ist undenkbar.«

»In den USA vielleicht«, gab Nora erheitert zurück.

Das Kino war gut besucht. Nora genoss es, einen Abend lang nur an sich selbst und Matthew zu denken. Im Kinosaal nahm sie von allen Seiten den süßlichen Geruch von Popcorn wahr, Sie war offenbar die Einzige, die die Süßigkeit vorher noch nicht gekannt hatte. Amerikanisches Gemurmel erfüllte den Raum. Sie setzten sich dicht nebeneinander und teilten sich Popcorn und Cola. Als der Film begann und das Licht gedimmt wurde, legte Matthew seinen Arm um ihre Schultern, was sie so ablenkte, dass sie einige Sekunden des Geschehens verpasste. Ihr Gesicht glühte, so aufgewühlt war sie, doch in der Dunkelheit fiel das niemandem auf. Nora lehnte ihren Kopf an seine Schulter, erlaubte sich, sich von dieser Woge aus Zuneigung und Ungezwungenheit tragen zu lassen, auf ihr zu schaukeln wie in einem sicheren und sie behütenden Schiff. Obwohl sie Matthew nicht sehen konnte, war sie sicher, dass er lächelte.

Nach kaum eineinhalb Stunden war der Film vorbei. Sie hätte noch ewig zuschauen können, vor allem hätte sie am liebsten noch stundenlang an Matthew geschmiegt dagesessen, am besten bis zum Morgengrauen.

Doch der Strom der anderen Besucher nahm sie auf und spülte sie nach draußen auf die Straße.

»*Der Kerl hier hat gerade unser Wasser gestohlen. Nächstes Mal setzt es ein paar Löcher, damit es wieder abfließt*«, imitierte Matthew Humphrey Bogart. Nora bog sich vor Lachen, doch Matthew zog sie stürmisch an sich und küsste sie, dass ihr Hören und Sehen verging. Alles in ihr schien in einem Tumult gefangen, der ihren Puls rasen und ihre Haut prickeln ließ. Das Plaudern der anderen Kinobesucher rauschte an ihnen vorbei, tangierte sie nicht. Sie waren zwei Gestrandete, die an einen Ort getrieben worden waren, wo es nur sie beide zu geben schien. Noch nie waren Matthews Zärtlichkeiten so fordernd gewesen; er hielt sie eng umschlungen, seine Lippen schmeckten süß nach Cola, und seine Kleidung umgab eine Mischung aus dem buttrigen Duft des Popcorns und seines Rasierwassers.

Atemlos betasteten sie sich, Nora fühlte, dass Matthew nach mehr verlangte, und auch sie wünschte sich in diesem Moment brennend, noch einen Schritt weiter zu gehen.

Er zog sie in den Schatten einer Mauer, die das elektrische Licht der Straßenlaterne nicht erreichte. »Nora, wo können wir ...«, keuchte er.

Durch ihren Kopf fegte ein Wirbelsturm an Gedanken, verhinderte jedes klare Denken. »Ich weiß nicht, ich ...«

Dann blitzten die Bilder ihrer Kinder wie Irrlichter vor ihr auf. Sie wich zurück. Was tat sie hier eigentlich? War sie jetzt völlig von Sinnen, sich mit Matthew einlassen zu wollen, während Veronika und Jörg zu Hause mit dem Foto ihres Vaters auf dem Nachttisch schliefen? Zu ein paar harmlosen Rendezvous hatte sogar ihre Mutter sie ermutigt, doch sie befürchtete, nun einen Schritt zu weit zu gehen.

»Was ist denn los? Habe ich etwas falsch gemacht?« Matthew

wich ein kleines Stück zurück, um sie im Halbdunkel ansehen zu können. Noch immer hielt er ihre Hände.

»Ich glaube, ich sollte nach Hause gehen«, murmelte sie. Sie war vollkommen durcheinander. Einerseits glaubte sie, sich ihrer Kinder und des vermissten Vaters zuliebe in keine engere Beziehung stürzen zu dürfen, andererseits flackerte der Wunsch, mehr von Matthew zu bekommen, so heftig in ihr, dass der Gedanke an den Abschied ihr Bauchschmerzen bereitete.

»Jetzt schon?« Die Enttäuschung spiegelte sich deutlich in seinem Gesicht.

Sie hob hilflos die Schultern und zeichnete mit dem Zeigefinger die Linie seiner geschwungenen Lippen nach. »Jetzt schon«, echote sie kaum hörbar.

»Ich weiß, du hast Verpflichtungen. Sehen wir uns Montag wieder?«, fragte er heiser. Sie liebte es, dass er sich ebenso wie sie schwer damit tat, seine Emotionen zu verbergen.

Sie konnte nicht anders, als heftig zu nicken. »Natürlich.«

Ein breites Lächeln erhellte sein Gesicht, und er küsste sie zum Abschied noch einmal innig, die warmen Hände zärtlich auf ihren Nacken gelegt. Ein letztes Mal spürte sie seine Wärme und sog sie in sich auf, um bis zum nächsten Wiedersehen davon zu zehren.

Kapitel 19

September 1948

»Was müsst ihr nur so wachsen, Kinder?«, fragte Else jammernd. Sie und Nora gingen in der Küche die Winterkleidung von Veronika und Jörg durch, um zu überprüfen, welche Stücke sie in der kommenden kühlen Jahreszeit noch tragen konnten.

Veronika hob hilflos die Hände. Das Kleid, das sie probeweise trug, ging ihr noch nicht einmal mehr bis zu den Knien. »Das ist der Lauf der Dinge, Oma«, sagte sie altklug.

Jörg trat ungeduldig von einem Fuß auf den anderen. »Sind wir bald fertig, Mutti? Kleider anprobieren ist langweilig.« Der Wollpullover, den er anhatte, reichte ihm kaum noch bis zum Bund seiner kurzen, mehrfach geflickten Lederhose.

Nora wechselte einen Blick mit ihrer Mutter. »Es müssten noch ein, zwei Pullover von Joachim im Schrank liegen. Wir können die Wolle aufziehen, um neue Pullover daraus zu stricken.«

Else nickte, doch Veronika lief rot an und ballte die Hände zu Fäusten. »Das kannst du nicht machen, Mutti! Was soll Vati anziehen, wenn er plötzlich aus der Gefangenschaft heimkehrt?«

Ihre Stimme zitterte vor Empörung. Nora zog ihre Tochter zu sich heran, um sie zu beruhigen, doch diese riss sich mit finsterem Gesicht los.

»Wir sind auf die Wolle dieser Pullover angewiesen, Püppchen«, erklärte sie sanft. »Ihr zwei braucht dringend neue Kleidungsstücke.«

»Und wenn Vati zurückkehrt und friert?« Jörgs Frage entsprang rein sachlicher Neugier, das Thema schien ihn nicht so stark zu berühren wie seine Schwester.

»Dann finden wir auch eine Lösung. Er wird schon nicht nackt herumlaufen müssen«, brummte Else. »So, zieht eure Sachen aus und probiert die nächsten an.«

Bedrückt reichte Nora den Kindern weitere Kleidungsstücke. Diese Ungewissheit, die seit Jahren an den Nerven zehrte! Sie hatte bereits mehrere Fragegesuche an das Rote Kreuz gerichtet, um etwas über Joachims Verbleib herauszufinden. Viele Bekannte und Nachbarn hatten durch die Recherchen der Organisation erfahren, dass sich der geliebte Vater, Bruder, Sohn oder Ehemann in Gefangenschaft befand oder gefallen war. Nora beneidete diese Menschen: Das ständige Bangen und Hoffen hatte für sie ein Ende gefunden, zwar mussten sie mit ihrer Trauer umgehen, doch es gab keine offenen Fragen mehr, die sie unaufhörlich quälten. Das Rote Kreuz hatte ihr jedoch keinerlei Auskünfte über Joachim erteilen können, er blieb verschollen. Nora beschloss, noch einmal einen Brief an die Hilfsorganisation zu verfassen; vielleicht stünden inzwischen neue Informationen zur Verfügung.

Es klingelte an der Tür, und Hanna, die aus dem Wohnzimmer eilte, öffnete.

»Friedrich!«, rief Jörg und wollte dem Besucher in Unterwäsche entgegenrennen, doch Else hielt ihn auf. »Hiergeblieben, junger Mann!«

»Spielen wir heute Fußball?« Jörg versuchte ungestüm, sich Elses Griff zu entwinden.

»Ich habe etwas viel Besseres als Fußball.« Strahlend kam

Friedrich mit Hanna in die Küche. Zum ersten Mal seit Tagen zeigte sein Gesicht wieder etwas Farbe, und seine Haltung war nicht mehr so niedergedrückt.

»Was hast du da?« Misstrauisch beäugte Hanna die Papiertütchen, die ihr Verlobter ihnen stolz präsentierte. Vergessen waren die Winterkleider, die Familie scharte sich um den Küchentisch.

»Puddingpulver von Dr. Oetker?« Hanna hielt mit spitzen Fingern eine Tüte in die Höhe. »Wo um Himmels willen hast du das her? Bist du heimlich mit einem der Air-Force-Piloten nach Westdeutschland geflogen und warst dort einkaufen?«

Friedrich lächelte geheimnisvoll und genoss die Aufregung, die plötzlich in der Küche herrschte, sichtlich. »Wohl kaum, Liebste.«

»Pudding?«, kreischte Jörg. »Können wir Pudding kochen?«

»Jetzt gleich, bitte, bitte!«, fiel Veronika begeistert ein.

Auch Nora war überrascht. »Das würde mich auch mal interessieren, wo du das Pulver herhast. Und noch dazu von Dr. Oetker! So etwas gibt es in ganz Berlin nicht, das ist ja der reinste Luxusartikel!«

Friedrich bückte sich, um seine Schnürsenkel neu zu binden. Trotzdem fiel Nora auf, dass seine Ohren glühten. »Ich habe eine Arbeit zur Aushilfe in einem kleinen Lebensmittelladen ergattert.«

»Wie das? Warum hast du mir das nicht schon früher gesagt?« Auch Hanna kam die Geschichte offenbar dubios vor.

»Und wie kommt dieser Laden an Puddingpulver?«, fragte Nora verwirrt.

Else griff beherzt nach den Puddingpulvertüten. »Einem geschenkten Gaul schaut man nicht ins Maul. Entweder ihr fahrt fort, den armen Friedrich zu verhören, oder wir kochen Pudding. Ich bin für Letzteres.«

»Ich auch, ich auch!«, riefen die Kinder aufgeregt durcheinander.

Hanna seufzte und zuckte die Achseln. »Nachher erzählst du mir aber genau, wie du an die Stelle gekommen bist.«

Nora räumte die Winterkleider der Kinder in den Schrank zurück, und Else kochte auf dem Gasherd die Milch auf. Kurz darauf saßen sie um den Tisch versammelt, um andächtig den Pudding zu löffeln.

»Ein Hoch auf den Herrn Doktor Oetker«, sagte Else.

»Kannst du uns öfter was von deiner neuen Arbeit mitbringen?«, fragte Jörg mit puddingverschmiertem Mund.

»Wenn Mutti uns Süßigkeiten vom Flughafen mitbringt und du von deinem Laden, leben wir bald wie im Schlaraffenland«, stellte Veronika zufrieden fest.

Auch Hanna ließ sich die Süßspeise schmecken, musterte ihren Verlobten aber immer wieder von der Seite. »Na, das wäre ja zu schön, um wahr zu sein. Und dein Chef hat dir die Pulvertüten einfach so mitgegeben? Wollte er sie nicht verkaufen? Er hätte doch eine Menge Geld dafür verlangen können.«

»Frag nicht so viel und genieße einfach deinen Pudding, mein Herz.« Friedrich lächelte in sich hinein.

...

Da Matthew nun nur wenige Büros von Nora entfernt arbeitete, nahmen sie ihr Mittagessen jeden Tag gemeinsam in der Kantine ein, oft auch in Gesellschaft von Ella und Tyler. Die Mahlzeiten entwickelten sich bald zu einem wunderbaren Ritual, das Nora nicht mehr missen mochte. Um wie viel schöner war es doch, dass Matthew sich nach der Pause noch immer im selben Gebäude aufhielt und in ihrer Nähe war, als ihn Hunderte von Kilometern entfernt zu wissen.

»Da drüben geht eure Kollegin wieder ihrer Lieblingsbeschäftigung nach«, neckte Tyler Nora und Ella, woraufhin sie über die voll besetzten Tische hinweg ans andere Ende des Raumes spähten, wo Inga sich zu einem einsam wirkenden Air-Force-Mitarbeiter setzte. Sie redete auf ihn ein, doch er starrte sie nur stumm an, ohne ein Wort zu erwidern.

»Der Ärmste.« Ella wandte sich wieder ihrem Essen zu.

Auch Nora überkamen gemischte Gefühle, als sie Inga mit dem offensichtlich völlig überforderten jungen Mann sah. Inga verfolgte ihre Bestrebungen, eine längerfristige Beziehung mit einem Amerikaner zu knüpfen, immer verzweifelter. Gleichzeitig wurden ihre Sticheleien in Bezug auf Nora und Ella schärfer. Auch Lotte und Erni warfen den Freundinnen momentan des Öfteren giftige Blicke zu, anscheinend fielen Ingas Lästereien auf fruchtbaren Boden. Nora hasste die angespannte Atmosphäre im Büro. Zu allem Überfluss hatte Major Bloom sie für kurz nach dem Mittagessen zum Protokoll ins Besprechungszimmer beordert, ein weiterer Grund für Neid und Missgunst vonseiten der Kolleginnen.

»Ihr sitzt zusammen wie zwei langweilige alte Ehepaare«, bemerkte Inga spitz, als sie mit ihrem leeren Essenstablett am Tisch der Vierergruppe vorbeikam.

»Wer möchte nicht wie ein Ehepaar Zeit zusammen verbringen?«, erwiderte Ella friedfertig. Mit zusammengepressten Lippen lief Inga davon, um ihr Tablett abzustellen.

Nora blieb jedoch keine Zeit, weiter darüber nachzudenken, denn sie musste sich beeilen, zu der anberaumten Besprechung zu kommen.

»Und du denkst daran, mir bei der Auswahl eines Geschenkes für meine Mutter zu helfen?«, fragte Matthew und küsste sie zum Abschied zärtlich.

»Natürlich.« Vorfreude erfüllte Nora, sie genoss jede Minute mit Matthew. Es war herrlich, so viel mehr Zeit mit ihm zu haben.

Sie saß bereits mit Schreibblock und Stift im Konferenzraum, als Major Bloom, Generalgouverneur Clay und die Generäle Tunner, Le May und der Engländer Robertson in ihren mit Orden behängten Uniformen eintrafen.

»Kommen wir gleich zur Sache«, sagte Clay, während er sich eine Zigarre anzündete. Der Rauch hing bald sichtbar unter der Hängelampe über dem Tisch. Nora musste ein Husten unterdrücken. »Wir haben mittlerweile September. Bald sind es drei Monate, dass wir Westberlin über die Luftbrücke versorgen. Ehrlich gesagt mache ich mir Sorgen um die kommende Jahreszeit.«

»Wer konnte auch ahnen, dass die Sowjets derart stur sind?«, warf der Engländer ein, der gedankenverloren ein Karamellbonbon auswickelte. »Sie müssen doch inzwischen erkannt haben, dass ihre Blockade nicht fruchtet.«

»Sie spielen auf Zeit«, warf Major Bloom ernst ein.

»Jedenfalls ...«, Clay räusperte sich, » ... sehe ich große Probleme, was Herbst und Winter anbelangt. Eine Luftbrücke dieses gigantischen Ausmaßes über ein paar Sommerwochen aufrechtzuerhalten ist machbar, wie wir alle gesehen haben. Doch je kälter es wird, desto mehr Bedürfnisse gilt es zu erfüllen. Ich werfe nur mal das Stichwort Brennholz in die Runde. Wie sollen wir es schaffen, genug Brennmaterial aus dem Westen nach Berlin zu transportieren, um die Leute über den Winter zu bekommen? Um sie vor dem Erfrieren zu retten?«

Nora wurde es allein bei seinen Worten eiskalt. Unwillkürlich zog sie ihre zimtbraune Strickjacke enger um sich. Gleichzeitig stieg eine diffuse Angst in ihr auf, die Alliierten könnten auf den Gedanken kommen, die Luftbrücke zu beenden. Dies käme einer menschlichen Tragödie gleich, eine ganze Stadt wäre Hunger und Kälte ausgeliefert. Das durfte auf keinen Fall geschehen! Einen Augenblick lang rauschte es derart in ihren Ohren, dass sie ein paar Sätze, die Le May äußerte, nicht mitbekam.

»Sie denken daran, die Luftbrücke zu beenden?«, fragte General Tunner leise.

Clay hob hilflos die Schultern. Der sonst so charismatisch wirkende Mann mit den dunklen Augen schien erschöpft und ratlos. »Wie lange sollen oder können wir Westberlin noch über die Luft versorgen? Angenommen, die Russen führen ihre Machtspielchen über Monate, ja Jahre fort. Selbst den USA sind Grenzen gesetzt. Die Organisation der Luftbrücke ist eine wirtschaftliche Katastrophe, und zudem müssen wir bedenken, wie viele Hundert Flugzeuge, die eigentlich an anderen Orten der Welt gebraucht werden, nun hier feststecken.«

»Aber was geschieht mit den Berlinern, wenn wir die Luftbrücke beenden?« Le May strich fast zwanghaft sein Bonbonpapier glatt, um es gleich darauf wieder zusammenzuknüllen.

Für wenige Sekunden herrschte absolute Stille im Raum. Nora wagte kaum zu atmen. Ihr war so elend zumute, dass sie sich am liebsten zu einer Kugel zusammengerollt und geweint hätte. Die Alliierten, die von der Bevölkerung seit Juni als Helden und Retter gefeiert wurden, zogen in Betracht, Berlin nun doch seinem Schicksal zu überlassen?

»Wir dürfen Berlin nicht aufgeben!«, sagte Major Bloom mit fester Stimme.

Clay vermied jeglichen Blickkontakt mit ihm. »Ich habe keine Ahnung, wie wir weiter vorgehen sollen. Auf jeden Fall habe ich nachher ein Gespräch mit Ernst Reuter, das sicherlich nicht allzu erfreulich werden wird. Er ahnt natürlich, was in unseren Köpfen vorgeht.«

...

Die Besprechung der Generäle spukte Nora den ganzen Abend und die halbe Nacht im Kopf umher. Es quälte sie, dass sie aufgrund des Konferenzgeheimnisses mit niemandem darüber reden durfte, und es fiel ihr schwer, ihre Sorgen vor ihrer Familie, Ella und Matthew zu verbergen, vor allem, wo diese allesamt guter Dinge waren und nicht einmal ahnten, was in den nächsten Wochen zu passieren drohte.

Am nächsten Tag begleitete sie Matthew in der Mittagspause zu dem amerikanischen Souvenirladen, der sich auf dem Flughafengelände befand. Wie Nora immer wieder feststellte, war in Tempelhof für alle Bedürfnisse der Air Force gesorgt. So gab es neben dem *Silverwings* und dem Columbia-Kino Geschäfte, einen Friseur und eine Kapelle, in der die Angestellten nach amerikanischem Recht heiraten konnten.

»Du wirkst so traurig, was ist los mit dir?« Matthew nahm ihre Hand, als sie Seite an Seite die Straße entlanggingen. Der Spätsommer hing in der milden Luft, die Sonne liebkoste ihre Gesichter, wärmte aber nicht mehr so stark wie noch im August. Ein paar letzte Insekten flirrten vor ihren Köpfen umher.

»Ach, nichts.« Sie lächelte schief, doch seine blauen Augen nahmen sie gefangen, ihnen entging nichts.

»Sag es mir«, forderte er sanft.

Nora seufzte. Sie konnte einfach keine Geheimnisse vor ihm haben, er sah ja doch mitten in ihr Herz hinein. »Generalgouverneur Clay erwägt, die Luftbrücke abzubrechen.«

»Wieso das denn?« Wie vom Schlag getroffen blieb Matthew stehen und starrte sie an. Nora sah, dass tausend Gedanken durch seinen Kopf ratterten. Was würde mit ihnen passieren, wenn die Versorgung endete? Durfte Matthew dann noch immer in Berlin bleiben? Nora bezweifelte es, denn die unzähligen Piloten, die tagtäglich von Westdeutschland aus herflogen, würden woanders in der Welt eingesetzt werden. Nora versuchte, die Gedanken an Matthew beiseitezuschieben. Was aus ihrer Beziehung werden würde, wäre absolut unwichtig im Verhältnis zu dem, was mit Berlin passieren würde, sollte die Luftbrücke enden. Trotzdem war sie nicht in der Lage, dies so rational zu betrachten. Die Vorstellung, Matthew zu verlieren, war kaum zu ertragen.

»Es ist zu aufwendig, eine Millionenstadt wie Berlin den Winter über zu versorgen. Denk nur mal an die Unmengen von Brennholz, die die Bevölkerung benötigt.«

»Ich kann es trotzdem nicht fassen.« Matthew fuhr sich mit den Händen durch sein braunes Haar, und sie spürte, dass ihm diese Entwicklung genauso zusetzte wie ihr. »Das können sie nicht tun … Sie können euch nicht verhungern und erfrieren lassen … Wenn nur diese Saubande im Osten nicht so verbohrt wäre …!«

Trotz ihres Kummers musste Nora über seine emphatische Wortwahl schmunzeln.

»Wenn alle Stricke reißen, werde ich dich und deine Kinder nicht eurem Schicksal überlassen.« Er fasste sie an beiden Schultern und sprach eindringlich auf sie ein. »Wenn die Alliierten Berlin fallen lassen, überlege ich mir etwas. Ich kümmere mich um dich!«

Seine Worte tröpfelten nur langsam in Noras Bewusstsein. Sie schätzte sein Engagement, und es rührte sie zutiefst. Doch was wollte er im schlimmsten aller Fälle denn unternehmen? Er konnte sie wohl schlecht mitsamt ihren Kindern in die USA ausfliegen.

Da sie nicht reagierte, legte er einen Zeigefinger unter ihr Kinn und schob ihren Kopf sanft nach oben, damit sie ihn anblickte. »Hörst du, Nora? Du kannst dich auf mich verlassen.«

Sie versank in seinen Augen und erkannte eine solche stählerne Entschlossenheit darin, dass sich plötzlich eine tiefe Ruhe in ihrem Inneren ausbreitete. Sie vertraute ihm und wusste, er würde eine Lösung finden.

»Ist gut«, flüsterte sie, wobei sich heiße, salzige Tränen in ihren Augenwinkeln bildeten.

»Gut.« Er legte seine weichen Lippen auf ihre. »Übrigens gibt es heute Nachmittag eine Kundgebung vor dem Reichstag. Der Bürgermeister spricht. Vielleicht verkündet er Neuigkeiten?«

»Möglich.« Nora schluckte. »Wir dürfen heute früher Schluss machen, sagt Major Bloom, um der Kundgebung beizuwohnen.«

»Würdest du einen armen amerikanischen Invaliden mitnehmen?«

»Na klar.« Nora griff nach Matthews Hand, und sie setzten ihren Weg fort. Wie immer war es ihm gelungen, sie aufzuheitern.

Das Souvenirgeschäft war anscheinend äußerst beliebt. Mehrere amerikanische Militärangehörige tummelten sich zwischen den engen Regalreihen, um Geschenke für ihre Lieben in den USA auszuwählen.

»Ich möchte meiner Mutter etwas typisch Deutsches als Geburtstagsgeschenk kaufen«, sagte Matthew, während sie sich in der Dämmerung des Ladens umsahen. »Und ich glaube, ich habe auch schon etwas gefunden.«

Vor einem Regal mit Kuckucksuhren blieb er stehen. Bewundernd betrachtete er die vielen unterschiedlichen Uhren. Manche bestanden aus Holzhäuschen mit geschnitzten Ornamenten, bei anderen gab es eine Drehscheibe mit sich an den Händen haltenden Figuren, die zu tanzen begannen, sobald der Kuckuck die volle Stunde ankündigte. Einige waren mit Blumen bemalt, wieder andere besaßen aufklappbare Fensterläden und Vorgärten mit Tannen.

Nora unterdrückte den Impuls zu lachen. »Himmel, Matthew,

du willst deiner Mutter aber keine kitschige Kuckucksuhr schicken, oder?«

»Wieso nicht?« Andächtig strich Matthew mit dem Zeigefinger über eine winzige Figur im Dirndl, die vor einem Häuschen stand.

»Eine Kuckucksuhr ist nichts typisch Deutsches, sie mag im Süden sehr verbreitet sein, aber nicht im Rest von Deutschland.« Außerdem sind die Uhren an Geschmacklosigkeit kaum zu überbieten, fügte Nora im Stillen amüsiert hinzu.

»Wirklich?«, fragte Matthew, von ihrer Heiterkeit angesteckt. »Trotzdem. Wir Amerikaner verbinden mit Deutschland einfach Dinge wie Kuckucksuhren. Meine Mutter wird begeistert sein.«

Nora sah belustigt zu, wie er eine Kuckucksuhr mit farbenfrohem Alpenpanorama im Hintergrund auswählte.

»Hoffentlich denkt deine Mutter nicht, du bist in den Bergen gelandet«, zog Nora ihn auf.

»Hm. Ich glaube, die Kenntnisse meiner Landsleute, was die deutsche Geografie betrifft, sind nicht sehr ausgeprägt«, gab Matthew lachend zurück.

...

Am Nachmittag trafen sie sich erneut, um mit der U-Bahn zum Reichstag zu gelangen. Matthew staunte wie ein kleiner Junge, denn außer dem Flughafen Tempelhof hatte er von Berlin noch kaum etwas gesehen.

Vor der Ruine des Reichstags warteten bereits Hunderttausende Menschen. Nora und Matthew hielten sich an den Händen, um sich nicht im Getümmel zu verlieren. Nur zu gut erinnerte sich Nora an die Maitage vor Kriegsende, als sowjetische Infanterieregimenter das rauchende Gebäude gestürmt und in einem der Fenster des zweiten Hauptgeschosses ein rotes Tuch gehisst hatten. Für die Sowjets hatte der Reichstag als Herz des Nationalsozialismus gegolten, obwohl Hitler sich in Wahrheit nie hier verschanzt hatte. Dennoch war es ein starkes Symbol gewesen: Es hatte für das Ende des Krieges gestanden.

Begeisterte Rufe und Pfiffe hießen Ernst Reuter willkommen, als er auf den Treppen des Gebäudes an das Mikrofon trat. Überall waren Menschen, auf dem Platz vor dem Reichstag, auf den Stufen neben und hinter dem Bürgermeister, sogar in den Fenstern und auf dem Dach saßen Zuhörer. Von der gestrigen Besprechung im Tempelhof waren Einzelheiten an die Presse durchgesickert, denn heute Morgen war der Ausrufewagen von Radio Rias durch die Straßen gefahren und hatte die bittere Nachricht verkündet, dass die Alliierten mit dem Gedanken spielten, die Luftbrücke abzubrechen. Dementsprechend nervös waren die Berliner. Aufregung schwelte wie ein drohender Schauer in der Luft. Aber die Bevölkerung liebte Ernst Reuter, der sie bisher durch die bangen Tage der Blockade geführt hatte, und alle Hoffnungen lagen auf ihm.

Der Bürgermeister ließ einen stummen Blick über die Menschenmassen schweifen. Wie viele Berliner sich wohl heute versammelt hatten? Dreihundert-, dreihundertfünfzigtausend waren es mit Sicherheit. Er wirkte äußerst überrascht, dass so viele seiner Schäfchen gekommen waren, um ihn und andere Repräsentanten der Stadt sprechen zu hören.

»Heute ist der Tag, wo das Volk von Berlin seine Stimme erhebt«, begann Reuter, und Jubel brandete auf. »Dieses Volk von Berlin ruft heute die ganze Welt. Wenn heute dieses Volk von Berlin zu Hunderttausenden hier aufsteht, dann wissen wir, die ganze Welt sieht auf dieses Berlin …! In dieser Stadt ist ein Bollwerk, ein Vorposten der Freiheit aufgerichtet, den niemand ungestraft preisgeben kann.«

Nora drückte sich eng an Matthew. Reuters einfach formulierten, jedoch umso eindringlicheren Worten lag wieder jener Zauber inne, den sie bereits bei der allerersten Besprechung, zu der er im Juni im Tempelhof anwesend war, wahrgenommen hatte. Der Bürgermeister strahlte eine Entschlossenheit aus, der sich die Alliierten nicht entziehen konnten. Zumindest hoffte sie das. Sie mussten einfach auf Reuter hören und die Luftbrücke fortführen!

»Ihr Völker der Welt«, rief Reuter leidenschaftlich in die Menge, »ihr Völker in Amerika, in England, in Frankreich, in Italien! Schaut auf diese Stadt und erkennt, dass ihr diese Stadt und dieses Volk nicht preisgeben dürft und nicht preisgeben könnt!«

Nora drehte sich zu Matthew um, der hinter ihr stand und sie mit den Armen umfangen hielt. In seinen Augen glitzerten Tränen. Auch ihr lief bei Reuters Rede eine Gänsehaut über die Arme und ließ sie frösteln. Sie wusste, dass die alliierten Generäle in Berlin nun an ihren Radiogeräten saßen und ebenso zuhörten, und hoffte inständig, Reuters Flehen würde auch sie erreichen.

»Das Volk von Berlin hat gesprochen«, sprach Reuter unter den begeisterten Rufen der Zuhörer. »Wir haben unsere Pflicht getan, und wir werden unsere Pflicht tun. Völker der Welt! Tut auch ihr eure Pflicht und helft uns in der Zeit, die vor uns steht, nicht nur mit dem Dröhnen eurer Flugzeuge, nicht nur mit den Transportmöglichkeiten, die ihr hierherschafft, sondern mit dem standhaften und unzerstörbaren Einstehen für die gemeinsamen Ideale, die allein unsere Zukunft und die auch allein eure Zukunft sichern können. Völker der Welt, schaut auf Berlin! Und Volk von Berlin, sei dessen gewiss, diesen Kampf, den wir wollen, diesen Kampf, den werden wir gewinnen!«

Nora sah, wie den Umstehenden die Tränen herabrannen. Selten hatte eine derartige Verbundenheit zwischen völlig Fremden geherrscht, nie war eine Stadt enger zusammengerückt. Reuters Worte ließen keinen Zweifel daran, wie dringlich die Lage war, welch unermesslichen Schaden an Leib und Seele eine Aufgabe der Luftbrücke bedeuten würde.

Schweigend gingen Nora und Matthew zur U-Bahn-Station, sie standen noch zu sehr unter dem Eindruck von Reuters Rede, um zu sprechen.

»Ich hoffe bei Gott, sie hören auf ihn«, stieß Matthew dann hervor. Wen er mit *sie* meinte, war klar, all die Herren, die sich in Konferenzräumen rund um die Stadt die Köpfe darüber zerbrachen, wie sie mit dem eingekesselten Westberlin weiter vorgehen sollten.

»Ja. Reuter war großartig«, bestätigte Nora ergriffen.

Als sie das Flughafengelände erreichten, konnten sie sich kaum voneinander lösen. Das Erlebte brannte wie ein Feuer in ihnen, sodass es kaum möglich schien, sich zu verabschieden und ihrer Wege zu gehen. Unter dem Donnern der Transportflugzeuge blieben sie aneinandergelehnt stehen und versuchten verzweifelt, die Anwesenheit des anderen auszukosten.

»Mein Gott, könnte ich dich doch nur mit auf mein Zimmer nehmen«, brach es dann aus Matthew heraus.

Auch Nora verspürte das Verlangen so intensiv in ihr flackern, dass sie es kaum mehr ignorieren konnte. Alle Gedanken an die vermeintliche Unschicklichkeit dessen, wonach sie sich sehnte, fühlten sich falsch an. Sie konnte nicht nach Hause gehen und so tun, als wäre alles in Ordnung mit ihr, als wäre sie die gleiche ausgeglichene und verantwortungsvolle Nora wie zuvor, denn der Drang, Matthew noch viel intensiver zu spüren, mit jeder Pore seines Körpers zu verschmelzen, war überwältigend.

»Komm mit«, sagte sie kurzerhand und drehte sich auf dem Absatz um. In der Dudenstraße kannte sie vom Vorbeigehen ein kleines Hotel. In ihrem Kopf wirbelte alles wild durcheinander, ein wahres Feuerwerk an Emotionen schüttelte sie durch. Doch sie wusste eines mit Gewissheit: Sie konnte sich noch nicht von Matthew verabschieden.

An der schummrigen Rezeption des Hotels meldete Nora sie und Matthew, der kein Wort herausbrachte, als Frau und Herrn Schmidtke an, dann eilten sie so rasch, wie es die Schicklichkeit erlaubte, die schmalen Stiegen zu ihrem Zimmer hoch. Eilig schloss Nora die vergilbten Vorhänge, und sie standen sich im Zwielicht gegenüber. Ab diesem Moment schien alles in Zeitlupe abzulaufen, es war keine Eile mehr geboten.

Sie entkleideten sich, was sich als nicht so leicht erwies, da sie einander dabei nicht loslassen wollten. Schließlich sanken sie lachend und eng umschlungen auf die weißen Laken. Matthew begann, sie am ganzen Körper zu liebkosen. Nora schloss die Augen, die Welt wurde zu einer anderen, in der es nur noch sie und Matthew gab.

Kapitel 20

September 1948

Ernst Reuters so eindringlich vorgetragener Appell, der durch alle Rundfunk- und Fernsehstationen ging, schien auch die alliierten Machthaber in Berlin erreicht zu haben – es war nicht mehr die Rede davon, die Luftbrücke abzubrechen. Ein kollektiver Stein schien den Berlinern vom Herzen zu fallen, und auch Nora war flau zumute vor Erleichterung. Es war gerade noch einmal gut gegangen, die unmittelbare Zukunft der Stadt schien gerettet.

Sie und Matthew führten ihre Treffen in Hotels fort, zwackten mal hier, mal da ein Stündchen ab, um ihre Zweisamkeit zu genießen. Der Drang, Matthew ganz nah bei sich zu spüren, war stärker als alle Vorbehalte oder Gewissensbisse, die Nora bis dahin gehabt hatte. Auch an diesem kühlen Abend Mitte September hatte sie die Sehnsucht wieder in dem kleinen Gästehaus in der Dudenstraße zusammengeführt. Später lagen sie eng umschlungen zwischen den weißen Laken und starrten an die Decke, auf die die Lichter der unten vorbeifahrenden Autos bunte Reflexe warfen. Einige Regentropfen schlugen gegen die Fenster, und einmal hörten sie die schrillen Sirenen eines Feuerwehrwagens.

»Mir wird es noch immer mulmig zumute, wenn ich Sirenen höre«, murmelte Nora, die Hand auf Matthews Brust. »Dann fühle ich mich gleich in den Krieg zurückversetzt, und die schrecklichen Erinnerungen daran, wenn der Luftschutzalarm losging, ich meine Mutter und die Kinder schnappte und zu den Bunkern im Tempelhof rannte, holen mich ein.«

Matthew küsste sie auf den Scheitel und hielt sie noch ein bisschen fester. »Es muss schrecklich gewesen sein. Du musst solche Angst ausgestanden haben. Unmenschliche Angst.«

»Ja.« Das Jaulen der Feuerwehr verlor sich in der Ferne, und sie atmete wieder leichter. »Es verändert einen, ständig Angst um sein Leben haben zu müssen. Du vermeidest, Pläne für die Zukunft zu machen, alle Träume, die du noch hast, werden ad acta gelegt ... Es gibt nur noch die schreckliche Gegenwart, in der von einem Moment auf den anderen alles ausgelöscht werden kann. Wenn wir so etwas doch nur nie wieder erleben müssen!«

»Das müsst ihr nicht.« Matthew strich ihr zärtlich eine blonde Haarsträhne aus der Stirn.

»Wie kannst du dir da so sicher sein?«

»Die Luftbrücke geht nun bereits einige Zeit, die Russen hätten dem Westen längst den Krieg erklärt, wenn es ihnen darum gegangen wäre. Mit einem Krieg könnten sie nur verlieren, nichts gewinnen.«

Matthews zuversichtlicher Tonfall beschwichtigte sie ein Stück weit, doch ganz konnte er sie nicht überzeugen. »Ich weiß nicht. Die ganze Welt scheint verändert, es lauert noch immer Gefahr.« Nora lehnte ihre Wange an Matthews, war ihm ganz nah. Nur bei ihm vermochte sie ihre tiefsten Ängste auszusprechen, zu Hause musste sie stets optimistisch erscheinen, um ihre Kinder nicht zu verstören. »Wie Winston Churchill sagte: Ein Eiserner Vorhang ist durch den Kontinent gezogen.«

»Egal, was geschieht, ich werde auf dich achtgeben«, versprach Matthew und küsste sie innig. Sein Kuss schmeckte nach Trost und

Liebe. Doch wie wollte er auf sie achtgeben, wenn ihn die Air Force wer weiß wohin schickte?

»Ich muss heim«, flüsterte sie schließlich, »die Kinder warten.« Doch sie blieb noch liegen, den Rücken an Matthews Bauch geschmiegt, und machte keine Anstalten aufzustehen. Es war zu schön, zu zweit in diesem kärglich eingerichteten Zimmer zu liegen, den blumigen Geruch des Waschmittels, mit dem die Bettwäsche gereinigt wurde, in der Nase. Es war, als stünde die Zeit für eine Stunde still. In wenigen Minuten würde sie diesen friedlichen Ort, an dem nichts als ihre bedingungslose Zuneigung zählte, verlassen müssen und sich wieder hinaus in ihren Alltag stürzen.

»Ich wünschte, wir könnten länger zusammenbleiben, nicht nur hier und da eine Stunde.« Matthews Stimme klang erstickt, da er sein Gesicht in ihrem Haar vergraben hatte.

»Ich weiß.« Nora seufzte, drehte sich zu ihm um und küsste ihn. »Ich doch auch. Auch wenn dieses Zimmer unsere Zuflucht ist, wünschte ich, wir hätten einen anderen Ort. Ich habe jedes Mal das Gefühl, wir tun etwas Verbotenes.«

Matthew richtete sich halb auf und stützte den Kopf auf die Hand. »Wieso nur, Liebste? Unsere Gefühle sind echt und aufrichtig. Wer sollte etwas dagegen haben?«

Nach einem erschrockenen Blick auf ihre Armbanduhr rollte sich Nora vom Bett und streifte sich die Strümpfe über. »Jeder. Meine Schwester, meine Kinder, meine Kolleginnen ... Du weißt, offiziell bin ich noch verheiratet.«

»Wie könnte ich das vergessen.« Matthew drehte sich seufzend auf den Rücken. Vor dem Fenster rannten rufend und lachend ein paar Kinder vorbei. »Mist, und jetzt ist der Strom wieder weg.«

»Die zwei Stunden sind um.« Nora trug immer Streichhölzer in ihrer Tasche mit sich; rasch entzündete sie die Kerze, die auf dem Nachttisch stand. In ihrem rötlichen Schein wirkte Matthews Gesicht sehr jung und verletzlich. Sie spürte, wie traurig er war, dass sie sich gleich trennen mussten, und ging auf seine Bettseite, um ihn nochmals behutsam zu küssen.

»Offiziell magst du noch verheiratet sein, aber dein Mann ist seit fünf Jahren verschollen!«, stieß Matthew hervor. Seine Augen, die sich in ihre bohrten, wirkten dunkel und unergründlich im schummrigen Licht. »Kein Mensch kann etwas dagegen haben, dass du dich neu verliebst. Jeder hat ein bisschen Glück verdient, auch du.«

Nora angelte nach ihrem Kleid und streifte es über. »Da kennst du mein Umfeld schlecht. Mit meiner Schwester ist aufgrund ihrer Sorgen mit Friedrich momentan nicht gut Kirschen essen, und die Kolleginnen gönnen mir nicht, dass wir uns gefunden haben. Und meine Kinder ...« Sie verstummte und dachte an Veronika und Jörg, die zu Hause auf sie warteten; vielleicht spielten sie gerade ein Brettspiel oder halfen Else, das Abendessen zuzubereiten. Das schlechte Gewissen darüber, dass sie nicht bei ihnen war, brannte in ihrer Kehle. »... Meine Kinder träumen davon, dass ihr Vater eines Tages zurückkommt. Veronika verklärt ihn in ihrer Fantasie völlig. Sie spürt, dass ich dich mag, und das empfindet sie als bedrohlich.«

»Und du?«, fragte er, während er sie dabei beobachtete, wie sie sich die Schuhe und die Strickjacke anzog. »Denkst du noch an Joachim?«

Sie spürte, wie schwer es ihm fiel, den Namen ihres Mannes zu nennen.

»Nicht mehr in dem Sinne, wie ich an dich denke.« Nora knöpfte sich die Strickjacke zu und bürstete sich mit den gespreizten Fingern durch die in Unordnung geratenen blonden Haare.

»Aber du denkst noch an ihn.« Aus Matthews Stimme troff die Eifersucht, und sie musste fast ein wenig lächeln.

»Er ist der Vater meiner Kinder, daher wird er immer eine Rolle spielen, wenn auch nur in Erinnerungen. Ich habe viel an ihn gedacht, er wird mir immer viel bedeuten. Ich sehe sein Gesicht, wenn ich Veronika und Jörg ansehe. Aber ich habe für ihn nie empfunden, was du in mir auslöst.«

Matthews Augen glänzten. Er stand ebenfalls auf, trat mit dem Laken um die Hüften hinter sie und umschlag sie mit den Armen, während er sein Kinn auf ihrer Schulter ruhen ließ. »Ich habe noch nie jemanden so geliebt wie dich. Unvorstellbar, dass ich erst ans andere Ende der Welt kommen musste, um dich zu finden. Aber irgendwann muss es doch weitergehen ... Wir können uns doch nicht den Rest unserer Tage damit begnügen, uns in drittklassigen Hotels zu treffen.«

Der Gedanke, dass Matthew Zukunftspläne schmieden wollte, versetzte Nora einen Stich. Sie wünschte sich, dass ihre Geschichte nie aufhören würde, doch schob sie alles, was sich mit der Zukunft befasste, weit von sich. Es war so wunderschön mit Matthew. Warum konnte es nicht so bleiben? Für sie musste sich nichts ändern. Natürlich wusste sie, dass sich jederzeit alles ändern konnte – bald würde Matthew seine Flugerlaubnis wiedererlangen. Und irgendwann würde er aus Deutschland abgezogen werden. Aber daran wollte sie nicht denken, die Vorstellung tat so weh, dass sie ihr alle Luft zum Atmen nahm.

»Da hast du wohl recht«, gab sie leise zu. »Aber im Moment ist das, was wir haben, das Einzige, was möglich ist. Ich kann dir nicht mehr geben, auch wenn ich mir nichts sehnlicher wünsche. Denn ich liebe dich auch, Matthew.« Sein Gesicht leuchtete vor Freude auf.

Sie umarmten sich, klammerten sich aneinander fest.

»Ich liebe dich, und um nichts in der Welt würde ich dich aufgeben.« Matthew verbarg sein Gesicht in ihrer Halsbeuge, und sie sog den vertrauten, geliebten Duft seiner Haut ein. So standen sie minutenlang.

»Ich habe übrigens noch einmal das Rote Kreuz angeschrieben«, sagte sie, bereits in der Tür stehend. »Vielleicht verfügen sie mittlerweile über neue Informationen, was Joachim betrifft.«

Matthew sah sie an, durchbohrte sie mit seinen Blicken. Die Anspannung war ihm ins Gesicht geschrieben. »Hoffentlich können sie helfen«, sagte er.

»Ja.« Es erfüllte sie mit Traurigkeit, ihn so verloren inmitten des kargen Raumes mit den zerwühlten Bettlaken zu sehen. »Ansonsten weiß ich nicht, wie es weitergehen soll. Ich weiß nur, dass wir zusammengehören.«

»Ich möchte, dass wir ein richtiges Paar sind«, antwortete er heiser.

Wenig später stieg Nora vorsichtig die in völliger Dunkelheit liegende Treppe hinunter. Die Trennung fiel ihr heute noch schwerer. Die Nähe zu Matthew aufzugeben, sich von ihm zu entfernen, war das Letzte, was sie wollte.

Die Hotelbesitzerin, die im spärlichen Kerzenlicht an der Rezeption saß und vor sich hindöste, nickte ihr nur lethargisch zu.

...

Auf der Straße spannte Nora ihren Schirm auf. In den Pfützen spiegelten sich die Lichter der Ampeln, verschwammen zu roten, gelben und grünen Seen. Der Gehweg war rutschig von welken, feuchten Blättern. Der Regen fiel rauschend herab, gurgelte in den Rinnsteinen, schien sogar das stetige Dröhnen der Transportfluge am Himmel zu dämpfen.

»Frau Thalfang!« Eine bekannte Stimme ließ Nora herumwirbeln.

»Frau Brombach!«

Die Nachbarin, die zwei Einkaufsbeutel trug, schloss zu ihr auf, und gemeinsam gingen sie die Dudenstraße entlang bis zur Kreuzung. »Ist das ein Wetter – da könnte man glatt zwei draus machen, sagte mein Herbert immer. Wo kommen Sie denn her um diese Zeit, Kind?«

Nora hielt sich krampfhaft am Griff ihres Schirms fest. Was sollte sie darauf bloß antworten? Gewiss, die Frage der Nachbarin war arglos und freundlich gestellt, die Wahrheit konnte sie ihr jedoch schlecht sagen.

»Ich bin auf dem Heimweg«, antwortete sie deshalb ausweichend. »Und Sie, waren Sie einkaufen?«

»Ja, bei unserem Freund Gernot Kluth. Zurzeit sind seine Regale dank der Amerikaner und Briten einigermaßen gefüllt, trotzdem möchte er noch immer so wenig wie möglich herausrücken. Ihre Mutter tut gut daran, einen anderen Laden aufzusuchen, leider bin ich nicht mehr gut genug zu Fuß, um längere Wege in Kauf zu nehmen.«

Als sie an der Ampel warteten, hustete Emmi Brombach. Es war jener röchelnde, vertraute Klang, der sie den ganzen Frühsommer über begleitet hatte.

Nora horchte erschrocken auf. »Ihre Bronchitis, Frau Brombach ... Sie ist doch nicht zurückgekehrt?«

Die Nachbarin machte eine wegwerfende Handbewegung. »Ihre Schwester hat es mir ja prophezeit. Eine chronische Bronchitis kehrt nun mal gerne zurück, wenn es draußen nass und kalt wird. Auch in der Wohnung ist es klamm, aber ich möchte nicht schon im September an meine Brennholzvorräte, dann reichen sie nicht über den Winter.«

Noras Herz klopfte. Hoffentlich fand Frau Brombach einen anderen Weg, an Medikamente zu kommen. Hanna konnte das Risiko nicht noch einmal eingehen.

»Aber keine Sorge, Kindchen.« Die ältere Frau legte ihre Hand vertraulich auf Noras Ellenbogen. »Ihre liebe Schwester hat mich heute Morgen wieder fürchterlich husten hören und mir gleich versprochen, Nachschub an Tabletten zu besorgen. Sie ist so ein guter und uneigennütziger Mensch.«

Das ist sie wohl, dachte Nora betroffen. Es war so ungerecht – Hanna wollte nur helfen, riskierte aber durch ihr eigenmächtiges Verhalten so viel.

Zu Hause saßen Else, Veronika und Jörg einträchtig bei Kerzenschein in der Küche. Auf dem Tisch standen noch die Reste des Abendessens.

»Endlich bist du da!«, empfing Veronika sie. Nora war sich nicht sicher, ob sie den vorwurfsvollen Ton nur in ihre Stimme hineininterpretierte, weil sie selbst Schuldgefühle hatte, oder ob Veronika tatsächlich sauer war.

Nora küsste beide Kinder auf die Wange und setzte sich zu ihnen. Else warf ihr einen wissenden Blick zu, mit Sicherheit war sie im Bilde darüber, warum Nora sich verspätet hatte, doch sie kommentierte dies mit keinem Wort. Sie nickte ihr lediglich aufmunternd zu.

»Wo warst du denn so lange?« Veronikas große Augen hefteten sich aufmerksam auf sie.

»Bei der Arbeit«, antwortete Else an Noras Stelle und stand auf, um die Teller abzuräumen. »Ich habe deine Portion warm gehalten, Nora.«

»Danke, Mutti.«

Nora nahm die Pfanne vom Gasherd und begutachtete das Essen. »Was ist das?«, fragte sie überrascht.

»Hirschgulasch.« Else hob ratlos die Hände. »Frag nicht. Friedrich hat das Fleisch mitgebracht. Er hat es in dem Betrieb bekommen, in dem er aushilfsweise arbeitet.«

Am skeptischen Unterton ihrer Mutter erkannte Nora, dass diese Friedrichs Geschichte ebenfalls nicht für bare Münze nahm.

»Tatsächlich?«

»Egal. Iss es einfach, es schmeckt köstlich, und genau wie deinen Kindern würden dir ein paar Gramm mehr auf den Rippen gut stehen.«

Nora spießte ein Stück Gulasch auf die Gabel und schob es in den Mund. Wie sie erwartet hatte, schmeckte es hervorragend. Dennoch – sie musste unbedingt mit Friedrich sprechen und nachhaken, woher er das Fleisch bezogen hatte, die Alliierten lieferten lediglich billiges Fleisch in Konservendosen.

»Mutti, ich habe am Sonntag Geburtstag«, verkündete Veronika.

»Ich auch!«, rief Jörg dazwischen.

»Blödmann! Weißt du nicht, dass du erst wieder im Januar Geburtstag hast?«, fuhr seine Schwester ihn an. »Machen wir an dem Tag was Schönes zusammen, nur du und ich, Mutti?«

»Was fändest du denn schön?«, fragte Nora und bedachte sie mit einem liebevollen Blick.

Veronika spielte an den Zöpfen ihrer Puppe Christel herum, die auf ihrem Schoß saß. »Das weiß ich nicht, ich möchte nur, dass wir beide alleine sind.«

Fühlte sich ihre Tochter derart vernachlässigt? Nora konnte es drehen und wenden, wie sie wollte, seit Matthew in ihr Leben getreten war, fühlte sie sich als Mutter unzulänglich. »Das werden wir einrichten können«, sagte sie mit weicher Stimme. »Wir überlegen uns was Schönes, einverstanden?«

...

Als sie später die Kinder ins Bett brachte, hörte sie die leisen Stimmen von Hanna und Friedrich aus dem Wohnzimmer. Sollte sie klopfen und sich unauffällig nach dem Hirschgulasch erkundigen? Doch sie brachte es nicht über sich, ihre Schwester und ihren Verlobten zu stören, sie hatten ohnehin zu wenig Privatsphäre. Aber noch bevor sie ihre Schlafzimmertür erreichte, drangen Worte an ihr Ohr, die sie beunruhigten.

»Irgendwann erwischen sie dich!«, verkündete Friedrich düster. Nora blieb stehen, die Hand auf der Klinke. Ein schwacher Streifen flackernden Kerzenscheins war zwischen Schwelle und Tür zu erahnen.

»Heute wäre es beinahe so weit gewesen«, gestand Hanna mit zitternder Stimme. »Ich stand am Medikamentenschrank, den Schlüssel in der Hand, da stürmte plötzlich Doktor Scherer herein.«

Nora legte sich erschrocken die Hand auf die Brust. Sah Hanna nicht wenigstens jetzt ein, wie leichtsinnig es war, Medikamente für Emmi Brombach abzuzwacken? Doch sie wollte nicht lauschen und zog sich zu den Kindern, die sich bereits die Nachtwäsche anzogen, in ihr Schlafzimmer zurück.

»Was liest du uns heute vor?«, fragte Jörg, während er halb bekleidet auf seiner Matratze auf und ab hüpfte.

»Die Häschenschule.« Nora hob ihren quietschfidelen Sohn kurzerhand von seinem Bett und stellte ihn auf dem Teppich ab. »Wir können uns keine neue Matratze leisten, wenn du diese kaputt machst, Schatz.«

...

Am Sonntag fuhr Nora mit ihrer Tochter mit der Tram zum Viktoriapark. Veronika hatte sich dieses Ziel für ihren Geburtstag ausgesucht, da sie früher, als sie noch klein gewesen war, viele Sonntage mit Joachim hier verbracht hatten. Nora vermutete, dass Veronika dies lediglich noch vom Hörensagen im Kopf hatte, wirkliche Erinnerungen konnte sie nicht mehr daran haben. Jörg hatte zu Hause ein wenig herumgequengelt, weil er seine Schwester und Mutter vor allem zum Wasserfall im Park begleiten wollte, aber es war Veronikas Geburtstag, deshalb bestand diese darauf, den Nachmittag mit Nora allein zu verbringen.

Da Tempelhof heute den vielfach beworbenen Tag der Luftwaffe abhielt, zu dem Zehntausende von Berlinern erwartet wurden, summten am Himmel noch mehr Flugzeuge als sonst. Ein ums andere Mal schaute Veronika misstrauisch nach oben, schien aber beschlossen zu haben, den Motorenlärm zu ignorieren.

Sie bestaunten den Wasserfall, der sich rauschend in den kleinen See ergoss. Veronika hüpfte ausgelassen auf den nassen Steinen am Ufer herum und wurde von Wassertropfen besprüht. Danach griff sie nach Noras Hand, und gemeinsam schlenderten sie durch den Park. Nora genoss die Nähe zu ihrer Tochter. In letzter Zeit hatte sich eine Distanz zwischen ihnen eingeschlichen, die sie schmerzte. Sie war überzeugt, dass Veronikas leicht ablehnendes Verhalten daher rührte, dass sie spürte, dass sich bei ihrer Mutter etwas verändert hatte. Ob sie befürchtete, Noras Zuneigung teilen zu müssen?

»Wollen wir in dem Café da vorne ein Stück Kuchen essen? Vati hat den Zimtkuchen dort immer geliebt.«

Veronika nickte heftig.

Sie schlenderten zu dem kleinen Café, das im Schatten einiger Bäume stand, und setzten sich unter die gestreifte Markise. Die milde Septembersonne wärmte noch genug, sodass sie ihre Strickjacken ausziehen konnten.

Zu Veronikas Freude wurde der Zimtkuchen noch immer serviert, auch wenn sämtliche anderen Leckereien der rudimentären Versorgungslage zum Opfer gefallen waren, wie ihnen die Kellnerin freimütig erzählte. Nachdem sie ein großes Stück verspeist hatte – Nora beobachtete sie verstohlen, dachte voller Wehmut, wie groß ihr Kind geworden war, und war froh, ihr eine Freude bereiten zu können –, legte Veronika die Gabel weg und zog nachdenklich die Stirn kraus.

»Was stand in dem Brief vom Roten Kreuz, den du bekommen hast?«

Nora tupfte sich mit der Serviette die Lippen ab, um Zeit zu gewinnen. Woher, um Himmels willen, wusste ihre kluge Tochter von dem Auskunftsgesuch, das sie an die Hilfsorganisation geschrieben hatte? Sie hatte lediglich mit Else darüber gesprochen, und zwar abends am Küchentisch, als die Kinder längst zu Bett gegangen waren. »Was meinst du?«, fragte sie.

Veronika verdrehte die Augen. »Ich weiß, was in diesen Briefen steht. Erikas Mutter hat auch so einen bekommen, und darin stand, dass ihr Vater in Russland in Gefangenschaft war. Das ist allerdings schon lange her, und ihr Vati ist inzwischen wieder zu Hause. Nur ist er auf einem Ohr taub.«

Nora beobachtete ihre Tochter nachdenklich und überlegte, ob sie ihr die Wahrheit zumuten konnte. Mit Sicherheit wäre Veronika bitter enttäuscht, allerdings war es undenkbar, sie mit einer ausweichenden Antwort abzuspeisen. Veronika durchschaute sie mehr, als ihr lieb war.

»Nun gut, du hast recht.« Sie straffte die Schultern und bemühte sich um einen möglichst munteren Ton. Eine Familie mit vier Kindern setzte sich gerade an den Nebentisch, und es wurde lebhaft diskutiert, was bestellt werden sollte. Die Fröhlichkeit, die sie umgab, wirkte surreal angesichts des ernsten Themas, über das sie mit ihrer Tochter sprach. »Ich habe vor Kurzem wieder eine Anfrage gestellt, ob die Leute vom Roten Kreuz neue Informationen über deinen Vater erhalten haben, sodass wir wissen, ob … Jedenfalls schrieben sie mir, dass es keinerlei neue Erkenntnisse darüber gibt, was mit ihm passiert ist. Wir tappen nach wie vor im Dunkeln. Es tut mir leid.«

Sie legte ihre Hand tröstend an Veronikas Wange. Obwohl sich deren Augen mit Tränen füllten, schob sie sich ein weiteres Stück Kuchen in den Mund und kaute stoisch.

Erst nach einer ganzen Weile ergriff ihre Tochter das Wort. »Aber das heißt nichts, nicht wahr, Mutti?«

»Nein, es heißt erst mal nichts.« Nora seufzte. Ihre Kehle war wie zugeschnürt, sie konnte nichts mehr trinken. Auf keinen Fall konnte sie das Gespräch beenden, ohne ein paar deutliche Worte zu sagen, so bitter sie auch sein würden. Was brachte es, Veronikas Hoffnung weiter am Leben zu halten? »Aber du weißt, dass es mehr als unwahrscheinlich ist, dass wir fünf Jahre nach Vatis Verschwinden noch etwas von ihm hören? Schau mich an, Liebes.«

Nora betrachtete ihre Tochter, die mit den Tränen kämpfte.

»Er ist wahrscheinlich auf einem Bauernhof in … in Sibirien gefangen, und der Bauer lässt ihn schuften und denkt gar nicht daran, ihn nach Hause zu lassen …« Ein feuchtes Rinnsal lief Veronikas rosige Wangen herab. Nora hätte sie am liebsten in die Arme genommen und wie damals als Baby hin und her gewiegt, doch sie spürte, dass ihre Tochter das nicht zulassen würde, es käme für die Neunjährige wahrscheinlich einem Zeichen der Resignation gleich.

»Ausschließen kann man nichts. Aber am wahrscheinlichsten ist, dass er …« Noras Stimme brach, doch dem Kind zuliebe fasste sie sich rasch wieder. » … dass er im Krieg gestorben ist.«

Veronika stieß sich mit den Füßen am Tischbein ab, sodass ihr

Stuhl nach hinten rutschte, und verschränkte die Arme vor der Brust. »Das glaube ich nicht.«

Nora schob ihren Teller von sich, der zimtige Geschmack des Kuchens fühlte sich plötzlich nur noch bitter an. Sie hätte das Thema umgehen, Veronika nicht ausgerechnet an ihrem Geburtstag die schonungslose Wahrheit beibringen sollen. Was war sie nur für eine verantwortungslose Mutter? In sich zusammengesunken saßen sie beide eine Zeit lang auf ihren Korbstühlen und schwiegen, jede ihren eigenen Gedanken nachhängend.

»Wollen wir noch zur Wolfsschlucht?«, fragte sie, als der Kuchen verzehrt war.

Finster verschränkte Veronika die Arme vor der Brust. »Von mir aus.«

Nora bezahlte, und sie schlenderten durch den Park. Veronika lief immer ein paar Schritte hinter ihr und beachtete sie kaum. Nora wünschte, es wäre nicht alles so kompliziert. Eigentlich hatte sie ihrer Tochter einen unbeschwerten Geburtstag ermöglichen wollen, doch offenbar versagte sie kläglich.

Kapitel 21

November 1948

Nora sah sich gewohnheitsmäßig um, als sie das kleine Hotel in der Dudenstraße verließ und auf den Bürgersteig trat. Matthew würde das Zimmer ein wenig später verlassen, ihr übliches Ritual, das nicht nur sie mit Traurigkeit zu erfüllen schien.

»Ich wünschte, wir könnten Hand in Hand auf die Straße gehen, wie ein richtiges Paar, auch wenn ich natürlich verstehe, dass deine Situation dies nicht einfach so zulässt«, hatte er wehmütig gesagt, während sie an die Kissen gelehnt auf dem Bett saßen und er sie von hinten umschlang. Nora legte die Stirn in Falten. Der Tag, an dem Matthew wieder als flugtauglich erklärt würde, näherte sich unaufhaltsam, dann würde ihre Zweisamkeit endgültig der Vergangenheit angehören. Sie klammerte sich an jede einzelne Stunde mit Matt, als könnte es die letzte sein, beinahe trunken vor verzweifelter Liebe. Matthew ging es ähnlich, doch anders als sie wollte er mehr, er sehnte sich danach, ihre Beziehung öffentlich zu machen. »Manchmal frage ich mich, wieso es uns nicht vergönnt ist, uns offen zu zeigen. Dass wir uns lieben, ist doch nichts Verwerfliches, im Gegenteil, es ist das Schönste, was ich je erlebt habe.«

Sie schmiegte sich rücklings an ihn, während er mit den Lippen über ihre Haare strich. »Ich weiß, Liebster, mir geht es doch genauso.«

»Wieso hast du keine Hemmungen, auf dem Flughafengelände mit mir Hand in Hand zu gehen, oder wenn du mir Sehenswürdigkeiten deiner Stadt zeigst, hier in deinem Viertel aber schon? Wo ist der Unterschied?«

»Es geht um meine Kinder, vor allem um Veronika«, murmelte Nora mit geschlossenen Augen und lehnte sich gegen seine Brust. »Sie hängen so an der Vorstellung ihres Vaters, für sie käme es einem Verrat gleich, wenn ich ihn durch dich ersetze. Veronika beobachtet mich mit Argusaugen und stellt misstrauische Fragen über dich. Auf der Arbeit werde ich zwar auch schief angeschaut, weil die jungen Kolleginnen der Meinung sind, ich als verheiratete Frau schnappe ihnen einen der besten Männer weg. In ihren Augen bist du ein Traummann. In meinen übrigens auch«, setzte sie in dem Versuch, die Stimmung aufzulockern, hinzu. »Aber was auf der Arbeit besprochen wird, bleibt auch da. Es wird meinen Kindern nicht zu Ohren kommen. Deshalb … deshalb bin ich dort wohl nicht so vorsichtig wie draußen.«

Matthew ging nicht darauf ein. »Ich verstehe deine Bedenken, wirklich. Aber im Grunde sind das doch alles keine Argumente, Nora, merkst du das nicht? Deine Tochter ist neun, denkst du nicht, dass sie sich daran gewöhnen kann, dass es mich in deinem Leben gibt – du bist bei Weitem nicht die einzige Frau, die nach dem Krieg einen neuen Partner gefunden hat. Und deine missgünstigen Kolleginnen – wieso sollte deren Meinung eine Rolle für dich spielen? Major Bloom ist mit deiner Arbeit mehr als zufrieden, lass sie doch lästern!«

Nora war mit einem Mal trostlos zumute. Matthew hatte recht, in jedem Punkt. Warum führte sie immer wieder neue Ausflüchte an, um sich nicht mit ihm als Paar in ihrer unmittelbaren Umgebung, vor allem vor ihrer Familie, zu zeigen?

Weil die innige Nähe, die sie zurzeit verspürten, in tausend Scherben zersplittern konnte, dachte sie traurig. Bereits morgen konnte der Militärarzt Matthew als vollkommen genesen befinden, und schon säße er im Flugzeug nach Wiesbaden und befände sich wie im Sommer viele Stunden des Tages in der Luft.

»Ich muss heim«, murmelte sie, »es ist schon stockdunkel. Wir sehen uns morgen wieder.«

»Bis morgen.« Er zog sie ein letztes Mal an sich und küsste sie so leidenschaftlich, dass ihr der Atem stockte. Wie sollte sie es bloß ertragen, wenn er bald keine Zeit mehr für ihre verstohlenen abendlichen Treffen haben würde und wieder in Wiesbaden stationiert wäre?

Nun stand sie auf der Straße und zog ihren Mantel enger um sich. Es war inzwischen November, und ein rauer Wind fegte durch die Straßen. Dunkelheit senkte sich wie ein kalter Schleier über Tempelhof; die Kerzen, die hinter den Fenstern der Häuser flackerten, wirkten unruhig wie Gespenster, zuckten hin und her. Nora beschleunigte ihre Schritte, sie wollte so schnell wie möglich heim.

»Du und dein Pilot habt doch wohl keine Stelldicheins in abgehalfterten Hotels, oder?«, hörte sie plötzlich eine kühle Stimme hinter sich.

Starr vor Schreck blieb sie stehen und drehte sich um. Doch es gab keinen Zweifel: Inga stand hinter ihr und betrachtete sie mit einem unergründlichen Lächeln.

»Spionierst du mir hinterher?« Nora spürte, wie Wut in ihr zu brodeln begann. Was bildete Inga sich ein! Matthew hatte recht, sie hatte jedes Recht der Welt, sich mit dem Mann, den sie liebte, zu treffen, und da dies weder bei Nora zu Hause noch in Matthews

Gruppenunterkunft am Flughafen möglich war, musste ein Hotel herhalten.

»Pah«, stieß Inga verächtlich aus. »Das habe ich nicht nötig. Ich war noch rasch in Kluths Laden, um fürs Abendessen einzukaufen. Findest du es nicht billig, dich in dieser Absteige mit deinem Galan zu treffen?«

»Nein«, versuchte Nora mit fester Stimme zu erwidern. Sie würde sich nicht von Inga provozieren lassen. »Mein Freund und ich sind beide erwachsene Menschen, die sich treffen können, wo und wann sie möchten. Wir können zusammen ins *Silverwings* gehen, um einen Cocktail zu trinken, oder ins Kino. Zufällig dürfen wir uns auch in Hotels aufhalten. Es gibt niemanden, den das etwas angeht.« Während sie sprach, kehrte ihre übliche Zuversicht zurück. Sie sollte endlich anfangen, sich an ihre eigenen Worte zu halten! So bald wie möglich wollte sie Matthew zu sich nach Hause einladen, damit er ihre Familie besser kennenlernen konnte und diese Heimlichtuerei ein Ende hatte! Veronika musste verstehen, dass auch Nora das Recht auf ein bisschen Glück hatte.

»Wenn du meinst.« Verschnupft drückte Inga ihren Einkaufsbeutel an sich und drehte sich auf dem Absatz herum, ohne Nora noch eines Blickes zu würdigen.

...

Am nächsten Tag war es Nora, als pralle sie im Übersetzungsbüro gegen eine dicke Wand aus Feindseligkeit. Dass Inga die Augen verdrehte, wenn sie sie sah, war nichts Neues, aber dass auch Erni und Lotte sie mit bösen Blicken bedachten, schon. Die beiden tuschelten hinter vorgehaltener Hand und sahen finster zu ihr herüber.

»Was hast du ausgefressen?«, scherzte Ella. Sie trug ein neues dunkelblaues Kleid, das ihre Mutter aus einem Stück Seidenstoff, das Tyler ihr aus Wiesbaden mitgebracht hatte, geschneidert hatte, und feine Nylonstrümpfe. Sie schien vor Glück zu strahlen.

»Inga hat mich gestern erwischt, als ich das Hotel verlassen habe, in dem ich mich mit Matthew treffe«, gestand Nora flüsternd und blätterte den Stapel Berichte durch, die auf Übersetzung warteten. »Es folgten die üblichen missgünstigen Sprüche. Ich wünschte, sie würde auch endlich einen zuverlässigen Freund finden, dann wäre sie vielleicht zufriedener und würde nicht immer auf mir herumhacken. Als ob mein Leben einfach wäre! Und was ist eigentlich mit Lotte und Erni los? Warum schauen die so böse herüber?«

Ella seufzte. »Lotte ist fürchterlich in einen GI verliebt. Er hat ihr einen Heiratsantrag gemacht und wollte sie demnächst mit in die USA nehmen, um dort eine Familie zu gründen. Aber ihre Eltern haben es ihr nicht erlaubt, sie wollen sie unbedingt hierbehalten. Nachdem ihr Bruder gefallen ist, ist sie das einzige Kind. Und da sie erst knapp zwanzig und damit noch nicht volljährig ist, muss sie ihren Eltern gehorchen. Sie ist kreuzunglücklich.«

»Das tut mir leid«, sagte Nora bedrückt. »Das arme Ding. Aber wieso tuschelt sie dann mit Erni und Inga über mich und Matthew?«

»Ich glaube, in ihren Augen hast du alles: zwei Kinder und einen Piloten, der dich anbetet. Davon können die lieben Kolleginnen nur träumen. Aber sei unbesorgt – über mich lästern sie genauso.«

»Ich habe diese miese Stimmung im Büro so satt«, stieß Nora hervor. »In den ersten Monaten haben wir bei der Arbeit immer Musik gehört und uns gut verstanden – na ja, außer mit Inga.«

»Wenigstens halten wir beide zusammen«, tröstete Ella sie. »Ich freue mich schon auf unser gemeinsames Mittagessen mit Tyler und Matthew.«

Später machten sie sich auf den Weg zur Kantine. Hinter ihnen liefen Inga, Erni und Lotte. Nora bedeutete Ella vorauszugehen und nahm Lotte beiseite.

»Ich habe gehört, was vorgefallen ist«, sagte sie sanft. »Es tut mir leid, dass deine Eltern nicht in eine Heirat einwilligen. Ich kann mir vorstellen, wie traurig du sein musst.«

»Da kannst du gar nicht mitreden, und Ella auch nicht«, gab Lotte giftig zurück. Ihre Augen waren gerötet, als habe sie geweint. »Ihr befindet euch doch auf der Sonnenseite des Lebens.«

»Ach Lotti.« Nora hätte die blutjunge verunsicherte Frau mit den weichen blonden Haaren am liebsten in die Arme genommen, um sie zu trösten. »Lass uns doch friedlich miteinander umgehen, wir haben uns doch eigentlich immer gut verstanden. Wir sind doch keine Konkurrentinnen.«

»Vielleicht doch.« Trotzig schob Lotte sich an ihr vorbei und rannte Inga und Erni hinterher.

»Diese jungen Dinger haben nichts als Flausen im Kopf«, bemerkte Heide kopfschüttelnd, die ebenfalls mit ihrer Blechdose voller Stullen die Pause antrat. »Was bin ich froh, dass ich eine alte Frau bin, die nichts mehr mit Liebesdingen am Hut hat.«

»Na, so alt bist du auch wieder nicht«, gab Nora in einem Anflug von Belustigung zurück. »Willst du dich zu uns setzen?«

»Nein, lieb von dir, aber ich möchte meine Ruhe haben beim Essen. Die Kantine kommt mir immer vor wie der reinste deutsch-amerikanische Heiratsmarkt.«

Heide bog nach links ab, um in irgendeinem stillen Räumchen ihre Brote zu verzehren, während Nora in der gut gefüllten Kantine nach Ella Ausschau hielt. Diese saß bereits mit glücklichem Gesicht neben Tyler, von hinten erkannte Nora auch Matthews vollen braunen Haarschopf. Sie glitt auf den freien Stuhl neben ihn, und er küsste sie mit einem Leuchten in den Augen.

»Wie war dein Anflug?«, fragte Nora Tyler.

»Es herrschte ein so starker Nebel, dass ich das Gefühl hatte, über einem dicken weißen Teppich zu fliegen, ein bisschen so, als gäbe es nichts darunter. Nur eine völlig ruhige Welt aus Watte. In solchen Momenten habe ich immer das Gefühl, es gibt nur mich und meine Maschine, eine absolut harmonische Einheit.« Ella und Nora lächelten, es war rührend, wie begeistert Tyler stets vom Fliegen sprach. »Wie sieht es mit dir aus, Matt? Vermisst du das Fliegen, oder bist du inzwischen ganz zum Bürohengst mutiert?«

Alle Augen ruhten auf Matthew, der während Tylers Schilderung stumm und mit gesenktem Blick dagesessen hatte. Nora fühlte einen scharfen Stich im Innern, denn in dieser Sekunde ging ihr auf, wie sehr es Matthew fehlte, hoch in den Lüften zu sein.

»Mach du nur deine Scherze, Ty, vielleicht fliege ich eher wieder, als du denkst.« Dabei schaute er jedoch nicht seinen Fliegerkollegen, sondern Nora an. Diese verstand augenblicklich, dass ihre gemeinsame Zeit in Berlin zu Ende war.

»Wann?«, flüsterte sie heiser. Traurigkeit schlug wie eine hohe Woge über ihr zusammen, drohte sie zu ertränken.

»Heute Morgen war ich beim Militärarzt. Er hat mich als flugtauglich befunden. Ich darf ab Montag wieder fliegen.« Er forschte in ihrem Gesicht, suchte nach Zeichen, wie sie diese Nachricht aufnahm.

»In drei Tagen schon?«, fragte sie bestürzt.

»Das ist ... sehr bald.« Auch Ella war erschrocken, verstand sie doch nur zu gut, was das für Nora bedeutete. »Du wirst dann wieder in Wiesbaden in der Kaserne wohnen?«

Matthew nickte.

»Na ja, es ist ja nicht so, als ob ich diesen Tag nicht hätte kommen sehen«, sagte Nora in betont gelassenem Tonfall, doch der Schmerz in ihrem Magen piekte wie Rosendornen.

Ella griff über dem Tisch nach ihrer Hand. »Ty und ich schaffen es auch, uns immer nur kurz zu sehen, und ihr werdet es auch hinkriegen. Schließlich habt ihr Übung darin.«

Der tröstende Tonfall der Freundin vermochte Noras Niedergeschlagenheit nicht zu lindern, sie erinnerte sich zu gut an die langen Sommerwochen, in denen sie Matthew ständig vermisst und ihren kurzen Begegnungen entgegengefiebert hatte. Dies würde von nun an wieder ihr Alltag sein.

»Du hast recht.« Nora zwang sich zu einem Lächeln, sie wollte die kurze Pause, die Ella und Tyler zusammen hatten, nicht verderben. Sie sah Matthew nicht an, doch sie spürte die unausgesprochenen Worte, die zwischen ihnen hingen.

Nach dem Essen begleitete Ella Tyler zu seinem Flugzeug, während Nora und Matthew ein paar Schritte um das Flughafengebäude spazierten. Noch immer war es neblig, eine feuchte Brühe machte es unmöglich, mehr als ein paar Meter weit zu sehen. Nora fühlte sich wie in eine fremde, triste Welt versetzt.

»Dann ist es also so weit.« Sie blieb stehen und legte ihre Hände auf Matthews Mantelkragen, der sich unter ihrer Haut klamm und kalt anfühlte.

»Ja«, gestand er leise, und in seinen Augen las sie die gleiche Verzweiflung, die auch in ihrem Innern wütete.

»Ich weiß, es ist egoistisch von mir zu wünschen, unsere Zeit in Berlin würde nie zu Ende gehen. Denn dass du wieder fliegen darfst, heißt, dass du wieder vollkommen gesund bist. Nichts anderes sollte zählen. Aber mein dummes Herz sagt etwas anderes.«

»Liebe folgt nicht den Regeln der Logik.« Er küsste sie, und seine Lippen schmeckten nach Salz und Nebel. Aus der Ferne vernahmen sie eine Lastwagenhupe, doch das Geräusch drang nur gedämpft durch den wabernden Dunst. »Lass uns die Nacht zusammen verbringen, oder zumindest einen Teil davon. Es wird für längere Zeit die letzte sein.«

Er lehnte seine Stirn an ihre, und sie verharrten einen Moment. Nora spürte, wie sich sein Brustkorb hob und senkte.

»Das will ich auch.« Die Sehnsucht, noch einmal so viel von Matthew zu bekommen wie nur irgend möglich, brannte wie ein Leuchtfeuer in ihr. »Aber wir gehen nicht mehr in dieses Hotel. Wir verstecken uns nicht mehr.«

»Gehen wir zu dir nach Hause?«, zog er sie auf.

»Dort wäre es etwas überfüllt, und wir wären nicht allein im Schlafzimmer«, entgegnete sie trocken.

»Ich habe gehört, dass sich hier im Gebäude Gästezimmer für Angehörige, die zu Besuch kommen, befinden. Ich besorge uns eines für heute Nacht.«

Nora lachte leise. »Wir können ja so tun, als sei ich deine amerikanische Cousine.«

»Das haben wir nicht nötig«, widersprach Matthew zärtlich. »Du bist die Frau, die ich liebe.«

...

Obwohl Matthew in der Gästeunterkunft das Licht hätte einschalten können, verzichtete er darauf und zündete zwei Dutzend Kerzen an, die auf dem Fensterbrett brannten und den Raum in warmes, glühendes Licht tauchten. Das Zimmer war karg, aber zweckmäßig eingerichtet und von absoluter Stille umgeben, da die angrenzenden Räume leer standen. Im kalten und feuchten November erhielt kein Militärangehöriger Besuch aus Amerika.

»Es macht mich so traurig, dass es das letzte Mal ist, dass wir Zeit füreinander haben«, flüsterte Nora. Sie standen einander im

Kerzenschein gegenüber und entkleideten sich langsam, ohne sich aus den Augen zu lassen.

Matthews Mundwinkel umspielte ein schwaches Lächeln. »Es ist nicht das letzte Mal, Liebste. Wir werden einen Weg finden. Es gibt immer einen Weg.«

»Und wie soll der aussehen?«, fragte Nora bitter, während sie ihr Kleid über einen Stuhl hängte. Sie fühlte sich, als stünde das Ende der Welt bevor, zumindest ihrer Welt, wie sie sie in den letzten Monaten lieben gelernt hatte. Nachdem sie sich seit August täglich zu einem ausgedehnten Mittagessen und fast jeden Abend gesehen hatten, erschienen ihr die halbstündigen Pausen, die Matthew nach seinen Landungen haben würde, erbärmlich. Konnte man eine Liebe aufrechterhalten, wenn man ständig auf die Uhr schielen und die Minuten zählen musste? »Es kommt mir vor, als würde ich dich nach dieser Nacht verlieren«, presste sie hervor.

Matthew legte seine Arme um ihre nackten Schultern und zog sie auf das Bett. »Heute ist nicht das Ende von allem, Liebste, vielleicht beginnt heute sogar etwas Neues.«

Sie konnte sich nicht vorstellen, was das sein mochte, aber da er sie am ganzen Leib zu küssen und zu liebkosen begann, verstummte sie, zitterte unter seinen Berührungen. Sie vergrub ihre Hände in seinen Haaren und spürte, wie ihre Körper sich ineinander aufzulösen schienen, um eins zu werden. Sie liebten sich mit einer nie gekannten Intensität, im Rausch von Liebe und einem lauernden Gefühl der Trauer im Hinterkopf. Während er sie umklammert hielt und an sich presste, als befürchte er, sie werde ihm sogleich entrissen und sie würden beide wie auf einem endlosen Ozean in unterschiedliche Richtungen gespült, meinte Nora fast, den kleinen Knall zu hören, mit dem die schützende Blase, die sie seit drei Monaten umfangen hielt, zerplatzte.

Kapitel 22

November 1948

Berlin lag seit Tagen unter einer Glocke aus Nebel. Nora ertappte sich oft dabei, wie sie auf den Wegen zu und von der Arbeit in den undurchdringlichen, wie zu fester Watte zusammengebauschten Himmel sah und sich fragte, ob Matthew dort oben sicher war. Das Unglück, das sich am Schwarzen Freitag im August zugetragen hatte, steckte ihr noch immer in den Knochen. Ob es ihr von nun an ständig vor einem weiteren Unfall bangen würde? Mit dieser Angst im Nacken konnte niemand auf Dauer leben.

Zu Hause saß die Familie, Friedrich einbegriffen, um den Küchentisch versammelt, während Else am Herd stand und in einer Suppe rührte. Köstlicher Duft schwebte durch den Raum, und Nora merkte, dass ihr Magen knurrte.

»Da bist du ja endlich!«, rief Jörg, sprang auf und lief ihr entgegen, um seine Arme um ihre Taille zu klammern. »Tante Hanna hat eine Überraschung, aber die verrät sie uns erst, wenn du da bist, sagt sie.«

Nora strich ihrem Sohn über die verstrubbelten Haare und setzte sich. Ihr entging nicht, dass Friedrich recht aufgewühlt wirkte, seine Hände, mit denen er sein Wasserglas hielt, bebten leicht, und seine Blicke flogen immer wieder ungläubig zu Hanna, deren Miene nichts zu entnehmen war. Offensichtlich hatte sie ihren Verlobten bereits über die Neuigkeit in Kenntnis gesetzt.

»Na, dann lass mal hören«, forderte Nora ihre Schwester auf. Jörg setzte sich auf ihren Schoß, und sie war froh über die Wärme, die er abstrahlte, denn durch die kaputte Fensterscheibe drang feuchte Kälte herein. Die Pappe, die das Loch abdichtete, konnte wenig dagegen ausrichten. Draußen war es bereits stockdunkel, doch wenigstens gab es gerade Strom, sodass die Küchenlampe die Finsternis verscheuchte.

»Ich bin gespannt wie ein Regenschirm«, meinte Else misstrauisch und gab eine spärliche Prise Salz in den Kochtopf.

»Also.« Hanna räusperte sich. »Es ist … Ich bin … Ich sag es einfach geradeheraus: Ich bin schwanger.«

Einen Moment lang herrschte Stille in der Küche. Nora musterte Friedrich. Seine Haut rötete sich, und er lächelte stolz. Ihre Schwester schaute erwartungsvoll in die Runde, die Wangen glühend.

»Juhu, ich bekomme einen kleinen Bruder!«, frohlockte Jörg und rutschte von Noras Knien, um zu Hanna zu hüpfen. »Darf ich mal deinen Bauch fühlen?«

»Du bekommst eher einen kleinen Cousin oder eine Cousine«, berichtigte Veronika ihn augenrollend. Das brach den Bann, und plötzlich war die kleine Küche erfüllt von Gelächter und freudigen Ausrufen.

»Ich werde wieder Großmutter!« Else ließ den Topf stehen und eilte zu Hanna, um sie zu umarmen. »Wie wundervoll, Hanni!«

»Ich gratuliere euch.« Auch Nora stand auf und legte einen Arm um ihre Schwester, den anderen um Friedrich. »Ich freue mich für euch.«

»Eigentlich müssten wir darauf anstoßen.« Else tupfte sich mit dem Schürzenzipfel die Augen trocken. »Aber in diesen Zeiten ist ja nicht mal dran zu denken.«

»Tatsächlich habe ich etwas zum Anstoßen dabei«, sagte Friedrich leise, ein glückliches Leuchten in den grünen Augen. Unter seinem Stuhl zog er eine Flasche Sekt hervor und hielt sie mit verschmitztem Grinsen in die Höhe.

»Rotkäppchen-Sektkellerei Freyburg-Unstrut«, entzifferte Else und schlug vor Überraschung die Hände zusammen. »Meine Güte, Junge, wie bist du an diese Flasche gekommen? Hast du einen Ausflug in die sowjetisch besetzte Zone gemacht?« Diesen Sommer erst war die berühmte Sektkellerei von der sowjetischen Administration in Volkseigentum überführt worden. Auch Nora grübelte darüber nach, wie Friedrich zu der Flasche gekommen sein mochte.

Friedrich rieb sich verlegen sein Gesicht. »Nein, ich war nicht im Osten. Aber nun lasst uns einschenken, ich möchte endlich darauf anstoßen, Vater zu werden.«

Weder Else noch Nora hakten erneut nach, das junge Paar wirkte einfach zu glücklich, als dass man mit ihnen über Nichtigkeiten diskutieren wollte.

Nachdem alle einen Schluck Sekt erhalten hatten, prosteten sie sich zu.

»Auf meine Tochter oder meinen Sohn«, erklärte Friedrich feierlich. »Und auf meine wunderschöne Hanna, die ich bald heiraten werde.«

»Wann denn?«, krähte Jörg dazwischen. »Und wieso bekommt Tante Hanna ein Kind, ohne dass ihr überhaupt schon verheiratet seid?«

Auch Veronika sah die Erwachsenen fragend an, Nora wusste, dass es hinter ihrer Stirn arbeitete.

»Na ja, manchmal geschehen Dinge im Leben in anderer Reihenfolge als vorgesehen«, antwortete Else rasch.

Hanna, die eben noch an ihrem Wasserglas genippt hatte – den Sekt hatte sie als werdende Mutter natürlich ausgeschlagen –, sank in sich zusammen und schlug die Hände vor das Gesicht. Plötzlich war ihre Freude wie weggewischt, und sie schluchzte so heftig, dass ihre schmalen Schultern zuckten.

»Aber Hanni, was ist denn los?« Friedrich ging neben ihr in die Hocke und strich ihr bestürzt eine blonde Strähne aus der Stirn, die ihr Gesicht verbarg.

Auch Else und Nora warfen sich einen besorgten Blick zu.

»Was ist mit dir, Kind? Schlagen schon die Schwangerschaftshormone zu?«, versuchte Else zu scherzen.

»Die Suppe kocht über!«, schrie Jörg plötzlich.

»Ach du meine Güte!« Else eilte zum Kochtopf, während Nora ihren Stuhl neben Hanna schob und ihr beruhigend die Hand streichelte.

»Was bereitet dir Sorgen, Hanni?«

»Was für eine dumme Frage!«, fuhr Hanna auf und hob für einen Moment den Kopf, um Nora mit ihren rot geäderten Augen entrüstet anzufunkeln. »Ist das nicht offensichtlich? Wir bekommen ein Kind, aber Geld für eine eigene Wohnung haben wir nicht! Sollen wir weiterhin getrennt wohnen, wenn das Baby da ist?«

»Wir finden eine Lösung, Schatz.« Friedrich küsste sie auf das Haar, doch auch er klang unsicher. »Mach dir keine Sorgen. Wir haben ja noch ein paar Monate Zeit.«

»Ich bin die Einzige von uns beiden, die etwas verdient«, schluchzte Hanna mit bebendem Körper. Nora wünschte, sie könnte sie wie in ihrer Kindheit trösten und durch eine Geschichte ablenken, um sie ihren Kummer vergessen zu lassen. Doch diese

Zeiten waren lange vorbei, ihre heutigen Sorgen ließen sich nicht so einfach aus der Welt schaffen wie ein aufgeschlagenes Knie.

»Wenn das Baby da ist, werde ich sofort wieder arbeiten gehen müssen, ich werde mich nicht mal eine Woche um das Kleine kümmern können.«

»Ich werde mich um mein Enkelkind kümmern, es wird es gut bei mir haben«, versicherte Else resolut. Mit dem Schöpflöffel füllte sie die Suppe in die Teller – die Gemüseeinlage war spärlich, aber es würde schon jeder satt werden – und reichte sie Veronika, die sie zum Tisch trug. »Und nun wird erst einmal gegessen.«

»Das Baby braucht seine Mutter«, schniefte Hanna, »aber die wird nie da sein. Es ist eine verdammte Katastrophe, dass du deine Arbeit verloren hast, Friedrich.«

Schuldbewusst senkte ihr Verlobter den Kopf.

»Dafür kann er nichts«, erinnerte Nora sanft.

»Nein, das ist den Russen zu verdanken«, brummte Else und setzte sich ebenfalls an den Tisch, um ihre Suppe zu löffeln.

»Zumindest habe ich die Aushilfstätigkeit in … in diesem Lebensmittelladen gefunden«, wandte Friedrich fast beschämt ein. »Das ist besser als nichts.«

»Ach komm.« Hanna schnäuzte sich kräftig. »Als ob du dort Geld verdienen würdest. Keinen Pfennig habe ich bisher gesehen. Alles, was dabei herumkommt, sind Naturalien. Da mal ein Hirschgulasch, da eine Flasche Rotkäppchen-Sekt. Oder Puddingpulver. Damit kann man keine Hochzeit und keine Wohnung finanzieren.«

Friedrich senkte den Kopf über den Teller, als wage er es nicht mehr aufzusehen.

»Nun mach mal einen Punkt, Hanni!« Klirrend legte Else ihren Löffel ab. »Er tut, was er kann.«

»Ich kann euch unterstützen«, beeilte sich Nora zu sagen. »Ich habe ein geregeltes Einkommen und kann euch jeden Monat etwas abgeben. Das mache ich gern.«

»Blödsinn!« Hanna verknotete ihr nassgeweintes Taschentuch in den Händen, ohne zu essen. »Du musst den Lebensunterhalt für die Kinder, dich und Mutter bestreiten, da bleibt nichts übrig. Es ist einfach eine unmögliche Situation.« Mit diesen Worten stand sie auf und stapfte verweint aus dem Raum.

Friedrich schob entschlossen seinen Stuhl zurück und wollte ihr folgen, doch Else hielt ihn zurück. »Bleib. Es bringt nichts, wenn du auch nichts isst. Du musst bei Kräften bleiben, um für Hanni und euer Kind da zu sein.«

...

Nora und Ella standen am Rande der Landebahn und warteten auf Matthew und Tyler, die kurz nacheinander landen sollten. Trotz ihrer Wintermäntel und Schals und der dampfenden Kaffeetassen, die sie in den behandschuhten Händen hielten, froren sie. Der nahende Winter hielt die Stadt in eisernem Griff. Über ihnen am federgrauen Himmel kreisten Krähen, stießen ihr beunruhigendes Kreischen aus.

»Wie hältst du das nur aus?«, fragte Nora und nippte an ihrem Kaffee, in der Hoffnung, die Wärme würde den Rest ihres Körpers erreichen. »Ständig von Tyler getrennt zu sein, dich immer in einer Art Warteschleife zu befinden? Heute ist uns noch nicht mal eine Mittagspause vergönnt, nur eine knappe halbe Stunde, bevor die beiden wieder zurückfliegen müssen.«

Ellas Wangen waren rau und rosig vor Kälte, und mit dem edlen schwarzen Pelzschal, den Tyler ihr kürzlich zum Geburtstag geschenkt hatte, wirkte sie wie eine Eiskönigin aus einem Märchen. »Ach weißt du, manchmal kann man die Dinge nicht ändern, man muss sie nehmen, wie sie sind. Allerdings ... hm, ich weiß nicht, ob es noch zu früh ist, etwas zu sagen, aber Tyler fragt mich in letzter Zeit auffällig oft, welche Art von Schmuck ich mag und welche Edelsteine ich bevorzuge.«

»Du meinst ...« Nora pustete über ihre heiße Tasse und sah die Freundin ungläubig an. Die Krähen, die über ihnen segelten, verzogen sich, als ein neues Flugzeug anflog und donnernd auf dem Asphalt landete. »Er ist auf der Suche nach einem Verlobungsring?«

Ella zuckte die Achseln, doch ihre Lippen verzogen sich zu einem strahlenden Lächeln. »Wer weiß? Auf jeden Fall ist Ty und mir klar, dass wir zusammenbleiben wollen, wir werden schon einen Weg finden. Und sollte Ty mich mit nach Amerika nehmen, kommt meine Mutter einfach mit uns. Dann muss sie nicht ganz allein hier zurückbleiben, das brächte ich nicht über mich.«

»Du hast ja bereits alles durchdacht«, bemerkte Nora beeindruckt. Gleichzeitig schweiften ihre Gedanken zu Hanna und Friedrich zurück, wie so oft in den letzten Tagen. Sie wünschte, für ihre Schwester wäre auch alles so einfach wie für Ella.

»Und was ist mit dir und Matthew?« Ellas Worte wurden von einem weiteren ankommenden Flugzeug übertönt, dessen Rollen auf der Bahn ankamen. Kurz war ihnen, als vibriere der Boden unter ihren Füßen.

»Keine Ahnung.« Nora umklammerte mit beiden Händen die Kaffeetasse, spürte die Wärme durch die Handschuhe hindurch. »Für uns kann es kein Happy End geben wie für dich und Tyler. Da sind die Kinder ... und ich bin immer noch verheiratet, zumindest auf dem Papier.«

»Du kannst Joachim für tot erklären lassen.«

»Das könnte ich.« Nora starrte hoch zu einer weiteren Reihe von Flugzeugen, die sich in der Ferne wie winzige Stecknadelköpfe näherten. Eines davon musste Matthews sein. »Aber was ist, wenn er noch lebt und plötzlich vor der Tür steht? Es gibt immer noch viele Heimkehrer. Außerdem graut mir davor, die Kinder mit diesem endgültigen Schnitt zu konfrontieren.«

»Irgendwann müssen sie akzeptieren, dass ihr Vater höchstwahrscheinlich nicht mehr heimkommt«, gab Ella leise zu bedenken.

»Ich weiß, und das habe ich ihnen auch in aller Deutlichkeit gesagt. Schwierig ist es trotzdem.«

Aus den nächsten Flugzeugen, die landeten, stiegen endlich Matthew und Tyler. Ella verschwand mit ihrem Freund, um sich drinnen aufzuwärmen.

Matthew küsste Nora voller Sehnsucht, während die Hilfskräfte begannen, seine Skytrain auszuräumen und die Waren auf einen Lastwagen zu verladen.

»Ich hätte mir nie ausmalen können, dass man jemanden so sehr vermissen kann«, gestand Matthew. Seine Lippen fühlten sich kalt an.

»Ich weiß«, sagte sie, glücklich, ihn nun bei sich zu haben, und gleichzeitig untröstlich, dass ihnen nur knapp dreißig Minuten vergönnt waren. »Es ist die Hölle, ich verbringe den ganzen Tag mit Warten, und wenn du endlich da bist, musst du gleich wieder weg.«

»Lass uns irgendwo hingehen, wo es warm ist.« Matthew griff nach ihrer Hand, und gemeinsam strebten sie dem Gebäude zu. Doch heute war es schwierig, ein Plätzchen zu finden, an dem sie ungestört waren. Die Kantine war brechend voll, der Lärm der vielen Gäste ohrenbetäubend. Mit dem Gedanken im Hinterkopf, dass Minute um Minute ungenutzt verstrich, streiften sie durch die weitläufige Anlage, bis sie schließlich in der Kapelle landeten.

Aufatmend setzten sie sich eng nebeneinander in eine Kirchenbank. Der Raum war ungeheizt, aber wenigstens herrschten nicht so eine stechende Kälte und ein beißender Wind wie auf dem freien Feld. Matthew legte seinen Arm um ihre Schulter, und so verharrten sie eine Weile, während sie auf die Buntglasfenster starrten, die das trübe Tageslicht, das von draußen hereinfiel, brachen.

»Ich bin froh, wieder zu fliegen«, sagte Matthew schließlich. »Ich gehöre einfach in die Luft. Die Arbeit am Schreibtisch war nur eine Notlösung für eine begrenzte Zeit. Allerdings hat diese Notlösung dafür gesorgt, dass ich bei dir sein konnte. Wir haben in derselben Stadt gewohnt und geschlafen. Nun fühle ich mich so unendlich weit von dir entfernt, wie in einer anderen Galaxie.«

»Ich weiß, mir geht es genauso.« Tränen begannen, hinter ihren Augenlidern zu brennen, doch sie riss sich zusammen, denn sie wollte die wenige gemeinsame Zeit nicht mit Weinen verschwenden. »Aber von nun an wird es wohl immer so sein. Ob man sich mit der Zeit daran gewöhnt?«

»Hm.« Nachdenklich streifte er mit seinen Lippen ihre Haare. »Bald ist Weihnachten. Ich möchte das Fest gerne mit dir verbringen.«

»Musst du nicht fliegen?« Noch während sie fragte, begann ihr Herz zu hämmern. Wie sehr sie sich wünschte, an den Feiertagen mit ihm zusammen zu sein! Die Vorstellung, mit ihm zu Hause unter dem geschmückten Christbaum zu sitzen, in ein Lichtermeer aus Kerzen zu schauen und den Kindern dabei zuzusehen, wie sie ihre Geschenke auspackten, überwältigte sie derart, dass ihr nun doch Tränen aus den Augen schossen. Natürlich war ihr klar, dass einiges an ihrem Wunschbild höchst unrealistisch war: Dieses Jahr würde es in Westberlin keine Weihnachtsbäume geben, hatten die Bewohner doch bereits im Sommer jedes infrage kommende Bäumchen abgeholt, um Brennmaterial für den Winter zu haben. Die Überlegung, was sie ihren Kindern zum Fest schenken sollte, war überflüssig – es gab ja nichts zu kaufen.

»Jeder Pilot darf sich einen Tag freinehmen.« Matthew hielt sie so fest umschlungen, dass ihr endlich warm wurde, vielleicht lag es aber auch an der überschießenden Freude, die sie plötzlich empfand.

»Ich wünsche mir so sehr, dass du Weihnachten bei mir daheim bist. Ich lade dich hiermit hochoffiziell ein.« Sie lächelte mit feuchten Augen, und er küsste ihr jede ihrer Tränen zärtlich weg.

»Wird deine Familie nichts dagegen haben, wenn so ein seltsamer Typ vom anderen Ende der Welt plötzlich in ihrer Stube sitzt?«

»Ach was. Meine Mutter freut sich für mich, und meine Schwester bekommt Besuch von ihrem Verlobten, also kann sie schlecht etwas dagegen haben, wenn auch ich den Mann meines Herzens einlade. Jörg wird glücklich sein, solange du mit ihm über Flugzeuge redest, und Veronika ... Wie du bereits gesagt hast, Matt, meine Tochter wird sich an dich gewöhnen müssen. Und ich bin sicher, dass sie dich irgendwann mögen wird. Wenn sie dich ein wenig besser kennt. Es ist nur sehr schwer für sie.«

»Das verstehe ich. Ich freue mich wahnsinnig.« Matthew warf einen Blick auf seine Fliegeruhr und erschrak. »Ich muss los – eigentlich schon vor drei Minuten. Bis bald, mein Herz.« Er küsste sie noch ein letztes Mal innig, dann rannte er auch schon davon.

Nora blieb allein zurück und starrte gedankenverloren auf die bunten Glasscheiben. Die plötzliche Stille in der Kapelle rauschte ihr in den Ohren. Wie bei jedem Abschied war es, als habe Matthew ein Stück von ihr mitgenommen, ohne ihn fühlte sie sich nie vollständig, wie ein Gefäß, aus dem eine Scherbe herausgesprungen war. Doch wenigstens hatte sie nun etwas, auf das sie sich freuen konnte: Weihnachten zu Hause.

Sie rappelte sich auf und griff nach der leeren Kaffeetasse, die sie zurückbringen musste; es musste schließlich weitergehen.

Kapitel 23

November 1948

Nora bereitete sich und Else einen Tee zu. Es war Sonntagnachmittag, der Tag trüb und grau, und dicker Dunst hüllte die Häuser ein wie ein Schlafrock. Sie waren mit den Kindern spazieren gewesen, und nun saßen Veronika und Jörg am Küchentisch, schrieben und malten ihre Wunschzettel für Weihnachten, denn der erste Advent stand vor der Tür.

»Ihr wisst, dass es dieses Jahr keine Geschenke gibt«, erinnerte Nora sie behutsam. »In den Geschäften gibt es nichts zu kaufen, und ich verdiene ohnehin nicht viel.«

Es tat ihr leid, die beiden enttäuschen zu müssen und ihre Vorfreude auf das Fest zu schmälern, doch Veronika winkte großzügig ab. »Das macht nichts, Mutti. Was ich mir wünsche, kann man sowieso nicht in einem Laden kaufen.«

»Und was wünschst du dir?« Nora beugte sich im schwachen Schein der Kerzen – elektrisches Licht würde es diese Woche erst wieder in der Nacht geben – über den Tisch, um einen Blick auf Veronikas Zettel zu werfen.

Ich wünsche mir, dass Vati endlich aus Russland heimkommt!!!!, las sie. Das Herz wurde ihr schwer. Nora wünschte, ihre Tochter würde einen Weg finden, ihre Trauer und Sehnsucht ein Stück weit zu verarbeiten und den Gedanken zuzulassen, dass Joachim nicht zurückkehren würde.

Bedeutungsvoll sah sie zu Else, die die Schrift auf Veronikas Wunschzettel ebenfalls gelesen hatte. Diese hob hilflos die Schultern und nahm ihre Strickarbeit wieder auf.

»Und was wünschst du dir?«, wandte sich Nora an Jörg. Stolz hob er sein Papier in die Höhe, auf das er ein Flugzeug gemalt hatte.

»Ein Flugzeug! Zum Spielen natürlich, kein echtes.«

»Ach so, ich dachte schon.« Nora schmunzelte. »Übrigens wird Matthew mit uns Weihnachten feiern, er kann dir dann ganz viel über sein Flugzeug erzählen. Ist das nicht besser, als ein kleines Spielflugzeug zu bekommen?«

Mit ihrer Mutter und ihrer Schwester hatte sie bereits besprochen, dass sie an Weihnachten einen Gast haben würden, doch ihr bangte vor Veronikas Reaktion.

»Großartig!« Jörg rutschte von seinem Stuhl und segelte mit ausgebreiteten Armen wie ein Flugzeug durch die Küche.

»Wieso feiert er Weihnachten mit uns?« Veronika drückte die Spitze ihres Bleistifts in ihren liebevoll gestalteten Wunschzettel und starrte Nora verständnislos an. »Was will er hier? Kann er nicht woanders feiern?«

Nora schaute ihr fest in die braunen Augen, die sich voller Misstrauen auf sie richteten. »Ich habe ihn eingeladen. Ich mag ihn sehr, und ich möchte, dass er an Heiligabend bei uns ist.«

»Es war eine gute Idee, ihn herzubitten«, bekräftigte Else und nahm Veronika ebenfalls ins Visier. »Stell dir nur vor, wie schlimm das Fest für ihn wäre, müsste er allein in seiner Kaserne sitzen! Er würde sich sehr einsam fühlen, der arme Junge. Bei uns wird er gut aufgehoben sein, wir werden uns um ihn kümmern und ihm zeigen, wie wir Weihnachten feiern. Ich möchte gar nicht an seine arme Mutter denken, die Weihnachten einsam, ohne ihr einziges Kind, in Amerika zubringt! Was muss sich die Frau grämen!«

»Das ist mir egal«, zischte Veronika. »Es gibt bestimmt noch andere Piloten, die Weihnachten nichts zu tun haben und mit ihm feiern können.«

»Ich habe ihn bereits eingeladen, und ich wünsche mir sehr, dass er kommt«, sagte Nora sanft und wollte Veronika über die Wange streichen, doch sie drehte sich unwirsch weg. »Und ich möchte, dass du ihn höflich und liebenswürdig behandelst, ja?«

Veronika tat, als habe sie sie nicht gehört, und widmete ihre ganze Aufmerksamkeit einer neuen Zeichnung auf ihrem Wunschzettel.

...

Am nächsten Morgen flüsterte Ella verschwörerisch »Schau mal!« und präsentierte Nora dabei ihren Ringfinger.

Sprachlos bewunderte Nora den goldenen Ring mit einem winzigen, funkelnden Diamanten daran. »Tyler hat … er hat …?«, stammelte sie und erhob sich von ihrem Schreibtisch, um die Freundin herzlich zu umarmen.

»Wir haben uns gestern Abend verlobt«, strahlte Ella. »Sein letzter Flug kam um halb elf an, ich bin extra noch mal hergekommen, weil er sagte, er habe eine Überraschung für mich. Ich bin verlobt, Nora, ich werde Tyler heiraten, ich könnte platzen vor Glück!«

»Alles erdenklich Liebe für euch beide. Du hast es wahrlich verdient, glücklich zu sein.« Nora dachte an die Verluste, die Ella im Krieg hatte hinnehmen müssen. »Wann ist es denn so weit?«

»Wir haben noch kein Datum festgelegt. Ich möchte erst einmal ein bisschen meine Verlobungszeit genießen.«

Da im Büro selten etwas unbemerkt blieb, kamen nun auch Heide, Erni und Lotte zu ihnen, um den Ring zu begutachten.

»Ich habe was von Verlobung gehört?« Heide griff nach Ellas Hand und hielt sie ins Licht. Alle Lampen brannten, denn draußen war es regnerisch und dunkel, es drang kaum Tageslicht herein. »Ein Diamant! Warum kleckern, wenn man auch klotzen kann, was, Ella?«

Ella lächelte.

»Da hat Tyler sich nicht lumpen lassen«, befand auch Erni angetan, als sie das Schmuckstück über den Rand ihrer Schmetterlingsbrille in Augenschein nahm.

Nur die junge Lotte brachte kein Wort des Lobes über die Lippen. Sie sah heute noch blasser aus als sonst, das feine blonde Haar stand wie bei einer Pusteblume von ihrem Kopf ab, und ihre Augen waren noch immer verquollen. Sie musste sehr darunter leiden, keine Erlaubnis zur Heirat zu bekommen. »Ich wünschte, ihr würdet mir nicht alle so aufdringlich euer Glück unter die Nase reiben«, brach es aus ihr heraus. »Ihr seid alle glücklich verliebt, du, Ella, Nora und Erni …«

»Na hör mal, Kleine«, warf Erni begütigend ein und rückte ihre Brille zurecht. »Was kann ich denn dafür, dass der Sohn meiner Nachbarn nach Jahren aus der Kriegsgefangenschaft zurückgekehrt ist, womit niemand mehr gerechnet hätte … Wir haben uns bereits als Kinder gut verstanden, und so führte eins zum andern und …«

»Erspar mir die Details«, schniefte Lotte.

»Aber Lotti, nun sei nicht ungerecht. Wir leiden alle mit dir und können gut verstehen, wie schmerzhaft es für dich ist, dass du Jerry nicht heiraten darfst, zumindest nicht, bis du einundzwanzig bist. Aber lass deinen Unmut nicht an uns anderen aus.« Heide sprach wie immer das nötige Machtwort, woraufhin die junge Kollegin sich mit dem Ärmel über die laufende Nase wischte und stumm zu ihrem Schreibtisch zurückkehrte.

»Wo werdet ihr leben?«, wandte sich Erni neugierig an Ella.

»Das wissen wir noch nicht. Zunächst bleiben wir in Berlin, Tyler möchte auch weiterhin für die Luftbrücke fliegen. Danach – wer weiß? Ich würde gerne nach Amerika ziehen …« Es war Ella anzusehen, wie sie es genoss, in Zukunftsträumen zu schwelgen.

»Hast du es deiner Mutter schon erzählt?«, fragte Nora.

»Ja, gleich gestern Abend. Ich habe Tyler auch bereits mitgeteilt, dass, wenn wir wirklich eines Tages in die USA gehen, Mutti auf jeden Fall mitkommt. Ich lasse sie nicht allein zurück, nachdem ich die Einzige bin, die ihr noch geblieben ist. Und er war einverstanden. Die Amerikaner sind sehr familienverbunden. Zum Glück spricht meine Mutter durch ihre britische Schwiegermutter, Gott hab sie selig, auch ein bisschen Englisch, sodass sie sich in den USA verständigen kann.«

»Na, dann hast du ja alles richtig gemacht«, brummte Heide anerkennend.

»Vielleicht solltet ihr mal wieder daran denken zu arbeiten, falls ihr es noch nicht bemerkt habt, der Chef ist hereingekommen«, ließ sich Inga zischend vernehmen.

Heide, Erni, Ella und Nora zogen eine Grimasse, begaben sich dann aber wieder an ihre Plätze. Major Bloom, der von niemandem Notiz nahm, goss sich aus der Kanne, die unter der Kaffeemaschine stand, eine Tasse ein und starrte durch das Fenster gedankenverloren auf das im Regen verschwimmende Rollfeld.

»Major Bloom mag es sicherlich nicht, wenn ihr eure Zeit mit Tratschen verbringt«, fügte Inga hinzu, frustriert, dass der Major nicht auf ihren Vorwurf ansprang.

»Vielleicht mag er es auch nicht, wenn man seine Kolleginnen vorführt«, tönte Heide ebenso deutlich durch den ganzen Raum.

»Manchmal fühle ich mich in diesem Büro wie in meine Schulzeit zurückversetzt, auch wenn diese bereits fünfundvierzig Jahre zurückliegt.«

Nora und Ella konnten ein Lachen nicht unterdrücken, und Bloom warf ihnen ein schiefes Grinsen zu, bevor er wieder hinausging.

...

Tyler spendierte in der Pause Kaffee und Kuchen für Ella, Nora und Matthew, und als Nora am Abend nach Hause ging, hielt sie noch immer die fröhliche Stimmung gefangen, in die sie die Nachricht über Ellas Verlobung versetzt hatte. Sie freute sich für Ella. Zuversicht, dass sich am Ende auch alles für sie und Matthew regeln würde, erfüllte sie. Unter dem Vordach ihres Hauses schüttelte sie ihren tropfenden Schirm aus, froh, dem unaufhörlichen Novemberregen zu entrinnen, und trat ins Treppenhaus, das in völliger Finsternis lag.

Auf der obersten Treppenstufe vor ihrer Wohnung wäre sie beinahe über eine Gestalt gestolpert, die zusammengekauert dasaß und leise in ihre vor das Gesicht geschlagenen Hände weinte.

»Hanni!«, rief Nora erschrocken. »Warum sitzt du hier in der Kälte und Dunkelheit? Ist etwas passiert?« Der erste Gedanke, der ihr durch den Kopf schoss, war, dass Hanna womöglich das Baby verloren hatte. Eine Fehlgeburt in den ersten Schwangerschaftswochen stellte keine Seltenheit dar. »Ist etwas mit deinem Kind?«

»Nein.« Hanna zog die Nase hoch und bettete die Stirn auf ihre angezogenen Knie, was sie noch mehr wie ein Häufchen Elend wirken ließ. »Mit dem Kleinen ist alles in Ordnung.«

Nora hängte ihren nassen Schirm ans Treppengeländer und

setzte sich neben ihre Schwester. Der Steinboden fühlte sich kalt an, sodass sie ihren Mantel fester um sich zog.

»Was ist denn los, Hanni? Erzähl es mir.«

Doch Hanna schüttelte nur stumm den Kopf und verharrte in ihrer unbequemen Haltung, ohne sich zu rühren.

»So schlimm wird es wohl nicht sein«, sagte Nora sanft und legte ihr den Arm um die Schultern. »Dass es dem Baby gut geht, ist ja erst mal die Hauptsache.«

»Es ist aber so schlimm!«, begehrte Hanna auf und sah sie an. Ihre Augen schwammen in Tränen, ihr Gesicht war fleckig und geschwollen vom Weinen.

»Dann ist es umso wichtiger, dass du darüber sprichst. Gemeinsam werden wir eine Lösung für dein Problem finden. Ich verspreche es dir.«

»Dieses Mal nicht! Dieses Mal kannst du auch als große Schwester nichts ausrichten!«

Hanna war so aufgelöst, dass Nora hilflos ins düstere Treppenhaus starrte. Ein Verdacht machte sich in ihr breit. »Du hast doch nicht etwa …«

»Doch!«, rief Hanna, und vor Verzweiflung sprangen ihr neue Tränen aus den Augen. »Doch! Und sag mir nicht: *Hättest du nur auf mich gehört.* Das hilft mir nicht weiter!«

»Oh mein Gott.« Nora hielt sich an einer Eisenstange des Treppengeländers fest, da es ihr kurz vor den Augen flimmerte. »Du hast deine Arbeit verloren. Das Krankenhaus hat dich entlassen.«

»So ist es«, gab Hanna fast trotzig zurück.

Nora nestelte in ihrer Manteltasche nach einem Taschentuch und reichte es ihr. Ihre schlimmste Befürchtung war eingetroffen, Hannas Vorgesetzte waren ihren Diebstählen auf die Schliche gekommen.

Ihre Stimme war nur mehr ein Flüstern. »Wie haben sie es herausgefunden?«

»Das ist keine große Geschichte. Der Oberarzt selbst hat mich am Medikamentenschrank erwischt. Er sagte, ihm seien vorher schon Unregelmäßigkeiten aufgefallen, deshalb war er auf der Hut.«

Die eiskalte Treppenstufe verursachte ihr eine Gänsehaut, zusätzlich wurde Nora von einem Frösteln ergriffen, das tief aus ihrem Innern kam. »Es tut mir so leid, Hanni«, murmelte sie.

»Da ich bisher immer gute Arbeit geleistet habe, sieht das Krankenhaus davon ab, mich zu entlassen. Stattdessen haben sie mir nahegelegt, selbst zu kündigen. Sollte ich mich weigern, fliege ich natürlich trotzdem raus. Ich werde heute Abend noch das Kündigungsschreiben aufsetzen. Ein gutes Arbeitszeugnis werde ich natürlich nicht erhalten, kein anderes Krankenhaus wird mich einstellen.« Unten schlug dumpf die Haustür zu, und gleich darauf wurde Frau Brombachs Wohnungstür geöffnet und geschlossen. Angespannt lauschten die beiden Schwestern.

»Ich muss es Frau Brombach sagen«, sagte Hanna tonlos. »Von nun an muss sie allein zurechtkommen. Es tut mir so leid für sie!«

Nora schüttelte müde den Kopf. »Wir finden eine Lösung für Frau Brombach. Und dein Mitgefühl in allen Ehren, Hanni, aber du solltest an erster Stelle überlegen, wie es für dich, Friedrich und das Baby weitergeht. Ihr habt nun keinerlei Einkommen mehr. Was ist das eigentlich für eine seltsame Aushilfstätigkeit, der Friedrich nachgeht?«

»Das weiß ich selbst nicht so genau. Ich weiß nur, dass er statt Lohn Naturalien bekommt. Gestern hat er mir 1-*Pfennig-Riesen* mitgebracht.«

Nora hatte die Bonbons der Zuckerwarenfirma Storck ein einziges Mal vor dem Krieg gekostet, seitdem hatte sie nie wieder welche in einem Geschäft gesehen. Irgendetwas ging bei Friedrichs Arbeitsstelle nicht mit rechten Dingen zu, davon war sie überzeugt. »Findest du das nicht seltsam?«

Hanna zuckte die Achseln. »Keine Ahnung. Ich freue mich über die Extras, die er mitbringt. Aber Nora …« Wieder stand sie kurz davor, haltlos zu weinen. »Was soll denn aus uns werden? Aus Friedrich, dem Kind und mir? Wir haben keine müde Mark mehr! Bisher war meine einzige Sorge, wie wir jemals eine eigene Wohnung finanzieren sollen, aber nun stehen wir vor dem absoluten Nichts!«

In Nora arbeitete es heftig. Sie wollte alles Menschenmögliche tun, um ihrer kleinen Schwester zu helfen. »Wir müssen gemeinsam überlegen, was wir tun können. Aber nun lass uns hineingehen, sonst holst du dir noch eine Blasenentzündung auf den kalten Stufen. Du musst es Mutter sagen und Friedrich, sobald er kommt.«

…

Nora klopfte an Major Blooms Bürotür. Seit ihrem Bewerbungsgespräch war sie nicht mehr als zwei- oder dreimal in dem karg eingerichteten Raum gewesen, denn meistens kam der Vorgesetzte zu ihnen ins Übersetzungsbüro und händigte ihnen dort die zu bearbeitenden Berichte aus.

»Herein.«

Sie trat in das winzige Zimmer, wobei sie die Tür offen stehen ließ. Major Bloom saß hinter seinem Schreibtisch, der viel zu klein für ihn zu sein schien, und betrachtete stirnrunzelnd ein paar Schriftstücke. Durch das Fenster hinter ihm sah Nora die landenden Flugzeuge, die sich wie Perlen auf einer Schnur aneinanderreihten. Der Himmel war wolkenverhangen.

Er kam um den Tisch herum und bot ihr den einzigen Besucherstuhl an, der an der ockerfarben getünchten Wand stand, während er sich auf der Tischkante niederließ. Seine gewittergrauen Augen ruhten auf ihr.

»Ich möchte Sie um einen Gefallen bitten, wenn es nicht zu ungehörig ist.« Auf einem schmalen Regal mit Ordnern, das hinten an der Wand stand, fiel ihr das Foto einer attraktiven brünetten Frau auf, die in die Kamera lachte. Es war ihr neu, dass Bloom verheiratet war. Er sprach nie über sein Privatleben.

»Lassen Sie hören.«

»Meine Schwester – sie ist Krankenschwester – hat ihre Arbeit verloren. Ungünstige Umstände haben dazu geführt ...« Sie verstummte, bevor sie noch anfing zu stammeln, und holte tief Luft.

»Ungünstige Umstände?«, fragte er belustigt. »Hat sie was ausgefressen?«

Nora wand sich innerlich, fand aber, dass es am besten war, ehrlich zu sein. »Nun ja, schon, aber es geschah alles aus den besten und edelsten Motiven heraus. Sie braucht dringend eine neue Arbeit. Meinen Sie ... meinen Sie, das Militärkrankenhaus in Lichterfelde könnte eine kompetente Krankenschwester gebrauchen? Könnte man dort zumindest nachfragen?«

Mit pochendem Herzen wartete Nora auf eine Antwort. Major Bloom sah aus dem Fenster, sein Blick blieb an einer steil in die Lüfte stoßenden Douglas DC-54 hängen. »Im Allgemeinen werden dort nur amerikanische Angestellte beschäftigt.«

Dann heftete sich sein Blick wieder auf Nora, die sich mit einem Mal sehr niedergeschlagen fühlte, und wurde weicher. »Aber ich kann mich gerne erkundigen. Ich sage Ihnen Bescheid.«

»Danke, vielen Dank.« Nora bemerkte, dass sie vor Anspannung die Luft angehalten hatte, und atmete erleichtert aus. Auch wenn es mehr als fraglich war, ob Hanna eine Chance in Lichterfelde bekam, hatte der Major zumindest nicht gleich ablehnend reagiert. »Sie braucht dringend eine Arbeit, denn ihr Verlobter ist ebenfalls arbeitslos, und sie erwarten ein Kind.«

»Das hört sich nicht gut an. Ich werde so schnell wie möglich nachfragen. Es ehrt Sie, Nora, dass Sie sich so für Ihre Schwester einsetzen.« Es war das zweite Mal, dass er sie beim Vornamen nannte, in Gegenwart der Kolleginnen sprach er sie stets mit Mrs Thalfang an. Sie spürte, dass er sie sehr schätzte. Und das erfüllte sie mit Stolz. Während ihr Leben sonst nicht gerade in geordneten Bahnen verlief, hatte sie es zumindest beruflich geschafft, ihren Weg zu gehen.

»In einer Familie muss man zusammenhalten«, murmelte sie, und zum ersten Mal an diesem Tag gelang ihr ein Lächeln. Die ganze Nacht hatte sie sich vor Sorge um Hannas Zukunft schlaflos hin und her gewälzt, doch nun war ein erster Schritt getan.

»Das sehe ich ganz genauso.« Er schaute kurz zu dem Porträt auf dem Regal, dann legte er Nora die Hände auf die Schultern, eine Geste, die sie in ihrer traurigen Verfassung tröstete und ihr Zuversicht verlieh. »Machen Sie sich keine Sorgen, ich telefoniere nach Lichterfelde, sobald es meine Zeit erlaubt.«

Nora bemerkte einen Schatten, der an der offenen Tür vorbeihuschte, und blickte kurz nach draußen, doch die Person war bereits verschwunden. Sie bedankte sich zum dritten Mal und kehrte ins Großraumbüro zurück.

»Und?«, empfing sie Ella, die liebevoll über ihren Verlobungsring strich. »Kann der Major deine Schwester im Militärhospital unterbringen?«

»Er fragt zumindest nach, auch wenn die Chancen nicht rosig stehen«, sagte Nora atemlos.

»Na siehst du! Vielleicht findet sie bald wieder eine Stelle. Und nun hör auf, Trübsal zu blasen, wir wollen uns in der Kantine mit unseren wundervollen Piloten treffen.« Ella zwinkerte Nora vergnügt zu.

Frohgemut machten sie sich auf den Weg durchs Treppenhaus; unten warteten bereits Matthew und Tyler an ihrem angestammten Platz neben der Tür.

»Hallo, zukünftige Ehefrau.« Tyler wirbelte Ella wie bei einem flotten Tanz einmal im Kreis herum, um sie dann leidenschaftlich zu küssen.

»Hört auf, ich werde gleich neidisch«, scherzte Nora, an Matthew geschmiegt.

»Neidisch? Du?« Alle vier drehten sich um und erblickten Inga, die ihnen gemächlich entgegenkam. Um ihre Lippen spielte ein rätselhaftes Lächeln. »Gerade du nimmst doch alles mit, was bei drei nicht auf den Bäumen ist.«

»Was meinst du damit?« Inga rief in Nora in letzter Zeit nur noch Ungeduld hervor. Ihre Zeit mit Matthew war so knapp bemessen, dass sie keinerlei Lust verspürte, sich von der Kollegin auch nur eine Minute davon stehlen zu lassen.

»Na ja …« Inga warf einen gespielt mitleidsvollen Blick auf Matthew, der sie nur verständnislos ansah, Nora noch immer fest im Arm haltend. »Weiß er, dass er nicht der Einzige ist? Mit Major Bloom bist du gerade ja auch auf Tuchfühlung gegangen.«

Nora spürte die Augen von Ella, Matthew und Tyler auf sich, eher neugierig als entsetzt. »Wie bitte?«

»Wenn du nicht möchtest, dass jemand von eurem Techtelmechtel erfährt, dann schließ doch das nächste Mal einfach die Tür.« Mit strahlendem Lächeln rauschte Inga an ihnen vorbei, betrat die Kantine und ließ die Glastür geräuschvoll hinter sich zufallen.

Kapitel 24

Dezember 1948

Graue Wolkenberge türmten sich am Himmel, als Nora am Morgen zur Arbeit ging. Sie vermisste es, von Hanna ein Stück begleitet zu werden. An der Kreuzung Burgherrenstraße – Dudenstraße blieb sie wie andere Fußgänger stehen, um dem Ausrufewagen von Radio Rias zuzuhören, der langsam vorbeifuhr und die neuesten Nachrichten verkündete.

»*Absolute Mehrheit der SPD bei der Westberliner Stadtverordnetenversammlung!*«, rief der Sprecher ins Megafon. »*Ernst Reuter hat beste Chancen, morgen wieder zum Oberbürgermeister der drei westlichen Zonen gewählt zu werden!*«

Auch Nora war am gestrigen Sonntag mit ihrer Mutter, Hanna und Friedrich wählen gewesen. Es war keine Überraschung, dass die SPD den Sieg davongetragen hatte, navigierte Reuter Westberlin doch seit Monaten sicher und verlässlich durch die Krisenzeit. Die Presse bezeichnete das Ergebnis der Stimmabgaben als gemeinsamen Sieg Reuters und der Alliierten, denn zusammen hatten sie es geschafft, das Durchhaltevermögen der Berliner, was die seit einem halben Jahr andauernde Blockade betraf, immer wieder anzufeuern.

Im Flughafen Tempelhof war alles weihnachtlich geschmückt.

Am Eingang stieß Nora auf Ella, die staunend wie ein Kind den riesigen, mit funkelnden Lichterketten und glänzenden Kugeln verzierten Christbaum bewunderte. Über allen Türen hingen Tannenzweige, an denen glitzernde Sterne befestigt waren.

»Ich fasse es nicht – die Amerikaner haben eigens einen Baum einfliegen lassen. Eigentlich sollte man alle Tempelhofer Kinder hierher einladen, um ihnen diese weihnachtliche Pracht zu zeigen«, sagte Ella. »Denn welche Berliner Familie hat dieses Jahr schon einen Weihnachtsbaum zu Hause? Und wenn sie einen hätten, würde er eher im Ofen landen, als geschmückt zu werden.«

Nora nickte bestätigend. »Es war nicht leicht, Veronika und Jörg klarzumachen, dass wir dieses Jahr keinen Baum haben werden. Na ja, im Krieg hatten wir natürlich auch keinen. Allerdings hat Matt erzählt, dass die Amerikaner dieses Jahr eine besondere Überraschung für die Berliner Kinder geplant haben, er wollte aber noch nicht mit der Sprache rausrücken.«

»Vielleicht lassen sie auch Santa Claus aus den USA einfliegen«, scherzte Ella.

Oben betraten sie ihr Büro, und da sie die Ersten waren, herrschte noch angenehme Stille. Auch hier hatte eine gute Fee Kerzen ins Fenster gestellt und ein mit Sternen geschmücktes Tannengesteck in einer bauchigen Vase dekoriert.

An der Tür hing ein Plakat, das für Samstag zu einer Weihnachtsfeier ins *Silverwings* einlud.

»Na, hast du Lust?«, fragte Ella. »Wir haben schon viel zu lange nicht mehr das Tanzbein geschwungen.«

Auch Nora fand die Idee reizvoll, wieder einmal auszugehen, zu tanzen, einen Cocktail zu trinken und sich zu amüsieren. »Warum nicht? Vielleicht finden sich zwei gut aussehende männliche Begleiter.«

Nach und nach trudelten die anderen Kolleginnen ein, denen

auch das Plakat ins Auge sprang. Inga überlegte laut, was sie zu der Weihnachtsparty anziehen sollte, um sich von ihrer besten Seite zu zeigen – schließlich würde im Nachtklub höchstwahrscheinlich ein Männerüberschuss bestehen, und womöglich würde ihre Suche nach einem akzeptablen männlichen Wesen endlich von Erfolg gekrönt werden.

»Du kommst auch mit, Lotti.« Erni knuffte die jüngste Übersetzerin gutmütig in die Seite. »Wir werden wahnsinnig viel Spaß haben.«

»Ich werde bestimmt keinen Spaß haben, nie mehr«, gab Lotte resigniert zurück, woraufhin Erni die Augen verdrehte.

»Sei kein Frosch, Lotti. Und was ist mit dir, Heide?«

Die älteste der Übersetzerinnen schlug sich entsetzt die Hand vor die Brust. »Ich? Meinst du mich, Kind? Was soll ich da? Euch jungen Dingern Anekdoten aus meiner Jugend erzählen?«

»Natürlich kommst du mit, Heide.« Vergnügt legte Ella Heide die Hand auf den Arm. »Wir werden uns so richtig aufbrezeln und die Puppen tanzen lassen.«

Major Bloom betrat mit seinem allmorgendlichen Stapel Berichte das Büro und verteilte die Unterlagen an die Frauen, die sich nun alle an ihre Schreibtische begaben.

»Kommen Sie auch zur Weihnachtsparty im *Silverwings*, Major Bloom?« Mit einem koketten Augenaufschlag blinzelte Inga den Vorgesetzten an. Nora fand, es sah aus, als sei ihr eine Mücke ins Auge geflogen, und schmunzelte in sich hinein.

»Weihnachtsparty? Wann soll das sein?«, brummte Bloom.

»Am Samstag im amerikanischen Nachtklub. Ich würde Sie durchaus gerne zu einem Tänzchen auffordern, Major.« Inga drehte sich zu Nora um und lächelte sie süßlich an. Wieder musste sich Nora ein Lachen verkneifen. Glaubte Inga tatsächlich, sie sei in Bloom verschossen und würde eifersüchtig auf einen Tanz zwischen ihm und Inga reagieren?

Das Gift, das Inga vor der Kantine verschossen hatte, war zu ihrem Verdruss wirkungslos verpufft und alle vier waren in übermütiges Gelächter ausgebrochen. Trotzdem ärgerte sich Nora über die Kollegin. Konnte sie nicht endlich aufhören, Intrigen zu spinnen? Merkte sie nicht, dass der Schuss ständig nach hinten losging?

»Ich tanze nicht«, antwortete Bloom knapp und wandte sich dann an Nora. »Wenn Sie eine Minute in mein Büro kommen könnten, Mrs Thalfang?«

Nora strich ihren Rock glatt und eilte Bloom hinterher, der im Sturmschritt hinauslief. Aus dem Augenwinkel sah sie noch, wie Inga vor Wut rot anlief.

»Mach keine Dummheiten!«, rief Heide ihr in gespieltem Ernst hinterher, woraufhin Ella und Erni sich ausschütteten vor Lachen.

In seinem winzigen Büro deutete Bloom auf den Besucherstuhl, und sie nahm angespannt Platz. Bestimmt hatte er sie hergebeten, um ihr mitzuteilen, ob für Hanna eine Chance bestand, als Krankenschwester im Militärhospital unterzukommen. Die Heiterkeit, die sie noch eben erfüllt hatte, war wie weggepustet. Nervös spielte sie am Stoffgürtel ihres eisblauen Winterkleides.

»Ich habe Nachricht aus Lichterfelde«, begann er und ließ sich wie bei ihrem letzten Gespräch auf der Schreibtischkante nieder. »Ich muss Sie leider enttäuschen, Nora – wie ich vermutet habe, stellt das Militärhospital nur amerikanische Mitarbeiterinnen ein. Zudem besteht im Moment auch keinerlei Bedarf für neue Kräfte.«

»Oh … danke.« Nora gelang es kaum, ihre Enttäuschung zu verbergen. Blooms Anfrage beim Militärkrankenhaus war ihre einzige Hoffnung gewesen. »Danke, dass Sie es versucht haben.«

»Es tut mir leid.« Bloom seufzte und sah ihr prüfend in die Augen, als wollte er ausloten, wie schwer sie seine Mitteilung traf. »Aber vielleicht möchte sich Ihre Schwester daran beteiligen, auf den Landebahnen die Flugzeuge auszuladen? Da können wir immer helfende Hände gebrauchen. Allerdings wäre das nur ein Nebenjob, leben kann man nicht davon. Aber es wäre besser als nichts.«

Nora schüttelte niedergeschlagen den Kopf. »Körperliche Arbeit ist momentan nichts für sie, da sie schwanger ist.«

»Stimmt, das hatten Sie erwähnt.« Bloom grübelte angestrengt, aber auch ihm schien nichts mehr einzufallen, womit Hanna Geld verdienen konnte.

Nora erhob sich müde. Trotz ihrer Vorfreude auf Weihnachten mit Matthew und die Party im *Silverwings* würde es wohl kein fröhliches Fest werden. Wie konnte sie ausgelassen feiern, wenn ihre Schwester und Friedrich sich in einer aussichtslosen Lage befanden?

Bloom schaute so betroffen drein, dass sie befürchtete, ihn mit ihrer Traurigkeit angesteckt zu haben. »Ich wünschte, meine Schwester hätte nicht gegen die Regeln verstoßen, dann wäre sie nun nicht arbeitslos.«

Er grinste sie verwegen an. »Ich mag Leute, die gegen die Regeln verstoßen.«

Damit brachte er sie doch noch zum Lächeln.

...

Ernst Reuter wurde tatsächlich wieder zum Oberbürgermeister der drei westlichen Zonen gewählt, und sowohl bei den Alliierten als auch bei den Deutschen herrschte ausgelassene Stimmung.

Nora änderte ein lange ungetragenes silbergraues Kleid ihrer Mutter ab, das sie bei der Weihnachtsparty im *Silverwings* tragen wollte, und verschönerte es durch stoffbezogene Knöpfe und einen Gürtel, den man seitlich zu einer Schleife binden konnte. Zudem half Else ihr, es auf Wadenlänge zu kürzen, so wie man es bei den amerikanischen Schauspielerinnen sah, deren Fotos manchmal in den Klatschspalten der Zeitungen abgedruckt waren.

Als sie sich am Abend der Party im Spiegel betrachtete, stimmte sie ihr Erscheinungsbild recht zufrieden, mit den in Wasserwellen gelegten blonden Haaren und dem neuen erdbeerfarbenen Lippenstift – Matthew hatte ihn ihr als kleine Überraschung aus Wiesbaden mitgebracht – war sie perfekt zurechtgemacht für eine rauschende Party, frisch und elegant, doch trotzdem nicht allzu aufgetakelt.

Hanna, die sich aufgrund ihrer den ganzen Tag über andauernden Übelkeit nur noch von Tee ernährte, musterte sie kurz, zog sich dann aber kommentarlos in ihr Zimmer zurück.

»Ach, Mutti.« Nora seufzte, während sie ihre kleine schwarze Abendtasche packte, die noch aus Vorkriegszeiten stammte, jedoch wie neu wirkte, war sie bisher doch selten zum Einsatz gekommen. »Im Flughafen spricht man seit zwei Wochen von nichts anderem als von der Weihnachtsfeier, und ich habe mich die ganze Zeit gefreut, sie zu besuchen. Doch wenn ich an Hanna denke, die mutlos auf dem Sofa sitzt und nicht weiß, wie es in ihrem Leben weitergehen soll, denke ich, ich sollte besser zu Hause bleiben.«

»Unsinn«, widersprach Else heftig. Sie saß mit den Kindern am Tisch und spielte mit ihnen bei Kerzenschein Mau-Mau. »Du steckst deiner Schwester ständig Geld zu, was willst du denn noch tun? Indem du daheim bleibst, verbesserst du ihre Lage nicht. Und du musst auch mal an dich denken, hörst du? Du hast dir eine kleine Auszeit wirklich verdient. Außerdem möchte ich von Hanna kein Gejammer hören. Wenn sie die letzten Monate ihr

Köpfchen eingeschaltet hätte, stünde sie nun nicht ohne Arbeit da.«

»Mach ihr keine Vorwürfe. Es ging ihr um Frau Brombachs Wohl. Sie hat doch sonst niemanden. Hanna war nur hilfsbereit.«

Else schnaubte. »Und leichtfertig und unüberlegt noch dazu.«

Veronika verfolgte das Erwachsenengespräch interessierter, als Nora lieb war. »Stimmt es, dass Tante Hanna gestohlen hat?«

Else warf Nora einen bedeutungsschweren Blick zu. »Da siehst du es, sogar die Kinder haben was von Hannis Heldentaten mitbekommen.«

»Tante Hanna hat einen Fehler begangen«, erklärte Nora und überlegte krampfhaft, wie sie Veronika und Jörg den Sachverhalt erklären konnte, ohne ihre Schwester allzu schlecht wegkommen zu lassen, jedoch auch ohne zu vermitteln, dass Diebstahl lediglich ein Kavaliersdelikt war. »Manchmal tut man etwas, um jemand anderem zu helfen, auch wenn man genau weiß, dass es falsch ist.«

»Tante Hanna ist eine Diebin«, verkündete Jörg mit glänzenden Augen. Natürlich faszinierte ihn die ganze Angelegenheit, fand er Räubergeschichten doch immer spannend.

Nora seufzte. »Auf Wiedersehen, ihr beiden. Schlaft schön.« Sie küsste die Kinder auf die Stirn, bedankte sich bei ihrer Mutter dafür, dass sie zu Hause die Stellung hielt, und machte sich auf den kurzen Weg zum Flughafen Tempelhof.

Der Abend war sternenklar und kalt. Die Gaslaternen verbreiteten ein bläuliches Licht, das die Straße mit magischem Glanz überzog. Die noch schmale Sichel des zunehmenden Mondes schaukelte wie eine bleiche Laterne, die man schief aufgehängt hatte, am Himmelszelt. Beschwingten Schrittes eilte Nora ihrem Ziel entgegen, ganz aufgeregt, gleich Matthew zu sehen und mit ihm zu tanzen und zu feiern. Das Leben hielt zuweilen so schöne Momente bereit, warum konnte es solche nicht öfter geben?

Ella wartete auf dem riesigen Platz vor dem Flughafengebäude auf sie, auf dem heute Abend ungewöhnlich viele Wagen parkten, und sie hakten sich unter und schlenderten zum *Silverwings*.

Aus dem Nachtklub drang bereits laute, fröhliche Musik, keine Schlager wie sonst, sondern amerikanische Weihnachtslieder wie *Jingle Bells, Joy to the world, Carol of the bells* und *White Christmas*, das Bing Crosby im Vorjahr erstmals gesungen hatte. Bereits beim Eintreten in den Klub bildete sich auf Noras Armen eine Gänsehaut. Dies war ein Abend wie kein anderer, das spürte sie. Alle Besucher waren festlich gekleidet, und auch der Nachtklub selbst strahlte im Glanz unzähliger Lichterketten und leuchtender purpurroter Kugeln, die von Tannenzweigen baumelten.

»Da sind die anderen!«, rief Ella, und sie schoben sich durch die Menge hindurch zu ihren Kolleginnen. Erni wurde von ihrem neuen Freund, ihrem Nachbarn Ewald, begleitet, einem braunhaarigen jungen Mann, der sich nach allen Seiten hin derart erstaunt umsah, als sei er auf einen anderen Stern katapultiert worden. Lotte hielt sich dicht an Erni und setzte eine traurige Miene auf, doch auch sie hatte sich in Schale geworfen und trug ein altmodisches Abendkleid, das aussah, als habe ihre Großmutter es in den Zwanzigern getragen. Heide sah aus, als würde sie gleich ins Büro gehen, ihr Kleid war einfach und ohne Schnörkel, die Schuhe bequem und praktisch. Kopfschüttelnd nippte sie an ihrem Cocktail und schaute sich um.

»Meine Güte, wo bin ich hier nur gelandet?«, fragte sie ein ums andere Mal. »Es ist so furchtbar laut... und die vielen Leute. Warum stehen die denn alle herum und setzen sich nicht? Na ja, Tische sind ohnehin nicht in ausreichender Zahl vorhanden...«

»Ganz ruhig, Heide.« Übermütig versetzte Erni der älteren Kollegin einen Rippenstoß. »Sehe ich da drüben unsere Sechste im Bunde?«

Nora versuchte wie die anderen, einen Blick auf Inga zu erhaschen, die am anderen Ende des Raumes an einem Offizier haftete wie ein Stück Klebeband. Durch die Wolke aus dichtem Zigarettenrauch erschien sie fast wie eine Fata Morgana.

»Ein überaus attraktiver Mann«, befand Ella, die angestrengt durch den weißen Dunst spähte.

»Und dreißig Jahre jünger als der, den sie letztens hatte.« Lotte reckte den Hals wie ein Schwan, ihre trübe Stimmung von eben schien vergessen.

»Ich glaube ja noch immer, dass Beziehungen zu Amerikanern letztendlich mehr Kummer bereiten, als euch lieb ist, auch wenn ihr am Anfang auf rosaroten Wolken schwebt.« Heide betrachtete Nora und Ella vielsagend. »Aber vielleicht ist es für Inga dieses Mal die große Liebe. Die Chancen müssten doch gut stehen, dass unter den vielen Männern, mit denen sie angebandelt hat, auch mal einer ist, der ernste Absichten hegt.«

Erni – ihr Freund hatte sich mit einem Glühwein an den Rand des Raumes zurückgezogen, anscheinend überforderte ihn der Trubel – und Lotte brachen in Gelächter aus und bestellten sich beim Barmann einen neuen Cocktail. Nora hoffte, dass Heides Prophezeiung der Wahrheit entsprach – wäre es nicht erleichternd, wenn Inga sich tatsächlich bis über beide Ohren in einen netten Mann verlieben und folglich das Interesse am Sticheln verlieren würde? So ausgelassen und gut gelaunt wie heute Abend könnten sie bei der Arbeit täglich sein.

»Achtung, sie ist im Anmarsch«, kündigte Ella mit gesenkter Stimme an. Tatsächlich schien Inga sie ebenfalls gesehen zu haben und schob sich mit ihrem Gesprächspartner im Schlepptau zu ihnen durch die Menge.

»Na, Mädels?« Ingas Augen strahlten geradezu fiebrig, ihr Tonfall klang triumphierend. »Was steht ihr alle herum wie bestellt und nicht abgeholt? Seid ihr etwa ohne Begleitung hier?«

»Ich schon.« Heide rollte mit den Augen. »Und ich hoffe, das bleibt so.«

Erni und Lotte, die bereits einige Cocktails intus hatten, prusteten los.

»Darf ich euch Jake vorstellen? Air Force Officer Jake Labine aus Seattle.« Sie lehnte sich an den lächelnden Militär, so als wolle sie die Kolleginnen über ihre Besitzansprüche gegenüber Jake aufklären. Dieser schien kein Wort Deutsch zu verstehen, denn er sah Inga fragend an.

»Komm, Jakey, stürzen wir uns wieder ins Getümmel.« Und schon zog sie Jake zur Tanzfläche.

»Na, das war ja mal ein Auftritt«, sagte Ella amüsiert.

»Anscheinend hatte sie keine Zeit, uns auch vorzustellen.« Heide schmunzelte. »Ich glaube, ich will auch so was, was dein Freund hat, Erni, ist das Glühwein? Für diese flamingofarbenen Drinks bin ich zu alt.«

»Uuuh, da kommt unser Chef ... Und er ist in weiblicher Begleitung ...!«, rief Lotte reichlich beschwipst.

Alle starrten Major Bloom an, der mit einer bildhübschen Begleiterin am Arm den Klub betrat. Nora erkannte die brünette Frau von dem Foto in Blooms Büro. Auch sie war neugierig – wusste doch keine von ihnen etwas Privates über ihren Vorgesetzten – und starrte dem beeindruckenden Paar ebenfalls entgegen. Bloom schien die Blicke zu spüren, denn er raunte seiner Frau etwas zu und steuerte mit ihr auf die Übersetzerinnen zu.

»Die versammelte Kaffeerunde«, sagte er grinsend. Er wirkte viel entspannter und lockerer als sonst. »Nur eine fehlt. Janet, das sind die Damen vom Übersetzungsbüro. Lotte, unser Küken, Erni, die ihre Flügel stets schützend über Lotte hält, Heide, die Stimme der Vernunft, Ella, die aufgrund ihres großmütterlichen Erbes herrliches britisches Englisch spricht, und Nora, meine Geheimwaffe im Team.«

Alle Frauen erröteten bis unter den Haaransatz, waren sie es doch, außer Nora, weder gewohnt, von ihrem Chef mit Vornamen angesprochen, noch derart persönlich charakterisiert zu werden. Stolz über Blooms Lob überflutete Nora.

»Und wen haben Sie da Schönes mitgebracht?«, fragte Erni vorlaut und musterte Blooms Begleitung ungeniert.

»Meine Frau Janet. Normalerweise wohnt sie in unserem Haus in der Nähe von Chicago, doch für die Feiertage ist sie dieses Jahr hergeflogen.« Bloom übersetzte seine Worte rasch ins Englische, und seine Frau lächelte und reichte jeder Übersetzerin die Hand. Sie war ein zierliches, feingliedriges Wesen, nach der neuesten Mode gekleidet. Von einem solch schimmernden Seidenkleid und hohen Pumps aus Lackleder konnten die Berliner Kolleginnen nur träumen.

»Dann wollen wir auch mal tanzen, nicht wahr, Janet? Einen schönen Abend Ihnen allen! Und am Montagmorgen sehen wir uns pünktlich im Büro!« Bloom zwinkerte ihnen zu und verschwand mit seiner Frau an der Hand.

Die Kolleginnen standen allesamt noch unter dem Bann des glamourösen Paars, als Heide verwundert sagte: »Wer hätte das gedacht, unser fescher Major ist tatsächlich verheiratet, und noch dazu mit solch einer Schönheit! Ich hoffe, du wirst nicht eifersüchtig, Nora.«

Ella, Lotte und Erni bogen sich vor Lachen; Ingas Anschuldigung, Nora habe eine Affäre mit Bloom, war inzwischen zum Running Gag geworden.

»Keineswegs, denn mein Pilot ist gerade eingetroffen«, entgegnete Nora gespielt würdevoll. Kaum eine Minute später hatten sich

Matthew und Tyler, die in der stickigen Luft des Nachtklubs sogleich zu schwitzen schienen – sie steckten noch in ihren Fliegeruniformen –, zu ihnen gesellt. Die Gruppe zerstreute sich; Erni und Ewald tanzten, Lotte und Heide besorgten sich Nachschub an der Bar, Ella und Tyler suchten einen freien Tisch.

Glücklich lehnte sich Nora an Matthew. Ihr war, als habe der Abend gerade erst begonnen, jetzt, wo Matthew da war, fühlte sie sich gelöst genug, um wie die anderen fröhlich zu tanzen und in der weihnachtlichen Stimmung zu schwelgen.

»Wie schön, dass du und Tyler es heute Abend hergeschafft habt«, sagte sie, fest an ihn geschmiegt. Aus der Jukebox tönte *Have yourself a merry little Christmas*, Matthew legte seine Arme um sie, und sie bewegten sich zur Musik. Mit all dem vergnügten Gelächter ringsherum, dem glitzernden Weihnachtsschmuck und Matthews Nähe, in die sie sich eingeflochten fühlte wie in einen schützenden Kokon, schien sie unter einem zarten Zauber zu stehen, der hoffentlich nicht so bald enden würde.

»Wir sind morgen ohnehin in Berlin«, murmelte er, ganz nah an ihrer erhitzten Wange. »Ty und ich werden nämlich in geheimer Mission unterwegs sein.«

»So?«, fragte sie belustigt. »Was führt ihr denn im Schilde?«

Er lächelte stolz. »Wir nehmen an der *Operation Santa Claus* teil.«

»Santa Claus?« Nora lachte, ihr war so unbeschwert zumute wie lange nicht mehr. »Es gibt tatsächlich eine Operation, die so heißt? Ella meinte schon im Spaß, ihr Amerikaner lasst den Weihnachtsmann einfliegen.«

»Viel, viel besser.« Matthews Augen funkelten. »Vielleicht solltest du morgen mit deinen Kindern in die Stadt gehen.«

»Wenn du das sagst, werde ich es wohl tun.«

Sie tanzten miteinander, lagen sich in den Armen, als hätten sie sich hundert Jahre lang nicht gesehen. Nora tanzte außerdem mit Major Bloom, Tyler und Ewald. Mit Matthew teilte sie sich einen Glühwein, der süß auf seinen Lippen klebte, als sie sich küssten. Es war eine Nacht, in der Sternenstaub vom Himmel zu regnen schien. Nora fand es ungemein tröstlich, dass sich Matthew heute nicht wieder verabschieden musste, um gegen Westen zu fliegen, er würde hierbleiben. Sie würde ihn am nächsten Tag sehen und an Heiligabend. Ein tiefes Glücksgefühl sprudelte in ihrem Innern wie eine Quelle, die nie versiegen würde. Zumindest nicht in dieser Nacht.

...

»Und was für eine Überraschung soll das sein?« Veronika setzte sich die Wollmütze auf den blonden Schopf und streifte die Fäustlinge über. »Ich will lieber zu Hause bleiben und malen.«

»Malen kannst du nachher auch noch.« Nora knöpfte Jörg, der vor Ungeduld zappelte, den Wintermantel zu. »In der Stadt soll es ein großes Spektakel geben. Die Amerikaner haben etwas für die Berliner Kinder geplant, aber was genau, weiß ich nicht.«

»Werden wir Matthew sehen?«, rief Jörg aufgeregt und brummte wie ein Flugzeugmotor.

»Das weiß ich nicht, vielleicht.« Nora wünschte sich sehnlich, ihm zu begegnen; die halbe Nacht hatte sie wach gelegen und von der Erinnerung an ihre Umarmungen und Tänze gezehrt. Die Weihnachtsparty war zauberhaft gewesen, eine Nacht, die in ihrer Erinnerung wohl für immer mit Goldpuder bestäubt sein würde.

Veronika schaute nicht gerade begeistert drein. Die Aussicht, Matthew zu begegnen, gefiel ihr nicht.

»Viel Spaß!«, rief Else ihnen aus der Küche nach. »Und grüßt mir Santa Claus.«

»Falls wir ihn sehen«, brummte Veronika dumpf.

Mit der U-Bahn fuhren sie in Richtung Kurfürstendamm. Dicht gedrängt standen die Menschen in den Waggons, die meisten hatten Kinder an der Hand, die der eigens von Radio Rias angekündigten Weihnachtsvorstellung entgegenfieberten. Die Luft schien vor Vorfreude und Aufregung zu knistern. Als sie am Breitscheidplatz ausstiegen, klammerten sich Veronika und Jörg an Noras Händen fest, um sich im Getümmel nicht zu verlieren.

Am Kurfürstendamm, dessen Schaufenster seit Monaten leer und ungeschmückt waren, bevölkerten die Menschen wie bei einer Parade erwartungsfreudig die Bürgersteige. Das Geplauder unzähliger Stimmen hing wie Rauch in der Luft, die Ruine der Gedächtniskirche ragte einsam in den nebelgrau verhangenen Himmel.

»Wann geht es los?« Jörg vermochte kaum, ruhig auf der Stelle zu stehen, er hüpfte auf und ab wie ein Springkreisel. »Landet Matthew mit seinem Flugzeug hier auf dem Platz?«

»Wohl kaum.« Nora lächelte. »Der Breitscheidplatz ist keine geeignete Landebahn. Aber horcht doch einmal.«

Aus einiger Entfernung war ganz leise das Gebimmel unzähliger Glöckchen zu hören; nach und nach verstärkte sich der Klang. Mit einem Mal erstarben die Gespräche der Erwachsenen und die gespannten Fragen der Kinder ringsum, und alle blickten einer Schar von Männern entgegen, die ein taillenhohes, zottiges Tier in ihrer Mitte führten.

»Ein Kamel, ein Kamel!«, schrie Jörg, als die Gruppe so nah war, dass man das Geschöpf auf vier Beinen identifizieren konnten. »So wie im Tiergarten!«

Die Umstehenden lachten über seine Euphorie. Selbst Veronika machte einen Schritt nach vorne, um über die Köpfe kleinerer Kinder hinweg zu beobachten, was vor sich ging.

Ein Raunen sowie entzückte *Ohs!* und *Ahs!* liefen wie ein sich ausrollender Teppich durch die Menschenmassen. Trotz der ärmlichen, abgetragenen Kleidung und der vielen ausgezehrten Gesichter schienen Funken der Freude in der rauen Winterluft zu sprühen.

»Und da ist Matthew!«, rief Jörg und zeigte mit dem Finger auf den Piloten, nach dem auch Nora mit brennendem Herzen Ausschau hielt.

»Sei still, du bist peinlich«, wies Veronika ihren Bruder zurecht, doch auch sie starrte das Kamel, das gemütlich vorwärtstrampelte, gebannt an. Es trug eine warme Satteldecke mit voll bepackten Seitentaschen über dem Höcker, auf die der Name *Clarence* aufgestickt war.

Voller Stolz geleiteten die Männer – Nora erkannte außer Matthew noch Tyler und Gail Halvorsen, den Erfinder der Rosinenbomber – das Tier durch die jubelnde Menge und reichten den Kindern, die sich ungestüm um sie drängelten, aus randvoll gefüllten Säcken sowie den Satteltaschen kleine, liebevoll verpackte Weihnachtsgeschenke.

»Hierher, Matthew! Wir sind hier!«, brüllte Jörg, um sich bemerkbar zu machen, und warf beide Arme in die Luft, doch andere Kinder rempelten ihn unaufhörlich an, um den Wettstreit, wer zuerst beim Kamel war, zu gewinnen.

»Na, hol dir auch ein Geschenk«, ermunterte Nora ihre Tochter lächelnd, nachdem Jörg in Richtung des Kamels losgestürmt war. Nach kurzem Zögern kämpfte auch Veronika sich zur Straßenmitte durch und bekam von Matthew ein mit einer silbernen Schleife umwickeltes Päckchen.

Matthew blickte das Mädchen an, erkannte sie und ließ seinen Blick suchend über die Erwachsenen auf dem Bürgersteig schweifen, bis er Nora entdeckte. Sie winkte ihm zu, tief berührt von diesen ganzen Männern in Fliegeruniform, die die Bevölkerung nicht nur unermüdlich mit Essen versorgten, sondern zudem den Berliner Kindern eine riesige Freude bereiteten.

»Nora!« Matthew entfernte sich von seiner Truppe und schob sich durch die aufgeregte Menge zu ihr hindurch. Sobald er sie erreicht hatte, hielt sie sich an seinen Ärmeln fest, um nicht vom Strom der Menschen von ihm weggerissen zu werden.

»Das ist also eure Überraschung! Man sollte es vielleicht eher Weihnachtswunder nennen!« Tränen schimmerten in ihren Augen, so sehr überwältigten sie die Hilfsbereitschaft der amerikanischen Piloten sowie der plötzliche Frohsinn der Menschen, die seit Monaten in Kummer und Sorge lebten.

Er küsste ihr eine Träne weg, die ihre Wange herabrann, und sie spürte seine von der Kälte raue Haut an ihrer. Eigentlich hatte sie genau das vermeiden wollen – sich vor den Kindern als Paar zu zeigen; aber im Moment war sie einfach nur froh, dass er da war. Doch Veronika und Jörg befanden sich noch immer im Pulk der anderen Kinder, die aufgeregt darauf warteten, ein Geschenk zu erhalten, wahrscheinlich hatten sie von der innigen Szene gar nichts mitbekommen.

»Ich bin froh, dass Clarence so wunderbar ankommt.«

»Ich hätte meinen Kindern dieses Jahr kein Weihnachtsgeschenk kaufen können«, stammelte Nora. Ellenbogen stießen ihr in die Seiten, und sie griff fester nach dem dicken Stoff von Matthews Uniform, hielt sich daran fest wie an einer Rettungsboje. Er war ihr Anker in diesem Rausch aus Fassungslosigkeit, Glückseligkeit, Dankbarkeit. »Dabei gab es in den letzten beiden Jahren auch kein Geschenk, und im Krieg natürlich auch nicht. Jörg hat in seinem Leben noch nie etwas zu Weihnachten bekommen.«

Sie brach ab, da ihr die Stimme versagte, und beobachtete mit schwimmenden Augen ihren Sohn, der sich, sein Paket strahlend an die Brust gedrückt, seinen Weg zu ihr zurück bahnte.

»Ab jetzt wird er immer ein Geschenk bekommen«, sagte Matthew weich, und es klang wie ein Versprechen für die Zukunft.

»Ich habe ein Geschenk bekommen! Schau nur, Mutti, ein richtiges Geschenk!« Jörg konnte sein Glück kaum fassen und machte Anstalten, auf der Stelle das glänzende Geschenkpapier aufzureißen.

»Nicht doch.« Nora nahm seine in dicken Handschuhen steckenden Hände in ihre. »Du wirst das Päckchen doch nicht zwischen diesen vielen Menschen öffnen wollen, stell dir vor, es fällt zu Boden und geht kaputt. Hebe es dir doch für später auf.«

»Vorfreude ist die schönste Freude«, bekräftigte Matthew lächelnd.

»Na gut, ich packe es daheim aus.« Jörg strahlte Matthew an wie einen Helden aus den Kinderbüchern, die Nora ihnen am Abend vorlas, seine tannengrünen Augen funkelten vor Bewunderung.

Auch Veronika trug ihr Geschenk wie einen kostbaren Schatz vor sich her.

»Warum ziehen Sie mit einem Kamel herum?«, fragte sie Matthew. Im Gegensatz zu ihrem Bruder duzte sie ihn nicht.

»Rentiere waren dieses Jahr nicht verfügbar.« Matthew bemühte sich, todernst zu bleiben, doch der Schalk ließ seine Mundwinkel zucken. »Die werden wahrscheinlich noch am Nordpol gebraucht. Allerdings – schaut euch Clarence mal genauer an. Er ist kein Kamel.«

Veronika musterte die Gestalt des Trampeltieres unter der Decke aufmerksam. »Er hat nur einen Höcker, Clarence ist ein Dromedar!«

»Sehr gut, junge Lady.« Matthews Blick verknüpfte sich wieder mit Noras. »Vor einiger Zeit haben Air-Force-Mitglieder in Nordafrika ein Dromedar gekauft, das sie ebenfalls Clarence tauften. Es sollte sozusagen als Maskottchen dienen und in die USA überführt werden, wo man mit seiner Hilfe Spenden für Berlin sammeln wollte.«

Nora schluckte, ihre Kehle zog sich schmerzhaft zu. Menschen in Amerika spendeten tatsächlich Geld für die Deutschen, die noch vor wenigen Jahren ihre Feinde gewesen waren? Die Welt schien plötzlich eine andere zu sein, die Staatengemeinschaft enger verbunden, bereit, Vergangenes zu verzeihen und gemeinsam nach vorne zu schauen.

»Clarence wurde aus Amerika eingeflogen?« Jörg blickte fasziniert zu Matthew hoch. Die Geschichte des Dromedars musste ihm wie ein wundersames Märchen erscheinen.

»Nein, nicht dieses Dromedar. Es ist etwas komplizierter.« Matthew bemerkte, dass seine Kollegen mit Clarence weiter den Kurfürstendamm entlangzogen, doch fixierte er Nora noch immer voller Zärtlichkeit, so als habe er alle Zeit der Welt. »Clarence – der erste Clarence – brach sich, kurz bevor er nach Berlin transportiert werden sollte, ein Bein.«

Veronika schlug sich erschrocken die Hand vor den Mund. »Oh nein, das arme Tier!«

»Ich bin sicher, Clarence dem Ersten geht es inzwischen wieder besser«, beruhigte Matthew sie lächelnd. »Jedenfalls musste auf die Schnelle ein neues Dromedar her. Ein paar unserer Jungs flogen wieder nach Nordafrika und kauften dort ein zweites Tier. Natürlich musste es wieder Clarence heißen, allerdings ... passt dieser Name dieses Mal nicht wirklich ...«

Verschmitzt deutete er auf das Dromedar, das inmitten der anderen Piloten, die bereits ein Stück weiter weg eifrig Geschenke verteilten, gemächlich dahinzuckelte und sich in keiner Weise von den vielen Kinderhänden stören ließ, die es streicheln wollten.

»Wieso nicht?«, krähte Jörg und sprang in die Höhe, um über

die Köpfe einiger Backfische, die nun vor ihnen standen, noch einen Blick auf das Dromedar zu gewinnen.

»Ist es womöglich ein Weibchen?«, vermutete Nora vergnügt.

»Genau. Kinder, ihr habt eine schlaue Mutter. Und eine wunderschöne noch dazu.« Den letzten Satz flüsterte er, deshalb blieb er von Veronika und Jörg, die ohnehin viel zu abgelenkt von dem Jubel und dem Lärm waren, ungehört.

»Du verpasst den Anschluss an deine Kollegen«, gab Nora leise zurück. »Tyler schaut sich bereits suchend um.« Trotzdem kostete sie jede Sekunde aus, die sie beieinanderstanden, und fühlte sich wieder wie der Mensch, der sie in seiner Gegenwart immer war – vor Glück und Zuneigung überschäumend, gelassen und zuversichtlich. Alles schien möglich, alles machbar, solange sie nur mit Matthew zusammen war.

»Dann werde ich mal wieder.« Er schenkte ihr einen letzten innigen Blick.

»Bis Heiligabend!«, rief Nora ihm nach und winkte ihm heftig hinterher. Während er sich den Weg auf die Straße zurück bahnte, drehte er sich noch einmal zu ihr um, lächelte und schloss sie für einen letzten Moment in sein Universum ein, in dem er und sie die einzigen Lebewesen waren. Nora legte ihren Kindern die Arme um die Schultern und schob sie von dem überfüllten Bürgersteig weg, um sie in Richtung der U-Bahn-Station zu führen. »Lasst uns nach Hause gehen, ihr Süßen. Ihr möchtet sicher endlich eure Geschenke auspacken, oder?«

»Endlich!«, riefen Veronika und Jörg unisono, und so machten sie sich in der allmählich einbrechenden Dämmerung auf den Heimweg.

Kapitel 25

Dezember 1948

Major Bloom gab den Übersetzerinnen am Tag vor Heiligabend nachmittags frei, damit sie Vorbereitungen für das Fest treffen konnten. Nora holte Veronika und Jörg zu Hause ab, um mit ihnen einkaufen zu gehen; sie brauchten noch Zutaten für Elses berühmten Weihnachtskuchen. Wahrscheinlich würde sie das Rezept abspecken müssen, Haselnüsse gab es zurzeit bestimmt nicht zu kaufen. Nora schlug nicht den Weg in Richtung Kluths Laden ein, sondern ging in die entgegengesetzte Richtung, was ihr den Unmut ihrer Kinder einbrachte.

»Wir wollen nicht so weit laufen.« Jörg klammerte sich an ihrem Mantel fest, als wolle er sich von ihr ziehen lassen, und auch Veronika zog ein missmutiges Gesicht.

»Lass uns zu Kluth gehen, Mutti, vielleicht hat er heute mehr in den Regalen als sonst.«

»Das würde mich wundern.« Nora schnaubte. »Und falls er mehr hat, verkauft er es nicht an uns. Er findet doch jedes Mal eine neue Ausrede. Nun hört auf, euch zu beschweren, ihr beiden. Der Spaziergang wird euch guttun.«

Am Bayernring begegneten sie Emmi Brombach, die ihnen sogleich zuwinkte. Ein rauer Wind fegte durch die Straße, und die Nachbarin zog sich ihr Tuch fester um den Kopf.

»Haben Sie mit Ihren Kleinen auch das Kamel angeschaut? Ich habe einen Bericht darüber bei Radio Rias gehört.« Frau Brombach wurde von einem Hustenanfall geschüttelt und wandte sich ab, bis er nachließ.

»Wir haben Geschenke bekommen!«, rief Jörg mit glühenden Wangen. »Süßigkeiten und einen klitzekleinen Spielzeugflieger! Ich habe mir so sehr ein Flugzeug gewünscht, und Clarence hat mir wirklich eins gebracht!«

»Schön, mein Junge.« Wieder drehte sich die Nachbarin zur Seite, um zu husten. Sie rang nach Luft.

»Ihre Bronchitis hört sich wieder schlimm an.« Nora biss sich auf die Lippen. Sie verspürte Mitgefühl mit der älteren Frau, gleichzeitig graute es ihr davor, über ihre Krankheit zu sprechen, wusste sie doch nicht, wie diese Hannas Ankündigung, ihr keine Medikamente mehr mitbringen zu können, aufgenommen hatte.

Frau Brombach zog ein großes, kariertes Taschentuch hervor und schnäuzte sich nach Luft schnappend. »Es ist wieder ganz schlimm. Ich war gerade in der Apotheke, um nach einer Medizin zu fragen, die mir etwas Erleichterung verschaffen könnte, aber es gab natürlich nichts. Zumindest nichts ohne Rezept. Wirklich schade, dass Ihre Schwester mich nicht mehr versorgen kann. Aber ich kann natürlich voll und ganz verstehen, dass sie jetzt, wo sie guter Hoffnung ist, nicht mehr arbeiten kann.«

»Tante Hanna arbeitet nicht mehr, weil sie …«, begann Veronika, doch Nora schnitt ihr rasch das Wort ab.

»Sie sollten sich aber nun wirklich im Krankenhaus vorstellen, um behandelt zu werden. Oder Sie versuchen es noch einmal bei Ihrem Arzt, Frau Brombach, womöglich wurden inzwischen auch an die Praxen mehr Medikamente geliefert.« Es erleichterte sie, dass Frau Brombach den wahren Grund von Hannas Arbeitslosigkeit nicht kannte und die Schwangerschaft dafür verantwortlich machte; es wäre ihr doch sehr unwohl dabei gewesen, wenn die Nachbarin die Wahrheit wüsste und sich am Ende selbst Vorwürfe über Hannas Entlassung machte.

Die Kinder hüpften auf und ab, um sich warm zu halten, und Nora schob sich ihren Schal bis über das Kinn. Ihre Lippen fühlten sich bereits taub an vor Kälte.

»Wie werden Sie Heiligabend verbringen?«, fragte sie die Nachbarin.

Diese zuckte hilflos die Schultern. Nora bemerkte, dass ihr der abgetragene Mantel lose um den Körper schlackerte. »Ich werde nichts Besonderes tun, schätze ich. Wenn man verwitwet ist und keine Angehörigen hat, ist Heiligabend ein Tag wie jeder andere auch.«

Veronikas braune Augen füllten sich mit Tränen, auch Nora spürte, wie sich Traurigkeit in ihr ausbreitete. Weihnachten alleine zu verbringen musste unglaublich einsam und deprimierend sein.

»Mutti...« Veronika rempelte sie an und schaute flehend zu ihr hoch.

Nora nickte. »Kommen Sie doch zu uns, Frau Brombach. Wir würden uns freuen.«

Emmi Brombach schüttelte so vehement den Kopf, dass ihre grauen Löckchen hin und her flogen. »Oh nein, das ist nett gemeint, aber Weihnachten ist ein Fest der Familie. Ich möchte mich ganz bestimmt nicht aufdrängen.«

»Tun Sie gar nicht«, versicherte Veronika. »Wir bekommen auch noch anderen Besuch – Tante Hannas Verlobter und ein amerikanischer Pilot. Mutti hat ihn eingeladen, damit er nicht allein in seiner Kaserne sitzen muss.«

Die Nachbarin lächelte über ihre Altklugheit. »Wenn das so ist, komme ich gerne hoch, für ein Stündchen oder zwei vielleicht.«

»Abgemacht.« Nora lächelte. »So gegen fünf bei uns?«

»Gerne.«

»Es schneit!«, riefen Veronika und Jörg plötzlich wie aus einem Munde. »Mutti, schau nur!«

Nora sah in den gänsefederweißen Himmel; aus allen Richtungen stoben dicke Schneeflocken auf sie ein, setzten sich in ihren Mützen und den Mänteln fest. Die Kinder sprangen ungestüm herum und versuchten, die feuchten Flocken mit ihren Händen aufzufangen. Der Schnee glitzerte wie unzählige Kristalle in Veronikas langen Zöpfen.

»Na, jetzt kann es ja Weihnachten werden«, brummte Emmi Brombach zufrieden.

...

Am nächsten Tag war die weiße Pracht wieder verschwunden, sehr zum Bedauern der Kinder. Nur auf den Gehwegen gab es noch kleine, wie gepudert aussehende Stellen aus dünnem Schnee. Da sie aus lauter Vorfreude auf das Fest kaum zu bändigen waren, schickte Nora sie in den Hof zum Spielen, während sie selbst zum Flughafen aufbrach. Auf dem riesigen, nun leeren Vorplatz wartete Ella auf sie, strahlend und ebenfalls aufgeregt wie ein Kind.

Nora umarmte sie. »Frohe Weihnachten, Ella.«

»Frohe Weihnachten, Nora.« Einen langen Moment hielten sie einander umschlungen, verbundener denn je. Im letzten halben Jahr hatten sie einiges zusammen erlebt, Schönes wie Trauriges.

»Meine Mutter ist ganz aufgeregt, Tyler endlich kennenzulernen«, berichtete Ella, als sie auf ihre beiden Piloten warteten, die die Nacht im linken Flügel des Gebäudes verbracht hatten. »Normalerweise hält man ja eine umgekehrte Reihenfolge ein – zuerst stellt man den Mann seines Herzens seiner Mutter vor, erst dann verlobt man sich. Aber da Tyler und ich nur so wenig Zeit miteinander haben und er immer auf dem Sprung ist, läuft es bei uns etwas anders ab. Ich habe richtiges Lampenfieber.«

»Es wird bestimmt ein zauberhaftes Fest werden für euch drei«, versprach Nora zuversichtlich. »Tyler ist so liebenswert und fürsorglich, deine Mutter wird sich auf der Stelle auch in ihn verlieben.«

»Ich hoffe es.« Ella stieß einen tiefen Seufzer aus. »Und dir wünsche ich, dass dein Fräulein Tochter endlich sehen kann, was für ein wundervoller Mann Matthew ist und dass auch sie von einer Mutter profitiert, die rundum glücklich ist.«

»Mit neun kann man sich das leider noch nicht vorstellen«, widersprach Nora, und sie schmunzelten beide. »Aber ich hoffe auch, dass Veronika ihn irgendwann akzeptieren wird.«

Aus den breiten Flügeltüren traten nun Matthew und Tyler, beladen mit Armeesäcken. Während Ella und Tyler sich liebevoll begrüßten, küsste Matthew Nora innig. Seine Nasenspitze war kalt, und er schmeckte nach süßem Punsch, anscheinend hatten die Piloten drinnen bereits angefangen zu feiern.

»Was habt ihr denn da in euren riesigen Säcken?«, fragte Nora, als Matthew sich von ihr löste.

»Geschenke natürlich.« Matthew lächelte, und Tyler nickte bestätigend. »Es ist schließlich Weihnachten.«

Gänsehaut überzog Noras Arme. Kein Berliner würde dieses Jahr Geschenke bekommen, sie und Ella aber schon.

»Dann wollen wir mal.« Ella drängte zur Eile. »Mutter wartet schon ungeduldig. Der Tisch ist bereits mit dem feinen Porzellan gedeckt, und die traditionelle Nusstorte steht bereit, allerdings mit abgespeckten Zutaten.«

»Das klingt lecker.« Tyler tat, als reibe er sich den Magen. »Für eine echt deutsche Nusstorte verpasse ich gerne Bob Hopes Auftritt heute Abend. Du nicht auch, Matt?«

Nora wusste, dass der berühmte Entertainer Bob Hope eigens nach Berlin geflogen worden war, um die Amerikaner, die hier stationiert waren und an Weihnachten womöglich unter Heimweh litten, zu unterhalten.

»Um nichts in der Welt würde ich Bob Hope gegen Heiligabend bei Nora und ihrer Familie eintauschen.« Matthew legte seinen Arm um Nora und zog sie eng an sich heran.

Die beiden verliebten Paare wünschten einander noch einmal ein frohes Fest und verabschiedeten sich. Fest umschlungen gingen Nora und Matthew nach Hause. Der Hauch von Schnee, die zarte, knirschende Schicht, die noch nicht geschmolzen war, schimmerte wie eine Zuckerdecke. Hinter den Fensterscheiben der Häuser brannten Kerzen wie kleine Leuchttürme in der Dämmerung, trotz der fehlenden Christbäume ließen die Berliner es sich nicht nehmen, für eine festliche Atmosphäre zu sorgen.

Als sie daheim eintrafen, schoss Jörg wie ein geölter Blitz auf Matthew zu, um ihn mit Fragen zu bestürmen. »Was ist in deinem Sack? Weißt du, was in meinem Weihnachtspäckchen drin war, das ich auf dem Ku'damm bekommen habe? Ganz viel Schokolade und ein Miniflieger! Gibt's da, wo du herkommst, auch keine Bäume? Wie heißt das, wo du herkommst?«

»Nun lass Matthew erst mal verschnaufen«, sagte Nora lächelnd und hängte Matthews Wollmantel auf. Er trug eine akkurat gebügelte Hose, ein weißes Hemd unter einem modischen weinroten Pullover und eine sorgfältig gebundene Krawatte. Offensichtlich hatte er sich viel Mühe mit seinem Erscheinungsbild gegeben. Das berührte sie, und während Else, Veronika, Hanna und Friedrich hinzukamen und ein großes Durcheinander herrschte, da alle gleichzeitig redeten, gab sie Matthew einen verstohlenen Kuss.

»Herein in die gute Stube!« Else schob Matthew in die Küche, wo sie eine Flasche Likör öffnete. »Ich bin froh, dass Sie nicht einsam und verlassen in Ihrem Zimmerchen sitzen und die Zeit totschlagen müssen. Und ich hoffe, Ihre Frau Mutter weiß, dass Sie heute Abend gut aufgehoben sind. Ich werde dafür sorgen, dass Sie ein Weihnachtsfest feiern, das Sie so schnell nicht wieder vergessen, junger Mann!«

»Das klingt wie eine Drohung.« Hanna verdrehte die Augen und ließ sich auf einen Stuhl fallen.

»Das ist unheimlich nett von Ihnen, ich bin Ihnen sehr dankbar, hier sein zu dürfen«, sagte Matthew in seinem amerikanisch klingenden Deutsch. Er hatte den Satz eigens für diesen Abend eingeübt, wie Nora wusste, denn seine Deutschkenntnisse reichten zwar, um eine Unterhaltung zu führen, doch wenn er aufgeregt war, schienen sie wie weggeblasen. Er wirkte überwältigt von Elses Gastfreundschaft.

Genau wie Nora nahm er ein Glas Likör entgegen, das fruchtig nach Pflaumen roch.

»Wo haben wir die Flasche her? Und was brutzelt da im Ofen?« Nora versuchte, keinen Argwohn in ihre Stimme zu legen, denn schließlich war Heiligabend. Doch dass die Alliierten weder Alkoholika noch Weihnachtsgänse nach Berlin flogen, war selbst Jörg und Veronika klar.

»Das hat Friedrich mitgebracht«, erklärte Hanna und schielte sehnsüchtig auf den Likör, den sie aufgrund ihrer Schwangerschaft nicht kosten durfte. »Er wurde mal wieder in Naturalien bezahlt. Die Gans brutzelt schon seit dem Morgen im Ofen.«

»Genau.« Friedrich senkte den Blick, und das feuerrote Haar fiel ihm in die Stirn. Seit er nicht mehr in der Schreinerei arbeitete, hatte er kein Geld mehr für den Friseurbesuch, und die Haare reichten ihm inzwischen in langen Locken bis in den Nacken. »Die Flasche und der Vogel blieben übrig, mein Chef hat mir beides überlassen.«

»Netter Chef«, konnte Nora sich nicht verkneifen zu sagen, doch dann überkam sie die Freude, alle ihre Lieben um sich zu haben, wieder wie ein vom Himmel stürzender Sternenregen, sodass sie ihr Glas erhob. »Auf uns alle, auf unsere Familie, auf die Luftbrücke und auf Matthew, der heute bei uns sein darf. Ich freue mich so.«

Ihre Worte klangen unbeholfen, doch ihr Gesicht glühte, so aufgekratzt und glücklich war sie. Alle prosteten Matthew zu, der in einer Mischung aus Verlegenheit und Vergnügen ebenfalls sein Glas hob. Nur Veronika stand teilnahmslos zwischen ihrer Mutter und ihrer Großmutter und maß Matthew mit finsteren Blicken. Dass sie wünschte, er wäre nicht hier, war unschwer zu erraten.

Um Punkt fünf erschien Emmi Brombach, die ein altmodisch geblümtes, aber noch tadellos erhaltenes Kleid trug, das sie als junge Frau getragen haben musste.

Bis das Essen fertig war, saßen sie alle um den Küchentisch herum und löcherten Matthew. Vor dem Fenster hatte sich nun endgültig Dunkelheit wie eine schwere Gardine über die Stadt gesenkt. Mit Veronikas Hilfe zündete Else auf dem Fensterbrett, auf dem Tisch und auf der Küchenanrichte weitere Kerzen an, die mit ihrem flackernden Schein stimmungsvolle Wärme verbreiteten. Die Gans duftete bereits verlockend, und auch der Weihnachtskuchen, den Else am Vortag gebacken hatte, stand als Nachspeise bereit und sah köstlich aus.

»Wie feiert man da, wo Sie herkommen, Weihnachten?«, fragte Hanna, die mit Friedrich Händchen hielt.

»Heiligabend feiern wir in den USA überhaupt nicht.« Matthew gab bereitwillig Auskunft. Nora hatte ihren Stuhl – nicht nur aus Platzgründen – dicht an seinen gerückt, verborgen unter der Tischplatte legte er ihr seine Hand auf das Knie, eine intime, zärtliche Geste, verborgen vor den Augen der Familie. »Am Morgen des ersten Weihnachtstages packen wir Geschenke aus. Unsere Häuser schmücken wir wie in Europa auch – mit Weihnachtsbäumen und Lichtern und Girlanden.«

»Na, davon ist ja dieses Jahr leider nichts zu sehen«, warf Hanna achselzuckend ein.

»Dieses Jahr? Das letzte Mal, dass wir ein klitzekleines, struppiges Bäumchen hatten, war 1941«, bemerkte Else trocken. »Erinnert ihr euch, Mädchen?«

Hanna und Nora nickten. Nora dachte an jenes Weihnachtsfest zurück. Joachim war damals ein paar Tage auf Heimaturlaub gewesen. Sie waren sich keinen Moment von der Seite gewichen, als müssten sie die karge gemeinsame Zeit, die sie hatten, als Vorrat für die kommenden Monate anlegen, in denen sie wieder getrennt sein würden.

Matthew riss sie aus ihren Erinnerungen.

»Man sagt, dass Santa Claus bei uns durch den Kamin rutscht«, erzählte er und richtete sich nun direkt an die Kinder. Jörg lauschte ihm begeistert, Veronika wich seinem Blick jedoch aus und formte aus dem weichen Wachs einer Kerze kleine Kügelchen.

»Er packt kleine Geschenke in Socken, die wir tags zuvor aufhängen.«

»Das will ich nächstes Jahr auch machen«, rief Jörg aufgeregt. »Dieses Jahr ist es wohl zu spät, oder?«

»Vermutlich.« Matthew lachte, und die Erwachsenen fielen ein. »Wenn du nächstes Jahr einen Strumpf aufhängen solltest, musst du daran denken, dass du einige Kekse und ein Glas Milch bereitstellst – als Dankeschön für Santa. Er freut sich immer über einen Imbiss, schließlich muss er ja unzählige Kinder auf der ganzen Erde besuchen und ist lange unterwegs.«

»Das mache ich, das mache ich!« Jörg hielt es kaum noch auf seinem Stuhl aus, unbändig hopste er auf der Sitzfläche auf und ab. »Machst du mit?« Unsanft rempelte er seine Schwester an.

Diese presste die Lippen zusammen. »So ein Blödsinn, Santa Claus gibt es nicht. Das ist bloß so eine Erfindung der Amerikaner.«

»Du lügst!« Enttäuscht sprang Jörg auf und hämmerte mit seinen kleinen Fäusten auf seine Schwester ein. Schnell zog Nora ihn weg.

»Wenn du dich so benimmst, kommt Santa Claus nächstes Jahr bestimmt nicht zu dir. Und du«, sie wandte sich an ihre Tochter, »musst deinem Bruder nicht die Weihnachtsfreude verderben, das ist fies.«

»Veronika, was hattest du denn in dem Päckchen von Clarence, dem Dromedar?«, fragte Matthew rasch. Nora war ihm dankbar, dass er den kindlichen Zwist, der die fröhliche Stimmung zu zerstören drohte, so rasch aufzulösen vermochte.

»Schokolade, Bonbons, Rosinen und einen kleinen Teddybär«, antwortete Veronika mürrisch, dabei wusste Nora doch, wie sehr sie das zottige Plüschtier liebte.

Ihre Tochter ließ sich auch im weiteren Verlauf des Abends nicht aus der Reserve locken, obwohl alle anderen fröhlich waren. Nach dem Essen – durch die Gans ein wahres Festmahl – zauberte Frau Brombach eine Flasche Rotwein aus ihrer Tasche.

Friedrich pfiff anerkennend durch die Zähne. »Von 1935, ein ganz edles Stück.«

»Der stand noch von meinem Herbert im Regal«, erklärte die Nachbarin. »Er wollte die Flasche immer für eine besondere Gelegenheit aufheben, die nie gekommen ist.«

Nach dem Essen zogen sie ins Wohnzimmer um, das Hanna vorübergehend geräumt hatte. Ihre Decken und Kissen, die sonst auf dem Sofa lagen, waren in Noras Schlafzimmer verstaut, sodass alle gemütlich Platz nehmen konnten.

»Ah!«, quietschten die Kinder begeistert, als plötzlich die Deckenlampe und die kleine Leuchte auf dem Beistelltisch aufflammten und den Raum in helles Licht tauchten. Else schaltete das Radiogerät ein, und sie lauschten Weihnachtsliedern von Radio Rias, später wechselten sie auf Friedrichs Vorschlag hin zu AFN, um Matthew in den Genuss amerikanischer Christmas Carols zu bringen.

Dieser saß eng an Nora geschmiegt auf dem Sofa und wurde plötzlich sehr schweigsam, als die Musik aus seiner Heimat erklang. Nora betrachtete ihn von der Seite, spürte, dass er mit den Gedanken weit weg war, wahrscheinlich auf der anderen Seite des Atlantiks. Sicherlich dachte er an seine Mutter, die Weihnachten allein, ohne ihr einziges Kind verbringen musste.

»Wollen wir ein paar Minuten an die frische Luft?«, flüsterte sie ihm zu. Else und Emmi Brombach unterhielten sich lebhaft, Hanna und Friedrich sinnierten darüber, wem ihr Baby wohl ähneln würde, Jörg ließ geräuschvoll sein Flugzeug fliegen, und Veronika lag bäuchlings auf dem Teppich und malte ein Bild von einem Christbaum. Keiner würde sie vermissen, wenn sie einen kurzen Spaziergang unternahmen.

Er nickte, und sie entschuldigten sich bei der übrigen Familie, zogen im Flur ihre Wintermäntel über und liefen durch das zugige Treppenhaus nach draußen. Aus manchem Haus hörte man Weihnachtslieder oder ausgelassenes Gelächter. Kaum ein Mensch war auf den Gehwegen, unberührt lagen sie unter der noch stellenweise vorhandenen, pudrigen Schneedecke, schwach beschienen von den Gaslaternen.

Sie blieben stehen, und Nora schob ihre Hände unter Matthews Mantel, um sie zu wärmen. Er zog sie fest an sich heran.

»Denkst du an deine Mutter?«, fragte sie leise.

»Ja.« Seine Stimme war kaum mehr als ein Raunen. »Und an meinen Vater und daran, wie Weihnachten früher war. An Heiligabend sind wir immer Schlittschuh laufen gegangen, und wenn wir zurückkamen, hatte meine Mutter bereits die Geschenke unter dem Baum drapiert und die Strümpfe an einer Leine über dem Kamin aufgehängt, sodass wir am nächsten Morgen gleich nach dem Aufstehen alles auspacken konnten. Das sind schöne Kindheitserinnerungen, die so weit zurückliegen, dass sie mir richtig unwirklich erscheinen.«

»Ich verstehe, wie traurig du bist. An solch einem Tag in einem fremden Land – das muss sich trostlos anfühlen.« Sie lehnte ihre Stirn an seine, und sie atmeten im Gleichklang.

»Es ist nicht trostlos«, widersprach er gedämpft. Sein kalter Atem streifte ihre Wangen wie eine Liebkosung. »Weil ich bei dir bin. Ich möchte nirgendwo anders sein als bei dir, Nora. Natürlich vermisse ich heute meine Mutter, trotzdem möchte ich um nichts in der Welt in Amerika sein. Sondern nur bei dir, immer nur bei dir.«

»Und ich bei dir«, erwiderte sie ernst.

»Vor drei Wochen habe ich meiner Mutter geschrieben und sie gebeten, mir etwas zu schicken ... Etwas Wertvolles ... Doch die Post ist wegen Weihnachten wohl in Verzug, deshalb kam es nicht rechtzeitig an.« Er nahm ihre Hände, drückte sie gegen seine Brust, in der sein Herz wummerte, und sah sie intensiv an.

Ihr Puls raste, und sie hatte das Gefühl, nicht sicher zu stehen, sondern unmerklich zu schwanken. Doch Matthew hielt sie fest, wie eine Rettungsleine in stürmischem Gewässer. »Ja ...? Was ist es?«

»Ein Ring, der Verlobungsring meiner Großmutter. Denn ich möchte dich fragen, ob du …« Auch ihm brach nun die Stimme, ergriffen sank er zu Boden, um sich auf den weiß bestäubten Bürgersteig zu knien.

Aus einem Impuls heraus zog Nora ihn am Arm wieder hoch. »Steh auf, Matthew, du willst dich bei dieser Kälte doch wohl nicht in den Schnee knien. Du bekommst ja ganz nasse Hosenbeine.«

Matthew brach wegen Noras übertriebener Fürsorglichkeit in Gelächter aus, und sie lachten beide ausgelassen und umschlangen sich. Zur Melodie von *Stille Nacht*, das aus einer der umliegenden Wohnungen drang, wiegten sie sich in den Armen, fast als tanzten sie.

»Willst du mich heiraten?«, fragte Matthew dann zärtlich.

Es lag ihr auf der Zunge, bewegt *Ja, ja, ja!* zu rufen, doch im letzten Moment biss Nora sich auf die Lippen. Ich bin schon verheiratet, wollte es bitterlich aus ihr herausbrechen.

»Ich … Joachim …«, stammelte sie und hätte sich im nächsten Moment am liebsten geohrfeigt. Wie konnte sie Matthews Heiratsantrag nur damit kaputt machen, indem das Erste, das sie ausstieß, der Name ihres verschollenen Ehemannes war? Trotz der Kälte brannten ihre Wangen, und ihre Lippen bebten.

»Ich weiß, dein Mann.« Matthew reagierte nicht verärgert. Er verstand ihren Konflikt und ihre Sorgen, wofür Nora ihn noch mehr liebte. Sie spürte bloß seinen dringenden Wunsch, sein Leben mit ihr verbringen zu dürfen, als er hinzufügte: »Wir haben doch schon darüber gesprochen. Lass ihn für tot erklären. Gib uns die Chance auf eine Zukunft. Du hast sie verdient. Dein Leben muss weitergehen. Und ich wünsche mir, dass es mit mir weitergeht.«

Nora holte tief Luft, schloss die Augen und lehnte den Kopf

an Matthews Brust. »Die Formulare liegen seit Wochen in meiner Nachttischschublade. Ich weiß, dass es an der Zeit ist.«

Kapitel 26

Dezember 1948

Noch lange saßen sie bei gestrecktem Punsch zusammen, schwelgten in Erinnerungen an frühere Weihnachtsfeste vor dem Krieg, aßen die Reste des Weihnachtskuchens und lauschten Matthews Geschichten aus den USA und seinen Anekdoten von der Air Force. Er hielt die ganze Zeit über Noras Hand, offensichtlich für die ganze Familie, doch behielt sie seinen Heiratsantrag noch für sich, wollte niemandem davon erzählen, seine Worte wie in einer Schatztruhe vor aller Welt verstecken. Ohnehin steckte sie in einem Taumel der Gefühle, unbändige Freude wechselte sich mit Fassungslosigkeit ab, ein Rausch explodierender Empfindungen.

Gegen Mitternacht verabschiedete sich Emmi Brombach, die eigentlich nur eine oder zwei Stunden hatte bleiben wollen, und auch Matthew musste zurück zu seiner Unterkunft.

»Wie Cinderella muss ich vor dem letzten Glockenschlag zurück sein«, flüsterte er, als sie sich an der Haustür in den Armen lagen und noch einmal innig küssten.

»Gib acht, dass du deinen gläsernen Schuh nicht verlierst, sonst musst du noch einmal zurückkehren«, murmelte sie mit geschlossenen Augen und sog ein letztes Mal tief seinen Geruch nach Punsch und Rotwein ein. In dieser denkwürdigen Nacht fiel es ihr so schwer wie nie, ihn gehen zu lassen.

»Das wäre nicht das erste Mal, dass ich etwas bei dir verliere. Mein Herz muss schon seit langer Zeit irgendwo bei dir rumliegen. Vielleicht unter deinem Kopfkissen?« Er grinste und küsste sie auf die Nasenspitze.

»Du bist ja ein Romantiker.« Nora löste sich widerstrebend aus seiner Umarmung, und er trat vor die Tür.

»Natürlich, du nicht?« Lächelnd wandte er sich ab und ging die Treppe hinunter, verschluckt von der Dunkelheit.

Nora spürte einen schmerzhaften Stich im Bauch. Selbstverständlich war auch sie romantisch veranlagt, und ihre Liebe zu ihm war in den letzten Monaten zu einem reißenden Fluss angeschwollen, der in jeden Winkel ihres Lebens drang. Trotzdem nagten Vorbehalte gegen eine Heirat an ihr.

Als sie in die Wohnung zurückkam, lagen die Kinder bereits im Bett und schliefen, und Hanna modelte das Wohnzimmer wieder zu ihrem Schlafzimmer um. Friedrich durfte die heutige Nacht bei ihr verbringen, auch wenn es nicht den gesellschaftlichen Konventionen entsprach, vor der Hochzeit in einem Raum zu nächtigen. Doch Else hatte eingewilligt, fünfe mal gerade sein zu lassen, das Kind war ja ohnehin bereits in den Brunnen gefallen, beinahe im wortwörtlichen Sinne.

Nora gesellte sich zu ihrer Mutter, die in der Küche Gläser und Teller spülte, und griff nach einem Handtuch, um abzutrocknen. Der Strom war längst wieder abgestellt worden, und sie arbeiteten im trüben Kerzenschein. Obwohl es so spät war, war Nora nicht müde. Im Gegenteil, sie fühlte sich seltsam aufgekratzt. Nach den Weihnachtsliedern und den vergnügten Stimmen, die den ganzen Abend lang die Wohnung erfüllt hatten, rauschte die wieder eingekehrte Stille geradezu in ihren Ohren.

»Hoffentlich kommt der arme Junge heil in der Kaserne an. Ich bin nicht sehr glücklich darüber, dass er bei Nacht und Nebel durch die Stadt laufen muss, noch dazu an Weihnachten.« Else reichte ihr eine tropfende Schüssel.

Nora schmunzelte. »Mutti, er ist ein erwachsener Mann, kein Schuljunge. Und den Flughafen erreicht er in fünf Minuten, ich wüsste nicht, was ihm auf dem Weg passieren sollte.« Dann wurde sie ernst, sie vermochte ihre Neuigkeit nicht länger für sich zu behalten.

»Matthew hat mir einen Heiratsantrag gemacht.«

Else ließ den Topf, den sie gerade schrubbte, in den Spülstein sinken und wollte Nora instinktiv umarmen, besann sich aber noch rechtzeitig und trocknete sich erst die nassen Hände ab, bevor sie ihre Tochter an sich drückte. »Das ... das ist ja wundervoll, Kind! Ich mag Matthew sehr, ihr passt so gut zusammen. Ehrlich gesagt, passt er hundertmal besser zu dir, als Joachim es jemals getan hat, aber ... Entschuldige, das ist nicht der passende Moment, um über ... Du weißt schon.«

»Ist nicht schlimm«, beruhigte Nora sie. »Mein erster Gedanke war auch ... Ich bin ja noch verheiratet.«

»Aber du hast dir doch vom Rathaus die Unterlagen schicken lassen, um ihn für tot erklären zu lassen. Du glaubst doch nicht wirklich, dass er noch zurückkommt?«

Nora schüttelte den Kopf. »Nein. Es sind jetzt bald sechs Jahre. Trotzdem ...« Sie ließ ihr Handtuch sinken und schlug sich die Hände vor das Gesicht, denn plötzlich brachen die Tränen mit aller Macht hervor.

»Aber Kind!« Erschrocken zog Else sie zum Tisch, und sie setzten sich. »Du hast Matthews Antrag doch nicht etwa abgelehnt?«

»Ich ... ich habe ihm keine endgültige Antwort gegeben«, gestand Nora und tupfte sich mit dem Handtuch über die fleckigen, feuchten Wangen.

Else starrte sie ungläubig an. »Aber wieso nicht? Du liebst ihn doch, das sieht doch jedes Kind, sogar Veronika und Jörg!«

»Das ist ja Teil des Problems«, stieß Nora hervor. »Veronika mag ihn nicht, und mal davon abgesehen: Wie würde unser Leben aussehen, wenn ich ihn heiraten würde? Was, wenn er eines Tages in die USA zurückmuss? Dieser Tag wird kommen, glaub mir. Ich kann doch nicht dich, Hanna, Friedrich und das Kleine in Deutschland zurücklassen, vielleicht sehe ich euch nie wieder? Und ich kann euch schlecht alle vier mit nach Amerika nehmen, ihr habt hier euer Leben ...«

»Hör dir mal zu, welchen Unsinn du redest.« Else stand auf und fuhr fort, mit resoluten Bewegungen den Topf zu putzen. »Du sollst an dich und Matthew denken, nicht an mich alte Schachtel oder deine Schwester, die im Begriff ist, eine eigene Familie zu gründen, hörst du? Und Veronika? Lässt du eine Neunjährige über dein Lebensglück bestimmen? Sie ist ein Trotzkopf, aber sie wird schon noch zur Vernunft kommen und einsehen, was für ein lieber Mann dein Matthew ist.«

»Ich weiß nicht.« Nora hörte, wie die Badtür leise geöffnet wurde, und verstummte. Mit einem Mal überkam sie die Müdigkeit, schien sie geradezu zu erschlagen. »Wir reden morgen weiter.«

...

Doch am nächsten Morgen blieb kein Raum für ein weiteres Gespräch, denn Veronika war spurlos verschwunden.

»Veronika ist weg!«, schrie Jörg.

»Was heißt: Sie ist weg?« Nora, die gerade in ihr Kleid schlüpfte, erstarrte. Als sie vor Stunden unter ihre Decke gekrochen war, hatte das Kind im Tiefschlaf im Bett gelegen.

»Na, wie ich es gesagt habe, Mutti!« Jörgs Augen glühten vor Begeisterung. »Müssen wir jetzt die Polizei holen? Bitte, Mutti!«

»Schalte einen Gang runter, junger Mann.« Nachlässig verknotete Nora ihren Gürtel und begann, alle Zimmer zu durchsuchen. Veronikas Mantel, die abgetragenen Stiefel und die Wollmütze waren weg. Else, der Jörg die Nachricht postwendend überbrachte, durchstöberte ebenfalls alle Räume, und auch Hanna und Friedrich, die noch eng umschlungen auf dem Sofa im Wohnzimmer geschlafen hatten, waren sofort hellwach. Hanna lief nach unten zu Frau Brombach, obwohl Veronika diese noch nie allein besucht hatte, Friedrich klingelte an den anderen Wohnungen, stieg in den Keller hinab und lief in den Hof.

Veronika war nirgends zu finden. Nach einer Stunde, die Nora wie eine gefühlte Ewigkeit vorkam, versammelten sie sich alle in der Küche, um Lagebesprechung zu halten.

»Sie muss weggelaufen sein, sie hat ja auch den Mantel mitgenommen«, schluchzte Nora. Sie war völlig außer sich, ihr blondes Haar hing ihr ungekämmt in die Stirn, das Gesicht war gerötet, die Augen geschwollen vom Weinen. »Mit Sicherheit hat sie letzte Nacht unser Gespräch mitangehört, Mutter. Ich habe doch die Badtür gehört, das war bestimmt Veronika. Sie muss mitbekommen haben, worüber wir in der Küche geredet haben, und hat sich im Morgengrauen davongestohlen.«

»Über was habt ihr denn so wichtig geredet?«, fragte Hanna. Bleich und abgekämpft hing sie mehr auf ihrem Stuhl, als dass sie saß. Offenbar litt sie wieder unter Übelkeit.

»Matthew hat mir einen Heiratsantrag gemacht«, brach es aus Nora heraus.

Hanna zog die Augenbrauen hoch. »Ach du Schande, das wird ihr nicht gefallen haben.«

Friedrich, der sich für die empathielose Äußerung seiner Verlobten zu schämen schien, murmelte: »Herzlichen Glückwunsch, Nora.«

»Ach, jetzt, wo Veronika verschwunden ist, rückt eine Heirat in noch weitere Ferne.« Nora drückte sich ein bereits völlig durchweichtes Taschentuch auf die Augen.

»Was ist ein Heiratsantrag?«, rief Jörg dazwischen, der sein Flugzeug über den Küchenboden rollen ließ.

»Das erklären wir dir später, wir haben ohnehin genug geredet«, ordnete Else energisch an. »Wir müssen weitersuchen. Wir sollten uns aufteilen und jede Ecke im gesamten Viertel auskundschaften.«

»Vielleicht ist sie in einer Ruine untergeschlüpft«, überlegte Friedrich. »Dort spielt ihr Kinder doch gern, nicht wahr?«

»Mutti hat es mir verboten, aber trotzdem bin ich manchmal dort«, gestand Jörg ohne den Anflug eines schlechten Gewissens. »Veronika aber nicht, die ist ein Hasenfuß. Sie hat Angst, dass eine Mauer über ihr zusammenbricht oder sie stolpert und in ein Loch fällt und sie dort verhungern muss.«

»Wir müssen die Trümmerbauten abklappern.« Nora erhob sich. »Sie könnte überall sein. Treffen wir uns um die Mittagszeit wieder zu Hause? Wenn wir sie bis dahin nicht gefunden haben, alarmiere ich die Polizei.«

...

Zur Mittagszeit fanden sie sich wieder in der Küche ein. Außer Jörg verspürte niemand Hunger, als Einziger verschlang er das Brot, das Else ihm dünn mit Margarine bestrichen hatte.

»Spätestens jetzt solltest du die Polizei verständigen«, riet Hanna eindringlich. »Friedrich und ich begleiten dich zur Wache.«

»Danke.« Nora stürzte ein Glas Wasser hinunter. Sie fühlte sich völlig ausgetrocknet, die Augen brannten vom Weinen, und ihr ganzer Körper schmerzte, als habe sie körperlich schwer geschuftet. Zudem war sie wie der Rest der Familie durchgefroren, auch in der Wohnung wollten ihre Füße und Hände nicht wieder auftauen. »Gehen wir.«

»Einen Moment noch.« Else legte nachdenklich den Zeigefinger auf die Lippen. »Hör mal, Jörg – wo würdest *du* dich denn verstecken, wenn du ausreißen wolltest? Was du niemals tun wirst, nur mal am Rande.«

»Aber das ist doch klar«, nuschelte Jörg mit vollem Mund und biss ein weiteres großes Stück seines Brots ab. »In einem der unheimlichen alten Bunker am Flughafen. Matthew hat sie uns im Sommer gezeigt, und Veronika hat damals gesagt, sie sind ein gutes Versteck.«

Nora wechselte einen bedeutungsvollen Blick mit den Erwachsenen. »Wir sollten zuerst zum Tempelhof, bevor wir zur Polizei gehen. Es wäre eine Möglichkeit.«

Else blieb zu Hause, um Jörg zu hüten und die Stellung zu halten, während Nora mit ihrer Schwester und Friedrich zum Flughafen eilte. Deutlich erinnerte sie sich an jenen Sonntag mit Matthew und den Kindern, an dem sie zuerst Eistee getrunken und dann die unteren, labyrinthartigen Geschosse des weitverzweigten Gebäudes erkundet hatten.

»Vielleicht kann Matthew uns bei der Suche helfen«, keuchte Hanna und hielt sich die Seiten. »Er kennt sich hier ja aus. Renn nicht so, ich komme kaum nach. Ich bin schwanger, schon vergessen?«

Nora bemühte sich, ihren Schritt zu verlangsamen. »Matthew

ist heute Morgen längst wieder nach Wiesbaden geflogen, um seine Maschine beladen zu lassen.«

Da Weihnachten war und das Gebäude nur spärlich besetzt, konnten sie es nicht einfach betreten wie an normalen Arbeitstagen. Ein Wachmann in Uniform erschien, der sie misstrauisch beäugte, doch nachdem Nora ihren Mitarbeiterausweis gezeigt und ihre Geschichte erzählt hatte, war er äußerst hilfsbereit und führte sie ins Innere des Flughafens.

»Die Suche wird sich schwierig gestalten, gute Frau«, sagte er stirnrunzelnd. »Wissen Sie, wie viele Luftschutzräume wir haben? Dreihundert!«

»Meine Tochter kennt nur einen einzigen. Wenn sie sich hier versteckt hält, dann in diesem.«

Der Wachmann leuchtete Nora mit seiner Taschenlampe den Weg, und sie ging zügig voran, rekonstruierte konzentriert den Weg, den sie im August mit Matthew genommen hatten. Sie stiegen bis in die Tiefen des dritten Untergeschosses hinab.

»Da vorne ist der Raum.« Nora fror entsetzlich, unter der Erde war es noch viel kälter als im Erdgeschoss. Ihre Füße waren inzwischen völlig taub.

Der Wachmann öffnete die schwere Tür und leuchtete über die dicken Betonwände des Bunkers. »Heureka.« Erleichtert trat er zur Seite, um Nora, Hanna und Friedrich einzulassen.

»Da ist das verlorene Schäfchen.«

Nora stürzte in den Raum und zog Veronika in ihre Arme, um sie zu wiegen wie einen Säugling. Ihre Tochter kauerte zitternd und mit angezogenen Beinen in einer Ecke. »Gott sei Dank haben wir dich gefunden! Ich hatte solche Angst um dich, das kannst du dir gar nicht vorstellen! Um Himmels willen, wieso bist du davongelaufen …?«

Veronika wischte sich mit dem Mantelärmel über ihre laufende

Nase. »Ich will nicht, dass Matthew mein neuer Vater wird. Ich will keine neue Familie, die Familie, die wir haben, ist die beste.«

»Darüber reden wir später. Wir können über alles reden, hörst du, aber bitte tu so etwas nie wieder!«

»Das solltet ihr alles zu Hause besprechen«, mischte sich Friedrich zaghaft ein. »Es ist eisig hier unten. Lasst uns heimgehen, wir müssen uns alle aufwärmen, allen voran Veronika.«

Nora nickte und zog ihre Tochter auf die Füße. Diese war so ausgekühlt, dass sie kaum auf zwei Beinen zu stehen vermochte und von ihrer Mutter und Tante gestützt werden musste.

»Haben Sie tausend Dank«, wandte Nora sich aufgewühlt an den Wachmann, bevor sie den langen Aufstieg nach oben auf sich nahmen.

...

Den spärlichen Rest, der von Weihnachten übrig blieb, verbrachte die Familie mit langen, zehrenden Gesprächen. Veronika bekräftigte ihre Aussage, Matthew würde das Familiengefüge in seiner bisherigen Form zerstören, und erinnerte immer wieder an Joachim, ganz gleich, was Nora und Else einwandten. Sobald Veronika außer Sicht- und Hörweite war, nahm Else sich Nora zur Brust und beschwor sie, ihr Glück mit Matthew nicht leichtfertig wegzuwerfen.

»Von leichtfertig kann keine Rede sein«, stöhnte Nora auf. Sie war mit ihren Nerven am Ende, noch dazu müde, ausgelaugt und desillusioniert. Zu allem Überfluss hatte sie sich wie ihre Tochter durch das lange Frieren eine heftige Erkältung zugezogen.

Trotzdem meldete sie sich nicht krank, sondern erschien nach den Feiertagen wieder bei der Arbeit. Mit Ella, die ihr wohl anmerkte, dass etwas nicht in Ordnung war, tauschte sie lediglich

Oberflächlichkeiten aus, zu mehr war sie nicht imstande. Es kostete sie immense Anstrengungen, sich auf ihre Übersetzungen zu konzentrieren, ihr ganzes Denken wurde von Matthew bestimmt und dem Gespräch, das sie mit ihm würde führen müssen.

Immer wieder schaute sie zur Wanduhr und brach schließlich eine Viertelstunde vor der Zeit auf, um ihn an seinem Flugzeug abzuholen, sobald er gelandet war.

»Nora, dein Mantel!«, rief Ella ihr kopfschüttelnd hinterher, als sie lediglich im Kleid zur Tür hinauslief.

Rasch schlüpfte sie in den Wollmantel, eilte durchs Treppenhaus und hinaus ins Freie, wo ein kalter Wind um die Gebäudeecken und über die Landebahnen pfiff. Es war so frostig, dass ihre Augen tränten, als sie in den wolkigen Himmel starrte und die winzigen Flugzeuge beobachtete, die größer wurden, je näher sie kamen.

Wie immer herrschte das gleiche hektische Treiben – Flugzeuge landeten, Hilfskräfte entluden sie mit flinken Fingern, hievten die Pakete auf bereitstehende Lastwagen, die die Lebensmittel zu den Verteilungsstellen transportieren würden. Die Piloten, die darauf warteten, sogleich wieder aufzubrechen, tranken in der Zeit einen heißen Kaffee, der ihnen aus der Kantine gebracht wurde, oder aßen einen Snack.

Endlich kam Matthew an.

Bevor er sie küsste, hielt er sie eine Armeslänge von sich, um sie prüfend zu betrachten. Der düstere Ausdruck in seinen blauen Augen ließ sie zusammenzucken, und sie senkte betroffen den Kopf.

»Warum bist du gestern nicht in einer meiner Pausen gekommen?«, fragte er leise und drückte seine Lippen nun zärtlich auf ihre.

»Hast du meine Nachricht nicht bekommen? Ich habe im Flughafen gebeten, dich zu verständigen.«

»Doch, ich habe sie bekommen. Aber du hast kein Wort der Erklärung dazugeschrieben. War etwas mit deinen Kindern?« Der ernste Zug um seinen Mund wich und machte einer verständnisvollen Miene Platz. Er wusste, dass die Kinder immer an erster Stelle kommen würden, und dafür liebte sie ihn.

»Ja, das kann man so sagen. Gehen wir ein bisschen rein, um zu reden? Es ist so eisig hier draußen.« Wie um ihre Worte zu unterstreichen, musste sie heftig niesen und sich die Nase putzen.

»Natürlich.«

Ohne sich abzusprechen, steuerten sie beide instinktiv die Kapelle an; es gab wohl auf dem gesamten Gelände keinen ruhigeren und ungestörteren Ort. Wie bei ihrem letzten Gespräch setzten sie sich in eine der Kirchenbänke und schauten auf die Fenster aus buntem Glas. Es war so still, dass Nora glaubte, die Luft knistern zu hören.

»Wir könnten uns hier trauen lassen«, murmelte Matthew verträumt. »Ich kenne zwei, drei Kollegen, die die Zeremonie hier abgehalten haben. Es soll wunderschön gewesen sein.«

Nora ertrug es nicht länger, ihn von einer Hochzeit sprechen zu lassen, die nie stattfinden würde. »Matthew – es geht nicht. Ich kann dich nicht heiraten.« Selbst in ihren eigenen Ohren klangen ihre Worte so schrecklich, dass sie sie kaum ertrug. Sie schloss die Augen, um die Tränen, die sich hinter ihren Lidern anstauten, zurückzuhalten, und wartete in der fast unheimlichen Geräuschlosigkeit der Kapelle auf seine Reaktion.

Zuerst vernahm sie nur ein schweres Atmen, nach einer ganzen Weile erst fragte er kaum hörbar: »Wieso, Nora, wieso?«

Sie brachte es nicht über sich, ihn anzusehen, konnte nicht zulassen, dass sie ihn verletzt hatte. »Es ist, weil ... weil ...«, stammelte sie.

»Immer noch diese Geschichte mit deinem Mann?«, hakte er behutsam nach. »Du hast doch erzählt, dass du die Formulare, mit denen du ihn für tot erklären lassen kannst, bereits angefordert hast. Das ist doch reine Formsache.«

»Es ist nicht wegen ihm«, stieß sie hervor. »Das heißt, nur indirekt. Veronika hat gelauscht, als ich mit meiner Mutter über deinen Heiratsantrag gesprochen habe. Und am nächsten Tag ist sie ausgerissen, so sehr hat die Neuigkeit sie schockiert.« In knappen Worten fasste sie die Ereignisse des ersten Weihnachtstages zusammen. Matthew hörte stumm zu und schien immer mehr in sich zusammenzusacken.

»Du stellst das Bedürfnis deiner Tochter, dass alles so bleibt, wie es ist, über dein eigenes Glück.« Es war eine Feststellung, keine Frage. Sein bitterer Tonfall fühlte sich an wie eine scharfe Klinge, die sich in ihre Haut eingrub.

»Ich muss, verstehst du das nicht?«, begehrte sie auf und wischte sich nachlässig die Tränen weg. »Meine Kinder haben so viel Schlimmes durchgemacht in ihren kurzen Leben – der Krieg, die Bombennächte, die Nachricht, dass Joachim vermisst wird, die Gewissheit, dass er höchstwahrscheinlich tot ist ... Das alles traumatisiert ein Kind! Deshalb klammert sich Veronika an jede Art von Stabilität, die sie bekommen kann!«

»Ach, Nora«, flüsterte er, und nun wagte sie, ihn anzusehen, und erkannte, dass auch seine Augen feucht glänzten. Sie hatte ihn noch nie so mutlos und unglücklich gesehen; am liebsten hätte sie ihn in die Arme genommen und so lange gehalten, bis er wieder lächeln konnte. Doch sie würde nie wieder ein Lächeln in ihm hervorrufen. Diese Erkenntnis ging ihr durch und durch, ließ sie innerlich entzweibrechen. »Heißt es nicht immer, Kinder sind widerstandsfähiger, als man denkt? Wenn wir heiraten, würden die beiden niemanden verlieren, im Gegenteil, sie würden jemanden, der sie lieb hat, hinzugewinnen. Ich würde sie behandeln wie meine eigenen Kinder, das weißt du.«

Nora vernahm seine Worte wohl, doch war sie zu sehr in ihrem Unglück versunken, um zu antworten. Alles, was ihr durch den Kopf ging, waren die schier unüberwindlichen Hindernisse, die zwischen ihr und einer Eheschließung lagen. Die unendliche Entfernung zwischen Amerika und Deutschland, eine mögliche Trennung von ihrer Mutter und ihrer Schwester, die Angst, die Kinder aus ihrem gewohnten und vertrauten Umfeld zu reißen, das sie nach dem Krieg so mühsam für sie aufgebaut hatte, um ihnen ein Zuhause zu schenken, in dem sie sich auch ohne Vater geborgen fühlten. »Das weiß ich doch alles, Matt … Trotzdem, es geht nicht.«

»Wahrscheinlich stehst du noch unter Schock«, versuchte er sich hilflos an einer Erklärung. »Du musst erst einmal verarbeiten, dass Veronika verschwunden war. Ich kann nur ahnen, wie schlimm das für dich gewesen sein muss …«

»Das stimmt alles.« Nora räusperte sich, ihre Stimme war kaum mehr als ein heiseres Raunen. »Aber ich kann dich dennoch nicht heiraten, Matt.«

Er entgegnete nichts, doch sie spürte mit jeder Faser ihres Körpers, dass seine ganze Welt in tausend Scherben zersplitterte. Genau wie ihre.

Kapitel 27

Januar 1949

Das neue Jahr begann regnerisch. Während feuchte Rinnsale wie Schnüre an den Fenstern des Büros herabliefen, vergrub Nora sich in ihre Übersetzungen, bekam kaum mit, was um sie herum geschah. Nachdem Ella ihr von ihrem Weihnachtsfest mit Tyler vorgeschwärmt hatte – ihre Mutter war von ihm begeistert und freute sich, dass sie einen solch wundervollen Mann gefunden hatte –, erzählte auch Nora häppchenweise, was sich an den Feiertagen bei ihr zu Hause zugetragen hatte. Ella reagierte entsetzt und drängte sie, ihre Entscheidung noch einmal zu überdenken. Doch Nora änderte ihre Meinung nicht. Sie musste an ihre Familie, an ihre Kinder denken.

»Aber du und Matthew seid so ein tolles Paar.« Ella betrachtete Nora von ihrem Schreibtisch aus fassungslos.

Nora hob nur resigniert die Schultern. Natürlich war ihr klar, dass sie das Beste, was ihr in den letzten Jahren widerfahren war, einfach wegwarf, doch sie konnte es nicht ändern.

»Ich verstehe deine Ängste, aber es gibt für alles eine Lösung.« Ella klopfte energisch mit ihrem Bleistift auf die Tischplatte. »Bitte überleg es dir noch einmal. Matthew ist bestimmt untröstlich, und du auch, das sehe ich dir doch an.«

Nora stützte den Kopf in die Hände; er fühlte sich vom vielen Weinen und Grübeln so schwer an, dass er schmerzte. Stiche zuckten wie Blitze hinter ihrer Stirn, am liebsten wäre sie nach Hause gegangen, hätte sich ins Bett gelegt und die Decke über den Kopf gezogen.

Major Bloom erschien in der Tür und winkte sie zu sich. »Ernst Reuter kommt nachher zum Gespräch, ich möchte, dass Sie protokollieren.«

Er wandte sich bereits wieder zum Gehen, verharrte aber auf der Stelle und musterte sie prüfend. »Sind Sie krank? Sie sehen alles andere als gut aus, Nora.«

»Ach, ich bin nur erkältet«, wiegelte sie ab. Doch er schien ihr nicht so recht zu glauben, löste den Blick nur zögerlich von ihr. Der Regen, der gegen die Glasscheiben prasselte, wurde stärker, übertönte die Musik, die aus dem Radio kam. *Buttons and Bows*, ein Hit, der seit November die amerikanischen Charts stürmte, drang in alle Winkel des Büros, erfüllte es mit einer Leichtigkeit, die Nora völlig abging. Major Bloom unternahm keinerlei Anstalten, in sein Büro zurückzukehren, und mit einem Mal fiel ihr auf, dass auch er sehr abgekämpft, ja, äußerst niedergeschlagen wirkte. Seine Lider waren gerötet, und unter den sturmgrauen Augen lagen dunkle Schatten. War er traurig, weil seine Frau wieder abgereist war?

»Wie war Ihr Weihnachten?«, wagte sie zaghaft zu fragen.

»Gut«, sagte er knapp, und seine Kiefermuskeln verkrampften sich.

»Ist Ihre Frau wieder nach Chicago zurückgeflogen?«

»Nein, sie ist noch hier.« Er schien mit sich zu kämpfen, dann beschloss er offensichtlich, sich ihr anzuvertrauen. »Jedoch hängt der Haussegen sehr schief. Ihre werte Kollegin ...« Mit einem Nicken deutete er auf Inga, die tat, als arbeite sie, jedoch immer wieder misstrauisch in ihre Richtung spähte, » ... hat Janet am Silvesterabend im *Silverwings* brühwarm von unserer Affäre erzählt. Sie konnte es einfach nicht lassen, das intrigante Ding.«

»Wessen Affäre?« Nora rang nach Luft. »Sie meinen ... Sie und ich? Erzählt sie noch immer herum, Sie und ich wären ...«

Bloom nickte grimmig. »Janet hat es nicht gut aufgenommen. Sie ist ohnehin eher der eifersüchtige Typ ... Bisher schenkt sie meinen Beteuerungen, dass an der Sache nichts dran ist, wenig Glauben.«

Der bittere Zug um seinen Mund erfüllte Nora mit Traurigkeit, gleichzeitig wuchs ihre Wut auf Inga. Wie konnte sie nur? »Soll ich mit Ihrer Frau sprechen?«, bot sie an.

Bloom rang sich ein dankbares Lächeln ab. »Vorerst nicht. Ich hoffe, dass ich die Wogen allein glätten kann. Aber dieses Mal ist Ihre Kollegin einen Schritt zu weit gegangen. Das wird Konsequenzen für sie haben.«

Mit einem letzten düsteren Blick auf Inga, die errötete und rasch tat, als blättere sie in ihren Unterlagen, wandte er sich abrupt ab und verschwand.

...

Um Punkt zwölf Uhr stand Ella vor ihrem Tisch, die Handtasche unter den Arm geklemmt. »Kommst du mit zum Mittagessen? Ich bin mit Tyler verabredet.«

Nora verspürte gar keinen Appetit, doch sie wusste, Ella duldete keinen Widerspruch. »Wenn es sein muss.«

Sie hoffte inständig, Matthew nicht zu begegnen. Einerseits sehnte sie sich danach, ihn zu sehen, andererseits fürchtete sie sich davor.

Vor der Tür stand Inga, die nervös an einer Zigarette zog, mit Erni.

»Ich dachte, Jake wäre endlich derjenige, welcher«, sagte Erni mit hochgezogenen Augenbrauen.

»Das dachte ich auch.« Wütend stieß Inga eine Rauchwolke aus. »Endlich einmal ein gut aussehender, junger, unverheirateter Mann.«

»Was ist schiefgelaufen?« Erni beäugte sie durch ihre geschwungene Schmetterlingsbrille ungeduldig, wahrscheinlich strapazierten Ingas diverse Liebesgeschichten allmählich auch ihre Geduld.

»Er ist zwar unverheiratet, hat aber an jedem Finger eine andere«, zischte Inga, und nun glitzerten Tränen in ihren Augen. »Ich habe herausgefunden, dass er sich in Berlin mit einer amerikanischen Sekretärin und einer Krankenschwester des Militärhospitals trifft, und in Hannover, wo er stationiert ist, wartet auch eine Frau auf ihn.«

»Der Mistkerl!«, rief Erni aufgebracht.

Inga setzte zu einer heftigen Erwiderung an, presste aber die Lippen zusammen, als sie Ella und Nora erkannte, die unbemerkt an ihr vorbeihuschen wollten.

»Na, hast du dich von deinem Bilderbuchpiloten getrennt, um freie Bahn bei Bloom zu haben?«, rief Inga Nora gehässig hinterher.

Diese zögerte kurz, ging dann aber weiter. Woher wusste Inga, dass sie nicht mehr mit Matthew zusammen war? Gleichzeitig traf sie die Gewissheit, dass Matthew und sie von nun an getrennte Wege gingen, wie eine Gewehrsalve. Bisher hatte die Tatsache, dass sie getrennt waren, vorrangig in ihrem Kopf existiert, doch dadurch, dass auch die Menschen in ihrer Umgebung davon zu wissen schienen, nahm alles realere Züge an. »Woher weiß sie davon?«, flüsterte sie Ella fassungslos zu.

»Neuigkeiten machen in Tempelhof schnell die Runde«, erklärte die Freundin mitfühlend. »Du weißt doch, der Flughafen ist ein Dorf.«

Noras Befürchtung erfüllte sich: Vor der Kantine wartete nicht nur Tyler, sondern auch Matthew, Letzterer blass und mit angespanntem Gesicht. Ihn so zu sehen, tat Nora weh, am liebsten hätte sie ihn festgehalten und ihm versichert, dass alles gut werden würde. Aber das würde es nicht, niemals.

»Hallo Nora«, grüßte er sie, und seine sonst so leuchtend blauen Augen schienen trüb und wässrig.

»Matthew«, flüsterte sie. Wie zwei Fremde folgten sie Ella und Tyler in den großen Raum, standen in gebührendem Abstand an der Essensausgabe an und setzten sich dann schweigend zu ihren beiden Freunden an einen freien Tisch. Nora wünschte sich weit weg; es gab so vieles, was sie Matthew gerne gesagt hätte, doch nichts davon kam ihr über die Lippen. Es war unerträglich, neben ihm zu sitzen und ihn nicht berühren zu können. Sie spürte, wie er mehr und mehr aus ihrem Leben entschwand, und allein die Vorstellung wog ihr wie ein Felsblock im Magen.

»Tut mir leid, wenn ich mich in eure Angelegenheiten einmische, aber ihr seid meine Freunde«, sagte Tyler zu ihrem Entsetzen und spießte eine halbe Kartoffel auf, während er sie und Matthew fixierte. »Was soll dieser Unsinn, den ihr da veranstaltet?«

Nora wusste, dass er im Grunde nur sie ansprach, und wand sich innerlich. Matthew hielt den Kopf gesenkt und schob sein Essen auf dem Teller herum.

»Ihr wart ein halbes Jahr lang ein Herz und eine Seele, was ist passiert?«

»Ty …« Ella waren die Fragen ihres Verlobten anscheinend unangenehm, denn sie stieß ihn sanft an, wobei sie Nora einen entschuldigenden Blick zuwarf. »Das geht nur die beiden etwas an.«

»Ich weiß.« Tyler seufzte. »Aber es ist kaum mitanzusehen, wie

Matthew leidet. Und du wirkst auch alles andere als zufrieden, Nora.« Er versuchte, sich auf seine Mahlzeit zu konzentrieren, und eine Weile aßen sie alle vier schweigend beieinander, während der Regen gegen die Fenster prasselte. Dann fing Tyler wieder an. »Entschuldigt bitte – ich kann einfach nicht verstehen, wieso Ella und ich problemlos unsere gemeinsame Zukunft planen können, ihr beiden aber nicht? Unsere Beziehungen stehen doch unter den gleichen Vorzeichen.«

»Nein, das tun sie nicht.« Nora schob ihren Teller zurück, den sie kaum angerührt hatte. »Es gibt viele Unterschiede zwischen uns. Im Gegensatz zu Ella habe ich eine größere Familie, die ich, wenn es so weit ist, nicht einfach in die USA verpflanzen kann. Ich habe Kinder, die hier verwurzelt sind.«

Matthew schien immer stärker in sich zusammenzufallen. »Wahrscheinlich wird man mich eines Tages wieder in die USA zurückrufen. Aber noch ist es nicht so weit. Und wenn, fällt uns bestimmt eine Lösung ein.« Unbeholfen zog er einen kleinen, glänzenden Gegenstand aus der Tasche seiner Uniform. »Schau, Nora, der Verlobungsring meiner Großmutter ist endlich bei mir eingetroffen …«

Nora verlor endgültig die Fassung, sie vermochte kaum, einen Blick auf den goldenen Ring zu werfen, der in Matthews Handfläche funkelte. Ihr ganzer Körper schien nur noch vor Schmerz und Verzweiflung zu pulsieren, und ihr Verstand setzte aus. Rasch stand sie auf und schob ihren Stuhl zurück. »Ich muss wieder an die Arbeit, ich muss bei einem Gespräch Protokoll führen …«

Und damit stürzte sie aus der Kantine, spürte den unglücklichen Blick Matthews auf sich und hasste sich dafür, dass sie den Mann, den sie liebte wie noch keinen zuvor, zerstörte. Doch sie konnte nicht anders.

...

Ella ließ sie den Rest des Tages in Ruhe, und sie war ihr dankbar dafür. Nur von Zeit zu Zeit bemerkte sie, wie die Freundin sie von der Seite besorgt ansah. Am Abend eilte sie im Regen nach Hause, die Hand um den Griff ihres Schirmes geklammert. Die Straßen versanken in grauem Dunst, das Wasser gurgelte in den Rinnsteinen und spritzte eisig auf, wenn ein Fahrzeug der Alliierten vorbeifuhr.

»Schau, Mutti, Oma hat mir beigebracht zu häkeln«, empfing Veronika sie stolz und zeigte ihr einen Topflappen aus hellblauer Wolle. Seit den Ereignissen an Weihnachten wirkte sie viel gelöster und zugänglicher.

»Prima hast du das gemacht«, lobte Nora sie zerstreut, hängte ihren Mantel an die Garderobe und stellte ihre Handtasche ab. Den tropfenden Schirm spannte sie im Flur auf.

In der Küche saß Hanna mit missmutigem Gesicht am Tisch, während Else das Stück Pappe, das als Glasersatz diente, aus dem Fenster nahm, da es vom Regen völlig durchweicht war, und es durch ein neues ersetzte.

»Was ist los, Hanni?« Erschöpft sank Nora auf einen Stuhl. »Hat es dir die Stimmung verhagelt?«

»Friedrich wollte schon seit drei Stunden hier sein, ich möchte wissen, wo er bleibt.« Hanna legte ihre Hände um ihren Bauch, dessen Wölbung langsam sichtbar wurde.

»Vielleicht wurde er bei seiner Arbeit festgehalten«, vermutete Else und drückte das trockene Stück Pappe im Fensterrahmen fest.

Hanna schnaubte gereizt. »Ich habe dir doch gesagt, dass er heute überhaupt nicht arbeitet. Er hilft ohnehin nur zwei- oder dreimal pro Woche in diesem Lebensmittelladen aus.«

»Sicher hat seine Verspätung einen ganz einfachen Grund«, beruhigte Else sie. »Nun lasst uns alle zu Abend essen. Ich decke vorsichtshalber für Friedrich mit.«

Doch Friedrichs Platz blieb den ganzen Abend leer, was ungewöhnlich war, verbrachte er doch seine freie Zeit stets in der Wohnung in der Burgherrenstraße. Das kleine Kämmerchen, das er zur Untermiete bei einem betagten Herrn bewohnte, bot gerade mal genug Platz für ein schmales Bett, einen Tisch und einen Schrank, sodass er sich normalerweise nur zum Schlafen dort aufhielt.

Nach dem Essen spielte Nora mit den Kindern eine Runde Halma, während Hanna nervös auf und ab lief.

»Hör auf, dich zu sorgen, Hanni, vielleicht hat ihn die Grippe erwischt, und er liegt im Bett«, versuchte Else, ihre Tochter zu beruhigen.

»In dem Fall hätte er einen Weg gefunden, mich zu benachrichtigen. Ich fühle, dass ihm etwas passiert ist, ich fühle es einfach.«

»Können wir wenigstens dieses Mal die Polizei rufen?«, rief Jörg aufgeregt dazwischen.

Die Erwachsenen ignorierten ihn.

»Ich gehe zu seiner Unterkunft und schaue nach, ob er dort steckt«, verkündete Hanna fest entschlossen.

»Warte bis morgen früh, es wird schon dunkel.« Besorgt sah Else aus dem Fenster in den Innenhof, in dem die Bäume in der Dämmerung bereits mit dem Hintergrund verschwammen.

»Nein, ich gehe jetzt gleich. Wenn ich keine Gewissheit habe, was mit Friedrich los ist, werde ich heute Nacht sowieso nicht schlafen können.« Im Flur zog Hanna sich ihren Mantel an und stülpte sich eine Mütze über die blonden Locken.

»Tu es nicht, bleib hier!« Elses Stimme klang schrill vor Sorge. »Im Dunkeln treiben sich allerhand finstere Gestalten herum, vor allem in den Häuserruinen versteckt sich so manch einer, der bei Tag nicht gesehen werden will.«

»Das ist mir egal, ich muss Friedrich suchen.«

Nora erhob sich und küsste ihre Kinder auf die Haarschöpfe. »Geht schlafen, ihr zwei, ich begleite Tante Hanna. Ich schaue nach euch, sobald ich wieder da bin.«

»Das gefällt mir gar nicht«, protestierte Else, die Hände in die Hüften gestemmt. »Wartet bis morgen früh!«

Da Hanna sich nicht umstimmen ließ, warf Nora ihrer Mutter einen hilflosen, entschuldigenden Blick zu und zog sich ebenfalls an. Nichts zog sie zu so später Stunde nach draußen in die Kälte, doch sie hätte es nicht über sich gebracht, Hanna allein gehen zu lassen.

»Danke«, brachte Hanna hervor, als sie eilig in Richtung Dudenstraße schritten.

»Es ist meine Aufgabe als große Schwester, auf dich aufzupassen«, neckte Nora sie liebevoll.

»Ich weiß.« Hanna umrundete eine Regenpfütze, in der sich das Licht der Gaslaternen spiegelte. »Ich möchte dir noch eine Sache sagen ... eigentlich die ganze Zeit schon ...« Sie druckste ein wenig herum, dann sagte sie verlegen: »Es tut mir leid, dass ich dir die Beziehung mit Matthew madig machen wollte. Ich hatte nie etwas gegen ihn, er ist ja wirklich sehr nett, und er hat mit Sicherheit aufrichtige Gefühle für dich, das sieht man ihm an. Aus purem Egoismus habe ich mir eine Zeit lang gewünscht, eure Beziehung würde im Sande verlaufen, denn ich hatte Angst, er würde dich mir wegnehmen und mit dir nach Amerika verschwinden. Aber jetzt, wo du seinen Antrag abgelehnt hast und ich merke, wie unglücklich du bist – sicher hat deine Absage etwas mit uns allen zu tun, oder? –, jetzt wünschte ich, *ich* wäre die große Schwester. Denn dann würde ich dich davon überzeugen, dass du ihn einfach heiraten musst! Er schenkt dir all seine Liebe, und du solltest an ihn und deine Gefühle denken, und nicht an deine unreife kleine Schwester oder deine Mutter, die gut mit ihrem eigenen Leben zurechtkommt.« Hannas Lippen verzogen sich zu einem Lächeln, wohl, um ihre Befangenheit zu überspielen.

Ihre Worte ließen die mühsam hochgezogene Mauer, die Nora um sich selbst herum errichtet hatte, um nicht noch weiter in die Tiefe ihres Elends zu stürzen, bröckeln. Rasch riss sie sich zusammen. Es war nicht der geeignete Zeitpunkt, ihre Entscheidung zu überdenken. Im Moment brauchte Hanna sie, ihre eigenen Befindlichkeiten mussten zurückstehen.

»Lieb von dir, dass du mir helfen willst, Hanni, aber lass uns erst mal an Friedrich denken.«

Den Rest des Weges legten sie stumm zurück. Von den Dächern tropften letzte Wassertropfen, der Himmel war sternenlos und bedeckt.

Ausgekühlt erreichten sie schließlich Friedrichs Adresse, die sich an der Grenze zu Schöneberg befand. Wie Nora wusste, hatte Hanna Friedrichs karges Zimmer nie betreten, da sein Vermieter keinen Damenbesuch duldete.

»Es ist mir peinlich, so spät noch zu klingeln. Der Vermieter versteht keinen Spaß, sagt Friedrich.«

»Es ist ein Notfall.« Kurz entschlossen drückte Nora selbst auf den Klingelknopf. Während sie auf ein Lebenszeichen aus dem Hausinnern warteten, schaute Hanna an der Fassade hoch. »In Friedrichs Zimmer brennt kein Licht, es ist auch keine Kerzenflamme sichtbar.«

Nora folgte ihrem Blick, und auch ihr sank das Herz. Wo mochte Friedrich bloß stecken?

Endlich öffnete sich die Haustür, laut quiekend wie eine Schar Jungmäuse, die auf die Mutter wartete, und ein älterer Herr in kariertem Morgenrock steckte seinen Kopf durch den Spalt. »Die Damen – Sie wünschen?«

Hanna erklärte, wer sie war und was sie hergeführt hatte, wobei sie sich vor Aufregung mehrmals verhaspelte.

Der Vermieter hörte ihr schweigend zu, dann schüttelte er bedächtig den Kopf. »Bedaure, junge Frau ... Herr Finke war weder heute noch letzte Nacht hier im Haus.«

»Auch letzte Nacht nicht?« Hannas Augen weiteten sich vor Entsetzen, und auch Nora wurde eiskalt vor Sorge.

»Genau. Ich bin mir absolut sicher, dass er nicht da war, denn unsere Eingangstür quietscht derart auffällig, dass ich jedes Mal zusammenschrecke, wenn sie geöffnet wird. Ich bekomme es immer, glauben Sie mir, *immer!* mit, wenn Herr Finke kommt oder geht.«

Hanna wandte sich mit blutleeren Lippen an Nora. »Das heißt, Friedrich ist auch gestern nicht heimgekehrt, nachdem er von uns aufgebrochen ist.«

»Ich kann Sie gerne nach oben führen, damit Sie selbst einen Blick in sein Zimmer werfen können«, schlug der Vermieter vor und zog seinen Morgenrock enger zusammen.

Hanna nickte. Nora folgte ihr und dem alten Herrn die enge Stiege hinauf ins Obergeschoss, doch sie war sich sicher, dass Friedrich sich dort nicht aufhalten würde. Blanke Angst ergriff sie, lähmte ihre Gedanken. Vermutlich hatte Hanna recht. Friedrich musste etwas passiert sein.

Kapitel 28

Januar 1949

Nora starrte den auf Englisch verfassten Bericht an, ohne auch nur ein einziges Wort zu verstehen. Die Buchstaben schienen vor ihren Augen zu tanzen. Hilflos starrte sie auf ihr Blatt Papier, die Hände gegen die Schläfen gepresst.

Jemand stellte ihr eine Tasse Kaffee mit viel Milch, so wie sie ihn gerne trank, neben die Schreibmaschine, und sie schreckte auf.

»Ella! Danke ...«

»Ich kann dein Elend kaum noch mitansehen.« Ella zog sich ihren Stuhl heran und setzte sich neben Nora. Ernst legte sie ihr die Hand auf den Arm und sah sie mitfühlend an. »Warum überlegst du dir die Sache mit Matthew nicht noch einmal? Du scheinst mit jedem Tag ein bisschen mehr in dich zusammenzufallen. Du musst nicht immer nur an alle anderen denken, weißt du? Manchmal musst du dich und dein Glück auch an die erste Stelle setzen.«

»Du hörst dich an wie meine Mutter.« Nora versuchte sich an einem schwachen Lächeln und trank dankbar einen Schluck ihres dampfenden Kaffees. »Aber es geht mir nicht nur wegen Matthew so schlecht – es gibt ein weiteres Problem. Friedrich ist Knall auf Fall verschwunden, wir haben keinen Schimmer, wo er steckt.«

»Oh nein!« Entsetzt rückte Ella noch ein Stück näher an Nora heran, da Inga, die wie immer ein Stück weiter vorne saß, sich neugierig umdrehte. »Deine arme Schwester! Sie muss außer sich sein vor Sorge!«

Nora nickte niedergeschlagen. »Das ist sie. Wenn er bis heute Abend nicht auftaucht, will sie die Polizei verständigen.«

Major Bloom erschien in der Bürotür und winkte Inga zu sich heran. Er wirkte abgekämpft und mutlos. Offenbar hatte er sich mit seiner Frau noch nicht versöhnen können.

Inga stand auf, richtete eilig ihre kunstvoll hochgesteckten Haare und zog ihr aschrosa Kleid zurecht, bevor sie der Aufforderung des Vorgesetzten Folge leistete, nicht ohne Nora und Ella einen triumphierenden Blick zuzuwerfen. *Dieses Mal bin ich diejenige, die er in seinem Büro sehen will*, schien ihr Ausdruck zu bedeuten. Nora verzog nur resigniert das Gesicht.

»Egal«, sagte sie zu Ella und zog ein Blatt Papier in die Schreibmaschine ein, »es hilft nichts, sich Sorgen zu machen, die Arbeit muss trotzdem erledigt werden. Ich hoffe, mein Text wird nicht vor Fehlern wimmeln, ich kann mich kaum konzentrieren.«

»Sag Bescheid, wenn ich dich unterstützen kann, auf welche Weise auch immer«, bot Ella an.

Eine Weile arbeiteten sie schweigend vor sich hin, auch Erni, Lotte und Heide saßen tief über ihre Berichte gebeugt. Vor den Fenstern zogen tiefe Wolken vorüber, es war ein weiterer trister und düsterer Wintertag.

Plötzlich wurde die Tür aufgerissen, und Inga kehrte ungestüm zurück. Sie knallte die Tür derart heftig zu, dass der Fußboden zu vibrieren schien, und fegte in den Raum. Spätestens jetzt war ihr die Aufmerksamkeit aller anderen Übersetzerinnen gewiss.

Heide setzte ihre Lesebrille ab und schaute Inga stirnrunzelnd an. »Na, das war ja ein bühnenreifer Auftritt. Wieso führst du dich auf wie eine Furie?«

»Lass mich in Ruhe! Lasst mich alle in Ruhe!« Inga war so außer sich, dass sie am ganzen Körper bebte wie ein Ast im Schneesturm. Mit fahrigen Bewegungen riss sie ihre Schreibtischschubladen auf und kippte Bleistifte, ein Notizbüchlein, einen kleinen Spiegel und Bonbons in ihre Handtasche.

»Inga …« Lotte und Erni traten langsam näher, so vorsichtig, wie man sich einem Tier nähert, von dem man nicht weiß, wie angriffslustig es ist. »Warum räumst du deinen Schreibtisch aus?«

»Ist das nicht klar?« Tränen liefen aus Ingas Augen und verschmierten ihre Wimperntusche, die sich in schwarzen Seen auf ihren Wangen sammelten.

»Hat Major Bloom dich entlassen?«, fragte Heide sachlich und beobachtete mit vor der Brust überkreuzten Armen Ingas Treiben.

Inga wischte sich wenig elegant mit dem Kleiderärmel über das Gesicht und presste die Lippen zusammen. »Jetzt könnt ihr hinter meinem Rücken über mich lachen und euch beglückwünschen, dass die olle Kuh endlich weg ist.«

»Da kennst du uns aber schlecht.« Ella wechselte einen besorgten Blick mit Nora, der die ganze Szene ebenfalls sichtlich unangenehm war.

»Mit welcher Begründung hat er dich rausgeworfen?« Heide setzte eine strenge Miene auf. »Wobei … Ich glaube, die Frage erübrigt sich, Inga, und wenn du mal tief in dich gehst, wirst auch du zugeben müssen, dass über die Monate genug Gründe zusammengekommen sind.«

Im Stillen musste Nora der Dienstältesten recht geben, und die anderen Kolleginnen sahen das wohl ähnlich, denn sie schauten allesamt recht betreten drein.

»Schlag nur auf mich drauf«, heulte Inga, und ein erneuter Sturzbach an Tränen begann zu fließen. »Ich liege ja schon am Boden.« Sie nahm ihren Mantel vom Haken an der Wand und versuchte hineinzuschlüpfen, verhedderte sich jedoch aufgrund ihrer Erregung mehrmals. Nora, die ihr am nächsten stand, half ihr stumm, in den Ärmel zu kommen.

»Danke«, schniefte Inga. »Tausend Dank, du Heldin. Ihr braucht mich nicht alle so anzuschauen ... so mitleidig und doch so selbstgerecht.«

»Niemand schaut dich selbstgerecht an.« Da keine der jüngeren Frauen den Mund aufbekam, ergriff Heide erneut das Wort. »Ich wünschte nur, du hättest während deiner Zeit im Tempelhof nicht so viel Gift verspritzt und dich kameradschaftlicher verhalten. Dann hätte Major Bloom dich wahrscheinlich auch nicht entlassen.«

Lotte und Erni äußerten sich zustimmend, und Nora, die spürte, wie es hinter ihrer Stirn zu pochen begann, wünschte sich, ganz weit weg zu sein.

»Du führst dich auf, als wärst du hier die Klassensprecherin«, fuhr Inga Heide an, die gelassen an der Tischkante lehnte. »Ich hatte es immer schwerer als ihr alle, immer! Nie ist mir etwas Gutes passiert, als Kind nicht und als Erwachsene schon gar nicht!«

Nachdem sie sich ihren Wollschal fest um den Hals gebunden hatte, schnappte sie sich ihre nun prall gefüllte Handtasche und lief ohne Abschiedsgruß hinaus, noch einmal die Tür hinter sich zudonnernd.

Die Kolleginnen sahen sich verlegen an, es herrschte eine unheimliche Stille im Büro. Man hätte das Knacken einer Nussschale unter einer Schuhsohle hören können.

»Ran an die Schreibmaschinen«, ordnete Heide resolut an. »Lasst euch von Ingas Show nicht beeindrucken – wir alle haben im Krieg geliebte Menschen verloren, viele sind obdachlos geworden, das Thema haben wir doch schon lange durch. Uns allen wurde unser Kuchenstück an Gram und Einsamkeit zugeteilt, aber das ist noch lange kein Grund, anderen Frauen in den Rücken zu fallen.«

Während Nora, Ella, Erni und Lotte sich wortlos an ihre Schreibtische zurückzogen, drehte Heide das Radio an, aus dem *My Happiness* von den Pied Pipers erschallte, ein sanftes, beschwingtes Stück, das die erhitzten Gemüter rasch wieder abkühlen ließ und trotz Ingas dramatischem Abgang eine beinahe vergnügliche Atmosphäre heraufbeschwor.

...

Zu Hause in der Burgherrenstraße herrschte noch immer helle Aufregung. Hanna lief panisch auf und ab, während Else ihr zur Beruhigung Tee aufzudrängen versuchte.

»Ich weiß, dass ihm etwas zugestoßen ist«, stieß Hanna jämmerlich hervor. »Vielleicht … vielleicht ist er umgekommen …!«

»Nun lass mal die Kirche im Dorf.« Else fasste ihre Tochter am Unterarm und zog sie auf einen Küchenstuhl. »Trink deinen Tee, du musst bei Kräften bleiben. Denk an das Baby.«

»Ich glaube, ich werde das Kind vor lauter Angst verlieren«, stöhnte Hanna und schlang die Arme um den Oberkörper. Sie bot einen erbärmlichen Anblick, das Haar hing ihr strähnig und ungewaschen ins Gesicht, und trotz der Schwangerschaft hatte sie in den letzten Wochen abgenommen, sodass ihr marineblaues Kleid wie ein loser Sack an ihr hing.

»Unsinn! Dein Baby entwickelt sich sicher prächtig.« Nora rieb ihrer Schwester tröstlich den angespannten Rücken; insgeheim fragte sie sich selbst, ob Hannas Schwangerschaft den Qualen, die sie gerade ausstand, standhalten würde, doch dann erinnerte sie sich an die Zeit, als sie Jörg unter dem Herzen getragen hatte: Joachim galt frisch als vermisst, sie hatte eine Dreijährige, um die sie sich kümmern musste, und eine unfreiwillige Arbeit in der Munitionsfabrik, zumindest so lange, bis ihr gewaltiger Bauchumfang dieser Beschäftigung ein Ende setzte.

»Wo kann er nur sein, dieser törichte Mann?« Hanna nippte an ihrem Tee, dann schob sie die Tasse angewidert weg. Aufgrund der Hormonumstellung schmeckte ihr zurzeit so gut wie nichts.

»Vielleicht hat er was ausgefressen und muss sich verstecken«, schlug Jörg vor. Den Sechsjährigen schien das Verschwinden seines zukünftigen Onkels nicht zu ängstigen, im Gegenteil, er verfolgte die familiären Diskussionen so gespannt, wie er einer Detektivgeschichte lauschte, die Nora abends im Bett vorlas. »Vielleicht verbirgt er sich auch in einem Luftschutzbunker vom Flughafen, so wie Veronika.«

Veronika, die ihrer Puppe Christel die Haare flocht, lief rot an.

»Red keinen Blödsinn, Kleiner«, fuhr Hanna ihn schroff an. »Was soll Friedrich schon ausgefressen haben? Er ist ein rechtschaffener Mann.«

Nora fand, dass Jörgs Gedanke eine Überlegung wert war. Irgendetwas stimmte in letzter Zeit nicht mit ihrem Schwager in spe, allein die wertvollen Essensgaben, die er durch seine Aushilfstätigkeiten hin und wieder erhielt, kamen ihr zu schön vor, um wahr zu sein. Sie dachte an das Puddingpulver, das Hirschgulasch, die Weihnachtsgans und viele andere Leckereien zurück, die Friedrich ihnen geschenkt hatte. Kulinarische Luxusartikel, während der Rest Berlins sich durch die Pakete der Alliierten gerade so über Wasser halten konnte.

Else schien ähnliche Vermutungen zu hegen, nur nahm sie kein Blatt vor den Mund. »Du musst schon zugeben, Hanni, dass Friedrichs angebliche *Arbeit* nicht so ganz hasenrein ist. Zudem gibt er sich so geheimnisvoll. Von der Schreinerei hat er immer recht viel erzählt, doch nun tappen wir völlig im Dunkeln. Wo befindet sich der Lebensmittelladen, in dem er aushilft? Wer ist sein Chef? Auch die Arbeitszeiten erscheinen mir sehr unregelmäßig.«

»So ist das nun einmal, wenn man lediglich als stundenweise Aushilfe angestellt ist. Ich verstehe nicht, was euch daran stört.« Hanna verschränkte missmutig die Arme vor der Brust, doch Nora kannte ihre jüngere Schwester gut genug, um in ihren Augen ebenfalls das Flackern leichter Zweifel zu erkennen. »Ich gehe zur Polizei und melde ihn als vermisst. Inzwischen habe ich lange genug auf ihn gewartet, kein Wachtmeister wird mich als hysterische Schwangere abstempeln, die sich sorgt, weil ihr Verlobter mal eine Stunde zu spät kommt.«

»Ich begleite dich«, bot Nora an.

»Müsst ihr schon wieder im Dunkeln los?« Else stöhnte auf. »Ich habe Angst, dass euch Mädchen auch noch etwas passiert.«

»Siehst du?«, heulte Hanna auf. »Du glaubst inzwischen auch, dass ihm etwas Schlimmes widerfahren ist. Womöglich wurde er von einem Armeelastwagen überfahren und liegt irgendwo leblos im Straßengraben …!«

Nora reichte ihr stumm ihren Mantel und zog sich dann selbst an, um sich gegen die Januarkälte zu wappnen. Nachdem sie ihren Kindern Anweisungen gegeben hatte, sich von Else ins Bett bringen zu lassen, zog sie die Wohnungstür auf, um im nächsten Moment heftig zusammenzuschrecken.

Hanna stieß einen schrillen Schrei aus. Da flammten im Treppenhaus die Lichter auf, und die ganze Familie erkannte Friedrich, der müde, abgerissen und schmutzig vor der Schwelle stand.

»Friedrich!« Schluchzend fiel Hanna ihrem Verlobten um den Hals, doch er sah sich erst im Treppenhaus um, bevor er sie rasch in die Wohnung schob, um ihre Umarmung zu erwidern.

»Du bist uns eine Erklärung schuldig, junger Mann.« Else musterte ihn aufmerksam, ließ ihren Blick von seinen staubigen Haaren bis zu seinen matschigen Schuhen wandern. »Wir waren in ernsthafter Sorge um dich, meine Töchter waren gerade im Begriff, zur Polizeiwache zu gehen.«

»Keine Polizei«, verlangte Friedrich heiser, woraufhin Elses Miene noch misstrauischer wurde.

Zurück in der Küche setzten sie sich alle um den Tisch. Hanna schob Friedrich den Rest ihres Tees hin, er sah aus, als habe er seit seinem Verschwinden weder gegessen noch getrunken.

»Möchtest du etwas essen?«, fragte Nora, woraufhin Friedrich dankbar nickte.

»Ich dachte, du bist verunglückt oder tot«, schniefte Hanna und hielt Friedrichs Hand umklammert. Schuldbewusst hielt er den Blick gesenkt, seine Augen waren rot gerändert.

»Jetzt aber raus mit der Sprache«, forderte Else ihn auf, kaum dass Nora ihm ein Butterbrot gereicht hatte.

»Ich ... ich musste untertauchen«, gestand Friedrich verlegen, nachdem er hastig ein paar Bissen hinuntergeschlungen hatte.

Jörg reckte triumphierend seine Faust in die Höhe. »Ich hab's gewusst!«

Argwöhnisch rückte Hanna ein Stück von ihm ab und fixierte ihn stirnrunzelnd. »Was soll das heißen? Wovor musstest du dich verstecken?«

»Bevor ich euch das sage, muss ich erst noch eine Erklärung vorausschicken ...« Friedrich druckste unbehaglich herum. »Meine Arbeit, ich meine, meine Stelle als Aushilfe ...«

»Die gibt es gar nicht, nicht wahr? Frei erfunden, schätze ich«, bemerkte Else schonungslos.

Friedrich nickte betreten. »So ist es. Es tut mir leid, dass ich gelogen habe.«

»Wie konntest du nur?«, rief Hanna, mühsam beherrscht.

»Jetzt lass ihn doch erst mal erzählen«, besänftigte Nora ihre

Schwester, die Friedrich derart böse anfunkelte, dass dieser wie eine Schildkröte seinen Kopf einzuziehen schien.

»Nachdem die Schreinerei pleitegegangen ist, war ich so verzweifelt«, begann er zögerlich, immer wieder zur Seite schielend, um Hannas Reaktion auf seine Worte auszuloten. »Dann wurdest du schwanger und hast auch deine Arbeit verloren … Es war wie der komplette Weltuntergang. Ich habe versucht, optimistisch zu sein. Aber nachts lag ich wach und glaubte, vor Sorge zu vergehen … Ich dachte, wie soll es uns gelingen, ohne einen einzigen Pfennig ein Kind großzuziehen? Dann traf ich meinen alten Kollegen aus der Schreinerei wieder, der inzwischen gute Geschäfte am Bahnhof Zoo macht …«

»Auf dem Schwarzmarkt?«, hakte Nora nach. Ihr war mulmig zumute; sie hatte oft mitbekommen, wie hinter vorgehaltener Hand über diesen verbotenen Umschlagplatz von Gütern gemunkelt wurde. Auf dem Schwarzmarkt war grundsätzlich alles erhältlich, was das Herz begehrte, entweder zu horrenden Preisen oder gegen Tauschware.

Friedrich nickte unglücklich. »Ja. Es ist einfach, dort Wertgegenstände, die den Krieg überlebt haben, in Lebensmittel einzutauschen. Am Bahnhof Zoo finden sich viele Männer oder auch Frauen ein, die wie ich die letzten kleinen Besitztümer, die sie haben, anbieten, um im Gegenzug Lebensmittel zu bekommen. Und es gibt immer viele Menschen, die sich für ein altes Radio, ein Schmuckstück oder die Erstausgabe eines Klassikers interessieren …«

Hanna schnappte nach Luft. »Aber Schwarzmarktgeschäfte sind per Gesetz verboten! Klar, dass man sich nicht immer daran hält, diese Regel zu befolgen, vor allem, wenn man dringend etwas benötigt, was es zurzeit einfach nicht in den Geschäften gibt. Aber … aber du musst ja ständig dort gehandelt haben!«

»Er hat es auch für uns getan, er wollte uns nicht leiden sehen«, wandte Nora leise ein. »Genau wie du, Hanna, als du Frau Brombach über Monate mit Medizin versorgt hast. Alles, was er eingetauscht hat, hat er uns gegeben. Du hast nichts für dich behalten, stimmt's, Friedrich?«

»Genau.« Friedrich vergrub seinen roten Haarschopf in den Händen, er sprach so leise, dass man ihm kaum verstand. »Ich wollte, dass es euch gut geht, vor allem, dass es dir gut geht, Hanna, und unserem Kind. Auch auf die Gefahr hin, geschnappt zu werden.«

»Soviel ich weiß, ahndet die amerikanische Militärpolizei Schwarzmarktgeschäfte sehr streng. Schon öfter kamen auf Radio Rias Berichte von Razzien.« Elses Tonfall klang mild, sie schien Friedrich nicht böse zu sein.

Nora machte sich daran, Friedrich ein weiteres Brot zuzubereiten. »Mutti hat recht. Die Kriegswirtschaftsverordnung von 1939 gilt noch immer; darin wird jeglicher Schwarzhandel untersagt. Auch wenn er in Berlin seine Blüten treibt.«

»Ein bedeutendes Puzzleteil deiner Geschichte fehlt noch.« Hanna schien nicht mehr allzu ärgerlich auf Friedrich zu sein und ergriff wieder seine Hand. »Wo warst du? Wieso bist du untergetaucht?«

»Ich ... ich hatte in der letzten Zeit das Gefühl, beobachtet, ja, verfolgt zu werden. Ich dachte, die Polizei ist mir auf die Schliche gekommen ...! Ich habe am Bahnhof Zoo sogar schon eine Wiege für unser Baby erstanden, Hanna ...! Sie steht bei mir zu Hause im Keller.«

Hannas Gesichtszüge wurden weich. »Wirklich? Das ist ... großartig, Friedrich. Aber was hast du dafür bezahlt? Beziehungsweise, was hast du dafür gegeben?«

»Das gesamte gute Porzellan meiner Mutter, das ich im Keller aufbewahrt habe. Inklusive des Silberbestecks.«

»Du dummer Junge.« Else betrachtete ihn halb entrüstet, halb gerührt. »Die Gegenstände waren doch viel mehr wert als eine Wiege.«

Friedrich zuckte mit den Achseln. »Aber wir brauchen bald eine Wiege. Dringend. Wertvolles Geschirr hilft einem nicht weiter im Leben. Ich weiß nicht, was jetzt passieren wird. Was, wenn mir die Polizei tatsächlich auf den Fersen ist? Vielleicht suchen sie mich in meiner Unterkunft? Es ist zu riskant, dorthin zurückzukehren.«

»Dann bleibst du erst mal hier, auch wenn das nur eine vorübergehende Lösung sein kann«, bestimmte Else, und niemand widersprach. »Aber jag uns nie wieder so einen Schrecken ein. Warum bist du nicht gleich zu uns gekommen? Wo warst du überhaupt?«

»Ich wollte euch nicht mit hineinziehen«, brummte Friedrich mit vollem Mund. »Ich bin auch heute nur gekommen, weil ich geahnt habe, dass ihr euch große Sorgen um mich macht.«

»Hast du dich in einem der tollen Trümmerhäuser versteckt?«, rief Jörg, der, auf Noras Schoß kauernd, das Gespräch höchst interessiert verfolgt hatte. »Dort findet einen niemand, auch nicht die Polizei.«

Friedrich nickte verlegen. »Ja. Aber ich würde dir nicht raten, es nachzuahmen. Nachts bin ich fast erfroren.«

...

Nora wickelte sich ihren Schal fest um den Hals, als sie an der Seite von Major Bloom ins Freie trat, um wieder einmal stichprobenartig die Fracht der Transportflugzeuge zu kontrollieren.

Schneeregen fiel lautlos herab, sammelte sich in Pfützen auf dem Asphalt und kroch unangenehm feucht unter ihren Mantelkragen. Ihr Vorgesetzter schien dies nicht zu bemerken, überhaupt schien er in letzter Zeit recht abwesend, und noch immer lagen bläuliche Schatten unter seinen Augen, als würde er zu wenig schlafen.

»Es tut mir leid, dass Sie gerade eine schwierige Zeit durchmachen«, bemerkte Bloom plötzlich, nachdem sie eine Weile schweigend nebeneinanderher gelaufen waren.

Sie zuckte zusammen, nicht nur, weil er so unerwartet das Wort ergriffen hatte, sondern auch, weil es sie überraschte, dass auch er über ihre Trennung von Matthew Bescheid wusste. Trotz der klammen Kälte schwitzte sie unter ihrem Mantel, wurde der Schmerz, der ständig in ihr schlummerte, doch von Neuem aufgerührt.

»Entschuldigung, das geht mich nichts an. Ich möchte nur nicht, dass Sie denken, ich sitze tagein, tagaus in meinem Elfenbeinturm und bekomme nicht mit, was meine Angestellten beschäftigt.« Er wischte sich eine nasse Schneeflocke von der Stirn.

»Danke«, murmelte sie. »Es ist schwer, aber … es muss weitergehen. Und bei Ihnen … konnten Sie Ihre Frau mittlerweile davon überzeugen, dass Inga sich unsere angebliche Affäre nur ausgedacht hat?« Sie lachte verlegen.

Bloom seufzte, als trüge er die Last der Welt auf seinen Schultern. »Es ist noch immer schwierig. Inga hat etwas in Gang gesetzt, was sich nicht so einfach rückgängig machen lässt. Meine Frau sieht nun überall Gespenster.«

Nora warf ihm einen verstohlenen Seitenblick zu. Bloom presste das Klemmbrett mit den abzuhakenden Listen vor seine Brust.

»Wenigstens ist im Büro nun Ruhe eingekehrt«, sagte sie, wohl wissend, dass ihm das kaum ein Trost sein würde. »Die Stimmung unter uns restlichen Übersetzerinnen ist so friedlich, ich komme nun wieder viel lieber zur Arbeit.«

»Ich hätte diese Frau schon viel eher entlassen sollen. Sie hat so viel kaputt gemacht.«

Inzwischen waren sie auf der Landebahn angekommen und gerieten mitten in das übliche Chaos aus landenden Flugzeugen und hin und her eilenden Hilfskräften, die die Kisten entluden. Bloom und Nora öffneten stichprobenartig einige davon, kontrollierten den Inhalt und vermerkten die Anzahl der Lebensmittel auf ihren Listen.

Nora arbeitete wortlos und hastig, der schmierige Schneeregen brannte in ihrem Gesicht, ihre Finger fühlten sich trotz der Handschuhe taub an.

»Das reicht«, rief Bloom ihr nach einer Dreiviertelstunde zu, »lassen Sie uns zurück ins Warme gehen.«

Mit gesenktem Kopf, um den Schneeflocken zu entgehen, die in ihren Wimpern und Augenbrauen hängen blieben, eilte sie erneut neben Bloom her. Ein weiteres Flugzeug flog donnernd an und setzte mit voller Wucht auf der Landebahn auf, sodass Nora für eine Sekunde das Gefühl hatte, die Erde würde beben.

Sie waren bereits hundert Meter weitergelaufen, als sie eine vom Wind gedämpfte Stimme hörte, die ihren Namen rief. Eine Stimme, die sie aus Tausenden erkannt hätte. Ihr war, als würde ihr ein Stück ihres Herzens herausgerissen, als sie sich langsam umdrehte. Matthew kam auf sie zu, die Schultern gegen den eisigen Wind hochgezogen, die Hände tief in den Taschen seiner Uniform vergraben.

Bloom nickte ihr zu. »Wir sehen uns drinnen.«

Nora wartete, bis Matthew bei ihr angelangt war, sah ihm entgegen. Sie wünschte sich nichts mehr, als ihre Arme um seinen Hals zu legen.

»Wie geht es dir?«, fragte er, als er atemlos vor ihr stehen blieb.
»Ich wusste nicht, dass du um diese Zeit kommst.«
»Du bist nicht mehr auf dem Laufenden, was meinen Flugplan betrifft.«

Es tat Nora weh, wie sich das Gespräch gestaltete – sie redeten miteinander wie zwei flüchtige Bekannte, die sich zufällig getroffen hatten und belanglose Konversation betrieben, bevor jeder wieder seiner Wege ging. Auch Matthew sah unglücklich aus, sie fühlte, wie sich alles in ihm dagegen sträubte, ihr auf einem derart oberflächlichen Niveau zu begegnen. In gewisser Weise ähnelte er Major Bloom – seine blauen Augen blickten trüb, die Lider waren gerötet, und um den Mund lag eine scharfe Falte, als hätte sich dort die Trauer eingenistet. Am liebsten hätte sie ihm die Hand auf die Wange gelegt und seine Haare berührt, um ihm zart den nassen Schnee wegzuwischen.

Da es nichts zu sagen gab, nichts, das sie hätten aussprechen wollen, standen sie sich nur gegenüber und verharrten in niedergeschlagenem Schweigen. Seine Brust hob und senkte sich im selben Rhythmus wie ihr eigener Atem.

»Gibt es noch eine Chance für uns?«, flüsterte er schließlich flehend.

Ihr war, als zersplittere sie in tausend Stücke, könne nie wieder zu dem Menschen zusammengesetzt werden, der sie einst war. Doch dann dachte sie an Veronika, die, seit sie mit Matthew gebrochen hatte, so viel glücklicher und zufriedener wirkte – endlich hatte sie ihr kleines Mädchen zurück.

»Nein«, brachte sie ebenso leise hervor und starrte in den Himmel, der wie eine verwischte Aquarellzeichnung in Federgrau und Wolkenweiß über ihnen hing, um ihn nicht ansehen zu müssen, um nicht zu sehen, wie sich sein Blick verdunkelte, das letzte Flämmchen der Hoffnung erlosch.

Da schoss ihr eine Idee durch den Kopf, ein wahnwitziger Einfall, zunächst nur als flüchtige Eingebung, als ferne Möglichkeit. Doch je länger sie darüber nachdachte, desto realer wurde sie. Konnte sie es wagen, Matthew darauf anzusprechen?

»Matt«, hörte sie sich sagen. »Ich möchte dich etwas fragen. Könntest du meiner Schwester einen großen Gefallen tun?«

Kapitel 29

Januar 1949

»Ich weiß nicht.« Hanna saß an Friedrichs Schulter gelehnt am Küchentisch, als müsse sie bei ihm Halt suchen. Der Vorschlag, den Nora ihnen unterbreitet hatte, schien wie ein Blitz eingeschlagen zu haben, Nora vermochte allerdings noch nicht zu sagen, ob im Positiven oder im Negativen. »Was meinst du, Friedrich?«

Ihr Verlobter zerbröselte mit den Fingern einen Brotkrümel, der vom Abendessen übrig geblieben war. Er wich Hannas Blick aus, auch in ihm schien sich ein Rädchenwerk an Überlegungen zu drehen. »Es wäre eine Lösung«, äußerte er vorsichtig.

Else saß dem jungen Paar gegenüber und weinte in ihr Taschentuch. »Achtet gar nicht auf mich, ihr zwei, die Vorstellung ist nur so überwältigend ... Aber ich denke, ihr solltet Matthews Angebot annehmen. Es könnte ein Neuanfang für euch sein.«

Auch Veronika, die auf Noras Schoß saß, liefen Tränen über das Gesicht. »Ihr sollt hierbleiben. Ich will, dass wir immer alle zusammenbleiben, so wie jetzt!«

Nora küsste sie auf den Scheitel und schlang die Arme noch fester um sie. »Wir müssen eine Lösung für Hanna und Friedrich finden. Aber ich werde sie auch vermissen, mein Püppchen.«

»Ich will auch in Matthews Flugzeug fliegen«, rief Jörg. Schmollend kniete er unter dem Tisch, wo er seinen Miniaturflieger, den er bei der Weihnachtsparade am Kurfürstendamm bekommen hatte, mit imaginären Waren belud, um ihn gleich darauf abheben zu lassen.

»Je länger ich darüber nachdenke, desto vernünftiger erscheint mir die Lösung«, überlegte Friedrich. »In Westberlin haben wir doch keine Perspektive, Hanni, denk doch mal drüber nach. Die Sowjets schneiden uns nun seit fast einem halben Jahr von der Außenwelt ab, es ist kein Ende der Blockade in Sicht. Ich habe keinerlei Aussichten, wieder in einer Schreinerei angestellt zu werden. Und auch deine beruflichen Chancen sind, gelinde gesagt ...«

Er verstummte, als Hanna ihn mit einem eingeschnappten Blick bedachte. »Ja, sag es nur. Ich habe mir beruflich alles vermasselt, ich werde nie wieder als Krankenschwester arbeiten können, zumindest in Berlin nicht.«

»Das ist leider die Wahrheit«, entgegnete Friedrich sanft. »Es hilft nichts, sich diese Tatsache schönzureden.«

»Ihr könnt nicht weiter von der Hand in den Mund leben.« Nora bemühte sich, ihre Schwester nicht zu drängen, sie selbst eine Entscheidung treffen zu lassen, auch wenn es in ihrem Innern schrie: *Siehst du nicht, dass euch keine andere Möglichkeit bleibt?* »Vor allem, wenn das Baby da ist.«

Am Mittag, durchnässt vom Schneeregen und steifgefroren vom eisigen Wind, hatte sie Matthew erzählt, in welch ausweglose Situation Hanna und Friedrich sich manövriert hatten. Er hatte zugehört, ohne sie zu unterbrechen, die ganze Zeit hatten seine Augen auf ihr geruht, als könnte es das letzte Mal sein, dass sie ihm so nah war. Weder Hannas noch Friedrichs Handeln hatte er verurteilt, sein Blick war weich vor Verständnis gewesen. Es hatte Nora einige Überwindung gekostet, ihn zu bitten, Hanna und ihren Verlobten auf einem seiner Flüge mit nach Westdeutschland zu nehmen, wo sie ein neues Leben beginnen könnten. Friedrich würde dort leicht eine Arbeit finden – im Westen war der Wiederaufbau in vollem Gange, jede helfende Hand wurde dringend benötigt –, mit der er eine kleine Wohnung finanzieren konnte. Nora erinnerte sich an jenen Tag im letzten Sommer, als Matthew eine bedürftige Familie ausgeflogen und sich so rührend um sie gekümmert hatte.

Es war ihr mehr als unangenehm gewesen, ihn um einen Gefallen dieses Ausmaßes zu bitten, vor allem, nachdem sie seinen Heiratsantrag abgelehnt und sein Herz gebrochen hatte. Ihr war klar, dass sie kein Recht mehr hatte, ihn um etwas zu bitten. Doch sie hatte es für Hanna getan.

Zu ihrer grenzenlosen Erleichterung hatte Matthew genickt. »Ich nehme sie mit nach Wiesbaden. Ich weiß, dass dort überall händeringend Arbeitskräfte gesucht werden, viel zu viele Stellen sind nach dem Krieg unbesetzt geblieben, weil die Männer nicht zurückgekehrt sind.«

Ihr erster Impuls war, sich an ihn zu drücken und ihr Gesicht an seine Brust zu schmiegen, um seinen Herzschlag zu spüren und noch einmal diese Geborgenheit zu erleben, die er ihr stets geschenkt hatte. Seit sie kein Paar mehr waren, fühlte sie sich, als hätte sie eine riesige offene Wunde, die bei jedem Luftzug Schmerzen verursachte. Doch sie hatte sich zusammengerissen und stattdessen die Fingernägel in die Handflächen gebohrt, bis sie Abdrücke hinterließen. »Tausend Dank, das werde ich dir nie vergessen. Du rettest damit Hannas kleine Familie.«

Er hatte traurig gelächelt und einen Moment abgewartet, ob sie noch etwas hinzufügen würde, etwas Persönliches, einen Hoffnungsschimmer für seine verschmähte Liebe, aber sie war stumm geblieben.

»Bis dann«, hatte er geflüstert, sich umgedreht und war mit eiligen Schritten zum Flugfeld zurückgelaufen, als hätte er es nicht mehr ertragen, ihr gegenüberzustehen.

Nora blinzelte, als Friedrichs Stimme sie wieder in die Wirklichkeit zurückholte. »Wenn Matthew uns so schnell wie möglich nach Westdeutschland bringt, brauche ich auch keine Angst mehr zu haben, von der Polizei wegen meiner Schwarzmarktgeschäfte geschnappt zu werden. Ich kann mich doch nicht ewig verstecken, Hanna.«

»Ich weiß«, begehrte Hanna elend auf und brach in Tränen aus. »Natürlich ist mir klar, dass deine Idee uns retten könnte, Nora, und dass wir Matthew unendlich dankbar sein müssen, dass er uns helfen würde. Aber … aber ich kann Mutti doch nicht alleine lassen …!«

Else, die ungewöhnlich schweigsam war, wischte sich über die Augen. »Und ob du kannst, Hanni! Ich erwarte von dir, dass du dir im Westen ein gutes Leben aufbaust! Ich möchte doch nicht bis ans Ende meiner Tage mitanschauen müssen, wie es dir an allen Ecken und Enden fehlt und wie ihr beiden nicht in der Lage seid, euren Lebensunterhalt zu bestreiten und eurem Kind alles zu geben, was es braucht! Ihr packt eure Koffer und setzt euch in den Westen ab. Du hast oft nicht auf mich gehört in deinem Leben, aber dieses Mal tust du, was ich sage!«

Ihr gespielt autoritärer Tonfall ließ Nora und Friedrich lächeln, doch Hanna schüttelte trotzig den Kopf. »Ich bin zweiundzwanzig, ich muss nicht mehr auf dich hören.«

»Sei nicht albern.« Nora beugte sich vor und sah ihrer Schwester eindringlich in die Augen. »Du weißt, dass es am besten ist, Berlin den Rücken zu kehren. Und um Mutti mach dir mal keine Sorgen, immerhin bin ich noch da und kümmere mich um sie.« Gott sei Dank hatte sie Matthews Heiratsantrag nicht angenommen, schoss es ihr durch den Kopf. Mit Hanna im Westen und ihr möglicherweise in den USA wäre Else vollkommen allein in Berlin zurückgeblieben, was ihr das Herz gebrochen hätte. In diesem Moment erkannte sie, dass es das einzig Richtige gewesen war, auf ihr persönliches Glück zu verzichten.

»Wir schreiben uns, Mutti«, stieß Hanna hervor, nachdem sie eine Weile stumm ihr Taschentuch immer wieder zusammengerollt und auseinandergewickelt hatte. »Und vielleicht können wir uns auch eines Tages ein Telefon leisten ... Und wir besuchen uns ... sobald wir eine Wohnung haben, laden wir dich zu uns ein ...«

»Matthew kann dich zu Hanna und Friedrich fliegen, Oma«, krähte Jörg unter dem Tisch hervor.

»Aber er muss dich wieder zu uns zurückbringen«, fügte Veronika ängstlich hinzu.

»Falls die Russen das zulassen.« Düster starrte Else auf die Tischplatte. »Wer weiß, was ihnen noch so einfällt. Vielleicht blockieren sie eines Tages nicht nur den Warenfluss, sondern bauen einen Zaun oder eine Mauer um die Stadt herum, um uns ganz einzusperren.«

Trotz der allgemeinen Traurigkeit, die wie schwarze Gaze im Raum hing, warfen sich Nora und Hanna einen amüsierten Blick zu. »Du hast eine blühende Fantasie, Mutti«, zog Hanna Else auf.

...

Hanna und Friedrich blieben noch drei Tage in Berlin, Tage, in denen sie ihre wenigen Besitztümer in Koffer und Kisten packten und Else unermüdlich für das Baby strickte. Bis zum späten Abend saß sie an Stramplern, Jäckchen, Mützchen und Socken, um ihrem ungeborenen Enkelkind eine hübsche Garderobe mitzugeben. Zum Glück hatte ihr eine Nachbarin aus dem Haus gegenüber, die unter Arthritis litt und keine Handarbeiten mehr verrichten konnte, etliche Wollreste überlassen. Manches Mal flossen bei ihr die Tränen, denn die Ungewissheit, wann sie ihr kleines Enkelkind zu sehen bekommen würde, zehrte an ihr.

»Du hast doch uns beide«, tröstete Jörg seine Großmutter, wenn er zu ihren Füßen mit seinem Flugzeug oder seiner Eisenbahn spielte.

Auch Nora war betrübt, ihre Schwester ziehen zu lassen und nicht mehr an ihrem Leben teilzuhaben. Stets hatten sie nahe beieinander gewohnt, und sie hatte immer einen schützenden Flügel über die Jüngere gebreitet. Das war nun nicht mehr nötig, versuchte sie sich selbst in einsamen Nächten klarzumachen, Hanna war erwachsen, bald würde sie Ehefrau und Mutter sein. Doch die Wohnung würde ohne sie und Friedrich still sein, und sie vermisste sie bereits jetzt brennend.

»Kann ich ein eigenes Zimmer bekommen, wenn Hannas leer steht?«, fragte Veronika, die momentan sehr anhänglich war; der drohende Verlust ihrer geliebten Tante machte auch ihr zu schaffen.

»Warum nicht?« Nora stapelte Kinderkleider, aus denen Jörg und Veronika längst herausgewachsen waren, in einen kleinen Koffer, um sie Hanna mit auf die Reise zu geben.

»Oder wir benutzen Hannas Zimmer wieder als Wohnzimmer, so wie früher«, ruderte Veronika lustlos zurück. »Ich will eigentlich kein eigenes Zimmer, ich bleibe lieber bei dir, Mutti.«

»Auch gut.« Nora zog sie zu sich heran, um sie auf die Wange zu küssen. »Dann können wir uns abends gemütlich auf das Sofa setzen, statt auf den unbequemen Küchenstühlen zu kauern.«

In der Nacht vor der Abreise schlief niemand in der Familie. Friedrich hatte seine Kammer bereits gekündigt und sein spärliches Hab und Gut, das er in einer Nacht- und Nebelaktion geholt hatte, in der Wohnung in der Burgherrenstraße abgestellt, einschließlich der auf dem Schwarzmarkt erstandenen Wiege.

»Ich hab hier was für euch Kinder, sozusagen als Abschiedsgeschenk«, sagte Friedrich am Morgen, als sie in aller Herrgottsfrühe in der Küche zusammensaßen und ein letztes gemeinsames Frühstück einnahmen. Alle waren müde und einsilbig, Jörg schien auf Noras Schoß weiterzuschlafen, und Veronika brach alle paar Minuten in Tränen aus, weil sie ihre Tante bei sich behalten wollte.

Friedrich reichte den beiden je ein handgeschnitztes Männchen, Jörg einen Zwerg mit Zipfelmütze, Veronika eine Fee mit filigranen Flügeln, beide sehr detailreich und kunstfertig gearbeitet.

»Danke, Friedrich.« Veronika umrundete den Tisch, um ihren zukünftigen Onkel zu umarmen und ihre feuchte Wange an ihn zu schmiegen. Unbeholfen legte er die Arme um sie.

Matthew hatte angekündigt, die kleine Familie gleich am frühen Morgen auf seinem ersten Rückflug nach Westdeutschland mitzunehmen, deshalb war Eile geboten. Es herrschte noch dichter Frühnebel, als sie, alle beladen mit Koffern, Taschen und der Wiege, zum Flughafen aufbrachen. Nora stützte ihre Mutter, als diese unterwegs das Gleichgewicht zu verlieren drohte.

»Hilft ja alles nichts.« Energisch schnäuzte Else sich in ein Taschentuch, eins von vielen, die sie vorsorglich eingesteckt hatte. »Die beiden werden drüben ein besseres Leben haben, wir sollten uns freuen, statt kollektiv Trübsal zu blasen. Es tut nur so furchtbar weh, wenn man sein Kind, egal wie alt es ist, gehen lassen muss und nicht weiß, ob man es so schnell wiedersieht.«

»Ich weiß«, murmelte Nora und umklammerte mit vor Kälte tauben Händen den Griff eines Koffers. Auch sie fühlte sich innerlich ausgehöhlt vor Abschiedsschmerz. Es war das zweite Mal innerhalb kürzester Zeit, dass sie sich von einem geliebten Menschen trennen musste.

»Ich werde Hanna mit ihrem Kind nicht unterstützen können, nicht so, wie ich es bei Veronika und Jörg tue.« Else klang atemlos, und sie blieb immer weiter hinter Hanna, Friedrich und den Kindern zurück, denen die Last der Koffer und der Wiege nichts anzuhaben schien. »Ich werde dieses Kind nicht aufwachsen sehen.«

»Ach, Mutti.« Nora überlegte fieberhaft, womit sie Elses Sorgen zerstreuen konnte, aber ihr wollte nichts einfallen, was einigermaßen realistisch klang. »Sie können uns besuchen, oder wir können nach Westdeutschland reisen …«

»Mit den Russen, die uns umzingeln, sieht es im Moment nicht aus, als ob das problemlos möglich wäre, oder?«, bemerkte Else bitter. »Ja, ich weiß, man darf die Absperrungen passieren und ausreisen, aber wie oft haben die Sowjets selbst das verhindert? Erinnere dich an letztes Jahr, als sie aus reiner Willkür die Schienennetze blockiert haben.«

Einmal mehr war Nora erleichtert, Matthews Heiratsantrag ausgeschlagen zu haben. Else war tiefunglücklich darüber, dass Hanna die Stadt verließ, und sie, Nora, war das Einzige, was ihr noch blieb.

Schweigend warteten sie am Rand der Rollbahn, sahen Flugzeuge landen und wieder abfliegen, bis endlich Matthews Douglas DC-3 ihre Rollen ausfuhr und auf dem Asphalt ankam. Er stieg aus, und obwohl ein Dutzend Helfer zwischen ihnen stand, spürte Nora, wie Matthews Augen auf ihr ruhten.

Er kämpfte sich seinen Weg zu ihnen durch und begrüßte alle herzlich.

»Ich helfe euch gleich mit eurem Gepäck«, sagte er zu Hanna und Friedrich, die wie versteinert dastanden. Nora dachte, dass ihre Schwester womöglich erst jetzt die Endgültigkeit dieses Augenblicks vollends begriff. Mit geweiteten Pupillen, die Hände schützend auf den Bauch gelegt, starrte sie auf die stählernen Tragflächen der Skytrain. Friedrich, der neben ihr verharrte, das Gesicht bleich wie Wachs, legte ihr tröstend den Arm um die Schulter. Beide wirkten auf Nora wie zwei Waisen, die man gegen ihren Willen in die Fremde schickte.

»Danke, dass du uns mitnimmst«, stieß Hanna gepresst hervor. »Das ... das ist wirklich toll von dir.«

»Keine Sorge, euch wird es in Wiesbaden gefallen. Ich habe euch zunächst für zwei Nächte ein Zimmer in einer Pension gebucht, in der Zeit könnt ihr euch eine eigene Bleibe suchen. Wiesbaden ist eine schöne Stadt, aber vielleicht möchtet ihr lieber woandershin.«

Es rührte Nora, dass Matthew sich sogar um eine Unterkunft für die beiden gekümmert hatte – sie selbst hatte ihnen einen Großteil ihrer Ersparnisse mitgegeben, damit sie anfangs über die Runden kamen –, und auch Hanna schluckte. Friedrich schüttelte Matthew bewegt die Hand.

Dann traten Hanna und Friedrich wieder zu Else, um die restliche Zeit bis zum Abflug mit ihr zu verbringen, und Nora blieb mit Matthew allein zurück. Sein Atem bildete weiße Dampfwölkchen in der kalten Morgenluft. Nora fühlte sich verloren, Matthew und sie waren wie zwei Planeten, die haltlos in einem Universum umherschlingerten, in dem sie keinen Platz mehr hatten, zwei Irrlichtern in absoluter Finsternis gleich.

»Ich kann dir nicht genug danken«, flüsterte Nora. »Du weißt nicht, was es für meine Familie bedeutet, Friedrich in Sicherheit zu wissen und hoffen zu dürfen, dass die beiden wieder auf die Füße kommen. In dem politischen Chaos, das zurzeit in Berlin herrscht, hätten sie es nicht geschafft.«

»Ich tue es gern«, antwortete Matthew schlicht.

Eine junge Frau rempelte Nora von hinten mit einer Gemüsekiste an, sodass sie gegen Matthew gestoßen wurde. Während er sie auffing und sie kurz hielt, brach in ihr eine Traurigkeit los, als stürzten sämtliche Mauern, die sie um sich herum aufgebaut hatte, krachend ein und sie bliebe nackt und ungeschützt zurück. Doch Matthew ließ sie sofort wieder los und verschränkte die Hände unbehaglich auf dem Rücken.

»Trotzdem. Tausend Dank.« An seinen Gesichtszügen erkannte sie, wie sehr ihn ihre Abweisung noch immer schmerzte, und die letzten Steinchen ihrer mühsam aufrechterhaltenen Selbstbeherrschung bröckelten. Dass er Hanna und Friedrich, ohne zu zögern, einen Platz in seinem Flugzeug angeboten und ihnen sogar eine Pension gesucht hatte, stellte nichts weniger als eine letzte große Liebeserklärung an sie dar. Sie wusste, er würde alles für sie tun, und plötzlich durchzuckten sie Zweifel, ob es richtig gewesen war, ihn gehen zu lassen. Hätte sie vielleicht allen Widrigkeiten, die sich ihrer Liebe entgegenstellten, trotzen und seinen Heiratsantrag annehmen sollen?

Aber dann fiel ihr Blick auf Else, die Hanna ein letztes Mal innig umarmte, das Gesicht verzerrt vor Kummer, und auf Veronika, die heiße Tränen weinte.

»Ihr sollt nicht wegziehen«, schluchzte die Neunjährige, Hannas Taille umklammernd. »Ich will, dass wir alle zusammenbleiben. Erst ist Vati verschwunden, nun ihr zwei, Tante Hanna. Ich möchte nicht ohne euch alle sein.«

Nora wandte sich von Matthew ab, um ihre Tochter zu beruhigen, doch diese ließ niemanden an sich heran und drückte sich die Fäuste auf die geschwollenen Augen.

»Wir können euer Gepäck nun ins Flugzeug laden«, meldete sich Matthew fast schüchtern. »Alle Kisten sind draußen, wir sind startklar.«

Das war der Moment, vor dem Nora sich so gefürchtet hatte, der endgültige Abschied. Die Trennung fühlte sich endlos an, der

Schmerz wurde mit jeder Sekunde intensiver. »Lasst uns den Abschied nicht unnötig in die Länge ziehen, das macht ihn nur noch schmerzhafter. Lebt wohl.« Damit drehte Else sich um und marschierte mit bebenden Schultern in Richtung des Flughafengebäudes zurück. Hanna wirkte schockiert, so als wolle sie gleich loslaufen, um ihrer Mutter zu folgen, doch Friedrich zog sie sanft zum Flugzeug.

»Auf Wiedersehen, bis hoffentlich bald«, rief Nora den beiden hinterher, an jeder Hand ein Kind. Langsam traten auch sie von der Skytrain zurück, entfernten sich immer mehr. Das Letzte, was Nora sah, waren ein aufmunterndes Lächeln Hannas, Friedrichs verkrampftes Winken und Matthews wehmütigen Blick, der noch ein letztes Mal den ihren suchte.

Kapitel 30

Februar 1949

Veronika balancierte eine Tasse Tee in den Händen und stellte sie vorsichtig auf dem Nachttisch ab.

»Von Oma. Den sollst du trinken, damit du wieder zu Kräften kommst.«

»Danke, Püppchen.« Mühsam hob Nora den Kopf, um an dem heißen Getränk zu nippen, dann sank sie wieder in ihr Kissen zurück. Nachdem sie bereits im Januar erkältet gewesen war, hatte sie nun Fieber ereilt. Seit drei Tagen lag sie im Bett, war viel zu schwach und müde, um zur Arbeit zu gehen.

Else klopfte an die Tür des Schlafzimmers und steckte ihren Kopf herein. »Wie geht es dir?«

»Ich fühle mich wie ein junges Springpferd«, scherzte Nora stöhnend. Ihr Kopf war glühend heiß und schmerzte, selbst das fahle Licht, das durch das Fenster drang, tat ihr in den Augen weh.

»Hanna hat geschrieben.« Else betrat das Zimmer, Jörg im Schlepptau, und setzte sich auf die Bettkante, um den Brief vorzulesen. Nachdem sie die ersten Tage in einer Pension in Wiesbaden verbracht hatten, waren Hanna und Friedrich bald nach Mainz übergesiedelt, wo sie eine kleine Unterkunft gemietet hatten. »Sie leben sich immer mehr ein, ein paar gebrauchte Möbel haben sie auch billig bekommen.«

»Wunderbar.« Nora rang sich ein Lächeln ab, auch wenn sie sich alles andere als froh fühlte. Die Leere, die sie empfand, schien sich immer weiter auszubreiten. Vielleicht war in letzter Zeit alles zu viel gewesen. Hannas und Friedrichs abrupter Abschied, die Trennung von Matthew. Ihr war, als stecke ihr gesamter Körper in dicker Watte, die alle Empfindungen dämpfte.

»Ich bin so froh, dass die beiden sich in Mainz so wohl fühlen. Hanna schreibt, Friedrich hat bereits eine mündliche Zusage für eine Stelle als Schreiner in einer großen Werkstatt, in den nächsten Tagen wird er den Vertrag unterschreiben. Es fügt sich alles zum Guten für die beiden.« Lächelnd legte Else den Brief auf den Nachttisch. »Lies den Brief selbst, Kind.«

»Mache ich«, presste Nora hervor.

Jörg landete mit einem ungestümen Hechtsprung auf Noras Bettdecke, prallte gegen ihre Beine – bestimmt würde sie blaue Flecken davontragen – und schlug mit seinem Kopf gegen ihr Kinn, sodass für einen Moment Funken vor ihren Augen tanzten.

»Sei vorsichtig, du Wildfang«, mahnte Else.

»Wir waren mit Oma im Hof«, berichtete Jörg und kroch zu Nora unter die Decke, konnte seine Gliedmaßen aber keinen Moment stillhalten.

»Danke«, flüsterte Nora in Elses Richtung. Es erleichterte sie, dass ihre Mutter die Stellung hielt und ihre Kinder beschäftigte, während sie krank war. Überhaupt schien Else viel besser mit Hannas Abwesenheit zurechtzukommen als Nora selbst, aus ihrer Freude für Hanna und Friedrich schienen neue Kräfte gewachsen zu sein, die sie gebündelt in die Betreuung ihrer Enkel steckte. Nora war immer der Meinung gewesen, alles im Griff zu haben, aber da irrte sie sich vermutlich. Ständig ertappte sie sich bei dem Bedürfnis, ihrer Schwester dieses oder jenes erzählen zu wollen, was sie auf der Arbeit oder beim Einkaufen erlebt hatte. Bis ihr wieder einfiel, dass Hanna weit weg und nur noch mit Briefen erreichbar war. Die Sehnsucht nach ihr saß wie ein tiefer Stachel in ihrer Seele.

Tagsüber verzehrte sie sich nach ihrer Schwester, und nachts lag sie entweder wach und dachte mit vor Fieber brennender Stirn an Matthew oder warf sich in leichtem Schlaf umher, schweißgebadet, und träumte wirr von ihm. Träumte davon, wie sie Hand in Hand über eine Blumenwiese schlenderten oder sich auf dem freien Flugfeld küssten, während sich über ihnen ein schwarzer Himmel wölbte, in den Millionen von glitzernden Sternen gestickt waren.

»Im Hof haben wir Emmi Brombach getroffen«, berichtete Else und hielt Nora auffordernd die Teetasse hin. »Wir haben uns ein wenig unterhalten.«

»Die arme Frau.« Nora schloss die Augen, als könne sie so alle unangenehmen Gedanken ausblenden. »Auch wenn Hanna sie nie mit Medikamenten hätte versorgen sollen, tut sie mir doch leid. Nun steht sie ganz alleine da. Hanna hätte sie von Anfang an drängen sollen, zum Arzt oder ins Hospital zu gehen, statt die Sache selbst in die Hand zu nehmen. Ist ihre Bronchitis wieder sehr schlimm?«

»Ja – wie zu erwarten war«, erwiderte Else trocken. »Sie hält sich mit Kräuterinhalationen über Wasser, aber wirklich hilft ihr das nicht. Ich habe sie beschworen, sich endlich ärztliche Hilfe zu suchen. Natürlich wollte sie nicht auf mich hören, stur, wie sie ist. Ich habe ihr aber angekündigt, dass ich sie morgen früh abhole und kurzerhand selbst zum Krankenhaus bringe. Anders geht es wohl nicht.«

»Widerrede war sicherlich zwecklos?« Nora schmunzelte trotz

des erdrückenden Hitzegefühls, das ihren ganzen Körper beherrschte.

»Darauf kannst du Gift nehmen«, gab Else mit grimmiger Heiterkeit zurück. »Nun hinaus mit euch, Kinder, eure Mutter ist krank und braucht Ruhe.«

...

Als Nora zur Arbeit zurückkehrte, fühlte sie sich noch immer sehr angeschlagen, und ihr Kopf schmerzte. Wenigstens war die Stimmung im Übersetzungsbüro, seit Inga nicht mehr da war, viel gelöster. Das Radio spielte den ganzen Tag die neuesten Hits, und es wurde viel gescherzt und gelacht. Die Frauen hatten sich sogar angewöhnt, zusammen in der Kantine zu Mittag zu essen.

»Du siehst noch immer nicht gesund aus«, stellte Ella fest, die sie kritisch musterte. »Wahrscheinlich hättest du noch zu Hause bleiben sollen.«

»Daheim geistern mir immer noch dieselben düsteren Gedanken durch den Kopf«, gestand Nora. Es fiel ihr schwer, sich auf ihre Übersetzung zu konzentrieren, die einfachsten Wörter fielen ihr nicht ein, blieben in den Tiefen ihres Bewusstseins verschollen.

Ella seufzte. »Du weißt, was ich von gewissen Entscheidungen, die du in der letzten Zeit getroffen hast, halte.«

»Ja«, antwortete Nora knapp. »Deswegen müssen wir das Thema nicht wieder aufwärmen.«

»Du bist stur wie ein Maulesel.« Ella drehte nachdenklich den Verlobungsring an ihrem Finger, das Licht der Deckenlampe brach sich in dem funkelnden Diamantsplitter. »Ich wollte dich noch etwas fragen, Nora.« Sie setzte sich aufrecht hin und lächelte strahlend. Nie hatte sie schöner und erfüllter ausgesehen, dachte Nora wehmütig, sie glich einer Winterrose, die voll erblüht war. Die

Liebe vermochte einen Menschen sehr zu verändern. »Tyler und ich denken gerade über mögliche Hochzeitstermine nach, es soll noch in diesem Frühling so weit sein. Möchtest du meine Trauzeugin werden?«

»Natürlich.« Überwältigt stand Nora auf und umarmte Ella innig. »Ich freue mich sehr darüber.«

Doch bereits als sie sich wieder an ihren Schreibtisch setzte, fiel ihr ein, dass wahrscheinlich auch Matthew als Tylers engster Freund an der Hochzeit teilnehmen würde; womöglich wäre er Tylers Trauzeuge. Welche Ironie des Schicksals, dachte sie aufgewühlt, für sie und Matthew gab es keine gemeinsame Zukunft, doch standen sie ihren engsten Freunden zur Seite, wenn diese den Bund fürs Leben schlossen.

Bloom erschien in der Tür und rief Nora zum Protokoll. »Generalgouverneur Clay und General Tunner sind eingetroffen«, sagte er knapp, als sie ihn zum Besprechungsraum begleitete. Er sah besorgt aus, und sofort grübelte sie darüber nach, ob es Schwierigkeiten mit der Luftbrücke gab.

Der Generalgouverneur saß bereits am Tisch. Bloom nickte Nora zu, und sie setzte sich in die Ecke, Block und Stift auf den Knien. Tunner trommelte ungeduldig mit den Fingern auf die Tischplatte und legte sofort los, als alle bereit waren. »Die Sowjets nehmen sich immer mehr heraus. Immer öfter versuchen sie, uns zu provozieren. Im Luftraum benehmen sie sich wie wilde Kinder, veranstalten waghalsige Manöver, halten mit ihren alten Maschinen schnurstracks auf unsere Flugzeuge zu, die im Landeanflug sind.«

Bloom nickte bedrückt. »Ich weiß. Es gab in den letzten Tagen mehrere Beinahe-Unfälle, erst im allerletzten Moment sind sie ausgewichen und wieder gegen Ostberlin abgedreht.«

»Das zeigt, dass sie langsam nervös werden.« Generalgouverneur Clay blickte einem Rauchkringel nach, der wie eine Fahne nach oben stieg. »Seit einem halben Jahr versorgen wir die Berliner durch die Luft. Niemand hätte gedacht, dass wir so lange durchhalten, selbst ich nicht, muss ich gestehen. Das wurmt sie natürlich.«

Mit gemischten Gefühlen schrieb Nora mit. Auch sie hatte bereits sowjetische Maschinen über Tempelhof kreisen sehen. Ihr Blick streifte durch den Raum, blieb am Fenster hängen. Zunächst glaubte Nora, ihre Fantasie spiele ihr einen Streich, gaukle ihr ein Abziehbild ihrer Ängste vor, bis sie verstand, was sie gerade beobachtete: Ein russisches Kampfflugzeug schoss heran, eine Skytrain der Amerikaner voll im Visier. Sie öffnete den Mund zu einem stummen Schrei und deutete entsetzt aus dem Fenster. Clay und Tunner debattierten weiter, ohne auf sie aufmerksam zu werden, nur Bloom wandte sich um und starrte ebenfalls nach draußen, das Gesicht weiß wie Kreide.

»Um Gottes willen!« Bloom schnellte auf und presste sein Gesicht an die Scheibe.

Auch Clay und Tunner erhoben sich nun und beobachteten furchterfüllt, wie das sowjetische Flugzeug auf das der Alliierten zusteuerte. Es schien wie ein irrsinniges Spiel um Leben und Tod – wer würde zuerst ausweichen? Nora hatte Bilder des Schwarzen Freitags vom August des vergangenen Jahres vor Augen, glaubte fast, das Feuer zu riechen, das damals aus einem der Triebwerke geschlagen war, den Knall zu hören, als die Flugzeuge donnernd auf der Erde angekommen waren.

Atemlos standen sie zu viert am Fenster, hoffend und bangend, dass die neuerliche Machtprobe glimpflich ausgehen würde. Im letzten Moment – Nora schien es, als wäre es lediglich Sekundenbruchteile später zu einer furchtbaren Kollision gekommen – zog die russische Maschine nach oben und flog weiter.

»Heiliges Kanonenrohr!«, entfuhr es Clay. Gebannt beobachteten sie, wie die Douglas DC-3 mehr nach unten taumelte als flog und schlingernd auf dem Rollfeld ankam. Die Männer stürzten nach draußen, und Nora folgte ihnen. Den kalten Februarwind spürte sie kaum, als sie ohne Mantel, nur in ihrem dünnen Kleid, über das Gelände lief, das unter tiefen Wolken lag. Eine Menschentraube hatte sich inzwischen um das Flugzeug gebildet – Hilfskräfte, die zum Ausladen bereitstanden, Mechaniker, Piloten anderer Maschinen, die auf ihren Abflug warteten.

Bloom drängte sich durch die Menge der Helfer hindurch bis zur Flugzeugtür, und kurz darauf erschien der Pilot und stieg mit wackligen Beinen herab, das Gesicht grau wie Asche.

Noras Knie gaben fast nach, sie schwankte ein wenig, doch dann gelang es ihr, die Füße fest in den Boden zu stemmen. Gott sei Dank, es war nicht Matthew. Ihr ganzes Denken wurde von diesem einen Gedanken beherrscht: Es war nicht Matthew.

Kapitel 31

Februar 1949

»Bist du traurig, Mutti?« Veronika, die auf dem Teppich saß und hingebungsvoll ihre Puppe Christel frisierte, spähte unsicher zu Nora hoch. Diese lag auf dem Sofa – nach Hannas Auszug hatte das Wohnzimmer seine ursprüngliche Bestimmung wiedergefunden – und versuchte, bis zum Abendessen eine halbe Stunde zu lesen, doch alles, was sie tat, war, an die Decke zu starren. Noch immer fühlte sie sich körperlich matt, aber am schlimmsten waren die Gedanken, die unaufhörlich in ihrem Kopf kreisten und nie zum Stillstand kamen, nicht einmal nachts.

Sie schreckte hoch. »Was?«

Veronika schaute sie mit ihren braunen Augen aufmerksam an, die Puppe an sich gedrückt.

»Oh nein, mein Schatz, es ist alles in Ordnung.« Nora hielt ihr Buch vor das Gesicht und gab vor zu lesen. Sie wusste, sie konnte ihrer Tochter nichts vormachen. Mit der ihr eigenen Sensibilität spürte diese sehr genau, was in ihrer Mutter vorging. Hatte sie im vergangenen Sommer nicht früher als alle anderen Familienmitglieder geahnt, dass Nora ihr Herz an Matthew verloren hatte?

»Hm.« Veronika widmete sich wieder Christel und band ihr zwei hellblaue Schleifen ins Haar. Überzeugt wirkte sie nicht.

»Wenn du nicht bei der Arbeit bist, liegst du immer auf dem Sofa und schaust in die Luft. Du lachst gar nicht mehr.«

»Tut mir leid.« Nora versuchte, eine muntere Miene aufzusetzen, auch wenn sie wusste, dass es ihr misslingen würde. Zu tief saß der Schmerz über die Trennung von Matthew. Einerseits zerriss sie die Sehnsucht nach ihm, andererseits sagte ihr der Verstand, dass es besser war, wenn sie sich nicht mehr begegneten. »Ich fühle mich noch ein bisschen krank und erschöpft, weißt du?«

Es läutete an der Haustür, und eine Sekunde später stürzte Jörg ins Wohnzimmer. »Besuch für dich, Mutti! Ein Mann will dich sprechen.«

»Ein Mann?« Nora setzte sich so abrupt auf, dass ihr schwindlig wurde und sie einen Moment brauchte, bis sich der Nebel vor ihren Augen wieder lichtete. Konnte es tatsächlich Matthew sein? War er gekommen, um einen letzten Versuch zu wagen, sie doch noch für sich zu gewinnen? In diesem Augenblick wusste sie, sie würde allem zustimmen, was er sagte, war es doch unerträglich, ihn für immer zu verlieren. Doch dann fiel es ihr wie Schuppen von den Augen: Der Besucher konnte nicht Matthew sein. Jörg hätte ihn natürlich erkannt und namentlich angekündigt. In ihrer Verzweiflung setzte anscheinend bereits ihr Verstand aus.

»Hier ist ein Ludwig Fromm für dich, Nora.« Else wartete im Flur auf sie, die Haustür war nur angelehnt. »Er sagt, er sei ein Kriegskamerad von Joachim.«

»Von Vati?« Veronika umklammerte Noras Hand, die Pupillen unnatürlich weit.

»Ich rede mit ihm. Gehst du mit den Kindern so lange ins Wohnzimmer, Mutti?«

»In Ordnung. Kommt, Kinder, wir spielen eine Runde Halma oder Fang den Hut.«

»Ich möchte aber hören, ob der Mann etwas über Vati sagt«,

protestierte Veronika angespannt, doch Else schob sie ins Wohnzimmer.

»Keine Widerrede, kleines Fräulein.«

Nora zog die Wohnungstür auf und ließ den Gast herein. Er musste etwa in dem Alter sein, in dem Joachim jetzt wäre, Mitte vierzig. Sein schmales, verhärmtes Gesicht schien fast unter seinem dunklen Hut zu verschwinden, und sein Anzug hing ihm mehrere Nummern zu groß um den Leib. Seine linke Wange wies eine verschorfte Stelle auf, überhaupt wirkte er kränklich und schwach.

»Ludwig Fromm«, stellte er sich noch einmal heiser vor. »Wie ich Ihrer Frau Mutter bereits gesagt habe, bin ich ein Kriegskamerad Ihres Mannes. Wir waren zusammen in Russland.«

»Kommen Sie herein.« Beklommen führte Nora ihn in die Küche, wo sie ihm einen Stuhl und eine Tasse Muckefuck anbot. Er sah aus, als könne er etwas zu essen vertragen, deshalb stellte sie das aufgeschnittene Obst, das Else bereits als Nachtisch für die Kinder vorbereitet hatte, auf den Tisch. Ihre Bewegungen waren unsicher und zittrig, sie fürchtete sich vor dem Gespräch. Was würde Ludwig Fromm ihr mitteilen? Was wusste er über Joachim?

»Danke.« Fromm griff nach einem Stück Apfel und kaute darauf herum, als sei es das Erste, was er seit Tagen zu essen bekam.

»Sind Sie gerade erst aus der Gefangenschaft zurückgekommen?«, fragte Nora leise und schob den Teller näher zu ihm.

»Ja. Vor drei Tagen. Fast vier Jahre nach Kriegsende hat mich der Bauer, dem ich dreiundvierzig zugewiesen wurde, endlich freigelassen. Fast sechs Jahre lang habe ich für ihn auf seinen kargen Feldern geschuftet. Sechs verlorene Jahre meines Lebens.«

»Oh mein Gott.« Nora stiegen Tränen in die Augen. Wie vermochten Menschen anderen Menschen nur so etwas anzutun? Konnte man jemals wieder auf die Beine kommen, ein normales

Leben führen, wenn man jahrelang durch die Hölle gegangen war, noch dazu fernab der Heimat und aller, die einem lieb und wichtig waren?« »Das tut mir so leid.«

Fromm nippte an dem Kaffee-Ersatz. »Aber ich habe es geschafft. Ich bin zurück in Berlin. Nach wochenlanger Reise, zu Fuß, per Zug, auf der Ladefläche von Viehtransporten.«

»Haben Sie Familie, zu der Sie zurückkehren konnten?«, fragte Nora betroffen.

Zu ihrer Erleichterung nickte Fromm. »Ja. Meine Frau und meine zwölfjährigen Zwillinge. Ich musste sie zunächst suchen, da unser Haus ausgebombt wurde. Ich fand nur mehr eine Ruine vor. Ich dachte, sie wären alle tot. Es stellte sich zum Glück heraus, dass sie bei einer Großtante untergekommen sind. Sie hatten nicht mehr damit gerechnet, dass ich eines Tages zurückkehre.«

Fromm räusperte sich, wohl um die Emotionen herunterzuschlucken, die ihn überkamen. Auch Noras Arme überzog eine Gänsehaut, unvorstellbar, welch schreckliche Schicksale der Krieg den Menschen aufgebürdet hatte; trotzdem hatte Fromms Geschichte allem Anschein nach ein frohes Ende gefunden, auch wenn es bestimmt einige Zeit brauchen würde, bis er wieder ein halbwegs normales Leben würde führen können.

»Es freut mich für Sie und Ihre Familie, dass Sie wieder zurückgekehrt sind«, brachte sie rau hervor. »Ihre Frau muss überglücklich sein, Sie wiederzuhaben.«

»Das ist sie. Sie sagt, es grenzt an ein Wunder, dass ich heimgekehrt bin.« Fromm trank einen weiteren Schluck Muckefuck, dann rutschte er verlegen auf dem Stuhl herum. »Wieso ich gekommen bin … wie gesagt kämpften Ihr Mann Joachim und ich zusammen an der Ostfront. Wir waren im selben Regiment und haben uns angefreundet.«

»Ja?« Nora kauerte auf der äußersten Kante der Sitzfläche, die

Hände krampfhaft auf die Knie gepresst. Sie wusste, Fromms Worte würden ihre Welt durchschütteln, die einzelnen Puzzleteile auseinanderreißen, danach würde es nie wieder so sein wie zuvor, weder für sie noch für ihre Kinder.

»Wir befanden uns in Kursk, im Juli dreiundvierzig. Es war die letzte Großoffensive gegen die Sowjets, nur wussten wir das damals natürlich noch nicht. Es war ein Inferno, wie Sie es sich nicht vorstellen können – fast achthunderttausend Soldaten auf deutscher Seite, über zweitausend Panzer, mehr als tausend Kampfflugzeuge. Trotzdem gingen wir mit Pauken und Trompeten unter, die Russen waren in der Überzahl, besaßen doppelt so viele Geschütze wie wir. Über fünfzigtausend unserer Männer ließen in Kursk ihr Leben.«

Nora stützte ihren Kopf in die Hände, ihre Schultern zuckten vor unterdrücktem Schluchzen. Sie vermochte sich die Grauen dieser Schlacht kaum vorzustellen, wie entsetzlich musste es erst gewesen sein, hautnah dabei zu sein? Wie mochte es für Joachim gewesen sein, Menschen zu töten, während ihm selbst die Kugeln um die Ohren sausten, ihm, der solch ein friedfertiger Mensch gewesen war?

»Und Joachim?«, stieß sie mit erstickter Stimme hervor.

»Er starb in Kursk.«

Sie nickte, um Fromm zu signalisieren, dass sie verstanden hatte, dann überrollte sie die Trauer wie eine Feuersbrunst, die alles hinwegfraß, was ihr in den Weg kam, machte alle anderen Empfindungen zunichte. Alles wurde unwichtig, das Einzige, woran sie dachte, war, wie sie es schaffen sollte, weiter zu atmen und nicht an ihrem Schmerz zu verenden.

»Ich dachte, Sie sollten das wissen«, hörte Nora Fromm gedämpft sagen. »Ich wusste nicht, ob Sie über Joachims Tod informiert wurden. Es war ein solches Gemetzel, noch Tage später lag der Geruch von Blut in der Luft ... Entschuldigung.« Verlegen drehte er seinen Hut in den Händen. »Bei der irrsinnigen Anzahl an Toten konnte man viele nicht identifizieren.«

»Danke, dass Sie es mir gesagt haben.« Nora wiegte sich vor und zurück, eine alles zerstörende Traurigkeit tobte in ihr, obwohl sie doch seit Jahren damit gerechnet hatte, dass Joachim gefallen war. Aber die endgültige Gewissheit fühlte sich anders an als Vermutungen. Es war, als sei Joachim nicht nur in Kursk gestorben, sondern heute, an diesem trüben Februartag viele Jahre später, noch einmal. »Wir wussten nur, dass er als vermisst gilt, auch wenn wir alle ahnten, dass er ... Danke, dass Sie gekommen sind, Herr Fromm.«

»Er befand sich direkt neben mir, als es passierte ... Es war eine Kugel direkt in den Kopf, er war sofort ... Also, was ich sagen möchte ... Er hat nicht gelitten, es ging sehr schnell«, fügte Fromm kaum hörbar hinzu.

Nora wusste nicht, ob ihr diese Information Trost zu schenken vermochte, vielleicht später einmal, wenn sich die schreckliche Neuigkeit gesetzt hätte. »Das ist gut«, schluchzte sie, wohl mehr, um eine Reaktion zu zeigen, als dass sie es wirklich meinte.

»Ich lasse Sie dann allein«, murmelte Fromm und erhob sich. »Sie möchten sicher mit Ihrer Mutter sprechen und mit Ihren Kindern.«

»Ja, das muss ich wohl.« Nora stand ebenfalls auf, wobei sie das Gefühl hatte, nicht mehr aufrecht stehen zu können, sich an etwas festklammern zu müssen. In ihren Ohren pochte und rauschte es. »Ich bringe Sie zur Tür. Ich hoffe, Sie können Frieden finden, jetzt, wo Sie heimgekehrt sind.«

Fromm lächelte ihr traurig zu, bevor er seinen Hut aufsetzte und im Treppenhaus verschwand.

...

Ella betrachtete hingerissen das Schwarz-Weiß-Foto mit den gewellten Rändern, das Nora ihr über ihre Tasse Kaffee hinweg reichte. Es war Ende Februar, und vor den Fenstern der Kantine blinzelte die Sonne zaghaft hinter bauschigen Wolken hervor, vermittelte eine Ahnung von Frühling nach dem endlosen Winter.

»Ein wunderschönes Paar! Deine Schwester muss sehr glücklich sein«, befand Ella und reichte Nora das Bild zurück, auf dem die frischgebackenen Eheleute stolz in die Kamera lächelten, Hanna in einem weißen Kleid mit Schleier, Friedrich in seinem besten Anzug, eine Rose im Knopfloch. Die beiden hatten im kleinsten Kreis geheiratet, nur Friedrichs neuer Chef in der Schreinerei und ein Arbeitskollege waren zugegen gewesen, außerdem eine Nachbarin, mit der ihre Schwester sich angefreundet hatte.

»Das ist sie.« Sehnsüchtig betrachtete sie das Foto noch einmal und schob es in ihre Handtasche zurück. Es tat weh, dass sich Hanna, so glücklich sie auch sein mochte, ohne Familie in der Fremde vermählt hatte und sie als große Schwester an diesem Glück nicht teilhaben konnte. »Hast du schon ein Hochzeitskleid?«, fragte sie Ella, um sich abzulenken.

»Ja.« Ella lächelte und begann, ihr Kleid in allen Details zu beschreiben. »Es ist das Hochzeitskleid meiner Mutter. Ich mag den Gedanken, dass ich, indem ich es trage, eine Art Familientradition aufrechterhalte. Es muss nur ein kleines bisschen abgeändert werden, aber Mutter und ich sitzen jeden Abend an der Nähmaschine, es ist so gut wie fertig. Besuch mich doch mal nach der Arbeit, dann kann ich es dir zeigen.«

»Das mache ich gerne.«

Ella schaute sie prüfend an, dann schüttelte sie, offenbar beschämt über sich selbst, den Kopf. »Es tut mir so leid, Nora. Ich sitze hier und schwärme dir in den höchsten Tönen von meinem Hochzeitskleid vor, während du ... du am Boden zerstört sein musst.«

Nora legte kurz ihre Hand auf Ellas, um ihr zu zeigen, dass ihre Sorge unbegründet war. »Ich bin nicht am Boden zerstört.«

»Aber es muss dich doch getroffen haben, Gewissheit über Joachims Tod zu erhalten.«

»Ja, natürlich.« Nora rührte gedankenverloren in ihrem Kaffee. »Es war ein Schock, all ... all diese schrecklichen Details zu hören. Aber ich habe mich bereits vor langer Zeit mit der Tatsache, Joachim nie wiederzusehen, auseinandergesetzt. Ich wusste immer, dass die Wahrscheinlichkeit, dass er noch lebt, sehr gering war. Deshalb hat mich Ludwig Fromms Nachricht nicht in plötzliche Trauer gestürzt – ich bin sehr froh, dass er mich aufgesucht hat, weißt du, denn nun weiß ich mit Sicherheit, was Joachim widerfahren ist. Es gibt keinen Grund mehr zu grübeln.«

»Und auch deine Kinder wissen, dass ihr Vater tot ist«, sagte Ella. Sie wirkte so betroffen, dass Nora sie am liebsten getröstet hätte, obwohl sie diejenige war, die die Todesnachricht bekommen hatte.

»Ja, nun wissen sie es.« Nora senkte den Kopf und dachte an den Abend zurück, an dem sie Veronika und Jörg sowie ihrer Mutter erzählt hatte, was Fromm ihr mitgeteilt hatte. Sie hatte äußerst behutsame Worte gewählt, doch das Schweigen, das danach im Wohnzimmer geherrscht hatte, dröhnte ihr noch immer in den Ohren, stärker, als es das lauteste Weinen vermocht hätte.

»Es muss ein furchtbarer Moment gewesen sein.« Ella sah sie mitfühlend an.

»Ja und nein.« Nora schob gedankenverloren ihren Kaffeelöffel hin und her. »Jörg war zuerst ein bisschen neben der Spur, hat sich aber bald wieder gefangen. Er kannte seinen Vater nicht, für ihn war er lediglich der Mann auf dem Foto, das auf meinem Nachttisch steht. Seine einzige männliche Bezugsperson ist Friedrich, auch wenn der nun weit entfernt wohnt. Aber Friedrich kümmert sich auch von Mainz aus um ihn, er schickt ihm Briefe mit lustigen Zeichnungen, die Jörg zum Lachen bringen. Schon wenige Tage später hat Jörg nicht mehr darüber sprechen wollen, es ist einfach zu abstrakt für einen kleinen Jungen wie ihn.«

»Und Veronika?«, fragte Ella leise.

Nora holte tief Luft. »Veronika hat mich sehr überrascht. Sie ist erst zusammengebrochen, aber mir scheint, als hätte auch sie die Tatsache akzeptiert. Ich habe mir die ganzen letzten Jahre schon gedacht, dass sie sich lediglich an ein Wunschbild von ihrem Vater klammert, ein Phantom, das es so nie gegeben hat. Sie war ja auch noch sehr klein, als er das letzte Mal auf Heimaturlaub war. Für sie ist es gut, Gewissheit zu haben, es ist auch eine Befreiung, auch wenn sie das nicht so nennen würde.«

»Dann bleibt zu hoffen, dass sie in die Zukunft schauen kann.«

»Das tut sie, sie scheint guter Dinge. Seltsamerweise ist sie neuerdings sehr besorgt um mich und mein Wohlbefinden – ständig fragt sie, ob ich unglücklich bin, und wenn sie glaubt, ich bemerke es nicht, sieht sie mich so prüfend von der Seite an.« Nora wünschte, ihre Tochter wäre nicht so sensibel gegenüber den Empfindungen anderer Menschen – eine Neunjährige sollte mit dem Kindern eigenen, natürlichen Egoismus um sich selbst und um ihre Spielgefährten kreisen, statt sich um ihre Mutter zu sorgen.

»Sie spürt wohl, dass du wegen Matthew noch immer sehr traurig bist«, vermutete Ella.

Nora spürte einen heißen Knoten im Hals, wie immer, wenn die Rede auf Matthew kam. Er war es, dem sie schmerzlich nachtrauerte, nicht Joachim, den sie in Gedanken bereits vor Jahren begraben hatte.

...

Am Freitagabend begleitete Nora Ella zu der kleinen Wohnung in Kreuzberg, wo die Freundin mit ihrer Mutter wohnte. Diese freute sich sehr, Nora endlich kennenzulernen.

»Ella erzählt den lieben langen Tag von Ihnen.« Warm schüttelte sie Noras Hände und zwinkerte ihr zu. »Fast so viel wie von Tyler. Sind Sie gekommen, um Ellas Brautkleid zu bewundern? Gestern sind wir mit der Umarbeitung fertig geworden.«

»Genau, Mutti, ich möchte Nora unbedingt das Kleid zeigen.« Ella warf ihrer Mutter einen, wie Nora schien, verschwörerischen Blick zu, bevor sie Nora in ihr kleines Kämmerchen schob. Nora verwirrte dieser kurze, rätselhafte Austausch der beiden – wollte Ella etwas mit ihr besprechen, das nur für ihre Ohren bestimmt war, so rasch, wie sie ihrer Mutter, die wissend nickte, die Tür vor der Nase zuklappte?

»Setz dich.« Ella sah sich verlegen in ihrem kargen Zimmer um. Es ähnelte der Unterkunft, die Friedrich vor seiner Übersiedelung nach Mainz bewohnt hatte. Außer einem schmalen Bett passten gerade ein Schrank und ein Stuhl herein, doch auf dem Fensterbrett stand ein Weihnachtsstern, der von den Feiertagen übrig geblieben war. »Es ist leider nicht das Hotel Adlon. Aber schau mal, da hängt das schöne Stück«, sagte Ella und deutete mit dem Kopf auf den Schrank.

Schmunzelnd setzte sich Nora auf die Bettkante. Bewundernd betrachtete sie Ellas Hochzeitskleid, das auf einem Bügel außen am Schrank hing. Es war cremefarben und am Halsausschnitt und an den Ärmelsäumen mit gleichfarbenen Blumen bestickt. »Es ist zauberhaft.«

»Nicht wahr?« Strahlend zupfte Ella eine Falte zurecht, dann schenkte sie dem Kleid jedoch keinerlei Beachtung mehr und setzte sich zu Nora auf das Bett. »Ich muss dir etwas sagen.«

Sie hatte es geahnt; Ella und ihre Mutter hatten sich vorhin in derart stummem Einverständnis angesehen, irgendetwas musste im Busch sein. Nora rutschte unruhig auf der lila geblümten, an vielen Stellen gestopften Bettdecke herum.

»Du bist schwanger und kommst ab sofort nicht mehr zur Arbeit?«, versuchte sie halbherzig, die plötzlich angespannte Atmosphäre aufzulockern.

Ella schüttelte den Kopf. »Nein, das ist es nicht.« Sie holte tief Luft, wie um Mut zu schöpfen. »Ich sage es ganz offen, Nora, auch wenn es wehtun wird, aber es hat keinen Sinn, drum herumzureden. Tyler hat mir erzählt, dass Matthew Deutschland verlassen hat. Er ist nach New York zurückgekehrt.«

»Was?« Nora konnte es nicht fassen. Matthew sollte nicht mehr in Deutschland sein? Der Gedanke war unvorstellbar, ja, unerträglich. Fassungslos stand sie auf und versuchte, ein paar Schritte hin und her zu gehen, als helfe ihr die Bewegung, das eben Gehörte zu verarbeiten. »Wann?«, wagte sie, flüsternd zu fragen, und ließ sich wieder aufs Bett fallen.

»Es tut mir so leid.« Ellas Augen füllten sich mit Tränen, mit gesenktem Blick fummelte sie am Stoffgürtel ihres Kleides herum. »Vor ein paar Tagen schon, sagt Tyler.«

»Aber ... wieso so plötzlich?« In ihr drehte sich alles, die Fragen, die auf sie einstürmten, fuhren Karussell. Dabei hätte sie diese eine Frage gar nicht stellen müssen, es war doch klar, warum Matthew es in Deutschland nicht mehr ausgehalten hatte: Er hatte es nicht mehr ertragen, sie am Flughafen zu sehen und zu wissen, es gab keine Chance mehr für sie beide.

»Seine Mutter ist plötzlich krank geworden, deshalb ist er Knall auf Fall abgereist«, murmelte Ella.

»Oje, wie schrecklich.« Nora presste sich die Faust vor den Mund. »Ist es ... ist es lebensbedrohlich?«

»Das wohl nicht«, beruhigte Ella sie. »Aber sie ist im Krankenhaus.«

Er hatte sich nicht von ihr verabschiedet, er war einfach abgereist, ohne sie noch einmal sehen zu wollen. Das Entsetzen über diesen klaren Schnitt betäubte sie geradezu.

Wie Blitze bei einem Gewitter zuckte die Erkenntnis in ihr auf, dass sie, hätte sie seinen Heiratsantrag angenommen, niemandem geschadet hätte. Ihre Schwester führte in Mainz ein neues, erfülltes Leben und brauchte sie nicht mehr, ihre Mutter war robuster Natur und ließ sich so schnell nicht unterkriegen, und auch ihre Tochter schien anpassungsfähiger, als sie ihr zugetraut hätte ... Dass ihr Traum, ihr Vater würde zurückkehren, geplatzt war, erleichterte Veronika eher, als dass es sie weiterhin belastete. Doch nun war es zu spät. Alles war zu spät. Matthew befand sich nicht mehr auf europäischem Boden; sie hatte zu lange gezögert.

»Weiß Tyler, ob Matthew vorhat zurückzukommen?« Ihre Stimme klang abgehackt, glich einem Keuchen.

Ella hob hilflos die Schultern. »Das konnte Ty mir nicht sagen. Aber es ist unwahrscheinlich, meint er. Du weißt, dass die Piloten der Luftbrücke nach einiger Zeit ausgetauscht werden, und Matthew war ja wie Tyler von Anfang an dabei.«

»Ich muss gehen.« Nora erhob sich abrupt und griff nach ihrer Handtasche. Plötzlich fühlte sie sich in der engen Kammer wie eingesperrt. Sie musste raus, an die frische Luft, um nicht den Verstand zu verlieren. »Danke, dass du es mir gesagt hast, Ella.«

»Ich wünschte, ich könnte dir helfen.« Bekümmert reichte ihr die Freundin den Mantel und half ihr hineinzuschlüpfen, Nora war zu zittrig, um sich allein anzuziehen.

»Bis Montag.« Nora nickte Ellas Mutter, die in der Küche saß und im spärlichen Kerzenschein drei kümmerliche Kartoffeln schälte, stumm zu, verließ die Wohnung und rannte die Treppe hinunter. Im Stechschritt lief sie zur U-Bahn-Station, konzentrierte sich auf ihren rasenden Puls und ihre brennende Brust, um nicht vollends vom Verlust Matthews aufgefressen zu werden. Wahrscheinlich würde sie ihn nie wiedersehen.

Kapitel 32

Februar 1949

»Manchmal kann ich kaum glauben, dass du meine Tochter bist.« Else steckte sich zwei Rosinen in den Mund, die aus einem der Süßigkeiten-Fallschirme stammten, die die Piloten noch immer für die Kinder über Tempelhof abwarfen, und kaute nachdenklich darauf herum. »Du bist eine gebildete Frau, und du bist angesehen auf deiner Arbeit. Noch dazu hast du dich jahrelang aufopferungsvoll um die ganze Familie gekümmert, ohne Mann an deiner Seite. Du bist selbstbewusst und eigenständig. Du kannst dich jetzt nicht einfach in deinen Liebeskummer zurückziehen, hörst du? Du musst dein Leben weiterleben.«

»Danke für die Blumen«, antwortete Nora trocken. Sie lag auf dem Sofa im Wohnzimmer, Else saß im Sessel gegenüber, und sie hörten die Sendung *Wünsch dir was* auf Radio Rias. Die Kinder lagen bereits im Bett, und Nora war froh, sich um nichts und niemanden kümmern zu müssen. Seit Matthew weg war, kostete es sie enorme Anstrengungen, morgens auch nur aufzustehen, geschweige denn zu arbeiten. Ihren Kindern gegenüber bemühte sie sich, guter Dinge zu sein, aber Veronika durchschaute sie natürlich, wusste, dass ihre Fröhlichkeit nur aufgesetzt war. Sie folgte ihr auf Schritt und Tritt und bot ihr ihre Hilfe an, statt zu spielen und mit Gleichaltrigen Spaß zu haben, was Nora ein schlechtes Gewissen machte. Jeden Abend atmete sie auf, wenn die Kinder schliefen, denn dann erwartete niemand mehr etwas von ihr, und sie konnte sich teilnahmslos auf das Sofa kauern und in ihren trüben Gedanken versinken.

»Es ist nun einmal alles schiefgelaufen, Mutti. Matthew war abgereist, bevor ich ihm sagen konnte, dass ich einen schrecklichen Fehler begangen habe …«

»Aber es muss trotzdem weitergehen, mein Kind.« Else schloss die Augen und lauschte *Goodbye Johnny* von Johannes Heesters, einem Hit des letzten Jahres.

»Es ist zu spät«, flüsterte Nora, »es ist für alles zu spät.« Ihre Lider brannten, blieben jedoch trocken, ihr war, als habe sie keine Tränen mehr, sie waren bereits alle geweint.

»Musst du dich nicht mal langsam auf die Socken machen?« Else blickte sie stirnrunzelnd an.

Nora fühlte sich teilnahmslos und leer, als sei jeglicher Funke Lebensfreude in ihr erloschen. Am liebsten hätte sie den restlichen Abend auf dem Sofa verbracht. Natürlich war ihr klar, dass Ella auf sie zählte – auf keinen Fall wollte diese ihren Junggesellinnenabschied ohne ihre Trauzeugin feiern.

Deshalb stand sie nach einigen Anläufen auf und schlurfte ins Badezimmer, wo ihr Kleid auf einem Bügel hing, bereit zum Anziehen. Mit ihrem Make-up und ihren Haaren gab sie sich heute weitaus weniger Mühe als sonst – Hanna war nicht mehr da, um ihr Locken zu legen, und sie scherte sich nicht um ihr Aussehen. Wichtig waren nur noch die Kinder.

Im *Silverwings* war es wie immer überfüllt und laut; als Nora sich zu den Kolleginnen an den Tisch setzte, spielte die Jukebox gerade *A little bird told me*. Ella bestellte am Tresen orangefarbene

Cocktails für alle und balancierte sie mit Lottes Hilfe zurück an den Tisch.

Sie strahlte vor Glück, und Nora riss sich zusammen, um nicht allzu trübsinnig zu wirken, schließlich wollte sie Ella nicht den Abend verderben. »Ich freue mich so, dass ihr alle gekommen seid zu meiner *Hen Night*. Tyler hat mir erklärt, dass man in den USA so vor der Hochzeit feiert.«

»Auf dich und deinen attraktiven Piloten!«, rief Erni, und alle hoben ihre Gläser.

»Du hast eine gute Wahl getroffen, das muss ich schon sagen.« Heide blinzelte Ella über ihren Cocktail hinweg an. »Er scheint sehr angetan von dir.«

»Wirst du noch arbeiten, wenn ihr verheiratet seid?«, fragte Lotte neugierig.

Ella lächelte. »Das weiß ich noch nicht, aber eigentlich wollen Tyler und ich möglichst rasch ein Baby ... Also kann es sein, dass ich unserem Übersetzungsbüro bald den Rücken kehre ...«

Nora versetzten Ellas Pläne einen Stich. Alle Menschen, die ihr etwas bedeuteten, schienen allmählich aus ihrem Leben zu verschwinden, Hanna und Friedrich, Ella ... den Gedanken an Matthew schob sie so weit weg wie nur möglich. Nora starrte in ihr blutorangefarbenes Getränk und spielte mit dem Papierschirmchen, das der Barkeeper hineingesteckt hatte. Sie wünschte, Ella hätte die Kolleginnen in ein anderes Lokal eingeladen – in jeder Ecke des Klubs lauerten Erinnerungen an Matthew wie Geister, die aus alten Kisten hervorkrochen.

»Hört nur!«, rief Lotte übermütig. »Ihr seid wohl schon mitten in der aktiven Übungsphase, was?«

Ella schmunzelte verschmitzt. »Du willst jetzt aber keine Details hören, oder?«

»Mädels, beruhigt euch.« Heide verdrehte die Augen. »Man

kommt sich ja vor, als hätte man es mit unreifen Backfischen zu tun. Erzähl lieber, wie es für euch weitergehen soll, Ella. Wo werdet ihr wohnen? Tyler wird wohl kaum weiterhin in Wiesbaden stationiert sein?«

»Natürlich nicht.« Ella nippte an ihrem Cocktail und wischte sich ein paar Zuckerkörner von den Lippen. »Wir werden zusammenwohnen – vielleicht erst mal eine Zeit in Berlin. Aber Tyler könnte bald woanders hingeschickt werden, womöglich nach Hawaii oder Südostasien. Auf jeden Fall besitzt er in Philadelphia ein kleines Haus, und dorthin werden wir demnächst mit meiner Mutter reisen, um ihr alles zu zeigen.«

»Meine Güte, Ella, du wirst die ganze Welt sehen, wie famos«, staunte Erni. »Darauf müssen wir glatt noch einmal anstoßen.«

Aufgekratzt protestierten sie sich zu, nur Noras Lächeln misslang. Ob Matthew nach seiner Auszeit zu Hause auch ans Ende der Welt versetzt werden würde? Sie hätte keinerlei Chance mehr, ihn zu erreichen. Allerdings hatte sie ohnehin keinen Anlass, ihn zu kontaktieren. Wieso sollte sie nun, wo alles trostlos und verloren war, versuchen, ihm einen Brief zu schreiben? Sie würde nur die Wunde wieder aufreißen. Außerdem besaß sie überhaupt keine Adresse von ihm, selbst wenn sie wollte, konnte sie sich nicht bei ihm melden. Ihr war miserabel zumute. Noch dazu näherten sich von der Bar gerade einige gut aussehende Offiziere, die zielstrebig auf die Frauengruppe zusteuerten, wahrscheinlich, um sie zum Tanzen aufzufordern. Alles in ihr widersetzte sich der Vorstellung, sich in den Armen eines fremden Mannes auf der Tanzfläche zu wiegen.

»Zier dich nicht so, Nora«, johlten ihre Freundinnen, als ein blonder Militär im besten Alter sie ansprach. »Komm schon, wir wollen heute Abend feiern.«

»Meinetwegen«, gab sie sich geschlagen und folgte dem Mann

auf die Tanzfläche, wo sie sich, umringt von den Kolleginnen und deren Tanzpartnern, eng aneinandergedrückt bewegten. Nora versuchte, einen neutralen Gesichtsausdruck beizubehalten, auch wenn ihr flau im Magen war; sie vermisste Matthew so sehr, dass sie sich inmitten der ausgelassenen Frauen fehl am Platz fühlte. Sie sollte nicht hier sein. Resigniert schloss sie die Augen, ließ zu, dass ihr Partner seine Hände um ihre Taille legte, und wünschte sich mit jeder Zelle ihres Körpers, dass es Matthew wäre, dessen warme Haut sie an ihrer spürte.

...

»Wir waren schon lange nicht mehr Fallschirme jagen«, plapperte Jörg fröhlich vor sich hin, als Nora am ersten Sonntag im März mit den beiden Kindern an der Hand zum Flughafen spazierte. Ohne Hanna und Friedrich waren die Wochenenden lang und eintönig, sodass Else ihr geraten hatte, wieder einmal einen kleinen Ausflug zu machen. Nora war nicht in der rechten Stimmung dazu, sie vermochte sich nur schwer aufzuraffen. Doch die Kinder mussten an die frische Luft, und die Märzsonne vergoldete Berlin gerade mit zaghaftem Strahlen, sodass vor allem Jörg in der Wohnung kaum zu bändigen war.

»Ich hoffe, wir fangen einen oder zwei. Wir hatten so lange keine Schokolade mehr.« Veronika schaute sehnsüchtig zu ihr hoch, und Nora zwang sich, zuversichtlich zu nicken.

»Bestimmt bekommt ihr was ab.«

Ihr graute vor dem Spaziergang zu den Wiesen um Tempelhof, erinnerte sie sich doch noch allzu gut an das Familienpicknick im vergangenen Sommer, als Matthew sich zu ihnen gesellt und sie zu einem Eistee entführt hatte. War das Leben damals nicht wunderbar gewesen, leicht und verheißungsvoll? Nichts davon war übrig geblieben.

Wie jeden Sonntag tummelten sich zahlreiche Berliner auf der Wiese, Noch war es zu kalt, um sich auf Decken zu setzen, doch die Kinder tobten durch das Gras und spielten Fangen, während die Erwachsenen in kleinen Gruppen beisammenstanden, sich unterhielten und interessiert die Transportflugzeuge am Himmel beobachteten, die in der Ferne wie Mücken erschienen und eines nach dem anderen landeten.

»Da ist Erich!«, schrie Jörg und rannte seinem Freund entgegen, um mit ihm im Getümmel zu verschwinden.

»Ist das da drüben nicht Gisela?«, fragte Nora und sah zu einem Mädchen in Veronikas Alter, das in Begleitung seiner Großeltern war. »Möchtest du nicht zu ihr gehen?«

Veronika schüttelte nur den Kopf und griff fester nach ihrer Hand. »Lieber nicht, Mutti. Ich möchte bei dir bleiben.«

»Wie du meinst.« Etwas unschlüssig trat Nora mit ihrer Tochter an den Zaun, und sie starrten in den hellen Frühlingshimmel.

»Bist du nicht traurig, dass alle anderen Frauen in Begleitung da sind, nur du nicht?«, flüsterte Veronika, während sie ihre Hände in die Maschen des Drahtzaunes krallte.

Natürlich war Nora aufgefallen, dass sie eine der wenigen war, die allein gekommen waren, die meisten anderen Frauen befanden sich in Gesellschaft eines Mannes, ihrer Eltern oder von Freunden; allein zu sein machte ihr nichts aus, dennoch fühlte sie sich seltsam isoliert von den vielen vergnügten Menschen um sie herum, und Matthew fehlte ihr mit jedem Atemzug. Die Erinnerung an die gemeinsame Zeit mit ihm hatte sich derart in ihre Seele eingebrannt, dass all die Orte, die sie gemeinsam besucht hatten, für immer mit ihm verbunden sein würden.

»Ich bin doch mit euch hier«, sagte sie mit erzwungener Gelassenheit und strich Veronika voller Zuneigung über die geflochtenen Zöpfe, die von roten Schleifen zusammengehalten wurden.

»Das meine ich nicht.« Veronika wurde krebsrot im Gesicht. »Matthew ist nicht mehr da, und seitdem bist du so anders ...«

Sie sah, wie viel Überwindung es ihre Tochter kostete, Matthews Namen auszusprechen. Es rührte sie, dass sie sich solche Sorgen um sie machte, gleichzeitig überkam sie wie so oft ein schlechtes Gewissen. Ihre Tochter spürte, wie unglücklich sie war, deshalb vermochte auch sie nicht so unbeschwert zu sein, wie eine Neunjährige es eigentlich sein sollte.

»Mir geht es gut«, sagte sie und sah Veronika fest in die ernsten braunen Augen.

Das Kind presste die Lippen zusammen und wandte sich ab, offensichtlich glaubte sie ihr nicht.

Eine Weile standen sie nur nebeneinander und beobachteten die ankommenden Flugzeuge. Eines, eine DC-3, wackelte beim Landeanflug mit den Flügeln, woraufhin sämtliche Kinder, die eben noch über die Wiese gerannt waren, aufjubelten. Im nächsten Moment schwebten kleine Fallschirme aus weißen Tüchern herab, deren Zipfel verknotet waren.

»Muttiii!«, schrie Jörg, der eines der begehrten Päckchen ergattert hatte und mit Erich im Schlepptau zu ihr kam. »Schau, ich hab einen Fallschirm gefangen!«

»Na prima«, lobte Nora. »Da warst du aber auf Zack. Willst du nicht auch schauen, ob du einen Fallschirm findest, Püppchen? Du hast dich doch darauf gefreut.«

»Nö, ich habe keine Lust mehr.« Veronika hängte sich an ihren Arm. »Ich bleibe bei dir, Mutti.«

Nora seufzte.

Überall auf der Wiese zupften Kinder mithilfe ihrer Eltern oder Großeltern Fallschirme auseinander, begutachteten begeistert den

Inhalt und schoben sich genießerisch ein Stück Schokolade in den Mund. Aus der Ferne stapfte ein Pilot in Flieguniform herbei, und im ersten Moment glaubte Nora, es handele sich um Matthew. Genau so hatte er ausgesehen, als er an jenem wundervollen Nachmittag im letzten August von der Landebahn zu ihr auf die Wiese gekommen war. Ihr Herz setzte einen Schlag aus, um dann umso heftiger loszustolpern.

»Das ist der Rosinenbomber!«, rief Jörg begeistert.

Natürlich, es war Gail Halvorsen, der zügigen Schrittes auf die Kinderschar zukam, ein Lächeln im Gesicht, jener Pilot, der letztes Jahr damit begonnen hatte, Fallschirme, mit Süßigkeiten bestückt, über Tempelhof abzuwerfen, um den Berliner Kindern eine Freude zu bereiten.

Die vielen Kinder umringten Gail und bestürmten ihn mit Fragen, erdrückten ihn mit ihrer Bewunderung und Zuneigung. Er sprach in liebevollem Tonfall mit ihnen, nahm sich für jedes ein bisschen Zeit, auch wenn sein Deutsch rudimentär war. *So ist Matthew auch*, fuhr es Nora durch den Kopf. *So liebenswürdig und geduldig und offen, für jeden hat er ein freundliches Wort.*

Einen Moment krümmte sie sich innerlich vor Schmerz – nie wieder würde sie im Zentrum von Matthews zärtlicher Aufmerksamkeit stehen, nie wieder beobachten können, wie selbstlos und gutherzig er war. Was um alles in der Welt hatte sie dazu gebracht, ihn fortzuschicken, statt an ihrem Glück festzuhalten? Ihre ursprünglichen Motive erschienen ihr nun wie leere Hülsen, die keinerlei Sinn mehr ergaben.

Gail winkte ihr zu, konnte sich aber nicht von seinen kleinen Freunden loseisen. Sie kannten sich flüchtig aus dem *Silverwings* und von den wenigen Besprechungen, bei denen er zugegen gewesen war. Kurz überlegte sie, ob sie zu ihm hinübergehen sollte, um ihn nach Matthew zu befragen. Vielleicht hatte er Neuigkeiten von seinem Air-Force-Kollegen? Wusste, ob er wohlbehalten in den USA angekommen war?

Veronika hing schwer an ihr, und dann war der Moment auch schon wieder vorbei. Ernüchtert lehnte sie sich an den Zaun.

»Mutti, was denkst du gerade? Denkst du ... denkst du an Matthew?«, fragte Veronika und fixierte sie ängstlich. »Vermisst du ihn?«

»Nicht doch.« Nora versuchte, ihrer Tochter zuliebe ihre Trauer abzuschütteln wie störende Regentropfen. »Ich denke, wie schade es ist, dass du keinen Fallschirm bekommen hast. Aber vielleicht teilt Jörg mit dir. Und nun lass uns Jörg rufen und nach Hause gehen. Es wird allmählich kühl.«

Kapitel 33

April 1949

Ein gewaltiges Rauschen und Dröhnen erfüllte die Luft, ganz Tempelhof schien zu vibrieren, der Asphalt zu erzittern. Anders als sonst stand kein einziges Flugzeug im Hangar, die gesamte Flotte war startklar und im Einsatz. General Tunner hatte eine Osterparade angeordnet, ein herausragendes Spektakel, mit dem er den Sowjets beweisen wollte, wie leistungsfähig die Luftbrücke war.

»Tunner ist ein absolutes Arbeitstier«, sagte Bloom mit einem bewundernden Funkeln in den Augen. »Ich habe ihn mal sagen hören: Wenn ich zwanzig Stunden am Tag arbeite, könnt ihr zumindest sechzehn Stunden arbeiten.«

Es war Samstag, und der Major hatte sich gerade zu den Übersetzerinnen gesellt, die einträchtig ein amerikanisches Eis verköstigten. Die Sonne wärmte bereits kräftig, und die Frauen hatten ihre schönsten Kleider angezogen und Lippenstift aufgetragen.

»Solange Sie das nicht von uns verlangen«, meinte Heide trocken. Nora, Ella, Erni und Lotte saßen zu ihrer Linken und Rechten auf einem niedrigen Mäuerchen und genossen das Himbeer-, Vanille- und Schokoladeneis, das es nirgends sonst in Berlin zu kaufen gab. Erni und Lotte kicherten.

»Nein, keine Angst«, schmunzelte Bloom. »Sie sollen schon noch ein bisschen was vom Leben haben.«

»Die Mengen an Fracht, die seit gestern transportiert werden, sind gigantisch«, staunte Ella.

Tatsächlich war Tunner dabei, einen neuen Rekord aufzustellen. Von Freitag bis zum heutigen Samstag würden mehr als eintausenddreihundert Flüge stattfinden, und alle Flugzeuge sollten ausschließlich Kohle laden. Bis zum offiziellen Ende der Osterparade würde so viel Fracht transportiert werden wie noch nie zuvor. Sämtlichen Piloten waren Überstunden aufgebrummt worden.

Nora dachte an Matthew. Es war viele Wochen her, seit sie ihn das letzte Mal gesehen hatte, trotzdem klaffte sein Verlust noch immer wie ein blutendes Loch in ihrem Herzen. Wie schön es wäre, wenn er sich in einem der Flugzeuge direkt über ihr befinden würde und gleich auf eine kurze Pause zu ihr käme! Ella war dieses Glück vergönnt, Tyler würde demnächst landen und etwas Zeit mit ihr verbringen. Der Freundin haftete ein Glühen an, das sie noch schöner und erfüllter erscheinen ließ.

»Ob die Sowjets diese Machtdemonstration beeindruckt?«, fragte Nora, um sich von den Gedanken an Matthew abzulenken.

»Das wollen wir doch stark hoffen.« Bloom schob die Hände in die Hosentaschen und streckte sein Gesicht der Frühlingssonne entgegen. »Alle Anzeichen sprechen dafür, dass die Russen mittlerweile erkannt haben, wie wirkungslos ihre Blockade ist. Wir Alliierten versorgen Berlin so gut es geht, deshalb mehren sich im sowjetischen Lager die Stimmen, die sagen, eine Fortführung der Blockade ist lediglich verschwendete Zeit und Energie.«

»Die waghalsigen Flugmanöver und scheinbaren Angriffe auf die amerikanischen Flugzeuge vor einiger Zeit stellten wohl auch nur eine Art letztes Aufbäumen vor der Kapitulation dar, nicht wahr, Major?«, fragte Heide.

»Richtig. Ich glaube, den Sowjets fehlt noch ein letzter Anstoß, bis sie die Blockade fallen lassen. Ich hoffe, unsere Osterparade zeigt ihnen, dass jetzt der Moment ist aufzugeben. Durch eine weitere Abriegelung Westberlins können sie nichts gewinnen. Wir sitzen am längeren Hebel.«

Ella sprang auf, als Tyler um die Ecke bog, und flog in seine Arme. Heide, Erni und Lotte lächelten verständnisvoll.

»Wie steht's, altes Haus?« Tyler legte je einen Arm um Ella und Nora und sah Letztere erwartungsvoll an. Seit Matthew abgetaucht war, fühlte er sich offenbar ein bisschen für sie verantwortlich.

»Wie immer, Ty, danke der Nachfrage.« Nora bemühte sich um einen unbefangenen Gesichtsausdruck; am liebsten hätte sie Tyler bestürmt, ob er etwas von Matthew gehört hatte, schließlich war er sein bester Freund. Wer, wenn nicht er, wusste etwas über ihn?

Doch wie immer blieb sie stumm. Sie sollte endlich versuchen abzuschließen und den Schmerz nicht wieder von Neuem aufrühren.

»Ich habe etwas für dich, Nora«, sagte Tyler leise und kramte in seiner Jackentasche. Einen Moment schlug ihr Herz Saltos: Hatte Tyler etwa einen Brief von Matthew für sie? Ihr wurde gleichzeitig heiß und kalt, und in ihrem Magen flatterte es, als krabbelten unzählige Käfer darin herum. »Hier.« Zu ihrer grenzenlosen Enttäuschung reichte Tyler ihr lediglich einen kleinen Zettel.

»Was ist das?«

»Matthews Heimatadresse in den USA.« Tyler sah sie eindringlich an. »Ich bin mir sicher, dass er sich sehr freuen würde, wenn du ihm schreibst.«

Das Blut stieg in Noras Wangen; mit nervösen Bewegungen verstaute sie den Zettel in ihrer Handtasche. »Danke, Ty, das ist nett gemeint, aber ...« Auf keinen Fall würde sie Matthew schreiben, sie war sich sicher, dass er dies auch nicht wollte. Vielleicht war er gerade dabei, ihre Trennung zu verkraften, womöglich hatte er inzwischen eine junge amerikanische Frau kennengelernt, die besser zu ihm passte als eine verwitwete, alleinerziehende Deutsche.

»Ich meine es ernst«, beharrte Tyler, und Ella, die wortlos zugehört hatte, nickte bekräftigend. »Melde dich ruhig bei ihm.«

Bevor Nora antworten konnte, ertönte ein gellendes »Mutti!«, und ihre Kinder näherten sich mit ihrer Großmutter, die ihnen im Café einen Milchshake spendiert hatte.

Jörgs Mund war über und über mit der klebrigen Flüssigkeit beschmiert. »Mutti, krieg ich auch noch ein Eis?«

»Wenn dir davon nicht übel wird …« Gedankenverloren strich Nora ihm über das verschwitzte Gesicht.

»Na ja, du wolltest dir doch mit den anderen Kindern ein Flugzeug von innen angucken«, erinnerte Else ihn. »Die Kinderführung findet in ein paar Minuten statt. Ob es noch für ein Eis reicht, sehen wir nachher.«

»Ja, stimmt!«, schrie Jörg aufgeregt und rannte in Richtung der Landebahnen los.

»Hiergeblieben«, rief Nora ihm hinterher. »Nimm deine Schwester mit.«

Jörg blieb stöhnend stehen. »Komm, du lahme Schnecke.«

Veronika schüttelte abwehrend den Kopf. »Nein, ich bleibe bei Mutti.«

Nora wechselte einen Blick mit Else. »Aber warum denn nur, Püppchen? Bei uns Erwachsenen ist es doch langweilig, wir reden nur.«

»Das macht mir nichts aus.« Veronikas Augen huschten über Ella und Tyler, die sich ein Stück entfernt auf das Mäuerchen gesetzt hatten. »Ich möchte nicht, dass du dich alleine fühlst, Mutti.«

...

Abends war es nun viel länger hell als noch vor Wochen. Nora saß auf dem Balkon und lauschte dem Zirpen der Vögel und den angeregten Stimmen, die aus den Wohnungen ringsum erklangen. Der Himmel über den Dächern verfärbte sich gerade pfirsichrot und pflaumenlila, die bunten Streifen flossen wie Tusche ineinander über. In früheren Zeiten hätte sie mit Hanna hier gesessen, und sie hätten über Gott und die Welt geredet. Nun saß sie allein hier und brütete vor sich hin, die Kinder schliefen, und auch Else hatte sich früh zurückgezogen, da ihr das Donnern der Flugzeuge bei der Osterparade Kopfschmerzen verursacht hatte.

Der kleine Zettel mit Matthews Adresse lag in ihrer Handfläche, da sie ihn arglos in ihre Handtasche gesteckt hatte, war er leicht verknittert. Sie strich ihn glatt. Die Anschrift kannte sie inzwischen auswendig. Nora trank einen Schluck Tee und schaute gedankenverloren über die Balkonbrüstung in den Innenhof, wo zwei Backfische träge auf der Bank lümmelten und miteinander kicherten. Würde sie selbst jemals wieder so etwas wie Leichtigkeit empfinden, oder wäre diese Schwere, die auf ihrer Seele lastete wie ein Backstein, von nun an ihr ständiger Begleiter? Und wie konnte sie ihre Tochter davon überzeugen, dass sie sich nicht so viel um sie sorgen sollte – Veronika verhielt sich, als sei sie die Mutter und Nora die Tochter. Seit Matthews Weggang fühlte es sich an, als sei ihr Leben in tausend Stücke zerrissen, die nie mehr aneinanderwachsen würden. Alles, was sie von nun an tun konnte, war, den Anschein aufrechtzuerhalten und ihren Kindern eine verantwortungsvolle und zufriedene Mutter zu sein. Allerdings schien selbst das zu schwer zu sein und mehr Kraft zu erfordern, als sie übrig hatte.

»Meinst du, deine Kinder sind glücklich, wenn du selbst verzweifelt bist?«, hatte Else auf dem Rückweg von der Osterparade gefragt, als Veronika und Jörg ein paar Schritte vorausgerannt waren. Sie war ihrer Mutter eine Antwort schuldig geblieben.

Inzwischen nahm der Abendhimmel eine dunkle, tintenblaue Tönung an, und Nora fröstelte. Sie kehrte in die Wohnung zurück. In ihrem Zimmer zog sie ihr Nachthemd unter der Bettdecke hervor, betrachtete noch einmal nachdenklich den Zettel mit Matthews Anschrift und schob ihn dann in die hinterste Ecke ihrer Nachttischschublade, verborgen hinter den wenigen Fotos von Joachim, die sie besaß, und einigen Taschentüchern mit besticktem Rand.

...

Nora saß mit Ellas Mutter sowie Veronika und Jörg in der ersten Reihe der amerikanischen Kapelle des Flughafengebäudes und folgte gebannt der Zeremonie. Hanna hatte ihr aus Mainz Stoff geschickt, damit sie festliche Kleider für sich und ihre Tochter nähen konnte, und sie fühlte sich sehr elegant in ihrer perlmuttrosafarbenen Robe. Veronika trug das gleiche Kleid im Miniaturformat, nur hatte Else es mit silbernen Blüten am Kragen verziert, die sie aus einem alten Halstuch geformt hatte. Die Neunjährige saß wie verzaubert zwischen ihr und ihrem Bruder, dem die Trauung eindeutig zu lang dauerte. Unruhig rutschte er auf der Bank herum.

»Sind sie nicht ein wunderschönes Paar?« Ellas Mutter tupfte sich mit einem spitzenbesetzten Tüchlein die Tränen weg.

»Das sind sie«, gab Nora flüsternd zurück. Sie wünschte der Freundin alles Glück der Erde, nur stahl sich mitunter etwas Wehmut dazu, da sie nicht wusste, wie lange Ella noch mit ihr im Übersetzungsbüro arbeiten würde.

»Ich bin so froh, dass Ella doch noch die große Liebe gefunden hat, nachdem ... Sie wissen schon, Frau Thalfang. Der Krieg.«

Nora nickte bedeutungsschwer. Auch ihr erschien es wie ein Wunder, dass Ella, die zu Beginn verschlossen wie eine Auster gewesen war, kaum willens, über den Verlust ihres Verlobten Hans zu sprechen, so aufgeblüht war.

»Willst du, Ella Roth, diesen Mann lieben, achten und ehren alle Tage deines Lebens, bis dass der Tod euch scheidet?«, fragte der amerikanische Geistliche feierlich. Alle Gäste schienen den Atem anzuhalten.

Ella rang mit den Worten, die Emotionen schienen sie zu überwältigen. Das Publikum wartete gespannt auf ihre Antwort, erst als Tyler sanft seine Hand auf ihre legte, stammelte sie: »Und ob ich das will. Ja, ja, ja!«

Die Zuschauer schmunzelten, und auch Nora musste schlucken vor Rührung.

Dann war die Zeremonie vorbei, das Paar schritt strahlend durch den Mittelgang, und Veronika und Jörg liefen stolz voneweg, um Rosenblätter zu streuen. Nora, die noch immer mit Ellas Mutter und den anderen Gästen an ihrem Platz stand, wünschte sich mit brennendem Herzen, die beiden hätten auch bei Hannas Hochzeit dabei sein und Blumenkinder sein können. Das traurige Gefühl, die Hochzeit ihrer kleinen Schwester nicht miterlebt zu haben, würde sie wohl nie ganz abschütteln können.

Eine kleine Gruppe von Air-Force-Mitgliedern spielte mit Streichinstrumenten Pachelbels Kanon, als die Gästeschar dem frischgebackenen Brautpaar nach draußen folgte. Die Hochzeitsfeier fand in einem Raum statt, den die Air Force für Festivitäten zur Verfügung stellte. Nora und die Kinder saßen mit Heide, Erni und Lotte an einem Tisch, Major Bloom mit einigen Piloten am Nebentisch. Der Raum glich einem Blumenmeer aus gelben Tulpen, tieflila Ranunkeln und rosaroten Freesien, die Tyler höchstpersönlich aus Wiesbaden eingeflogen hatte.

»Und so verändert sich alles«, sinnierte Heide, als die Vorspeiseteller aufgetragen wurden. »Jetzt ist unsere Ella unter der Haube, und als Nächstes bist du dran, Erni.«

Erni löffelte ihre Suppe in sich hinein. »Ewald und ich wollen im Sommer heiraten. Und wie steht's bei dir an der Liebesfront, Lotti?«

Lotte zog eine Grimasse. »Meine Eltern sind immer noch dagegen, dass ich Jerry heirate. Wir treffen uns allerdings weiterhin. Ich mache die beiden schon noch mürbe. Und bald darf ich ohnehin selbst entscheiden.«

Nora half ihren Kindern stumm, ihre Stoffservietten auf dem Schoß auszubreiten. Sie wurde nicht gefragt, ob sich bei ihr in Liebesdingen etwas tat, alle wussten über ihre Lage Bescheid.

»Ich kann bei euch auch Blumen streuen«, bot Jörg Erni und Lotte an, womit er entzücktes Gelächter erntete.

»Das ist mal ein Angebot!«, rief Erni. »Darauf komme ich gerne zurück.«

»Aber nur, wenn du uns zu deiner Hochzeit einlädst.« Jörg sonnte sich in der Aufmerksamkeit der Frauen. Seine Schwester hingegen – sie war mit ihrem Stuhl ganz nah an Nora gerückt, kaum eine Handbreit lag zwischen ihnen – beobachtete ihre Mutter verstohlen von der Seite, so als befürchte sie, das Thema Heirat würde ihr zusetzen.

»Iss deine Suppe, Schatz«, sagte Nora, der Veronikas Überfürsorglichkeit allmählich unheimlich wurde.

»Übrigens, ich habe ganz vergessen, euch etwas zu erzählen.« Heide tupfte sich umständlich den Mund ab. »Ratet, wen ich vorgestern getroffen habe.«

Alle Augen ruhten neugierig auf ihr.

»Nun mach es nicht so spannend, Heide«, drängte Erni.

»Inga.« Heide blickte die Kolleginnen der Reihe nach an und genoss deren Erstaunen sichtlich.

»Nicht wahr!« Lotte legte ihren Löffel ab, ganz Ohr. »Und? Was treibt sie so? Erzähl doch, Heide.«

»Ihr werdet es nicht glauben. Unsere gute Inga hat eine Arbeit als Sekretärin bei der russischen Verwaltung ergattert.«

»Inga arbeitet im Osten?«, sagte Nora überrascht. Sie hatte sich in den letzten Monaten manches Mal gefragt, was wohl aus Inga geworden war.

Heide nickte befriedigt. »Ganz recht. Inga arbeitet für die Sowjets, und wie sie mir ganz stolz erzählte, ist sie so gut wie verlobt mit einem russischen Offizier.«

»Na, hoffentlich findet sie dieses Mal ihr Glück«, bemerkte Nora.

Nach dem Essen wurde getanzt, eine amerikanische Band, die manchmal samstags im *Silverwings* auftrat, spielte flotte Hits, zu denen die Gäste sich begeistert bewegten. Nora tanzte mit Jörg und zwei Piloten, später auch mit Tyler, der vor Adrenalin nur so sprudelte, und auch mit Major Bloom. Sie tanzten zu *Mañana is soon enough for me*, während vor den Fenstern der Abendhimmel über Tempelhof in prächtigen Gold- und Purpurtönen zerfloss.

»Es ändert sich so einiges in unserer Abteilung«, sagte Bloom, während er sie herumwirbelte. »Ella folgt Tyler bald hinaus in die Welt, Erni wird uns im Sommer verlassen, um mit ihrem Zukünftigen ein Häuschen im Westen zu kaufen … Ich hoffe, Sie halten uns weiterhin die Treue, Nora.«

»Wo sollte ich denn hin?«, gab sie leichthin zurück. »Mein Leben spielt sich in Tempelhof ab, und private Veränderungen stehen nicht an.«

Er hielt ihren Blick mit seinen sturmgrauen Augen fest, dann lächelte er und setzte zu einer Drehung an, während derer sie gegen ihn gedrückt wurde.

»Und was sind Ihre Pläne, Sir?«

»Oh – ich habe keine. Zumindest keine *mehr*.« Ein Schmunzeln zuckte in seinen Mundwinkeln.

Fragend sah sie ihn an; Ella und Tyler streiften sie auf der engen Tanzfläche, sie schienen geradezu zu schweben vor Glückseligkeit.

»Nun ja, Sie wissen ja, dass meine Ehe sehr unter den Anschuldigungen einer gewissen jungen Dame, deren Namen ich nicht mehr in den Mund nehmen will, gelitten hat. Die Beziehung zu meiner Frau stand sehr auf der Kippe. In den Wochen nach Weihnachten hat sie von mir gefordert, dass ich meinen Posten in Deutschland niederlege und in die USA zurückkehre.«

Eine Kältewelle rollte durch Noras Körper. Die Vorstellung, Major Bloom würde Tempelhof verlassen, schockierte sie. Sie konnte sich ihren Arbeitsplatz nicht ohne ihn, seine Gelassenheit und seinen trockenen Humor vorstellen. Sollten etwa alle Menschen, die ihr lieb und wichtig waren, aus ihrem Leben verschwinden?

»Und?«, fragte sie ängstlich.

»Sie hat mich nicht rumgekriegt«, erklärte Bloom und grinste wie ein kleiner Junge, der seine Eltern ausgetrickst hat. »Dafür bin ich viel zu gern in Europa. Wir haben eine andere Lösung gefunden. Sie wird zu mir nach Berlin ziehen, dann kann sie auf mich aufpassen und mich vor aufdringlichen Mitarbeiterinnen schützen.«

Erleichterung durchfloss Nora, und sie lachte befreit. »Das ist eine hervorragende Idee. Ich freue mich sehr, dass Sie bleiben.«

»Und ich erst. Wir leben in einer Stadt, in der Geschichte geschrieben wird. Das möchte ich nicht verpassen.« Schwungvoll navigierte er sie an dem Brautpaar vorbei, das immer ausgelassener tanzte, je später der Abend wurde.

Gegen Mitternacht verkündete Ella, ihren Brautstrauß in die Runde werfen zu wollen, was begeisterte Zustimmung erntete.

»Wirf zu mir!«, rief Erni, die eindeutig zu viele Cocktails getrunken hatte und ein flammend rotes Gesicht hatte.

»Na, du hast den Strauß wohl am allerwenigsten nötig«, protestierte Lotte und schob die Kollegin zur Seite. »Wirf zu mir, Ella, vielleicht bringst du mir Glück, und ich darf Jerry letztendlich doch heiraten, bevor ich einundzwanzig bin.«

Ausgelassen stellten sich alle anwesenden Frauen in einen Halbkreis, sogar Veronika suchte sich ein Plätzchen.

»Wenn ich den Strauß fange, gebe ich ihn an dich weiter, Mutti«, flüsterte sie Nora mit einem so bedeutungsvollen Augenaufschlag zu, dass diese wieder ein grummeliges Gefühl im Magen hatte.

»Ich werfe die Blumen über meine Schulter, ich habe also keine Ahnung, wohin ich ziele«, sagte Ella gutmütig.

Nora beobachtete amüsiert, wie ihre Kolleginnen den Atem anhielten, so als ginge es um einen großen Lotteriegewinn.

»Achtung!« Ella kehrte ihnen den Rücken zu, schwenkte den Strauß schneeweißer Blüten ein paar Mal pro forma von rechts nach links und schleuderte ihn dann in hohem Bogen über die Schulter. Aufgeregte Rufe ertönten, alle vollführten die merkwürdigsten Verrenkungen, um an die begehrte Trophäe zu gelangen.

Die Blumen trafen jedoch eine Frau, die sich keinerlei Mühe gegeben hatte, sie zu erhaschen, sondern lediglich ruhig zugeschaut hatte: Nora.

Verwundert über den Zufallstreffer drückte sie die Blumen an sich und sog den süßen Duft ein.

»Mutti, du heiratest als Nächstes!«, jubelte Veronika.

»Wohl kaum. Es gibt leider keinen Heiratskandidaten, der infrage käme«, scherzte Nora und strich ihrer Tochter über die aufgelöste Flechtfrisur. Veronika verzog enttäuscht den Mund.

Während sich die Frauengruppe wieder auflöste, nahm Ella Nora in die Arme. Sie roch nach einem teuren Parfüm – sicher stammte es aus dem Westen –, Blüten und Champagner. »Ich weiß, dass auch du dein Glück finden wirst«, flüsterte sie Nora ins Haar. »So wie ich meins gefunden habe.«

»Ich habe ein glückliches Leben«, widersprach Nora. »Ich habe zwei wundervolle Kinder, eine Arbeit, die mir Freude bereitet, und liebe Freundinnen.« Dass Matthews Weggang wie ein Feuer in ihr brannte, schob sie weit von sich. Er würde nicht zurückkommen. Sie musste endlich versuchen, sich auf ihre Zukunft zu konzentrieren.

Kapitel 34

Mai 1949

Die Frühsommersonne brannte so gleißend hell, dass Major Bloom die Jalousien ein Stück herunterließ. Der Staub tanzte in den Lichtflecken, die durch die Spalten fielen. Der Major, Generalgouverneur Clay, General Tunner und Bürgermeister Ernst Reuter samt seinem Assistenten Willy Brandt hatten sich zusammengefunden, um die Lage Berlins erneut zu erörtern. Nora saß etwas abseits, um zu protokollieren. Mittlerweile war es recht warm, alles atmete den Blütenduft des nahenden Sommers; die dicken Kleidungsstücke waren im Schrank verstaut, und sie trug ihr butterblumengelbes Kleid. Vielleicht konnte Hanna ihr einen schönen Stoff für ein neues schicken, im Westen Deutschlands mangelte es ja nicht an Waren.

»Was hört man von den russischen Kollegen im Osten?«, fragte Reuter. Wie stets trug er einen Anzug, die Krawatte korrekt gebunden. »Bei unserem letzten Treffen haben Sie angedeutet, dass sich drüben endlich was tut.«

Clay zündete sich in aller Seelenruhe eine Zigarre an und paffte erst einmal genüsslich. »Ja, es tut sich was, selbstverständlich tut es das. Wir haben in den letzten Wochen mit allem aufgefahren, was wir haben, um sie gebührend zu beeindrucken.«

»Die Monate März bis Mai gelten bisher als Rekordmonate der Luftbrücke«, verkündete Tunner stolz und griff nach einem Schokoriegel, der zur Verköstigung auf einer Schale lag. Knisternd zog er die Verpackung auf. »Wir haben über zwanzigtausend Versorgungsflüge auf die Beine gestellt!«

»Beeindruckend!« Willy Brandt griff ebenfalls nach einem Stück Schokolade und betrachtete es genießerisch, bevor er es in den Mund schob. »Das wird Stalin nicht gefallen.«

»Und die Fracht, die unsere Jungs einfliegen, werden wir in diesem Monat auf über zweihundertzwanzigtausend Tonnen steigern«, ergänzte Tunner.

Nora schrieb eifrig mit; auch ihr imponierten die Rekorde der Alliierten. Ob damit das Ziel, die Russen zur Aufgabe der Blockade zu drängen, erreicht würde? Im nächsten Monat jährte sich der Tag, an dem die Sowjets über Nacht den Strom abgestellt und die Transportwege abgeschnitten hatten. Ein ganzes Jahr lang, in dem die Berliner sich in einer Ausnahmesituation befanden. Auch ihr eigenes Leben war in dieser Zeit durcheinandergeschüttelt worden wie eine Schneekugel. Nichts mehr war wie zuvor. Doch ihre eigene Zeitrechnung begann erst im Januar dieses Jahres, als sie Matthew verloren hatte. Im Moment zählte sie Monat vier, und noch immer fühlte sie sich ausgebrannt vor Traurigkeit.

»Auch unsere Osterparade, bei der erstmals die gesamte Flotte in der Luft war und ein Maximum an Kohle hertransportiert hat, hat hoffentlich ein Zeichen gesetzt.« Clay schaute versonnen den Rauchkringeln nach, die als blaue, in den Augen beißende Wölkchen durch den Raum schwebten und sich unter der Decke auflösten. »Mein Gegenpart im Osten der Stadt, der gute Sokolowski, muss doch allmählich einsehen, dass es sinnlos ist, die Blockade fortzuführen. Der Westen ist in der Lage, die Luftbrücke noch unendlich fortzusetzen. Vorausgesetzt natürlich, die Berliner halten durch, nicht wahr, Reuter? Wie ist die Stimmung in der Bevölkerung?«

»Die Berliner werden auch weiterhin Opfer bringen und durchhalten«, versprach der Bürgermeister mit fester Stimme. »Keine Frage. Wir sind zäh und ausdauernd. Wir haben schon ganz andere Krisen überstanden.«

Während Noras Stift über das Papier flog, schoss ihr der Gedanke durch den Kopf, dass die Einschränkungen, die sie alle erdulden mussten, mittlerweile zum Alltag gehörten. Für ihre Kinder, die einen ganz anderen Zeitbegriff hatten als die Erwachsenen, war es völlig normal, von den West-Alliierten über die Luft versorgt zu werden, und auch für sie war es längst nichts Außergewöhnliches mehr, zu jeder Tages- und Nachtzeit das Brummen der Flugzeuge im Ohr zu haben und die amerikanischen Lastwagen durch die Stadt fahren zu sehen, die die Lebensmittel an die Ausgabestellen verteilten.

»Gut.« Clay schien etwas in seinen Unterlagen zu suchen, lehnte sich dann aber wieder entspannt zurück. Die Besprechung hatte einen informellen Charakter, als hätten sie sich nur getroffen, um ein bisschen gemeinsam zu warten – darauf, dass die Sowjets mürbe wurden, keinen Sinn in ihrer Blockade mehr sahen und die Verkehrswege endlich wieder freigaben. »Es ist nur eine Frage der Zeit, bis die Brüder im Osten zur Besinnung kommen. Denn ihrer Wirtschaft geht es auch nicht gerade rosig, das wissen wir alle. Dadurch, dass sie seit fast einem Jahr keinen Handel zwischen unseren Zonen und der ihren erlauben, schießen sie sich selbst ins Knie.«

»Und dass die westlichen Staaten ihnen durch ihr Gegen-Embargo keine modernen Technologien mehr liefern, schadet ihnen auch erheblich«, fügte Major Bloom hinzu.

»Dann heißt es also noch ein bisschen abwarten und Tee trinken.« Ernst Reuter sah schmunzelnd in die Runde. »Auch wenn ich meinen Landsleuten zuliebe hoffe, dass sie bald zur Räson kommen.«

»Das werden sie.« Clay packte seine Papiere zusammen, um das Ende der Konferenz zu signalisieren. »Die Sowjetunion hat sich auf Verhandlungen eingelassen. Seit Februar versuchen wir, einen Weg zu finden, zur Normalität zurückzukehren.«

Nachdem die Besprechung beendet war, kehrte Nora ins Übersetzungsbüro zurück, um ihr Protokoll abzutippen. Zu ihrer Überraschung wurde sie von den Kolleginnen freudig erwartet. AFN war angestellt und sendete fröhliche Musik, und auf Ellas Schreibtisch stand ein köstlich aussehender Kuchen mit rosa Zuckerguss und Erdbeeren als Dekoration.

»Jetzt sind wir vollzählig«, verkündete Ella. Sie trug ein neues, schneeweißes Sommerkleid, das Tyler ihr sicherlich aus dem Westen mitgebracht hatte. »Ihr Lieben – mein Göttergatte hat gestern seinen Bescheid bekommen. Er hat weit mehr als genug Dienststunden für die Luftbrücke auf dem Buckel, und nächste Woche fliegen wir erst mal in die USA. Meine Mutter sitzt praktisch schon auf gepackten Koffern!«

Heide, Erni und Lotte applaudierten übermütig und schwärmten in höchsten Tönen von Amerika, als seien sie allesamt schon dort gewesen. Nur Noras Augen füllten sich mit Tränen, die sie aber rasch zu verbergen versuchte.

»Nun ist es also so weit«, flüsterte sie und zog Ella in ihre Arme.

»Nun ist es so weit.« Auch Ellas Stimme klang heiser vor ungeweinten Tränen. »Ich werde dich vermissen, Nora. Jeden Tag.«

»Und ich dich erst.« Für Nora würde es schwerer werden, das wusste sie. Ella würde so viel Neues erleben, so viele aufregende Eindrücke gewinnen, dass ihr wenig Raum bleiben würde, an Berlin zu denken; Nora hingegen würde jeden Tag den leeren Schreibtisch vor Augen haben, an dem Ella fast ein Jahr lang gesessen hatte und mit ihr durch dick und dünn gegangen war. »Aber wir bleiben in Kontakt, nicht wahr?«

»Natürlich, was denkst du denn! Ich schreibe dir und du mir, und du erzählst mir alle Neuigkeiten aus dem Büro. Hast du übrigens versucht, Matthew zu kontaktieren? Tyler hat dir doch seine Adresse in Amerika gegeben.« Ella sah Nora prüfend an.

»Nein, wieso sollte ich?« Nora wandte sich ab, damit die Freundin den niedergeschlagenen Ausdruck nicht bemerkte, der, sobald jemand Matthew erwähnte, ihr Gesicht überschattete. »Unsere Wege haben sich vor Monaten getrennt. Hat…« Sie nahm ein Stück der erdbeerrosa Torte an, das Heide ihr reichte. »Hat Tyler etwas von Matthew gehört?«

»In der Tat.« Ella lächelte und stach mit ihrer Gabel in den Kuchen. »Matthew schrieb, seiner Mutter geht es seit ihrer Operation wieder recht gut.«

»Das freut mich für sie … und für Matthew.« Nora wandte sich ab, um sich mit Erni über Kuchenrezepte zu unterhalten. Sie ertrug es nicht, weiter über Matthew zu sprechen, sie musste die Erinnerung an ihn endlich aus ihrem Bewusstsein streichen.

»Himmel, was für eine köstliche Torte!«, schwärmte Lotte mit vollem Mund. »Wo hast du nur die Zutaten her? Erdbeeren und Sahne – ich glaube es nicht!«

»Na, mit einem Mann, der bei der Air Force ist, sitzt man ja direkt an der Quelle«, bemerkte Heide, und alle kicherten. Nora stimmte in die allgemeine Heiterkeit ein, doch ihr Herz fühlte sich löchrig an wie ein Stück Stoff, das zu oft an den Widrigkeiten des Lebens hängen geblieben war. Sie kam nicht umhin, im Kopf erneut die Personen aufzuzählen, die im Begriff waren, ihr zu entgleiten – Hanna und Friedrich, Matthew und nun auch noch Ella.

...

Auch am Abend, als sie den Flughafen verließ, war es noch warm und sonnig. Paare spazierten über die Bürgersteige, und Kinder jagten einander lachend die Wege entlang. Wie so oft suchte sie das Gefühl heim, als reine Beobachterin am Rand ihres Lebens zu stehen. Gleichzeitig schalt sie sich: Sie hatte ihre Chance gehabt und sie ungenutzt verstreichen lassen, nun hatte es keinen Sinn mehr, ihr hinterherzutrauern. Der Duft von Gras und frischen Knospen hing in der Luft, als sie in die Schulenburgstraße einbog, wo sie Veronika von ihrer Freundin Gisela abholen wollte. Die Ankündigung ihrer Tochter, sich heute mit ihrer Klassenkameradin zum Spielen zu verabreden, hatte sie mit Erleichterung erfüllt; viel zu lange hatte Veronika ihre Zeit damit verbracht, abends am Fenster zu stehen und ihr mit ängstlicher Besorgnis entgegenzusehen. Sie läutete und wartete im Abendlicht, bis Veronika herauskam.

»Hallo, Mutti.«

»Hallo, Püppchen.«

Sie fassten sich an den Händen und schlugen den Weg nach Hause ein.

»Giselas Mutter heiratet wieder«, erzählte Veronika und hüpfte über ein Schlagloch.

»Tatsächlich?« Nora wusste, dass Giselas Mutter ebenfalls verwitwet war, sie hatte gleich im ersten Kriegsjahr erfahren, dass ihr Mann gefallen war. Sie war mit fünf Kindern zurückgeblieben, von denen Gisela das jüngste war.

»Ja, deswegen ziehen sie bald in eine größere Wohnung um, ich darf sie aber besuchen, hat sie gesagt.« Veronika redete wie ein Wasserfall, während sie auf einem Mäuerchen balancierte, das ein schmales Vorgartenstück von der Straße trennte. »Gisela mag ihren neuen Vater sehr, und bei der Hochzeit darf sie mit ihren Schwestern Blumen streuen, so wie ich und Jörg bei Ellas Hochzeit. Bereust du es, dass du Matthews Heiratsantrag abgelehnt hast, Mutti?«

Veronika blieb plötzlich stehen und sah sie mit einem solchen Ernst in den Augen an, dass Nora die Kehle eng wurde.

»Aber nein.« Da Veronika auf der kleinen Mauer stand, befanden sie sich auf Augenhöhe. Sie strich ihrer Tochter eine blonde Strähne aus dem Gesicht, die sich aus ihrem Zopf gelöst hatte. »Ich bin glücklich, dass ich mein Leben mit Jörg und dir habe und dass sich nichts daran ändert. Wir drei – sind wir nicht ein tolles Gespann?«

»Und Oma noch dazu.« Veronika sprang von der Umrandung und ergriff wieder ihre Hand. »Schade, dass Tante Hanna nicht mehr da ist. Glaubst du, ihr Bauch ist inzwischen sehr dick?«

Nora schmunzelte, wenn auch mit einer Spur Wehmut. »Ich bin sicher, dass er mächtig dick ist. Aber sie schreibt, dass es ihr gut geht. Friedrich gefällt es sehr auf seiner neuen Arbeit, und wenn das Baby da ist, hat Hanna sicher sehr viel zu tun.«

Da die Temperaturen mild waren, aßen sie auf dem Balkon zu Abend, und nachdem Nora die Kinder zu Bett gebracht hatte, saß sie mit ihrer Mutter im Wohnzimmer zusammen und las, bis sie zu müde dazu war.

»Zum Glück ist es wieder länger hell«, brummte Else, die in einer Zeitschrift blätterte, die Emmi Brombach hochgebracht hatte. »Da ist es leichter zu ertragen, dass man abends keinen Strom hat. Was glaubst du, Nora, wie lange die Russen uns noch vom Rest der Welt abriegeln, du bist im Flughafen doch am Puls der Zeit.«

Nora klappte erschöpft ihr Buch zu. »Die Zeichen mehren sich, dass Bewegung in die Sache kommt.«

»Die Zeichen mehren sich? Was soll das bitte schön heißen? Du redest schon wie ein Politiker, Kind.«

Nora lächelte und wünschte Else eine gute Nacht.

Lange lag sie noch wach und lauschte den regelmäßigen Atemzügen ihrer Kinder. Seit sie sich von Matthew getrennt hatte, schien ihr die Fähigkeit zu schlafen abhandengekommen zu sein.

Irgendwann musste sie doch eingeschlafen sein, denn jemand rüttelte lebhaft an ihrer Schulter. »Mutti! Aufwachen! Ich muss mal!«

Nora schreckte hoch und starrte in die Dunkelheit. »Moment«, stöhnte sie schlaftrunken und tastete auf dem Nachttisch nach der Kerze und den Streichhölzern, um eine kleine Flamme zu entzünden. Sobald diese den Raum notdürftig erhellte, rannte Jörg ins Badezimmer, und sie folgte mit schweren Gliedern, sie musste aufpassen, im Gehen nicht wieder einzuschlafen.

»Beeil dich«, murmelte sie und setzte sich auf den Badewannenrand, dessen Kühle durch ihr dünnes Nachthemd drang.

»Ich kann nicht hexen, Mutti«, gab Jörg altklug zurück und rutschte vom Abort. Er wollte an Nora vorbeihuschen, doch diese hielt ihn gerade noch zurück.

»Erst Hände waschen, junger Mann, auch wenn es mitten in der Nacht ist.«

Maulend drehte Jörg den Wasserhahn auf. Beinahe wäre Nora eingenickt, doch als sie unsanft mit der Schulter gegen die Wand und den Lichtschalter stieß, konnte sie im letzten Moment verhindern, dass ihr die Kerze aus der Hand rutschte. Die Flamme erlosch, trotzdem wurde das Badezimmer in helles Licht getaucht. Ihr Sohn sah sie mit weit aufgerissenen Augen an, unfähig zu begreifen, was gerade vor sich ging.

»Mutti, was ist …«

»Wir haben Licht!« Nora sprang auf und betätigte den Lichtschalter ein paar Mal. »Wir haben Licht, Jörg, verstehst du? Eigentlich dürften wir um diese Zeit keines haben, unsere nächste Stromzuteilung ist erst morgen Vormittag um zehn fällig!«

Jörg begriff schnell, ein Strahlen glitt über sein Gesicht. »Du meinst, die Russen haben den Strom wieder angestellt?«

»Es sieht so aus.« Nora öffnete das Fenster und beugte sich hinaus, um die Straße hinunterzuschauen. Auch in anderen Wohnungen hatte man offenbar bemerkt, dass außerplanmäßig Elektrizität verfügbar war, denn in zahlreichen Räumen leuchteten die Lampen auf.

»Ich muss es Oma sagen!« Jörg drückte sich an ihr vorbei, rannte zum ehemaligen Kinderzimmer, in dem Else nächtigte, und trommelte gegen die Tür. »Oma! Aufwachen! Wir haben wieder Strom!«

»Lass Oma schlafen.« Nora zog Jörg am Ärmel in Richtung Schlafzimmer, doch in Elses Raum scharrte etwas. Kurz darauf öffnete sie die Tür, in einem geblümten Nachthemd und mit Lockenwicklern auf dem Kopf, und schaute entgeistert auf die Stehlampe vor dem Bett, die warmes Licht verbreitete.

»Meine Güte«, staunte sie. »Du hattest recht, Kind, es ist Bewegung in die Sache gekommen. Aber warten wir ab, wie es morgen aussieht. Ich traue den Sowjets nicht über den Weg.«

...

Am Morgen prüften sie als Erstes, ob der Strom noch da war. Ehrfürchtig wie Kinder an Weihnachten betätigten sie die Schalter und staunten, als das Licht problemlos aufflackerte. Else, die der Sache noch immer misstrauisch gegenüberstand, schob zusätzlich den Stecker des Bügeleisens in die Steckdose und schaltete den

Tauchsieder ein, mit dem sie sogleich Wasser für den Frühstückstee aufkochte.

»Man versteht die Welt nicht mehr«, brummte sie vor sich hin. »Über Nacht hat sich alles verändert.«

»Meinst du, es bleibt so?« Veronika, die am gedeckten Tisch saß, den Tornister auf den Knien, in dem sie ihr Pausenbrot verstaute, sah sie ängstlich an. »Oder stellen die Russen den Strom bald wieder ab?«

»Das glaube ich nicht.« Nora legte Brot und die magere Ration Margarine auf den Tisch. »Aber wisst ihr was? Lasst uns nach dem Frühstück alle gemeinsam zur Kreuzung an der Dudenstraße laufen, vielleicht ist der Ausrufewagen von Radio Rias wieder unterwegs, um die neuesten Nachrichten zu verkünden. Dann erfahren wir mehr.«

Die Kinder schlangen ihre Brote nur so herunter, obwohl Else sie mahnte, langsamer zu essen. Auch Nora saß auf glühenden Kohlen. Dass die Sowjets ihre Taktik nach der gestrigen Besprechung mit den Generälen tatsächlich so rasch geändert und ihre Blockadepolitik noch in der Nacht aufgegeben hatten, erschien ihr wie ein Wunder. Aber hatten sich im vergangenen Jahr nicht ohnehin so viele Wunder ereignet wie noch nie? Die westlichen Alliierten hatten trotz aller Widerstände und Schwierigkeiten eine Luftbrücke auf die Beine gestellt, die in der Geschichte der Menschheit ihresgleichen suchte, und damit eine Millionenstadt vor dem Verhungern gerettet.

»Hervorragende Idee.« Else schob sich den letzten Bissen ihres Brotes in den Mund, stand auf und nahm ihre Schürze ab. »Lasst uns gehen, beeilt euch.«

Die Kinder stürmten voran, und Nora folgte halb resigniert, halb erheitert. Auf der Straße trafen sie viele Nachbarn, die dasselbe Ziel hatten wie sie. Überall wurde heftig diskutiert, was in der vergangenen Nacht wohl geschehen war; in den aufgeregten Stimmen der Leute lagen Hoffnung und Zuversicht. Auch Emmi Brombach gesellte sich zu ihnen und begleitete sie bis zur Dudenstraße.

»Geht es Ihrem Husten besser?«, fragte Nora.

Die Nachbarin zuckte die Achseln. »Wie man es nimmt. Ihre Mutter hat mich ja gegen meinen Willen«, sie zwinkerte Else zu, »zum Arzt geschleift. Ins Krankenhaus wollte ich partout keinen Fuß setzen. Ich bekam tatsächlich ein Medikament verschrieben, leider konnte der Arzt aufgrund des Medikamentenmangels kein weiteres Rezept ausstellen. Mit Inhalationen habe ich den Winter mehr schlecht als recht überstanden, es war doch eine feine Sache, als mir Ihre Schwester Medizin per Krankenhausrezept mitgebracht hat, da war ich so gut wie beschwerdefrei.«

Nora wechselte einen vielsagenden Blick mit ihrer Mutter. Natürlich wollten sie die alte Frau in dem Glauben lassen, dass es ein Krankenhausrezept gegeben hatte, auch nun, viele Monate später, hatte es wenig Sinn, sie aufzuklären und im Nachhinein zu verstören.

»Wenn die Blockade tatsächlich beendet sein sollte«, warf Else ein, »dann wird es sicherlich bald keinen Mangel an Medikamenten mehr geben, und Sie können Ihre Tabletten auch vom Hausarzt beziehen.«

Emmi Brombach seufzte. »Schön wär's. Warten wir ab, wie sich die Lage entwickelt.«

An der Kreuzung Burgherrenstraße – Dudenstraße hatten sich bereits Menschentrauben gebildet, die lebhaft gestikulierend und in politische Gespräche vertieft auf den Ausrufewagen warteten.

»Ich hab noch Hunger, Mutti.« Jörg hüpfte an Noras Hand ungeduldig hin und her.

»Wenn ihr es nicht so eilig gehabt hättet, hätten wir in Ruhe frühstücken können.« Nora konnte es sich nicht verkneifen, ihre Mutter bedeutungsvoll anzuschauen.

»Papperlapapp«, winkte diese ab. »Wer denkt in solch einem Moment ans Essen? Aber jetzt seid mal leise – hört ihr die Megafonstimme auch?«

Tatsächlich waren nun Worte zu hören, die der Ausrufer des Radiosenders in die Straßen rief. Die Menge wurde leiser und verrenkte sich die Hälse. Bald bog der Ausrufewagen um die Ecke, und der Mann mit dem Megafon steckte seinen Kopf aus dem offenen Fenster.

»*Auf Befehl des sowjetischen Generals Tschuikow wurde die Blockade aufgehoben. Eine Minute vor Mitternacht begann der Strom wieder, von Ost nach West zu fließen, und eine Minute nach Mitternacht wurden sämtliche Verkehrswege geöffnet, sodass wieder Waren zwischen den vier Besatzungszonen Berlins zirkulieren können.*«

Ein Jubeln brandete durch die Menge, Menschen, die bisher lediglich flüchtige Bekannte gewesen waren, umarmten sich, hier und da wurden Tränen aus den Augenwinkeln getupft.

»Heißt das, dass bald wieder Puddingpulver und Kuchen in die Geschäfte kommen?«, schrie Jörg begeistert.

»Das könnte schon sein«, antwortete Nora lächelnd, dann küsste sie die Kinder zum Abschied. »Ich muss mich beeilen, um pünktlich zur Arbeit zu kommen. Veronika, ab mit dir in die Schule. Und du, junger Mann, gehst mit Oma nach Hause.«

Nach einem letzten Winken kämpfte sie sich durch die Menge und eilte zum Flughafen. Auch dort herrschte feierliche Siegesstimmung. Heide war entgegen ihrer sonstigen nüchternen Art in Tränen aufgelöst, und Erni und Lotte tanzten ausgelassen zu *Cruising down the river*, das in dieser Woche in den USA auf Platz eins der Hitparade stand.

»Ich bin so froh, dass ich das Ende der Blockade noch erlebe, bevor Tyler und ich in die USA fliegen«, rief Ella und fiel Nora um den Hals. Diese schloss die Augen und drückte die Freundin an sich, um noch ein letztes Mal ihren blumig-pudrigen Duft einzuatmen und ihn in ihrem Gedächtnis zu konservieren.

An Arbeit war heute nicht zu denken, die sensationelle Nachricht beschäftigte die Köpfe derart, dass Major Bloom ein Auge zudrückte.

»Sie haben heute frei«, verkündete er zwinkernd. »Auf den Straßen wird gefeiert, da sollten Sie nicht fehlen, Ladys. Dies ist ein Tag, von dem Sie Ihren Enkeln erzählen werden!«

»Danke, Major«, ertönte es unisono, und Erni schickte ein kekkes »Sie sind der Beste« hinterher.

»Aber morgen stehen Sie um acht Uhr wieder auf der Matte!« Gespielt drohend hob er den Zeigefinger, dann nahm er die Papierstapel, die er hatte austeilen wollen, wieder an sich und öffnete ihnen lachend die Tür.

...

Auf der Straße wurden sie vom Strom der Menschen mitgerissen, die an diesem Tag nur eines im Sinn hatten: zu feiern und das Ende der Beschränkungen, die sie fast ein Jahr lang gegeißelt hatten, zu zelebrieren. In der Menge verloren sie Heide, Erni und Lotte, deshalb hielten sich Nora und Ella dicht aneinander. In der Dudenstraße bemerkte Nora, dass Gernot Kluths Lebensmittelladen leer stand, die Tür war verschlossen.

»Was ist passiert?«, fragte sie erstaunt in die Menge. »Warum ist der Laden geschlossen?«

Ein alter Mann, der sich an die Ladenfassade lehnte, um dem bunten Treiben zuzusehen, zuckte die Achseln. »Kluth wurde verhaftet. Er hat Waren, die die Amerikaner ihm brachten, teuer auf dem Schwarzmarkt verhökert, statt sie in seinem Geschäft gegen Lebensmittelmarken herauszugeben.«

Nora war sprachlos. Ihr Blick wanderte zwischen dem Mann, der ein schadenfrohes Grinsen nicht unterdrücken konnte, und der schmutzigen Fensterscheibe des Geschäfts hin und her. Genugtuung überkam sie – Kluth würde seine gerechte Strafe für seine Schikanen erhalten. Doch schon zog Ella sie weiter.

Die Menge strebte dem Rathaus Schöneberg entgegen, wie Nora den Satzfetzen um sie herum vernahm, in der Hoffnung, Ernst Reuter würde sich zeigen und eine öffentliche Stellungnahme abgeben. Er war der Held der Stunde, ihm und den Alliierten war es zu verdanken, dass die Moral und das Durchhaltevermögen der Berliner kein einziges Mal gelitten hatten.

Der Marsch zum Rathaus dauerte eine Dreiviertelstunde, doch Nora hatte das Gefühl, auf einer Wolke der Euphorie zu schweben. Die Frühlingssonne wärmte angenehm, schien ihre Haut geradezu zu liebkosen.

Auch vor dem Rathaus wurde gejubelt und gefeiert. Nora blickte in unzählige glückliche Gesichter; den Bewohnern Berlins schien ein Felsbrocken von der Seele gefallen zu sein. Nun würden sich die Läden wieder mit Produkten füllen, und im Westen hergestellte Erzeugnisse würden wieder Abnehmer im Osten finden. Die Wirtschaft würde angekurbelt, die Essensrationen hoffentlich wieder reichlicher. Die Alliierten hatten großartige Dienste geleistet, aber alle waren hoffnungsfroh, dass die Luftbrücke bald nicht mehr benötigt werden würde.

...

Immer mehr Menschen fanden sich ein, bis schließlich Zehntausende Schulter an Schulter auf dem Rathausplatz standen und lautstark ihre Forderung kundtaten, Ernst Reuter möge erscheinen und zu ihnen sprechen. Die Menge schien nahezu berauscht zu sein. Nora erinnerte sich an jenen Septembertag im letzten Jahr, als sie Ernst Reuter auf dem Platz der Republik hatte reden hören, an die Gänsehaut, die sie bei den Worten des Oberbürgermeisters gespürt hatte. Trotz der Wärme prickelten ihr kalte Nadelstiche im Nacken, während sie versuchte, Ella nicht aus den Augen zu verlieren. Der Sog der Menschen, die sie nach vorne drängten, war einfach zu stark.

»Ella!« Sie erhob ihre Stimme und versuchte, die Freundin zu erreichen, die einen Meter vor ihr stand, doch die jubelnde Masse verschluckte ihren Ausruf. Deshalb drängte sie sich an vielen Ellbogen vorbei, bis sie Ella am Ärmel zupfen konnte. »Ella! Mir ist hier zu viel los, ich habe das Gefühl, nicht mehr atmen zu können.«

»Oh!« Ella sah sie erschrocken an und sagte etwas, das Nora nicht verstand. Mit dem Zeigefinger zeigte Nora auf den Rand des Platzes, wo die Menschen nicht so dicht beieinanderstanden, und formte mit den Lippen die Worte: »Ich warte dahinten auf dich.«

Ella nickte, und Nora bahnte sich ihren Weg durch die Masse. Weiter hinten gab es größere Lücken, und sie fand sogar ein Plätzchen auf einer Bank, die sie sich mit zwei betagten Frauen mit schneeweißem Haar und Gehstöcken teilte. Von dieser Position aus wurde ihr erst bewusst, wie viele Personen sich vor dem Rathaus eingefunden hatten, es musste sich um halb Berlin handeln. Alle schienen ihre Wohnungen und ihre Arbeitsstellen verlassen zu haben, um den Sieg über die Unterdrückung zu genießen.

Ihre Gedanken flogen unwillkürlich zum September zurück; damals hatte sie sich nicht eingeengt gefühlt, nicht befürchtet, die Menge würde ihr die Luft aus den Lungen pressen. Aber damals war auch Matthew an ihrer Seite gewesen, hatte den Arm um sie gelegt und sie beschützt.

Wo er wohl in diesem Augenblick war? Hatte man ihm bereits einen neuen Posten zugeteilt? Sicherlich hörte er im Radio die Berichte, die die Ereignisse in Berlin in die ganze Welt hinaustrugen. Ob er auch an sie dachte? Wie immer zwickte die Erinnerung an ihn in ihrem Herzen. Sie hoffte, es würde mit der Zeit leichter werden.

»Ist bei Ihnen noch ein Plätzchen frei?« Ein junger Mann stand im Gegenlicht, sodass Nora lediglich seine Silhouette erahnen konnte. Während sie glaubte, die Erde würde augenblicklich aufhören, sich zu drehen, rückten die beiden alten Damen beflissen zur Seite.

»Aber natürlich, mein Junge. Sind Sie auch einer dieser Amerikaner, die unsere Stadt gerettet haben?«, fragte die eine neugierig und musterte Matthew ungeniert. Er trug Zivil, aber an seinem Akzent war er unschwer als Ausländer zu erkennen.

»Ja«, antwortete er schlicht und setzte sich neben Nora und die Damen.

Nora glaubte zu träumen. Matthew, hier in Berlin? Auf derselben Bank wie sie? Wie war das möglich? Für einen Moment zweifelte sie an ihrem Verstand. Hatten die vergangenen Monate ohne Matthew, die ständige Traurigkeit und nicht zuletzt die spektakulären Ereignisse des heutigen Tages an ihrem Denkvermögen genagt?

»Nora«, sagte er weich, und wie beim allerersten Mal, als er ihren Namen genannt hatte, in jenem entschwundenen Sommer, liebte sie seine amerikanische Aussprache. Er ergriff ihre Hand und sah sie an mit diesen offenen blauen Augen, in denen sie sich wie damals verlor.

»Ich ... ich verstehe nicht ...«, stammelte sie. Ihr Gesicht glühte. »Wo kommst du her ... was führt dich nach Deutschland, du wolltest doch ...«

Die beiden Damen schienen ein wenig frustriert, unterhielt sich das junge Paar doch plötzlich auf Englisch, einer Sprache, die sie offenbar nicht verstanden. Nichtsdestotrotz beäugten sie Nora und Matthew interessiert.

»Ich habe bei euch zu Hause geklingelt, und deine Mutter sagte mir, ganz Berlin sei nach Schöneberg marschiert, du sicherlich auch.«

»Das ... das meine ich nicht ... Ich dachte, du bist in New York.«

Matthew machte einen gelösten und entspannten Eindruck, ganz anders als noch vor Monaten. »Ich war in New York, aber jetzt bin ich zurück. Meine Mutter ist genesen, ich kann sie wieder guten Gewissens allein lassen, für eine Weile zumindest. Sie hat mich beinahe aus dem Haus geworfen, damit ich nach Deutschland zurückkehren kann, ich habe nämlich von nichts anderem geredet als von dir, Nora.«

Nora lauschte ihm stumm. Ihre Hand in seiner fühlte sich so wohltuend an, dass sie wünschte, die Zeit würde stehen bleiben.

»Deine Mutter ist gewiss eine beeindruckende Frau ...«, stieß sie hervor. Inzwischen tobte die Menge vor dem Rathaus, skandierte: »Eine Rede! Wir wollen eine Rede!« Doch noch regte sich nichts im Innern des Gebäudes.

»Das ist sie.« Matthew lächelte. »Allerdings war es jemand anderes, der mich davon überzeugt hat, nach Berlin zurückzukehren.«

»Von wem sprichst du?« Nora fühlte sich wie betäubt, ihr ganzes Denken war so verlangsamt, als würde sie durch dichten Nebel gehen. Was redete er da nur? Wer hatte ihn dazu gebracht, sie aufzusuchen? Tyler? Oder war es Ella gewesen?

»Ich zeige dir etwas.« Matthew zog einen Brief aus der Brusttasche seines hellblauen Hemdes und faltete das Schreiben auseinander. Zerknittert, wie es war, schien er es oft gelesen zu haben.

Mit zitternden Fingern griff sie danach und überflog es mit brennenden Augen. Die Schrift war ihr nur allzu bekannt.

Lieber Matthew, bitte komm wieder. Meine Mutti ist todtraurig, seit du weg bist. Deine Veronika.

»Meine Güte.« Wieder und wieder strich Nora mit den Händen den Brief glatt, der einen solch weiten Weg zurückgelegt hatte. Von Berlin nach New York war er gereist und nun wieder nach Deutschland zurückgekehrt. Die Tränen flossen wie Sturzbäche aus ihren Augen. Die beiden alten Damen beugten sich nach vorne, jede bot ihr ein Taschentuch an. Dies brachte Nora zum Lächeln, und sie nahm gleich beide Tücher an, um sich die Wangen trocken zu tupfen.

»Deine Tochter – du kannst stolz auf sie sein. Sie ist wahnsinnig mutig. Und ihr liegt sehr viel daran, dass es dir gut geht.«

»Das kann man wohl sagen.« Gerührt las sie Veronikas kurzen Brief wieder und wieder. »Und sie ist immer für eine Überraschung gut.«

Sie vermochte kaum zu glauben, dass die Kleine, die sich anfangs so gegen ihre Verbindung mit Matthew gesträubt hatte – hatte sie doch ihre Familie in Gefahr gesehen –, letzten Endes erkannt hatte, dass dieses Familiengefüge nur funktionierte, wenn ihre Mutter glücklich war. Es war wundervoll, eine solch reife und verantwortungsbewusste Tochter zu haben.

»Schau dir mal die Rückseite an.«

Nora wendete das Blatt und sah, dass Veronika noch ein Bild dazu gemalt hatte: In der Frau mit den gelben Buntstifthaaren und dem lavendelblauen Kleid war unschwer sie als Mutter zu erkennen. Ihr skizzierter Gesichtsausdruck versetzte ihr einen Stich:

Auf der Zeichnung weinte sie, die Mundwinkel waren unglücklich nach unten gezogen.

»Dieses Kind.« Nora quollen erneut die Tränen hinter den Lidern hervor. »Aber eins frage ich mich – woher um Himmels willen hatte sie deine Adresse in den USA?«

Matthew hob ratlos die Schultern. »Ich weiß es nicht. Könnte sie irgendwen gefragt oder die Anschrift irgendwo gefunden haben?«

»Aber ja doch.« Nora faltete den Brief wieder zusammen und steckte ihn sorgfältig in das weitgereiste Kuvert zurück. »Tyler hat mir deine Adresse gegeben, und ich habe sie in die Nachttischschublade gelegt.«

»Zum Glück hat sie sie gefunden.« Matthew sah sie mit funkelnden Augen an. »Das heißt, du hattest meine Adresse, hast mir aber nicht selbst geschrieben?«

»Ja«, gestand Nora leise. »Ich dachte, ich hätte meine Chance bei dir vertan.«

»Das könnte niemals passieren.« Matthew schluckte und zog einen kleinen Gegenstand aus seiner Hosentasche. Zwischen Zeigefinger und Daumen hielt Matthew einen goldenen Ring mit einem winzigen Rubin in die Höhe. Den beiden alten Damen entfuhr ein entzücktes: »Oh!«

»Der Verlobungsring deiner Großmutter«, flüsterte Nora.

Matthew nickte. »Ich werde von nun an in Berlin wohnen, denn ich habe eine Stelle als Ausbilder für die jungen Piloten der Air Force ergattert. Ich werde weiterhin fliegen können, mein Arbeitsort wird der Flughafen Tempelhof sein. Meine Mutter hat mir vorab den Segen erteilt, um die Hand einer verwitweten Deutschen mit zwei entzückenden Kindern anzuhalten, die sie so rasch wie möglich persönlich kennenlernen möchte. Was sagst du,

Nora? Vielleicht magst du dir eines Tages, in hoffentlich nicht allzu ferner Zukunft, diesen Ring anstecken?«

Im Rathaus schien sich etwas zu tun, denn die Menschen frohlockten nun wie aus einem einzigen Sprachrohr: »*Ernst Reuter! Ernst Reuter! Wir wollen eine Rede!*«

Nora jedoch nahm den Lärm gedämpft wie durch tiefes Wasser wahr. Sie betrachtete den Ring, dessen blutroter Stein im Sonnenlicht glänzte.

Obwohl die Menschenmassen die Sicht versperrten, war an dem plötzlich aufbrandenden Applaus zu erkennen, dass Ernst Reuter nun wohl tatsächlich erschienen war.

Mit bemüht sachlicher Stimme, aus der er die Emotionen nicht gänzlich zu verbannen vermochte, setzte er an: »Völker der Welt, schaut auf diese Stadt!«

»Kommen Sie schon, Kindchen, stecken Sie sich den Ring an, lassen Sie den armen Kerl nicht so lange warten«, drängten die beiden alten Damen, die kein Ohr für den Bürgermeister hatten. Obwohl sie kein Wort der Unterhaltung verstanden hatten, war ihnen natürlich klar, worüber Matthew und Nora sprachen.

»Bitte hör auf die ältere Generation«, scherzte Matthew, doch in seinen Augen lagen ein tiefer Ernst und eine solch aufrichtige Bitte, dass Nora ihn zuerst küsste, sich unwillig von ihm löste und ihm dann ihre Hand hinhielt. Glücklich schob Matthew den funkelnden Ring auf ihren Ringfinger.

Sein Gesicht leuchtete auf, und nun küsste er sie, zuerst weich und zärtlich, dann mit einer lange vermissten Leidenschaft.

Epilog

Juni 1963

Es war eng um Elses Kaffeetafel. Sie hatte sich von Emmi Brombach und den neuen Nachbarn im Stockwerk über ihr Stühle geliehen, damit alle Platz fanden. Nora sah ihrer Mutter an, wie glücklich es sie stimmte, wieder einmal Töchter, Schwiegersöhne und Enkel um sich zu scharen. Dementsprechend schweifte Elses liebevoller Blick zuerst über Hanna und Friedrich und die beiden halbwüchsigen Kinder Ingrid und Christoph, die den Besuch bei ihrer Großmutter in Berlin genossen. Auf der anderen Seite saßen Nora, Matthew, Veronika, Jörg und das Nesthäkchen Michael.

»Wer möchte von meiner legendären Marzipantorte probieren?«, fragte Else in die Runde. Die Sonne fiel hell durch das Fenster, dessen Scheibe bereits vor Jahren ersetzt worden war, die notdürftig angebrachte Pappe der Schicksalsjahre 1948/49 war nur mehr eine schale Erinnerung in den Köpfen der Erwachsenen.

»Früher mussten wir diesen schrecklichen Muckefuck trinken, erinnert ihr euch?«, fragte Hanna in die Runde. Sie strahlte rundum Zufriedenheit aus. Nora wusste, dass ihre Stelle in einer Arztpraxis in Mainz sie erfüllte; auch Friedrich liebte seine Arbeit in der Schreinerei.

»Du warst süchtig danach, obwohl er so eklig geschmeckt hat«, rief Nora ihr ins Gedächtnis, und ehe sie sichs versah, schwelgten sie allesamt in Erinnerungen.

»Wisst ihr noch, dieser absolut unmögliche Lebensmittelhändler Kluth, der später eingebuchtet wurde?« Hanna lächelte, während sie ein Stück Marzipantorte auf ihre Gabel lud.

»Dunkel erinnere ich mich.« Veronika hielt ihrer Großmutter die Tasse hin, um sich Kaffee nachschenken zu lassen. Voller Stolz betrachtete Nora ihre Tochter. Sie war nun vierundzwanzig Jahre alt und eine selbstbewusste junge Frau. In den Jahren, die sie in den USA gelebt hatten, hatte Veronika perfekt Englisch gelernt und nach ihrer Rückkehr nach Deutschland beschlossen, in die Fußstapfen ihres Vaters zu treten und Englisch sowie Latein zu studieren. Joachim wäre beeindruckt gewesen.

»Ich erinnere mich, dass er uns immer angelogen und behauptet hat, er hätte keine Waren vorrätig. Dabei hielt er sie nur hinter der Theke versteckt«, warf Jörg ein. Mit seinen einundzwanzig Jahren hatte er das ungestüme Naturell seiner Kindheitsjahre weit hinter sich gelassen und war zu einem verantwortungsbewussten Mann herangereift. Schon immer hatten ihn die Piloten fasziniert, wie seinen Stiefvater zog ihn das Fliegen magisch an. Und nun hatte er selbst einen Ausbildungsplatz bei der Lufthansa ergattern können.

»An dem Tag, an dem die Blockade Berlins endlich beendet wurde, kam man dem Halunken auf die Schliche.« Nora lächelte Matthew zu. Jener Tag vor vierzehn Jahren war unauslöschlich in ihrem Gedächtnis verankert, hatten sie sich doch ausgerechnet dann wiedergefunden. Seitdem hatten sie kaum einen Tag getrennt voneinander zugebracht. Nach einer ersten gemeinsamen Zeit in Berlin – wie Ellas und Tylers hatte ihre Trauung in der Kapelle im Flughafen stattgefunden – hatte es sie nach Washington verschlagen, und nun waren sie nach Deutschland zurückgekehrt, da Matthew einen ranghohen Posten bei der Air Force bekleiden würde. Es stimmte ihn froh, noch immer zumindest gelegentlich fliegen zu dürfen. Nora war glücklich, wieder in der Nähe ihrer Mutter zu wohnen.

»Ihr redet alle von Dingen, bei denen ich nicht dabei war«, beschwerte sich ihr jüngster Sohn Michael. »Ihr schließt mich richtig aus.«

Er saß neben seinem Vater, schaufelte Kuchen in sich hinein, als wäre er kurz vorm Verhungern. Mit seinen braunen Haaren und den leuchtend blauen Augen war der Dreizehnjährige Matthew wie aus dem Gesicht geschnitten.

»Eine Runde Mitleid«, spottete Ingrid.

Nora strich ihrem Sohn über den Kopf. »Dein Vater und ich haben uns in bewegten Zeiten kennengelernt.«

»Geschichtsträchtigen Zeiten«, ergänzte Matthew.

»Ich weiß noch, wie mein damaliger Vorgesetzter, Major Bloom, uns an diesem zwölften Juni neunundvierzig sagte, dass wir unseren Enkeln noch von der Luftbrücke und dem Sieg über die Sowjets erzählen würden«, berichtete Nora. Tatsächlich hatten sie und Matthew James Bloom in Washington wiedergetroffen, wo er unter Präsident Truman ein hohes Amt im Verteidigungsministerium erhalten hatte.

»Und heute ist wieder so ein Tag«, verkündete Else feierlich. »Präsident Kennedy persönlich gibt sich die Ehre, vor dem Rathaus Schöneberg eine Rede zu halten. Von einem Sieg über die Sowjets kann man aber im Nachhinein kaum sprechen, oder? Sie haben eine Mauer durch unsere Stadt gezogen und sie damit in zwei Hälften geteilt …! Auch nach zwei Jahren kann ich es kaum fassen. Aber nun beeilt euch, Kinder, ihr wollt Kennedys Rede doch nicht verpassen, nicht wahr? Und falls wir uns im Getümmel verlieren sollten – seid pünktlich zurück, zum Abendessen gibt es Gulasch.«

Eine Stunde später fuhren die beiden Familien samt Großmutter mit der dicht besetzten U-Bahn nach Schöneberg. Noch immer konnte Nora sich nicht sattsehen an ihrer Stadt, die sie nach der langen Abwesenheit mit offenen Armen zu empfangen schien. Auf dem Rathausplatz glaubte sie, ihr Herz würde platzen, so übervoll war es vor lauter Erinnerungen, die in ihr hochsprudelten, als wäre alles erst gestern passiert. Dabei lag das Ende der Luftbrücke fünfzehn Jahre zurück, ein denkwürdiges Jubiläum. Präsident Kennedys Ansprache würde von Fernsehsendern auf der ganzen Welt übertragen werden.

Nora überkam ein Déjà-vu, das ihre Haut prickeln ließ, als sie die unzähligen Menschen sah, die gespannt auf den Auftritt des Präsidenten warteten. Auf einer Tribüne, die mit der amerikanischen und der deutschen Flagge dekoriert war sowie mit einem riesigen Plakat, auf dem der Berliner Bär abgebildet war, stand der Präsident umgeben von Bundeskanzler Adenauer und Willy Brandt, der inzwischen Regierender Bürgermeister war, und setzte zu seiner Rede an, wurde aber mehrfach von tosendem Beifall und enthusiastischen Ausrufen der Zuhörer unterbrochen. Nora hatte zuvor im Radio gehört, dass Kennedy im Triumphzug durch Berlin chauffiert worden war, immer wieder hatten sich euphorische Berliner in den Weg gestellt oder sich gar auf den offenen Wagen geworfen. Berlin befand sich im Ausnahmezustand.

Während Veronika, Jörg, Michael, Ingrid und Christoph sich so weit wie möglich nach vorne drängten, hielten sich Else, Hanna und Friedrich weiter hinten. Nora und Matthew aber setzten sich auf jene Bank, die ihrem Schicksal die Weichen gestellt hatte.

»Erinnerst du dich an die alten Damen?«, fragte Matthew und nahm ihre Hand in seine.

»Und ob. War es nicht zauberhaft, wie sie mitgefiebert haben?«

»Aber nun sollten wir dem Präsidenten zuhören«, murmelte Matthew.

»Alle freien Menschen, wo immer sie leben mögen«, rief Kennedy, ungeachtet der nicht abbrechen wollenden Jubelrufe aus dem berauschten Publikum, »sind Bürger Berlins, und deshalb bin ich als freier Mensch stolz darauf, sagen zu können: Ich bin ein Berliner!«

Matthew und Nora sahen einander bewegt an. Sie küssten sich, warm und innig, und einen Moment lang schien es, als wären keine fünfzehn Jahre vergangen, seit sie an diesem Ort wieder zueinandergefunden hatten. Es war, als habe Nora das Gefühl enger Verbundenheit und Liebe, das sie damals gespürt hatte, in seiner reinsten Form konserviert. Noch immer hielt sie die bedingungslose Zuneigung, die sie füreinander hegten, wie in einem Kokon, der sie vor den Stürmen des Lebens schützte.